人文艺术经典译丛
薛晓源　主编

意大利游记

〔法〕**伊波利特·丹纳** 著
张丹彤 译
张　放 审校

VOYAGE EN ITALIE

商务印书馆
创于1897 The Commercial Press

人文艺术经典译丛编委会

本丛书由北京第二外国语学院和北京师范大学全球化与文化发展战略研究院共同主持。由北京第二外国语学院“科技创新服务能力—建设高精尖学科建设（市级）项目”支持。

伊波利特・丹纳像

（1828—1893）

致罗马画家查理·贝莱先生：

亲爱的贝莱，请接受此书，以纪念我们一起漫步与探讨的时光，以及您的盛情款待。谨以此略表本人对您的至高敬意和真诚友情。

H. 丹纳

1865 年 12 月

《雅典学院》，拉斐尔

《入葬》(《下十字架》)，卡拉瓦乔

《圣佩德罗妮拉》，圭尔奇诺

IONAS

《最后的审判》，米开朗琪罗

《奥罗拉》，圭多·雷尼

《金翅雀圣母》，拉斐尔

《梳妆的女人》，提香

《圣母领报》(《天使报喜》)，丁托列托

《蒙娜丽莎》，达·芬奇

人文艺术经典译丛序言

后疫情时代，我们更需要赏心悦目的学术经典

薛晓源

我们身逢知识爆炸的时代，新科技、新知识层出不穷，知识生产和制作快速迅捷。在这被德国社会学家罗萨命名为“社会加速”的时代，我们为什么还要主编这套人文艺术经典译丛？我心里涌现出三个生动的意象：桥、甘泉和高峰。这三个审美意象是我从事这项严肃的翻译事业的价值依托和支援意义（波兰尼语）。

一、希望这套丛书能成为东西方人文艺术思想的桥梁。这套经典译丛，希望克服枯燥和晦涩的理论外壳，通过艺术与美学焕发其新鲜和蓬勃的生命力，使它成为学人通往人类思想史的艰难险途中的“桥梁中的桥梁”。

本丛书所遴选的著作都是经得起时间考验的人文艺术学术经典。这些学术经典被当下的西方所“遗忘”，而中国学界因为多种原因知之不详，有些经典由于学科交叉的背景，让有些译者望而却步。这些曾被忽略的经典，去蔽除尘之后至今依然熠熠生辉。本丛书所着眼的是艺术与哲学的交汇与融合，是文史哲艺诸学科的贯通与往返。人文艺术的多学科性和丰富性在这里得到最为集中的体现。如丹纳的名著《意大利游记》，它是《艺术哲学》的前身；如卡西尔的名著《康德的生平与学

说》，把康德的哲学、伦理学和美学思想融会贯通，提供了真正理解康德学说的一条捷径。本丛书还有一个最大特点，截至目前，均是首次翻译成简体中文出版，希望在相关研究领域填补一定的空白。

二、希望这套丛书能成为人文学者行走大地时的甘泉。我们遭逢数字全球化的时代，信息快速嬗变，使我们的注意力和阅读变得碎片化。海量的信息和令人眼花缭乱的图像，让我们不知所措。身心疲惫和无助的人们需要的是真正的帮助。在烈日下，行走在孤寂干燥的沙漠里，我们渴望那一泓甘泉，以此滋润我们的喉咙和心灵。希望这套丛书能成为学人行走大地时滋润心田的一泓甘泉。本丛书着眼于培养艺术鉴赏力和判断力，在审美愉悦中去感知艺术作品的生产史和欣赏史，去培养能够发现和欣赏美的眼睛。从这些经典名著中，沿着思想与艺术史大师的足迹，我们也许可以学会去领略我们不曾感悟到的美，尝试着去体验这些事物背后隐藏的曾经脍炙人口的故事和哲理。

三、希望读者诸君能借助这套丛书去体验思想与艺术的高峰，吐故纳新，自成高格。罗曼·罗兰在《米开朗琪罗传》中说，真正的思想和艺术巨匠是“崇高的山峰……从远处我们望见它的峻险的侧影，在无限的青天中消失。我不说普通的人类都能在高峰上生存，但一年一度他们应上去顶礼。在那里，他们可以变换一下肺中的呼吸与脉管中的血流。在那里，他们将感到更迫近永恒”。希望这套丛书能使人们摆脱日常生活的庸俗和烦琐，去高峰之上与大师对话，去呼吸清凉的空气，去感受学术与艺术的永恒魅力。

能成为学人通行往返的桥梁、成为思者独行大地时的一泓甘泉、成为探索者体验思想与艺术的高峰，成为后疫情时代赏心悦目的经典，这是我对这套经典丛书寄予的厚望。望着这些制作精美、经历了近百年时间考验的名著典籍，我相信能够达到上述效果，为此我们将执着远行！

感谢诸多著名的学者和翻译家以及学界新秀的鼎力支持，他们的加盟和助力，才能使我这筹划多年的夙愿得以实现。感谢北京第二外国语学院的资金支持，感谢北京师范大学全球化与文化发展战略研究院的鼎力支持，感谢商务印书馆欣然接纳这套书并付梓出版！

2022 年 4 月 13 日

于北京师范大学珠海校区粤华苑寓所

译者序

伊波利特·丹纳（Hippolyte Taine）是法国19世纪著名艺术评论家、历史学家和哲学家，自然主义和实证主义的杰出代表人物。

据《丹纳生平及通信集》（*H. Taine, sa vie et sa Correspondance*）一书记载，丹纳出生于一个中产阶级家庭，自幼勤奋好学、博览群书，更在1848年以入学考试第一名的成绩考入著名的巴黎高等师范学校文学系。在大学期间，他卓越的理性分析和思辨能力为师生们所推崇。1851年，由于他的哲学思想深受黑格尔和斯宾诺莎的影响，且论点"过于大胆"，对法国当时盛行的以维克托·库赞（Victor Cousin）为代表的折中主义（Éclectisme）思想持有异议，他遭到主张天主教传统教育的评委的强烈反对，没能通过哲学教师资格考试。随后，丹纳接受教育部的任命，前往讷韦尔（Nevers）和普瓦捷（Poitiers）的中学任教，同时继续准备他的博士论文。这可以算是丹纳职业生涯中的第一次重大挫折。而且，终其一生，在法国的教育体制内长期占据重要地位的天主教传统势力一直对他进行压制。1853年，他回到巴黎，并以《拉封丹及其寓言》这篇出色的论文获得博士学位。不满足于自己在文学和哲学方面的知识，他又在巴黎医学院注册学习生理学与自然科学，直到1857年。在此期间，他完成了《论提图斯·李维》（*Essai sur Tite-Live*）和《十九世纪法国哲学家研究》（*Les Philosophes français du XIXe siècle*）。然而自1853年10

月开始，丹纳患上了严重的喉炎，这使他几乎失声。他的医生建议他前往比利牛斯山区疗养一段时间。机缘巧合之下，他的校友、阿歇特出版社的创始人路易·阿歇特（Louis Hachette）邀请他写一部有关比利牛斯山区的温泉指南，即后来的《比利牛斯山游记》（*Voyage aux Pyrénées*），由此开启了他与阿歇特出版社合作的写作生涯。此后，他持续在著名的学术刊物《两个世界》（*Revue des deux Mondes*）杂志和《辩论日报》（*Journal des débats*）上发表了多篇文章。1860 年，丹纳到英国旅行了六个星期，为完善他的《英国文学史》（*Histoire de la Littérature Anglaise*）去亲身体验和了解这个国家及其人民。1863 年 3 月到 1866 年，丹纳被任命为圣西尔军校负责德语和历史的主考官。1864 年 1 月中到 5 月初，丹纳到意大利旅行了近四个月。这部《意大利游记》（*Voyage en Italie*）就是他在旅行期间所作的随笔，并且为其《艺术哲学》（*Philosophie de l'Art*）奠定了部分基础。1864 年 10 月，丹纳获得了巴黎美术学校美学与艺术史讲席席位。1870 年的普法战争以及随后的巴黎公社运动对丹纳的震动很大，促使他开始思考并着手写作《现代法兰西渊源》（*Les origines de la France contemporaine*）这部十二卷的巨著。1878 年，丹纳入选法兰西学院院士。

作为地域概念，意大利是以亚平宁半岛为核心，这片土地不仅是欧洲文艺复兴的发源地，更是古罗马文明的渊薮之地，与古希腊文明也衔接紧密。然而，意大利长期以来只是作为神圣罗马帝国的一部分而存在，它只是在 1861 年才实现部分独立和统一，成为一个国家。就在意大利王国独立之前，这片土地分属于萨丁王国、两西西里王国、伦巴第-威尼托王国、托斯卡纳大公国、帕尔马公国、摩德纳公国，以及以罗马城为首都的教皇国。各方势力，尤其是法国、奥地利、西班牙和教皇国的势力在此争斗不断。实际上，正是拿破仑时代的法国促进了意大利的统一进程。1797 年，拿破仑在战胜奥地利之后创建了阿尔卑斯山南共和国，主要涵盖今意大利北部地区，并以米兰为首都。1802 年，它又被命名为意大利共和国，拿破仑亲自兼任总统。1804年，拿破仑登基，成为法兰西第一帝国的皇帝。1805年，他又兼任意大利国王，意大利共和国被更名为意大利王国。1815年之后，随着拿破仑倒台，意大利王国重又分崩离析，但是意大利民族复兴已逐渐深入人心，各种运动此起彼伏。

烧炭党（Carbonari）最初是为了反抗法国的入侵而成立的秘密抵抗组织，拿破仑倒台后，他们再次扛起民族独立和祖国统一的旗帜，在各地组织起义，然而最终还是被奥地利镇压。烧炭党人马志尼（Giuseppe Mazzini）于1831年被放逐，并在法国马赛成立了青年意大利党，以建立一个统一的共和国为目标继续活动。此后，意大利经历了三次独立战争。1848—1849年，意大利的第一次独立战争是从西西里岛起义开始，最终被列强镇压。1859—1861年，意大利进行了第二次独立战争，萨丁王国首相加富尔（Camillo Cavour）与拿破仑三世结成军事同盟，以割让萨伏伊（Savoie）和尼斯（Nice）为代价，获得法国承诺出兵协助，将奥地利人驱逐出伦巴第和威尼斯。但是，在法军将奥军从伦巴第逐出之后，拿破仑三世私自与奥地利缔结停战协议。随后，萨丁王国迫于法国的压力与奥地利签订和约，承认法奥协定条款。此举引发了意大利人民的愤慨，1860年4月，西西里首先爆发起义，加里波第（Giuseppe Garibaldi）率领红衫军支援西西里，相继解放全岛和那不勒斯。10月，南意大利通过公民投票并入萨丁王国。1861年3月17日，意大利王国宣布独立，维托里奥·埃马努埃莱二世（Victor Emmanuel Ⅱ）被拥立为国王。至此，除威尼斯尚归奥地利统治，罗马尚归由法国提供保护的教皇国以外，意大利基本实现统一。

1866—1870年，为了收复威尼斯和罗马，意大利进行了第三次独立战争。意大利先与普鲁士结成同盟，再与奥地利作战。奥军最终败给了普鲁士，这决定了奥意战争的结局。1866年10月3日，意大利与奥地利于维也纳签订和约。和约规定，奥地利把威尼斯省割让给拿破仑三世，再由拿破仑三世将它交给意大利王国。1870年，普法战争爆发。法军很快战败，无力保护罗马，意大利军队顺利占领罗马。随后教宗庇护九世（Pie Ⅸ）避居梵蒂冈，罗马被并入意大利王国，意大利最终完成统一。此后直到1900年，教宗利奥十三世（Léon XIII）才正式宣布解散教皇国。1929年2月11日，意大利王国与圣座签订《拉特兰条约》，承认梵蒂冈城的主权，也确定罗马为意大利王国首都。

自意大利文艺复兴以来，意大利就成为欧洲的文人墨客心向往之的地方。早在丹纳之前，德意志学者歌德在其大学期间就曾经说过："巴黎将是我的学校，而罗马将是我的大学。"他曾经于1786—1788年到意大利游历，并且写下了他的《意大利游记》。比他们更早，法国哲学家蒙田曾于1580年到意大利游历一年多，留下了他的《意大利游记》，但是这部游记在1770年才被后人发现并整理出版。

丹纳在意大利旅行考察时，法国正值法兰西第二帝国时期，而意大利王国刚刚宣布独立不久。法国在罗马尚有驻军，而威尼斯也尚在奥地利人手中。意大利内部的民族融合、区域融合、政治制度融合等都处于进行时。

游览意大利是丹纳向往已久的事情，他在出发前做了大量的准备工作，去卢浮宫观赏相关艺术品，阅览版画，阅读有关书籍。在旅行当中，丹纳不仅用其犀利的眼光去观察，还与各地人士广泛交流，最终以其独特的思考和手术刀般的文笔去剖析和评论意大利的风土人情、社会、民族、文学、建筑、绘画、历史等各个方面。《意大利游记》属于艺术评论方面的著作，但正如他在开篇所言："权当这是篇缺了少许页码的随笔，况且，这完全是即兴发挥的东西。我喜欢的东西，不能确保你也喜欢，更不可能保证让别人也喜欢。关于美、快乐和情感，幸好上苍保护我们免受立法者的法规约束！每个人感受到的东西只属于他自己，是他所特有的，犹如他的本性。我所感受到的东西，只取决于我是什么样的人。"正因如此，这部随笔充满了即兴发挥的特征。丹纳的形象思维发达，写景入微，联想丰富而又情感充沛。他旁征博引，典故信手拈来，然而段落常常显得过于冗长，时而失于琐碎。它虽不像《艺术哲学》那般具有结构性，但也充分展示了其对于历史、艺术等领域的研究方法，即以民族、环境和时代为三要素的实证主义分析法。他的美学观深受瑞典博物学家林奈（Carl von Linné）

和英国博物学家达尔文的影响，将自然科学的分析方法套用在人文科学之上。

他在《艺术哲学》第一章讲到艺术品的本质时曾说过："美学本身便是一种实用植物学，不过对象不是植物，而是人的作品。"（傅雷译）他对于建筑、艺术品和艺术家的评论，无不是从三要素出发进行深度剖析和阐释。在谈及种族时，他写道："越是观察不同种族，就越能发现他们的享乐能力是多么不均衡。有些种族几乎不为享乐所动，而另一些种族却耽于享乐并被享乐所颠覆。对于某些种族而言，享乐就像是一个淡而无味的苹果，而对于另一些种族而言，享乐却好似一串美味多汁的金色葡萄。在某些种族当中，外在事物只会引起一种乏味的感受，而在另一些种族当中却能产生汹涌澎湃和荡人心魄的激情。"在谈及环境时，他写道："人类周遭的气候环境改变了人的气质和本性。生理学家只是泛泛地触及这个真相，但是对于一位旅行者来说，这点是显而易见的。生命体就是一种浓厚而有机的气体，它融入到空气中，随时在损耗和消散。也就是说，人是环境的一部分，并且不断地被环境更新。"在谈及时代时，他写道："每一种艺术都对应着人类精神的一个独特时刻，那时，人们是通过颜色和形状来思考的。"他的这套观点在《艺术哲学》当中表述得更加清晰："自然界的气候起着清算与取消的作用，就是所谓'自然淘汰'。各种生物的起源与结构，现在就是用这个重要的规律解释的；而且对于精神与物质，历史学与动物学植物学，才具与性格，草木与禽兽，这个规律都能适用。"（傅雷译）这套理论不仅使他成为法国19世纪自然主义和实证主义的代表人物，也使他备受争议。

作为自然主义文学的领军人物，左拉曾经深受实证主义思想的影响，他在其《艺术家丹纳》（"M. H. Taine Artiste"，1866）一文中首先肯定了丹纳理论的实用性，随后又评论道："对于集体性作品而言，丹纳先生的（理论）体系运转良好，因为艺术作品很明显是种族、环境和历史时刻的产物。在此，没有个人因素妨碍机械构件的运作。但是，一旦引入个性因素，引入自由人和超乎常人的冲动，所有发条就开始产生摩擦，机械也开始紊乱。"在文章的结尾，他总结道："我将丹纳先生的理论用于其身。于我而言，他代表了近二十年来的文艺评论，他是自修辞学和经院哲学废墟中诞生的新学派的成熟果实。由生理学、心理学、历史学和哲学所组成的新科学，在他身上得以充分绽放。在我们这个时代，他是我们的好奇心、我们对于分析的需求、我们利用纯粹的数学原理去解释一切事物的愿望的最佳表现。”

《意大利游记》不啻为《艺术哲学》的姊妹篇，前者为后者奠定基础，后者将前者提炼升华。洋洋洒洒两卷本的《意大利游记》让读者随着作者穿越时空前往那不勒斯和罗马、佛罗伦萨和威尼斯，去领略意大利的文艺复兴。读者跟随丹纳沿着水路或陆路一路走来，观察着意大利的城市、不同地方的人民、风土人情、教堂建筑、绘画、雕塑、历史、文学、阿尔卑斯山的风光、海天湖川的景色，尽享意大利艺术文明之旅。丹纳的广博学识和评论家的睿智大放异彩，时时处处激扬文字，动辄运用排比修辞，常有闪亮的金句——或赞赏景色，或评论艺术珍品，或描绘雕塑人物，乃至壮美的教堂，这些无不凸显其作为散文大家的风采，令人如闻其声、如见其人。这些都呈现了他特有的美学观：“我所感受到的东西，只取决于我是什么样的人。”

最初，《意大利游记》从1864年12月15日到1866年3月15日在《两个世界》杂志上连载，并于1866年首次出版合集。全书共分两卷，上卷是《那不勒斯和罗马》，下卷是《佛罗伦萨和威尼斯》。之后此书不断再版，成为游览意大利的必备参考书。全书的翻译是基于1866年初版，原版为纯文字版，并无配图。对于读者而言，文中述及的艺术作品繁多，图文并茂的方式当然更方便理解和追随作者的思路，因此，综合考虑译本的篇幅后，特精选了部分作品的图片作为插图以飨读者。另外，对于文中述及的众多历史人物，其生卒年经常存在不同的说法，译注中只采用了相对比较流行的说法，有研究兴趣的读者可以进一步考证。

在本书的翻译过程中，主编薛晓源先生给予了大力支持；在编校过程中，责编王振峰女士提供了专业而又细致入微的校正和修改建议，在此特别向他们表示由衷的感谢！

目录

上卷

那不勒斯和罗马

下卷

佛罗伦萨和威尼斯

上卷

那不勒斯和罗马

第 一 章

路途和终点

致巴黎的 ×× 先生，1864 年 1 月 15 日

你知道有什么比幕间休息更令人感觉不愉快的吗？我们在扶手椅里扭动着身体，伸展四肢，小心地打着哈欠；我们累得眼睛疼；我们成百次地看着乐师们拉长的面孔——第一小提琴手在装模作样，单簧管吹奏者大口地喘着气，慢腾腾的低音大提琴手就像刚结束旅途的驿马被解开鞍辔时那样有气无力。转身看向包厢，可以瞥见袒露的肩膀之上有一个粗大的黑斑，巨大的观剧望远镜像个喇叭一样掩盖着后方的面孔。一种污浊的空气笼罩着乐队和正厅前排的观众。在刺眼的光线浮尘中可以看清许多不安的面孔、做着鬼脸的面孔，还有虚伪的微笑。此刻，恶劣的心情穿透了礼貌和文明掩盖的一切。你买了一份报纸看，却不免感到乏味，竟至拿起歌剧剧本来读，却更觉无趣，最终，只能低声抱怨白白浪费了一个晚上。幕间休息比戏剧本身更乏味。

旅途中有无数的幕间休息，这就是那些虚度的时光，如在旅馆吃客饭的时间、睡觉时间、起床时间、站台上的等待时间、探访的间隔时间、疲惫而枯燥的时刻

等。在所有这些时间里，生活都是黯淡的。我只有一种治愈的药方：拿起一支笔，写点什么。

权当这是篇缺了少许页码的随笔，况且，这完全是即兴发挥的东西。我喜欢的东西，不能确保你也喜欢，更不可能保证让别人也喜欢。关于美、快乐和情感，幸好上苍保护我们免受立法者的法规的约束！每个人感受到的东西只属于他自己，是他所特有的，犹如他的本性。我所感受到的东西，只取决于我是什么样的人。

就此我甚至必须先做一个小小的自我反省，毕竟，在使用工具之前最好先认真看一看工具的构造。经验证明，灵魂或精神这种器具，在自然事物面前要比在艺术作品面前感受到更多的乐趣。什么也比不上高山、大海、森林、江河带给人的乐趣。其他的领域也概莫能外。无论是诗歌还是音乐，建筑还是绘画，最能触动人的都是天性，是人力的自然迸发——不管是哪种能力，也不管它们是以什么样的方式表现出来的。只要艺术家有一种深刻而热烈的感受，并且只想原原本本地把它表达出来，毫无犹豫、缺失或保留，那么这就是好的；只要他是真诚的，足以用其手段准确而完整地表达其印象，那么他的作品就是美的，不管它是古代的还是现代的，哥特式的还是古典的。在这个意义上，它简要地表达了公众的主要情感，以及产生该作品之时代和国度的主要情绪，这使该作品本身就是一种天然的作品，就是引导或冲击人类活动的强有力的作品。如此构建起来的工具在历史中发挥了作用，尤其是在文学作品中，同时也长期在艺术作品中起作用。然而，只有那些敏感而鲜明的艺术作品才能通过版画的形式，通过法国、比利时、荷兰、英国和德国的博物馆给后世留下生动的躯体和完整的人。相比之下，居于首位的是敏感于英雄或超自然力量的作品，即米开朗琪罗（Michel-Ange）和鲁本斯（Rubens）的巨像；其次是敏感于享乐和幸福之美的作品，即威尼斯人的装饰艺术；再次是与威尼斯人的装饰艺术相比，在同等程度或更高程度上敏感于真相的悲剧性和令人揪心的情感、敏感于令人痛苦的幻象的强度、敏感于对堕落和人间苦难的大胆描述、敏感于北方那模糊光线的诗意的作品，即伦勃朗（Rembrandt）的画作。这就是我今天带到意大利的工具。这就是各种视镜的颜色，里面包含了各种色调。我自己也要小心，我已经尽力装备其他视镜，以备不时之需，而且这点是可以做到的，历史学和评论方面的训练为此提供了工具。有了思考和阅读，具备了良好的习惯，人们就能逐步成功地复制出自己一开始感到陌生的情感。我们发现，另外一个人在另外一个时间，他所感受到的理应与我们有所不同。我们首先要进入他的视角，进而进入他的爱好，设身处地地接受他的观点，方能逐渐地理解他；而随着对他的理解逐步深入，我们会发现自己也并不那么愚蠢了。

马赛和普罗旺斯

从塞文（Cévennes）山脉开始，这里已经是真正的南方国度了。法国北方的土地总是湿润的、黑色的，但即使在冬天，草地仍保持着绿色；而这里却是灰色的，毫无生气，到处都是光秃秃的山、白色的岩石，广阔的平原也同样干燥多石。这里几乎没有树木，只在缓和的山坡上、在满是卵石的坑洼处有苍白的橄榄树，还可以看到扁桃树守着它们那病恹恹的枝干。这里虽缺乏色彩，却如佩鲁吉诺[1]（Pérugin）的素描一般精美而考究。乡村好似一件巨大的带有条纹的灰色麻布织品。温暖而微弱的阳光友好地闪耀在碧蓝的天空里；微风拂面，现在感觉完全不

1 彼得罗·迪·克里斯托福罗·万努奇（Pietro di Cristoforo Vannucci，约1448—1523），因其生于佩鲁贾得名佩鲁吉诺，意大利文艺复兴时期的画家。（书中所有注释，未特别标注者均为译者注。——编注）

是冬天，空气中饱含期待，期待着那夏日的来临。蓦然间，南方的壮丽景观展现在眼前，贝尔湖（Étang de Berre）水面一片碧蓝，令人赞叹，在白色山脉的轮廓中纹丝不动。更远处是大海，辽阔无垠的水域光亮而平静，其亮丽而精美的色彩不亚于最迷人的紫罗兰或盛开的长春花。周边被光芒所笼罩的山脉，像被一种天使般的荣光所覆盖。由于距离的原因，只要这光芒存在，就会被空气裹挟于坑洼之地，仿佛构成了它们的衣装。大理石水池里的温室之花，一枝兰花的珠光叶脉，其花瓣周边微白的茸毛，还有那睡在花萼里的微紫色粉末，它们不能显得更灿烂或更温馨了。

傍晚，在滨海道路上，温煦的空气扑面而来。绿树散发的各种香味，犹如夏日的芬芳从各个方向袭来。清澈的水就像液体的翡翠。模糊的山影半遮半掩地隐匿在黑暗之中。海岸线的粗犷轮廓总是庄严地存在着，天边尚存一线青天，一束火红的紫光任人想象太阳的灿烂辉煌。

十点钟登陆

港口很安静，乌黑发亮的巨大船坞怪模怪样的。近景中有船具、缆绳，还有颜色更黑的波纹；远处，三盏风灯像星星般闪烁，而它们身后那拖长的光影在水面上闪动，犹如散落的珍珠项链。船只缓慢地启动，像一只庞大的蜥蜴，也像某种打着鼾声的史前怪兽。在船体两侧，涡流中的海水忽高忽低，犹如可怕的黑色鱼鳍，似乎还能看见一只巨蛙怪的鼓膜。身下，能够感受到螺旋桨如钻头般无休止地洞穿大海，船体因此颤抖；直到早晨，还能感受到这种强烈而单调的穿透声，如同一只被驯化的蛇颈龙正代替人在划船。

在海上

今晨，天气温和，多雾而平静。小小的浪尖以其白色点缀着深灰色的雾气；四周湿润的乌云悬于空中，视野内仿佛到处滴水。但是，一旦太阳普照在浪尖之上，这些褪色的浪花该多么美轮美奂啊！我曾在盛夏看到过如此灿烂辉煌的天空和大海，没有什么文字能够描绘这种无尽的蔚蓝之美，她向四方无尽地延伸。与危险而又阴森的大洋相比，这是多么大的反差！这片海多像身着全新亮丽丝裙的美丽而幸福的少女！蓝色，还是蓝色，闪耀到天空的尽头，直达深处，直达天际，而在这飘动的丝绸之上到处点缀着银色的流苏。我重新变成异教徒，感受到锐利的目光，感受到明亮的太阳以及风神那庄严与雄浑的力量。犹如风神在上天凯旋，犹如他将大把的利箭全部抛撒向一望无际的水面，犹如波浪在火雨之下闪烁、战栗！我想到了海中仙女涅瑞伊得斯[1]（Néréides），想到了小海神崔顿[2]（Tritons），想到了散开的金发，想到了被泡沫洗净的玉体。接触这些滋养我们的风景和气候后，古老的宗教中关于快乐和美丽的理念在心中油然复生……

天空总是温和而忧郁，大海慢慢地涌动着，海水半红半蓝，呈现出在深山采石场才能见到的那种深灰色调。时而，太阳在浓云之间露头，即可看见远方一块海面闪闪泛光。

傍晚，积雪的山峰、漫长的山岭出现在视野中；而后，更近一些，就是科西嘉岛的棕色海岸、凹凸而崎岖的山坡。景致广漠而单调，同时也意味着这里是一片不毛之地。我不禁背诵起荷马（Homère）的诗句：“贫瘠的大洋，不可驾驭。”这片广漠的水域毫无用处，人类不能驯服它、征服它，不能使它适应人类的需要。

---

1 希腊神话中，海神涅柔斯和多里斯的五十名女儿。

2 希腊神话中半人半鱼的小海神的名字。

奇维塔韦基亚

船停了。忽然，在灰蒙蒙的晨曦中，一个圆形的码头突显出来。一排平顶房呈锯齿状排列，淡红色的屋顶与平静的海水形成鲜明的反差。深海处，一艘漂亮的帆船像一只滑翔的鸟儿侧身前进。没有什么特别可说的，在光亮的底色上，两三条黑线，衬托着海浪的白色和清晨的凉爽。这真可说是一位大师用铅笔速描的海洋风景画。

进城后，印象改变了：这是一座悲伤的城市，污浊的小巷与改变了用途的平庸办公楼混杂相间。某些小巷仅有5法尺[1]（pied）宽，房子以横向建造的扶墙相互支撑着。阳光永远照不到这里，泥泞遍地。入口有时是中世纪的古老砖石建筑，带有一个门廊和些许雉堞造型。我犹豫地走入这种狭长的巷道：两边是黑乎乎的破屋子；那里的儿童脏兮兮的，蓬头垢面的小女孩们穿着长袜，正努力把她们的破衣烂衫缝在一起。窗户从来无人擦过，楼道也从来无人扫过，人体的污秽浸渍着它们，泛着油垢；一股令人作呕的酸腐味道直刺鼻腔。多扇窗户似乎摇摇欲坠，断裂的楼梯沿着斑驳的墙壁攀缘。在横向的街道上，污泥中混杂着卷心菜叶和果皮，低于路基的货店半开半掩，可以看见里面人影绰绰：一位肉店老板摆出带血的鲜肉，不少半扇的牛肉挂在墙上；一位水果商的样貌像是最凶恶的杀手；一位又胖又高的修道士，两手放在他的大肚皮上，朗声大笑，一副肮脏、不知羞耻的样子；一位锅匠高雅地身披呢料衣服，面目平静，骄傲得像一位王子。四周是一群表情丰富的面孔，有些真的很美；几乎个个都精力充沛，带着演员般的神情——他们的脸上经常挂着一种滑稽的欢快，并可在瞬间做出怪诞的表情。船上的法国人，我们的二十位年轻

1 法国旧长度单位，1法尺约等于32.5厘米。

的士兵更温和，没有夸张的样子；这个种族没那么强壮，但更精致。

我们可怜的司汤达（Stendhal）就是在这里生活了很长时间，只能眼望着巴黎。他写道："我的不幸在于没什么东西能刺激思想；在五千名奇维塔韦基亚（Civita-Vecchia）商人中间，我能找到什么消遣呢？在那里，只有在一千二百名苦役犯中才有诗意，他们不可能成为我的朋友。而女人们只有一个念想，就是她们的丈夫能送给她们一顶法兰西帽子。"这里还有一位考古学家是司汤达的朋友，他因为这点被看作是自由派，二十年来，都没能获得去罗马度过三小时的许可。

在街头，在广场上，南方的生活场景在各处展现出来。流动的锅匠、鞋匠们在露天下干活。一群男孩光着脚，脸上脏兮兮的，在一辆大车上玩牌。在肮脏的街角处，路灯下，一幅环绕着蜡烛、花朵、花环以及多彩的心形物的圣母像在玻璃镜框后微笑着，而路人们则划着十字走过。两名鱼贩子带着三个篮筐来到广场上，一个市场就这样自然形成了。二十多人好奇地围拢过来，像看什么节目一样，一边抽烟，一边指手画脚。一些乡绅把鱼放到他们的方巾里带走。一群破衣烂衫的顽童和身披黑色或棕色外套的小伙子在各个角落里游荡，呼吸着油炸食品的味道，望着大海。可以肯定，十年前，他们就是这样裹在外套里就地睡觉的。想象一下，这会是怎样的情景？他们的大脚趾穿透了开裂的鞋头；他们穿的裤子改变了五六次颜色——从浅色变暗色，从灰色变黑色，从黑色变棕色，从棕色变黄色，还带着不少破洞和补丁，不知在哪里还能找到如此拼凑的物件了。他们对此并不介意。他们如哲学家那般闲逛、沉思，奉行享乐至上；他们的生活比较随性，通过观赏美好的事物和闲谈来调剂身心，将工作留给蠢笨的人去做。在码头上，登记 25 只箱子足足用去了一小时一刻钟。六位雇员中，两个人在工作，四个人在磋商，东瞧西望。要想让他们好好干活，必须发脾气才行。这里毫无秩序，一只箱子，只有当其主人用粗鲁的声音喊出"畜生"以后，才能被快些运走。大自然越是美丽和富饶，人则必然越不勤奋、越不用心。假如家里不干净、不舒适，荷兰人和黑森林的农民会感到很不幸；但在这里，劳动与纪律是多余的，因为自然条件已经提供了舒适和美好。

从奇维塔韦基亚到罗马

我们沿着海岸前进，海水一望无际，非常平静，暗蓝色的海发出单调的涌浪声；在右侧，我们不断地看见白色的沙滩像巨大的流苏一般延展几法里[1]（lieue）远。原野的上空总是弥漫着轻纱般温湿的雾气。左侧，重峦叠嶂，山势忽高忽低，带着淡绿色调。山上并没有真正的树木，但是有金雀花、刺柏、乳香黄连木、荆豆以及其他叶子坚韧的树木。四处荒无人烟，在整个旅程当中，远远地望去，只是在低洼处偶尔能瞥见一处农庄。一些小溪蜿蜒曲折地流淌，随后形成一片水洼；海水阻挡了它们的前进，如此便形成了一个有害的环境，不利于人类生存。几匹自在的马、长角的黑牛，在山坡上吃草；这里的景致与加斯科涅（Gascogne）的荒野的景致无二。顺着车厢两侧，不时能看见高大的灰色树林，树木光秃秃的，忧伤如病人。

终于看见罗马的乡村了。这里只有光秃秃的山丘，没有树，也没有灌木，只有糟糕的黄色衰草。一条引水渠都还没有见到，没有任何能终止这凄凉单调的设施。而后是花园，黑色的荆棘篱笆用高大的微白灯芯草连接着，蔬菜园、教堂的圆顶在远方依稀可辨，还有一段古老的砖砌城墙和黑乎乎的棱堡，一段长长的引水渠像巨大的墙壁般矗立着，圣母大殿[2]（Sainte-Marie-Majeure）的一个钟楼及两个圆顶依稀

1　法国古长度单位，1法里约等于今4公里。

2　又名圣母玛利亚大教堂，是罗马天主教的四座宗座圣殿之一。

可辨。站台上，出租马车、车夫、驾驶员、导游的喊叫声汇成一片嘈杂，他们都争先恐后地抢夺您的行李和您本人。各色人等拥挤涌动着前进，英国人、德国人、美国人、法国人、俄国人，大家互相碰撞、拥挤，用各种语言、各种口音相互打听情况。到达旅馆的整个路程中充斥着怪异肮脏的省城景象，这里管理混乱，乱象丛生。街道狭窄而泥泞，到处是贫民窟、简陋的阁楼，空气中弥漫着油炸气味，晾挂在绳子上的衣物随处可见。与此同时，也有许多雄伟的高楼，它们的窗户都装有防护栅栏，栅栏粗大，交叉的铁棍用螺栓锁定。栅栏数不胜数，使人感觉这里像是一座城堡，或是一所监狱。

罗　马

我有一整天的时间，想看看斗兽场（Colisée）和圣伯多禄大殿[1]（Saint-Pierre）。当然，在这里记录下的第一印象仅是眼中所见，是有些草率的，但是，既然有了第一印象，为什么不将其记录下来呢？一个旅行者就应该把自己看作是温度计一般，不管是对是错都记录下来，今后我也要坚持像今天一样去做。

先去斗兽场。从敞篷马车上看到的一切都是令人扫兴的：街道充满恶臭，到处悬挂着脏衣服或湿衣物；渗水的老屋黑黢黢的，墙上布满星星点点的油渍痕迹；成堆的垃圾、货摊、衣衫褴褛的人群，这一切都展现在蒙蒙细雨中。路上看到的废墟、教堂、宫殿，在我眼中都像是两个世纪以前的刺绣衣装，但是古老如两个世纪前的衣物，说明它早已褪色，失去了其金色光泽，而且多有孔洞，生满了寄生虫。

1　又名圣彼得大教堂，是罗马天主教的四座宗座圣殿之一。

斗兽场一出现在眼前，视觉陡然受到震撼。它庞大无比，我无法想象还有什么能比它更加庞大。它的内部空无一人，只有大块的岩石、悬垂的草。这里悄无声息，不时有鸟鸣传来。你会乐于不再多话，站住不动，眼睛上下扫视，目光停留在三层拱门和支撑拱门的巨墙之上。我不禁回想，这里曾经是个竞技场，那时阶梯座位上有 10.7 万名观众，众人同时鼓掌，发出吼叫和威胁；五千头野兽在这里被杀死，一万名俘虏在围栏里搏斗，这就是古罗马时代的生活。

这一切都让罗马人令人憎恨。可以说，在欧洲的各个种族当中，没有哪个种族比罗马人更爱草菅人命，只有在暴君和恶人那里才能找到他们的同类。它曾是一座骇人的城市，像今天的伦敦城那样大，而城里人的乐趣却是观看杀人和让人痛苦。在连续三个多月的时间里，他们每天来到这里就是为了观看杀人，看人受罪。这就是罗马生活独有的特色：先是胜利凯旋，随后是去斗兽场。他们征服了一百多个民族，而且觉得蹂躏这些民族是天经地义的。

在这种制度下，人的神经和灵魂应该会处在一种非常状态。他们生活悠闲，没有工作，食物依靠分配。他们在大理石堆砌的城市里漫步，在浴池中享受按摩，观看滑稽剧和戏剧演员的表演，为了消遣，去欣赏死亡和伤痛；他们整日整日地在那里度过，这使他们受到了刺激。对此，希波的奥古斯丁[1]（Saint Augustin）感同身受，并描述了这可怕的爱好。人们陷入斗兽场中难以自拔，其他的事情似乎都是乏味的。一段时期之后，从这些艺术家兼刽子手的习性中，人性的平衡发生反转，产生了非同一般的怪物。他们不仅像嗜血的野兽或中世纪的阴谋家，而且还像好奇者、爱好者。像卡利古拉（Caligula）、康茂德（Commode）、尼禄（Néron）式的人物，都是些病态的发明家、残暴的诗人，他们不是写出或画出自己的异想天开，而是直接实践它们。许多现代艺术家与他们颇为相似，但幸好他们仅限于白纸黑字，没有付诸实践。就像当今一样，极端的文明产生极端的压力和无限的贪婪。我

1　希波的奥古斯丁（Augustin d'Hippone，354—430），早期西方基督教的神学家、哲学家。

们可以把公元后的四个世纪看作是一个重大的实验，在此实验中，灵魂通过体制寻求一种极端的感受，而任何不够极端的事物都被视为是平淡无奇的。

斗兽场中心，当角斗士看见十万副面孔和要求处死他的大拇指纷纷竖立起来[1]的时候，他该是怎样的感受？这真是残酷无情的碾压。古代世界在此终结。这是无可争辩、不受惩罚、无可挽回的暴力统治的终结。既然残酷的场景在整个罗马帝国境内到处存在，我们就能理解在这样的机器碾压之下世界为何变得空虚了。由此，基督教得以获得发展空间。

我们回到现实继续观察。建筑之美在于其简单朴素。边框统一的拱门构成了最自然、最牢固的拱架。这些建筑物依靠其自身的支撑便屹立不倒，远远超越那些带有活像蟹爪一般扶墙的哥特式教堂！罗马人对自己的设计很满意，认为不需要过多的装饰。一个可容纳十万人的斗兽场能够永远存在下去就足够了。如同历史学家提图斯·李维[2]在其快讯[3]中取消了完整的句子那样，这些事实本身已经足够清晰，足以使人明白了。他的伟大之处正在于此：少言多行。这是一种坦然而又高傲的自信，一种冷静的自豪，自信能够做到和承担后果，并且可以胜过任何人。但是，不管是在古代还是在文艺复兴时期和中世纪，罗马人都缺乏正义感和人道主义。罗马人总是以古代的方式理解“祖国”的含义，将其看作一种封闭的联盟，利于压迫和剥削他族。直到中世纪，对于他们而言，这个祖国仍是一种封闭的地域，其中的每个强者都试图通过计谋和暴力去奴役他人。我不记得是哪位从意大利来到法国的主教说过，如果把善良、温和、相互信任看作基督教的标志，那么意大利人作为基督徒的资格不及法国人的一半。这就是为什么我阅读罗马人的崇拜者——司汤达的作品时，总是持有异议，尽管我本人非常欣赏他。您可以赞扬他们的精

1 要求处死角斗士的手势究竟是怎样的，历史学界尚存争议。

2 提图斯·李维（Titus Livius，公元前 59—17），古罗马著名历史学家，著有《建城以来史》。

3 在彼得那战役胜利之后，元老院针对伊利里亚国王的答复。（提图斯·李维）——原书注

力、他们的见识、他们的才华，这同阿尔菲耶里[1]（Alfiéri）的论调一样，认为在意大利出生的人比其他任何地方的人都强大。您坚持这个观点，并觉得这是最全面的赞誉，您想象不出，对一个民族而言，还能够期望其他什么东西。这是以艺术家和自然主义者的方式孤立地看人，将人视为一种强大而可怕的美丽的动物，带着一种天然的表现姿态。而完整地来看，人具有社会性，并在社会中成长，因此，优秀的民族是能够适应社会并得以发展的民族。从这种意义上说，性情温和、善于交际的天性，骑士般的荣誉感，头脑冷静，遵从常识，朴素的清教徒意识，都是可贵的天赋，也许可以说是最可贵的天赋。正是它们在阿尔卑斯山以外[2]创造了社会，带来了发展；也正因为缺乏这些天赋，阿尔卑斯山以内的社会无法得到建立和发展。某种迅速归属的本能对于一个国家而言是一种优势，而对于个人而言却是个缺点，或许正是个人的力量在这里阻挡了国家建设的道路。

斗兽场的中央有个十字架，一个穿蓝色衣服的男子，一位乡绅，在寂静中走向前台，脱帽，收起了他的绿伞，带着温顺的虔诚，接连且急促地吻了木制十字架三四次，由此获得两百天的赦罪。

天空晴朗起来，透过拱廊可以看到周围的绿色山坡；高大的废墟，混杂着灌木丛，立柱的柱身、树木、成堆的瓦砾、一片浅白色高大的芦苇田、横向的君士坦丁凯旋门，共同组成了一幅奇特的遗存与世俗生活混杂的景象。这就是在罗马城随处可见的景象——建筑物的遗迹、花园的残骸、古老立柱下的油炸马铃薯摊位，以及豪拉提乌斯·科克莱斯桥旁飘散着的烂鳕鱼的味道，此外还能看到某座宫殿侧面的三个修鞋匠正在修鞋。

我们随意走着，闲逛着。没有向导，这是不被干扰的办法。我向一位乡绅模样

1　阿尔菲耶里（1749—1803），意大利剧作家和诗人。

2　阿尔卑斯山脉以内或以外的概念源自古罗马人的视点，靠近罗马的这一侧就是“以内”，反之就是“以外”。

的人问路，他很热心地跟我交谈。他去过巴黎，很欣赏协和广场和凯旋门，参观了马比耶舞场，并留下了深刻的印象。街头橱窗里展示着巴黎著名的舞女和风流女子的照片，这些在国外随处可见，我们主要的声誉就是由这些女士创造的。啊！可爱的法兰西，在蒙马特大道上散步是多么愉快的事啊！

天空变得完全晴朗起来，天气温和，路面干燥。也不记得是在哪个广场上，从我就餐的咖啡馆向外看，可以看见四十来个家伙，他们或坐在人行道上，或靠在房角处，无所事事；他们抽烟，来回溜达，谈天说地，品评行人。三四个衣衫破烂之人，肮脏如同旧扫帚，膝盖处露着肉，倚墙躺在石子地上睡觉；最活跃的五六个人在玩猜拳游戏，张开手，或合上手，嘴里喊着心中猜测的手指数。大多数人一言不发，一动不动。他们成排地坐在道路边缘，手托下巴，外套拢到大腿上。他们喜欢这样取暖，虽然不太热，但对于他们，这已经足够了。还有一些贪吃的人，嘴里嚼着羽扇豆；除了颌骨来回动以外，他们竟能长时间地保持纹丝不动。

整条大街望去，所有的窗户都打开着，妇女们、姑娘们都出现在凉台上纳凉。难以想象出更奇特的对比了：她们中的大多数都是美丽的，她们强健的头颅很有表现力，黑亮的头发被精心地绾到两鬓之上；她们目光炯炯，全身强烈地散发着天然的、充满健康气息的青春光彩；她们穿着新颖的连衣裙，手里拿着金色的梳子，戴着项链等各种首饰，这种种景象就这样被框定在一间破屋子的墙上。墙灰成片剥落，污泥点飞溅到铺面的橱窗上，整条街道上呈现出一条黑乎乎的泥痕。走近就会看到带有假窗的入口，蜘蛛网挂在支离破碎的条杠上，楼梯盘旋像管道；进入里面，满眼都是居家生活所需的乱七八糟的东西——成堆的衣物、陶制的平底锅，还有身着衬衣的儿童。她们并不是坏女人，但她们的快乐所在只是穿衣打扮。她们在阳台上度过下午，就像孔雀在它的栖架上歇息。

在一条长街的尽头，圣伯多禄大殿显现出来了。没有什么能比这个大广场更坚实、更完好的了，与之相比，我们的卢浮宫、协和广场都只能算是歌剧院的装饰。大殿的形象非常高大，倏然间，它的全貌尽收眼底。两排美丽的柱廊呈弧形环抱。中央有一座方尖碑，两侧各有一座喷泉喷洒着水珠泡沫，填补了广场的空旷。几个黑点是一些坐着的男子，还有一些参观者在向上走；一队僧侣为阶梯衬画出一缕白线，而在所有的阶梯顶端，在一堆柱廊、三角形门楣和雕像之上，耸立着巨大的圆顶。

仔细观看，可见大殿的正立面威严耸立。它建于帝国末期，简直就像一个夸张的市政厅门面。后人增加了柱廊，使其形状复杂化，过多的雕像、堆积的石块致使拥塞破坏了美。进入里面，同样的印象再度出现，口中不禁要说出两个词：宏伟与夸张。这里有太多的金碧辉煌、太多的雕刻、太多的昂贵大理石、太多的青铜器、太多的装饰、太多的藻井和圆雕饰了。这一切都宏大非常，但又过于夸张。在我看来，所有的建筑艺术品都应该如同一声呼唤、一句虔诚的话语，是一种情感的极端表达和补充，而不是任何其他东西。例如，提香[1]（Titien）或委罗内塞[2]（Véronèse）为了使某场盛宴上或官方场合中众人的眼睛得到感官享受而画的作品，抑或是真正的哥特式天主教堂——斯特拉斯堡大教堂。在教堂内部，黑漆漆的巨大中殿被神秘的紫红色贯穿。成排的、沉默的柱石，隐藏于阴影中的地下墓穴，光彩夺目的圆花窗，所有这些令人恐怖的天主教事物似乎构成了一个通往天堂的出口。

然而，如同我们的卢浮宫一样，圣伯多禄大殿是一种组合。面对这个教堂，人们很难获得简单而纯粹的感受。建造者们自信地说："就让我们尽力创造出人世间最辉煌、最宏伟的装饰吧！"伯拉孟特[3]（Bramante）借鉴了君士坦丁堡大皇宫

1　蒂齐亚诺·韦切利奥（Tiziano Vecellio，约 1488—1576），常被称为提香，意大利文艺复兴时期的代表画家之一。

2　保罗·卡利亚里（Paolo Caliari，1528—1588），绰号委罗内塞，意大利威尼斯画派画家。

3　多纳托·伯拉孟特（Donato Bramante，1444—1514），意大利文艺复兴早期著名的建筑师，他是圣伯多禄大殿的主要设计师之一。在圣伯多禄大殿的建造过程中，先后有三位著名的建筑师做出了重大的贡献，即伯拉孟特、米开朗琪罗和贝尼尼。

（Palais de Constantin）的大拱顶，米开朗琪罗借鉴了万神殿（Panthéon）的圆顶，这两种建筑都不是来自基督徒的理念，但它们相互影响，共同创造出了一座基督教大殿。

这些拱顶，这座圆顶，这些强有力的弧度，所有这一切都是辉煌而宏大的。然而，总体而言，这里只有两种建筑设计——希腊式和哥特式，其他建筑都是它们的转化、变形或扩大。

当年建造圣伯多禄大殿的人都是异教徒，他们仅仅是害怕被打入地狱而已，没有其他想法。宗教的崇高之处，无非是在悲天悯人的救世主面前可以吐露真情，面对正义的审判会心怀恐惧。面对具有雷霆手段的上帝，希伯来人怀有狂热而阳刚的激情；面对自然之美、祥和之美，希腊人展现出自由绽放的天性。所有这些情感，异教徒都缺乏。他们星期五守斋，他们崇敬一位圣徒是为了得到他的关照。例如米开朗琪罗，我不知道他曾多少次得到教皇的恩准，允许他骑马观看罗马的七座大教堂。他们拥有浓烈的激情、充沛的精力，他们达到了伟大的高度，因为他们来自一个伟大的时代；但是，说到真正的宗教情感，他们真是一丁点儿也没有。他们革新了原始的异教[1]（paganisme），但是，第二次的萌发永远没有原始的初心。各种小迷信、狭隘的虔诚很快就歪曲了强烈的原始灵感，并使之失去了原味。只要去看一看内部的装饰就知道他们已经走向了怎样的堕落。贝尼尼[2]（Bernin）让矫揉造作的雕像侵占了教堂，依靠扭腰摆臀来彰显其魅力。所有那些到处竖立的巨大雕像都展现出半现代的面孔和衣着，却妄想以此表现古代风格，如此产生的效果实在可悲。看着这一系列天堂的搬运工，我不禁想说："美丽的臂膀，高高举起。善良的修道士，你努力地伸展大腿吧。好心的女人，你的裙子飘荡得恰到好处，尽情开心吧。小天

1 "异教"一词在基督教体系中的原始含义是指非基督教的和非犹太教的宗教，也引申指不同于自己的文化教俗。

2 吉安·洛伦佐·贝尼尼（Gian Lorenzo Bernini，1598—1680），意大利雕塑家、建筑师、画家。

使们，你们也在秋千上灵活地荡漾。我亲爱的朋友们，特别是你们，青铜红衣主教们，你们是美德的象征，你们是戏剧性表现的成功代表。”

我以后还会再谈及这个主题，很可能我今日所言是不公正的；但就真情实感而言，我确信这座建筑并不具备这些。面对贝尼尼在圣天使桥（Pont Saint-Ange）上安排的这些富有激情的舞者，我心情不佳。他们想要表现出温柔或雅致，他们摆动着希腊式或罗马式的服装，权当这是18世纪的裙子。这些艺术品没有一件是纯粹的，有三四种对立的情感混杂其中，而且明显不协调。主题人物是一个苦行僧，他整日斋戒，惩罚自己；他的身体、服装都是异教徒的形式，其各种特征都与现实生活相关联。烤架、苦行衣、健壮青年的神秘眼神、内心只想着做爱的健美少女，对我而言，没有什么比看到这些混搭更令人厌恶的了。这里无法令人感受到哥特式教堂和基督教生活所特有的任何怜悯、任何恐惧。整个建筑都太过金碧辉煌、太过明亮了，拱顶和列柱也太过华丽了。在这里，人们感觉不到古代寺院和古希腊生活中那种朴素的情感所带来的清新、那种令人舒适的祥和、那种永恒的青春气息。十字架、殉难画、黄金骷髅，以及其余种种，过多地影射了神秘传说中的苦修和遁世的象征。总之，这里只是一个演出大厅——世界上最大、最辉煌的大厅，一个庞大的机构通过它向世人展现它的强大。这不是一座宗教的教堂，而是一座需要人崇拜的教堂。

自晚上十点钟至午夜在罗马漫步

街上几乎无人，场景却是宏大的和悲剧性的，如同皮拉内西[1]（Piranèse）的绘

1 乔瓦尼·巴蒂斯塔·皮拉内西（Giovanni Battista Piranesi，1720—1778），意大利建筑师、雕刻家。

画那样。这里光线微弱，仅够使大型物体从黑暗中显现出来。肮脏、破败、难闻的气味都消失了。月亮在无云的天空上照耀，而清新的空气、四周的静谧、对未知的感受，这一切都在刺激并触动着我。

这一切都是伟大的，这就是我心中不断涌现出的想法。这里绝无小气、平庸或乏味，没有一条街、一座建筑不具备自己的个性——一种鲜明而强烈的个性。这里没有那种具有约束力的统一规定来矫正和制约这些大型建筑物。每座建筑各自随意“生长”，毫不顾忌其他，然而它们的混杂是美丽的，就像一位伟大的艺术家的工作室所呈现的那种杂乱无章一样。

安敦尼立柱在明亮的月夜里挺立着，立柱的周围坐落着坚固的宫殿，毫无沉重之感。最深处的宫殿有二十孔被照亮的拱廊以及两个泛着光的宽阔的圆形拱孔，这一切活像一种以光刻画的涡形饰，也像某种在黑暗中燃放的奇异仙境。

纳沃纳广场（Piazza Navone）的喷泉水在静默中顺畅流淌，喷涌而出的水以成千上万的水珠反射着月光。在那摇曳波动的月光的反射下，巨大的雕像似乎活了。剧场般的外观消失了，只能看到巨人们在沸腾的光影下扭动和跳跃的姿态。

窗子的挑檐、宽大而突出的阳台、雕刻而出的屋顶边缘，在墙壁上映射出了浓厚的阴影。阴深的街巷左右均可见，犹如洞穴般开着口。这里或那里竖立着修道院的黑色侧墙，像被遗弃一样，几座带有塔楼的高大房屋像是中世纪的遗物。远方的灯光可怜巴巴地闪烁着，变得越来越厚重的黑暗似乎吞没了一切生命。

这些巨大的修道院、这些方形的宫殿都没什么了不起，那里没有一丝光芒闪耀。它们以牢不可破的姿态孤立地耸立着，犹如被围困的城市中的一座堡垒。平平的屋顶、露台、三角楣、粗糙而纠结的形状与明亮夜空下突兀的墙脊形成鲜明的对照，而在墙角下，难以看清的门、墙角石和弯道都趴在黑影中。

继续前行，一切残存的生命都消失了，这感觉就像是在一座被遗弃的、已死亡的城市当中，一个伟大民族的骨架突然毁灭了。我从科隆纳宫（Palais Colonna）的拱廊下通过，沿着其花园外无声的墙壁前行，再也听不到任何人的声息，也看不到任何人；只在远处，在一条弯弯曲曲的街道的尽头，在好似透气窗的昏暗门廊中，一盏昏黄的路灯摇来摆去。封闭的房屋、高墙冷漠地排成一排，犹如海岸边的一排礁石，而一旦走出它们的阴影，宽阔的空间突然展开，被月光照亮，就像一片荒凉的沙滩。

终于见到了君士坦丁廊柱大厅（Basilique de Constantin），其拱廊体量巨大，一些像头发一般的植物攀覆其上。我的视线被其强有力的曲线吸引。而后，陡然在边缘的裂隙间，我瞥见了淡蓝色。奇特的碧蓝的夜空，犹如一堵镶嵌着火花的水晶墙。前行两三步，那神圣的天空穹顶、那圣洁的光芒以及苍穹中闪耀着的无数群星豁然出现在空旷的古罗马广场上。沿着卧倒的石柱行走，我感到柱身巨大无比；当我倚靠着其中一根柱身时，发现其厚度直达胸部。从这里看向斗兽场，它保存了完整的外壁部分，全呈黑色，傲然耸立，庞大无比。其墙壁外倾，看上去似乎即将倾倒。在明亮的月光的映照下，其废墟部分的石块的淡红色调依稀可辨。在这清澈的夜空下，竞技场的圆形也富有了灵性，似乎形成了一种完美而神奇的存在。在这无边的静寂中，人与植物，乃至任何一个短暂的生命都不过是一种表象，只有它遗世独立。我曾经在群山中也有过这种感受，仿佛它们才是地球上真正的居民。那时，我暂时忘掉了人类生活的蚁穴，在天棚之下去猜想远古巨兽的无声对话，感觉它们才是永远的主人、永恒的统治者。

归途经过卡比托利欧[1]（Capitole）山脚下，远处的大教堂、凯旋门，尤其是废墟寺庙的柱石高雅而壮观，有一些是孤立的，另一些则如兄弟般排列在一起，似乎都活了起来。它们也是宁静的生命体，不过它们既优美又简朴，就像古希腊的美男子。它们那爱奥尼亚头颅上戴有发饰，光滑的大理石躯体上反射着月光。

---

1 罗马最高的山丘，是罗马建城之初的重要宗教与政治中心。

从罗马到那不勒斯

道路右侧有一段很长的引水渠，远方视野所及处不时出现一座座废墟，沿途经常遇见孑然而立的拱门，摇摇欲坠，而周围则是一望无际、黄绿相间的大平原，被风吹雨打的成片的枯草波浪起伏，好似滚动的草毯。灰紫色浓云阴沉地悬挂于天空，而列车的浓烟就像白色的波浪即将混入浓云之中。一法里又一法里，单调的引水渠犹如岩石堤坝不断出现在波动的草海之中。东边，黝黑的高峰耸立，一半已被白雪覆盖；西边是一片耕种的田野，光秃秃的小果树树冠以及它们纤细的枝干散落其间。一条黄色的溪流冲刷着泥土，开辟出自己的道路。

这一切看起来都很凄凉，而各个站台则更是如此。它们都是些简陋的小木屋，里面烧着木柴，以备旅行者前来取暖。入口处挤着几个乞丐，他们都是年轻的小伙子，正在以上帝、圣母玛利亚、圣约瑟以及天国诸圣之爱的名义向游客乞求一个巴夭克[1]（baïoque）、半个巴夭克——可怜的、小小的半个巴夭克，就如一周没有吃过东西的狗看到一块骨头时那般纠缠不休。我不知道他们脚上穿的是什么，看上去不像凉鞋，也不是皮鞋，更像一包碎布，而且是从溪水中捡到的破碎布。这包东西在泥泞中随着他们的脚步发出“啪嗒啪嗒”的响声。他们戴着宽檐帽，帽子折着檐，还带着破洞。他们穿的短裤、外套更是一言难尽，除了厨房的抹布、堆积在破布仓库里为造纸用的肮脏旧衣物之外，没有什么能与之相提并论。

我见过形形色色的人，自从踏上意大利的土地，那些意大利人的形象就总是浮现在我脑海之中。他们可以被分为三四种典型的形象：第一种拥有漂亮且匀称的头型，面部中规中矩，表情生动，透着机智和警觉，能够立刻理解所面临的所有事

1 巴夭克是教皇国所使用的铜币。100 巴夭克等于 1 罗马埃居（écuromain）。

物，可以激发爱慕之情，属于善于甜言蜜语的类型；第二种类型的特征是方头大脸，身材魁梧，嘴唇厚且性感，言语豪放、滑稽，充满讽刺；第三种类型的特征是如同一只瘦弱的动物，面色焦黄，脸面无肉，骨骼凸出且棱角分明，言谈时眼中充满了热情的火焰，头发卷曲膨胀，如同即将喷发的火山一般；最后一种是优雅而健壮的男人，他们肌肉发达紧实，没有赘肉，面色红润，直视你的面孔时目光强烈而专注，似乎在期待什么，又似乎在吐露什么感想，然而在等待中却始终保持冷静，绝不冲动。

这条通往那不勒斯的路上的景色应该是很美的，但是只有在夏日的晴朗天气下才好观赏：众多壮观而多变的山峰虽非巨大无边，但又体量足够，上面多半覆盖着森林；时而可见一座灰白相间的城市坐落在整个山丘之上，浑圆得像是一个蜂巢……但是，雨雾遮掩了一切形貌，冬天将一切都玷污了：没有任何绿植，树枝上挂满橙红色的干叶，像一件旧衣服似的；泥泞的激流冲刷着土地。这不像是青春洋溢的少女，更像是一具尸体。

第 二 章

那不勒斯

2月20日，那不勒斯

这里是另一种气候，另一片天空，几乎可说是另一个世界。今早，在走向港口的路上，当空间陡然展开、视野倏然开阔之时，刹那间，我眼中几乎只见到了白色和太阳的光辉。极目远眺，透过海上的轻雾，群山层峦叠嶂，像白云一样反射着绸缎般的光泽。海中的白色巨浪翻滚，太阳喷发出如火的光芒，就像熔化的金属那般倾泻到沙滩之上。

我在皇家别墅（Villa-Réale）度过了半日。这是一条栽满了橡树和常绿灌木的沿海小路。阳光穿透了几棵小树的枝丫，枝头上已然长出了嫩叶，张开了黄色的小花。林荫间竖立着一些身形矫健的裸体雕像，欧罗巴女神（Europe）骑在公牛之上，其白色的大理石身躯在绿茵环绕中倾斜而立。成片的阳光洒在草坪之上，攀缘植物在立柱上相互缠绕；各处开满了鲜红的花朵，娇嫩的、毛茸茸的花苞在吹过橡树间的和煦轻风中晃动。空气和海水都令人舒适，不禁令我回想起大西洋沿岸的气候。我们诺曼底和加斯科涅的峭壁饱受风吹雨打，发育不良的矮树躲藏在低洼凹陷之处，荆豆和短秃的草皮可怜巴巴地紧贴在斜坡上。这是多么巨大的反差！此处，附近的水源滋养了植物，你可以感受到风以其清新和温暖在轻抚和促进它们的生长。我听着树叶间的低语，看着它们的影子在沙滩上摇摆，忘却了自我。六步之外，海浪带着深沉的轰鸣声翻滚着，泛着泡沫的浪花逐渐在沙滩上扩展并消融。轻雾在阳光下消散了。在树叶间，维苏威火山及其周边的山脉显露出了真容。它们都呈浅紫罗兰色，而随着太阳落山，这种颜色变得越发浅淡。最终，最细腻的淡紫色色调呈现出来，如同并不太诱人的花冠。此刻，天空清澈，平静的大海一片蔚蓝。

这个场景难以言传。拜伦勋爵[1]（Lord Byron）所言的确有道理，艺术之美与自然之美无法相比。一幅画总是不若自然景致，而自然景致总是超越我们的构思。这一切很美，我已经不知道该如何用言语表达；这一切很伟大，很美妙；这一切使人的身心感到快乐，没有什么比这更奢侈、更高尚了。当这一切出现在眼前时，怎么能将自己陷于工作的苦恼中呢？没有必要拥有一座规整的房子，没有必要辛苦地制造那些宏大的东西（如一部宪法、一座教堂），没有必要爱慕虚荣和寻找奢华的享受，只需要顺其自然地生活，只需要观看—— 一眸凝视就包含了所有生命之精华。

我坐在一条长椅上看着夜幕降临，色彩消失，此身似乎是处在古代诗人所说的至福乐土[2]（Champs Élysées）。碧空之下，优雅的树形显现出来。落叶的梧桐、光秃秃的橡树，它们似乎都在微笑。晴朗宁静的天空，被枝条划成格栅，交相映照。它们一点也不像我们那里常见的枯树或垂死的树，它们更像是在打盹儿，在暖风的轻抚下，准备绽放它们的花蕾，并将它们的嫩芽委托给下一个春天。夜空中星光闪烁，月亮开始洒下白色的光辉。雕像显得更加苍白了，它们在这可爱而神秘的夜晚似乎活了过来。成群结队的年轻女士身穿飘逸的长裙轻柔地漫步，如同幸

1　乔治·戈登·拜伦（George Gordon Byron，1788—1824），英国诗人，著有《唐璜》。

2　又名幸福岛，古希腊神话中冥府的一部分，是英雄和道德高尚之人才能去的地方。

福的幽灵。我觉得自己似乎进入了古希腊的生活场景，并能理解古希腊人的情感的细腻之处。那些纤细的身影的和谐完美与模糊的色彩足以使我沉溺，我不再需要色调，也不再需要光辉。脑海中回响起阿里斯托芬[1]（Aristophane）的诗句，重现出他所描述的那些头戴花冠的年轻竞技者；他们纯洁而健美，正和一位同龄的朋友一起在杨树林和开花的菝葜丛中舒畅地漫步。那不勒斯是希腊人的聚集地，越是仔细观察就越能感受到，一个民族的品位和精神与当地的风景和气候是相匹配的。

临近晚八点，一丝风也没有。天空呈现出青金石的颜色；月亮就像是洁白无瑕的女王，独自在碧蓝的天空中闪亮；月光在海面上荡漾，就像是一条乳白色的河流。没有什么词语能够描述环绕着紫晕晚裙的群山所展示出的优雅和温柔。防波堤、林立的小艇桅杆，以其深黑色身影将群山衬托得更加迷人。在齐亚贾[2]（Chiaja）的右侧，海湾旁环绕着亮灯的房子，如同一条火焰花环。

到处都有信号灯在闪烁，人们走出室外，高声地交谈、欢笑和享用晚餐。这天空本身就是一场晚会。

在那不勒斯街头漫步

我走过的都是怎样的街道啊！高坡的、狭窄的、肮脏的，还有被临街阳台包围的街道。各种蚁巢般的小店和露天摊位密布其中；各色男女摩肩接踵，他们做着买卖，打着手势，闲聊着。他们中的大部分人都发育不良且丑陋不堪。

1 阿里斯托芬（约前 448—前 380），古希腊喜剧作家。

2 那不勒斯一块滨海区的地名。

妇女们尤其矮小，她们塌鼻，面色焦黄，但眼睛却是明亮的。她们看起来污秽而憔悴，披着带有花枝图案的披肩，戴着紫色、红色、橙色等色泽鲜艳的头巾以及铜制首饰。在梅尔卡托广场附近，有一片迷宫般的石板路街巷，蜿蜒曲折，满是积尘，四处散落着橙子皮、西瓜皮、菜叶和叫不出名字的垃圾。乌泱泱的人群在一线月光和街巷阴影的交替之间拥挤攒动。所有人都在动，他们吃饭、喝酒，就像鼠穴中的一群老鼠，气味难闻。这里如同伦敦城中那种无人关心的街巷，空气污浊，生活在那里的人也都落拓不羁。幸好，这里的气候对于陋室和穷人比较适宜。

在这些贫民窟中，有时能见到某个巨大的墙角或某座旧府邸的大门。透过宽敞且交叉上升的围栏楼梯之间的空隙，可以看到某些由立柱支撑的内部平台，其余的生活空间都被墙体围住了，其壮观程度显示出了西班牙统治时期[1]的风格。贵族老爷们曾经住在这里，带着他们的侍从、全副武装的家丁和四轮马车。他们向国王寻求年金，四处办宴会，参加各种仪式——从表面上看，这是他们最重要的事情。街头的那些低俗小贩和小手工业者们围观着贵族气派奢华的出行仪仗，他们自己既倨傲又很可怜，就像过去封建时期被允许居住在城堡主楼外的农奴们一样。

许多修道士在泥泞中疾行，赤脚穿着凉鞋或皮鞋，其中好几位都长着滑稽可笑的脑袋，就像苏格拉底扮成的驼背小丑。他们中的大部分人都是真正的普通人：他们身穿破旧的道袍，行走时拖泥带水，肩膀如同马车夫一般耸动。其中有一位倾身向前，肘部抵在阳台上以便更清楚地观察我们。他身材肥胖，大腹便便，面颊丰满，就像拉伯雷[2]所描述的狡猾的胖修道士那样舒展着其肥壮的身躯，如同一只好奇的猪，以怀疑的眼光看着路人。别处，在更整洁的街道上，可以认出某些年轻高

1　那不勒斯1861年才正式成为意大利王国的一部分。

2　弗朗索瓦·拉伯雷（François Rabelais，约1493—1553），法国作家，人文主义的代表人物之一，著有《巨人传》。

雅的教士，他们一身黑色道袍，整洁庄重，显得精明而机智。他们的地位高低不同，有的适合上流社会，有的适合下等阶层。

一路上路过五六座教堂。圣母玛利亚的塑像被画得像是理发匠的模特，而且穿着贵妇的衣装；其中一个还穿着粉色长裙，扎着蓝色饰带，梳着精巧的发型，胸前却插着六把剑。小耶稣和圣徒们都穿着现代服装。有几尊像穿的是真正的道袍，其他的则显露出尸体般的肌肤和流血的伤口。对于眼中所见的和所有感官感知的[1]，我无法实质性地讲出来。一位老妪跪伏在圣母像前哀怨。圣母身穿血迹斑斑的衣服，如同一位守寡的公主。人们以同样的语气向圣母倾诉，人们在她面前哭泣以求得怜悯。

还有三座教堂值得一提，那就是慈悲圣母院[2]（Santa-Maria della Pietra）、圣嘉勒（Santa-Chiara）圣殿[3]和圣雅纳略[4]（San-Gennaro）礼拜堂。慈悲圣母院是一间明亮而雅致的小屋：一尊披着薄纱的女体雕像——《贞洁》[5]（*Pudeur*）被竖立在那里，但薄纱是如此轻薄、如此贴身，紧绷在其前胸和整个躯体之上，以至于比全裸更加富有意味。地穴中是缠着裹尸布逝去的耶稣像；看门人点燃了一支蜡烛，在微弱的

1　我的一位朋友给我讲述过他在西西里见到的一尊圣母像，圣母像的胸前被贴上了一块巨大的银制还愿物，代表着祈求者需要被治愈的那部分身体。病人的病是痔疮。在墨西拿（Messine），8月15日，我们在街头散步，看到一套由转动的圆环组成的机械以纪念圣母玛利亚的名义出现在街头。一些小孩被装扮成天使的模样绑在圆环上，他们在上面转了七个小时，被解下来时，大部分孩子都死了或垂死了。他们的母亲们却自我安慰说是圣母将小天使带上了天国。（《那不勒斯修道院的奥秘》[*Mystères des couvents de Naples*]，第39页，莉洁塔·卡拉乔洛[Enrichetta Caracciolo]，前本笃会修女）——原书注

2　旧名，新名为圣塞韦罗（San Severo）礼拜堂。

3　始建于14世纪初期，初为哥特式建筑风格，17—18世纪改建为巴洛克式，“二战”时毁于轰炸，于1953年完成重建。

4　圣雅纳略是那不勒斯的主保圣人。

5　今常见译名是《谦逊》。此雕像是圣塞韦罗亲王雷蒙多·德桑格罗（Raimondo di Sangro）为纪念其早年去世的母亲而邀请意大利雕塑家安东尼奥·科拉迪尼（Antonio Corradini）制作的。

烛光下，在阴冷的空气中，眼睛以及其他所有感官，都如同触碰到一具尸体般紧张起来。这就是迷信和雕像的影响力。艺术家出色地捉弄了享乐主义者，同时也使虔诚的信众颤抖。在此我不谈油画的奢华、滥用的装饰物和浮夸的布景，这些在圣嘉勒圣殿祭台上那巨大的银叶装饰中，在其众多的铜制镀金栏杆、绒球、小金球饰、花环形蜡烛中，在祭台上那如同小女孩用于点缀圣体瞻礼的成堆饰物中更加显而易见。在我见过但不记得名字的众多教堂当中也同样如此。这种异教的天主教信仰（catholicisme païen）令人震惊：在禁欲主义的外表之下总能找到一种情欲的基底。骷髅头、沙漏、神秘主义的庇护物与镀金装饰、珍贵的大理石立柱、希腊式柱顶，这些完全不协调。这些人徒有天主教信仰中的迷信和恐惧。尤其是这里，缺少宏大性，到处是矫揉造作。他们将一座教堂变成了一间装满漂亮玩意儿的货栈。虽然努力去感受建造了这些教堂的人所拥有的情感，但相比之下，我觉得我更愿意去一间金银器店转转，或者向一位圣徒捐出一大笔钱，企望他庇佑我不会发烧。这里简直是满脑幻想之人的赌场。建筑师和画家通过视觉陷阱，通过巨大且曲线怪异的穹顶，以夸张的形式来试着唤醒麻木的感知。这些都宣示出这是一个恶劣的时代——真正的情感灭亡了，彰显了艺术上的浮夸和衰败，以及一个腐败的文明和外族统治所造成的恶劣影响。然而，在这场没落中，总留有一些古老而天赋卓绝的碎片：例如，在圣雅纳略礼拜堂，其大门上有瓦萨里[1]（Vasari）所绘的矫健人体，内里有桑塔菲德[2]（Santa-Fede）和福尔利（Forli）的穹顶画；有丰富的群体组合，有姿态高尚而挺拔的人物画像；还有陵墓，以及排列着历任主教圆雕像的中殿。中殿穹顶的曲线宏伟壮观，其金色基底上点缀着贝壳饰，显得无比庄严。

1　乔尔乔·瓦萨里（Giorgio Vasari，1511—1574），意大利文艺复兴时期著名的画家和建筑师，传记《艺苑名人传》（*Les Vies des meilleurs peintres, sculpteurs et architectes*）被视为艺术史上最重要的著作之一。

2　法布里奇奥·桑塔菲德（Fabrizio Santafede，1560—1634），那不勒斯画派代表人物之一。

圣马蒂诺修道院[1]

我们经由肮脏而拥挤的小巷登山。我实在无法忍受那些破衣烂衫之人聊天时手舞足蹈的样子了。女人们一点都不漂亮，面如土色，甚至女孩们也是如此，她们那扁平的鼻子破坏了其整体的容貌。她们的脸蛋上透出一丝机灵，偶尔也有讨人喜欢的。总之，她们的面容与18世纪那种不太端正的面容相当接近，却与希腊人的美丽相距甚远。

我们向上爬呀爬，不停地爬，可总也看不见尽头。层层阶梯之上，总见许多挂在绳子上晾晒的破衣烂衫和内衣。这里有许多小巷，驮运货物的驴子在湿滑的山坡上小心前行，泥泞的水流在碎石间向下流淌，孩童乞丐在路边乞讨，还可以看到露天而居的人家。山就像是一头大象，而人类如寄生虫般在其身上筑巢，使其瘙痒，使其烦恼。有座房屋没有底层，要登梯而上，而且其大门敞开，在昏暗的阴影中可见到一名男子正在弹吉他，其身边有几名妇女在清理蔬菜。突然，在这片旧货市场、这些鼠窝、这片贫民窟的尽头，壮丽的修道院显现出来，它结合了自然之壮美和人类对艺术的追求。

尤其是它的宽敞内庭，四边围有白色大理石柱廊，一个庞大的灰色蓄水池位于中央，令我赞叹不已。高大茂密的黄杨和青蓝色的薰衣草布满在简朴而又整洁的绿地之上。白色大理石的反光映照其上，再配以碧蓝的天空——每一种颜色既有它的局限又相映成趣。建造者对于建筑设计和柱廊的理解是多么透彻！在北方，它们只属于附属建筑物，是学究们的舶来品，没什么用处。那里的人晚上从不在露天散步，他们不需要避光处，也不需要可以迎接海岸微风的窗洞。他们感觉不到简单分

1 圣马蒂诺（San Martino）修道院始建于14世纪。

明的线条所带来的益处，也感觉不到对于简单且反差巨大的几种颜色的需要。人必须生活在碧海蓝天之间才能领略光滑而洁白的大理石之美。艺术是为这个国家而存在的。当天气适宜之时，天空晴朗，清新的空气渗入心灵，人们自然会热爱装饰，喜欢看到脚下多彩的大理石图案，喜欢看到长廊的尽头悬挂着的精美的圆浮雕像，喜欢凝视廊柱上方半裸的雕像——不管那是年轻的圣徒还是披纱的圣女。天主教信仰因而变得绚丽多彩而且可爱了，它不仅使人的视觉获得了享受，还使人的灵魂处于放松的状态，得以沉浸于高雅之中。长廊的尽头是面朝大海的阳台，自此俯瞰，那不勒斯尽收眼底：城市不断延展，白色的房子沿着蜿蜒的海岸线排列，环抱着蓝色的大海，绵延至维苏威火山；更远处，层层波浪在阳光下反射出金光，而太阳就像悬于天穹之上的一盏明灯。

眼前是修道院的园子，一条漫长的斜坡上满是暗绿色的橄榄树。相对平整的土地上随处可见葡萄架搭成的林荫道，还有那由几株粗壮的树木点缀的平台、扎根于岩石上的坚固的石砌房子以及一组列柱的遗迹。面向整个海湾时，小小的船帆星罗棋布，蒙特圣安杰洛（Monte-San-Angelo）、冒烟的维苏威火山历历在目。修道院是一个封闭的小世界，但它五脏俱全，围墙内拥有如许美丽的东西。此刻，我们离开了自己平庸而舒适的小日子，来至千里之外。修道士们都剃了光头，身穿棕色或白色道袍，脚踩一双大皮鞋，可他们的身边处处是美丽的事物。我从没见过哪位王公的宫殿能给我留下如此高贵的印象。此处缺少的是安逸，而正因如此，这一切就显得更加高尚。

我最近参观过一所最奢华、最考究的现代房屋，它同样是面朝大海。主人是一位有品位的百万富翁，出手阔绰。所有的东西都油光锃亮，但没有什么高雅的东西，没有一根廊柱，也没有气派的礼仪大厅，那么这一切又有什么用呢？从居住的角度，这里很舒适，但是没有一个角落——不管是内饰还是外观——让一位画家有描绘它的欲望。每一件物品单独拿出来看都是精美且令人心怡的。床边有六个响铃按钮，窗帘很是可爱，没有什么比扶手椅更加柔软舒适的了。如同英式房屋一样，它的里面备有成套的用途各异的小器皿。建筑师和挂毯商们用所能想到的最佳手段来确保房屋冷热均匀，便于节庆时使用，可以洗浴、吐痰，但是他们从未设想过还有其他需要。仅有的几件艺术品是华托[1]（Watteau）和布歇[2]（Boucher）的几幅画，然而它们与内饰并不协调，反而让人联想到另一个时代。我们自己的家中尚留有什么18世纪的遗存吗？我们还有真正的候见厅和贵族生活中的华丽仪仗吗？太多的仆从只会让我们徒增烦恼，假如要保留一些侍臣，那就让他们待在书房里面吧。我们在家里只想要一把柔软的扶手椅、一些精挑细选的雪茄以及精致的晚餐，最多还需要一个漂亮的奢华排场，以便在重要的日子中彰显荣光。我们已然不知道如何隆重地对待生活、如何洒脱，我们满足于个人的舒适空间，满足于获得一笔微薄的养老金。在这里，人们生活简朴，仅满足于日常所需。如此，灵魂才得以释放，眼睛才可以凝视辽阔的远方，凝视所有超越了人本身的事物。

一位身穿黄衣、眼睛炯炯有神、一脸谨慎和专注的修道士将我们引导至教堂中。这里没有一条走廊、一条通道不带有艺术家的痕迹。入口处，在无遮挡的庭院中有一件贝尼尼的圣母雕像，身披矫饰的长巾，扭转身体凝视着她的孩子，显得既柔弱又漂亮，就像是个闺房中的爱神像，但是她高大的身躯显露出了其高贵的血统——那是被绘画大师们创造出来的高贵血统。当画家们于17世纪装饰这座修道院时，他们已然没有了关于美的纯粹思想，只考虑美的表象。假如您联想一下温莎城堡、白金汉宫或者杜伊勒里宫，就能感受到其中的反差。

教堂是一个非凡的宝库，其中所聚集的珍贵大理石、雕像和油画都是世所罕

1 让-安东尼·华托（Jean-Antoine Watteau，1684—1721），法国洛可可风格的代表画家之一。

2 弗朗索瓦·布歇（François Boucher，1703—1770），法国洛可可风格的代表画家之一。

见的，其栏杆和立柱也异常精美。大批当代画家、雕塑家都曾在这里发挥他们的想象力，展现出他们画笔的优雅或矫揉造作，如圭多[1]（Le Guide）、兰弗兰科[2]、卡拉瓦乔[3]（Caravage）、阿尔皮诺骑士[4]（Le cavalier d'Arpino）、索利梅纳[5]、卢卡·焦尔达诺[6]（Luca Giordano）。在宽阔的中殿两旁以及边侧礼拜堂和圣器室内悬挂着上百幅油画。天花板上没有一个角落是空白的。壁画上，所有人物的躯体都呈前冲状，如同在空中翻转。飘逸的衣裳产生了褶皱，生动的粉色肌肉在丝袍的映衬下泛着光泽，健美的肢体似乎是在快乐地伸展和舞动。几位半裸的圣徒是可爱的年轻人形象。卢卡·焦尔达诺所绘的一位天使身穿蓝色长袍，双腿与双肩裸露，就像一个恋爱中的女孩。画中人物的姿态都很夸张，整幅画也受到了不少非议，但是它与彩色大理石的色泽很协调，与雕像上舞动的织物、与金色饰品的反光、与立柱和柱头的华丽也相得益彰。这个装饰不是冰冷的或虚伪的，可以感受到古代伟大世纪的气息尚存其中，如果不是受到索福克勒斯（Sophocle）的影响，那就是欧里庇得斯（Euripide）的影响。有几件作品精美绝伦，其中有一件里贝拉[7]（Ribera）的《耶稣降架图》[8]（*Déposition de Croix*）：阳光穿过微开的红绸帷幔照射在耶稣头上，黑魆魆的底色在阳光映照的肌肤衬托之下越发显得凄凉；阴影中关切的面孔所显露出的神秘或强烈的色调，其西班牙式的痛苦颜色，都为画面带来一种显圣的幻象，就像从前卡尔

1 圭多·雷尼（Guido Reni，1575—1642），绰号圭多，意大利巴洛克时代画家。

2 乔瓦尼·兰弗兰科（Giovanni Lanfranco，1582—1647），意大利巴洛克时代画家。

3 卡拉瓦乔（原名 Michelangelo Merisi da Caravaggio，1571—1610）是绰号，意大利巴洛克时代画家。

4 即朱塞佩·切萨里（Giuseppe Cesari，1568—1640），意大利画家，也是矫饰主义代表人物之一。

5 弗朗西斯科·索利梅纳（Francesco Solimena，1657—1747），意大利巴洛克时代画家。

6 卢卡·焦尔达诺（1634—1705），意大利巴洛克时代画家，属于那不勒斯画派。

7 胡塞佩·德·里贝拉（Jusepe de Ribera，1591—1652），西班牙画家、版画家，暗色调主义代表人物之一。

8 书中作品名、人名、地名尊重作者原文。——编注

德隆[1]（Calderón）或洛佩[2]（Lope）所描绘的一个如骑士和修道士般的头脑中所产生的幻象。

波佐利和巴亚

乡间景象出现在波西立波（Pausilippe）隧道的尽头，那是一片种满了高大葡萄树的果园，每棵葡萄树的藤蔓都紧紧地缠绕在一起，树下闪耀着绿色鲁冰花那优雅的花朵和我不知其名的黄色十字花。这一切都沉睡在温暖的薄雾之中，就像是轻纱上的饰物。

前行道路沿着海岸线直达波佐利（Pouzzoles）。在拐弯处，大海出现了。清晨，灰色的晨雾渐渐将远方浸润得暗淡了许多。雾霭不散，只是逐渐变薄，微弱的阳光穿透其间，如同一丝难以察觉的微笑。大片白色而安静的海浪涌向柔软的沙滩，随后再带着单调的沙沙声退去。

海天一色，巨大的空间呈现出淡蓝色调，大海和蓝天难以分辨。有时，黑色的小船就像空中飞翔的小鸟。周围一片寂静，几乎听不到海浪的低语。在低矮潮湿处滴水的石板的颜色，在这单调的景致中略显特立独行。心中默念着维吉尔（Virgile）的诗句，回想女预言者（Sibylle）降临的这片静谧的土地，虽然氤氲浮荡，却并非是荷马所描述的辛梅里安人[3]（Cimmériens）那又冷又凄凉的国度。这里，

1 佩德罗·卡尔德隆·德·拉·巴尔卡（Pedro Calderón de la Barca，1600—1681），西班牙戏剧家、诗人。

2 洛佩·德·维加（Lope de Vega，1562—1635），西班牙剧作家、诗人。

3 荷马在《奥德赛》中描述了一个“神秘的民族”，也被称为辛梅里安人。他们生活在位于大洋之外冥界边缘的一块黑暗多雾的土地上。

海浪停歇，生命之水蒸发并等待着太阳的力量重新将其凝聚，再以瓢泼之势倾洒到生命的洪流之中；抑或，思索着未来的灵魂，那些如群蜂般在花萼间上下飞舞的族群，他们在那沉睡的沙滩上躁动不停。远方的尼西达（Nisida）岛、伊斯基亚（Ischia）岛以及米塞纳（Misène）海岬，一点都不像是真实的存在，而像是即将获得生命的高尚的幽灵。远处，在整片的乡野上，是那梧桐树的白色树干、被冬季和轻雾笼罩的草木、纤细的芦苇秆、阿韦尔诺（Averne）湖平静的湖水和群山模糊的轮廓。这一切慵懒又静寂的景象都似乎在休息，在沉睡，但是并没有被死亡所压倒或变得僵化，而是被友善而单调的寂静轻轻地包裹着。古人就是以这种方式设想出了冥世，设想出了生命的毁灭。他们的坟墓一点也不凄凉，逝者在此安息，没有遭受痛苦，也不意味着被毁灭。人们为他们带来食物、酒水和奶。他们还活着，只是天亮时又回到阴间而已。对逝者而言，基督教和日耳曼人的思想，帕斯卡尔和莎士比亚，在此都没什么意义。

对于巴亚（Baïa），没什么好说的。那是一个可怜的村庄，几艘小船停泊在一座古老的堡垒附近。下雨之后，这里就像是个污水坑。波佐利更糟糕。一身污泥的猪满街游荡，其中有几只的肚子上系着绳带，边哼叫边乱跑。孩子们穿着破衣烂衫，一如他们的兄长。十几个乞丐像肮脏的寄生虫一样纠缠着车厢，我们轰赶、驱散他们，但是毫无用处，他们无论如何都想要做我们的向导。听说三年以前这里的情况更糟糕，追逐我们的乞丐不会是十几个，而会是五十几个。猪也会在那不勒斯的街头游荡，跟这里一样。这个民族还完全是野蛮的，当他们见到国王维托里奥·埃马努埃莱[1]到来之时感到十分吃惊，以为维托里奥·埃马努埃莱取代了加里波第[2]。他们中有几人只穿着一只鞋，其他人则光腿赤脚地踩在泥里。他们的衣衫之褴褛无法描述，我只在伦敦见过类似的景象。从敞开的门口可以看到妇女

1 即维托里奥·埃马努埃莱二世（1820—1878），1861 年被拥立为意大利统一后的首任国王。

2 朱塞佩·加里波第（1807—1882），意大利政治家、军事家，意大利统一的重要人物之一。

们在破床之上给半躺的孩子们抓虱子。在市镇的入口处，在广场上，成群的流浪汉——既有年幼者也有成年人——正等待着他们的猎物，一旦见到外来人便立即冲上去。他们当中有三个人特别难缠，我的同伴却与他们开起了玩笑，他们听到后，就以既卑微又无耻的方式回应。甚至，他们之间也相互嘲笑：其中一个指着他的同伴，说他有个身体畸形的情妇，还仔细地描述了她的畸形。给这样一个男子做情人，该多么不幸？我推测她肯定失去了嗅觉，因为在整个波西立波的地下隧道中——其实，基本上是在整个那不勒斯——我都想捂住鼻子。据说夏季时气味更糟糕。这在南欧是普遍现象，阿维尼翁（Avignon）、土伦（Toulon）的情形与意大利一样。有人说南方人的感官比北方人的更加灵敏，或许这种自命不凡仅限于眼睛和耳朵。

我们去参观塞拉皮斯[1]（Sérapis）神殿时发现尚有三个美丽的立柱耸立着，周边是古代的浴池、含硫的温泉，坡道上满是古罗马的碎石遗迹。住宅的拱廊、贮藏室的残余、沿岸的底层建筑遗迹，共同形成了一条几乎未断的链条。大部分富有的古罗马人都曾在这里有一套乡间别墅，但是我今天没有心情做考古学家。

我错了，其实这里有很多地方值得我去探究，尤其是圆形竞技场。刚从地下挖掘出来不久的穹顶如同昨日才建成一般。面积巨大的地下一层曾经是角斗士的居所和野兽的饲养室。这里的竞技场可容纳三万名观众。在古罗马的城市当中，从梅斯（Metz）到迦太基（Carthage），从安条克（Antioche）到加的斯（Cadix），几乎所有的城市都有自己的竞技场。四百年间，这里一共消耗了多少生命啊！看到的竞技场越多，越感慨古罗马时代有多少生命耗费其中。城邦成了猎取和剥削人的所在，它消耗、滥用俘虏和奴隶。略有节制的时候，古罗马人利用他们去工作；荒淫的时刻，则用他们的死亡取乐。

1 塞拉皮斯是希腊化的埃及神。

在这些巨大的地坑中，在这座地下城邦中，埋藏着被地震震塌的立柱，就像巨大的树干一般。植物的绿色枝条沿着坑壁垂下，如同水神的长发，而坑壁上渗出的水好似泉水般从其发梢点点滴落。

漫步在卡斯特拉玛和索伦托

天空几乎是清澈的。那不勒斯的上空只有一团云彩，而在维苏威火山周围有大片的白色烟云，或盘绕，或悬滞不动。

即便是在夏季的马赛，我也没见过这种颜色的大海，蓝得如此之深，几乎是沉重的。在要塞之上，天蓝色占据着四分之三的视野，天空像水晶一般通透。距离越远，越能看清蜿蜒的海岸线和巨大的山体，所有这一切都像是相连的肢体。丁香花色调的伊斯基亚岛以及光秃秃的海岬坐落在尽头，如同庞贝古城那披纱入睡的女子。说真的，要想画出这样的自然景观，画出这片紫色陆地并延伸到泛着亮光的大海，最好能回想起古代诗人的诗句，要画上那被永恒的大洋环绕和围困的伟大的繁殖女神，在这一切之上还要画上那庄严的白色、那耀眼的朱庇特（Jupiter）："所有人祈求的朱庇特，在苍穹上闪耀着光芒。"

我们在路上遇见了几张面部狭长、轮廓精致的漂亮面孔——这完全是希腊人的特征，还有几个漂亮的小姑娘，她们可谓高雅又聪慧，不时也见到一些令人厌恶的乞丐搓着他们多毛的胸口。不管怎么说，这里的人比那不勒斯人更优秀，那不勒斯人体型矮小且长得难看，那里的年轻姑娘也像是发育不良且面色苍白。

男人们在田里干活。我开始对他们赤裸的腿脚的形状产生了兴趣，于是仔细观察。他们腿肚上的肌肉随着推车的动作而鼓胀起来。顺着小腿的曲线向下观察直到脚部，其匀称的脚趾紧紧踩住土地，每一块骨骼都有良好的基底；脚趾圆肥，整个肢体充满了活力和力量。从前，雕塑就是在这种日常场景之下诞生的。等到人们穿上鞋之后，就无法再像荷马时代那样说出“拥有漂亮脚后跟的女子”之类的话了，因为脚不再有形状了，只有鞋匠还对脚的形状感兴趣。穿上鞋的脚不能再提供脚的模型了，但只有通过模型的对比，才能找到理想的形状。从前，无论贫富，古罗马人和古希腊人整天都露着他们的腿脚，在浴场和体育场更是裸露全身。裸体锻炼的习惯是古希腊人的专属特色，从希罗多德（Hérodote）的讲述中我们可以得知这种习惯是多么令亚洲人和野蛮人震惊。

铁路紧挨着海岸线，几乎与海面持平。一个海港出现了，它被黑色的船索划出道道条纹，随后是一个码头，一个半坍塌的小要塞，其尖锐的墙脊切割了一块喷薄而出的阳光，造成了一片阴影。周边都是方形的房子，如同火烧过一般呈现灰色，像乌龟壳一样在厚厚的圆顶之下紧挨在一起。这里是托雷德尔格雷科（Torre-del-Greco），它经受住了地震和维苏威火山爆发后的灰浆雨。远处，大海如水闸放水一般分裂出无数卷曲翻滚的巨浪。这一切不无异样又很有魅力。在这片满是火山灰的富饶土地上，耕地一直延伸到岸边，形成了整片的园圃。一道简单的芦苇墙抵御着海风，梨果仙人掌带着其厚重的茎干在斜坡上攀爬，树头的枝丫开始变绿，杏树微笑着吐出粉色的小花，半裸的男人们在松软的土地上轻松地劳作着，几个方形花园中竖有立柱，中央还有一座小型的白色大理石雕像。到处充满着快乐的气氛和古典美的痕迹。当我们感受到春季那娇媚阳光的陪伴，当我们右转看向大海并感受到那片闪耀的金光和流动的火焰时，怎么能不感到惊叹呢？

在这里，我们很容易忘记所有丑陋的事物。我似乎在卡斯特拉玛（Castellamare）见过一些丑陋的现代建筑、一座火车站、一些酒店、一队卫兵、一堆争抢着接待外国游客的破车。一切都被拭去了，剩下的只有那穿过阴暗门廊可见的明亮庭院中的橙子树和青草、孩子们玩耍的空地，那也是人们晾晒渔网、悠闲吮嗅海风、凝看海浪任意跳跃翻滚的地方。

从卡斯特拉玛开始，道路沿着海边的峭岸蜿蜒前进。巨大的白色岩石翻滚到海中并永久地留在那里。向左望，山峰在碎石上耸立，岩壁上布满了切口，崎岖的凸起如锯齿般堆叠，好似一道破损且摇摇欲坠的要塞遗迹。每一条山脊、每一块巨石都在单调的白色岩壁上形成了一片阴影，整条山脉都被各种形状和色调占据了。

有时候，山被一条沟壑分隔成两部分，其两旁的斜坡上，耕地呈阶梯状排列。索伦托（Sorrente）就是在三条深谷之中逐级展开的。谷底到处都是种满了密集树木的园圃。浆液丰盈的核桃树像多结的手一般伸展着其白色的枝条。其余的部分都是绿色，即使是在糟糕的季节，这里依旧四季常青。在橄榄树叶之间，橙子树伸出了发亮的枝叶，它们那成千上万的金色果实与成排的淡色柠檬一起在阳光下闪耀。在街巷的阴影中，在一堵墙顶，经常可见到它们那鲜艳的枝叶显露出来。这里是它们的故乡。大地慷慨地辅助它们在最贫瘠的庭院中生长，在破败不堪的阶梯脚下生长，在阳光的照耀下盛开出它们那圆形的花朵。一种淡雅的香气从这些绿色嫩芽中散发出来；这本是国王才能享受的奢华，而在这里，哪怕一个乞丐都可以随意得到它。

我在酒店的花园中待了一个小时。这是半山腰临海的一块平台，其景致之美令人油然而生那堪称完美的幸福感。一个完全绿色的花园环绕着房屋，其间种满了如诺曼底的苹果树那般果实累累的柠檬树和橙子树，成熟的果实坠落在树脚下。花坛中，淡绿色或淡蓝色的灌木郁郁葱葱。桃树光滑的树枝上，粉色的花朵开始绽放，如此娇美，如此柔弱。平台地面由蓝色的陶瓷片铺就，泛着亮光，而平台本身则一直延伸到海面之上，使迷人的湛蓝色充斥于所有空间。

我曾不愿谈及也不敢触及这种自卡斯特拉玛就开始有的感受，然而这种感受还是太具诱惑力了。天空一片清澈，那淡蓝色几乎是透明的；大海散发出蓝光，如同新娘和处女那般贞洁而温柔。这无垠的空间披着精致的衣裳，像是为了参加一场奢华而精致的盛会，使人对之产生一种无与伦比的感觉。远在天边的卡普里（Capri）岛和伊斯基亚岛在柔纱般的蒸汽笼罩下呈现出白色，而绝美的碧空被这白色的边缘环绕着，一望无际。

此情此景难以描绘。整个海湾就像是一个被有意扩大、用以承装海水的大理石花瓶。一朵光滑如缎的花、一枝宽大而柔顺的鸢尾花、刚刚在珠光色的天际露头的太阳、一些绚烂的花瓣，这些都是脑中一闪而过的念头，无序地堆积在一起，不一而足。

巨岩脚下，绿色的水如祖母绿一般清透，时而带有绿松石或紫晶般的光泽，好似液体钻石随着不同深度的水体或不同的岩体而变换色调，也好似五颜六色、变幻不定的珠宝环绕着神圣之花绽放。

太阳不断地落下，北方天空上的蓝色越发深沉，如同一种深暗的酒体。当月光逐渐倾洒到海面之时，海岸变得越发黑暗，其嶙峋凸起形成了一条煤精石饰带。

一路上，我都在想象尤利西斯和他的同伴们，想象着他们的双帆船如同海鸥般在海水中跳舞，想象着他们沿途航行经过的凹形海岸，想象着他们晚上停靠的不知名的海湾，想象着新发现的森林给予他们的震撼，想象着他们那疲倦的身体躺倒在海岬干燥的沙滩上，想象着他们那英雄般俊美的躯体为荒凉的海角带来点缀。具有大理石雕像般光滑身躯的美人鱼披散着头发，或许会从这碧蓝的大海之中，从这些光滑的岩石旁出现。在此，无需费力就能听到她们的吟唱，以及女巫瑟西[1]（Circé）的吟唱。她或许在这里对尤利西斯说："来吧，将你的宝剑入鞘，和我一起上床，经过爱的合体，我们就会相互信任。"老诗人有关红色大海的诗句，有关大洋围绕大陆的诗句，有关白色臂膀的女人的诗句，好似重现在它们的故乡。

一切都是美的，而在这暖风中，生活可以重新变得简单，一如荷马的时代。

1　又译喀耳刻，希腊神话中太阳神赫利奥斯的女儿。

三千年的文明进程带给我们的安逸似乎都无用处，人在此到底需要什么呢？假如他和尤利西斯的同伴们一样，同他们一样健康，血统一样优秀，那么一件内衣和一块布就足以遮盖身体，其他都是多余的。他们杀死一头大鹿，在炭火上烤它，喝着羊皮袋中的酒，在夜晚燃起一堆篝火，在沙滩上睡觉。自古以来，人类的生活复杂了多少，又败坏了多少！此刻，我很愿意想象一下荷马曾为一位女神所描绘的奢华场景："曾经有一个很大的洞穴，里面住着一位长发飘飘的仙女。洞中燃着一大堆篝火，雪松劈柴和柠檬树枝燃烧的味道从岛上飘到很远。她在洞中，正用她的金梭织布，并用美妙的歌喉欢唱。洞穴周围是绿色的森林，到处有桤木、黑杨和香柏，林中栖身着长翼鸟、海鸥、雀鹰、长嘴乌鸦，以及所有在海上渔猎的鸟儿。在光滑的岩洞附近，还有一畦清新的葡萄园，藤蔓上硕果累累。边上有相距不远的四眼泉水，泉水汩汩而出，流向不同的方向。四周柔软的草坪上盛开着野芹菜花和紫罗兰。假如有一位神来到此地，他将会迷上它，并且心花怒放。"她会亲自摆放餐桌，像瑙西卡[1]（Nausicaa）那样招待她的客人吃饭。有需要时，她和她的女仆们会一起去附近的溪流浣洗衣衫。人们自然而然地去做这些事，就像走路一样。人们没有那种不想做这个事或让他人来做这个事的想法。这样，四肢的力量和灵活性都得到锻炼，而且挥动并且利用自己的四肢是一种快乐、一种天性。人依然是一种漂亮的动物，与他们在牧场上饲养的高贵的纯种马类似。因此，对人类来说，使用其臂膀和身体并没有什么卑屈的。尤利西斯自己用斧子和钻子砍伐了橄榄树，用此制作了婚床的床基。想要娶妻的年轻头领们亲自去切割和烧煮他们要吃的猪和羊。情感与习俗的形成都是自然而然的，人与人之间并不存在强迫，既不存在日耳曼尼亚（Germanie）那种由野蛮的英雄主义所造成的紧张关系，也没有印度那种由病态的迷信所造成的紧张关系。人们不会因为偶尔感到恐惧而羞愧，他们并不耻于倾诉、

1 《奥德赛》中国王阿尔喀诺俄斯的女儿。

被怜悯或哭泣。女神们热爱英雄，献身于英雄不会令她们脸红，就像一朵花靠向另一朵以便授粉一样自然。欲望与羞耻心同样美好，报复与原谅没什么不同。人全方位地绽放，和谐而自如，就像这些梧桐树、这些橙子树，它们被大海的湿润和峡谷的温暖空气滋养着，舒展着丰满的树冠，不受任何人工修剪的影响，也没有任何恶劣天气迫使浆液无法注入它们的枝芽。在所有这些故事当中，透过我刚刚描绘的森林和溪流的景象，我们可以隐约看到古典英雄的形体：这位从河里上岸的尤利西斯，比起其他人，“身材更高大，肩膀更宽阔”，“他的发卷垂在脖颈，就像是风信子花”；在他的身边，年轻的姑娘们正摘下她们的面纱，在河边玩耍，其中就有瑙西卡——“桀骜不驯的处女，比其他的姑娘高出一头”。

这些还是不够。我觉得为了描绘这个天空，描绘这囊括万物并给它们带来生机的浓郁而光明的白色大气，描绘这光芒四射的宜人大海——大气的妻子，描绘这与它们相遇的大地，应该上溯至吠陀[1]圣歌（Hymnes védiques），在它们当中寻找如同我们的祖先那样真正活着的简单而不朽的人。我们被卑微生命中的琐碎困扰，已然看不清既永恒又模糊的神祇，但神祇独立存在，他们支撑我们、包容我们，并且同从前一样自己生活，毫不在乎我们的文明在他们的怀抱中所做出的那些短暂的骚动。

在赫库兰尼姆古城和庞贝古城的几天

我们见识了成千上万的事物，这一切又反复在脑中激荡，究竟该如何从这片

1　吠陀的意思是“知识”“启示”。

混乱中概括出主要印象、提炼出整体观点呢？首先，这是一座灰色和红色混杂的城市，已然半坍塌，处于荒废的状态。岩石和山丘上堆满了石头，还有成排的厚墙和青色的石板，这一切都被洁白耀眼的空间映衬得更加苍白。周围是大海、山脉和一望无际的景象。

山顶有许多神庙，包括正义女神（Justice）神庙、维纳斯（Vénus）神庙、奥古斯都（Auguste）神庙、墨丘利（Mercure）神庙、欧玛齐娅[1]（Eumachia）楼，以及其他尚未清理完工的庙宇。稍远处，位于一块高地上的是海神尼普顿（Neptune）的神庙。如此一来，古希腊人所有的神都在山顶上，都在这纯净的空间中了，而这个空间本身就是一位神。集会广场和元老院就在旁边，这是用来做决议和进行祭祀的崇高场所。极目远眺，可见云雾笼罩的群山的轮廓和意大利伞松的树冠，而在万丈金光之下，东方的树木以及各种农作物的清晰形态显现出来。转过身，不用费力想象就能在脑海中重构这些庙宇。对于这些立柱、科林斯柱顶、简单的排列方式、被柱身分割而成的碧蓝的立面，人们对这些从孩提时代起就印入脑海的场景该留下多深刻的印象啊！那时一个城邦就是一个真正的家乡，如今却只是一系列装备完善的行政官邸的集合。于我而言，鲁昂（Rouen）或利摩日（Limoges）有什么区别呢？我有一处住宅混杂在成群的住宅之中，我赖以为生的职业在巴黎，而巴黎本身又是什么，难道不是另一片住宅吗？而生计不是来自一个满是纸箱和职员的办公室吗？相反地，古希腊人将自己的城市视为首饰和珠宝盒，他们那些卫城的形象，还有阳光下白色庙宇的形象，与他们如影随形。我们的高卢的村镇、日耳曼尼亚的村镇，以及所有北方野蛮人的村镇，对于他们来说就是脏乱之地。在他们眼中，没有城邦可归属的人不是一个真正的人，而是半个野蛮人，几乎可说是个畜生、一个猎物，只能用来役使。城邦是唯一的组织，是在十二个世纪中统治了所有人类活动的

1　古罗马神话中维纳斯的女祭司。

崇高思想的结晶。通过这个伟大的发明，人得以从原始的野蛮状态中走出。城邦曾经既是封建城堡也是教堂，他们是那么热爱它，为其添砖加瓦，并将自己的一生关闭在里面。这些无法用一句话来描述。世界的其余部分对于古希腊人来说都是异域，是敌人；那里没有任何权利可言，人们的财产和躯体都没有任何的保障。对于异域，假如他能在那里找到保护，那也只是神的恩宠。他只会想到异域的危险或猎物，围墙才是他的庇护所和堡垒。当然，他有自己崇拜的神——他的朱庇特或朱诺（Junon）、住在城中的神、与土地相关联的神。而在原始思想中，土地之神就是大地本身，以及大地上的源泉、森林和天空。他有他的家，他的宅神。他的先祖躺在陵墓中与土壤融为一体，被伟大的哺育者——大地所接纳，而地下的亡灵自安眠的深处继续照看着他，以便他能从一根束棒[1]（faisceau）中找到所有有益的事物，找到神圣或美丽的事物，找到需要他去守护、仰慕或崇拜的事物。苏格拉底曾对克力同说："祖国超越父母，不管她对我们施与了怎样的暴力和不公，我们都必须承受，不能躲避。"古希腊人和古罗马人就是以这种方式来理解他们的生活的。当他们的哲学家——不管是亚里士多德还是柏拉图——建立一个国家时，那将是一个城邦，一个有界限的、封闭的城邦，里面有五千或一万个家庭，且婚姻、产业以及其余一切都服从于公共事务。假如我们在所有这些特征之外再加上南方种族特有的那种具体而生动的想象力，加上他们对于有形物体的表现能力、当地的地貌、室外的鲜明色彩，以及他们的城市的地形，那么我们就能明白，这种城邦的设计会让古代人的头脑产生一种唯一的感觉，那是激情与忠诚的根源，是我们再也达不到的高度。

这里所有的街巷都很狭窄，大部分小巷一大步就能跨过。它们通常只有一辆马车的宽度，地上的车辙还依稀可辨。道上时不时设有一些宽大的石板可让行人如

1　古罗马时代国王或高级执法官的权力象征。

过桥一般通过。这一切细节都显示出了与我们不同的风俗。当然，这里找不到存在于我们的城市当中的那种繁忙交通、载重货车和快跑的马车。这里的马车被用来运送小麦、油和食物；许多运输是通过人力，甚至通过奴隶来完成的，而富人们则乘驮轿出行。当年生活的舒适程度不如现今，当然，标准也不相同。古典文明的一个突出特征是缺少工业。所有当今由机器和自由行业制造出来的便宜的、供给所有人的大批量的食物、器皿、纺织品，那时全都没有，只有奴隶推动磨盘。那时的人关注的是美，不是实用。他们的产出很少，更不怎么消费。因此，他们的生活必然是简单的。哲学家们和立法者们都清楚，他们之所以规定节欲制度，并不是出于学究气，而是因为奢华与当时的社会条件无法兼容，这点显而易见。几千名勇敢和骄傲的男人简朴地生活在一起，他们各有一件半长短衣和一件披风，他们热衷观赏山丘上那群美丽的庙宇和雕像。他们谈论公共事务，整日在体育场、广场、温泉池和剧场中度过，清洗自己，涂油，满足于生活现状。这就是古典城邦。如果他们的需求过于精致考究，只靠奴隶的臂膀是无法满足的。想要建立一个如当今社会般庞大而复杂的组织——例如，一个温和的、平权的和保护公民的君主制，而且其中的每个人都追求生活的安逸与舒适，当时并不具备基本条件。当罗马想要这样操作时，城邦被粉碎了，精疲力竭的奴隶消失了，行动的发条断裂了，一切都完结了。

当我们进入古城遗址的某些房屋当中时，这一点就更加明显了。例如，科尼利厄斯·鲁弗斯（Cornélius Rufus）之家、马库斯·卢克雷提乌斯（Marcus Lucrétius）之家、努瓦（Nuova）之家、撒路斯特（Salluste）之家，这些房子都很小，房间就更小了。人们白天整日在其他地方度过，如集会广场、温泉池和剧场，而房屋则是用来乘凉以及睡觉的。对于我们来说，私人生活很重要，却大大减少了，而主要的生活是公共生活。屋中并无壁炉的痕迹，很可能当时摆设的家具也很少。墙壁涂抹上了对比强烈的黑色和红色，这在半阴暗中令人尚觉温馨；墙上到处都绘有轻盈曼妙的阿拉伯式藤蔓花纹、尼普顿和阿波罗正在建造特洛伊的城墙、一场赫拉克勒斯

（Hercule）的胜利、娇小的爱神、似乎在空中飞舞的舞女、两位倚靠立柱的女孩，还有被巴克斯（Bacchus）找到的阿里阿德涅（Ariadne）。这些年轻的躯体既青春又健壮！偶尔，带有精美的曲折边饰的壁板中央画有一个狮鹰。这些画的主题很明确，它们与我们的装饰壁纸有些类似，但又是多么不同！庞贝古城就像是一个古代的圣日耳曼城堡（Saint-Germain）或枫丹白露宫（Fontainebleau），两相对比，就可以看出这两个世界之间的天壤之别。

几乎每个住宅的中央都有一个沙龙大小的花园，其中心安置着一个带有喷泉的白色大理石水池，周边是柱廊。要度过白天的炎热时光，还有什么比这更迷人、更简单且更好的选择呢？白色立柱之间的绿叶、蓝天之下的红瓦、花木间闪亮而淙淙的流水、这液体珍珠般的露珠、这些由强烈的阳光切割而成的柱廊阴影，还有什么更好的地方能够使人放松身体、去健康地深入思考和享受大自然与生命中最美的事物，而且既无矫揉造作也不过分讲究的吗？某些喷泉带有狮头雕塑以及悦目的小雕像，雕塑的内容有儿童、蜥蜴、猎兔犬以及动物群像等，它们都在石栏上奔跑。在最大的房屋，即狄俄墨德斯（Diomède）的住宅中，橙子树、柠檬树长出了绿色的嫩芽，仿佛一如往昔。一个鱼塘泛着光，一圈小列柱围绕着夏季饭厅。这一切都在高大的廊柱所环绕的正方形庭院内显得井然有序。越是在想象中重塑这些风俗，就越能感受到它们的美，这不仅与当地的风土相符，也符合人的本性。在庭院深处和廊柱的后面，妇女们自有她们的闺房；那里是隐秘的，看不到外面，也与公共生活隔离。她们在这些窄小的房间内并不怎么活动。她们可以像意大利人那样慵懒地休息或者纺织羊毛，等着她们的父亲或丈夫结束他们的事务和男人间的谈话。她们心不在焉地看着阴暗的围墙，墙上没有如今流行的壁饰画，也没有名胜古迹画、某个国家的特色产品或其他的艺术展示，有的是展现和美化日常生活场景的画像，如入睡、起床、午休、工作的场景，站立在帕里斯（Pâris）面前的女神，与普列马提乔（Primatice）画风相似的高雅而苗条的命运女神（Fortune），还有惊倒在座位上的得伊达弥亚（Déidamie）。风俗、艺术作品、穿着打扮、纪念性建筑，都出自同一根枝条，而且是唯一的枝条；而人类之树那时才刚刚长出嫩芽，没有接受任何的嫁接。如今，文明在这同一个地区，在那不勒斯是混杂不一的，因为它已经很古老，而新的不同的种族也带来了他们的贡献。许多特征来自西班牙人、基督徒、封建领主、北方人，他们的到来搞乱或歪曲了原始的和异教的意大利草图。此后，自然本性和轻松自在也逐渐丢失了，一切都开始变得装腔作势。我们在那不勒斯所见到的所有东西，又有多少纯粹是本地的呢？从北方传来了对于安逸的需要，传来了紧身衣装、高层房舍和精巧的工业。假如人们能按照自己的本性生活，那么这里的人大概会同古人一样半裸着或者披着一件麻布衣服吧。古老的文明产生于独特的风土，来源于适应这块风土的民族，这也是它拥有和谐与美的原因所在。

剧场位于一座山丘之顶，阶梯是以帕罗斯（Paros）大理石垒砌而成的，对面是大海和在清晨闪耀着白色光芒的维苏威火山。从前，剧场的屋顶是一块帆布，但是它经常是缺失的。相比而言，我们的剧场是由煤气灯照亮，散发着难闻的气味，人们拥挤在各色的盒子当中，拥挤在悬空的笼子当中。而在此处的剧场，您能感受到健康而自然的生活、健美的身体，感受到这与造作而复杂的生活以及那僵化的黑色穿着之间的反差——我在那宏大且受阳光普照的圆形露天剧场中也有过同样的感受。但是，这里也有旧世界的污点，有古罗马嗜血的痕迹。我在温泉池也有同样的感触。在冷水池的红色门楣上，曼妙的小天使们或骑马或驾车。干燥室的屋顶满是浮雕像和圆雕饰，还有一排以健壮的臂膀支撑柱顶的赫拉克勒斯贴墙塑像，没有什么能比欣赏这些雕像更令人感到舒畅的了。所有这些表现形式均生动又健康，既无夸张之处，也无过度的渲染。如果将其与现代的浴池相对比，与那索然无味的裸体、多愁善感又淫荡的画像相对比，将是多么大的反差！现代的浴池只是一个清洗场所，而这里曾经是一种充满快乐、可以健身的场所。那时，人们每天都要在这里度过几个小时的时间，让肌肉变得柔软放松，让皮肤得以光亮，享受着沁人心脾的动物般的快感。古人不像今人这般只靠头脑生活，而是依靠整个身体。

我们下山并沿着古墓之路（Voie des Tombeaux）出城。这些古墓基本保存完好，其形制高雅，庄严而不阴暗。死亡丝毫没有遭受禁欲主义和地狱概念的搅扰。在古人的思想中，死亡是人的本分之一，是一个简单的生命期限，是个严肃但并不可憎的事情，可以坦然面对而无需哈姆雷特般的惊颤。人们曾经在家中保存先人的骨灰或画像，进屋时向其致敬，活着的人以此与先人保持联系。城门口的道路两旁排列着坟墓，那里似乎就是城邦奠基者们最早的居住区。在柏拉图的一篇对话中，希庇亚（Hippias）说："对于一个男人来说，最美好的事情是拥有财富、身体好、被希腊人敬重、长寿，当父母去世时能够举办隆重的葬礼，自己也能从后代那里获得一块漂亮而宏伟的墓地。"

真正的历史不过是一个人头脑中的五六个主要的观念。试想，两千年前的一个普通人，他是如何看待死亡、荣耀、安逸、祖国、爱情和幸福的呢？两个观念曾经驾驭了这个古代文明，第一个是人的观念——成为一种漂亮的生物，变得精力充沛、朴实、勇敢、有耐力，并得到全面发展，这是经由身体锻炼和种族筛选而得出的；第二个是城邦的观念——建立一个封闭的小社会，其中包含所有人喜爱或尊重的事物，类似于为抵御持续存在的危险而建立的符合军事需求的常驻营地。这两个观念又孕育出了其他的观念。

那不勒斯博物馆

庞贝古城和赫库兰尼姆（Herculanum）古城中的大部分画作都被运送至那

不勒斯博物馆当中了。这些画只是一些室内装饰画，几乎都没有透视远景，其中有一两个人，像处于阴暗背景之中，还有些是动物画、小风景画和建筑物的局部。画上很少用颜色，色调差不多都是浅淡的，像被擦除过，这并不完全是因为时间久远（我见过一些新画），而是故意为之。在这些比较阴暗的房间中，没有什么能吸引眼球的东西，令人喜爱的只有一种人体的形态和一种姿态，因为这可以在工作和体育运动中将思想维持在健康状态和诗情画意般的景象中。它们比那些最著名的油画——例如文艺复兴时期的油画——更使我兴奋，因为它们更加自然、更加生动。

画的主题乏善可陈，通常就是一个几乎全裸的男人或女人，他们往往举起一只胳膊或抬起一条腿。画面上有玛尔斯（Mars）、维纳斯、来找恩底弥翁（Endymion）的狄安娜、被阿伽门农（Agamemnon）抢走的布里塞伊斯（Briséis）以及其他类似的人物。其他还包括舞女、野兽、半人马，以及一名劫掠妇女的士兵。画面上，那名女子被如此扛走，竟然是一副很舒服的样子。这些就足够了，因为画上的他们看起来既美丽又幸福。在亲眼见到这些画作之前，我们难以想象一位穿越时空的女子，其半披衣衫的姿态竟如此迷人；我们也无法预料有多少种方式可以掀开她的衣衫，摩挲她的长裙，突出她的大腿和隐现她的胸脯。古人可谓得天独厚，因为他们生活在适宜的风俗中，不管是在温泉池，还是在圆形剧场，他们每时每刻都能看到裸体或半裸体，此外还有机会培养身体上的天赋、增强力量和提高步伐的速度。其他人，甚至文艺复兴时期的画家们都缺少这运气。他们谈论漂亮的胸脯、挺拔的脖颈、肌肉充实的上臂，如同我们今天谈论一张表情丰富的脸和一条裁剪合体的裤子一样。

在所有这些画作中，有两尊小青铜像堪称杰作。其一名为纳西斯（Narcisse），是一名裸体的年轻牧人，一侧肩膀上披着一块山羊皮；其倾斜的头颅带着讥讽和贵族般的微笑，使其看起来就像是阿尔西比亚德斯[1]（Alcibiade）。他的腿上套着护胫，胸膛优美，既不太瘦，也不太胖，肌肉线条分明，直到胯部。这就是柏拉图描述的在体育学校长大的年轻人的形象。这位卡尔米德（Charmide）出身高贵，被同伴追随，因为他实在是太英俊了，就像是神一般的存在。另一尊青铜像是森林之神萨蒂尔（Satyre）。他的形象更雄性化，同样是裸体，其扬头跳舞的姿态与狂欢的表情无与伦比。与这两尊青铜像相比，我们可以说现在没有人真正理解并感受过人体，因为这种才智、这种感觉是被当地的风俗滋养出来的。只有在特殊的条件下，才能找到理想的裸体男性，他既可以快乐地生活又颇具思想。正是在这个意义上，古希腊艺术的中心不是绘画，而是雕塑。

还有另外一个原因，就是他们可以摆姿势。如今，摆姿势只是一份工作，充满虚荣，但从前却完全不同。一个正在享受闲暇的古希腊人，他靠在角力场的立柱旁观看年轻人戏耍，或者聆听一位哲学家的演讲，他此刻的姿态很好，一则是因为他四肢发达，一则是源于贵族的骄傲。在一个贵族社会里，在拥有奴隶、参与战争和讨论法律的男人们当中，哲学家所说的漂亮的仪容和高贵而严肃的外表是必要的。他们并不需要刻意为之，而是自有其天赋资源。在他们看来，仪容意味着人的地位、勇气、独立和尊严。两相对照，当今英国的年轻绅士的漂亮衣装未免太僵硬了，法国大家族出身的年轻人的衣装又过于随意，反衬出古希腊青年的精力充沛和冷静克制。当我们看到柏拉图将商人的烦恼不安、诡诈、牢骚，奴隶的所有习惯以及自由人的轻松自在、不急不缓的讨论态度、从理性出发探讨整体问题的方式相对比，我们就能理解什么是从容不迫——“谁知道如何以体面的方式掀起衣装，谁就能把握分寸，保证哲学演讲的和谐，颂扬众神和幸福之人的真正生活。”

1 阿尔西比亚德斯（前450—前404），雅典政治家、演说家和将军。

在安静的展厅里独行，几个小时之后，我似乎产生了错觉，而古代的痕迹使这个错觉变得现实而微妙。尤其是在如同地下通道一般灰冷的空间中展出的众多白色雕像，它们好似地下亡灵在神秘的国度继续过着晦暗而模糊的生活，又好似那位伟大的异教徒——歌德所描绘的位于真实生命体周围的精灵。这里有英雄和女王，有“英名永驻之人或为了某些高尚的目的而流芳百世之人”，有历代已然消亡的精英。他们“迈着庄严的步伐走下来，走到权力的王座旁坐下，再不前进一步。即便是在冥王哈德斯（Hadès）的王国，他们仍保留了自己的尊严，并且自豪地与同人为伍，他们都是珀耳塞福涅[1]（Perséphone）的密友”。至于盲从的人群、庸俗的灵魂，则“被流放到阿福花（asphodèle）田野，与躺倒的杨树和贫瘠的牧场相伴，只能像蝙蝠或者幽灵一般发出可怜的窸窣声，而不再是人了”。只有这种理想的形态才能避免被时间吞噬，才能让我们看到完美的杰作和伟大的思想。

在如此多高贵的头像面前，在这些严肃的朱诺、维纳斯、密涅瓦（Minerve）面前，在这些英雄般的神祇的宽阔胸膛面前，在这个严肃而又富有人情味的朱庇特头像面前，我们会忘却自己。一尊带有雄性气概的朱诺头像，就像一个高傲且庄重的青年男子。我总是忍不住回到一尊巨大的花神芙罗拉（Flora）的雕像旁。她伫立在一个展厅的中央，身披可显露体形的长衣，但显得极为朴素和高傲。这是一位真正的女神像，远超圣母像，远超那些骷髅以及苦行受难者圣巴托罗缪（Saint Barthélemy）或耶柔米（Saint Jérôme）的雕像！虽然并未遵行基督教的方式，但这样的头像和姿态是合乎道德的。它们并不会引起你的痛苦，也不鼓励你盲目地忍受，而是鼓励你坚强地、勇敢地、冷静地去承受生活，并始终保有高尚灵魂才有的从容不迫。我无法逐一列举，也无法一个接一个地描述，总之，我所感受到的是，雕塑是所有艺术中最希腊的，因为它展示了完美的榜样、抽象的人体，还有那

1 希腊神话中冥王哈德斯的妻子。

因漂亮的种族和经由体育锻炼而形成的人体本身。雕塑既展示了人体，又从未将人体归入到一个特殊群组，从未将人体置于伦理表达和道德的滋扰之下。在灵魂中的激情变得扭曲之前，没有任何事情能干扰他的注意力。这就是古希腊人所认可的理想男人，是由他们的社会和伦理所塑造的。他的裸体丝毫不下流，对于古希腊人来说，裸体是他们区别于他人的特征，是他们种族的特权，是他们的文化身份，是他们国家的盛大仪式和宗教仪式的附属品。在奥林匹克运动会上，竞技者都不穿衣服。索福克勒斯在十五岁的时候就于萨拉米斯（Salamine）海战胜利之后以裸体的姿态唱诵凯歌。如今，我们只会为了卖弄或出于猥亵的目的才会裸体；而他们这么做是为了表达对人类本质的、原始的、内在的理解。这个光辉的理念与他们如影随形，放纵狂欢之时也不例外。在荒淫场所的壁画中，如庞贝古城的妓院，画中的人体既高大又健康，没有淫荡的庸俗，也没有吸引人的慵懒。情爱完全不是感官的耻辱，也不是灵魂的痴狂，而是一种功能。在基督教视为对立关系的野蛮人和神之间，古希腊人找到了人，可以调节野蛮人和神之间的关系的人。这就是为什么他们热衷画人体，尤其热衷雕塑人体。毫无疑问，根据南方人的迷信本能，古希腊人会向画像祈求，就像他们今日的后裔向圣徒祈求一般。古希腊人会向狄安娜祈求，向可以治病的阿波罗祈求。他们在神像之前烧香、祭酒，就像如今的人们在圣母像和圣雅纳略像前供奉还愿物和蜡烛一般。如同今日一样，他们在自己家中、在私人礼拜堂中也有小型的神圣雕像。他们在雕像上反复采用使之神圣的姿态和属性，例如一尊海中升起的维纳斯、一尊休息的巴克斯，这就像16世纪人们在车轮上的圣凯瑟琳[1]（Sainte Catherine）和持剑的圣保禄（Saint Paul）画像上所反复采用的姿态一样，但是效果却完全不同，场景也完全不同。随便看它们一眼，你见不到瘦骨嶙峋的外表或流血的心脏；相反地，你会看到圆润的肩膀、竞

1 即亚历山大的圣加大肋纳，又称车轮圣加大肋纳及大殉道者圣加大肋纳。

《法尔内塞的赫拉克勒斯》

技者挺拔的脊梁和战士的强健胸膛。正是这些从孩童时代起就不断累积的形象，让人的头脑中逐渐产生了人类的榜样。好比说："这就是你应该成为的模样，你应该如此穿衣，努力拥有这强健的肌肉、这坚实而健康的躯体。去浴池，去角力场，为了服务你的城邦和你的朋友，任何时候你都应该强壮。"如今的艺术作品已然无法表达类似的思想，我们既不赤身裸体，也不是城邦居民；与我们对话的是浮士德和维特（Werther），甚或是某本昨日的巴黎小说和海涅（Heine）的《诗歌集》（*Buch der Lieder*）。

还是应该列举几件作品，否则我们会陷入含糊不清之中。如下有五六个著名的作品：

《法尔内塞的赫拉克勒斯》[1]（*Hercule Farnèse*）：他是一位强壮的搬运夫，刚刚举起房梁，正想着如果有一杯酒就更好了。作品过于现实和庸俗，这不是一尊神，更像个刽子手。

《法尔内塞公牛》（*Taureau Farnèse*）：为了服从他们的母亲安提俄珀（Antiope），安菲翁（Amphion）和仄托斯（Zéthus）将狄耳刻（Dircé）捆在公牛角上。这件作品似乎是属于雕塑的第二个或第三个时代。除了公牛、几条狗和一个儿童以外，还有四个常人高度的人物。这是一幅画，也是一场悲剧。雕刻家刻意表达了哀婉的场景。从中我们也可以看到，所有的艺术，当它们超过了自己的界限之后，

1 据传，原作为利西普斯的《休息的赫拉克勒斯》，创作于公元前4世纪，已遗失。《法尔内塞的赫拉克勒斯》为其复制品。

《法尔内塞公牛》

水平都会下降。

精美的青铜马头像：就像所有漂亮的希腊马一样，它还没有被驯养削弱性情，它的灵魂是完好无损的。它的脖颈略短，眼神机智，保留了野马的本性。如今，在我们的朗德（Landes）地区以及苏格兰北部地区尚能见到这样的马。这匹马是一个“人”，而我们的马都是机器。

迷人的《那不勒斯的普赛克》（*Psyché de Naples*）是一个娇柔而优雅的年轻

《美臀维纳斯》

女孩，其躯干非常细腻。她的头像并不是诞生于伟大的世纪，与《美臀维纳斯》（*Vénus Callipige*）相比，它更像一个闺房的装饰品，令人想起18世纪的放荡生活。

众多的雕像和半身像，或大理石制或青铜制，都是依照真人比例制成的作品。呈坐姿的阿格里皮娜（Agrippine）显得精力充沛且悲伤。这里有巴尔巴（Balba）家族的九尊雕像，还有一位笔直站立的可敬的演说家，他因所讲事情的严重性而神情肃穆——这是一位真正的政治家，是古代论坛上称职的一员。提比略（Tibère）、提图斯（Titus）、安敦尼、哈德良、马可·奥勒留[1]（Marc Aurèle），所有这些皇帝和执政官都有政客和商人的面相，与现代的主教头像类似。时间过渡到离我们更近的时代，艺术形式也逐渐转向了肖像画，只是这些画不再使人显得高尚，而仅仅是复制人的面貌。塞克斯特斯·恩披里柯（Sextus Empiricus）和塞内卡（Sénèque）的面容都很丑陋，充满忧虑和苦恼，就像是浇铸而成的模塑。巴黎坎帕纳（Campana）博物馆的展品展现出近代以来雕塑的演变——它成为仅仅复制个人特征和病态特征的工具，彰显的是那些面部抽动、变形、粗俗的特征。亨利·莫尼耶[2]（Henri Monnier）的“市民”系列，更是

1 马可·奥勒留（121—180），罗马帝国五贤帝之一，著有《沉思录》。

2 亨利·莫尼耶（1799—1877），法国插画家。

现实生活的写照。

我估计这里大概有七八百幅画。我不是画家，但是绘画给我带来了许多乐趣，也为我补充了许多历史知识，我只能从这个角度给出我的印象。

谈谈拉斐尔（Raphaël）所绘的几幅肖像画作：一位主教，一位骑士泰巴尔迪[1]（Tibaldeo），还有教宗利奥十世。这位利奥十世是个相当平庸和伪善的胖子，在两位表情专注而谨慎的辅祭的衬托之下，其平庸更显突出。这是拉斐尔的高明之处，很明显，也是其思想均衡而健全的标志。他的肖像画画出了人的本质，而且无多余的添加。

在里贝拉的那幅醉酒的西勒诺斯[2]（Silène）当中，西勒诺斯大腹便便，具有维特里乌斯[3]（Vitellius）式的胸膛，其丑恶的膝盖外翻，其面色发黑，显得卑贱、凶恶，像是桑丘模样的宗教审讯官。这一切都暴露在强烈的光线下，并且被周边的阴影衬托得更加生动，而为了强调这种粗野、下流和这疯狂放荡的精力，一头驴在放声嘶叫。

圭尔奇诺[4]（Guerchin）笔下的玛大肋纳[5]（Madeleine）十分迷人，画中人上半身至腰部裸露着，她有最优雅的姿态、最美丽的长发、最优美的乳房。她温柔而恬静，脸上带有一丝忧伤，挂着朦胧的微笑。这是最感人、最可爱的恋人，而此刻她正看着一个荆棘冠！从那些田园画、贵妇的贴身侍从中可见，令人恶心的殷勤已经开始流行，这与上一个世纪的充沛活力和简朴风格相距多么遥远！这个玛大

1 安东尼奥·泰巴尔迪（Antonio Tebaldeo，1463—1537），意大利诗人。

2 希腊神话中酒神狄俄尼索斯的养父。

3 维特里乌斯（15—69），罗马帝国皇帝，登基不到一年即被杀，以贪吃著称。

4 乔瓦尼·弗朗切斯特·巴尔别里（Giovanni Francesco Barbieri，1591—1666），绰号圭尔奇诺，斜眼的意思，意大利画家。

5 新教又译为“抹大拉的马利亚”。

肋纳与塔索[1]（Tasse）作品中可爱的女主人公艾尔米妮和索夫罗妮类似，她同她们一样都诞生于“虚伪”复辟之后。

达·芬奇的那幅《玛利亚和圣婴》，画风无比细腻。画中的玛利亚，眼睛低垂，嘴唇微微皱起，带有一丝奇特而神秘的微笑，其神情被灵魂的高尚和才智的卓越精微所雕琢。她的头后方是一张展开的白色床。达·芬奇完全可以说是个现代人，与他的世纪有无限远的距离。经由他，文艺复兴毫无阻碍地与我们相连。他是学者、探索者、研究者和怀疑论者，他既拥有女人般的优雅，也拥有天才的那种不屑一顾的态度。

帕尔米贾尼诺（Parmesan）那几幅最为精美的画作，画中人物的头部都显得细腻而修长，其中一幅画的是一位羞涩而天真的少女，她脸上带着惊讶的表情。还有一幅大肖像画描绘了当时的一位爵爷，他有学问和修养，同时还是名军人。他头戴一顶红色贝雷帽，其铠甲放在一旁，面容高贵、细腻，呈沉思状。他的头发和胡须茂盛，且梳剪得十分漂亮。我们想象不出比这更高雅的表现手法了。我们可在其整体表达中感受到一位沉思者所独有的文雅：这是一位领导者，一位思想家，一名社会经验丰富之人。帕尔米贾尼诺生活在 16 世纪上半叶，即意大利开始堕落的时代。在那个时代，有多少天才和多少文化都遭受了“颓废”的压迫。只要阅读卡斯蒂廖内[2]的《廷臣论》（*Le Courtisan*），就能见到那具有创造力、文雅且浸透着哲学思想和自由思想的社会已经走向消亡。

意大利的两个毁灭者在此都被提香画出来了。第一位就是费利佩二世（Philippe Ⅱ），他面色苍白，装出一副严肃的样子，其实犹豫不决，眼睛眨个不

1　托尔夸托·塔索（Torquato Tasso，1544—1595），意大利诗人。文中的女主人公出自其史诗《耶路撒冷的解放》。

2　巴尔达萨雷·卡斯蒂廖内（Baldassare Castiglione，1478—1529），意大利文艺复兴时期的诗人，以《廷臣论》享誉当时的欧洲。

停，是个坐办公室的循规蹈矩之人，就像威尼斯的快报中所描述的那样。第二位就是教宗保罗三世（Paul Ⅲ），他的脸上有长长的白胡子，好似一匹沉思中的老狼。另一位教宗的肖像是由塞巴斯蒂亚诺·德·皮翁博[1]（Sébastien del Piombo）所绘，他的面容漂亮而规整，但色如污水，眼睛半睁，目光斜视。另有几幅画也延续了这种画风，比如米科·斯帕达罗[2]（Micco Spadaro）的《那不勒斯向奥地利的唐·胡安投降》（*Soumission de Naples à don Juan d'Autriche*）。那个时期的战争很惨烈，我们都知道西班牙人在佛兰德（Flandre）是怎么对待那些被重新征服的城市的。在集市广场和整条长街上站满了排成方阵的士兵，他们手持长矛，将火枪放在叉夹之上，等待着命令。军旗猎猎，暴力和恐怖笼罩着战败的城市。行政官们谦恭地跪着献上象征城市权力的钥匙。在被反叛民众推翻的总督雕像的基座上，淌血的头颅沿着白色的刑事审判席依次排列着。后方，高大又凄凉的房屋藏在阴影之中。最远处，重峦叠嶂。八年之后，瘟疫流行，那不勒斯死了五万人，只有查尔特勒（Chartreuse）修道院在其缔造者的祈祷下得以幸存。同一位画家的第二幅画展示了这个特殊的场景。画中可以见到圣玛尔定（Saint Martin）和圣母在空中阻挡基督复仇的手臂，一位天使站在地上拦截那丑陋的女妖——瘟疫。周围，查尔特勒修士们跪在一旁，各个面容狡黠而平庸，等着他们的主保圣人来拯救他们。

有个故事讲的是两个牧人在祈愿。其中一位，一边捏碎他的干面包一边说："假如我是国王，我只吃肥肉。"另一位赶着他的猪群，喘着气回应说："假如我是国王，我就骑马放牧。"而对于我来说，假如我是国王，我会将所有这些肖像画和历史画作都带到我的办公室，我会看着它们学习历史。

1　塞巴斯蒂亚诺·德·皮翁博（1485—1547），意大利威尼斯画派画家。

2　即多梅尼科·加尔朱洛（Domenico Gargiulo，1609—1675），意大利巴洛克时代画家。

二流和三流的画家就更多了，斯凯达尼[1]、卢卡·焦尔达诺、普雷蒂（Preti）、约瑟平[2]（Josépin）也都是些伟大人物。例如，兰弗兰科在圭多的一位学生家里画了一幅画，画中迷人的少女显得丰腴而健康，远远超越我们现代油画中的那种过分雕琢、那种不完整，也超越了那些完全是因摸索不足而导致的手法或因费力模仿而产生的手法。他们画中的人物是活的，肢体是匀称的，在人物的身体结构和群组的布局上令人感觉舒适、有力和博大。他们的头脑中充满了色彩和形状，而这些色彩和形状又从他们的头脑中自然地流露出来，扩散到画布之上。这位被人如此草率地诋毁的卢卡·焦尔达诺是位真正的画家，其画作中有笑颜，有优雅，有丰腴的体形，其透视缩短画法、其笔下的丝绸纹理和动态都使画面充满活力。他有艺术上的天分。我想说的是，他知道如何使眼睛获得享受。与我们相比，他处在另一个思想层面。他不是被哲学和文学所滋养的，他不会像德拉克罗瓦（Delacroix，又译德拉克洛瓦）那样去思考，去表达灵魂的悲剧，也不会像德康（Decamps）那样去描述自然生命，更不会像其他人那样，将历史和考古学融入画中。

可以肯定的是，提香的《达娜厄》（*La Danaé*）没有什么美学可言，他只是想创作出一个美女，一位贵族的艳丽情妇。画面中，人物的面容很一般，只显露出了淫荡。她可能是渔夫的女儿，渔夫甘愿她什么都不干，只是吃饭和戴着珍珠项链。但是看那白色床单上的肉体色调，其松散下垂至胸部的金发，尤其是那只戴着钻石手镯的完美的手，纤细的手指，弯曲的腰身，都充满诱惑！旁边另有一幅达娜厄公主，没有署名，画得更细腻，手放在头上。她的旁边是一束开花的植物，而背景是青色的远山。她的面容是严肃的，而她的严肃如同动物一般，表现出了一种莫名的悲伤。正是这些成就了这幅画的高贵。肉欲的表达并不下流，因为那是自然的流

1　巴尔托洛梅奥·斯凯达尼（Bartolomeo Schedoni，1578—1615），意大利巴洛克时代画家。

2　约瑟平，绰号阿尔皮诺骑士，即朱塞佩·切萨里。

露。人不因肉欲而堕落，人本就如此。风景的广阔、建筑物的宏大和天空的宁静，都倾洒下幸福的诗篇。人由此是完整的。这是人的五六种主要的生活方式之一，而且这种生活方式本身就是完善的和完美的，不怕对比；将其缩小或提炼就剔除了它本身的美，糟蹋了唯一的花朵，而任何文明都从未产生出来过类似的花朵。这就好比是要求郁金香不要太红、要求玫瑰花不要太香一样无趣。对面是一幅维纳斯和阿多尼斯（Adonis），出自一位水平略低一些的画家的手笔。金发维纳斯显得肥胖，面颊和嘴略嫌臃肿，除了一片薄薄的披巾外她是全裸的，她似乎完全专注于自己的欲望因而无法想象更高尚的事情，看上去略显痴狂，但这有什么关系？在这暖色阴影下，在那紧密包裹其美丽身体的琥珀色调之下，在那朦胧闪烁、如同落日余晖中的清澈温水般令人颤抖的光线之下，在那绚丽的红色披风之下，在那反射着黄褐色光芒的卧倒的金色花瓶旁，谁还会想要另一种维纳斯呢？每个大的画派自有其存在的理由，就像生物各有其自然种群那样。

对　话

在咖啡馆，在火车上，在沙龙里，政治话题是时下谈话的主题。人们的头脑似乎是沸腾的，其活泼、热烈和笃信与我们在 1790 年时是一样的。报纸的种类繁多，流通广泛且十分便宜，但它们都是一种腔调。以下举几个例子。

第一晚与一位雕塑家及一位医生的对话

据他们说，南方的土匪（他们妨碍了我前往帕埃斯库姆［Pœstum］）就是些普通的强盗。他们烧杀抢劫，但这是一项职业，而且是一项好职业。他们甚至对自己的本乡人也不放过。假如某人举报他们，他们就会烧他的房子。就这样，他们震慑住了许多村庄。需要补充的是，在那些山区和丛林中，要抓一名强盗得需要一百名士兵。

——但这不是跟旺代（Vendée）省一样吗？

——不，他们不值得如此对比。

——然而这里是天主教的势力，人们有想象力，容易产生宗教狂热。

——不，他们只是一些强盗而已。

在这个话题上，他们开始激动，往往只考虑自己的想法，变得情绪激昂，就像我们早期的革命者一样说着报纸上的语句。他们已然充满愤怒和无限的希望。

据他们说，当前所有的坏事都源自法国，因为法国支持罗马的教宗，也就等于维护了一个阴谋的策源地。罗马就是令整个躯体生病的祸根。这六十年来，法国在科学和社会福利方面取得了巨大的进步，但是在宗教和道德上没有任何进步，还是跟以前一样卑劣，因为这个国家已然屈从于神职人员，但在这里，18世纪的话语正在轰鸣。

他们说，发生在意大利的斗争，是教育和愚昧之间的斗争。整个知识阶层都是开明和自由的，甚至整个中产阶级也是如此。贵族们却不满意。看看前往赫库兰尼姆古城沿途旁的贵族大村镇，所有房屋都关闭了。被波旁家族放纵的那不勒斯平民们也不高兴，假如奥地利人回到这里，将会有暴力发生。但是真正的民众，那些手工业者，靠诚实工作而获得积蓄的人们已开始逐渐联合。假如革命后的第二天，守旧派中有四个人，那么如今就只剩下两个人了。自由独立产生了效果。尤其是军队，这是一个增强团结、加强教育和提升荣誉感的学校。士兵学习阅读和书写，他们知道了加里波第和维托里奥·埃马努埃莱的名字，知道了祖国。当祖国需要他们的孩子的时候，家庭不再像从前那样感到痛苦。男人们的队列中包含各个阶层的人士，农民的儿子也可以与医生、律师的儿子为伍。替代应征变得十分困难，因为军队需要会读写和计算的男人，其替代者也必须会读写和计算。假如一位贵族的儿子没有找到替代者，就只能亲自去参军了。他们在等待一场大战，一场如 1792 年那样的战争，借此依靠军队的战友之谊来团结各个阶层的人士。他们补充说："你们是一个大国，你们脱离了奴隶制，你们不再忍受波旁王朝的无耻与它造成的无尽苦难。您应该能理解，我们也需要我们的革命。"

火车上与一位三十岁左右的棉花代理商的对话

维苏威火山周边地区目前都种满了棉花。这个棉花代理商在周边地区采购棉花再卖给英国人。据他说，这三年来，这里取得了惊人的进步。在波旁王朝时期，什么也做不了，什么买卖都没法干。没有贸易，因为他们不喜欢与外人接触，还阻碍商品的进入和流出。现在，人们自由了，一切都变了。农民确信自己能赚钱，就算在夏季也依然耕作和种植。中午，他会休息，因为天气十分炎热；但晚上和早晨，只要温度尚可，他就会去田间劳作。在波旁王朝时代，人们只能做三件事——喝酒、吃饭和偶尔出去玩乐，其他的都被禁止了。人们不能学习，也无法旅行，没有报纸，也没有宗教或政治方面的讨论，有的只是无休无止的举报和令人厌恶的监狱——每时每刻，你都感觉身上有一只审讯员的手。人们只有二十年属于自己，其他的时候都活在令行禁止中，大家都期待着国家的变化。

他曾在南方旅行，他承认那些土匪的行径类似于朱安党人[1]的叛乱，但是他们更加卑劣。当地的农民对他们并不太敌视，因为农民既愚昧又迷信。此外，不可能到他们躲藏的丛林中去找他们，但罗马政府还在不断征兵并向那里派遣。

人们谈论的总是土匪，就像没有其他事情可说了一样。在自由派的公报中，这

1　朱安党属于保王派。

些土匪是一群应该被判处苦役的恶棍，但在教士的公报里他们摇身一变又成了起义的殉道者。为了形成自己的判断，我读了博尔赫斯[1]（Borgès）将军的日记。他是西班牙人，属于波旁一派，不久前他穿越了那不勒斯王国的全境，但在离罗马边境不远的地方被捕后被枪毙了。

阅读完这本日记之后，我们可以获得如下事实：从某种程度上说，博尔赫斯类似旺代省人，而且有忠诚人士追随他，例如他的那些军官。他遇到了一些波旁派的人，有牧人、农民、退伍士兵，但是数量不多。支持他并在他登陆之前就已经控制当地的团伙是由盗贼和杀人犯组成的，他们通常在占领一个村落或一座城市之后就进行烧杀劫掠，极其野蛮。富裕阶层人士都反对国民卫队。我在索伦托时，客栈的女主人曾经对我说："在这周边，有三个皮埃蒙特人[2]（Piémontais）对一个波旁人；但是在南方，有三个波旁人对一个皮埃蒙特人。"这一切皆有因必有果。

在卡斯特拉玛与一名退休的下级军官的对话

这位军官是个狂热分子，说起话来带着犹如劝人改宗的激情。他说教士是所有这些不幸的始作俑者，法国的教士信教又诚实，而这里的教士则是小偷和杀人犯，而产生阴谋的中心就在罗马。他提到了缪拉[3]（Murat）手下著名的马内斯[4]（Manhès）将军，为了饿死土匪，曾经以死刑禁止任何一块面包被带出城外。一名教士为城外垂死的人带去了圣体饼，被他抓了现行并枪毙了。他送我到了一座著名的礼拜堂，入门的时候以一种明显的方式耸了一下肩膀。在（法国大革命）七十年之后重新见

1　何塞·博尔赫斯（José Borgès），西班牙加泰罗尼亚军人，1861 年前往那不勒斯参与支持保王派的战争，被捕后被枪毙了。其留下的日记被公开，获得了很大的反响。

2　皮埃蒙特（Piémont）曾经是一个公国，今属于意大利西北部的一个大区。

3　若阿基姆·缪拉（Joachim Murat，1767—1815），法兰西第一帝国元帅、那不勒斯国王。

4　夏尔·安托万·马内斯（Charles Antoine Manhès，1777—1854），法兰西第一帝国时代的将军。

到雅各宾派人士，这是否令人感到很奇特呢？

越是读报，越是与人交谈，我越是觉得历史总是惊人地相似。我们都一样，先有了一个自由的士绅阶层，之后一直等到国家财产被变卖，等到外国入侵，才将我们的农民团结到大革命当中去。我们都曾经与内部的反叛作战，并见证了内战在最愚昧、宗教信仰最虔诚的地区展开。我们都曾临时组建了学校、国民卫队、军队和司法机构。我们都曾见到贵族与国王流亡国外，随后在他们自己的土地上遭到抵制。这里好比是一本大书的缩印本，但是新的一卷尚未拼凑完成，书页还无法被装订在一起。跟我们一样，为了使其牢固可靠，这书卷需要在沉重的木夯下冷静十年——我想说的是在外敌入侵的威胁之下。

与行政官员、教授和文人们的晚会

对于当地政府来说，最大的困难在于那些靠波旁王朝养活的众多特权人士如今无法安置。例如，曾有一间巨大的铁器工厂，其运行成本是每年两百万法郎，虽然它什么也不生产。逐渐地，工人们就被官员或者雇员的儿子所取代。不管是以锁匠的名义，还是以工头的名义，他们每人每天都能挣五法郎。他们月底才来上班，来拿工钱。只有少数几个人每天从十一点到三点来办公室充数。革命开始之后，工钱停发了。他们叫骂起来，于是得到了一部分工钱。厂方觉得供养不起，就将工厂拍卖了，可是没人买。后来，一位大胆的投机商以十年为期，以每年48000杜卡托[1]（ducat）的代价租用了这间工厂。这位新包租人召集所有职员和所谓的工人，并对他们说："我会像以前一样付给你们工钱，但是你们要整天工作。"随后引来的就是

1 又译达克特，一种金币或银币，源于意大利的旧货币单位。

叫喊和抗议。“或者你们随意按照时间工作，我按照工时付钱。”于是，骚乱爆发了。迎接贝尔萨格里[1]（bersaglieri）的是石头，而回击骚乱者的是火枪。自此以后，天下太平，工厂又恢复了运行，但是那些饥饿的闲职人员依然很愤怒。其中一位说：“看这卑鄙的皮埃蒙特人政府，我曾经有一个1200法郎的职位，而且整天是自由的，还有时间去银行坐坐。如今，这些吝啬鬼取消了我的1200法郎。我结婚了，还有两个孩子。”

1791年，（法国）国王、王后、太子、亲王们的所有官吏、侍从、狩猎官等都遭到了同样的命运。

两西西里的国王斐迪南（Ferdinand）亲自介入军需品的事务，就像路易十五对小麦的贸易亲力亲为一样。他的常规军队有9.5万人，但开支按照10万人来做预算，多余的空饷则归他所有。此外，他有为自己、宠臣和秘书挑选雇员的权力，因此就有了两类雇员：“肥雇员”每个月来办公室一次，领取他的薪酬；“瘦雇员”每天干活，却只拿四分之一的薪酬。

所有这些人都很恼火，这并不奇怪。教士们也不高兴，他们也没有理由高兴。他们丧失了往日的影响力，不再是重要人物。三年前，那不勒斯曾有那么多的修道士和神职人员。我曾经住在一位夫人家，就在繁华的街道旁，从其窗口向外看，一个小时之内得有上百名教士路过。几乎每个家庭都有一个儿子是教士，如今，这样的比例小多了。革命发生之后，他们躲藏了起来；现在，他们重新出现了，三三两两地走在街上。他们相信是政府想要饿死他们。既然政府剥夺了修道院的财产，那就是他们的敌人。他们为反对政府而奔走，尤其是通过妇女（来影响她们的丈夫）。

那不勒斯有1.4万人的国民卫队，这对于50万居民来说比例很小。这些官员和教授认为应该有两倍的军人，当然，那也不多。他们回复说这里的庶民数量巨大，还不太适合将武器交给他们。这些庶民可忽略不计，还得教育他们；而且也不

1　意大利轻步军的一种。

用担心他们，他们没能力组织街垒巷战。三年前，在没有任何权力机关的情况下，国民卫队已经完全有能力保证社会秩序。在每一个市镇当中，军队的指挥官都宁可只要数量有限的士兵，也不想要那些半流浪汉或是曾经与旧政府有瓜葛的人。另外，所有农民都有武装，都扛着枪上街了。这是一个古老的习俗，是家族仇杀和根深蒂固的强盗团伙造成的后果。当维托里奥·埃马努埃莱到来时，他们都全副武装，夹道欢迎他。这也证明了他们并没有感到被征服或者被压迫。一位外国的大使曾在现场感慨地说："意大利已经建立起来了。"

回到1.4万人的国民卫队的话题，这个数字只能表明执政的是市绅阶层，也在某种程度上证明了反对派对他们的指控。例如，有位那不勒斯侯爵，他是狂热的排外主义者。十五天以前，在巴黎，他在我面前指责国民卫队是个小团伙，是叛徒，是皮埃蒙特人的走狗，还说除了几个逃兵以外，所有人民、所有贵族都被他们奴役，都在默默地抗议。有人拿给我看教士们的通报——这在那不勒斯的街头就可买到，报上重复说了同样的事情，只是语调更强烈，这也证明言论并没有被钳制。那不勒斯的卫戍部队有6000人，用他们来镇压一个拥有50万人口的城市，这够用吗？在赢得农民的支持方面，这些官员和教授强调，政府不像法兰西国民公会那样拥有众多的国家财产可变卖给农民，而且自拿破仑一世时起，那不勒斯王国的封建制就被废除了，许多农民已经拥有了一些财产。然而，人们还可以将从修道院没收的财产分割出售，这将引来不少购买者，而他们都会支持政府。此外，可资利用的还有新开垦的土地和由此增加的作物，以及增长的公共财富。这个地区的土地十分肥沃，有的地方可以同时有七种收成——根茎类、草料、葡萄、橙子、核桃等。近两年，棉花被广泛种植，其收益相当可观，价格从每公担8—10杜卡托升至32—40杜卡托。现在，农民可以从自己兜里掏钱去咖啡馆，也有钱还债和交预付款了。他们也开始购买土地——这是他们最热爱的事情，而且在某些地方，收成就足以抵销土地的价格了。长期以来，人们注意到当地的强盗变少了，工作机会多了，小的产业得以广泛展开——缪拉也曾在立法上鼓励这些发展。同时，在不少地区，人们也开始合并或分割土地。此外还有永久管业[1]（mainmorte）的财产。另外要注意，外国资本到来后，工厂建立起来，报纸广泛发行，一个有些经验的那不勒斯人只要用三个月的时间就能学会读和写了。没有哪个民族的人能够更敏锐地理解所有的新思想了。见多识广的富裕农民自然就会成为自由派。

晚会上，一人讲述了他与一名士兵的交谈。这名士兵曾经为波旁王朝服役。当加里波第和他的小队人马登陆的时候，传言说他带领着一支六万人的队伍。因此，在队长的许可下，他们部队的所有士兵都放下了枪，各回各家，十分平静。维托里奥·埃马努埃莱宣告登基之后，我们这位朋友重又找到了这位被视为老兵而被免除兵役的人，谴责他不知羞耻，并推荐他去参军，尽管他不太情愿。一年之后，他们重逢了。这次，这个男人十分高兴，他已然充满了军人气质，还感谢这位朋友的推荐。

——啊，阁下，多么高兴再见到你！我去了米兰、都灵和其他城市。我学会读书了。

——会写字吗？

——还不太好，但是我可以写自己的名字。

——给，这是一块银币，等你会写字了，我就再给你一块。

这就是一名被军队生活改变的男人。军队使他习惯于服从纪律，习惯于讲究卫生，使他知道了荣誉，知道了祖国。我们的朋友问其中的一名士兵说："你们是去为国王战斗吗？""不，不是为了国王，是为了祖国。国家有一个议会。"这些那不勒斯的新青年会读报，那时报纸只卖一个苏。报上的文章有时会滥用一些空洞的词，但是这些词在此刻是高尚而真实的，对当地人影响巨大。我曾经在车厢里听见

1 中世纪领主对其附庸耕农的遗产的永久管业权。

两个返回那不勒斯的意大利人的交谈，他们离开那不勒斯已经有五年时间了。其中一位说：“他们变好了，如今，这几乎是一个有道德的民族。”

他们需要时间，时间可以化解一切，哪怕是财政这一当前最重要的问题。去年的赤字是每天一百万，但只要国家更多地生产和消费，经济就会逐渐恢复正常。去年以来，那不勒斯已经从棉花销售上得到了上亿的资金，今年的收获会更好。南方的海关几乎收不到什么关税，因此走私到处流行。政府派出了另外的税官，我们的一位朋友的兄弟是稽查员，他说今年的税收会增长七十万杜卡托。

其他迹象也表明局势趋于缓和了。政府命人将街头的圣母像都搬走了。第二天一早，人们就看到这些塑像被匕首刺穿了，也许是马志尼派分子所为，也许是波旁派分子所为。人们将这些塑像转移到附近的教堂。在某些街区，妇女们集合起来，因悲伤而姿容扭曲；但在更多的街区，人们为此叫好，并且在墙上涂抹亵渎和咒骂圣母像的话语。

这里的经验很有趣，值得观察家们仔细追踪观察。这场革命不像我们的大革命那么暴力，受外国势力的干扰也不大，但革命的实质是一样的，都是将封建的国民转变成现代的国民。区别在于，他们的转变基本是在封闭的花瓶中发生的，不是爆炸性的。的确，奥地利的匕首曾经将这个花瓶打破过。

科学领域、宗教领域和政治领域都因得到重大的发展契机而生气勃勃。大学里面有上万名学生，60 名教师。学生的住宿费是每月 20 法郎，日常食物以通心粉、水果和蔬菜为主。这个国家的人吃得不多，食物也都很便宜。学校里的学术和教务都是德语体系的。学生们可以熟读黑格尔。维拉[1]（Vera）先生在此担任教职，他是公认的黑格尔哲学的最忠实的译者。斯帕文塔[2]（Spaventa）先生

1 奥古斯托·维拉（Augusto Vera，1813—1885），意大利哲学家、政治家，是黑格尔哲学的翻译者和诠释者。

2 西尔维奥·斯帕文塔（Silvio Spaventa，1822—1893），意大利记者、政治家。

尝试去发现一个意大利哲学，尝试从焦贝蒂[1]（Gioberti）的思想中挖掘出意大利版的黑格尔。可以看出，民族的自尊心和关切点已经渗透到哲学思辨当中。昨天的一份报纸夸赞了博物馆展出的一幅现代意大利油画，并抱怨说意大利人没有给自己的艺术家足够的赞赏，反而给予外国艺术过高的评价。这一切虽天真但很直率。

公众，尤其是青年人都对这些研究非常感兴趣。那不勒斯是维科[2]（Vico）的故乡，这里一直就有哲学传统。最近，人们争相去观看一个有关黑格尔的《精神现象学》的展览。他们毫不费力地翻译着那些特殊名词、那些抽象概念。上帝知道那是多么抽象啊！体系从中心开始向各个分支方向发展。据说，法律方面的研究实力尤其强大，而且完全是按照德意志人的方式开展的。大学生尚且被封闭在黑格尔的程式和分类当中，但是教师们已经开始超越这些束缚，以各自的方式和思想方法去寻找自己的路。各种思想尚处于不明确和不稳定的状态，什么都还没有形成，但一切都正在形成。

在此期间，我们也怀疑他们选择的食物是否合适，新的思想是否能够消化这类食物。这是一种未煮熟的难以消化的肉，他们以年轻人的胃口将它吃下，如同12世纪的神学院修士吞下了亚里士多德，尽管食物与胃口不成比例，而且有消化不良甚至被噎死的风险。一位在此生活了十年之久且知识丰富的外国人跟我说，他们能很自然地理解德语中最难的论证和所有的论述，但是对于法语书却不太能理解。假如让他们去读伏尔泰的小说，他们大概就是一知半解。他们感受不到其中的优雅，他们在讽刺当中只能看到一种躲避审查的方法。勒南[3]（Renan）先生是他们十分欣

1　温琴佐·焦贝蒂（Vincenzo Gioberti，1801—1852），意大利哲学家、政治家。

2　詹巴蒂斯塔·维科（Giambattista Vico，1668—1744），意大利哲学家、修辞学家、历史学家和法学家，以巨著《新科学》闻名于世。

3　埃内斯特·勒南（Ernest Renan，1823—1892），法国哲学家、作家和历史学家。其著作《耶稣传》将耶稣的生平视为一个人的生平，在知识界引起巨大反响，同时也招致了教廷的愤怒。

赏的人物，但是觉得他过于胆小了："为什么他那么小心谨慎，他是基督教的巧妙的修复者。"对于其完美的艺术、其感触、其诗一般的感情和那份善解人意，他们并不理解。他们翻译的他的书，在那不勒斯卖了上万本。他们觉得能阅读和手捧他的文字是一种幸福，但是他们喜爱的只是其文字中的战斗气息，并不是他的评论。这也是《被诅咒的人》[1]（*Le Maudit*）一书在此如此成功的原因。所有的书店都贴有这本书的介绍。这门重炮令他们兴奋。他们想要一个强烈的抨击、一个强硬的事实举证，他们要为以前身为奴隶的境遇报仇雪恨。

这里没有什么可看的报纸。一个苏一份的通报虽然随处可见，但其编辑水平难说尽如人意。一早，他们就急于获得最新的电报，并据此写出长篇大论。他们也是如此看待我们法国的报纸的；他们体会不到普雷沃–帕拉多尔[2]（Prévost-Paradol）那稳重的辩论风格、朴实的文风和精妙的讽刺；他们更喜欢看民主派报纸中的头版头条。还记得我们 1789 年的通报上那些夸张的词句、脏话和空洞的辞藻吧。

昨天在咖啡馆吃午饭时，我在一个苏一张的报纸上看到一篇奇特的连载文章——法拉利[3]（Ferrari）教授有关历史哲学的第四篇。他展示了詹诺内[4]（Giannone）的思想和他在宗教历史方面的初步研究。根据詹诺内的观点，早期的基督徒根本就不相信有天堂，他们的基础信条是躯体的复活；直到复活之前，死人都处于一种停滞和等待的状态。随着神学的发展，信徒逝者逐渐被区别对待；而后，希波的奥古斯丁给予了他们优先的"半至福"（demi-béatitude）；在教宗格里高利一世的时代，他们才有了升到天堂的权利。很明显，此类思想被如此自由地阐述、如此广泛地传

---

1 作者是让–伊波利特·米雄（Jean-Hippolyte Michon，1806—1881），法国天主教神父，考古学家。

2 吕西安–阿纳托尔·普雷沃–帕拉多尔（Lucien-Anatole Prévost-Paradol，1829—1870），法国记者、作家。

3 朱塞佩·法拉利（Giuseppe Ferrari，1811—1876），意大利历史学家、政治家。

4 彼得罗·詹诺内（Pietro Giannone，1676—1748），意大利历史学家、法学家。

播，必然会产生巨大的影响。

耶稣会团体目前被置于维托里奥·埃马努埃莱的庇护之下。在街头，我们可以遇到各种学校的学生。这些学校不再是由教士管理，而是由一名士官。在这样的变革和在公共教育增长的基础之上，他们树立起对未来最美好的希望。他们在那不勒斯建立了五十八所市立学校，每个市镇的政府所在地都有一所。中产阶级中的许多人都可以读书识字。所有德语、英语和法语的有趣书籍或学术书籍都能在德特肯斯书店能找到；生理学、法律、语言学，尤其是哲学的大部头著作在这里也能找到受众。书店到了晚上就像是一个文学和科学俱乐部。他们都因自由交流和交换对重要时事的看法而感到无比愉悦。他们说："三年前，哪怕是关着门，我们也不敢交谈。假如被人看到我们在一起，就会有密探来监视我们。"如今，他们投身于火热的生产，处于万物复兴的热情之中。人们努力挖掘庞贝古城，并且以精美的彩色画片的形式公布了最新的发现。看着这些精致的意大利面孔，看着这些富于表现力的眼睛并猜测其中隐含的内在活力，是一件非常愉快的事情。这些面孔深刻地表达了或者说透露出那种一个人经历长期的禁锢之后得以再次舒展臂膀的喜悦之情。至于新思想，一切都在酝酿之中。早在波旁王朝时期，两三个书商就可以通过走私赚很多钱。他们贿赂海关人员、审查人员，将书籍藏在自己的床底下蒙混过关，再以五倍的价格出售。这样，民间就有了不错的藏书，哪怕是外省也有，比如诗人莱奥帕尔迪[1]（Leopardi）的作品。某个小贵族或市绅躲藏起来看书，当然不是为了荣誉或什么利益（有知识曾是危险的），只是为了学习。以这种方式，人们学得很快也很多。我见过一位二十一岁的年轻人，他通过自学学习了梵文、波斯文等十几种语言，也十分了解黑格尔、赫尔巴特（Herbart）、叔本华（Schopenhauer）、斯图尔特·密尔（Stuart Mill）和卡莱尔（Carlyle）。对于法律、哲学、语言学、有注解的

1　贾科莫·莱奥帕尔迪（Giacomo Leopardi，1798—1837），意大利诗人，是意大利浪漫主义文学的重要代表。

法文著作以及最新的德文著作，他也全都知道。他的博学和理解力达到了一个四十岁男人的水平。如今，他要去巴黎或柏林深造一年。这是好的萌芽，我希望还能有更多类似的萌芽发展，但是仅靠努力学习和喜爱思想的碰撞并不够，还要创造一条自己的道路。没有创造，就没有真正的文化。我的好几位朋友对此感到担忧，觉得这种躁动仅是表象，还说新科学就像是一场戏剧、一场巨大的梦幻剧，头脑发热的人才会自投其中。他们说："几位学者引入和积累了大量的外国材料；大群好奇的人围在图纸（外国的设计图纸的影印版或复制品）旁，但依照它们能孕育和建造出一个国家的庙堂吗？"

街头巷尾、漫步、剧场

大部分妇女都很普通，但是有不少年轻英俊、穿着高雅的男子。我们的一位朋友曾经走遍意大利，他说在所有小城市当中都能见到那种哪怕晚上只能吃一块面包和奶酪也要戴着崭新手套的人，一副刚从杜索托伊（Dusautoy）的裁缝店出来的样子。男人越是想获得女人的青睐，他就穿得越漂亮，这点放之四海而皆准。

许多那不勒斯人都有类似于柯勒乔[1]（Corrége）的头型，面容沉静而富有肉感，带着愉快而安心的微笑。这很可爱，也表明了他们的爱好。当他们与一位女子交谈的时候，这种微笑就变得更动人、更温柔。不同于法国人那种既突兀又急促的微笑，他们看起来真心高兴，似乎在一滴一滴地品尝蜂蜜一般，享受着对方口中吐露的话语。民间流行的小调、民族音乐和奇马罗萨[2]（Cimarosa）的歌剧，都表达出同

1 安东尼奥·阿莱格里·达·柯勒乔（Antonio Allegri da Correggio，1489—1534），意大利画家。

2 多梅尼科·奇马罗萨（Domenico Cimarosa，1749—1801），意大利作曲家。

一种情调。

普通民众当中，十五岁的女孩就有了恋人，十七岁的男孩就是个恋人，他们的情感热烈而持久。两人想要结婚则需要等待，等待男子能够购买那最重要的家具—— 一张巨大的方床。在此之前，他们可不会像苦修会士那般生活。没有哪个民族如此沉醉于快感，如此早熟——十三岁，一个男孩就是个男人了。

姑娘倚在窗前，小伙路过，再路过，停在能过马车的大门下，他们互做手势。在我住的街巷，居室有一扇半开半闭的窗，坐车而来的一位恋人在一个下午就往返了三十趟，随后他们就去皇家别墅公园散步了。您可以直率地询问一位姑娘是否已有恋人了。“当然啦，否则我一定很丑或者令人讨厌。”“但是您爱他吗？”“当然，您觉得我没有爱心吗？”

昨天，我在圣卡利诺（San-Carlino）大众剧院看到了这些习俗的完整画面。两个恋爱中的女子都是那不勒斯的轻佻女孩，一位骨骼清瘦，一位身材丰满，两人都很粗野，但也很诱人，而且“嘴很厉害”，吵架时大声叫骂。在大众的生活方式中，爱情开花了，就像是一朵玫瑰从碎瓷破罐中长出。当安纳雷拉最终接受安德烈亚的时候，你无法想象出有比她的笑容更迷人的微笑。她那漂亮的牙齿、微开的嘴唇、满含温柔和善意的大眼睛洋溢着幸福，完全是一朵盛开的生命之花。与法国人不同，她既没有诡计，也不假装正经，更不故作媚态。他吻她的手，虽然他只是名小乡绅，几乎就是个平民，但是他爱上她已经三年了。优美的姿态之后是亲近而温柔的动作——他用手为她撩起一缕发卷。

这里的人不可能去想别的事情，他们头脑中的主要思想是由气候和环境孕育而成的。这点你不仅可以理解，还可以感受到，只要你在这片海上度过一个小时即可。坐着小艇前往波西立波，可以看到别墅群落和宫殿一直延伸到水光一色之中，其中某些有座墩的别墅可让水流到房子底下。花园呈阶梯状逐级排列，到处都种满了橄榄树、橙子树、梨果仙人掌，攀缘类青草如头发般覆盖了裸露的岩石。在高处，意大利伞松的圆形伞盖在明亮的天空的映衬下显得漆黑如墨。

那不勒斯逐渐远去，视觉中那就像是一片宏伟的白色蚁巢。维苏威火山变大了，其雄浑的体魄在眼前展现出来。蓝色覆盖着一切，碧蓝的大海、天空和土地尽收眼底，细微的色调差别使这场色彩音乐会更加美妙。群山就像斑鸠的脖子那般布满黑白斑点，海水是丝裙的颜色，而天空像是苍白的天鹅绒。阳光照得浮尘可见。很远的地方只有一群白色的小船，就像一窝海鸥在那里漂荡。温煦的海风拂面，小艇开始跳舞。我什么也不想，感受着暖风的抚摸，看着波浪荡漾。

这些爱情并不总是恬静的。前天，我看到从车厢上下来一位女子，其两侧脸颊上有三道很宽的刀疤——这是她的恋人为了阻止她爱上一个情敌而干出的事。有时，被如此破相的女子还是会嫁给她的恋人，并在法官面前为他求情："这是我的错，他很嫉妒，是我造成了他的嫉妒。"他们的神经似乎可以感受所有气候变化的刺激。他们很好动刀，在做其他事情时也肆意妄为。这类没有预谋的凶杀案有很多，惩罚是二十年的牢狱之灾。

对他们而言，在所有事情上，第一印象非常重要。缓和的气氛刚刚展开，可能接下来就是一个可怕的突发事件，但大部分都很滑稽。叫卖的商贩就像是些被魔鬼附身之人。今早，在我吃早饭的时候，一个卖小玩意儿的小贩在半个小时内所做的肢体动作比两个喜剧演员在三个月内做的动作都多。他将乱七八糟的东西塞到助手手中，像吹号一般在贝壳上吹气，掂量着那些不值钱的手表，假装听着那不存在的嘀嗒声；为了多得到一个格拉诺[1]（grano），他会采取软弱又哀伤的语调；在他的玩具娃娃面前，他又露出欣喜和崇拜的表情。他诙谐滑稽，东奔西跑。我觉得他从中得到的快乐甚于他从买卖中得到的乐趣。这是一种摆脱内心压力的方法。两名吵架的车夫看起来像是要置对方于死地，然而一分钟过后，他们又跟没事一样了。对华而

1 那不勒斯旧货币单位。

不实的爱好出自同一个根源。例如：骡子身上戴着绒球，车辆上装配着复杂的铜饰，灵柩车上镶有金边，女人不能不戴金项链，穷人家的女孩也要在破衣烂衫上披一件带有花枝图案的红色披肩或带花的浅红色纱巾，这些都是想象力焕发的外在表现。

他们做什么事情都很快，仿佛轻而易举，既不怯懦也不拘束。我在卡斯特拉玛时的车夫是一名演说家，当时唯一令我为难的是如何让他闭嘴。一位平民妇女讲起话来可以滔滔不绝，她会给您建议，更正您的发音。她很亲和，不觉得低人一等。这些妇女偶尔会有尊重之举，但对你并无尊重之心，这类人的品性中就不含有尊重这一概念。人们的精力都太旺盛，对自己的能力过于自信，从不会在什么人前或在什么事情上感到尴尬或拘束。

他们也有许多优点。这里有两位在本地生活的外国人，其中一位是工厂厂长，他与当地人接触有十年了。他向我夸赞当地人，说他们特别喜爱孩子。当父亲捕鱼归来时，妻子会将孩子们带来；他拥抱孩子们，亲吻他们，抚摸他们，给他们做各种鬼脸。他们喜爱的是孩子，而且不仅仅是自己的孩子。热情、儿童天真烂漫的美、爱抚，这些就像一首诗，而他们都能感觉得到。当 B 先生不在的时候，工厂的工人们会照顾他的孩子们，同情他们，有时还眼含泪水。

大部分家庭都有一群孩子，六个、八个，甚至十二个孩子。他们不采取避孕措施，相反地，他们会很高兴有孩子。夭折的孩子就升到天堂成为小天使。至于其他方面，父母在生活上的安全感是动物性的。一位萨莱诺（Salerne）的赶驴人已经有十二个孩子了，对于来自某些人的同情，他反唇相讥道：“我还想再要四个。”一个橙子才一分钱，一件衬衫作为衣服就足够了，一年中有四分之三的时间可以在露天睡觉。他们都很早就结婚了，男子二十岁就已经娶妻，市绅阶层也是如此。这里很多人都是自由恋爱结婚，没钱的女孩也能找到丈夫。上层社会的男人可以娶女工，一名贫穷的意大利姑娘也可以毫不费力地打扮成淑女的模样。

平民大众的生活很节俭，晚饭就是面包和一头洋葱。一名将自己的儿子培养成为乡绅的老工人，他每天只吃一个格拉诺[1]的面包。除了下午三点的午休时间以外，他们整日工作，有时还会干活到半夜。可以见到不少露天工作的鞋匠，从早到晚操弄他们的锥子。锅匠们占据了码头后面的一整条街，敲打声不绝于耳。B先生需要雇用五十名妇女为棉花脱粒，结果有二百五十人冲过门卫的阻拦踊跃报名。然而，他们的工作效率不如法国或意大利北方的工人，要靠监工来保障他们的工作。

他们都是出色的孩子，坦率、热情，但不稳重，率性而为。正常情况下，他们都很可爱，甚至可以说很温和，但是在愤怒之下或在遭遇危险之时，在革命之中或在狂热的时刻，他们会变得极为疯狂。

圣卡洛歌剧院和《游唱诗人》[2]

圣卡洛（San-Carlo）歌剧院[3]有六层包厢，剧场宏伟壮丽，光线明亮但丝毫不晃眼。看来他们很懂得如何令眼睛以及其他感官感到舒适。观众坐席不像巴黎歌剧院或意大利式歌剧院的那么拥挤。走廊很宽敞，池座四周有空闲的过道，方便观众绕着正厅走动；坐席都垫高了几法尺，便于新鲜空气的流动。

然而，这毕竟是一座外省的剧院，有些老气，也不太干净，几乎没有卫生间，然而蒂琴丝（Titiens）在此歌唱，价格就翻了一番。剧场布景中除了一件以外都很平庸，舞剧的布景更是可笑，简直就是一种折磨。黄色岩石道具就像是个包着乌得勒支（Utrecht）天鹅绒的家具。剧中的男高音是个滑稽的自大狂，就像是个更丑的

1 4分。——原书注（“分”也译为生丁。——编注）

2 《游唱诗人》（*Il trovatore*）是一部著名的四幕歌剧，由朱塞佩·威尔第作曲。

3 圣卡洛歌剧院是欧洲现存最古老的并且持续使用的歌剧院，被列为世界遗产。

《法尔内塞的赫拉克勒斯》，他头戴一顶如今只能在废铁堆里见到的带有护颏的老式头盔。男低音和阿苏塞纳[1]（Azucena）还可以。演出服装都很陈旧，他们对中世纪的理解就跟我们在帝国时代对中世纪的理解一样。您可以参考我们外省客栈中的座钟上的行吟诗人的穿戴。只有蒂琴丝的服装还说得过去。他们唱得都有些走调，每当有哪个曲调不准，观众就吹口哨，小声嘀咕，学鸡鸣，一片哄闹；过了一会儿，如果哪段歌曲唱得精彩，他们又会报以热烈的掌声。池座内的几个男子在低声附和，连管弦乐的曲段也能唱，而且他们唱得都很准确。剧院门口，平民大众也放声歌唱。街头的流动歌手嗓音刺耳，但是不跑调。他们是真正的音乐家，理解那些音调的变化，理解那些成功或失败的乐曲，这就如同在巴黎我们懂得喜剧和玩笑的微妙之处。

首席舞女是法国人勒格兰（Legrain）女士，可芭蕾舞跳得比巴黎的更难看：同样的扭捏作态，相似的灵活度，动作同样如纤细的蜘蛛一般。我们那里至少还有如画的舞台装饰、能够使诗人着迷的服装和值得送到古董店摆放的盔甲，但我们的芭蕾舞中所有的好东西这里都没有：没有品位，没有高雅，没有新鲜感。当然，尽管中央集权给我们带来过那么多的伤害，但也为我们提供了许多高级的东西，如歌剧、文学、优雅的谈吐和烹饪。

圣卡利诺剧院

今晚上演的是那不勒斯改编版本的《孪生兄弟》（*Menechmes*）。整个意大利都在翻译法国戏剧，但这次的改编版是一个发明，其形式、风格和对话完全是那不勒

1 《游唱诗人》故事中的吉卜赛女子的名字，剧中的女中音角色。

斯当地的大众品味。

圣卡利诺（San-Carlino）剧院完全是大众性的，像个地窖。轻佻的女孩、工人，还有头戴鸭舌帽、身穿老旧平绒上衣的小商贩都挤在一处。场内很热，味道也很重，跳蚤都能跳到您的腿上。但是，演员们演得不错，他们都很有天赋，在舞台上很灵活。这并不令人吃惊，因为他们每天要演出两场——中午和晚上。

有几个场景演得非常好，其中一个情节是年轻的男子被他的恋人抛弃了。这里没有自恋，但是有一种真正无望的痛苦在愤怒的动作中爆发出来，在感人的祈求中表现出来。如果换成是法国人，他们会在此展现自尊心有多么受伤。

几乎所有人都是出色的表情演员，尤其是小酒馆老板和他的妻子。他们的面孔不停地收缩变化，一分钟内能有二十种表情，每种表情都很准确和完整，假如涂上一层石膏，就能做出一个模型。

戏剧的风格是粗俗的，完全是拉伯雷式的。剧中的父亲讲述他有一对双胞胎男孩。丑角说："好消息，邻家的母猪一窝生了七个。"这出喜剧展现出一种别出心裁的滑稽。此外，透过其疯狂的想象力，我从中看出了阿里斯托芬式的诙谐。丑角完全是个懦夫、马屁精，他贪吃、爱哭、邪恶又机敏；他滑稽可笑，可本质并不坏；他靠他的邻居生活，以贬低自己来开玩笑。我在此遇到的一位伦理学家说，这个人物是典型的波旁王朝时代的那不勒斯人的形象。这是一个"希腊佬"（Græculus）的形象，聪明、狡猾、极其调皮，但是都用在了坏地方。他对监守自盗的政府失去了信心，为法官任由诉讼双方贿赂证人，为高层的腐败，为无数次被证明的"诚实无益反而有害"而深感沮丧。今天依然如故，即便他们能够成功，也是出于利益算计，而不是思想上的觉悟。在他们当中，占主导地位的还是阿谀奉承的性格，是巧妙躲避困难和转危为安的艺术。他们厌恶使用暴力，谈吐得体，拥有开玩笑的才能，愿意成为寄生虫、掮客或仆人。与之相比，北方的意大利人就显得比较迟钝。当皮埃蒙特人到来后，他们曾经想立即整顿政务，本地人对他们很是殷勤，对他们微笑，欺骗北方人对他们毫无困难可言。跟古希腊人一样，他们在哲学上拥有非凡的天赋，这点甚至在一些农民的讨论会上都能看出来。如同古希腊人一样，他们都是无师自通。我在庞贝古城时的导游，就是通过和游客们对话，通过在一个老旧的灰纸本上请人写下他不认识的字，用两年的时间自学了英语和法语。我们这位伦理学家补充说："我告诉您了当地人的恶习，但是我们的本质是好的，人们拥有足够的才智。对于他们来说，头脑比性格更重要。要驾驭他们，您说哪种政府更好？是一个将学者都抓起来的独裁者，还是一个建造学校的市绅阶层？"

第 三 章

从那不勒斯到罗马

1864 年 3 月 2 日，从那不勒斯到圣日耳曼诺

直到卡普阿（Capoue），乡间一路都是花园。青色果实布满了田野，如同五月份的收获一般新鲜。每隔 15 法尺就有一个被修剪过的榆木桩，支撑着一棵扭曲的葡萄树，其枝蔓一直延伸至另一个树桩之上，整个田野由此形成了一个巨大的葡萄架。在这棕色的葡萄桁架和灰白色的榆树枝杈之上，可见意大利伞松的身姿，如同一个外来的高级物种，静静地支撑着其黝黑的伞盖。

沃尔图诺（Vulturne）河只是一条平庸的黄色河流，而卡普阿还不如一座普通的城市，但是这片田野却是如此肥沃！茂密的植被有时有一人多高，人们将车厢的窗户全部打开以享受野外清新的空气。看着城市后方耸立的崎岖群山，我不由得想起古代的萨莫奈人（Samnites）。这些源自高山和峡谷的群狼是如何扑向平原上的猎物的呢？这样的城市就是个待宰的猎物。我回想起提图斯·李维所描绘的一个夸张场景以及南方人的诚恳态度：议员们跪倒在元老院门厅前，眼中满含泪水，乞求将自己的生命和财产都贡献给罗马人民，包括“卡普阿城、坎帕尼亚人

（Campanien）、农田、神庙，以及所有神明的和人世间的事物”。当每个人都在高墙之上看到成群结队的牧民涌向城墙，如同当今的强盗一般劫掠时，当公民们每个星期在主要的议事大厅当中商议如何应对抢劫、屠杀和被贩卖之时，个人对于国家应该报以怎样的虔诚之心？一位普通工匠在策略上会关注什么？人们是怎样处理被迫混淆在一起的私人利益和公共利益的？我们永远无法理解古人对其城邦的热爱。

群山几乎都是光秃秃的，崎岖不平，到处耸立的小岩石如同坍塌后的废墟，就好像山峰和谷坡被地震破坏了一样，其外壳碎裂且被抛向各处。陡峭的山脊像刀片一样切开了天空。山上一棵树都没有，偶尔有几丛病恹恹的或顽强挺立的灌木；有时可见一片苔藓，有时什么都没有。山体扩展着它那带缺口的三角形，如同一堆火山余渣。其他的山犹如被一场疯狂的大火烧裂了一般，也好似一具满身灰烬的木乃伊立在那里，被它的宠物猛兽所环绕。远眺，最高的峰顶尚有斑驳的雪痕，那就是萨莫奈人出发的地方。这些“神圣春天”[1]（printemps sacrés）的冒险家，身披山羊皮，脚缠绳子，蓬须垢面，瞪着牧人的黑眼睛，出现在我们面前。如今，得在加利福尼亚或新西兰生活过才能体会古代城邦的情况。

天气如六月份一般晴朗，阳光灿烂，气温偏高。道路两侧的群山呈简单的深青色，它们似乎是为了美观而像阶梯剧场一般逐层排列着。由于距离遥远，厚重的大气看起来像在它们的躯体上披上了一件光彩夺目而又半透明的外衣。它们的头顶之上，萦绕着如雪般洁白而安静的云朵。

昨晚下过一场大雨，一路上可见各式各样的工人都在清理被湍急的雨水冲坏的道路。第一次在这里见到了真正美丽的妇女：她们衣衫褴褛，令人不愿接触，但是离她们十步之遥时，她们看上去就像是一群雕像。由于经常使用头部来承载水罐、研钵和其他物体，她们已然习惯于一种挺拔的姿态，如头顶供品篮的古希腊少女那

1　古萨宾人的一种迁徙风俗。当遇到一场灾祸之时，为了获得神的护佑，他们会将下一个春天出生的孩子献给神。这些孩子并不会被杀死献祭，但等到成年之时，他们会被赶走去开辟新的领地。

般迈着高雅的步伐。她们的头上盖着一块白色的粗布织物，布头垂向两边，用以遮挡阳光。在这块白布的映衬之下，她们皮肤的暖色调以及黑眼睛都散发出令人赏心悦目的光彩。有些人的线条十分匀称。其中一位脸色略显苍白的女子，就像达·芬奇画中的人物一般精致。她的衬衫在脖颈处皱皱巴巴的。她的身体笔直而立，紧身褡之外，那条似乎专门为了此次作画而定制的长裙像长筒一样垂落着。

随着夜幕降临，东方层峦叠嶂的群山也显得越发漂亮。它们离我们既不太近，也不显得过于巍峨；既不像比利牛斯（Pyrénées）山脉那般压抑，也不像塞文山脉那般暗淡。群山之间是一片宽阔的沃野，充满了装饰元素，完全可以作为油画的背景。它们的优雅与温柔简直完美无缺。不知不觉中，它们逐渐地转变了色调，紫罗兰色、紫丁香色，进而是锦葵色。好几座山像是穿上了带有裂痕的波纹裙。从这么远的距离看，那挺拔的山脊、那凸起的裸露岩石就像是光滑的裙褶。山腰上的市镇组成一团团白色的群落。碧空清澈，纯净而恬美。我已然不记得在哪里还见过如此美妙的色彩。

卡西诺山

我认识卡西诺山（Mont Cassin）隐修院的院长之一，我因正好路过而登山拜访。你读到的这个名字是本笃会最古老、最主要的修道院的名字。它建造于 6 世纪，建在一座古阿波罗神庙的地基之上，但是它曾多次在地震中被损毁，如今的建筑是 17 世纪的。以此为中心，修道士的生活贯穿了整个欧洲的野蛮时代——那最黑暗的中世纪。古典文明的余晖，由此残留在远离世间的角落，隐藏在修道院的外壳之下，如同一只蛹躲在它的茧中。修道士在单调的连祷声中复制着手抄本，而在此期间，北方的野蛮人在峡谷中往来穿梭，盯着那悬崖峭壁之上由高大围墙保护着的最后的避难所。修道院虽然被他们攻破了很多次，但是他们皈依了基督教之后，低下了因迷信而恐惧的头颅，到这里来触摸圣物。一位国王曾经放弃了自己的王冠，到这里穿上了修道士的衣袍，他的故事被画在了围墙上。

为了去修道院，我们要从圣日耳曼诺（San-Germano）出发。这是一座位于山坡上的小镇，贫穷而丑陋，盘桓而上的碎石小道上时有衣衫褴褛的儿童和四处游荡的猪路过。居民的房门都是敞开的，黑色的门厅与刺目的白墙反差强烈，家用器皿在晃动的阴影中隐约可见，房间深处的几丝光亮中闪现着浮尘。山道右侧，在一大堆非同寻常的橙红色巨石之上，支离破碎的山背负着一座封建城堡的残骸；山道左侧，在与我们并行的一个半小时的路程时间里，一条“之”字形山路蜿蜒曲折直达山顶。乳香黄连木、成簇的禾本科植物，在岩石间时隐时现。每迈一步，都有蜥蜴从石缝中溜走。更高处，出现了圣栎、黄杨、金雀花、大戟，以及所有抵抗住了坍塌碎石的冬季植物，它们都生长在贫瘠的石头山丘之上。

悬崖以外的空间属于群山军团。放眼望去，这里只有群山，它们是唯一的居民，占据了所有的风景。山后还是山，排成几条纵队。其中的一座山，山头撕裂如海岬般前突，狭长的身躯好像一只巨蜥蹲坐于峡谷的入口。这样的景观远远超越了竞技场、圣伯多禄大殿等所有人类的杰作。每座山都有其面貌特征，如同一张张充满活力的脸，但是其面貌是难以表述的，因为没有任何生命形态能与这种矿物形态相符。每座山都有其颜色，有的呈灰黑色，如同烈焰中被烧毁而坍塌的大教堂；有的呈棕色，带有被水冲刷而形成的白色条纹。远处的山呈明朗的蓝色，后面的山呈白色，披着朦胧的光辉。所有的山都被邻近山头的阴影以及飘浮不定的云朵所产生的阴影投射得斑斑点点。所有的山——鲁莽的或愠怒的，雄伟的或凄凉的，可谓千姿百态，都在温煦的阳光的普照之下显得高贵起来，都在无垠的天穹华盖之下显得高尚。没有一个女像柱可以与这些巨像相比。

山顶的一块空地上，矗立着巨大的方形修道院及其逐级增高的平台。它们坐落于碎石花园的围墙之中。光秃秃的山顶上的生灵，以修道院为中心围成了一个唱诗班。

在一道斜坡式门廊的尽头，可以看见一个立柱环绕的庭院。从这里开始，一条宽阔的阶梯逐级而上，将您引入到一个更高的庭院，那里同样拥有柱廊。修道院院长、君王和施主们的雕像环墙而立，好似一场安静的集会。教堂位于最里面。视线从大门开始依次沿着几排立柱移动，近处有那弧形曲线切割出的蓝天，远处是群山，在泛着尘埃的夜光之中显露出宏大的轮廓。除了石头和天空以外再没有别的什么了，这给人一种想要出家成为修士的冲动。

我的房间就在一条令人晕头转向的走廊的尽头，两扇窗外展示的是不同的群山景色。室内几乎没有家具，屋子中间点着一个露天火盆作为取暖炉，露出白色的灰烬。墙上挂着卢卡·西尼奥雷利[1]（Luca Signorelli）的老旧版画，那些精美的裸体，其姿态犹如米开朗琪罗所绘的角斗士。另一间屋子中挂着旧得发黑的小幅画，列柱之间挂着《多俾亚和天使》（*Tobie et l'Ange*）。哪怕是最小的物件也都带着其曾经辉煌的印记。

罗马的学者经常到这里来住两三个月，以躲避夏日的酷暑，在这清凉又安静的环境中舒心地工作。图书馆藏有四万部书籍和众多的文书。这里的接待是完善的，没有捐款箱，仅仅可以送给用人些许东西以表谢意。修会将古代的传统延续了下来，保留了他们那向往科学的志趣和向往自由的精神。修士们并不封闭自己，不会将自己隔离于世界之外，他们可以外出旅行。他们中的一位，托斯蒂（Tosti）神父，是一位历史学家、思想家和令人尊敬的改革家。特别要指出的是，他充满了现代思想，深信今后应该将教会与科学结合在一起。他们像以前一样工作并且授课。在修道院的300名居民当中，有20名修道士和大约150名学习基础知识直至神学

1　卢卡·西尼奥雷利（1445—1523），意大利画家。

的学生。晚上，在我们的房间下方，在一片长满了乳香黄连木和金雀花的洼地上，我们能听到修院的孩子们在奔跑和呼喊；他们的黑色长袍和宽边帽子，不时在绿树的间隙中闪现。

我们独自在巨大的公共食堂中用晚餐。一个铜制烛台被用来照明，它几乎跟庞贝古城的一模一样，没有玻璃罩；小小的火苗闪动着光亮，映照在石板和石砌的拱顶上；所有反射光都淹没在模糊而浓厚的黑暗之中。右侧墙上有一幅巨大的壁画，是巴萨诺[1]（Bassan）的《面包神迹》（*la Multiplication des pains*）。整个一面墙上挤满了人物，就像古老的幽灵浮现其上。当杂务修士将晚餐送来时，其黑色而孤单的身影出现在淡黄色的光晕之中，也像是其中的一个影子……

晨曦透过没有窗帘的窗户将您唤醒。我相信在这个世界上没有多少事物能够与此时此地的景象相媲美。醒后的第一眼，我就吃惊地发现，在同一位置，昨晚的群山依然故我。它们的颜色比昨晚的更深，阳光尚未触及它们，它们依然是冷峻的。在自修道院脚下逐渐展开的巨大剧场上，在附近的山谷中，可以看到上百的云朵袅袅升起，有的像白天鹅，有的呈半透明状态，即将融化的样子，有的挂在岩石上像是一片轻纱，还有的飘荡着，像是江河之上蒸腾的水雾。太阳升起，倏然间，倾斜而入的光线穿透了深渊。被照亮的云朵变成了一群空中的圣灵，柔弱而又雅致，最远处的泛着微光，像新娘的面纱。所有这些白色、这些飘浮的光彩，在圆形剧场的黑色岩壁之间组成了一个天使般的唱诗班。平原消失了，我们只能看见群山和云，阴暗而静默不动的是远古的怪兽。年轻的神祇轻盈飘荡，相互之间随意融合又飞散，独享那阳光的爱抚。

教堂是17世纪的建筑，其壁画出自卢卡·焦尔达诺和约瑟平的手笔。如同那不勒斯的查尔特勒修道院一样，教堂墙面采用了珍贵的大理石板镶嵌，就像贴着绸

1　雅格布·巴萨诺（Jacopo Bassano，1510—1592），意大利画家，属于威尼斯画派。

丽的壁纸一般，而地面就像是一块漂亮的地毯。文艺复兴时期曾有的引力和能量已然消散，宫廷和沙龙的意趣影响开始显现。教堂的建筑设计是一件世俗的异教作品，且显露出一种布景师的业余趣味。他们把所有已知的艺术资源都堆砌在那里，包括穹顶、连拱廊、扭曲的立柱、科林斯式立柱等各种立柱、雕像以及镀金装饰。祭坛前的祷告席制作得异常完美，其上点缀着小祷像和叶饰。穹顶上的油画在中殿铺展开，充斥了整座礼拜堂，占领了各个角落，并以巨大的篇幅覆盖在大门和拱穹之上，色彩飞扬如同舞会上的裙装。卢卡·焦尔达诺那幅迷人的《真理女神》（*Vérité*），几乎只有金发披在身上；还有一幅画的是善良女神，据说是他夫人的肖像。另有一些美德女神，她们都很优雅，都是那个屈服于专制主义的世纪中快乐而又含情脉脉的夫人。那时，她们可以慵懒地坐着，头脑中只想着风流韵事和十四行诗。画家为她们弄皱丝绸，为她们扭绞衣料，为娇小可爱的耳朵挂上珍珠，为光滑如缎的柔嫩肩膀点缀上闪亮的金项链，其笔触是那么光彩耀眼而又令人赏心悦目，以至于其入口处的壁画《教堂的祝圣》（*La Consécration de l'église*）更像是一场奢华而又嘈杂的剧场巡游表演。

据说，这座祭台是米开朗琪罗的作品，由两个巨大的孩童雕像支撑着。一柄沉重的金权杖是切利尼[1]（Cellini）的作品。管风琴拥有最复杂、最出色的组合。有两名修道士是阿勒曼人[2]，他们在此研习档案资料以挖掘古代音乐中的瑰宝。这里什么都有，既有艺术、科学，又有自然的壮丽景观。这就是那个封建又笃信宗教的旧世界为那些沉思和孤独的灵魂，为那些因生命的苦涩而心灰意冷、自愿将自己投身于思辨和提升自我修养之人所建造的场所。这种人依然存在，但是他们已经失去了避难所；他们生活在巴黎，生活在柏林，生活在那些阁楼当中。我知道有些人已经死去，有些人因悲伤过度已然僵化，还有些人因身心疲惫而厌世。是否有一天，科学

1 本韦努托·切利尼（Benvenuto Cellini，1500—1571），意大利金匠、雕塑家。

2 阿勒曼人（Alamans 或 Allemand）原属于日耳曼人的一支，后来指日耳曼人，最后又代指德国人。

也会像宗教那样为自己忠诚的信奉者建造隐修之所？世界上永远不会有一座世俗的卡西诺山隐修院吗？

罗马，3月10日

你问我在罗马玩得开心吗，玩是个法语词，只在巴黎有其含义。在这里，作为外地人，除了学习，没有其他的办法。我每日在油画和雕像前度过三四个小时的时间。我记录下我的印象，当下的印象，而且只当我有印象时才动笔。因此，我既不寻求做一个完整的描述，也不寻求做一个目录。去买默里（Murray）、福斯特（Forster）或瓦莱里（Valery）的书吧，它们会带给你艺术或考古方面的知识。他们的书虽然比较枯燥，但那不是他们的错，纸上排列整齐的文字是否就能使人见到色彩和形状呢？最好的教材是版画，尤其是古老的版画，例如皮拉内西的版画。打开你的画册，看看那些四周带有圆屋顶和精美建筑的方形广场。画面中，尘土飞扬，满是车辙，一辆载满了仆役的路易十四时代的马车刚刚经过，一群流氓或者拥上来乞求施舍，或者靠在一根立柱上睡觉。这比世界上所有的描述都更加直观。唯一值得玩味的是，艺术家选择了一个美妙的时刻、一种有趣的光线效果，他情不自禁地采用了艺术家的眼光。此外，版画不会令人觉得不舒服，画中的乞丐既不令人同情，也不令人生厌，这是另一种好处。你羡慕我现在身在罗马，我也很高兴来到这里，因为我在这里学到了很多东西，但是真正的快乐，那毫无杂念的、诗一般的快乐是与你在一起的时刻，是晚上十一点在灯光下翻看你的旧画册。

至于生活，这里没什么有趣的地方。我在善良的人家租了一间小屋。他们都是小市绅阶层，是纯正的罗马人。他们总是将整洁留给客人，将肮脏留给自己。他们有一个儿子是律师，另一个儿子是职员。全家靠出租住宅中位于前庭的屋子生活，自己则居住在最里面的几间屋子里。楼梯没人清扫，住宅也没有看门人，过道日夜都开放着，随便任何人进出。相反地，每间套房的门都相当厚重，足以抵御攻击。过道里没有灯，房客只能在兜里自带火柴，没有其他办法，除非月光明亮。我们的一位朋友自费在楼梯上摆放了一盏油灯，可晚上油灯就被盗了。第二个和第三个油灯也是同样的下场，最后他还是改用火柴了。早上，我们在格雷科咖啡馆进餐。这是一间长条房间，低矮，烟雾缭绕，既不明亮也不雅致，但是还算舒适，意大利似乎到处都有这种咖啡馆。这种咖啡馆在罗马算最好的，但在巴黎大概只属于三流。的确，这里的食物几乎每样都很好吃，价格也很便宜。咖啡堪称出色，只卖三个苏一杯。这些做完了，我就去参观博物馆、画廊。这种时刻，我几乎总是独自一人，若非如此，就无法拥有自己的感受。尤其是这样的方式可以按照自己的思路进行，而与他人交谈和探讨好比用扫帚扑打飞起的蝴蝶，会对自己内心的梦想和影像造成冲击。我在街头漫步，随意进入教堂参观，印刷指南会告诉我它们的建筑设计师和建造年代，这帮助我在大脑中将其回溯到它的历史时代，不由自主地按照其时、其地的习俗来思考。回到住处，我拿起桌上摆着的消遣类书籍，尤其是回忆录和诗集，阅读一两个小时，随后再潦草地写下我的参观心得。我觉得，罗马就像是一个大旧货店，除了到这里来学习艺术、考古和历史，还能干什么呢？我很清楚，对于我来说，如果我不在这里工作，不去处理旧货店的杂乱无章，不理会那些蜘蛛网以及发霉的气味，那将会使我万分沮丧，更别提这里还有那么多曾经如此珍贵、完美而鲜活的东西，如今却变得没落、残缺和零散了。

晚上，我叫来一辆出租马车，出门拜访。拿着别人提供的介绍信，我拜访了地位不同、观点各异的人士，受到了许多礼貌而又友好的接待。主人对我讲述时事、宗教和政治。我试着捡起一些有关今日意大利的想法，这是对昨日意大利的补充，就像是一系列纪念章中的最后一枚，而且所有这些纪念章都相互关联、互为解释。

这些就是我的日常工作。在接触过许多事物之后，我觉得只有一件事是好的或至少是可以接受的，那就是以整理它们为业。

到达罗马

昨日的罗马，晚间漆黑一片，没有店铺开着，只有几盏相隔很远的煤气灯。一片死气沉沉的氛围！我所居住的巴贝里尼（Barberini）广场，就像是一个石砌的追思台，上面点着几支常燃不灭的火炬。可怜的小火苗似乎被裹尸布般的阴森所吞噬，而影影绰绰的喷泉在寂静中像幽灵般窃窃私语。我无法描述罗马的夜晚：白天，它"是个死尸"[1]；但是夜里，它是墓地般的恐怖和庄严的组合。

第一个礼拜天，西斯廷礼拜堂的弥撒

我在门口排队。女士们不戴帽子，戴着黑色纱巾；男士们穿着黑色正装——这是统一的制服，但人们穿的都是最旧的衣装。有几位男士穿着棕色的裤子，戴着灰色的宽边帽。人群似乎是由庭丁和殡仪馆的业主组成的。我是出于好奇才加入的，像看一场演出。教士们相互交谈，兴奋地讲着无关紧要的事。

在我的身边，有几个人开始谈论起念珠。在巴黎，十颗珠子卖 36 法郎；在这里，想要买最好的珠子，那价格最公道的市场就位于密涅瓦圣母（Santa-Maria

1 吉拉尔丹（Girardin）用语。——原书注

sopra Minerva）教堂的后面。“我记住这个名字了，应该从哪里走过去呢？——您知道，今天见不到教宗了，他病了。——我住在巴布依诺大街，每天5法郎，包含午餐，但是酒不怎么样。——奇特的瑞士侍卫，穿得五颜六色，像是剧院中的角色。——刚到的这位是帕内比安科主教，一位阴郁的修士，一旦有空缺，他就有可能被选为教宗。——我不喜欢羊肉，这里找不到好的羊腿。——您将听到的女高音穆斯塔法其实是一位神奇的男人。——他是土耳其人吗？——既不是土耳其人，也不是男人。——兰德里亚尼大人相貌英俊，但他是一头蠢驴。——瑞士侍卫是16世纪的，看看他们的脸、他们的白羽饰、他们的戟，他们那紧身衣上的红黄黑线条，据说是米开朗琪罗设计的服装。——这么说，米开朗琪罗把什么都干了。——所有最好的。——那么他怎么不改进一下羊腿？——您会习惯的。——不会比酒更难适应，我开始感觉累了。”

弥撒是个漂亮的仪式。主教和辅祭们都身材高大，衣着庄重；他们以最庄严、最得体的姿态排列又分开，绣有金银丝的长袍随着他们的每一个动作而折射出光彩。在此期间，戴着红色圆顶帽的主教们逐一前行，每人身后的紫色后裾都由两名托裾者手捧。他们坐下，托裾者就坐在他们的脚旁。许多人面孔很瘦，但很有表现力，尤其是那些修士，但是没有一位能比主持弥撒的主教更具表现力：他黑瘦，眼窝凹陷，前额凸出而饱满，戴着白色主教帽和绚丽的襟带；他一动不动，坐在那里就像是一尊埃及神。一位德亚底安修会的会长，身着棕色长袍和白色外套，在用拉丁语宣教。他嗓音洪亮，手势清晰，既不高喊，所讲也不单调乏味。——这将是塞巴斯蒂安·勒克莱尔[1]（Sébastien Leclerc）的一幅多么好的版画的主题。

声乐简直是令人不快的乱叫，其音程怪异，闻所未闻，像是随意叠加的。我们可以很容易地分辨出悲伤和别出心裁的音调，但是和声是生硬的，而且有喝醉了的唱诗班成员的嗓音。也许是我的耳朵失聪了，或者是错误的音符太多了。高音变成

1 塞巴斯蒂安·勒克莱尔（1637—1714），法国画家、版画家。

了尖叫。位于中央的肥胖歌者胸廓起伏，汗流浃背，嗓音好似牛叫。在宣教之后还有一段曲调高雅而严肃的歌曲，但歌声实在难听，高音刺耳，低音如犬吠！

散场比较有趣，我看着主教们在柱廊的尽头上车，每位主教都有三个仆从跟在后面。红色的雨伞被置于车顶，这是告诉卫兵们需要举起武器致敬的信号。拱廊下长长的游行队伍，五颜六色的瑞士侍卫，全身黑色、披着纱巾的妇女，台阶上涌动的人群，立柱间闪现的喷泉，这一切共同组成了一幅画，一幅在巴黎见不到的画。这个场景有其布局，有其背景，有其效果。在旧的版画作品中可以见到类似的场面。

不管是步行还是乘车，在街头尽兴徜徉之后，在众多的印象当中，终究会浮现出如下的感观：罗马是肮脏而凄凉的，但这并不是全部。宏大和美丽在任何地方都是稀有的，但是几乎所有的东西都是值得被画出来的，这些将会把你从普通的中产阶级生活中拖拽而出。

首先，罗马是建立在山丘之上的，因此它的街道就多种多样，独具特色。根据斜坡的不同，天空被房屋的排列切割出各种形态。

其次，许多事物显示出力量，哪怕伤及一些品位。教堂、修道院、方尖碑、柱廊、喷泉、雕像，所有这些东西，要么揭示了一种看待世界的主要立场，要么揭示了物质征服或者精神征服所积累的财富价值。修道士是一种奇怪的动物，属于已经消失的物种。一尊雕像并不符合一位市绅的需求。一座教堂，哪怕是耶稣会的教堂，也用夸张的装饰证明了其令人生畏的行会力量。成为修道士、建造雕像或教堂，都是为了通过一种遁世的行为或一种力量在历史的平庸进程中留下明显的标记。一座如山上天主圣三教堂的修道院像堡垒一般封闭着。一座特雷维（Trevi）喷泉，一座如科西尼（Corso）宫般厚重的宫殿，一个如威尼斯广场般宏伟的建筑，无不宣示出非同一般的生活与品位。

此外，反差无处不在。在一条嘈杂热闹的街道出口，您可以沿着一条长约四分之一法里的高墙前行。墙上渗着水，长满苔藓，街上没有一个行人，没有一辆推车；每隔一段距离，就会出现一个带铁闩的矮拱门：这是一座大花园的秘密出口。您向左转，就进入一条满是摊铺和陋室的街巷。街上满是成群的衣冠不整的流氓和到处翻食垃圾的狗。街巷尽头又是雕刻的大门，那是一座装饰过度的教堂，好似一件教会的首饰掉进了粪堆。更远处，又是黑暗的街巷各自延展。倏然间，通过一道半开的门，您可以看到一片桂花树林、高大且修整一新的黄杨丛，还有大量的雕像和喷泉。一个卖卷心菜的市场围绕着一根古代立柱而设，一些顶着红色雨伞的破房子紧贴倒塌的神庙立面而建。走出成片的陋室和教堂后，您又能立即看到绿茵和菜园，以及更远处的田园景色。

四分之三的住宅都有各自独特的造型，每一栋都很有意思。它们并不是简单而厚重的砖石建筑，而是些舒适且不起眼的建筑。有些住宅还包含另一栋更小的房子，在开放式的露台上面还有一个高高架起的散步场。那些最丑陋的房子、带着锈的铁栏杆、漆黑的走廊、肮脏的楼梯确实令人厌恶，但我们只是看看。

我再一次将罗马比喻成某位艺术家的画室。那将不会是一位高雅的艺术家，他不像我们的艺术家那样渴望成功并乐于展现他的作品，而是一位疏于自理却拥有天分的老艺术家。如今，他正在与其供货商争吵。他破产了，他的债权人不止一次地从其家中搬走了家具，但是他们没办法搬走墙壁，而且他们还忘记了许多漂亮的物件。目前，他就靠这些残余的东西生活，做个导游，拿些小费，而且蔑视那些给他钱的财主。他吃得不好，但是他依靠回忆自己曾经参加的展览以及获得的荣誉聊以自慰。他默默地说"明年我要翻身"，偶尔也会高声地说出此番决心。应该承认，他画室内的气味并不好。地板已有六个月没有清扫了，沙发已然被烟灰烧坏，鞋跟坏了的旧鞋堆在房间的某个角落。一个碗橱上有吃剩的香肠皮和一块奶酪，然而这件碗橱是文艺复兴时期的产物，而那件覆盖破床垫的破旧挂毯也是那伟大世纪的作品。沿墙的一根难看的炉子管道上挂着一些甲胄，还有珍贵的镶金银丝的火枪。这地方值得来看看，但是别在此停留。

《摩西》，米开朗琪罗

我们穿过长长的斜坡街巷，那些被巨墙夹在当中的街巷都是些没有采光或是装有栅栏的街巷。反光的石砌路漫长而又僻静，我们路过卢克雷齐娅·博尔贾宫（Palais de Lucrèce Borgia），前去圣伯多禄锁链堂（Saint-Pierre-aux-Liens）观看米开朗琪罗的作品《摩西》（*Moïse*）。第一眼看到它时，它并没有我预想中的那么令人震惊。我们见过它的版画或缩小版，从这方面看，想象力总是夸张的。此外，它很光滑且刻画得极其细腻。它位于一座装饰得光彩夺目的教堂当中，并被安置在一个美丽的祭台框架内。不过，越是仔细观看它，其巨大的身躯越发产生了效果。我感受到那急切的意愿、那压迫感、那立法者和毁灭者的悲剧性的能量。他那英雄般的肌肉，那雄浑的虬髯，都显示出他是一个原始的野蛮人，是人类的驯化师。他那拉长的头型和鬓角上凸出的角，又显示出他是个苦行僧。假如他站立起来，那将会是怎样的姿态，怎样的振聋发聩呢！

这里的最迷人之处在于路上的不期而遇：时而在山丘之顶见到奎利那雷宫[1]（Palais du Quirinal），整座宫殿超脱于灰色的天空，其前方是大理石骏马和巨人，不远处是花园的淡绿色绿地，无尽的天边满是云朵；时而遇到一座亚美尼亚修道院，它有伴着流水的石渠、随处生长的棕榈树、绿廊一般的巨大葡萄园，还有那些美丽、高贵而安静的橙树，枝头挂满了金色的果实。梨果仙人掌顺着岩石伸展着其多刺的身板，树的嫩枝开始变绿。耳畔唯有温暖的细雨声，几不可闻。这里多么适合悠闲散淡，多么适合去检视内心的感受！但是这需要拥有一个永远快乐的灵魂，或至少永远健全的灵魂。

1 位于奎利那雷山山顶，曾经作为教宗府邸、王宫，也是总统府。

第 四 章

古代艺术

雕 像

尽管我在行李箱中携带了几本希腊书，但是有什么能比身处展厅之中而脑海里不断回想起的古典诗句更有用的呢？譬如，某个雕像唤起了荷马的一句诗，或者唤起柏拉图的某篇对话的起始。我向你保证，在此荷马、柏拉图是比任何考古学家、艺术家以及世界上所有的介绍手册都更好的向导。至少他们更有趣，且对于我来说更明了。当墨涅拉俄斯（Ménélas）中箭负伤之时，荷马将他那被鲜血染红的白色躯体与卡利亚（Carienne）妇女用来制作马衔并沾染了紫红色颜料的象牙相比较："许多骑士想要它，但那是皇家专属的珍贵物件，它既是马匹的装饰，又是车夫的荣耀。它就像墨涅拉俄斯那健壮的大腿，其小腿上的血迹一直流到健美的足踵之上。"这是一个视角，一个画家和雕塑家的视角。荷马忽略了痛苦、危险和悲剧效果，而被色彩和形态所吸引；与其相反，尤其是在这样的时刻，对于一个普通的观察者来说，还有什么比流淌的红色血液和小腿那美丽的线条更令他无动于衷的呢？福楼拜（Flaubert）和戈蒂埃（Gautier）一直被认为是独树一帜和善于创新的，如今他们也做了与荷马类似的描述。至今，古人都没有被艺术家们充分阐释，只是被陈列馆的研究学者注解过而已。那些了解花瓶的人只注意到了图案、漂亮规整的造型和古代的成就，可还需要找到其色调、内含的感情和生活，这些都极其丰富。只需看看阿里斯托芬那令人难以置信的想象力、那欢快和诙谐、那丰富而又出人意料的荒唐虚构、那奇思妙想、那顽皮、那无与伦比的清新，还有那从怪诞中突然冒出的崇高诗篇，就知道哪怕是将巴黎这二十年来所有画坊的思想和激情都放在一起也无法达到这个高度。人的头脑曾经是以一种特殊的方式构建而成的，感觉依靠触碰进入脑海，图像凭借其生动性而留存其中，思想则通过一系列连锁反应而形成。从某些特征来看，他们既像如今的那不勒斯人，又像 17 世纪善于交际的法国人。有些特征像 16 世纪共和国的某些年轻文人，有些特征像如今定居在新西兰的配备武装的英国人，但这需要一个人的一生并且具有歌德式的天赋才能重构类似的灵魂。我隐约预感到见不到来者。

这里除了私人收藏以外，有两座藏有古代雕像的大博物馆，即卡比托利欧山博物馆和梵蒂冈博物馆。它们都布置得很好，尤其是梵蒂冈博物馆。在那里，最珍贵的雕像被安置在涂着深红色的特别陈列室中，如此一来，参观者的目光得以更加专注，雕像也更加醒目。馆中的装饰既庄严又含有古典的朴素感。传统在这里被保存或继承得比别处更好，即使是在 17 和 18 世纪，历任教宗和建筑设计师也都保持了高尚的收藏品位。

对于这两座建筑，我建议你去看看你手里的版画，老的版画最好。首先，它们都含有一种真情实感；其次，它们都是伤感的，或至少是朴素的。一旦一幅画是干净的、精致的，尤其是当它接近于现代的高雅插图时，它只是虚假地展示了罗马。实际上，一座建筑，哪怕是现代的，也会因疏于维护而变得肮脏，冬季的寒冷会使它龟裂，日晒雨淋会使它披上一层灰白色的污渍。庭院中的石板已经不合缝，有的深陷，有的断裂。边上的雕像有一半没有了脚，身上也是伤痕累累。可怜的大理石神像被小孩用刀刻画过，有的还散发着潮湿的腐殖土壤的气味。尤其是那带有成见的想象力，更为夸张，必须来观看两三次才能找到正确的印象。在想到卡比托利欧山时谁没有默默地惊叹呢？这个伟大的名字本身就令人迷惑，而一旦被三座并不怎么高大的宫殿包围，一旦身处同样并不怎么宏大的广场，就会感到失望。当然，它还是很漂亮。一条长长的石阶成就了其壮观的入口。两只玄武岩石狮守卫在坡道脚下，两座巨像立于坡道顶部。几排栏杆以其稳固的队列划破天际。石阶左侧，另有一条又长又宽的阶梯通往有着泛红色立面的天坛圣母堂（Ara-Cœli）。阶梯上有上百个乞丐，与卡洛（Callot）版画中的乞丐一样，都穿着破衣烂衫。他们身着棕色的粗布褂，戴着破帽子，在台阶上享受阳光带来的温暖。这一瞥之中包含了所有的场景：修道院和教堂、巨像和流氓。在满是建筑的山丘上，街道尽头突然涌现出大量的人流，如昆虫般在巨石间蠕动。这是罗马所独有的景象。

卡比托利欧山

广场中央的位置是一尊骑马的马可·奥勒留的青铜雕像，其形态完全是自然的。他的右手在做一个手势，这个小动作使他显得沉着，为整个人体带来了活力。他要对他的士兵们讲话，他肯定有重要的事情要告诉他们。他不炫耀，既不像我们大部分现代雕像所展现的那样是一位马术高手，也不是一位履职检阅的君主。古典艺术总是朴素的。他没有马镫——这是一个难看的现代发明产物，一个限制了肢体灵活的用具，一个源于工业思维的产品，如同产生了法兰绒背心和铰链木鞋的工业思维一样。他的马健壮而有力，与帕特农（Parthénon）神庙的马同宗。如今，在十八个世纪的培育之后，这两个种族——人和马，都更加高雅了，都有了高贵的姿态。山丘右侧，在保守宫（Palais des Conservateurs）内有一尊精美的大理石恺撒雕像。他身披盔甲，形态雄健而自然。古人从不采用那种半女性化的精致，那种我们趋之若鹜并称之为“优雅”的焦躁不安的感觉。如今，一名优雅的男子必须有一个沙龙，必须是艺术爱好者，会对女士献殷勤，而且就算拥有激情也生性倾向于怀疑主义；他的礼貌是周到细致的，他不喜欢脏手和难闻的气味；他不愿人们将他和粗俗的人混为一谈。可是阿尔西比亚德斯却不怕被认为是庸俗的人。

一座坍塌的巨像留下了它的脚、手指和头颅，这些碎石躺在庭院的立柱之间。但这里最吸引人的是那些由黑色大理石雕刻而成的蛮族国王，他们在其巨大的披风下显得悲伤而又充满活力。他们是罗马的俘虏，是被征服的北方人。这就是胜利战车后方所表现的场景，他们即将离开卡比托利欧山，接受罗马的刀斧。

每走一步，总能从古代生活中找到新的发现。对面，在博物馆的庭院中，一座宽大的河神雕像矗立在喷泉之上。河神具有那异教徒的魁梧胸膛，他披散着浓密的头发和充满男子气概的长胡须，以半裸的姿态沉睡，享受着悠然自得的时光。在其上方，博物馆的重建者，教宗克雷芒十二世（Clément Ⅻ）安置了自己可爱的小半身像。半身像的头型消瘦，呈沉思状，一副典型的政府中的文人和政客的面容。这是第二个罗马与第一个罗马的对比。

怎样描绘一条展廊？只能采用罗列的办法。让我仅仅点名几个雕像作为参照，用以佐证我对这些展品的看法。

《垂死的高卢人》（*Gladiateur mourant*）展厅：这是一尊真实感十足的雕像，不是理想化的，但是其形体之美依然出众，因为这些人本就是裸体参加运动的。

在这尊雕像的周围，有一尊精美的安提诺乌斯[1]（Antinoüs）雕像，一尊高大的披纱朱诺雕像，一尊普拉克西特列斯[2]（Praxitèle）的作品《牧神》（*Faune*），一尊正

---

1 罗马帝国哈德良皇帝的男宠，死后被奉为神灵。

2 普拉克西特列斯是生活在公元前 4 世纪的古希腊雕塑家。

在举弓的亚马孙女战士雕像。这些人都以自然状态呈现，也就是裸体状态，而我们在自然状态下是着衣的。他们在各自的经验中去寻找人体躯干的形状，例如，安提诺乌斯那宽阔的胸膛，其向一侧倾斜而形成的肋骨肌肉凸起，其年轻躯体之上的腰身和大腿的轻松舒展，都如同这尊斜身而立的《牧神》一样。总之，针对裸体的每个形态和动作，他们都有几百种想法，而我们只对燕尾服的剪裁以及面孔的表情有想法。艺术需要建立在日常经验和持续的观察之上，大众品位也由此而生——我指的是大众对某种范型的偏好。这种范型一旦产生并被人理解，就总会有一些非同一般的人物来表达它。这就是为什么寻常事物变化之后艺术也会随之变化。思想如同那些昆虫一样，随着赖以生存的植物颜色的变化而变化。没有什么比这句话更真实了：艺术是源自生活的提炼。

一尊红色大理石牧神：这件作品显而易见是后期的作品，但是第二个时代只是延续了第一个时代。希腊化的罗马是另一个希腊。哪怕是在那些皇帝的统治之下，例如在马可·奥勒留统治时期，体育训练并没有变得多么糟糕。两个文明合二为一，就像一座房屋的两层。牧神每只手各持一串葡萄，以一种迷人的欢快情绪来展示它们，丝毫不显得粗俗。在古代，肉体的快乐一点也不可耻，也不会像我们那样将其降级到工人、市绅和醉鬼当中去。在阿里斯托芬那里，巴克斯酒后会欢唱。他像个懦夫、淫荡之徒、馋鬼、傻瓜，还像鲁本斯所画的酒鬼，然而他却是一位神，多么可笑而又疯狂的想象力！

另外两尊牧神雕像，肌肉更发达，半扭着身体。还有一件青铜镀金的赫拉克勒斯雕像，他是位出色的斗士。最值得关注的是其略向后仰的身姿，这给出了另一种腹肌和胸肌的形态。为了理解这种形态，我们只能去塞纳河畔的那些游泳学校看看游泳运动员的身躯，还可以看看“恐怖的萨瓦人”阿尔班[1]。然而，有几个人见过阿尔班？又有谁对在泥塘中搏斗的裸体不感到反感呢？

1　19世纪一位著名的职业摔跤运动员，“恐怖的萨瓦人”是其绰号。

一件巨大的石棺上展现了阿喀琉斯（Achille）的故事。说实话，这个场景没有任何戏剧性可言，只有五六个裸体的青年男子、两名穿衣的女子在中间，角落还有两位老者。每个躯体都很美和生动，单独看都不错；动作处于次要地位，这群人不是为了表现动作而存在，动作在此只是被用于将人物关联在一起。先看一位着衣的美丽女子，再看一位裸体的青年男子，再看一位坐着的老者：这就是艺术家的所有意愿。看着那个倾身的躯体，一只举起的手臂，以及两腿之上坚实的躯干，还是令人赏心悦目的。

当然，这与我们所习惯的生活相距甚远。假如我们今天打算投身于一门艺术，那不会是雕塑，甚至也不会是伟大的绘画，而会是风景画或风俗画，更有可能是小说、诗歌和音乐。

既然我敢于不字斟句酌地说出我的真实感受，那么我决定就直截了当地给出我的看法了——历史中的巨大变迁是长裤的出现。在雕像中，北方的所有蛮族都穿上了长裤，这标志着从古希腊、古罗马文明到现代文明的过渡。这既不是个俏皮话，也不是个奇谈怪论，没有什么能比改变普遍且日常的生活习惯更难的了。为了给人类脱去衣服再重新穿上，得把人类拆了再回炉改造。文艺复兴专有的特征就是抛弃了那需双手把持的长剑和整套的盔甲。开口袖短上衣、无檐高帽、没膝紧身短裤，都展示出了从封建生活向宫廷生活的过渡。我们是等到法国大革命之后才抛弃了长剑和长至腿肚的短腿裤，而且身穿燕尾服的平民、身穿长裤的商人和脚穿肮脏长靴的农民，仍在逐渐取代那些穿红跟皮鞋[1]的宠臣和那些候见厅中身着刺绣衣装且能说会道的人。同样地，裸体是古希腊人的发明。与此同时，斯巴达人发明了他们的体制和他们的战术，其他的希腊人于第十四届奥林匹克运动会时接受了它。这些发明源于体育训练给他们带来的军事优势。据希罗多德记载，在普拉提亚（Platée），

1　在18世纪的欧洲宫廷中，红跟皮鞋被视为贵族的一种象征。

勇敢的米底人（Mèdes）之所以被打败，就是被他们自己的长袍所拖累。每一个单独的希腊人都更灵活，肢体更敏捷、更强壮，也更适合古代的角斗，即人对人、身体对身体的搏斗。从这方面说，裸体是整个社会组织和习俗的一部分，也是这个民族区别于他人的直观特征。

我现在处于半身像展厅。最好是用严肃的语句和叹号来讲述它们，但是其特征太明显了，没有办法不使用一个生硬的词语来记录它。毕竟，这些古希腊人和古罗马人也是人，为什么不能将其视为现代人呢？

大西庇阿[1]（Scipion l'Africain）有宽大的头颅，无发，并不美。其太阳穴扁平，就像食肉动物一般，但是下巴结实，嘴唇紧闭，带有统治者的意味。

在此，庞培大帝（Pompée le Grand）的雕像如同其在历史中的地位一样，属于二流作品。

小加图（Caton d'Utique）像一个尖酸的书呆子，大耳朵，浑身僵直，面颊向一侧拉扯，脾气暴躁，思想狭隘。

科布罗（Corbulon）有着如腹痛般扭曲的脖子，显得老成和滑头。

亚里士多德，头部宽大而饱满，就像居维叶[2]（Cuvier）的头像一样，右侧脸颊略有变形。

泰奥弗拉斯托斯（Théophraste），满脸皱纹，一副焦虑不安的样子。莱奥帕尔迪曾经评论说是泰奥弗拉斯托斯针对幸福说出了“无望的”这个形容词。

马可·奥勒留，他的半身像是我们经常能见到的半身像之一，而且其瞪圆凸起的眼睛可以被立即识别出来。他的面容高贵而忧伤，其头型是典型的智者头型，是一位理想主义的沉思者。

---

1 大西庇阿（约前236—约前183），绰号“非洲征服者”，古罗马军事统帅和政治家。

2 乔治·居维叶（Georges Cuvier，1769—1832），法国著名博物学家。

德摩斯梯尼[1]（Démosthène），富含实干家的精力和锐气。他有点塌脑门，但目光似剑。这是一个完美且不断进取的斗士。

泰伦提乌斯（Térence），一位犹豫不决的沉思者，他的前额较低，头型不饱满，面色忧郁而悲伤。他曾是西庇阿俱乐部的客人，也是可怜的被保护人、奴隶、精致的纯粹主义者和多愁善感的诗人。当时的人们喜欢绳索杂技胜过他的那些喜剧。

康茂德，容貌细腻而奇特，有一双瞪圆凸起的眼睛，带有一种可怕的倔强。他是一位青年才俊，一位可以干邪恶之事的高雅人士。

提比略的形象并不高贵，但就他的性格和能力来说，他足以应对一个帝国的事务和上亿人的行政管理。

卡拉卡拉（Caracalla）是方头型，充满暴力和粗俗之感，就像一头烦躁不安、即将向前冲撞的野兽。

尼禄拥有漂亮的圆满头型，但是带着一种邪恶的快乐。他看起来像一名演员，像歌剧院的一名首席，肥胖且有怪癖，满脑子都是害人的想法，其最主要的特征就是长而尖的翘下巴。

麦瑟琳娜（Messaline）一点也不漂亮，她梳着巧妙的双层发卷，笑容平淡无味且令人不舒服。那就是个荡妇的世纪。她不仅荒唐、爱激动、敏感，而且还凶残。就是她，某一天被被告的口才所感动，躲到一旁流泪，但就在不久前，她又让她的丈夫务必别轻饶他。

韦斯巴芗（Vespasien），具有强者之躯、足智多谋之态，似乎随时准备处理突发事件。他很明智，配得上一位重建帝国的领导人形象。

在另一个展厅中我见到了图拉真（Trajan）的半身像，一副崇高而又令人生畏的皇家气派，西班牙式的夸张和骄傲都十分明显。在此应该读一下《罗马帝王纪》

1　德摩斯梯尼（前384—前322），古雅典雄辩家、民主派政治家。

（*Histoire Auguste*），可以发现这些半身像比糟糕的编年史作家更具有表现力。每一尊像都是一个人物个性的浓缩。得益于雕塑家的才能——他们去除了那些无关紧要的形态或特征，我们一眼就能看出其个性特点。

自安敦尼王朝开始，艺术明显走向衰败。许多雕像和半身像都莫名地可笑，但这是一种令人不快的甚至令人厌恶的滑稽，就好似复制了一位骨瘦如柴的老太婆的怪相、一个狡诈男人的惊颤模样、一个失常家伙的卑微而痛苦的表情。雕像好似照相雕塑[1]（photo-sculpture），这在某座半裸体女像上表现得趋近于漫画——她面露愠色，头戴松松垮垮的假发……

在我追随自己的幻想并在内心与所有这些活着的石像对话的时候，耳畔听到喷泉的水流从狮口中淌出的潺潺歌唱。在展廊的每个拐角处，都能见到一片风景，有时是从一面黑墙上露头的鲜亮橙树，有时是一条爬满了攀缘植物的宽敞台阶，还有时是无序的屋顶、塔楼与露台的混合，而巨大的斗兽场就在远方……

我今天什么也不想看，然而知道旁边的展廊中有委罗内塞的《劫掠欧罗巴》（*L'Enlèvement d'Europe*），怎么能不进去看看呢？此画在威尼斯还另有一幅，但是眼前的这幅更令人赏心悦目。版画无法给出感觉，必须观看其全貌，看那身着深蓝色长裙的健壮女仆正在倾身为主人戴上手链，身形典雅的姑娘静静地伸手承接爱神们送来的花冠，快乐和迷人的满足感从她们那微笑的眼睛中、从她们那绽放的美丽身形中、从那鲜艳而和谐的色彩搭配中喷涌而出。欧罗巴坐在最精美、带有黑色条纹的黄色金丝绣丝绸之上。她的裙子呈淡紫色和粉红色，一只雪白的脚丫从裙底露出。褶皱的上衫包裹着柔嫩而圆润的胸脯，泪汪汪的眼睛茫然地看着空中玩耍的孩子们。她的手臂、脖颈和耳朵上都闪耀着白色珍珠的光泽。

古罗马广场离此两步路，我们就此下山到那里去休息。天空纯净无瑕，墙壁的

1　照相雕塑是由法国艺术家、雕塑家、摄像师弗朗索瓦·威廉（François Willème）于1859年发明，将照相与雕塑结合起来的雕塑技术，被视为3D立体建模的前驱。

《劫掠欧罗巴》，委罗内塞

清晰线条以及由于坍塌而相互叠压的古老拱廊，都从湛蓝的天空底色中脱颖而出，好似是用最细的铅笔勾勒而成。视线追随着这些线条，流连忘返。在这清澈的空间中，形状自有其美，独立于其表现力和色彩，例如浅色底上的一个圆形、一个椭圆形或一条曲线。逐渐地，湛蓝色几乎变为绿色；这难以察觉的绿色如同宝石或泉水的颜色，但是更细腻。这条长街之上只有稀奇的或美丽的事物：半埋于地下的凯旋门、东倒西歪的立柱、巨大的柱身、路边散落的柱头。街道左侧，君士坦丁廊柱大厅的巨大拱顶上点缀着垂挂绿植；另一侧是恺撒宫的遗址，在树木的掩盖下只剩下成堆的棕红色砖块；圣科斯马斯和达米安教堂大门前的立柱破败不堪。圣弗朗西斯卡（Santa-Francesca）大教堂的典雅钟楼挺立着。向远方高处看，是一排黑黝黝的柏树，更远处是一片类似的破败墓园，那是维纳斯神庙坍塌的柱廊。视野的尽头就是沐浴着金色阳光的宏大斗兽场。

附着于所有这些伟大事物之上的现代生活，就像是从死橡树上长出来的蘑菇。粗糙的栏杆围绕着地坑中出土的朱庇特神庙的立柱，就像是为举办乡村晚会而设置的临时搭建。青草在塌陷的斜坡上生长；一些破衣烂衫的顽皮孩子正在玩圆石片游戏；一些老妇人和脏兮兮的孩子正在垃圾堆当中晒太阳；一些身穿白色或棕色长袍的僧侣从前方走过，随后是一群头戴黑帽子的学生，由一名高傲的教士领队；大教堂附近的一个铁床制造场中传出叮当作响的回音。您在斗兽场的入口处可以读到一篇祈求圣母的祷文，声称这个祈祷可以获得百日的赦罪。这篇祷文将圣母视为一位独立的女神。在此期间，您还是能够从人群中发现古代种族和古代精神的主要特征：好几位老妇人像是转世的女巫；某个农民套着皮护腿，外套上满是泥点，却有一副值得赞赏的面孔——他有着鹰钩鼻和希腊式的下巴，还有一对会说话的黑眼睛闪烁出天赋的光彩。在君士坦丁凯旋门巨大的穹顶之下，我聆听了半个小时，那声音似乎是在唱诵连祷文。走近看，我发现一位青年坐在地上，在五六个躺倒的男孩子面前正以宣叙调高声朗诵《疯狂的罗兰》[1]（*Orlando Furioso*）中罗兰与马尔西留的战斗。

回程中我在遇见的第一家客栈“勒普里之家”用晚餐：旁边的厅中坐着一位演奏者，貌似一个肮脏的懦夫，又像一个头上涂油、油腻发绺直垂到脸上的理发师，带着一把曼陀林和一个便携的脚踏小钢琴。他用他的双手和双脚边弹奏边歌唱，唱着男低音，弹着威尔第[2]（Verdi）的乐曲。那是《梦游者》（*la Sonnambula*）的剧终曲，其曲调高雅而细腻，多变而富有表现力，令人钦佩。这个可怜虫有一个灵魂，一个艺术家的灵魂，听着他的演奏，我们都忘记了吃饭。

---

1 作者是意大利诗人卢多维科·阿里奥斯托（Ludovico Ariosto）。

2 朱塞佩·威尔第（Giuseppe Verdi，1813—1901），意大利作曲家。

梵蒂冈

这里大概有世界上最丰富的古典雕塑宝藏。如下是一篇古希腊文章的片段，我们在参观的时候应该将它记在脑子里。

“当谈到年轻人的才智，以便了解他们当中是否有极其杰出的智者或者美男子，或是同时具有这两个特征的人的时候，苏格拉底说：我将会询问他们。——克里底亚正看着门口，见到几个正在争论的青年进来，而他们的身后还有一群人。他对我说：‘苏格拉底，关于美貌的青年，你很快就可以做出自己的判断了，因为刚才进来的这些人就是当今最英俊的年轻人的护卫和情人；我相信他离此不远，且即刻就到。’——‘那是谁？’我问，‘他是谁的儿子？’‘你认识他，’他回答说，‘但是他在你离开之前尚且年幼；他就是卡尔米德，咱们的叔叔格劳孔的儿子，我的堂弟。’‘我的朱庇特！’我说，‘对，我认识他；他小时候就不是一般的漂亮，而现在，他应该是个美男子了。’‘你马上就会看到。’他对我说，‘他既英俊又高大。’就在他说话的时候，卡尔米德进来了。

“他的身材和美貌都令人仰慕，在场的所有人似乎都热爱他。当他进来之时，所有人都被他的美貌震撼了，而更多热爱他的人则追随在他的身后。他给我们其他男人留下的这个印象，不足为奇，但是我注意到孩子们同样被吸引了，没有人看别处，哪怕是最小的孩子也是如此。所有人都凝视着他，就像看一尊雕像。

“凯勒丰对我说：‘苏格拉底，你觉得这位青年如何？是不是相貌英俊？’——‘太美了！’我回答说。——他接着说：‘假如他脱去衣装，那么你就不会称赞他的容貌了，因为他的身材无比完美。’在场的其他人都同意凯勒丰的说法。

“‘我说，卡尔米德，你胜过其他人是很自然的事情。因为我想，这里没有人能在雅典找到另外两个家族的联姻能够生出像你这样俊美的男子了。因为，你的父系是克里底亚家族，是德洛庇达的子孙，而阿那克里翁、梭伦以及许多其他诗人都赞扬过德洛庇达卓越的容貌与品德，他拥有幸福一词所包含的一切品质。同样地，对于你的母系家族来说，没有人比你的舅舅皮里兰佩更英俊高大的了。他常常出任大使，被派往伟大的国王身边，或者是被派往大陆地区的其他国王那里。这个家族与其他家族相比毫不逊色，有这样的父母，你在各个方面都出类拔萃就不足为奇了。’”[1]

脑中想着这个场景，我们就可以在大展厅中徜徉，去观看并想象雕像的动作了，例如《掷铁饼者》（*Le Discobole*）和据说是根据利西普斯（Lysippe）的作品复制的《年轻的竞技者》（*Le jeune Athlète*）。这位竞技者刚刚跑完，正在用刮汗板刮汗，他的手中持有一个号码，可以看到他是第五名到达者。他的头型不大，智力应该也超不过他所做的体育运动的需要，这个荣誉和这个运动对于他就足够了。事实上，在古希腊最好的时代，竞技体育上的成功曾经是如此重要，以至于许多年轻人要住在师傅的家中，耗费多年的时间练习准备，并且遵循特殊的训练制度，就像如今驯马师的赛马一样。他似乎有些疲倦，正在用刮汗板刮沾在他皮肤上的汗和泥。请原谅我使用这个词语：他正在给自己“刷毛”（il s’étrille）。这个词在法语里比较粗鲁，但是对于古希腊人来说并非如此，因为他们根本就不像我们那样区分人类的生活和动物的生活。荷马在列举特洛伊城前的战士时，并没有将人和马区分开。他说：“他们是希腊的首领和国王。告诉我，缪斯，谁是人类中最好的？谁又是马匹中最好的？”

但是另一方面，要考虑怎样裸露肌肤才能与这种生活相匹配，怎样的衣料质地和油彩色调，怎样的灰尘、阳光、动作、汗水和刮汗板才有利于表现肌肉！在柏拉图的《情敌》（*Les Rivaux*）当中，沉湎于体育运动的青年辛辣地嘲笑那位有学问并

1　此部分是按照原文翻译，与通行本有所不同。——编注

喜爱阅读的对手:“只有通过适当的训练才能拥有好的身体。所以,一个不睡不吃、只知道枯坐冥想的骨瘦如柴的人怎么会理解这些呢?”所有人都笑了。

这座雕像的身体十分健美,几乎是写实的,因为他既不是一个神,也不是一位英雄。正因如此,他的小脚趾损坏了,上臂比较瘦,臀部十分明显,但是他的双腿,尤其是其右腿,从后面看如猎兔犬一般松弛和富有张力。就是在这种雕像面前,我们能明显感受到古典文明与我们的文明的区别。整座城邦为了角力和赛跑而在最好的家庭当中挑选最佳的年轻人。所有人,不管是男是女,都去观看竞技比赛。他们对比竞技者的脊背、腿脚、胸膛以及无数的肌肉运动状态。一名普通观众就足够内行,就像如今的骑手在赛马会或骑兵竞技场上品评马匹一样。比赛结束后,城邦会举办一个公众仪式迎接获胜者。有时,获胜者会被公举为将军,他的名字将被记入城邦的史册之中,他的雕像可以与城邦的英雄般的守护人为伍。竞跑获胜者的名字会被奥林匹克运动会载入史册。当“万人军团”[1]即将到达黑海之滨并且感觉终于获救了的时候,他们的第一个想法就是以竞赛来庆祝。他们逃脱了野蛮人的追杀,即将重新开启真正的希腊生活。德拉贡修斯(Dracontios)说:“这片山丘是竞跑的绝好之地。——但是如何才能在崎岖且树木繁盛的土地上奔跑呢?——谁摔倒就算他倒霉!——在大竞技场中的竞跑比赛中,曾有六十多名克里特人(Crétois),其他人参加角力、拳击和古希腊式搏击。场面十分精彩,因为有许多竞技者,而由于他们的伙伴在旁观看,所以他们更加努力。”

一个世纪之后,在亚里士多德、米南德(Ménandre)和德摩斯梯尼的时代,当精神修养日臻完善,当哲学和喜剧达到顶峰并趋于衰落之时,亚历山大大帝在特洛阿德(Troade)登陆,并与其同伴们脱光衣服竞跑,以此向阿喀琉斯之墓致敬。您可以想象一下拿破仑在其第一次意大利战役时如何庆祝胜利。我想象他在米兰

1 波斯王子小居鲁士(Cyrus le Jeune)率领的一万多名希腊雇佣军的称谓,其叛乱失败后,这批雇佣军成功地退回到希腊本土。

所做的动作应该是扣紧军装的扣子，以严肃而挺拔的姿态出席《感恩赞乐曲》（*Te Deum*）的演奏。

我们可以在投掷铁饼的年轻竞技者身上见证那身体训练的完美程度。他侧向一边的身体曲线，其所有肢体都在尽可能地聚集力量，以便在同一点爆发。对此，柏拉图有一段令人震惊的话。他将修养分为两个平等的分支：身体修炼和音乐修养。身体修炼涉及所有与裸体训练和身体塑形有关的事物；音乐修养涉及歌唱中的所有内涵。也就是说，除了乐曲本身以外，还包括赞美诗和诗歌中的话语和思想，里面包含宗教、正义和英雄历史。这对于古代的青少年来说是多么有洞见、多么开放啊！假如用我们那一知半解和残缺不全的教育来与之对比，这是多么大的反差！

这是一座呈卧姿的雕像——《尼罗河神》（*Le Nil*）：杜伊勒里宫有它的复制品。没有什么能比那些在其巨大的身躯上玩耍的小孩子更令人感到亲切可爱和生动的了。我们无法更好地去表现一条河的浩瀚与平静，表现那朦胧又几乎神圣的生命了。一个神的躯体，这两个词在现代的语言当中合并在一起并不调和，但它是古典文明的主题思想。

雕像的后面是一些迷人的年轻竞技者，人人手持他们的小油瓶，其中一位大概最多十三岁的样子，是柏拉图描述的吕西斯（Lysis）或美涅克塞努（Ménexène）。

时不时地，人们挖掘出土一些铭文，使我们了解到古代人的习俗和情感与我们相距是多么遥远。这里有一篇今年刚出版的铭文，是在锡拉（Théra）岛的一个竞技者雕像座基上找到的。那四句短语具有雕像一般的美，简洁而有力："拳击手以血的代价赢得了胜利，但为了艰苦卓绝的搏击运动，这个在激烈搏斗后还喘着粗气的孩子依然挺立着。晨曦见证了多罗科雷伊德斯（Dorocleides）的双重胜利。"

然而，在想到好处的时候也应当想到坏处。对于体育学校之生活的热爱是人类

《尼罗河神》

本性的反常之举，这一点在柏拉图的记述中不胜枚举。同样地，这些古代人尊重动物的习俗也反过来在人性中发展了兽性。阿里斯托芬在这个问题上令人无法容忍。因为我们有粗俗的小说，所以我们认为自己堕落了；但假如我们在某个剧场上演他的《利西翠妲》[1]（*Lysistrata*），那将会有怎样的反响呢？幸好雕塑所展示的这个特殊的世界中只有美。一尊头顶供品篮的少女像矗立在“新翼厅”的入口处，与帕特农神庙中的类似，但是其工艺略差一些。当一位贵族出身的女孩如同这尊雕像一般只是身披一件长衫和半长衫之时，当她习惯于头顶器皿并能站直之时，当她所有的妆容只是卷起长发或任其自然卷曲垂落之时，当她的面容没有被如市侩那般的无数的

1　又译为《吕西斯特拉忒》，阿里斯托芬于公元前 411 年的参赛作品。全剧以女性为主角，以“性罢工”为手段来反对男性的战争。

矫揉造作和小烦恼所影响而产生皱纹之时，她就可以拥有这尊雕像一般的安详姿态了——如今，这种姿态在这周边的头顶菜篮的农妇们身上尚且留有一些残余，但是她们的形象被劳作和破衣烂衫毁掉了。她的胸脯在长衫下显露出形状，其长衣很贴身，明显是件内衣。其小腿自膝盖以下裸露着，因此可以看清其形状。她赤脚穿着凉鞋。没有什么能比表达其自然而庄重的姿容更难的了。当然，除非我们能够重见真实的人物，重见她那阳光下雪白的臂膀、黑色的头发和弯曲的膝盖，就像面对一位女神那样，心中充满敬畏和愉悦。

来看一尊全身披纱的雕像，例如“贞洁女神像”。很明显，古代的服装没有歪曲身体的形状，贴身或疏松的褶皱反映了肢体的形态和变化，且通过这些均匀的褶皱，我们可以轻易地看出身体的框架、圆润的肩膀或臀部以及脊背的凹陷。古代的“人”的形象与我们的不一样：我们的“人”，不管思想纯洁与否，都身穿一件杜索托伊裁缝店的外套或亚历山德琳裁缝店的长裙；而古代的“人”有胸有背，四肢肌肉配接协调，脊柱上的脊骨凸起，脖颈充满肌腱，腿部肌肉自脚后跟至腰部都紧绷着。据说，荷马懂得解剖学，因为他将伤口、锁骨和髂骨描写得十分真实。他只是简单地了解人体，了解人的肚腹、胸廓，这是所有人都知道的。我在学校的实验课上所学到的皮毛知识使我可以理解四分之三的事物。如今，如果我们没有亲自动手去了解脖颈和四肢的关节，如果我们没有事先学习过身体的两个主要部分的概念，没有了解骨盆之上移动的上身，如果我们要画出一个站立的人却不知道所有肌肉的连接机制，不知道从脚掌到腿肚再到大腿直到腰部的凹陷处，那就无法理解这些艺术家的思想。

没有古典服装，这些都不可能。看看《狄安娜注视着恩底弥翁》（*Diane regardant Endymion*）。她的长裙垂到脚上。此外，她还穿有第二件普通裙子，但是脚部裸露着。一旦脚上穿了鞋，就像手中拿着一本书在此处散步的漂亮小姐们那样，您就再也见不到自然的人体，而只能见到一个人造的机器了。呈现在您眼前的，不再是一个“人”，而是一身铰接的铠甲，适合抵御恶劣气候，也适合在室内闪耀其光辉。女人，经过培养和现代服装的包裹，变成了一种束腰的金龟子。她们在闪亮的束胸之内僵直而立，消瘦的脚爪涂着指甲油，装饰着闪亮的附件和包装，如丝带、帽子、硬衬女裙；她们像金龟子那样躁动不安，拥有闪亮的触角和两双翅膀。我们常见的是面孔被简化成眼睛的表达，就像一只昆虫那样，而整个躯体则犹如熊蜂一般躁动。她们最美丽的部分处于灵动之中，尤其是位于其闪亮外壳的妖艳装扮之中，位于复杂且像钻石般耀眼的器官之中。与之相反，在此处，裸露的脚立刻就表明了其长衣只是一件无关紧要的遮掩。裙腰只是一根简单的绳子，在胸脯以下打结。两个乳房顶起了织物。长衣在肩膀处打结，且不超过两指宽，使人感觉臂膀与肩膀的连贯，并且宽大、有力，不似如今那从紧身褡两侧伸出的纤细手爪。只要有紧身褡，就没有了自然的人体；而这里正相反，所有的衣装都可以被立即穿上或脱下，那不过是一块足以包裹身体的衣料。

这些雕像都在“新翼厅”当中。此外，还有许多其他雕像，有奥古斯都的，也有提比略的，每个伟大人物都有一座半身像。我不能将他们全部记录下来，我仅注意到提图斯的女儿茱莉亚（Julie）的雕像，其躯体尚且漂亮，但是头部却带有现代的滑稽成分。仅这一处修饰就足以毁掉这尊塑像的效果和全部的古典意味。

自此沿着一条装满古希腊和古罗马雕像残骸的长廊前行，就到了皮奥-克莱门蒂诺（Pio-Clementino）博物馆。这里的艺术品以重要展品为中心，按照群组分别被置于中等的展厅当中。我没有提及那些仅仅是令人感到稀奇的展品，例如西庇阿家族的陵墓，那对于古董收藏家来说十分珍贵。其形制是如此简单，其墓石似乎是熟土制成的。埋葬在这里的人，都属于古罗马的伟人时代，他们通过征服萨莫奈（Samnium）地区和开拓殖民地，在意大利并随后在世界上建立了古罗马的统治。他们当中有古罗马的奠基者、迦太基和马其顿的征服者，其余人只是延续他们的丰功伟业而已。这块白榴凝灰岩（peperin）就是我们至今依然生活于其上的伟业基石，其上的铭文就像是一个二十一个世纪之前就躺在这里的死人发出的庄重声音：

“大胡子”西庇阿[1]，

格奈乌斯之子，一个智慧而勇敢的人，

其相貌与其崇高品格一致。

他曾在您的城邦中担任监察官、执政官和市政官，

他占领了萨莫奈的陶拉西亚（Taurasia）和基萨乌纳（Cisauna），

他征服了整个卢卡尼亚（Lucanie），并带回了许多人质。

这里有许多杰作，首先是那件被米开朗琪罗无比赞赏的《残躯像》（*Torse*）。的确，其活力，其雄浑之感，其大腿的力量，其高傲的动态，其人类情感与高贵理想的混杂，都符合米开朗琪罗的风格。稍远处是墨勒阿革洛斯[2]（Méléagre）像，杜伊勒里宫有其复制品。这只是一件人体雕像，却是我见过的最漂亮的人体之一。他的头部几乎呈方形，其硬朗的斜面切削如同拿破仑的头型，他的前额比较平庸，其表情显示他是一个固执的人。总之，他没有我们通常所认为的雕像所应展示出的巨大能量和思想的灵活性，反而使观众立刻产生为这位衣着很少的可怜的大男人送上一条裤子和外套的想法。雕像的美丽之处在于其强有力的脖颈，在于其躯干与大腿的连接。这是一个猎人，一个战士，而非其他，这点从其小腿的肌肉和头型就能看出来。这些人为人类发明了“种马制度”，从此在历史上就有了他们的地位。斯巴达人在古希腊的早期时代曾动摇了其他的城邦，他们为了拥有精英的后代而相互之间借用妻子。在这个议题上，他们的崇拜者柏拉图向他们的行政官建议每年

1　卢基乌斯·科尔内利乌斯·西庇阿·巴尔巴图斯（Lucius Cornelius Scipio Barbatus，约逝世于公元前280年），西庇阿家族的重要成员。

2　希腊神话中的英雄之一，卡吕冬国的王子。

都安排婚姻，以便使最佳的男人与最佳的女人结合在一起。在这一点上，色诺芬（Xénophon）指责雅典没有如此安排，他称赞斯巴达式的妇女培养方式可以使她们在适当的年龄生下优秀的孩子。他说："他们让年轻的姑娘参加竞跑和角斗训练，这很明智，因为那些按照通常的方式长大的只会安静地纺织羊毛的女子如何能孕育出伟大的人物呢？"他注意到他们的婚姻皆以此为目的，一个老头不能为自己保留其年轻的妻子，他必须"在青年男子当中选出他最欣赏的身体和灵魂，并将他带回家中，让他和自己的妻子孕育孩子"。可以看出，这个民族在体育和军事方面的国家体制上走得最远，他们首要考虑的是种族优化。

一个小圆厅中收藏了不知为何被司汤达赞赏有加的卡诺瓦[1]（Canova）的杰作。这是一尊高雅且女性化的《珀耳修斯》(*Persée*)。两个相互仇恨的拳击手，就像两个裸体的车夫在相互拳斗，其在表达上的粗野和庸俗没有任何分别，在对沙龙的英俊青年与市场的卸货工的表达上没有任何分别。这种无力感正是古代与现代艺术的区别。

继续前行就见到了《望景楼上的墨丘利》(*Mercure du Belvédère*)。这是一个如同墨勒阿革洛斯一样站立的青年男子，但是比他更英俊，其躯干更强壮，头型也更精致。其面容上带有一丝似笑非笑的表情，透露出出身高贵的青年男子的优雅和羞涩。他会表达自己，因为他出身于聪明和杰出的种族，但是他对于开口依旧很犹豫，因为他尚且过于年轻[2]。阿里斯托芬让"正义"与"非正义"在这位古希腊美男子的面前辩论[3]。他在奔跑、角斗和游泳方面做了很多练习，才拥有了这副漂亮的胸膛和柔韧的肌肉。他尚处于原始的朴素状态，尚未被后来逐渐引入的好奇、争论和考究所破坏，所以才有如此安详的容颜。这种安详是如此明显，以至于第一眼看上去，那似乎是一种赌气且略带伤悲的态度。除却《米洛的维纳斯》和帕特农神庙的

1 安东尼奥·卡诺瓦（Antonio Canova，1757—1822），意大利新古典主义雕塑家。

2 腼腆少年。——原书注

3 影射阿里斯托芬的喜剧《云》。

雕像以外，我不知道还有哪个雕像能与其相媲美。

《望景楼上的阿波罗》(*Apollon du Belvédère*) 这一雕像的年代更近一些，也略复杂。尽管雕像很漂亮，但是其缺点是过于高雅。他大概会令温克尔曼[1] (Winckelmann) 和18世纪的评论家们赞赏不已。他那卷曲的头发以一种优雅而迷人的方式垂在耳后，并且在额头上翘起，就像是女子使用的小冠冕发式。他的姿态仿佛是一位英俊的年轻贵族正在打发一个讨厌的人。这个阿波罗一定很会享受生活，而且明白自身的地位。我敢肯定他有奴仆。

《拉奥孔》(*Laocoon*) 同样不是一件特别古老的作品。假如说这两座雕像比其他的雕像更受人喜爱，我认为那是因为它们比其他雕像更接近现代人的品位。如同欧里庇得斯的悲剧一样，它们是两种风格和两个时代的折中。在两个孩子相对称的姿态当中，在失去了力量和勇气、因无能为力而皱着眉头的父亲的高贵头颅之上，原始风格中所蕴含的庄严和高雅尚且留有痕迹；但是，更富有情感和表现力的新艺术风格在可怖而感人的主题当中展露出来，在扭动的凶残蛇体的真实感当中展露出来，在即将死亡的可怜男孩那令人怜悯的柔弱中展露出来，在躯干和脚部肌肉的完美表现当中展露出来，在血管的痛苦鼓胀以及对痛苦的精致剖析当中展露出来。对于这组群雕，阿里斯托芬会说，如同欧里庇得斯剧作中的希波吕托斯或伊菲革涅亚那样，它会使人哭泣，但它不会使人坚强，不会使女人成为男人，而会使男人成为女人。

假如没有参观者的脚步来干扰展厅中的宁静，我们在此可以不知不觉地度过一整天的时间。每一尊神，每一个英雄，都被安置在一个祈祷室当中，由一些较小的雕像环绕着。四个祈祷室分处于八角庭院的四个角落，庭院由柱廊环绕。一些用玄武岩和花岗岩制成的水槽、一些刻有画像的石棺，分布在大理石铺就的石路上，只

1 约翰·约阿希姆·温克尔曼（Johann Joachim Winckelmann，1717—1768），德国考古学家和艺术学家。

《拉奥孔》

有一座喷泉在这静止的石像和这具有理想体形的圣殿当中窃窃私语。一个巨大的阳台面向城市和乡野，从这个高度远眺，辽阔的空间在眼前展开，那些花园、别墅、教堂的穹顶、美丽的伞松都在清晰的视野当中一一展现。一排排的黑色柏树与白色的、明亮的建筑物形成对比，天际是锯齿形的绵延山脉，其积雪的峰顶在蓝天的映衬下格外醒目。

我步行回到圣天使堡（Château Saint-Ange）的后面，然后沿着台伯河右岸前行。如此巨大的反差是难以想象的。河岸是一条长长的沙坡，四周是废弃的荆棘树篱。对岸是一排又脏又旧的拥挤房屋，都是状况糟糕且泛着黄色的破房子，满是被河水侵蚀和被下等人使用过的痕迹。有些房屋那被侵蚀的地基已经浸泡在水里，其他的房屋之间也充满了污垢和垃圾。无法想象一堵墙在经历了百年的风雨和家庭生活的琐碎之后将会变成什么样子。这些岸边的风景好似一个女巫的皱裙，又好似一块肮脏破旧的抹布。台伯河河水污黄，满是泥浆，在荒凉之地与垃圾之间流淌。

然而这里从不缺少趣味和景致，甚至随处涌现。一个老塔尖笔直地沉没在河流中，一座教堂下的广场延伸着它的台阶一直通到河畔，还有不少船只靠在岸边。这些场景似乎就像是塞纳河畔旧书摊上的旧版画，它们带有被雨水淋湿的痕迹，是撕裂的、肮脏的，但是在残缺和污垢之间，我们依然能从中看出一部分其建筑或其景色的壮丽。

万神殿、卡拉卡拉浴场

即便是留在这里三四年，我们也总能学到东西。这里是世界上最大的博物馆，每一个世纪都遗留下某些痕迹，而我在一个月当中能够看多少呢？一个人只要有足够的学习时间和足够的鉴赏能力，在此通过那些挖掘出的立柱、陵墓、凯旋门、引水渠，尤其是恺撒宫殿，就能够找到方法在脑海中重新组合和复原罗马帝国。我参观了三四处遗迹，尝试着用这些碎片去构想其余。

阿格里帕万神殿（Panthéon d’Agrippa）坐落在一处肮脏的巴洛克式广场之中。

广场上有些破旧的马车停在那里，车夫窥伺着外国游客的到来。菜摊上的人纷纷将菜叶等废物抛弃在泛黑的石路上。成群的农民套着长护腿，肩披一块羊皮。他们等待着，两眼放光；他们观看着，身体一动不动。可怜的庙宇本身承受了所有建筑所能承受的苦难：一些现代建筑紧贴着它的背后和两旁而建；它的两翼被竖起了两座荒唐的钟楼；它的房梁和青铜钉被盗用到圣伯多禄大殿中的华盖立柱之上；它的柱廊曾经长期被简陋的小屋所占据和堵塞。地面上是如此拥挤，以至于为了进入其内部需要往下走而不是往上走。如今，尽管它被修复了，但在其泛黑的色泽、裂缝、破损和额枋上模糊的铭文之下，它依然显得像是一个残疾人，全然一副病躯。纵然如此，它的入口依然十分宏大：八根巨大的科林斯式立柱和厚重的壁柱雄伟而庄严，柱顶上的横梁和青铜大门都宣示着征服者和统治者的慷慨大度。我们的先贤祠与之相比都略显单薄。一刻钟过后，当我们成功地忽略了那些破损和腐败，当我们将庙宇本身与其周边现代的、陈旧的建筑物区分开，当我们想象那醒目的白色建筑、崭新的大理石以及那泛着黄褐色光泽的青铜瓦片、青铜房梁以及三角楣上的青铜浅浮雕装饰之时，这就是阿格里帕[1]（Agrippa）在建立了世界和平之后奉献给众神的建筑原貌。我们怀着崇敬的心情想象着奥古斯都的辉煌成就，他通过这个节日将被征服的世界与帝国的辉煌融合在一起。耳畔不禁响起维吉尔为庆祝这个光辉时刻而作的庄严诗句："在罗马城内获得三重胜利的奥古斯都，向意大利的众神许下一个不朽的誓愿——在城中建造三百座神庙。街头巷尾沸腾着人民的欢呼和掌声。在女子唱诗班的庙堂内，在所有祭坛内，在祭台之前，作为祭品的公牛伏在地上。他本人，坐在光彩夺目的腓比斯（Phœbus）像前的大理石台阶上，检阅国民的献礼，并将它们系在富丽堂皇的立柱之上。被征服的民族逐一上前，他们不仅武器不同，思想和语言也都不同：游牧民族、穿长袍的非洲人、里立格人（Lélèges）、卡雷斯

1 玛尔库斯·维普撒尼乌斯·阿格里帕（Marcus Vipsanius Agrippa，前63—前12），古罗马将军、政治家、建筑师，是罗马帝国第一位元首屋大维的挚友。

人（Cares）、射箭的盖龙人（Gélons）、莫兰人（Morins），以及最遥远的民族、尚未被驯化的达俄斯人（Dahes）。幼发拉底河温顺地流淌，阿拉斯（Araxe）河在征服了它的桥下颤抖。”

走进神殿，在高大而向四处扩展的穹顶之下，光线显得无比壮丽，它如同一条瀑布，从唯一的洞口射入，而在这明亮的光线旁，冰冷的阴影和浮尘沿着曲线缓慢地爬动。周边都是古代神祇的祭台，每一尊神都矗立在立柱之间，沿墙环绕：巨大的圆厅使得雕像显小；在罗马人民的威严和盛情之下，他们在此以缩小的姿态齐聚一堂，而在被征服的世界中，罗马人民才是唯一被崇拜的神。这就是这座建筑给我留下的印象：它并不像一座古希腊神庙那样简单，也不符合古希腊宗教中的那种原始情感，而是代表了一种更先进的文明、一种精打细算的艺术、一种充满智慧的思考。它形态壮丽，引人震撼和崇敬。它是政体的一部分，它是场景的补充，它是宴会的装饰，但这个宴会是罗马帝国的宴会。

我们沿着古罗马广场、三座凯旋门、坍塌的廊柱大厅的穹顶和巨大的斗兽场一路前行。这里曾经还有三四座斗兽场，其中一个是马克西穆斯竞技场（Circus Maximus），可以容纳四十万名观众。在克劳狄（Claude）一世时代的一场海战表演中，1.9 万名角斗士参加了战斗。一个银色的海神崔顿从湖中升起并用军号发出战斗信号。这样的舞台容纳了两万人。脑中想象着这种规模，我们来到了卡拉卡拉（Caracalla）浴场，这是在罗马能见到的仅次于斗兽场规模的建筑。

归根结底，所有这些巨型建筑都是时间的见证。帝国时代的罗马剥削着整个地中海地区，西班牙、高卢和三分之二的英格兰都为罗马那十万名游手好闲之辈工作。他们的娱乐是在斗兽场观看野兽和人类的屠杀，在大竞技场观看竞技者斗拳和战车竞赛，在马塞洛（Marcellus）剧场欣赏哑剧、武器与服装的装饰以及队列展示。在这个浴场，他们来洗浴，聊天，观看雕像，聆听演说，在此消暑。那个时代所发明的所有实用、舒适或美丽的事物，世界上所能找到的一切有趣的或出色的事物，都是给他们预备的。恺撒们滋养他们，给他们提供娱乐，博取他们的赞赏，以赢得他们的掌声。一名中产阶级的罗马人可以将他们的皇帝视为大管家，负责管理他的财产，为他处理繁琐的事务，为他提供便宜或免费的小麦、葡萄酒、油、丰盛的餐饮和宴会，为他提供壁画、雕像、哑剧、角斗士和狮子，每天早上以新鲜事物刺激他那早已感到厌倦的品位，甚至有时为了取悦他而扮作历史学家、车夫、歌手和角斗士。为了给这个爱好艺术的民族提供一个与其皇族地位相符的地方，建筑师发明了宏大而新颖的建筑形态。巨大的建筑物总是显示出对人力的过度集中和过度使用，看看那些哥特式教堂和埃及金字塔，以及现代的巴黎和伦敦码头就知道了。

在一条很长的街巷尽头，在几堵白墙和荒芜的花园之后，显露出一片巨大的废墟。它的形状无法描述，它那嵌入天空的线条是独一无二的。它既不像山峦、山丘，也不像建筑；既不像自然的作品，也不像人类的作品。它又像所有这一切：这曾是一件人类的作品，而随着时间流逝和意外事故的发生被逐渐转变成了大自然的作品。在空中，它那凹凸不平的尖顶，那带有巨大空缺的墙脊，那泛红的、忧郁而死气沉沉的厚重身躯静默地裹上了一层雾霭。

我们走进其中，似乎觉得从没在世界上见过如此巨大的建筑，就连斗兽场也无法与之相比，其众多毫无规律的残片证明其内围比我们见到的还要大。在大量的焦黄碎砖面前，在这些如同大桥拱般的圆顶面前，在坍塌的厚重堡垒面前，我们不禁怀疑这里是否曾经有过一整座城市。通常所见的是，一个穹顶坍塌了，但是支撑它的巨大厚墙依然耸立着，包括一段残留的台阶和一部分连拱，它们圆鼓鼓的，有各种奇特的形状。有时，它从中间裂开，其中一半似乎就要像岩石一般滚落。残垣断壁与坍塌的穹顶堆积在一起，某些凸起物孤零零地插向空中。庭院中全是碎石，而碎砖在岁月流逝下，就像在海水压迫下形成的碎石凝结那般相互嵌在一起。在别处，保存完整的连拱廊层层排列。天空被它们的曲线所切割，在它们的后方闪亮。最高处，在暗红色砖石之上，茂密的植被在蓝天映照下闪耀着绿色的光泽。

在某些略显神秘的阴暗深处，潮湿的影子在怪异的黑暗之中徘徊。常春藤从上方垂下，茴香、银莲花和锦葵在路边到处生长；立柱的柱身一半埋在坍塌的碎石之中，一半被乱七八糟的攀缘植物所覆盖；斜坡上长满了厚叶三叶草。圆形的小冬青栎、绿色的灌木和成千的桂竹香栖息在高处或坑洼处，并以它们的黄色花朵点缀着墙脊。这一切都在风中飒飒作响，鸟儿在静谧中歌唱。

绘画陈列馆的连拱廊依稀可辨，它有教堂那般高大的穹顶，其大圆厅曾经是蒸汽浴室，宽敞的半圆形会场用作观看演出。如伦敦的雅典娜文艺协会[1]一样，这是一座所有人都能使用的殿堂，而这一座殿堂所针对的使用人群，他们对此除了有思想上的需要以外，还有身体上的需要。人们来这里不仅是为了读书看报、观赏艺术品、聆听诗人和哲学家的演说以及交谈和争论，还为了游泳、搓澡、发汗，甚至还有摔跤和赛跑，至少是观看摔跤和各种竞赛。从这方面说，罗马就是一个扩大版的雅典：其生活方式是一样的，其本性、习惯和乐趣都在这里延续，而唯一的区别就在于规模和时间点。城邦已膨胀到可容纳数十万主人和数百万奴隶，但是从色诺芬到马可・奥勒留，他们依旧保持着健身和演讲的训练习惯，依旧喜欢运动员和演说家。只有从这些方面着手才能取悦他们，这样的场所正是为了讨好那些裸体和风尚的爱好者，讨好那些装饰和交谈的爱好者。我们已然无法想象那种肉体的生命和异教的生活，那悠闲而又充满思辨的生活。环境与气候依然是同样的，然而人们转变成为基督徒后穿衣打扮也全都改变了。

我登上不知多少节台阶后来到了顶楼房间的位置，其地面是用小块大理石铺就的，金雀花和灌木长在上面，拱开了砖石，时而在泥块的下面能够看见一块几乎尚未损坏的镶嵌画。这里曾有一千六百个光滑的大理石座位。在戴克里先（Dioclétien）浴场，曾经有能够容纳三千二百名浴者的位子。从这个高处向周边

1 协会成立于1824年，起初为私人俱乐部性质，主要为有知识兴趣的人而设的俱乐部，特别是那些在科学、文学、艺术方面取得一定成就的人。

看，平原上到处是交错的古代引水渠，在阿尔巴诺山（Mont Albano）旁，还有三处巨大的遗迹，堆积着红色或黑色的连拱廊残骸。岁月的流逝已逐渐将砖石撕碎，成为齑粉。

我走下来继续观看：泳池大厅有 120 步长，更衣处有 80 法尺高，全部都用大理石覆盖。这些大理石是如此漂亮，以至于人们用它们的残片来制造壁炉的装饰。16 世纪，人们还从中搬走了法尔内塞的赫拉克勒斯像、残躯像、美臀维纳斯像，以及我不知道的很多杰作。17 世纪时又搬走了上百尊雕像。很有可能，任何一个民族都再也不能像古罗马人那样在罗马找到那些安逸、娱乐，尤其是美妙的事物了。

必须来到此地才能理解这句话：这是一个与我们不一样的文明，但是完整而精致，是个自成一体的文明。这是另一个物种，同样完美，如同现代大象之于乳齿象。

在一个无人的角落，一棵扁桃树开着最迷人的花朵。阳光倾洒在其枝叶间，其全身粉红就像一位盛装打扮的少女，盛开着，微笑着，好似偶然跌落在这些巨大的墙垣之间，跌落在这些化石巨兽的腐朽骨架之间。

第 五 章

油 画

罗马，3 月 15 日，拉斐尔

讲一讲你的拉斐尔，既然你喜欢即时的印象，我就将我的各种印象倾诉给你。

多少次，我们曾一起在那些原版画作和版画面前评论他！他的那些最伟大的作品都在这里。在震撼和感叹之余，当我头脑中开始萌发想法之时，我便拿起收藏有其作品的地点清单。我们要从壁画到油画，从画廊到教堂，反复阅览他的一生以及他的同代人和师长。这是一件工作，总需要有个人去评论彼特拉克（Pétrarque）和索福克勒斯，因为所有比较遥远的伟大事物都与我们已然消失的情感有关。

第一印象总是特殊的。我们刚刚进入梵蒂冈博物馆的庭院内，就见到了层层叠叠的建筑，其顶上是一条玻璃通道，让整个建筑看起来像个温室。带着美好的想法，我爬上了无数层台阶。在平台处，一名虚情假意而又谨慎的瑞士卫兵在收到两个保罗币[1]（paul）之后露出感激的微笑。您现在身处一座装满了画作的宽敞大厅当

1 教皇国曾使用的一种银币。

《君士坦丁之战》（又名《米尔维安桥之战》），拉斐尔

中。看哪一幅画呢？先看《君士坦丁之战》（*Bataille de Constantin*）这一幅吧，它是由拉斐尔构图，由朱利奥·罗马诺[1]（Jules Romain）绘制的。我猜想它是用砖粉绘制而成的，而且很有可能被淋过雨，因为有些地方已经褪色。您可以沿着一条长长的玻璃柱廊前行，那里本该有拉斐尔画的涡卷线装饰图案，但是如今没有了。根据残留的模糊痕迹，人们猜测曾经有坏蛋用刀将它们从墙上刮掉了。您仰起头，就可以看到天花板上那52幅《圣经》场景画，这里就是那所谓的“拉斐尔凉廊”，

1 朱利奥·罗马诺（1499—1546），意大利画家、建筑师。

目前还剩下五六个画面是完整的，而其余的则被人将扫帚捆在长杆上去用力清扫过。话说回来，是否有必要在那么高的地方画上那么小的杰作，而且在穹顶上做成藻井状？显然，这些画作在建筑设计师的头脑中仅仅是附属品，是为走廊增加的一点装饰。当教宗用过晚餐之后到这里来乘凉时，假如他偶然抬头，或许会隐约看到一组人物或一个躯干。您可以走回来并到那四间著名的“拉斐尔画室”先走一圈。这些是儒略二世（Jules Ⅱ）的房间，教宗在这里执行公务并签署教谕。画家在这里是次要的，房间不是为他而准备的，他只是为装饰这些房间而工作。光线不太明亮，一半壁画被留在阴影中。天花板的装饰过于密集，主题拥挤不堪。壁画的色彩已然暗淡，龟裂纹穿过了画像的身体和头部，潮湿为人像苍白的面孔、衣装和建筑增添了一种大理石般的花纹。画中的天空不再明亮，霉菌造成了斑驳的画壁，拱顶上的那些女神像正在剥落。大群的外国人，人手一本小册子，高声地评论着；临摹者挥动着他们的比例尺。您可以想象一下，在这些人群当中，一位可怜的参观者不得不扭着脖子调整他的眼镜。

二十个参观者中肯定得有十九个是大失所望的，震惊之余口中窃语着：“就这样？”这些壁画与索福克勒斯或荷马的那些残缺不全的文章一样令人遗憾。将一部 13 世纪的手抄本给一名普通读者阅读，并且假设他不仅能够解读而且是诚实的，那他完全不会理解您的欣赏对象，而更愿意交换一本狄更斯的小说或是海涅的《诗歌集》。我也一样，我知道我不理解。我得至少参观两三次才能做出必要的总结和复原。在此之前，我先说出让我不快的地方——所有这些人物都在摆姿势。

我刚刚登上顶层去观看那著名的《耶稣显圣容》（*Transfiguration*），它被誉为最伟大的艺术杰作。世界上还有哪幅画的主题比这一幅更神秘吗？天空一片晴朗，真福者们沉重的身体脱离了尘世粗俗的法则而在上帝的荣光之中冉冉升起，完全表现出心驰神往的痴狂与崇高。这是一个真正的圣迹、一个幻象，如同但丁升上天堂

《耶稣显圣容》，拉斐尔

之时，眼睛注视着贝亚特丽斯[1]那炯炯的目光！我想到了伦勃朗画作中出现的天使，想起那包含神秘形象的玫瑰花在漆黑的夜色中突然闪耀绽放，惊呆了羊群，并向牧羊人宣示了拯救者的诞生。这位荷兰人在他的恍惚中感受到了福音所预示的恐怖与灵魂升天的欣喜。他见到了！那有关生命和真理的令人心碎的情感深入骨髓地震撼了他。的确，事情就像他为我们所展示的那样。在他的画前，我们相信这些，因为我们是目击者。拉斐尔是否相信他的神迹作品中的某些事物呢？他首先相信应当选择和摆放那些姿态。这位跪着的年轻漂亮的女子想要舒展她的双臂，其左臂上的三块肌肉凸起形成了一个可爱的连贯，其后腰线，其从后背直到脚趾的整体张力，正是在画室内摆出的姿势。执书的男子想要展示他那画得精致的脚。竖起手臂的男子和其身旁抓着被魔鬼附身的男孩的男子都摆着演员的姿势。使徒们呈对称布局，这难道是为了使他们形成一组群像？摩西和以利亚在基督的两侧和荣光之中就像游泳者那般伸展他们的双腿。基督的双脚被画得清晰无比，脚趾都分开——这仅仅是一个美丽的躯体。他的脚踝、膝盖以及神性都得到了画家同样的关照。

这并非虚弱无力，而是一个体系，或更应该说是直觉，因为它并没有体系。我的眼前还有他的一幅著名的版画《诸圣婴孩殉道》（*Massacre des Innocents*）。我认为画中没有任何婴孩处于危险之中。左侧那个展露胸肌的健壮男子，以及中间那位能看出其脊柱凹陷的男子，从来不会杀死他们抓住的孩子。对于一位希律王而言，对于其臭名昭著的刽子手而言，我的朋友们，你们的身体很强壮，也知道如何伸展肌肉，但是你们不知道如何干这个活！至于那些母亲，她们不爱她们的孩子，她们安静地逃跑。假如她们喊叫，也会适可而止，似乎唯恐破坏了自己姿态的协调。母亲们和刽子手们是一群冷静的演员，他们在画坊前的台面上聚集在一起。我在汉普顿宫（Hampton-Court）那著名的拉斐尔图稿画廊中见到过同样的情景，击垮亚拿尼亚

1　贝亚特丽斯·波尔蒂纳里（Beatrice Portinari，1266—1290），又译贝雅特丽齐，一位佛罗伦萨女子，是但丁诗中的灵感源泉，也是他暗恋的人。

《博尔戈的火灾》，拉斐尔

（Ananias）的使徒们走向讲台前，好似歌剧第五幕出场的合唱团。

我们重又走下来，站在拉斐尔画室内的壁画前，例如这幅《博尔戈的火灾》（*Incendie du Borgo*）。这场不幸的火灾并不十分严重！有十四个人跪在台阶之上，形成一组人群。他们并未被火灾击垮，而且他们挤在一处，并不急于走动。其实，火并没怎么燃烧，因为没有木材可资维持。周围都是石头建筑，火怎么能烧起来呢？这里没有火灾，只有两排立柱和宽阔的台阶，背景为一座宫殿，还有到处聚集在一起的人群，就像如今圣伯多禄市场内或坐或躺的农民。主要人物是一位被滋养得不错的青年，他伸着两只胳膊挂在墙上，还有时间做些体操。一位父亲踮着脚尖，伸手去接那母亲从墙头递给他的孩子，他们就像是在传递一篮子蔬菜那般小心翼翼。一位男子将其父亲扛在肩上，他的裸体儿子跟在旁边，他的妻子紧随其后：如同古典雕塑，埃涅阿斯（Énée）和安喀塞斯（Anchise），阿斯卡尼俄斯（Ascagne）和克瑞乌萨（Créuse）。[1] 两名妇女带来了水罐并大喊大叫，古希腊神庙中的女像柱或许该有类似的姿态。对于此画，我看它只像是个上色的浅浮雕，像是一种建筑结构的补充。

按照这个想法进一步思考（或者说这个想法独自在脑中酝酿并产生了结果），为什么壁画不可以是建筑结构的补充？只看壁画本身而不考虑其与建筑的关系是否就是个错误？必须用画家的视点才能进入到画家的思想当中。当然，这个视点就是拉斐尔的视点。《博尔戈的火灾》位于画家需要去装饰的一个圆拱之中。《帕纳苏斯山》（*Le Parnasse*）和《圣伯多禄的解救》（*La Délivrance de Saint-Pierre*）位于门或窗之上，它们的位置限制了画幅的形状。这些画不是贴在建筑物上的，它们是建筑的一部分，如同身体上的皮肤覆盖其上。既然属于建筑的一部分，那么为什么壁画就不能属于建筑学的范畴呢？这些伟大的作品自有其内在的逻辑，我需要忘记我的现代教育再去寻找它。

现如今，我们在陈列馆中观看画作，而且每一幅都是独立存在的。在艺术家的头脑当中，画本身是完整的，将其挂在哪块壁板之上，那不是他考虑的事情。画家会从自然或者历史故事当中截取一段风景或场景，他的首要目标是使这个截取的片段有趣。这种做法就像一位小说家或戏剧作家，这是一场他与我们的单独对话。这个片段必须真实且具有戏剧性：假如这个片段为我们展现了一场战斗，那么

1 古希腊神话中，在特洛伊城起火之后，埃涅阿斯背着父亲安喀塞斯，带着妻子克瑞乌萨和儿子阿斯卡尼俄斯一起逃跑。

《帕纳苏斯山》，拉斐尔

就要像德拉克罗瓦的《街垒》（*la Barricade*）那样；假如这个片段为我们展现一个抚慰病人的基督，那么就要像伦勃朗笔下的《基督救治病人》（*Christ consolant les malades*）那样，其画中的那个可怜人和沐浴在黄色光晕中的神圣基督同处于光明即将熄灭的阴暗之中。但是对于装饰画来说，其目的另有不同，画作会根据其目的而转变。这是一扇窗户的圆拱，其曲线庄严而简单，其线条高贵并伴有漂亮的圆形饰边，但是其两侧和上方是空的，需要装饰来填充，而且只能使用与建筑风格一样严肃和丰富的图案，那些过于激动的人物形象在此处就不太协调了，我们不能在画

《街垒》(即《自由引导人民》)，德拉克罗瓦

中去复制现实人群的无序状态。画中的人物必须根据画幅的高度排列，弯曲的人体或孩童处于圆拱顶部，成人和其他人位于两侧。这个组合不是孤立的，它是窗户的补充部分，与整座殿堂出于同一理念。一座宏大的皇家建筑自然是宏伟而宁静的，其饰面只能遵从这个风格，也就是说，画必须符合宁静和高尚的基调。

需要强调的是，我们必须一再跟自己重申，当时观众的灵魂与今天的人是不同的。三百年以来，我们的头脑当中装满了理智和道德的区别，我们使自己成了内在事物的评论家和观察者。我们把自己关闭在屋子里，禁锢在黑色套装当中，由宪兵保护着，却忽略了身体的活力和肢体的训练；我们沉湎于沙龙中的风尚，在对话和精神修养当中寻找快乐；我们注意到美好式样的差别、各种性格的特征，阅读并注释了上百位历史学家和小说家的作品，充满了文学修养。人类头脑中的图像被移除后又被装满了各种观念，他目前在绘画中所能理解和受到感动的是人类的悲剧或自然生命中的某个碎片、某个习俗的场景、某个乡间风景，如阿里·谢弗[1]（Ary Scheffer）的《哭泣者》（*Le Larmoyeur*），如德康的《阳光下的池塘》（*Mare au soleil*），如德拉克罗瓦的《列日主教谋杀案》（*Meurtre de l'évêque de Liège*）。我们在此所遇见的，如同在一首诗中所遇到的一样，是一个狂热灵魂的吐露，是对于生命的某种评判。我们在色彩和形状中所寻找的是情感，而在那个时期，人们不会去寻找类似的东西。我们关注的是其习俗整体的内在思想和表达形式，而他们关注的是裸体和运动中的动物般的躯体。我们只需要读一下切利尼的记述、阿雷蒂诺[2]（l'Arétin）的信件，以及那个时代的历史学家的著作，就能看出那个时代的生活与肉体是多么相关，又是多么艰难；也可以了解一个男人如何自己主持正义、如何在散步或旅行中被人袭击，了解他为什么不得不随身携带佩剑和火枪，为何只有在装备好紧身护甲、携带好匕首时才出门。位高权重之人相互刺杀是轻而易举的。在他们的宫殿当中，他们也像百姓一般粗鲁。教宗儒略二世曾经对米开朗琪罗发火并挥棍打向他，棍子落在一位试图劝阻他的主教头上。如今，除了外科医生或画家，还有谁能理解一块肌肉的作用呢？而这些古人都能理解，不管是车夫还是领主，最高贵的人和最粗鄙的人都能理解。他们习惯了拳斗、击剑、跳跃、击打网球和在围场骑马比武，由此，强壮和灵活的必要性充斥于他们对形状和姿态的想象中。某个裸体小爱神，翻着脚掌并在空中挥舞他的神杖；某个高大的青年，扭动着腰胯，透露出放肆的意图，如同巴尔扎克所描绘的当今某个阴谋家、某位金融家或上流社会的

1　阿里·谢弗（1795—1858），荷兰裔画家。

2　彼得罗·阿雷蒂诺（Pietro Aretino，1492—1556），真实姓氏不详，意大利诗人、剧作家，以讽刺诗和艳情诗著名。

某位女士。看着这些画，观众会愉快地模仿其姿态，因为只有那引人不自觉地去模仿的共鸣才能使一件艺术作品获得成功，否则它就不能被理解，也无法诞生。必须让公众毫不费力地想象那艺术对象，使其即刻就能设想出那些姿态的产生过程与后续发展。同样地，当一种艺术流行之时，当代人的头脑之中必然包含其特有的时代元素，如果流行的是诗歌和音乐，那就是思想和情感；如果流行的是雕塑或绘画，那就是形态和色彩。艺术与思想在各个领域相遇，因此，艺术是思想的表达，而思想又孕育艺术。由此，假如我们来观察意大利，就能从其异教艺术的复兴当中找到其异教思想的复兴。我记不清切萨雷·博尔贾[1]在占据了那不勒斯王国的哪座城市之后，为自己保留了四十名最漂亮的女人。教宗的侍从官布尔夏德[2]（Burchard）所描述的“普里阿普斯宴会”[3]，与小加图时代在罗马的剧场中所能见到的盛会几乎没有什么区别。对裸体的审美情怀，再加上对肌肉的训练和对肉体的展露，使得人类对自己形态的审美和崇拜得以重现。

意大利的所有绘画艺术都以这个构思为中心：他们重新找回了裸体，其余的不过是准备、发展、变化、变质或堕落。其中有些人，例如威尼斯画派，在其中加入了大幅度的随意的动作、华丽的色彩和肉欲的表达。有些人，如柯勒乔，他画的人体令人感觉愉悦和优雅；有些人，如博洛尼亚画派，他们笔下的人体更具戏剧性；还有些人，如卡拉瓦乔，其人体显得真实而摄人心魄。总之，对于他们来说，不管人体是全裸还是披纱，是抬起一条腿或是一只手臂，美丽的人体总是真实的、优雅的、动感的、肉感的和华丽的。假如是人体群像，那也是为了补充这个构思，使一

---

1 切萨雷·博尔贾（Cesare Borgia，1475—1507）是教宗亚历山大六世之子，曾任枢机主教，因被马基雅维利在《君主论》中所推崇而著名。

2 布尔夏德曾任教宗的司仪，其日记中描述了博尔贾的荒淫。

3 普里阿普斯是古希腊神话中的生殖之神，传说中其阴茎巨大而永远勃起，文中将其引申为荒淫宴会之意。

个人体与另一个人体相对比，以一种感觉去均衡另一种类似的感觉。至于风景，它们只是背景和附属品，它们从属于人体面部的心理表达或是画作本身的历史真实性的表达。您对肩部的肌肉鼓胀和与其产生反作用力的大腿感兴趣吗？那么在这块有限而封闭的空间之内，这个时代的伟大艺术家们都想到了，拉斐尔正是他们当中最杰出的代表。

当我们在瓦萨里的著作中品读画家们的传记时就更加明白了。他们就是带着徒弟和学徒工的工匠。学生并不在学校学习，没有充分接受过文学教育和通识思想教育，他首先要去工场工作。无论所绘的人物是穿着衣服的还是裸体的，都需要在其形态中塑造出所有的情感。拉斐尔与其他画家一样受过同等的教育。在瓦萨里所讲述的他的整个青年时代，他除了画圣母像，还是画圣母像。他的师父佩鲁吉诺是位简单的圣人像制造者——他真应该将这个称号放在他的招牌上。而且他画的那些祭坛圣人像并不太符合祝圣的姿态，因为人物之间并无互动配合；当他在一幅画中画上四五个圣人像的时候，每个人似乎都是独立存在的。圣人像既是崇拜的目标，同时也是艺术作品。人们在它们面前下跪并祈求圣宠，它们并不是专门为了视觉愉悦而被画出来的。拉斐尔在这个学校中度过了许多年，学画躯干与四肢的配合，学画金色织物的褶皱，学画平静而沉着的面容形态。随后，他去了佛罗伦萨，去观看更加丰富的人体和更加自由的运动姿态。这种集中的培养将他的所有能力都聚集到了一点。所有模糊的愿望、所有感人的或崇高的梦想都占据了这位天才的空余时间，最终产生出了他笔下的轮廓和姿态。他通过形态来思考，如同我们通过语句来思考一样。

他很幸运，十分幸运，而这种稀有的幸运反映在他所有的作品中。他没有遭受过任何普通艺术家所遭遇的折磨、漫长的等待和自尊心的伤害。他丝毫没有遭受过贫穷、侮辱和漠视。在其二十五岁时，他毫不费力地成了他那个时代中最著名的画家。他的叔父伯拉孟特[1]使他免除了那些疏通环节和困境。当见到他的第一幅壁画作品时，教宗就下令擦掉房中其他的壁画，并要求拉斐尔亲自为其所有的房间创作装饰画。拉斐尔只有一个对手，就是米开朗琪罗，然而拉斐尔丝毫不嫉妒他，还在他面前放下身段，既尊敬又崇敬他。他的信件内容展现出了其灵魂的谦逊与安宁。他极为亲切也极受人爱戴，大人物们保护他并接待他，他的学生们组成了崇拜者和同伴的行列。他既不需要与什么人作对，也不需要与自己的良心作对。他也没有因爱而烦恼，他沉浸在爱中，没有悲伤，也无焦虑。他没有像众多画家那样去痛苦地孕育和创造作品，他的产出就像是一棵漂亮的树自然结出果实一样。汁浆是丰富的，培育是完美的；思想从中自然孕育而出，而双手毫无困难地执行。最终，他所绘制的图画似乎都是经过精心选择的，以便保持其灵魂的从容与泰然。青年拉斐尔的早期时光是在佩鲁吉诺的圣母像环绕之中度过的。那都是些虔诚而又安详的年轻姑娘的形象，带有处女般的宁静和儿童般的恬美。她们都很圣洁，而且没有受到中世纪那狂热的神秘主义的影响。随后，他凝视着那些古代的高贵躯体，理解了高尚的裸体，并且从出土的残迹中理解了那已然毁灭的世界的简单的幸福。最终，通过两个模特，他找到了理想的人体形态，开始在一个如古代城邦般充满力量、快乐和青春的世界中漫步。从这个世界中，一种新颖的纯净、天真和善良散发出来，产生了一种前所未有的魅力。这就像一座花园中的植物吸取了异教的活力和浆液，但是那半基督教的花朵绽放出更娇羞、更甜美的微笑。

现在我可以去看看他的作品了。首先是梵蒂冈的《福利尼奥的圣母》（*La Madone de Foligno*）。此画最先令人产生强烈印象的是圣母的温柔与贞洁，是她那触碰圣子的蓝色腰带的带着腼腆的手势，是其红裙上金色边饰的迷人效果。在拉斐尔的所有早期作品和几乎所有的圣母画像中，他都保留了在佩鲁贾（Pérouse）、在

1　伯拉孟特是拉斐尔的保护人或恩主，但不确定他们是否有亲属关系。

《福利尼奥的圣母》，拉斐尔

阿西西（Assise）、在那充满幸福的虔诚和纯洁之爱的传统中心所得到的感受和记忆。他所画的女孩都是初领圣体者，她们的心灵还没有开放，宗教覆盖其外表的同时也延迟了她们的绽放。她们有妇女的躯体，却还是孩童的思维。如今要想见到类似的表情，得到修道院去看那些从小就在修道院长大且从来没有接触过外部世界的修女们那宁静而无辜的面容了。当然，他在学习中倾注了来自其年轻心灵的爱、探寻和敏感。他学画鼻子的柔和曲线、小巧的嘴和耳朵，学画柔软金发上的一缕反光。孩童的展颜微笑令他着迷。孩童的这条大腿如此柔软地折向腹部，这多么美！一位单身母亲的眼中可以透露出温柔和满足，如此看着孩子已经是一种乐趣。画家就像彼特拉克一样，是一位追寻自己梦幻的静修者，不知疲倦地表达着自己的意境。一首十四行诗接一首十四行诗，他为同一副面容作了五十首诗，又用了几个星期在安宁的幸福之中为它们斟词酌句。他不需要运动，不需要喧嚣；他不寻求效果，也感觉不到周边事件对他的影响。他根本不像是米开朗琪罗那样的斗士，也不像其当代人那般沉溺于享受。他是一个迷人的梦想家，恰好遇到了知道如何表现人体的时代。

没有哪幅画能比博尔盖塞宫（Palais Borghèse）中收藏的《耶稣降架图》更能表现出他细腻的情感的了。他画这幅画时只有二十三岁，还没有开始创作他的那些壁画。他已然将佩鲁吉诺的冰冷画法留在了身后，并使其笔下的人物令人动容，尽管其画法尚且略显稚嫩和僵硬。耶稣躯体两侧的人群形成一种平衡，左侧的三名男子、右侧的四名女子全都姿态各异，非常漂亮。其创作中的全部青春朝气都如曙光一般闪现了出来，但这并不是像瓦萨里所言的那样说画很感人。应该在德拉克罗瓦那里才能看到一位绝望的母亲陪在尸体旁，见到一块真的裹尸布，见到大自然的巨大悲伤，见到紫色基调的凄凉背景之下截然切入的皱皱巴巴的红色大衣。拉斐尔的这幅画的出色之处在于其明媚绚丽的青春气息。没有谁能比那位为支撑耶稣的躯体而站立后仰的男子更英俊的了，他就像个戴

《耶稣降架图》，拉斐尔

着绣金边红色护胫的希腊美男子。没有谁能比那梳着发辫、半蹲着向可怜的母亲举起双臂以支撑她的姑娘更加迷人的了。这些身躯都是贞洁的，似乎穿着节日盛装，眼中都闪烁出最真切的善良。到处都有展露着花萼的可爱的花儿，远方装点着稀少的纤细小树。灵魂，那如同莫扎特一般高贵而优雅的灵魂，尚处于含苞待放之中。

由此，我们应该去看看他的那些异教作品，就从他的素描直接进入那个世界吧。我在巴黎、牛津和伦敦都见过那些作品。画家的内心情感跃然纸上，我们可以从中触及画家那满含冲动而未经修饰的思想，那是其心灵尚未因观众的反馈而做出修正之前的状态。这种思想完全是异教的，他如同古人一样去感受动物般的躯体。这并不仅仅是他所学过的一个解剖、一个他所理解的静物、一件为了表现正确的运动姿态而不得不了解的褶皱内衣。他喜爱裸体本身，喜欢表现得强壮有力的大腿，喜欢那充满活力、肌肉发达的后背，这些都是使一名男子成为竞技者的要素。我不知道世界上是否还有比他的《亚历山大和罗克珊娜的婚礼》（*Noces d'Alexandre et de Roxane*）更优美的素描作品了。我的眼前就有它的照片。我更喜欢这件素描，胜过刚刚在博尔盖塞宫看过的那件壁画。画中的人物是裸体的，但呈现在眼前的场景就像是一场古希腊的盛会。裸体是那么自然，与任何下流的甚至肉欲的想法有天壤之别；快乐是那么简单，青春的欢欣愉悦、经受过角力场训练的健康而美丽的身躯，都像最繁盛的古典时代中那极致的幸福时光的绽放。一个小爱神在巨大的护甲之上爬行，那护甲对于其孩童般的肢体而言显得极其沉重；另外两个小爱神拿着长枪；其他小爱神将他们中一个看似有点赌气的小爱神抬到盾牌之上，并且迈着疯狂的舞步，兴高采烈地尖叫着。英雄迈步前行，如同《望景楼上的阿波罗》那般高贵，但是更具英雄气概。没有什么更能表达他那两个年轻同伴的激动和阳光般的微笑的了，他们为亚历山大引路，引导他走向坐在那里的罗克珊娜。一股亲切而优雅的气息，一种幸福的喜悦，闪现在所有人的脸上。身体的移动和舒展都体现出生活的幸福。美丽的姑娘是刚刚订婚的未婚妻，她不需要衣装，其他人也不需要。壁画上为人物穿上衣装是错误的，他们可以裸体而不会感到羞耻。就像古代雕塑家创作的那些神像和英雄像一样，他们是纯洁的；就像花朵盛开符合自然

《帕里斯的裁判》，马尔坎托尼奥·雷蒙迪制作，拉斐尔设计

规律一样，肉体生命的自然绽放也符合自身的社会秩序。青春世界的女神们、不朽的赫柏（Hébé）、坐在那严酷的季节和人类的烦恼永远触及不到的光明之顶的从容的神祇们在此重逢。他们也在马尔坎托尼奥·雷蒙迪[1]的版画《帕里斯的裁判》（*Jugement de Pâris*）中出现。我愿意花几个小时的时间去欣赏躺在芦苇丛中的河

1　马尔坎托尼奥·雷蒙迪（Marcantonio Raimondi，1480—1534），意大利雕刻家、金银匠。

神那宁静的身躯，欣赏站在牧人身旁的那些严肃的女神，欣赏在岩石脚下舒展身躯的那些高傲的仙女，欣赏倾身的水神那完美的肩膀和在空中驾驭奔马的那些英雄骑士。十八个世纪似乎倏然间被从历史中抹去了，而中世纪不过是场噩梦而已。历经那么多年平庸的或痛苦的传奇之后，人类突然惊醒，发现自己身处于索福克勒斯和菲迪亚斯[1]（Phidias）之后的时代。

我去了和平圣母堂（Santa-Maria-della-Pace）。难看的圆形立面形成了凸腹，但是我们经由一个漂亮的、由伯拉孟特设计的小回廊进入其中后，其雅致的双层连廊延展开来组成了过道。如所有的罗马教堂一样，这里的装饰过于繁杂。教堂左侧，一位16世纪的主教躺在他的墓穴之上，头枕着手，身形消瘦，富含死亡的悲剧色彩。墓穴和镀金饰，这两个足以动摇想象力的极端元素，是此处宗教崇拜的主要特征。对比明显的是左侧礼拜堂的后面，在一个拱门之上可以看到拉斐尔所绘的四位女预言师。她们以适合拱门曲线的姿态或站或坐或倾身，还有一些小天使在为她们展开羊皮纸以便书写。这些人物共同形成了一个组合。她们都是非凡的创造物，静谧而祥和，如同古代女神一般超脱于人类活动之上。她们用一个平静的手势即可显形。她们的存在既不是虚无缥缈的也不是短暂的，而是永存于永恒的现实当中。您在此处丝毫不应该去寻找幻象或立体感，这种显形只是一个梦幻；您应该闭上双眼，在无言的感动之中去感受她们。画家将其心中全部的高尚，将其对迷人的、至上的幸福的全部个人设想都融化在这些形态和姿态之中，融化在那花环般从容张开的优美臂膀的拥抱之中。假如有一天，我们能够擦去头脑中的所有悲伤的回忆和生命中的所有丑恶，能够隐约地看到这样一群少年、孩童和妇女，那么我们将是幸运的，不会再奢望更多的东西了。尤其是其中站立的那一位，她倾身向后，缓慢地扭转头颅，眼中充满了骄傲和野性，形成一种原始生物般的、半神半动物的奇妙威严感。在她的后方，是一位戴着风帽、满脸皱纹

1　菲迪亚斯（前480—前430），古希腊雕塑家和建筑师，帕特农神庙中雅典娜巨像的作者。

的老太婆，然而她被表现得很美，就像维吉尔所描绘的至福乐土上的老人。另一侧，是一位正当青春年华的少女。她坐着，其圆润脸庞的轮廓展现出最完美和最恬静的仁慈。

我再次回到梵蒂冈，此时我的所有印象全改变了。我调整了自己的观点，那些表面上显得冷冰冰之处或考究之处也正是令人喜爱之处。先有一个胚芽才是重点，其余部分不过是其发展的延续。以一种简单而稳固的姿态表现出力量和拥有完美构架的美丽而强健的躯体，这是唯一需要研究的地方，艺术的其余部分都从属于它。画面如同一段节奏分明的乐曲，其每一个声调都是纯净的，不能为了表达其中所蕴藏的戏剧性情感就引入不和谐音或刺耳的声音。因此，某个美妙的姿态就好似一个洪亮且准确的和音那般美妙。我只要提取这个姿态本身，撇开主题和各种可能性，那么我的眼睛就会像耳朵享受完美而温柔的歌曲一般去享受它。

现在，所有画像都说话了，而且声音过于响亮。画像太多了，我无法一一描述它们。我只给你讲我记忆中最生动的部分。首先说说梵蒂冈博物馆中的房间。房间壁画上绘有上帝，他有着伟大的角斗士一般的身躯，舒展四肢跳跃着冲破黑暗。弓着背的夏娃正在摘苹果，她有着迷人的头型，其年轻躯体上的强健肌肉在腰胯上十分明显。所有这些人物都构架分明且动态活现。随后说说埃利奥多罗（Héliodore）厅中的白色女像柱。那些简单的灰白色雕像，是真正崇高而又纯朴的女神。她们与古代的女神像类似，但带有温柔与仁慈的表达，这是朱诺像和密涅瓦像所不具备的。她们与其古希腊的姐妹们一样不具备思想，只是以转个头或抬起手臂的姿态来保持其不容侵犯的尊严。就是在这些理想的和具有寓意的人物当中，画家取得了辉煌的成功。在穹顶上[1]，“哲学女神”强大而严肃；“法学女神”贞洁而严厉，她手中举剑，目视下方；“诗歌女神”，尤其是那坐在帕纳苏斯山对面的三位女神，她们半扭着身体，和三名孩童一起形成一组与年迈的奥林匹斯诸神

1　此处述及的穹顶画应位于签字厅，而不是埃利奥多罗厅。

一样的形象。这些形象都超越了人类，是人类所无法企及的形象。如同古代画家一样，画家去除了人类面貌中偶然而来的缺陷和转瞬即逝的表情，去除了所有被生活中的挣扎和意外所折磨和伤害的特殊痕迹。他画中的人物已然超越了自然规律，这些人物从不会痛苦，也不会忧虑，其安详的姿态与雕像一样。我们不敢跟他们对话，心中充满崇敬，而这崇敬中又混杂着亲切，因为我们看到了其庄严外表之下的仁慈和女性般的敏感。拉斐尔赋予了他们灵魂。比如，在《帕纳苏斯山》的缪斯当中有好几位年轻的女神，尤其是那位裸露着肩膀的女神，具有一种沁人心脾的柔美，一种几乎可说是现代的温柔的表现。画家一定爱过她们。

所有这些，全都在《雅典学院》（*L'École d'Athènes*）（见前插图）当中更加明显地显露出来。那些或位于台阶上或围绕在两位哲学家周围的人群从来就没有存在过，也不可能存在，而正因如此，他们才显得如此美妙。这个场景来自一个高等的世界，而人类的眼睛从来没有看见过那里，它全部源自画家的想象。所有这些人物都与穹顶上的女神属于同一类，需要驻留一下午的时间去观看他们。一旦感觉人物活了起来，就能体会到这个场景超越了一切。那个身披白色长袍的年轻人拥有天使般的面孔，就像是一个沉思的幽灵；另一个卷发者正在弯腰做他的几何图形，三个同伴围在他的身边。他们都是神一般的存在。这是碧空之中的一场梦，他们如同梦中或幻象中隐约可见的那些形象，能保持同样的姿态永远存在下去。时间对于他们而言是停滞的。身穿红色大衣站立的老人，他旁边的人正在看另一个年轻人写字，他们都可以永远停留在那里。他们都很好，他们的存在都很完美。他们就在歌德描述的浮士德的话语中："停下，你真完美。"他们的静止不动就是固化了的幸福。人一旦达到某个完美的状态，就不应该再动了。

人的生命，不管是肉体还是灵魂，其数量都是无法计量的，而且是多元的，但是其中只有一小部分，只在某些时刻值得存在，就像一枝万里挑一的玫瑰花，而这就是这些人体姿态。力量的圆满和所有人体结构的协调都在此毫不费力地彰显出来。这已然足够，不再需要其他任何东西了。两名成年男子在一名静立的少年下方欠着身子，组成一组漂亮的形态，而在这个形态前忘却自我多么令人愉快。头像的表达也证明了这一点。这些人体姿态都太专注、太真实了，画得太好了，足以唤醒人的激情或激发人的冲动之情。在一片祥和之中，在这种暗色调之下，人体姿态与整幅画的架构融为一体。

在我所了解的艺术家当中，没有哪一位能比斯宾塞（Spenser）更像拉斐尔了。乍看起来，许多人觉得斯宾塞的画偏于拘谨和暗淡，画中没有什么真实感，但如果将他的画置于阳光之下，他画的那些虚妄的人物就变得神圣了。

法尔内西纳别墅

我们坐着出租马车穿过了许多曲折而又凄凉的街巷，在圣西斯都桥上可以看到河两岸到处是乱七八糟的简陋小屋，以及流着污水的垃圾堆，伴着这些破屋延伸到更远处。这一切尚有中世纪的风貌。没过多久，我们就进入一座文艺复兴时期的宫殿，来到拉斐尔的普赛克（Psychés）画像之前。

普赛克画像是一间以大理石镶板铺就的大餐厅中的装饰画，其天花板呈拱形并且由花果图案组成的花环状画框装饰。在每一扇窗户上，花环框扩展开来以承载画中众神强健的身躯，朱庇特、维纳斯、普赛克、墨丘利，以及众神的聚会场景布满在穹顶上。从摆放着金色餐具和巨型鱼类的餐桌抬眼仰望，宾客们就会看到以深蓝色的奥林匹斯山为背景的那些巨幅裸体画像。在繁盛的花环框点缀之中，雌性的南

普赛克系列画，拉斐尔

瓜和雄性的萝卜令人不禁想到阿里斯托芬式的幽默。交际花茵佩莉娅[1]可以到这里来。食客如塔米西乌斯（Tamisius），淫秽的艺术家如朱利奥·罗马诺、阿雷蒂诺，以及那个时代生活于危险之中又耽于声色的领主们和主教们，大概会欣喜地凝视这幅给人带来快乐的画卷。它尺幅巨大，画面感强烈，然而人物画像相当粗糙，呈现出了砖石的色调。通常，人物的眼睛就由一块白色和一块黑色组成。宴会中裸体的“美惠三女神”（Les trois Grâces），其肌肉发达如同角斗士。好几位神祇，如赫拉克勒斯、潘神（Pan）、普鲁托（Pluton）以及河神，就像是由粗笔勾勒、用大块的颜料如涂抹壁纸一般画出的强壮铁匠。带领普赛克的小爱神们，肌肤上都显露出营养过剩的婴儿肥。整幅画卷充满了丰沛的活力，几乎可以说是异教的笨拙的活力。在

1 茵佩莉娅出自巴尔扎克的《一百个诙谐故事》（*Les Cent Contes drolatiques*）系列的第一个故事《美人茵佩莉娅》。

罗马，这种类型被视为更高雅。女人不怎么运动，变得肥胖而沉重。我们在拉斐尔的许多女性画像中都能见到这种肥胖的身躯，例如肥胖的美惠三女神、壮实的夏娃、身躯宽厚的维纳斯。他的这种异教趋向并非是雅典式的，而为这间大厅作画的他的学生们也部分夸大或忽视了他的指导，这就如同一位雕刻师在复制某件画作时忽略了一些细节一样。为了证明这一点，只需要看看那组壁画中维纳斯接受宝瓶的画面就足够了。画中的人物是一个原始时代的处女形象，含有一种难以表述的天真无邪和温柔。那尚未开化的儿童般的头颅被安置在赫拉克勒斯般的强健身躯之上，此中透露出的情感使人不由得回溯到人类的祖先，回溯到那姑娘被称作“奶牛”（la laitière）的时代。当时那些健壮而又朴实的种族用他们的短剑和匕首刺杀狮子，从他们的山上下来侵占这个世界。虽然画像如同整幅壁画一样是经由学生之手绘制的，但它依然是独一无二的。这是一个新的类型，并非模仿古希腊，完全是出自画家的头脑，出自他对裸体模特的观察，带有一种奇特的活力和饱满，其肌肉的鲜明表现并非一定是模仿自然状态，其活力源于画家想要表达的张力。

“普赛克被小爱神们托向天空”和“维纳斯祈求朱庇特”这两个画面清新而又迷人。如何看待那两个带有蝴蝶翅膀的卖花女，还有那在宴会旁掠过地面跳舞的美惠女神呢？她们全都呈现出欢欣的神色并且用双手采摘了最丰饶的生命之花。在画面的空当处，在高大的女神画像旁边，飞着一些孩童：一个小爱神正在驯服一头狮子和一匹海马；另一个像游泳一样，似乎是在温水中嬉戏。此外还有一些白鸽、小鸟、骏鹰（hippogriffe）、一个龙身的斯芬克斯，这都是些想象中的欢快景象。在这些想象的画像中间贯穿着浓密的花环框，混合着春与夏的气息：石榴和橡树叶、盛开的雏菊和淡金色的柠檬、白色水仙花那铺着茸毛的花萼和又圆又肥硕的南瓜，全都汇聚在一起。这一切与其早期基督教画作上的含蓄表达相去甚远！在《耶稣降架图》和法尔内西纳（La Farnésine）别墅之间，异教的文艺复兴

《加拉蒂亚》，拉斐尔

气息在其头脑中产生并发展，并在展现快乐和活力方面发挥出了其天才的想象力。

在紧邻的一个展厅中，他那幅可怜的《加拉蒂亚》(*Galathée*) 遭受了时间的侵蚀。它看上去褪了色，部分凸起也消失了，海和天的颜色都显得暗淡并且有脏物的斑痕，但是这幅画的确出自拉斐尔之手。这从加拉蒂亚那优雅和温柔之中，从小爱神舒展身躯的完美姿态之中，从海神那别具一格的展现之中都能看出来。裸体的仙女任由海神纠缠，表露出一种迷人的风情。满嘴胡子、长着鹰钩鼻的海神崔顿激动地抱着、纠缠着仙女，充满了动物神的那种欣喜和冲动，使人在咸湿的海水气息当中深深感受到快乐和力量。后方，一位金发飘飘的女子坐在一位驮着她的神的屁股上，其扭转的腰身所产生的凹陷展现出了最高雅的曲线。画家没有沉醉于其主题之中，他是有分寸、有节制的，他避免将动作和表情推进到极致，他提炼了寓意并调整了姿态。在把握分寸之时的审美天赋、其情感上的直觉，都促使他如同莫扎特一样，画出那纯朴的善良，画出那种他在所有高贵且柔美的生命中所能找到的灵魂和肉体上的精致，画出所有的幸福、崇高和柔情。这一位于预备完成阶段和堕落阶段之间的分界点的特殊命运，这种得到了双重滋养的独一无二的幸运，使他在展现基督教风格中的无辜和纯洁之后，又能展现出充满异教风格的力量和快乐。拥有一切天资且获得所有恰好的时运才能使他达到巅峰。瓦萨里说得很准确："自古以来，上天将所有的恩泽和旷世的天资分散在不同人的身上，假如您想清楚地看到上天有时可以多么大方和宽厚地将无穷的财富和珍宝集于一人之身，那么您可以去关注一下拉斐尔。"

4月15日，博物馆

在有些日子里，我们头脑当中的思路就像是一条通向远方的笔直大道，而在另一些日子里——如我刚刚所说的那些日子，思路就左右盘旋、飘忽不定。我们再一次来到梵蒂冈的至高点，来到这珍贵的小博物馆当中。绘画中包含了太多的东西！油画以及其他绘画艺术的本质是将艺术家的所有思想集中展现在同一个时刻中，而其他艺术——如音乐和诗歌，是将印象分散展现。

我重又观赏了柯勒乔那幅迷人的半裸基督像，他在天使们的环绕之中微笑着坐在云团之端，是有史以来最优雅、最青春的青年形象。提香的那幅身穿黄色长袍的总督肖像画，形象是那么逼真，个性是如此鲜明，令人印象深刻。最为神奇的是，其精致的长袍上的每一个褶皱对于观者的眼睛来说都是一场视觉盛宴。在卡拉瓦乔的那幅《入葬》（*Mise au tombeau*）（见前插图）中，许多形象和姿势都取自写生，强壮的搬尸工腿上的静脉曲张清晰可辨，低头擦拭泪水的年轻女子哭得既真诚又充满了青春的朝气。今天，令我感触最深的是牟利罗[1]（Murillo）的《圣凯瑟琳》（*Sainte Catherine*）。她具有一种奇特的魅力，她的美丽是危险的，在她那斜视的目光中，在她那低垂的黑色眼睛中，闪烁着一种隐秘的激情。将南方之花的色彩与那火热的激情放在一起是多么大的反差！她是美妙的恋人，是恬静的真福者！在拉斐尔的油画当中，其一成不变的暗淡色彩和雕像般的姿态使人物看起来少了生命中的一部分东西。与之相反，这幅画的西班牙色彩是强烈的，充满了激情澎湃的、令人陌生的肉欲，短暂而情感强烈的猛然悸动以及由精神满足和痴醉所引发的神经战栗，其生命的激情孕育着内心燃烧的火焰，并在其肌肤上散发出光芒，这在一片模糊漆黑的背景当中显现出粉色调。

在旁边的一幅《浪子回头》（*L'enfant prodigue*）中，浪子正在悲痛地恳求宽恕！与意大利人相比，西班牙人属于另一个种族，他们不如意大利人稳重，但也不像意大利人那样被封闭在一个美丽的规矩或藩篱当中；他们会随意地发挥尚未成熟的想法或表达内心的悸动，并且在形态上做出些许牺牲。

1　巴托洛梅·埃斯特万·牟利罗（Bartolomé Esteban Murillo，1618—1682），西班牙巴洛克时代画家。

我重又观赏了拉斐尔的《福利尼奥的圣母》，更加确认了我的想法——这幅画是属于另一个时代的作品。对于一个现代人来说，需要有所准备才能理解它。通过那两个裸体小天使身上的肌肉，通过其肚腹上的皱纹而勾勒出的盆骨，通过小耶稣扭转其柔软的腰身、腹部紧贴充满婴儿肥的大腿的姿态，画家传递出了哪些普通而非刻意的情感？这对于那个时代的人来说一目了然，而对于我们这个时代的人来说却深感茫然。我们很容易看出两个孩童的愉快心情、圣母的温柔和贞洁，以及圣母轻触小耶稣的蓝色腰带的腼腆姿态。假如眼睛足够敏感，最多还能看到其金饰边红裙的迷人效果。

毫无疑问，对面的这幅由多梅尼基诺[1]（Dominiquin）所作的著名的《耶柔米领圣餐》（*Communion de Saint Jérôme*）与前一幅画相比显得柔弱无力。画家对自己的手法缺少信心，他做了部分掩饰，并利用建筑物，五颜六色、泛着光彩的长袍以及源自威尼斯画派的丰富的布局来弥补其不足。对比而言，拉斐尔的风格更加鲜明。同样地，波尔-罗亚尔[2]（Port-Royal）的作家们，拉辛[3]（Racine）、吕西亚斯[4]（Lysias）和柏拉图都比我们写得好，但是，我们的情感既不能进入到他们的范式当中，也不能被我们自己随意抛弃。

这里是卡比托利欧山博物馆。我第一次来的时候有些疲乏，看得太快。我似乎是只为你描述了一幅油画，即委罗内塞的《劫掠欧罗巴》。

其实最主要的画作是圭尔奇诺的那幅巨大的《圣佩德罗妮拉》（*Sainte Pétronille*）（见前插图）：人们将圣佩德罗妮拉的躯体从地下取出来，而其灵魂则被上天所接收。这是一种混合画：艺术家根据几个非原始画派的画法，集中采用了

1 多梅尼科·赞皮耶里（Domenico Zampieri，1581—1641），绰号多梅尼基诺，意大利博洛尼亚派画家。

2 波尔-罗亚尔是地名，曾经建有著名的波尔-罗亚尔修道院，是文人与神学家荟萃之地。

3 让·拉辛（Jean Racine，1639—1699），法国著名剧作家。

4 吕西亚斯（前445—前380），古希腊演说家。

三四种效果。这从阴影和光亮的强烈对比中，从圣女和其未婚夫绚丽的衣袍上一眼就能看出来。画家以现实的画法显示幻象。那个手持蜡烛的小男孩十分真实，在街头巷尾就能见到他；那两名男性搬尸工具有他们那个职业所特有的男性气质和粗俗之感。画面场景具有戏剧色彩，天空中圣女谦逊的姿态很迷人，与头戴玫瑰花冠、被苍白的裹尸布缠绕的悲惨而笨重的尸体形成了对比。耶稣的形象也令人感动，充满了温情。这不是一具普通的躯体，整个主题中那凄惨而悲凉的死亡与令人欢快的凯旋般的复活形成的反差，足以触动路人并使他们停下脚步。如此被理解的画作突破了其自然边界而与文学相近了。

圭尔奇诺的《波斯女预言师》（*Sibylle Persique*），画中人盘着奇特而富有诗意的发型，已然完全是现代人。她面带沉思和纠结，那难以形容的表情是那么讨人喜欢。这是一个无比精致、神经极其敏感的灵魂，具有无穷而神秘的诱惑力……

弗拉·巴尔托洛梅奥[1]（Fra Bartolomeo）的画作《奉献基督于圣殿》（*Présentation du Christ au Temple*），画面对比十分强烈。我敢说，艺术和文明都在整体上被这两位大师改变了。没有什么场景能比这幅画所描绘的更高贵、更朴实、更从容也更安然的了，尤其是在我们刚刚看过圭尔奇诺的组合与新奇画法之后，这种感受就越发明显了。意大利有两个时代，即阿里奥斯托和文艺复兴的时代，塔索和天主教复兴的时代。

丁托列托[2]（Le Tintoret）的《玛大肋纳》，画面背景很深，玛大肋纳坐在草席上，面容憔悴，头发蓬乱，呈深深忏悔的姿态。她哭泣并祈祷着。新月之光从洞口射入。这位可怜的女子于荒漠中逃跑的场景令人心碎。整体来说，越看丁托列托的画就越觉得他具有德拉克罗瓦的气质，具有真实的悲剧情感，对于活生生

1 巴乔·德拉波尔塔（Baccio della Porta，1472—1517），意大利佛罗伦萨画家，又被称为弗拉·巴尔托洛梅奥。

2 雅各布·罗布斯蒂（Jacopo Robusti，1518—1594），意大利威尼斯画派画家，绰号丁托列托。

《奉献基督于圣殿》，弗拉·巴尔托洛梅奥

的事物具有深切的同情，具有描绘粗俗、裸体以及由真理和激情所引发的狂热的才能。

这几天，我一直在卡比托利欧山周边漫步。我进入到圣卢卡艺术学院（Académie de San Luca）当中，罗马少有如此漂亮的画廊。

这里有两幅圭多的巨幅油画。其中一幅描绘的是《命运女神》（*Fortune*），一

《巴克斯与阿丽亚娜的婚礼》，圭多·雷尼

位手持王冠的裸体女神在大地上空飞翔；另一幅，我记得是《劫掠阿丽亚娜》[1]（*Enlèvement d'Ariane*）：蓝色的大海一望无际，岩石旁坐着一名身材高大的白皙女子，另一名女子引领着一位身披长袍的青年走向她，一位妇女躺在旁边的地上与一名儿童玩耍。没有比这更简洁、更优雅的画面了。那个时代的画家拥有所有的人体类型，而这位画家则沉溺于对温馨与舒适的古希腊美的回忆。但是他的画缺少要旨，女主角太过白皙，就如同18世纪的悲剧表达一般，笼罩着一层陈词滥调和约定俗成的阴影。

将这幅画与一幅出自拉斐尔之手但有些破损的壁画相对比，这个缺点就更加明显了。这只是一个简单的裸体孩童，但是活泼、强壮而朴素，眼中满是笑意，就像

1 此处存疑，所描绘的画似乎是《巴克斯与阿丽亚娜的婚礼》（*Nozze di Bacco e Arianna*）。

一个庞贝古城的古代人。在这个年轻而结实的躯体中，懵懂孩童的初始的好奇心开始苏醒。

鲁本斯这幅几乎只完成草图的小画是一件杰作。两名裸体女子正在为她们的一位女伴戴头冠，一群白皙的小爱神在她们的头顶上围成花环状。她们并不过于丰腴，她们的动作很自然、很优雅！这个词用在鲁本斯身上似乎有些奇怪，但没有人比他更能感受人体形态的凹凸起伏，也没有人像他那样将感受以口授的方式直接记录下来。与他相比，生命在其他画家的笔下似乎是僵硬的，只有他知道什么是流动的柔和，什么是瞬时的形态。其实，这才是生命的自然状态，这是变化无穷而永不枯竭的源泉。在鲜活的肌肤当中，血液就像流水一般迅捷地流淌，这种循环不停的物质流动所产生的颤动，在其鲜明的色调和流动的形态当中是能够看出来的。但是，我对于鲁本斯可能说得太多了。总之，对于一位人类的观察者来说，没有任何画作像他的画那样是一个如此多变、如此取之不竭的宝库。

在这个领域，只有威尼斯画派与鲁本斯接近。他们弱化了鲁本斯笔下人物的丰腴，使躯体显得更加高尚。这里有帕尔马·韦基奥[1]（Palma Vecchio，即老帕尔马）的画，有提香的画，他们画的躯体富态而丰满，美妙的肉体突出了罗马艺术的整体世界。老帕尔马位于这个世界的入口，其强烈而辉煌的色彩如同一片红色的晚霞，其有力的肌肉凸起、其强健身躯的优美的扭动姿态，无不宣示出一种原始品位，即力量。在所有的流派当中，我们都能首先发现严肃且朴素的典范；在这之后，才会有人使它逐渐变得更加迷人和有趣。提香位于这个世界的中心，他同样拥有关于感官和活力的表达：在意大利的一处优美乡间，远景泛着青绿色，近处水池旁，一个小爱神正在向池中倒水，他的卡吕普索（Calypso）被仙女们脱光衣裳猛然推入水中。这幅大胆的画作既无娇美之态也无讨人喜欢的享乐主义。

1　雅各布·内格雷蒂（Jacopo Negretti，约 1480—1528），又名帕尔马·韦基奥，意大利画家，为与其侄子小帕尔马相区别，被称为老帕尔马。

仙女们如同那些拥有强壮臂膀的民妇一般粗鲁地做事，尤其是那个站立的，她拥有男子般强壮的身躯，是个能击倒男人的悍妇。另一位带着妓女那种露骨的恶意，她使可怜的罪人卡吕普索弯腰，以便查看其不幸的痕迹。但是在他的另一幅画作《虚空》（*Vanité*）中，裸体女子躺在白色床上，手持权杖，头戴一顶波浪形王冠，带有一种醉人的慵懒和精致。她是最诱人的情妇，贵族们用她来彰显自己的地位，晚上则用她来满足自己老练的感官欲望。委罗内塞位于这个世界的最后面，他是一名布景师，他没有提香在随性发挥时经常带有的那种雄性的、宏大的粗犷。提香在提炼与组合情趣的艺术方面是他们当中最精通的，超越通过纯粹色彩的反差、渐变与混合制造出来的效果。委罗内塞的画展示了一名正在梳妆的女子，一个小爱神为她举着镜子。一块紫色帷幔强化了从内衣中暴露出来的肌肤色泽，其精致头巾的卷边轻轻地垂在琥珀色的柔软胸脯之上，其红色头发在额头梳成发卷，紧贴鬓角，其胸脯和大腿从内衫中袒露出来。在搭配了渐褪的枯叶色的朦胧的酒红色背景当中，由内而外充溢着光泽的肌肤展现出了一种圆润与细嫩，带着一种似乎轻抚而过的震颤。

最受欢迎的画作是圭多·卡尼亚奇[1]（Guido Cagnacci）的那幅《卢克雷齐娅[2]和塞克斯特斯》（*Lucrèce avec Sextus*）。我不知道他是哪个时代的画家，但肯定是更晚期的，这点从其悲剧性主题和悲剧性效果上就能猜出来。卢克雷齐娅裸体倾倒在白色床单和红色的盖布之上，头部位置低于胸脯，挣扎着用手把无耻之徒的胸部推开。这可怜的、娇柔而又迷人的女性躯体被肢体的暴力所压倒，令人怜悯。画中的每个细节都令人感动，例如，其波浪形头发上的白色珍珠松散了。在一个白色柱廊的下方，一个奴仆拿着主人的剑等在那里，而塞克斯特斯身穿蓝色金带饰紧身衣，

1　圭多·卡尼亚奇（1601—1663），意大利巴洛克时代画家。

2　为统一起见，卢克雷齐娅采用拉丁文 Lucretia 的音译。

就像是那个维尔日妮·德莱瓦（Virginie de Leyva）案件[1]中的杀人犯——一方领主奥西奥（Osio）。此案件为我们展示了仪表堂堂的容颜、绅士般的气度以及冷酷的谋杀。在17世纪初，人们常去米兰附近的蒙扎（Monza）修道院游览。

西斯廷礼拜堂，16世纪

你还记得去年参观美术学院时和我们在一起的路易·B吗？他是一位有头脑、有修养的文人，假如的确如此的话。当见到米开朗琪罗的《最后的审判》（*Jugement dernier*）的复制品的时候，他又打哈欠又贬低它，而且还嘲笑我们说他更愿意去看英国人马丁[2]（Martin）所创作的《最后的审判》。他说至少这幅画里面有场景，有天空，有大地；天空被霹雳撕开，在那超自然的末日光线照耀下，到处都是数不清的死人，成群结队地从他们的墓穴中走出。而在这幅画中，既没有天空，也没有大地，没有深渊，没有大气，只有两三百个摆着姿势的躯体。对此，你回答说米开朗琪罗既不画天，也不画地，不画大气也不画深渊，他不以无数的人和超自然的光线作为画中的角色；他曾是位雕塑家，他唯一的表现方式就是人体；应该将其壁画视为一种浅浮雕来观看，其人体姿态的壮观与豪迈替代了其余部分。如果说今天我们在这个终极悲剧中是将空间、光线和无数难以分辨的人类形象放在首位，那么米开朗琪罗突出的是那些披着长袍或形态扭曲的悲剧性巨像。

1　故事可参见意大利小说家亚历山德罗·曼佐尼（Alessandro Manzoni）的历史小说《约婚夫妇》（*I Promessi Sposi*），又名《蒙扎修女》。

2　约翰·马丁（John Martin，1789—1854），英国画家。

这个变化是怎么产生的？为什么前人如此重视肌肉的表现？因为人们关注这一点。我重读了古代作家所写的有关16世纪时的教养以及崇尚暴力的习俗的细节，当我们想要理解一门艺术时，必须观察这门艺术所面对的观众的精神需求。

卡斯蒂廖内在描述完美的男子形象时说："我希望我们的廷臣是一位能骑任何马匹的完美骑士。既然意大利人享有特别的天赋——他们不仅善于驾驭马匹，而且善于操控那些难以控制的马，善于投掷长矛，善于马上比武，那么我们的廷臣就应该是可与意大利人相匹敌的高手。对于骑士比武、骑士守擂赛、骑士障碍赛来说，他应该是可与法兰西人相匹敌的高手；对于玩西班牙卡牌游戏、追逐公牛、投掷短剑和矛枪，他应该是可与西班牙人相匹敌的高手。此外，他还应该会跳跃和跑步……另一个应该会的高尚运动是网球。当然，如果他还会马上杂技就更好了。"这些并不是闲置在对话和书籍中的简单忠告，那个时代的人的行为和习俗的确符合这些要求。被帕齐（Pazzi）家族谋杀的朱利亚诺·德·美第奇（Julien de Médicis）被其传记作者称颂，不仅是因为其诗人般的禀赋和行家般的机敏，还因为他精通骑术、搏击和投掷矛枪。大政治家切萨雷·博尔贾不仅老谋深算，同样也善于搏击之术。有一位当代人曾说："切萨雷·博尔贾二十七岁了，身形俊朗而高大，他的教宗父亲很怕他。他曾经骑马用矛枪杀死过六头野公牛，其中一头被他一枪就把脑袋劈裂了。"那个时代的意大利为全欧洲提供击剑大师，而且在那个时代的版画当中，我们能见到裸体的学生，他们一手持匕首，一手持剑，从小腿至项背如同竞技运动员和角斗士一般去做准备和放松肌肉。

这在当时是必备的，因为公共安全没有保障。一位专栏作家曾写道："9月20日，罗马城中发生了一起大的骚乱，所有商家都关门闭户。在田间或在葡萄园工作的人们都急急忙忙赶回家。所有人，不管是公民还是外乡人，都拿起了武器，因为有人断言说教宗英诺森八世（Innocent Ⅷ）已经死了。"社会的脆弱之处断裂了，人们回归到野蛮状态，每个人都利用这个时机来清除自己的敌人，而在正常时期，没有人敢这么干。科隆纳（Colonna）家族和奥尔西尼（Orsini）家族在罗马附近展开的家族之间的战争如同在最黑暗的中世纪中那样放纵和随意。“在城里，不管是白天还是黑夜都有许多凶杀和抢劫发生，几乎没有一天无人被杀……9月3日，某位萨尔瓦托袭击了他的敌人贝内卡杜托大人，然而此前他们之间因有500杜卡托的担保金而相安无事。两处致命的重伤使得贝内卡杜托大人当天就死去了。4日，教宗派他的副总管带领守卫和民众去摧毁萨尔瓦托的家。萨尔瓦托的家当天即被摧毁了，而且他的兄弟热罗姆也被吊死了。”我可以引述五十个类似的故事。那时，人们都太强壮，太习惯于自己去伸张正义，太急于使用暴力。圭恰迪尼[1]（Guichardin）写道：“有一天，特里武尔齐奥[2]（Trivulce）在市场上亲手杀死了几个屠夫，因为这些人以他们惯有的蛮横拒绝支付他们应交的税款。”直到1537年，费拉拉（Ferrare）还开放着一处专门用来进行殊死决斗的封闭场所，甚至外乡人也被允许使用，小男孩们也在此持刀搏斗。法恩扎（Faenza）的公主雇了四名杀手去刺杀她的丈夫，当她看到她的丈夫正在反抗的时候，就亲自跳上床刺杀了他。为此，她的父亲请求洛伦佐·德·美第奇（Laurent de Médicis）向教宗求情，免除教会对她的惩罚，理由是他想要“为她找另一个丈夫”。伊莫拉（Imola）亲王被人刺杀后又被人从窗口扔了出去，随后杀手们又威胁那位将自己关在城堡中的寡妇，如果她不出来就杀死她的孩子们。她站在雉堞上，以生动的姿态回答说：“我还有能生其他孩子的肚子。”再看看罗马城中每天都发生的场景。“在第二个星期日，小镇上有个蒙面人说了触犯瓦伦提诺[3]公爵的话。公爵知道后，命人将其抓起来。他

1　弗朗切斯科·圭恰迪尼（Francesco Guicciardini，1483—1540），意大利历史学家，著有《意大利史》。

2　吉安·贾科莫·特里武尔齐奥（Gian Giacomo Trivulzio，1440—1518），意大利军事家。

3　即切萨雷·博尔贾。

被砍了手，割了舌头，割下的舌头被系在砍下的手的小拇指上”；“还是这位公爵，他的手下人将两名老汉和八名老妪的胳膊吊起来，并在他们的脚底下生火，拷问他们把钱藏在何处。这些人要么是不知道，要么是不想说，结果都被酷刑折磨死了”。另有一天，公爵命人将罪犯带至庭院中，在众多选拔出的助手们面前，他本人身穿最华丽的衣装，亲手射死了罪犯。“……他还曾经杀死教宗的宠臣——躲在教宗的长袍之下的佩罗托（Perotto），以至于鲜血都溅到了教宗的脸上。”这个家族内部也相互屠杀。他曾经用剑袭击了他的妹夫，是教宗命人将伤者看护起来，“但是，公爵却说：‘晚餐时没干成的事，夜宵时再干。’……有一天，是8月17日，他进入卧室，见那个年轻人已经起床，就让其妻子，也就是自己的妹妹出去，又命令三名杀手进入卧室，将年轻人勒死了……他还杀死了自己的弟弟甘迪亚（Gandie）公爵，并将他扔到台伯河里”。有人问在河中见到其尸体的渔民为什么不向总督报告，渔民回答说：“在我的一生当中，在某些夜晚总共见过至少上百具尸体被扔在那个地点，但从来没有人过问过。”

当我们阅读切利尼的记述时，这些故事都变得活灵活现。在有规则的社会建立之前，人们依靠自我防卫、相互报复来自我满足需求。如今，我们是那么依靠国家的管理，那么依靠法官和宪兵，已经很难理解战争的自然法则了。在法国、西班牙和英国，封建制度的猛兽在封建的领地当中受到了某种约束，至少是有某种界限。双人决斗替代了私人战争。通常，人们按照一定的规则在证人面前、在选定的地点决斗。在此，杀人的本能充斥着街巷。我无法一一列举切利尼遇到的事，这里面不仅有他自己的经历，还有其他人的暴力事件。

有一位主教，由于切利尼不想向他交付一件金银器花瓶，就派人去损毁切利尼的家。切利尼手持火枪，在家中设障碍防守。

有一位名叫皮洛托（Piloto）的金银匠同时是个黑帮头子。

"逗留罗马期间，罗索[1]（Rosso）曾贬低拉斐尔的作品，这位杰出的大师的学生们想要杀了他。"

瓦萨里与他的学徒曼诺（Manno）睡在一起，"以为在挠自己的腿，却将曼诺的一条腿挠破了，因为他从来都不剪指甲；为此，曼诺想要杀了他"。

当切利尼的兄弟得知他的学生贝尔蒂诺·阿尔多布兰迪尼（Bertino Aldobrandi）刚被人刺杀的时候，"惊叫声十里外都能听见。随后他跟乔瓦尼（Giovanni）说：'你至少告诉我是谁杀的他。'乔瓦尼回答说是一位佩带巨剑的人，他的帽子上有一支蓝色的羽毛。我可怜的兄弟冲出去，在人群中找到了那个凶犯，并且以闪电般的速度勇猛地冲上前，在没人来得及阻挡的情况下，照着那人的肚子就是一脚，随后用剑刺穿了身上几处，又用剑的护手将那人推倒在地"。几乎同时，那人朝切利尼的兄弟开了一枪。随后，家族间的仇杀就开始了。切利尼自此无法吃饭和睡觉，其心中的怒火使其宁可死去也不能容忍。"有一天，我决定挣脱这个折磨，也不考虑我的做法并不太值得夸耀……我带着一把像猎刀一般长的匕首，悄悄地靠近那个凶犯。我本来想反手一刀砍下他的脑袋，但是他转身太快了，我的刀只砍到了他的左肩头，砍断了他的骨头。他站起身，由于疼痛扔掉了手中的剑，拔腿就跑。我几步就追上了他，举起我的匕首从其头顶刺下。由于他低着头，我的匕首从其颈骨和颈背之间刺入极深，我费了全身力气都没能将刀拔出来。"又过了些日子，还是在街道上，切利尼先杀了贝内代托（Benedetto），又杀了庞培奥（Pompeio），因为这两人都曾经冒犯过他。枢机主教美第奇和科尔纳罗（Cornaro）觉得这很好。至于教宗的反应，切利尼有一次在杀人之后说："他用威胁的目光看了我一眼，使我感到害怕，但只要他看过我的作品，他的面容就恢复平静了。"还有一次，有人指控切利尼，教宗却反驳说："记住，那些在其行业中独一无二的

1 应指罗索·菲奥伦蒂诺（Rosso Fiorentino，1494—1540），意大利矫饰主义画家。

人——例如本韦努托[1]，不应该受限于法律，因为我知道他自有道理。”这就是那个时代的公德。在那个时期，有些伏击他人的理由是那么微不足道。路易吉（Luigi）是切利尼的朋友，他找了一个名叫潘特西莉亚的情妇。这是一名交际花，切利尼并不喜欢她，并且曾经建议他的朋友不要找这个女人做情妇。得知路易吉不听他的劝告之后，切利尼很愤怒，于是就设下埋伏并用剑袭击了他们。在将他们刺成重伤后，切利尼觉得这惩罚还不够。不久后，两人都死了，切利尼这才满意地讲述起他们的死亡。至于个人的私德，当切利尼在监狱里时他曾有过神秘的幻觉，觉得他的守护天使出现了，他与一个看不见的神灵在对话并陷入狂热的虔诚状态，这是孤独和幽闭对这种人造成的影响。其余的时刻，在他自由的时候，他是那个时代的好基督徒。当他的珀耳修斯像成功完成之时，他写道：“我出发了，嘴里唱着颂扬上帝荣耀的圣歌和赞美曲，我在整个旅程当中一直是这样的。”类似这种情感在费拉拉公爵身上也能找到：“由于得了一种重病，他在四十八个小时内无法排尿，于是他祈求上帝，希望偿清所有的欠债。”其前辈之一埃尔克莱·德埃斯特（Hercule d’Este）公爵也有类似的德行。有一次，他从狂欢的酒宴中出来，与他的法兰西乐队的音乐家们一起去唱弥撒。当天他们虐待了二百八十名囚犯，砍了他们的一只手或是弄瞎了他们的一只眼睛，而这丝毫不妨碍他在濯足节那天去为穷人们洗脚。再看看教宗亚历山大六世（Alexandre Ⅵ）的宗教虔诚，当他得知他的儿子甘迪亚公爵被杀身亡之后，在众多的枢机主教面前捶胸顿足，哭泣着忏悔其罪恶。那个时代的想象力左冲右撞，时而发挥在肉欲上，时而发挥在愤怒上，时而又发挥在恐惧上。每隔一段时间，当他们想到地狱时就会战栗，他们以为那些蜡烛、十字架符号和主祷文就能使他们免罪，但他们的内心深处其实是异教徒，是野蛮人。他们唯一能理解的是激动的肉体、战栗的神经、舒展的四肢以及充满了如蜂群般数不清的形

1 即本韦努托·切利尼。

象和色彩的头脑。

我认为，我们不能期待在他们的行为举止中找到高雅之处。枢机主教伊波利特·德埃斯特（Hippolyte d'Este）曾经将其兄弟的眼睛戳瞎，也遭受过受教宗委派向他送达敕书的特派员的棒打。我们知道，在教宗儒略二世与米开朗琪罗的一次争执中，他挥舞的权杖最终落到了试图阻止他们争斗的主教身上。有一次，切利尼在被教宗保罗二世接见之后写道："他拥有世上最好的心情，尤其难得的是，他习惯于在那天大吃大喝一顿之后又吐一场。"我无法讲述礼仪官布尔夏德所描绘的亚历山大六世、切萨雷·博尔贾和卢克雷齐娅公爵夫人在梵蒂冈举办的那些盛会，甚至无法讲述这三位人物的即兴玩笑，他们透过窗户看着羞愧的侍女时"爆发出了满意的大笑声"。那时的人还没有教养，也没有人对残酷感到震惊。贝尔尼[1]（Berni）等诗人、班戴洛[2]（Bandello）主教等小说家都描绘过最有伤风化的事件的细节。我们所说的好品位是沙龙的产物，到路易十四时代才出现。我们所说的教会的堕落是指他们对宗教改革的反击，那是圣嘉禄·鲍荣茂[3]（Saint Charles Borromée）的时代。肉体的本能尚且能光明正大地暴露于世，文雅的举止和得体的服装的时代还没有到来，无以遮掩或缓和那放纵的欲望的发泄。切利尼写道："有时，我会偶然间潜入到密室之中，让公爵夫人大吃一惊"，她正在做一点也不庄严的事情，"由此她对我大发脾气，甚至令我惊恐"。有一天，在公爵的餐桌上，切利尼与雕塑家班迪内利[4]（Bandinelli）发生了争执，班迪内利以最粗鲁的语言辱骂他。他奇迹般地没有发怒，但是过了一会儿，他对班迪内利说："我正式向你宣告，如果你不把那大理石运到我家，你就可以去另一个世界了，因为我将不惜一切代价在那大理石上捅破你的肚子。"拉伯雷的文字中还时常有粗话，酒馆中的污

1 弗朗切斯科·贝尔尼（Francesco Berni，1497—1535），意大利诗人，以诙谐诗著名。

2 马泰奥·班戴洛（Matteo Bandello，1480—1562），意大利小说家。

3 米兰主教，神学家，1610 年被封圣。

4 巴乔·班迪内利（Baccio Bandinelli，1493—1560），意大利画家和雕塑家。

言秽语和酒鬼的下流玩笑在宫廷中都能听到。切利尼为那场艳遇写了四句韵文："啊，我喊着，公猪，乡巴佬，母驴，这就是你的天赋所能发出的唯一的声音！与此同时，我抄起一根棍子。"公爵和公爵夫人为此都笑了。如今，高尚家族的侍从会将这种恶作剧之人赶出门外，但是当人们如车夫一般使用拳头、如粗野大兵一般去使用利剑的时候，自然会得到车夫和粗野大兵的那种乐趣[1]。

自然，他们的情趣也是一种特殊的享乐情趣。一个普通百姓——我是指一个习惯于体力劳动、感知粗糙之人，他更偏好的是视觉上的表演，尤其是他本人可以参与其中成为角色的那种表演。他喜好游街并热衷参与，而沙龙之人、文雅之士和柔弱敏感之人会有观察事物的好奇心，偏好交谈和分析。普通百姓喜欢看角斗士、小丑、扮鬼脸的街头艺人、魔幻剧、仪式行列、军队入城仪式、车马游行、鲜艳的制服以及五颜六色的奇装异服。巴黎人如今喜欢去剧场，而大众剧场就是通过这些方式来吸引观众的。在这种精神状态下，人的头脑被视觉所决定。他想要看到的不是一个纯粹的智慧，而是一个坐在马鞍之上的衣着光鲜的强健的身躯。当他见到的不是一个人而是上百人之时，当在管乐队的伴奏下，刺绣、金饰、羽毛饰以及丝绸和锦缎长裙在阳光下熠熠生辉之时，当节日的欢呼声和嘈杂声充满四面八方之时，油然而生的同乐之感会撼动其心灵。此刻他只有一个欲望，就是自己也穿上类似的衣装，骑上马，在随行人员的陪伴下招摇过市。这就是那个时代的意大利的流行风尚：人们总能遇到王公贵族的车马队伍、豪华盛大的公众节庆、入城仪式和假面舞会。米兰公爵加莱亚佐·斯福尔扎（Galeazzo Sforza）来拜访洛伦佐·德·美第奇时，除了由 500 名步兵组成的警卫团外，还有 100 名披甲战士，50 名身穿丝绸、佩戴银饰的仆役，2000 名贵族侍从和随队仆人，还有 500 对猎狗和无数只猎鹰，整个行程花费了他二十万金杜卡托。接待他的城市为他提供了三场公众表演，其中

1　切利尼如此讲述了他与其一个情妇的争执："我抓住她的头发，将她拖进房间，对她拳打脚踢，直到我精疲力尽不得不停下来。"——原书注

一场是《圣母领报》，一场是《耶稣升天》，最后一场是《圣灵降临》。

圣西斯都主教为费拉拉公爵夫人举办的一场盛宴就花费了两万杜卡托。随后，公爵夫人的意大利全境巡游队伍更是奢华，其人数之众，只有她的兄弟——教宗能够与其相媲美。

卢克雷齐娅公爵夫人进入罗马时有两百名贵妇陪伴，全体盛装骑马，每人身边另有一名骑士陪同。

佛罗伦萨在准备一场神话主题庆典——卡米卢斯[1]的凯旋（Triomphe de Camille），预备了大量的彩车、旗帜、城市徽章和凯旋门。为了使庆典更加辉煌，洛伦佐·德·美第奇向教宗讨要一头大象，教宗只给他运去了两只非洲豹和一只黑豹。他本人也很想去，但是碍于其高贵的身份没能成行，但有许多枢机主教都愉快地去享受庆典了。画家皮耶罗·迪·科西莫（Piero di Cosimo）和他的朋友们一起准备了另一场丧事的庆典——死神的凯旋（Triomphe de la Mort）。一辆由几头黑牛拉着的彩车，上绘骷髅、骨头、白色十字架，还有一个举着镰刀的死神形象。送葬车中坐着装扮成骨架的人，他们还在临时祭坛旁唱着葬歌。

在众多类似的庆典节日中，之所以挑出瓦萨里所描述的那场庆典，是因为它揭示了那个世纪的开端，通过它的辉煌以及它的那些细节，我们得以评价那个时代的人心目中的别致品位。那是为了庆祝教宗利奥十世[2]即位的庆典，洛伦佐·德·美第奇[3]希望他自己作为首领的“桂枝团”[4]（Compagnie du Broncone）能够超越“钻石团”（Compagnie du Diamant），于是委托“高贵和智慧的绅士”雅各布·纳尔迪[5]

1 马库斯·弗里乌斯·卡米卢斯（Marcus Furius Camillus，前446—前365），古罗马将军、政治家。

2 利奥十世1513年即位教宗，是洛伦佐·德·美第奇的儿子。

3 此处有误，洛伦佐·德·美第奇死于1492年，实际上应为洛伦佐二世·德·美第奇（1492—1519）。

4 “桂枝团”和“钻石团”都是美第奇家族资助的艺术团体。“Broncone”指重生的桂树枝叶，具有复兴的象征意义。

5 雅各布·纳尔迪（1476—1563），意大利历史学家、剧作家。

（Jacopo Nardi）为他制作了六辆彩车。蓬托莫[1]（Pontormo）为这些彩车作画，巴乔·班迪内利为彩车制作了雕塑。城市的所有艺术和财富、所有发明、所有对奢华的追求、所有最新的知识以及古代历史和诗歌中的所有图画和记忆，这一切全被用来为彩车增添光彩。骏马被披上狮皮和虎皮，配上金丝鞍褥和银丝笼头，排成纵队；紧随其后的是由盛装打扮的牝犊和骡子组成的队伍，以及各种奇形怪状的装扮——如将水牛装扮成大象，将马装扮成狮鹰怪兽。牧羊人身披貂皮和鼬皮，头戴枝叶编就的帽饰；身穿古代长袍的教士们手持枝形烛台和金瓶；行政官、侍从官以及身披锃亮铠甲的骑士们，炫耀着他们的束棒和战利品；法学家们身披长袍骑着马，簇拥着彩车，而罗马的重要人物们则戴着各自的徽章和勋章出现在彩车中。那些豪迈的裸体、勇敢的姿态和高贵且飘逸的服饰，那些绘画形象和雕塑形象，都为这个异教的游行赋予了更加异教的特征，也为有生命的同伴们传递了活力和喜悦。他们在人群的欢呼声中，在喧天的号角声中，或骑着马，或坐着彩车。灿烂的太阳在他们的头顶上照耀着，在同一个广场上为他们带来了曾经辉煌的世界。我想说的是，在那一刻，他们获得了与古人一样自然而又富有诗意的喜悦，他们那健全而完整的力量获得了与古人一样的释放，他们拥有了与古人一样的永恒的青春气息、与古人一样的欢呼喝彩和对美的崇拜。在观看了这宏大而华丽的游行队伍以及耀眼的盔甲队列之后，在旌旗招展、绣带飘扬之间，在披金戴银的野兽群之中，观众看到了最后一辆彩车：其中间是由活人组成的金字塔形塑像，在一棵绿色的桂树旁，一个全身裸体涂金的孩子立在顶端，象征着黄金时代[2]的复兴。恍惚间，他们可能以为那已逝的高贵的古典时代复活了，在经历了十五个世纪的寒冬之后，人类之树正在第二次绽放

---

1 雅各布·卡鲁奇（Jacopo Carucci，1494—1557），又名蓬托莫，意大利矫饰主义画家。

2 “黄金时代”在瓦萨里的著述中特指萨图尔努斯和雅努斯的时代。萨图尔努斯是古罗马神话中的农业神，纪念他的节日叫农神节。雅努斯是古罗马神话中的门神、双面神，一面面向过往，一面面向未来，象征开始和结束。

花朵。

这些就是在意大利的城市中曾经每天都在发生的场景，这也是那些王公贵族、各个城邦和行会炫耀奢华排场的地方。任何一位手工业者，不管是动手、动眼还是动心，都参与了这些活动。美好的形态、井然的排列和绚丽的装饰很受大众欢迎。一位木匠会在晚间与自己的妻子讨论它；在小酒馆中，人们在工作台前讨论它。每个人都认为自己曾经参与的装饰是最美的；每个人都有各自的偏好、评价以及喜欢的艺术家，如同当今画坊中的学生们一样。由此，画家和雕塑家的作品不是只面向几位评论家，而是面向所有人。如今，古代的这种如诗如画的盛况还给我们剩下些什么呢？在“库尔蒂耶狂欢节”[1]里，只有肮脏的酒鬼的嚎叫；在“肥牛狂欢节”[2]的游行队列中，只有六个身穿粉色紧身衣的可怜虫在寒冷中颤抖，在路人们的蔑视和嘲笑中走过。古色古香的习俗演变成了两个街头的游行，而竞技运动的习俗则演变成了集市上的角斗演出。在这些集市上，那些每小时挣十个苏的壮汉们在士兵们和身穿工作服的男人们面前卖力地表演。曾经，这些习俗就像是适合万物生长的气候，使得伟大的绘画艺术在各处发芽和开花，如今，它们消失了，而我们已然无法重新恢复它们。一位画家至多只能在自己的画坊中将自己与古器皿关在一起，从中汲取考古知识并使自己沉浸在古希腊和文艺复兴时期的纯正模型之中，以隐居的方式来排除所有现代思想的影响，那么他或许能够通过努力学习和模仿，在自己的思想中重新塑造出一种类似的温度。我们见过这样的奇才，例如奥韦尔贝克[3]（Overbeck），他领过圣体，守过斋，隐居在罗马，认为自己重新找到了安杰

1 “库尔蒂耶狂欢节”是巴黎19世纪的三大狂欢节之一，但是只持续了不到四十年。

2 “肥牛狂欢节”是以屠夫为主题的狂欢节，在忏悔星期二（或称油腻星期二）举行。根据基督教的历法，此日标志着食肉星期的结束，即将进入四旬斋了。

3 约翰·弗里德利希·奥韦尔贝克（Johann Friedrich Overbeck，1789—1869），德国画家，“拿撒勒运动”的成员。

利科[1]（Angelico）那些神秘画像的绘画技法。再例如歌德（Goethe），他自愿成为异教徒，临摹了古代的人体躯干像。他不仅学识渊博，而且具有哲学思想，具有观察力和天资等所有资源。通过他那世间绝无仅有的灵活而多变的想象力，他成功地在德意志基座上竖起了一个几乎是希腊式的伊菲革涅亚像[2]。即使是在诺曼底，有了合理建造的温室和恰当的暖风设备，橙子树也可以开花结果，但这温室恐怕得耗费百万之巨，而且十棵树里面有九棵只能结出发育不良的酸果。即使您打算将剩下的那棵树上结的果实送给诺曼底的农民，恐怕他从内心深处还是宁愿去喝他的烧酒和梨酒。

我们得认识到历史中曾有过一种独特的组合：我们从此再也没见过这种粗俗与修养的混合，再也没见过这种武士举止与古董商品位的结合，再也没见过这种强盗习俗与文人谈吐的组合。那个时代的人处于一种过渡状态，他走出了中世纪进入了现代。或者更准确地说，这两个时代以一种奇特的方式相互交融在一起，但同时又具有明显的反差。由于中央政府和以效忠为核心价值的君主制没能在意大利确立起支配性地位，这导致私人间的暴力不断发生和武力的滥用，使得中世纪在此地比在别处持续的时间更长。而由于意大利早熟，且日耳曼人的入侵只占据了意大利的一部分，因此通过财富的获取、丰富的发明创造和自由思想，现代社会在此地又发展得比别处更快。与其他民族相比，他们既是更先进的也是更落后的：更落后之处在于其对正义的感受，更先进之处在于其对美的感受，而他们的品位与他们的生活状态是相符的。一个社会群体总能在招摇与炫耀中找到令群体感兴趣的对象。在一个社会群体中，也总有一个主流人物在艺术中被不断地再现并获得欣赏。如今，那些

1 弗拉·安杰利科（Fra Angelico，1395—1455），意大利佛罗伦萨画派画家，多明我会修士。

2 伊菲革涅亚是希腊神话中阿伽门农的长女，是欧里庇得斯剧作《伊菲革涅亚在陶里斯岛》中的悲剧人物。歌德于1779年改编了同名戏剧。

雄心勃勃的平民想要体验巴黎的情趣，想要提高他们的社会地位，其主流人物都是些暴发户、工人、阴谋家、办公室职员、交易所的交易员和事务所职员。总之，全都是巴尔扎克小说里的那些人物。在 17 世纪，主流人物是宫廷内的人物，他熟悉礼仪和各种伎俩，谈吐风雅而高尚，以前所未见的礼貌和机智待人处世，就像拉辛所展现的人物以及斯屈代里小姐[1]在其小说中所试图展现的人物一样。在 16 世纪的意大利，主流人物是身体健壮、四肢发达、衣着华贵、精力充沛而又举止端庄的人物，就像画家们所描绘的那样。毫无疑问，这些人物中也包括乌尔比诺公爵、切萨雷·博尔贾、阿方索·德埃斯特（Alphonse d'Este）、利奥十世，他们都居于豪宅之中，在装饰精美的柱廊和穹顶之下聆听诗人吟诗和辩论者争辩。对于他们来说，这是夜宵之后的娱乐节目。然而归根结底，他们最感兴趣的还是那些令视觉和肉体都感到愉悦的消遣：假面舞会、车马队列、宏大的建筑形态、雕像和肖像的堂堂仪表以及他们身旁的各种装饰品。其他任何娱乐相对而言都变得无趣了。他们不是分析师、哲学家或沙龙雅士，他们需要可以真实感触到的实物。如果您对此表示怀疑，那么就看看他们的娱乐方式吧。保罗二世命人在他面前驱使马匹、驴子、牛、儿童、老人和犹太人奔跑，并且事先喂饱他们，以使他们的身体更加沉重。他自己则在一旁笑得直不起腰来。至于亚历山大六世的娱乐方式，我简直无法描述。利奥十世穿着马靴，整个狩猎季都在猎鹿和野猪。他把自己修炼成一个“能一口吃掉一只鸽子，也能一口气吃 40 个鸡蛋”的修士。为了使来宾惊喜，他还命人将菜肴做成猴子和乌鸦的形状。他豢养逗乐小丑，命人表演《卡兰德拉》[2]（*la Calandra*）和《曼德拉草》[3]（*la Mandragora*），喜好淫秽的故事和豢养食客。这类人头脑中天生具

1　斯屈代里小姐（Madeleine de Scudéry，1607—1701），法国小说家。

2　这是意大利剧作家贝尔纳多·多比奇·达·毕比印纳（Bernardo Dovizi da Bibbiena）所写的散文体喜剧作品。

3　这是意大利作家马基雅维利出版的讽刺性喜剧作品。

有的精致追求并不会被用于梳理情感和思想，而是被用于梳理声色或形态。于是，为了满足他们的需求，就有一大批艺术家涌现出来，而米开朗琪罗就是他们当中的第一位。

在艺术和文学领域，有四个人远远超越了其他所有人。他们达到的境界是如此之高远，以至于令人感觉他们似乎是属于另一个特殊的种族。他们就是但丁、莎士比亚、贝多芬和米开朗琪罗。无论是精深的科学知识还是对艺术全方位的掌控能力，无论是丰富的想象力还是思想的独创性，都不足以使他们达到如此高的地位。这些才能，他们全都具备，但这些都是次要的。使他们达到这种崇高地位的是他们的灵魂，那是一种谪仙的灵魂。这种灵魂完全被一种不懈的努力推动着走向一个与我们完全不同的精神世界。它永远战斗着，永远承受着苦难，永远在运转，永远在爆发，永不满足也永不停息。它独自悲壮地奋力在众人面前竖立起那么疯狂、那么强壮有力、那么卓尔不群的巨像。

从这方面说，米开朗琪罗又是现代的，可能正因如此，我们今天才能够毫不费力地理解他。他是否比其他人更加不幸呢？当我们从外部观察与他有关的那些事件时，答案似乎是否定的。即使他曾经饱受一个贪婪家庭的折磨，即使两三个偶发事件——如某位保护人的死亡——迫使他中断了正在创作的作品，即使他的祖国被奴役了，即使他身边的人堕落和腐化了，但是这些挫折、折磨和不幸并非是罕见的。多少与其同时代的艺术家遭遇过比他更多、更大的折磨！但是，对苦难的衡量应取决于其对内心的触动，而不是其对于外表的冲击。如果有一个灵魂可以承受如此多的激情、激动和愤怒，那便就是他了。他对暴力很敏感，腼腆而孤僻，不喜欢现实生活中的礼尚往来。例如，他从未邀请人与他一起共进晚餐。情绪激动之人保持沉默是为了不在众人面前招摇。当他没有施展的空间时就会自我封闭起来。他早在青年时期就不喜欢加入团体而喜欢安静地闭门学习，以至于使人觉得他过于自傲或疯狂。等到其声誉达到顶峰时期，他依然踽踽独行，只有一个仆人服侍他。他整整几个星期独自待在脚手架上，自己与自己对话。他找不到别人能回答他的问题，不仅因为他的情感太强烈，也因为他的追求太高尚。他在少年时期就已经疯狂地爱上了所有高雅的事物。他首先爱的是艺术，尽管是在其父亲的暴力干扰之下；随后，他又加深了对所有与艺术相关的附属事物的了解。他手持圆规和解剖刀，坚韧不拔地钻研，直到生病倒下。而后，面对最蛮横的教宗，他为了自己的尊严而顶撞他们——“就连法兰西的国王也从未如此冒犯过教宗”，但哪怕是冒着生命危险他也不退让，直到获得对等的尊敬。他蔑视日常的享乐，“虽然富有，但是生活得像个穷人”；他满足于简朴的生活，晚餐经常就吃块面包；他工作勤勉，废寝忘食，睡觉很少。他虽然衣装俱全，但是没有奢华的。他不讲究生活排场，也不缺钱。他将他的雕塑和画作赠送给友人，还送给他的仆人两万法郎，一次就送给他的侄子三万或四万法郎，够其一家的生活所需。更加非同寻常的是，他像修士一般生活，既无情人也无妻子，在一个骄奢淫逸的宫廷中保持自己的贞洁。他只爱过一名女子，一名与他一样骄傲且高贵的女子，但那是一场朴素的、柏拉图式的爱情。晚上，在结束工作之后，他会为她写一首十四行诗，并且想象着跪倒在她的面前，就如同但丁匍匐在贝亚特丽斯脚下那样，请求她在他脆弱之时支持他并守护他“走在正确的道路上”。就像崇拜一个天上的女神那样，他使自己的灵魂拜倒在她的面前并为了向她效劳而重拾狂热崇拜者和骑士般的激情。他在她的美当中感受到了一种神性的启示。他眼中的她是“身披肉体的衣装，光彩夺目，飞往上帝的怀抱”。他说：“爱着她的人满怀信仰升天，因此死亡也变得温柔。”他通过她登上了爱的绝顶，她是他的爱的源泉；他爱上了她，并且在自己的眼中和脑海中将她重现。[1]她在他之前离世，他长时间“不堪忍受这打击，如同疯了一般”。几年过后，他的心中依然留有创伤，对于没能在她离世前在她的床前亲吻她的额头和面颊而只是亲吻了她的手

1 这些表述都取自米开朗琪罗的十四行诗。——原书注

而抱憾终生。他“热衷博学之士的论证”，也喜欢阅读诗歌；他阅读彼特拉克，对但丁的作品几乎熟稔于心。有一天，他写道：“祈求上天，使我像她一样，即使付出同样的代价！为了她充满苦难的放逐和她的德行，我愿付出世界上最令人幸福的地位。”他所喜爱的书籍都带有《旧约》和《新约》的那种崇高意味，尤其是萨佛纳罗拉[1]的那些非同一般而又忧伤的论文。萨佛纳罗拉曾是他的老师和朋友，而米开朗琪罗见证了这位朋友被捆在示众柱上，随后又被绞死和焚烧的经过：“其音容笑貌依然留在他的脑海里”，“一个如此敏感、如此处世的人不知道如何适应生活，他太与众不同了”。虽说他激发了其他人对他的崇拜，然而他对自己并不满意：“他贬低自己的作品，从来都不觉得自己的手足以表达出他内心的想法。”有一天，某人在斗兽场附近遇见了年迈体衰的他，于是问他：“您这是去哪里？”他回答：“去学校，去学点东西。”曾有好几次，他对生活感到无望。他的腿受了伤，就将自己关在家里，想要就此等死。最终，他想要抛弃他“曾视为自己的君主和偶像的艺术，抛弃绘画或雕塑，如此，再没有什么能来打扰我面向神圣之爱的灵魂，而基督已然在十字架上张开臂膀迎接我们”。这是一个伟大的灵魂在被宠坏的世纪中所发出的最后的叹息。对于这个伟大的灵魂而言，在奴颜婢膝的人当中放弃自己的生命是唯一的避难所。工作了六十年，他的作品只是凸显了他内心自始至终坚持的英勇战斗。

与我们一样不幸的非凡人物、被人世间的苦难所僵化的众神之躯、人间悲剧交互展现的奥林匹斯山，这些就是从西斯廷（Sixtine）礼拜堂的穹顶飘入到我脑中的想法。将它们与拉斐尔的《女预言师》和《以赛亚》（*Isaïe*）对比是多么不公正！他们是强健而美丽的，这点我同意；他们展示出了同样深邃的艺术，这点我不确定。第一眼看上去，他们并没有拥有同样的灵魂。拉斐尔的画从未像米开朗琪罗的

1 吉罗拉莫·萨佛纳罗拉（Girolamo Savonarola，1452—1498），意大利多明我会修士，主张宗教改革，后被教会判处绞刑并焚烧。

画那样由狂热和不可阻挡的愿望所支配，他的画从未像这些画那样令人感受到一种神经质的颤抖和紧张——忽而身躯紧绷，忽而冒着粉身碎骨的危险全身飞跃。米开朗琪罗画的人物当中有一种像霹雳一般闪现的魂灵，其动作都如雷鸣闪电。在他的那幅耶利米（Jérémie）的巨像中，巨大的手托着硕大的头颅在做梦；他眼睛低垂，在做什么梦呢？他那编结的长胡子垂至胸前，那双劳动者的手上布满了凸起的血管。他皱着眉头，面色凝重，无声的咆哮在胸中酝酿，正在对那三个蛮族国王之一给出他的忠告。那些蛮族都是靠猎杀原牛为生的冷酷猎人，他们正在狂暴地冲击罗马帝国的大门。以西结（Ézéchiel）冲动地转身质问，他的冲动是如此急躁，以至于他生气的举动掀起了其披风的一角。年迈的波西亚（Persica）身披长披风，用结实的双手紧捧一部书在不知疲倦地阅读着。约拿（Jonas）头向后倾，面露惊恐，而其手指在不自觉地计算尼尼微（Ninive）余下的四十天时日。利比亚女预言师带着一本巨大的书迅速地走下楼来。埃里色雷（Erythræa）是一位比其古雅典的姐妹更好战、更高傲的帕拉斯神。在他们的周围，在穹顶的弧形部分，些许裸体孩童伸展着他们的躯干或四肢，有的在旁若无人地休憩，有的在跳跃打闹，其中还有几个人在叫喊。他们那紧绷的大腿和紧张的脚趾令人感觉墙壁在震动。在下方，一位年迈的朝圣者弯腰坐着，一位妇人正在亲吻其襁褓中的婴儿，一个绝望的男人斜视着命运之神，一位拥有美丽容颜的少女在安详地入睡。此外还有二十位其他人物，他们都是人类生活中的伟大形象，全都通过其姿态的细节和衣装的细微褶皱表现了出来。

这些还都只是穹顶周边的画作。在 200 法尺长的穹顶正中，展开了《创世记》的故事，展开了拯救以色列、创造世界、创造男人和女人、罪孽、第一对男女被放逐、大洪水、铜蛇杖、霍洛芬斯（Holopherne）之死、哈曼（Aman）的惩罚等众多的悲剧性人物的故事。我们躺在地板的旧地毯上观赏这些画作。它们的离地

西斯廷礼拜堂穹顶，米开朗琪罗

高度大概有100法尺，画面带有烟熏的痕迹，有些斑驳，相互之间显得拥挤。它们超越了我们的绘画习惯，超越了我们的世纪和我们的精神——我们首先要能领会它们。在这位如此伟大的人物面前，不管是时间的流逝还是国家的更替都显得不那么重要了。

对我们而言，困难之处不在于接受他的影响，而在于解释其力量。在聆听了雷鸣般的声音之后，当我们退到远一些的地方休息、耳中只留有少许回响之时，当我们开始用思考替代感觉之时，我们想寻找他的表达何以能产生强烈震撼的秘密，而我的结论是他拥有但丁的灵魂，而且终生研究人体——这是他的艺术的两个源泉。他所创作的人体，无论是骨架、肌肉、衣装、姿态还是比例，都很有表现力，因此观众同时被所有局部所震撼。这个身躯表达了激动、骄傲、勇敢、无望，以及狂热激情的激烈程度或英雄般的意志，由此，观众被最强烈的印象所震撼。道德力量流淌在躯体的每一个细节之上，一下就能使人从肉体上感受到其冲击力。

看着亚当在夏娃的旁边睡觉，而夏娃是耶和华刚刚从亚当的身上抽取出来的。没有任何人物曾经被表现得像是沉浸在一个如同死亡般的睡眠当中。他巨大的躯体倒在地上，而其身躯的巨大更使得这个虚弱的姿态令人印象深刻。然而醒来时，他那低垂的臂膀和无力的大腿将拥有足以勒死一头狮子的力量。在那幅《铜蛇杖》中，那位被蛇缠住半身、正在反手挣脱缠绕并扭身叉开双腿的人，令人不禁想起原始人类与巨兽的争斗，想起巨兽那满是污泥的身躯耕翻了大洪水之前的土地的故事。众多的身体相互挤压交织在一起：有的人仰脚朝天，用胳膊支撑着，其脊梁抽搐着，在蛇的缠绕中颤抖着；足以咬碎头颅的恐怖大口紧贴着狂叫之人的嘴唇；一些不幸之人被吓得头发竖起，目瞪口呆，在慌乱的人群中手足无措地挣扎。这位艺术家如此塑造骨架和肌肉，他将愤怒、意志和恐惧都展现在腰身的褶皱上，展现在肩胛骨的突出点上，展现在脊椎的暴露上。在他的手中，所有的人物都是鲜活的，都在行动，都在斗争。与之相比，下方那些遗存的严肃壁画、静态的仪式行列上的那些人像显得多么可怜！它们就像是河岸边遗存下来的古代标记，通过它们可以看出河水上涨和泛滥的痕迹。自古希腊人以来，只有他知道了四肢的价值。就像古希腊人那样，于他而言，躯体本身就是活的，并不从属于头颅。通过其卓绝的天赋和个人的研究，他重新找回了这种裸体的感觉，找回了那种自幼就浸润在竞技生活之中的感觉。在他那半转身躯而坐、半翻着脚掌的夏娃面前，我们不禁想象着那支撑傲人身躯的大腿的松软状态。在他画的那被逐出天堂的夏娃和亚当面前，没有人会想去寻找他们脸上的痛苦表情，令人关注的反而是他们的整体躯干、活动的四肢、

《人类堕落》与《逐出乐园》，西斯廷礼拜堂穹顶细节

人体的构架和其内在的骨骼、赫拉克勒斯一般的健壮身躯以及其关节活动的声音。是这整体令人赞叹，头颅只是作为画的一部分而存在。我们一动不动地看着，眼睛被那能够支撑如此健壮身躯的大腿和那尚未熟练使用的臂膀所吸引，那是一副即将征服险恶大地的躯体。

但是在我看来，这些壁画中最卓越的是那二十位年轻人物，他们分别坐在每一幅画的四角挑檐之上。他们就像是画出来的真正的雕塑一般，令人感觉那是一个未知的高等世界。他们都是些阿喀琉斯和大埃阿斯（Ajax）时代的青年英雄，血统高贵，但是更激情四射也更粗暴。这些壮观的裸体、优美舒展的四肢，都源自荷马所描述的战争中的动作，但是显得更加奔放，更加富有男性的英雄气概。人们难以想象人体构架的弯曲和挺立可以通过如此不同的感受来触及人的灵魂。大腿支撑着，胸膛呼吸着，所有表层的肌肤舒展又颤动，躯干在腰部弯曲，鼓起肌肉纹路的肩膀即将猛烈地带动手臂。其中一位，姿态后仰，手在大腿处拉着他的长袍；另一位，手臂在前额上方，似乎是在招架；有几位在沉思，在梦想，任由四肢放松下垂；有几位在跑，跨过挑檐或是向后跳跃。他们中的三位位于以西结、波西亚和耶利米的上方，可说是无与伦比的。尤其是其中的一位，显得最高贵、最平静、最聪明，就像一尊神。他一只手肘支撑在水果上，一只手放在膝盖上，就这样看着。他们栩栩如生，似乎即将付诸行动，我真想让他们在我面前保持这些姿态。大自然从未产生如此这般的人物，而我们应该长成这样才好。这里有各种类型：巨人和英雄的旁边有害羞的少年、玩耍的孩子，迷人的夏娃既年轻又高傲，美丽的德尔菲（Delphica）像一个远古的仙女，目光中饱含着一种惊人的纯朴。他们都是富有战斗精神的巨人种族的儿女，而岁月为他们保留了微笑、庄严、简单的快乐，保留了埃斯库罗斯的水仙女[1]（Océanides）和荷马的瑙西卡那样的优雅。艺术家的灵魂承载了整个世界，而米开朗琪罗的灵魂全部在此得以展现。

他画过它，并且不会再画了。他的《最后的审判》（见前插图）位于一旁，它给人带来的是不同的感受。画家当时已有六十七岁了，他的灵感已然没有那么新鲜了。当一个人长期拿捏其想法时，他会掌握得更好，但是也少了些许激情，于是他会超越那原生的也是唯一真实的情感，开始夸大或复制。在此，局部来看，他将躯体画得厚实了，夸大了肌肉，过度使用了缩影和猛烈的姿态，这使其所有人物都像是营养充足的竞技者和展示肌肉的角斗士。举着十字架升天的天使们纠缠在一起，他们翻滚着，攥着拳头，伸着大腿，翻着脚掌，就像是在竞技场中一样。圣人们东奔西跑，带着他们备受折磨的刑具，就好像每个人都想吸引别人来关注他的形象和活力一样。炼狱中的灵魂或是被念珠所拯救，或是被道袍所拯救，都是些可以在解剖学校使用的夸张样板。此时此刻，艺术家刚刚触及那在精神上征服了困难的乐趣，这也是情感在技巧下消失之时。无论如何，这幅作品依然还是独特的，就像一个鼓起胸膛的老兵所吹响的某段夸张的号乐。人像和群组都配得上他曾创作的伟大作品。强壮的夏娃慈母般地侧身搂着她的一个受惊的女儿。年迈却依然非凡的亚当

1　又音译为俄刻阿尼得斯。

是大洪水之前的巨人，是人类这棵巨树的树根。还有那些长着血盆大口的魔鬼、那些被判入地狱之人，他们捂着脸不敢看向那即将堕入的深渊。那被蛇缠绕之人一动不动，面露苦笑，身躯因恐惧而僵直，如同一个石像。尤其是那愤怒的基督，如同荷马所描述的朱庇特一般在平原上掀翻了特洛伊人和他们的战车。就在他的身旁，如同年轻姑娘一般胆怯的是圣母。她优雅而高贵，扭着身子，几乎是躲在基督的胳膊底下。这就是与穹顶画同样出众的构思。这些构思使作品的整体产生了活力。我们感觉不到艺术上的滥用、对效果的追求以及技能上的控制，眼中只剩下了但丁的弟子、萨佛纳罗拉的朋友，只剩下了被《旧约》中的恫吓、爱国主义、斯多葛主义（Stoïcien）和伸张正义的思想所滋养的孤独者——他在心中为自己城邦的灭亡哀悼，他目睹了自由与意大利的葬礼。在那污秽的风俗和无数堕落的灵魂环绕之中，他是唯一的幸存者，然而却一天比一天忧郁。他在这件巨大的作品上花费了九年时光，心中充满了终极审判的思想，预先听到了末日的诅咒。

第 六 章

别墅和宫殿

别 墅

虽然我对罗马人的别墅感兴趣，但让我更感兴趣的是它们曾经的主人。博物学家都知道，通过动物的外壳可以很好地了解动物本身。

我开始考察的地点是阿尔巴尼别墅（Villa Albani），它建造于 18 世纪，由枢机主教亚历山德罗·阿尔巴尼（Alexandre Albani）亲自设计。我们立刻就能猜想出来，他曾是一位如同我们 17 世纪的贵族一般的宫廷重臣。他们虽然有所区别，但品位相近。他们喜好的是艺术和装潢设计以及所有与之相关的东西，是人为的东西，而非任何天然的空间。水都是呈羽扇状喷射而出的，而承载它的，要么是盛水盘，要么是水罐。草地都是由比人还高的巨大黄杨篱笆围住的，厚如城墙，而且所有篱笆都围成三角形，顶点都指向一个中心。正前方有一排由柏树组成的紧密树栅。经过一些类似凡尔赛宫中的宽敞石砌台阶，可以从一个花园走到另一个花园。花坛是由矮小的黄杨围成，它们所形成的图案就像是一件织造精良的地毯作品，并且被有规律地杂以五颜六色的色调变化。这座别墅就是一个残骸，就像是一个已有两百年历史的化石骨架，而这个“生物”的主要娱乐凝聚在会话谈吐之中，凝聚在漂亮的交际排场以及沙龙和候见厅的常规之中。人曾经对无生命的东西不感兴趣，认为它们本身不具备灵魂和美，只将其视为自己生活的一种简单附属；它们只能作为画的背景，而且是比附件还次要的模糊的背景。所有的注意力都被画作本身吸引，也就是说集中于人间的情节和戏剧性之上。为了将部分注意力转移到树木、水流和风景之上，那就需要将它们人性化，去除它们的自然形态和禀性，去掉它们的野性，去除其无序和冷清的外表并尽可能地赋予它们沙龙的形态、柱廊的形态和宫廷的形态。普桑[1]（Poussin）和克洛德·洛兰[2]（Claude Lorrain）的风景画都带有这种痕迹。那是些建筑设计图，画中的乡野是那些宫廷人士心中想要的乡野。就这个话题，对比一下荷马和费奈隆[3]（Fénelon）笔下的卡吕普索岛会很有趣。在荷马的笔下，那是一座真正的岛屿，蛮荒且礁石林立，许多海鸟在那里筑巢和鸣叫。在费奈隆的笔下，它却像是某种“为了愉悦视觉而建造的”马利城堡。我们如今引进的英式花园也是如此，这标示着另一个种族的到来，另一种品位的主导，另一种文学的主宰，另一种精神的升华，更加宽容，也更加孤独，更容易疲乏，更倾向于内在的事物。

第二点值得注意的是这座别墅的主人是一位收藏家。除了那两条长廊和一个环形柱廊中被摆满了古典雕像以外，在花园中也到处都能见到雕塑，其中包括女像柱、躯干雕像、巨大的半身像、神像、立于柱顶的半身像、水罐、石狮子、大花瓶、柱脚以及数不胜数的残躯和碎片。为了充分利用所有的藏品，甚至许多残缺不全的雕塑都被镶嵌进一面墙当中。这其中，一个女像柱、一个安提诺乌斯的面具和

1　尼古拉·普桑（Nicolas Poussin，1594—1665），法国古典主义画派画家。

2　克洛德·洛兰（1600—1682），法国古典主义风景画家。

3　弗朗索瓦·德·萨利尼亚克·德·拉莫特-费奈隆（François de Salignac de la Mothe-Fénelon，1651—1715），法国神学家、作家。

一些皇帝的雕像很漂亮，但大部分是一些没什么价值的古怪玩意儿。其中肯定有许多件是属于古罗马时代的小自治市和私人家族的物件。在古罗马时代，这些物件就是廉价的艺术品。经过长期的埋藏之后，人们重又挖掘出这些台阶装饰雕像和市政厅的半身像，但它们更多的是属于博物馆中的历史资料而非艺术品。人们为了卖弄而装饰他们的房子，而收集乱七八糟的无价值的装饰品则是老年人的爱好。这就是意大利保存下来的品位。文学已死，人们还在花瓶或硬币上面做文章。在那些华丽的十四行诗和学院式的词句中，在上一个世纪因所有思想上的努力都被禁止或者被迟滞而造成的巨大虚空之中，人们依然保留着权术家时代和洛伦佐·德·美第奇时代的品位和考古兴趣。这种消遣使思想上的深刻探索转变了方向。一位权威的君主或一位枢机主教可以助推这种消遣，以此来填充他们的闲暇时间。他们摆出一副内行和艺术资助者的姿态，得以享有神话书籍卷首献词以及意大利语、拉丁语的最高级赞语。

第三点值得注意的是，我们的这位收藏家兼主教大人来自意大利南部。这种气候促成了这种建筑设计。我国在过去的世纪中照此仿制的许多建筑在我们那里的环境与气候中显得格格不入，在此却很合理，而且看起来很漂亮。首先想到的是那带有开放式连拱门的柱廊，这里不需要窗户，甚至最好没有，在此散步主要就是为了乘凉。这里的房屋尤其适合采用大理石来建造，而在北方，单是想象一下这种建材就会感觉到寒冷，人们会不自觉地想到使用挂毯、门毡、暖气设施、地毯以及舒适生活所不可或缺的所有器物。而在这里，一位公爵或一位紫袍主教会身穿盛装，被贵族侍从环绕着在这里交谈国家事务或者聆听一首十四行诗。散步时，他有时可以看一眼那些雕像和皇帝的半身像，像拉丁语学者或政治家那般高谈阔论，谈论那些皇帝的事迹，并从某种亲族关系的角度以其继承人的身份发自肺腑地关注他们的生平和形象。这里也很适合接待艺术家，扶持初出茅庐之士，定制或检查建筑设计图。假如他走到园中小径之上，那里也足够平坦和宽敞，他的长袍不会被草木钩住，也容得下他的随从队伍。花园和建筑都非常适合举办一个露天的宫廷聚会。

长廊尽头的景象与廊柱间框住的景象是同样的风格。漂亮的圣栎树在一块平台上挺立着它们那粗壮的身躯和那常绿而茂密的宏大树冠。梧桐树遮掩的小径如拱廊一般延伸。高大而静默的柏树上，它们那多结的枝杈紧贴着其灰色的树皮相互交结成金字塔形，显得既庄严又单调。芦荟沿着白色的墙壁伸展着它那奇特的枝茎，好似一条因患麻风病而痉挛的蛇。围墙之外，在附近的山坡上，建筑物和松树随着地形忽高忽低，间杂其间。天边是蜿蜒曲折的群山。其中有一座山泛着淡蓝色，就像一团三角形的积雨云堵住了一片天空。将目光从远处收回，回看那环状的连拱廊，眼中是屋脊上那些形状各异的栏杆和雕像，是随处散落的立柱，是圆形的鱼池和方形的篱笆墙。在这群山的框架之中，其景色就如同佩雷勒[1]（Pérelle）的作品一样，其反映的精神状态是现代人，尤其是北方人，所无法理解的。当今的人更加讲究，他们不太能欣赏绘画，反而更能欣赏音乐。这些人尚有粗犷的神经和外向的感知能力，但他们感觉不到外部对象的灵魂，只是欣赏其形状。那些精心选择和布置的风景带给他们的感觉，与一套高大宽敞、坚固又装修精良的套房没有什么区别——这已足以令他们满意。他们与一棵树根本无法交谈。

从第二层的大理石阳台上远望，对面的山就像是一座建筑，一个真正的建筑设计品。俯瞰下方，可以见到一些贵妇和游客在园中小径间徘徊。她们有的身穿刺绣裙，有的身穿带有褶裥的天鹅绒衣装，姿态优雅而高贵。这就是一位大人物那悠闲的宫廷生活的再现。他需要过这种生活以便向别人证明自己的重要性，同时也是为了自己能得到消遣。直到今天，男人才知道如何独处或如何与家人一起生活。大客厅同样是采用大理石镶板装饰的，与其相配的还有立柱、浅浮雕和大花瓶；它金碧辉煌，墙上画着壁画，是用来接待客人的最佳地点。不费吹灰之力，我们就能想象出当年的场景和人物。人们三五成群，等着主人出现。艺术爱好者和修士们品鉴

1　加布里埃尔·佩雷勒（Gabriel Pérelle，1604—1677），法国版画家。

着油画，相互交谈着。他们抬眼观看门斯[1]（Mengs）的画作《帕纳苏斯山》，将之与拉斐尔的同名画作做比较。人们做出有教养、有品位的样子，避免谈及敏感话题，如此可以免遭迫害。在旁边的小客厅中，人们观赏精美的安提诺乌斯浅浮雕像，他拥有强健的胸膛和充满雄性气息的嘴唇，从外表看好似一名英勇的角斗士。再往前走是一幅令人钦佩但面色苍白的主教肖像，出自多梅尼基诺之手，还有出自朱利奥·罗马诺之手的两小幅活灵活现的酒神狂欢节画作。传统仍在，所以人们还能理解它们。一种新的思想、一种演说家和哲学家的文化并未像在法国那样抹杀掉16世纪的所有习俗和观念。人们依旧相互残杀，晚上的街巷一点都不安全。当法国那些以闺房为主要创作题材的画家流行之时，门斯在此从仿效文艺复兴和温克尔曼当中找到了古典艺术风格。人们品评着这些作品以及大师们的作品。候客厅中的长时间等待、谨慎而又空泛的交谈、危险、慵懒的愉悦和相互之间的不信任，这些元素都增加了人的敏感度，阻碍了推心置腹的交流。人的心中尚留有接受强烈印象的余地。

这些习俗和情感与我们的相比是多么不同！精致的文化、财富的瓜分，当然还有警察，都使得这世界只给我们留下了放荡不羁和野心勃勃之人。这些人敏感而脾气火暴，一如缪塞[2]（Musset）和海涅笔下的人物！

我步行走出2罗里[3]（mille）远，附近有许多大型别墅，配置了专门建造的荒唐的废墟。有些进行了现代化改造，把完全不相匹配的风格混合在一起，不值得进去参观。另有一些更像是市绅阶层的别墅，从外面可以见到粗壮的棕榈树和仙人掌，以及水池旁间杂的白色灯芯草，别致而又优雅。最简陋的客栈也在自己的庭院中种有几棵遮阳的大树，还配有一个宽大的葡萄架形成的绿色顶棚。人们在此喝一种劣质的黄色

1 安东·拉斐尔·门斯（Anton Raphael Mengs，1728—1779），德国新古典主义画家。

2 阿尔弗雷德·德·缪塞（Alfred de Musset，1810—1857），法国诗人、剧作家和小说家。

3 1罗里约等于今1480米。

甜酒。对面就是被青山环绕的柔和景致，处处是散发出勃勃生机的绿茵，间以扁桃树的白色树冠以及棕色或灰色树木的高雅身姿，天空中飘着温润而轻盈的云朵。

博尔盖塞别墅

至于其他别墅，我没有什么好对你讲述的。它们都大同小异，同样的生活产生相同的品位。有些别墅的面积更大，更具有乡野情调，其用途也更加自由，这其中就有博尔盖塞别墅。途经人民广场，广场与其周边的教堂、方尖碑、喷泉以及苹丘（Pincio）上那宏大的阶梯共同组成了一幅别致而美丽的画卷。我总是不禁在脑海中将这些建筑与我所熟悉的巴黎建筑做比较：相对于协和广场和凯旋门而言，这里的建筑规模略小，空间略小，所使用的方石也略少，但同时它们也更具创造性、更有趣。

博尔盖塞别墅是一个周长 4 罗里的巨大花园，其中坐落着各种类型的建筑。入口处是一个造型难看的埃及式柱廊，这是个现代进口货。别墅内部很协调，且全是古典式设计：这边有一座列柱中庭，那边有一座小殿堂，远处还有一片列柱的废墟、一条柱廊、一些栏杆和大圆花瓶，这些聚在一起像个乱七八糟的马戏场。波浪般起伏的漂亮草地上长满了红色银莲花，娇柔地随风摇曳。特意分开种植的松树在苍白的空间中展示出它们那优雅的身姿和庄重的头冠。园中小径转弯处，泉水潺潺作响，尚未生叶的巨大的栎树以其如古代英雄般的伟岸身躯矗立在小河谷之中。我是在北方出生长大的，你可以想象当我见到它们时就忘记了罗马的所有美丽之处。园中的建筑和教堂与这些古老的多节瘤生灵相比都一文不值了，它们是我珍爱的森林中的伟大战士，而温润的春风正在唤它们复苏吐芽。它们以其自身的美缓解了我们对于建筑物和石块的审美疲劳。所有人为的东西都是刻意为之的，因此也令人疲倦。建筑物的线条总是僵硬的直线，一尊雕像或一幅画都不过是一个过去时代的幽灵，唯一能给人带来完美愉悦感的是大自然的产物，它们正在成长，正在变化，正在生活，因此可以说它们的本质是流动的。我们整个下午都留在这里观赏那些圣栎树，看它们那青绿色调。它们那巨大的圆形树冠与英国的栎树不相上下。这里与英国一样也有一个贵族阶层，但只有大的世袭产业才能将美丽而无用的树木从斧锯下解救出来。在它们的旁边，意大利伞松如立柱一般挺立，并将其伞盖插在蔚蓝而祥和的天空之中。我们不知疲倦地看着它们那起伏的圆弧线，微风摇曳着其优雅而高贵的身姿，散落于一片清澈的时空之中。每隔一段距离，就有一棵挂满红色叶芽的杨树夹杂在它们中间，晃动着它那金字塔般的树冠。太阳逐渐落下，夕阳照亮了树干，也照亮了草坡上到处盛开的雏菊。太阳继续下落，别墅的玻璃窗反射出耀眼的余晖，奇特的夕阳红落在雕像的头顶上。此时此刻，耳中听到远方飘来的贝利尼[1]（Bellini）的曲调，模糊的乐曲随着阵阵微风荡漾。

路德维希别墅

所有别墅都各自有其古董收藏，而路德维希别墅（Villa Ludovisi）的收藏是其中最漂亮的之一，人们为此专门建造了一个陈列馆。自洛伦佐·德·美第奇时代开始，拥有古董收藏就成为一种必不可少的排场，是贵族生活中的必要补充。与此同时，仔细观察后可以发现，在现代罗马的所有历史当中存在着对古罗马的记忆和某种延续。教宗类似于某种教权上的恺撒，而对于罗马人来说，从许多方面来看，阿尔卑

1　温琴佐·贝利尼（Vincenzo Bellini，1801—1835），意大利作曲家。

斯山以外的族群总像是野蛮人。我们没能将传统的链条连接起来，而在他们这里，这个链条就从未断裂过。我为整条展廊做了大量笔记，但是我不想使你太过疲乏……

一个朱诺天后的头像显得无比崇高和庄严，我相信在罗马找不到什么能超越它。

这里有一尊双手交叉放在膝盖上的玛尔斯坐像，还有一尊裸体的墨丘利雕像，我都记录下来了，但我不能重复我曾经写给你的对这些雕像的感受。我一次次感受到的是一个完美而均衡的生命的从容，尽管其头脑中包含烦躁不安和对经书的阐释，但这些却并未压倒其余的才智。我们固然崇拜米开朗琪罗，发自内心地喜爱他，就像喜爱悲剧中的英雄和伟人，但我们有时也会觉得这非凡的平静更美，因为它更健全。墨丘利的身躯几乎没有曲线，只能见到他的盆骨线；雕塑家没有展示其运动的肌肉，只是展示了人体形态，而这对于观众来说已然足够。

贝尼尼的一组群雕，即《普鲁托掳掠普洛塞庇娜》(*Pluton enlevant Proserpine*)，与之形成对比。普鲁托一脸卑鄙地笑着，他的王冠和胡须让他显得滑稽。他的肌肉凸起明显，正在摆一个姿势。他不再是一位真正的神，而是跟凡尔赛宫中的雕像一样成了一个装饰用的神、一个用来吸引行家或大师关注的神话配角。普洛塞庇娜的身躯显得柔软、漂亮又扭曲，但是她又有过多的媚态表现在她的眼睛、泪水和小嘴之中……

天气十分美好，空中万里无云。尤其是经历了八天的雨水和泥泞之后，这里显得格外迷人。但我需要继续进行我的观赏活动，我的心情却一直为我们可怜的朋友沃普克的去世而感到沉重。

这座别墅的确令人赏心悦目：那清新而丰美的草地在雨后闪烁着点点晶莹，开着花的桂花树篱笆、巨大的圣栎树和成排的百年柏树都以它们的优雅和伟大使灵魂复苏。这类景致是独特的，季节相反的植物交织混杂在一起：时而有成片的棕榈树丛出现，有高大的杂色灯芯草如同蜡烛一般从它们那光滑的根基处伸展向上；时而

《普鲁托掳掠普洛塞庇娜》，贝尼尼

有一棵杨树或一棵巨大而光秃秃的栗子树冒出了新芽。最奇特的是罗马的古城墙，那是一片由真正的废墟自然形成的围墙。温室紧贴泛着红色的拱廊，成排的柠檬树贴着散碎的砖墙生长，周边环绕着茂盛的青草。时不时从某个高处可以看见远方的地平线，青绿的山峦被白雪画上了条纹。虽然这些都在罗马的城里，却没有人来，我不知道是否有人住在这里。这个罗马是一座博物馆，也是一个墓园，静谧之中，过去的生命形式继续在这里默默存在。

《奥罗拉》，圭尔奇诺

我们来到那巨大的中央陈列馆，在一个装饰着镶板和镶嵌画的展厅当中，成排的高大而庄严的半身像被安置在壁龛之上。别墅的缔造者——路德维希枢机主教的名字被标示在每一扇门上。通过窗口可以看见外面的花园和绿植。圭尔奇诺的《奥罗拉》（*L'Aurore*）占据了整个天花板和弧形拱顶部分。这里像是大领主的一间餐厅，空间巨大却没什么装潢（如今，我们有了光彩夺目的、舒适的配置，但是我们有真正美丽的装潢吗？）。奥罗拉坐在马车上正离开她的提托诺斯，一个小爱神为她掀起长袍半披在身上，另一个胖乎乎的裸体孩童带着孩子般赌气的神情正从篮子中拾取花朵。奥罗拉是一名年轻健壮的女子，对其力量的表现几乎带着些许粗犷。在她的前方，三名女子处于云端之上，都比较健壮，但她们都比圭多的《奥罗拉》画作中的人物形态更自然、更新颖。最前方，三位年轻姑娘欢笑着，正在调皮地熄灭星辰。一束黎明的曙光照耀在她们的脸庞上，其明暗之间的对比令人着迷。穿过棕红色云层和清晨的雾霭，可以见到像大海一般蔚蓝的天空。

在穹顶的弧形位置坐着一位熟睡的妇女，她身着灰衣，头枕在手上。就在她的身旁，一个裸体儿童躺在一块布料上也在睡觉。这场睡眠具有惊人的真实性，其睡眠之深沉透过儿童噘起的小嘴唇和微皱的眉头完全表现了出来。圭尔奇诺不像圭多那样模仿古人，而是像卡拉瓦乔那样研究活的人体模特。他观察那些鲜活生命的特征、人的气色、快乐或顽皮的表情以及所有激情勃发之时的多变的容颜。他画的人物有时比较沉重和简洁，但是他们是鲜活的，其明暗的混合表现在两位沉睡者身上就是一首有关睡眠的诗篇。

宫　殿

这些遍布在广场大道旁的别墅、花园和宫殿都是高等贵族生活的遗迹。在巴黎和伦敦都再也找不到类似的建筑了，私家花园都变为供人散步的公共场所了。只有一些大家族保留下来一些公馆，通常是带有一小块地的房屋，而其主人也只能在邻居的注视下散步了。当北方的国家逐步建立起平等社会的时候，这里的贵族阶层却通过任人唯亲的方式恢复和在巩固自己的地位。在三个世纪当中，历任教宗利用大部分公共收入来扩张自己的家族。他们都是自己家族的好长辈，关照他们的兄弟姐妹及其子女的成家立业。西斯都五世（Sixte-Quint）授予他的一个侄孙枢机主教的职位和十万埃居的圣职俸禄。克雷芒八世在十三年的时间里，单算现金就给阿尔多布兰迪尼（Aldobrandini）家族的侄子们分发了一百万埃居。保罗五世授予博尔盖塞枢机主教十五万埃居的圣职俸禄，授予马克-安东尼·博尔盖塞（Marc-Antoine Borghèse）一个公国、罗马的几座宫殿、郊区最漂亮的几座别墅以及不计其数的钻石、银器、马车、整套的家具和一百万埃居的现金。利用这大量的钱财，博尔盖塞家族在罗马的乡下和其他地区共购置了八十块地产。如此看来，教宗就像是一个年迈的高级官员，而且其职位是终身制的，他的家族必须尽快利用他的在位期。在每一任教宗统治期间，挥霍都变得日益无度。在额我略十五世（Grégoire XV）时期，路德维希枢机主教享有二十万埃居的圣职俸禄，而他的叔父，即教宗的父亲，也享有很好的待遇。教宗为此创办了八十万埃居的"Luoghi di monte"债券。与其同时代的一个人曾写道："普雷蒂（Peretti）家族、阿尔多布兰迪尼家族、博尔盖塞家族和路德维希家族所拥有的财富，包括他们的公国、巨额收入、众多优美的建筑、精致的家具以及非同凡响的装饰品和收藏，这一切不仅远远超过了普通领主和亲王的水平，甚至可与国王们相媲美。"在乌尔巴诺八世（Urbain Ⅷ）时代，巴贝里尼家族至少有一千五百万埃居的收入。财富的数额如此巨大，以至于教宗也有所顾虑，并为此专门任命了一个委员会。事实上，为了提供这些赠与，只能借债，可财务状况却很糟糕。在16世纪末期，仅债务利息就吞噬了年收入的四分之三；六年之后，年收入减去债务利息之后就只剩下七万埃居；又过了几年，各类收入之和已然无法满足指定拨款的需要。然而，委员会依然宣称，教宗作为君主有权将他的储蓄和盈余授予他喜欢的任何人。没有人将这位君主视为管理公共资产的官员。这种想法只是在洛克[1]（Locke）思想的影响之下才在欧洲建立起来，即国家财产可能会被人侵蚀和滥用。委员会宣布教宗可以为他的家族设立一

1 约翰·洛克（John Locke，1632—1704），英国哲学家。

笔八万埃居的可继承的年金。一段时期后，当亚历山大七世想要弥合这道伤口之时，有人给他提出了各种冠冕堂皇的理由来证明此举不可行。他曾禁止他的侄子们进入罗马，为此，耶稣会学院院长奥利瓦（Oliva）决定“违者死罪”。从当代人[1]的记述当中可以看到金钱是如何在每一位教宗的统治下流淌、泛滥，再流到一个新的池子当中的，最终像金水一般铺洒开来，其中的西昆币[2]（sequin）、埃居和杜卡托上都闪耀着他们那矫揉造作的肖像。

那时，您可以见到身着绒缎衣装的贵族绅士、身披丝绦花边的侍卫、瑞士卫兵和仆役，还有大腹便便的管家、掌膳官、掌桌官、车马官、一群武士以及精挑细选用于壮大声威的贵族家仆。他们都是主人出行时的陪衬，主人会客时他们在候见厅等待；他们会陪同主人上马车，住在主人家的阁楼里，在主人家的厨房中吃饭，见证主人每天的早起。他们就像领主的附属人员一般生活着，他们的任务就是每天保持其华贵衣装的整洁，以便为其主人的荣耀增光添彩。他们就像是那清凉的水渠旁生长出的最美丽的高贵花朵，如同油画和版画上所展现的那般华丽。

如何才能养活这群人？是的，您得养活他们——您需要他们以便获得尊重，而且罗马并不安全。乌尔巴诺八世去世后，就在教宗选举会举行期间，社会似乎是临时解体了。一位当代人曾写道：“我从未见过城里有如此多的武装人员。稍微富裕一些的家庭无不豢养一些家兵。如果将这些家兵集中起来，能够组成一支大军。在城中，暴力行为无人管辖，不受惩罚，到处都有被杀之人。人们最常听到的话是：某某人或某知名人士刚刚被杀了。”一旦新教宗被选举出来，前任教宗的侄子们就开始有麻烦了。有人想让他们吐出钱财，他们的敌人要起诉他们，所以通常他们不得不选择逃跑。在面临这么多危险的情况下，最好的办法是事先就有一个党派，有亲信，有拥护者和一队随时待命的武装卫兵。罗马在中世纪和现代之间没有前进一

1　兰克（Ranke）的《教皇史》。——原书注

2　一种威尼斯金币。

步——安全和司法在这里都是缺失的，这根本就不是一个国家，更不是一个祖国。每个人都通过自己的力量或者计谋来寻求自我保护；每个人都有自己的特权，也就是说，在某些情况下可以凌驾于法律之上。一百年过后，德布罗斯[1]还写道："不受处罚保证了任何想要在社会上制造混乱之人的安全，只要他认识大人物并身处避难所附近就行了"；"这里到处都是避难所——教堂、某位大使的宅院或某位枢机主教的家，以至于可怜的警员们必须拥有一张特殊地图，上面标示着在罗马的哪些街巷和地点才能追捕到罪犯"。

大人物在他的宫殿里就像封建时代的男爵生活在他的城堡里一样。他的窗户都是用铁条和螺栓固定的，可以抵御撬棍和斧头的破坏。城堡立面的方石每块足有半人长，枪弹和镐头都难以破坏它们。花园的围墙足有30法尺高，使人很难进攻或爬上墙角。此外，院落的大小足够容纳一个卫队，候见厅和长廊可容纳两三百名军官还绰绰有余，顶楼也完全够他们居住。至于卫队成员，更丝毫不缺乏。中世纪时，弱者为了生存不得不依附强者。穷人会说："大人，像我的父亲和爷爷一样，我也是您家族的仆人。"因此在中世纪，强者为了自保，也会将弱者网罗起来以守卫自己。强者会说："这是一套衣装和每月多少埃居的薪水，在入城和举行仪式时，走在我的马车旁。"由此，在罗马得有上百个私人团伙，谁的手下人越多，就说明谁的势力越强大。

在这种体制之下，其耗费之巨可使人破产，因此这些强者首先需要借债。在这方面，大人物们的所作所为跟政体的做法一样——为了得到现金，他们会以未来的收入作为担保，但是他们并不遵守协议。七年以来，法尔内塞家族的债主们就没有收到过一个埃居，由于那些债主当中也有一些医院和慈善机构，教宗不得不派人去占领法尔内塞家族在卡斯特罗（Castro）公国的领地。正好在这个时期，由于一

1 查尔斯·德布罗斯（Charles de Brosses，1709—1777），法国作家、历史学家。

些礼节上的争执而引发了真正的战争。您可以想象这得需要多大的花费。奥多阿尔多·法尔内塞（Odoardo Farnèse）没有去拜访巴贝里尼家族，因此被剥夺了出口小麦的权利；而法尔内塞家族则派遣了三千名骑兵侵入教皇国的领土，声称他们并不攻击教宗，而是要攻击他的侄子们。教宗的侄子们也募集了一支军队，而且双方对阵的都是雇佣兵，他们都是阿勒曼人或法国人。当地的财富被这些骑兵掠夺一空，而等到最终获得和平之时，双方都发现自己的钱袋也空了。为了重新装满钱袋，自然需要压榨民众。英诺森十世的兄嫂奥林匹亚夫人[1]售卖公职；亚历山大六世的兄弟，博尔戈的司法长官售卖司法。税赋变得难以承受。一位当代人写道："民众没有钱，没有衣料和床垫，就连用以满足税务官饭食的厨具都没有。为了交税，他们唯有卖身为奴。"乡下空荡荡的，没有人劳作。随后的一个世纪，德布罗斯写道："政府之糟糕正缘于其组成的随意性。试想一下，民众当中，三分之一的人是教士，三分之一的人不工作，而在土地肥沃的乡间和通航的河流之上，既没有农业生产，也没有商业贸易和工场。然而每一次政府变动，您都能见到新的窃贼来替换那些已然中饱私囊之人。"

在这样的国家，工作就是个骗局。既然知道税务机关、某位大人物或者某个受到保护的坏蛋会拿走我的劳动果实，人们为何还要努力工作？不如去某位权贵那里做他的贴身侍从，如此还能分得一块蛋糕。"当一名普通女孩得到了某位枢机主教的药剂师的私生子的保护，她肯定能从五六座教堂中获得五六份嫁妆，由此她就再也不想学习纺线和缝补了。某个坏蛋将会因贪图容易到手的钱财而娶她。"他们靠众人资助过活，再过些时候，掮客、求助者、乞丐都会在晚餐时间来试图分一杯羹。如同那些恶汉小说[2]所描绘的那样，高尚的生活就这样开始了。不仅在罗马是

1 奥林匹亚夫人（原名 Olimpia Maidalchini，1591—1657），绰号"女教宗"，二婚嫁给潘菲利奥·潘菲利。

2 16—18 世纪流行的以无赖和流浪汉为题材的小说。

这样，在整个意大利都是如此。他们认为工作是不体面的事情，却又想活得张扬；他们有仆从，但是会忘记支付薪资；他们吃得很普通，却要展示出花边襟饰；他们赊账购物，又要尽量推托或者欺骗讨债人。哥尔多尼[1]（Goldoni）的喜剧当中有许多这样的人物，他们出身不错，有教养，却是半个骗子，依靠别人生活。他们想尽办法被人邀请参加活动。他们总是开朗又轻佻，善于花言巧语，会玩各种游戏，会为主人作诗，会为主人的建筑提建议。他们特别会向主人借钱，而且吃饭狼吞虎咽，他们被称作“牙骑兵”（cavaliers des dents）、小丑、马屁精、贪食鬼。他们为了一个埃居甘愿被踢一脚。那个时代的回忆录中记载了许多这类堕落的事例。卡洛·戈齐[2]（Carlo Gozzi）与他的一位朋友一起旅行归来时在自家宫殿的门口停留了一刻，观看那美丽的立面。他们走上宽敞的大理石台阶时惊讶地发现，家中似乎曾经被抢劫过：“大厅的地砖完全被毁坏了，到处都是足以扭伤脚腕的深坑；窗户都被打碎了，四处透风；肮脏的壁毯和碎片挂在墙上。那条存放古画的画廊已然被洗劫一空。我只找到两幅我的祖辈的肖像画，一幅出自提香，一幅出自丁托列托。”当生活所需迫在眉睫之时，妇女们会典押、出租或出售任何她们能够触及的事物，她们会失去理智。戈齐的兄嫂就曾将一摞合同以及委托遗赠和产权证书当作废纸，按照重量卖给了猪肉商。《滑稽小说》[3]（*Le Roman comique*）中的权宜之计、诡计和笑话无处不在。只要阅读那个放荡的卡萨诺瓦[4]（Casanova）的作品就能知道这表面镀金的穷困到了什么地步。无疑，跟所有的滑稽鬼一样，他也只与同类交往，但是相对法国人的放荡而言，他身上的那种意大利人的放荡不羁更使他演化出了不同的玩法。卡萨诺瓦接待过一位伯爵，他是威尼斯共和国的高官，一位很棒的绅士，其妻

1　卡洛·哥尔多尼（Carlo Goldoni，1707—1793），意大利剧作家。

2　卡洛·戈齐（1720—1806），意大利剧作家。

3　这是法国作家保罗·斯卡龙（Paul Scarron）的作品。

4　贾科莫·吉罗拉莫·卡萨诺瓦（Giacomo Girolamo Casanova，1725—1798），意大利作家，也是极富传奇色彩的冒险家、风流才子和骗子。

子和女儿都谈吐高雅、举止得体。第二天，他去伯爵家回访，发现百叶窗几乎都是关闭的，于是他将其推开了一点，发现两位可怜的女士都身着破衣衫和几乎是令人厌恶的内衣。她们星期天靠租漂亮衣服去参加弥撒，否则她们就得不到教会的施舍，而那是她们勉强度日的来源。几年之后，他回到米兰，见到一些已婚男子以及他的一些兄弟，他们都是出身高贵的贵族绅士，有些人还很高傲，他们都成为自己家族中的掮客。他住在其中的一位伯爵家中。伯爵没钱买木柴给家中的壁炉生火，就红着脸跟他的妻子商谈那事[1]。另有一位里纳尔迪伯爵，当他得知有人为他的女儿支付了一百埃居时高兴得哭了，因为他事先以为只能得到五十埃居。许多迷人的贵妇因为没有钱而从来没能游览过米兰，否则她们将难以抵抗一顿晚餐或是一条裙子的诱惑。一位威尼斯贵族的儿子开了一家赌场骗钱，而且他自己也承认这个事。一位年轻的贵族小姐忏悔说她的父亲教给她如何在牌局上坐庄，而且保证不会输。不论男人还是女人，为了一块西昆币都可以下跪。我不再列举了，只有那些骗子和寻欢作乐者自己说的话才更能让人感受到那些装腔作势和风俗习性中的强烈反差：一方面是漂亮的衣装、礼貌的言语、高雅的风格以及上流社会的殷勤与品位，另一方面是厚颜无耻，是最低等阶层的行为举止和下流言语。16 世纪的领主生活已然堕落到这种贫民窟生活的地步了。当民众不再劳作而权贵们只会偷窃之时，就产生了成群的男骗子和女骗子。荣誉跟其他东西一样沦为一种商品，没钱的时候只能将它卖出去换钱。

然而，正是这种由特权阶层和游手好闲之辈主导的社会产生了我们今天在罗马所见到的伟大的艺术作品。在缺少其他利益驱使的情况下，他们专注于收藏和建筑。建造的快乐和古董行家般的收藏品位对于一位厌烦仪式的领主来说是唯一让他感到值得的事情。在这个国度，打猎和训练身体已不再流行，而政治又是禁区，人

1 暗指卖淫。

们既无公共意识也无人道主义思想。这里的文学之光已然熄灭，只剩下愚昧无知和一些小诗歌。当某人为了自己家族的利益去访客和做爱之后，你还能指望他做什么？他既建造又收藏。在这种堕落之中，这个高贵的传统一直延续着它的存在直到18世纪。与舒适相比，他更喜欢美观。法院院长德布罗斯曾写道："房屋从上到下布满了古典浅浮雕，但是没有卧室。"意大利人不像法国人那般将奢华用在接待和大吃大喝上，在他们眼中，一根漂亮的凹槽立柱胜过五十顿大餐。"他因生活节俭而积累了大量的钱财，他出风头的方式就是用这笔钱建造某个公共建筑……以这种持久的方式将他的名字、名声和品位留传给后人。"

这种奇特生活的痕迹在遍布罗马的上百座或一百五十座宫殿中随处可见。您可以见到巨大的庭院，像监狱一般的高大围墙，还有宏伟的建筑立面。庭院中空无一人，荒无人烟，偶尔在门口能见到十几个懒汉坐在地砖上假装拔草。宫殿像是被人遗弃了一般。有时的确是这样，破产的房主住在楼上第五层，试着将自己的房子出租一部分，但是他的房子太大，与现代生活不相符，只能用作博物馆或是政府部门的办公楼。您按下门铃，等了半天才过来一名面无表情的瑞士卫兵或仆人（这些人都有一副植物园中忧伤的鸟儿的表情，它们的羽毛很华丽，金光闪闪，五颜六色，花里胡哨，却悲伤地被放置在一个得体的栖架之上），而通常没有人回应，哪怕是在确定的日期和时刻——那是侍卫为公主跑腿办事去了。拜访者只好咒骂这被诅咒的国度，每个人都依靠外国人过活却没有人守时。登上那宽敞又高大的层层叠叠的台阶，您将见到一连串更宽敞、更高大的房间。您可以继续往前走，这里看不到尽头，您得走五分钟才能走到餐厅。这里曾经驻扎过四个步兵团、工兵团和军乐队。奥地利使团曾经像老磨坊中的一窝老鼠一般迷失在威尼斯宫中。假设您是来拜访的，虽然这里住着宫殿的主人一家，但它看起来空荡荡的。候见厅中有几名不多见的仆人，除此以外您就孤身一人了。五六个宽敞大厅中装满了褪色的家具，大部分都是帝国时代的风格。您透过窗户向外看，可以看到阴沉的高墙、长满了苔藓的铺路石以及破败不堪的屋顶檐口。最终，人类的面孔出现了，一两名传达员宣告您的来访。在一间比其他房间都小但收拾得更舒适、更利于保暖的房间中，您将见到一个平凡的人。他穿着礼服，坐在一把现代的椅子当中。假如世界上存在一种与现代习俗格格不入的凄凉住所，那就是这里了。作为反差，从这里走出去后您可以观看一栋翻新的府邸——这在小贵族们当中能够找到，或是观看西班牙广场附近某位艺术家的宅院，观看他们的地毯和花坛，观看各种时尚和考究的物件、无数令生活安逸的发明、有限但舒适的空间，这些无不显得优美、亮丽、舒适和赏心悦目。与之相反，宫殿里至少需要六十名衣着华丽的仆役、八十名被雇用的贵族侍从——这是各个厅中必不可少的配置。庭院中还需要安置老主人们的一百匹马和二十辆马车。要如同 17 世纪那由教宗统治的时代，还需要搜集各式餐具、挂毯和成百万的金钱到这里来方能恢复往日的辉煌。至于那些画作本身，那些运动中的庞大身躯，那么多挂在墙上的裸体画，都不过是一种已然泯灭的生活的遗迹。对于现在的时代来说，那种生活太过骄奢淫逸、太过沉溺于肉体享受了。罗马的贵族阶级就像是一只蜥蜴，它躲藏在大洪水之前的鳄鱼的躯壳当中，它的祖父——那条鳄鱼——很美丽，但是它早已死去。

法尔内塞宫

依我所见，在所有遗迹当中，最大、最壮观、最高贵和最雄伟的就是法尔内塞宫了。它位于一个肮脏的街区，去那里需要经过破败不堪而又凄凉的桑西宫（Palais Cenci）附近。五分钟前，我刚刚穿过犹太贫民窟，那真是个贱民聚集的污秽场所：曲折的窄巷与臭水沟交织在一起，门面圆鼓鼓的房舍好似患了水肿的病人的肚子，黑暗的庭院向外渗着水，石阶上流淌着动物下水，墙上满是积年污垢。就在这样的环境中，一些丑陋、猥琐且苍白的面孔攒动着，就像是从瓦砾中长出的蘑菇。

头脑中充满了这些图像，我来到了此地。巨大的宫殿在黑漆漆的广场上孤单耸立，它如城堡一般高大和雄伟，既可以向敌人射击，又可以躲避敌人的射击。它建造于伟大的时代，其设计师是小桑加罗[1]、米开朗琪罗和维尼奥拉[2]（Vignoles）。尤其是小桑加罗，他让此建筑展现了真正的文艺复兴时期的风采，使之充满了雄健的气魄。的确，它与米开朗琪罗的人体雕像是近亲，我们可以感受到那异教时代的影响——那是个激情澎湃、活力充沛的时代，也是个即将被外国征服、被天主教复兴所软化和破坏的时代。从外表看，它呈巨大的方形，几乎没有装饰物，窗户坚实且有铁条加固。它必须能够抵御进攻，并且在几个世纪当中容纳一位亲王和其卫队的入住——这是宫殿主人和设计师首先要考虑的事情，至于消遣，那是次要的。此外，消遣这个词选得不好。我们并不否认他们在有害的、逞勇好斗的习俗中孕育出的娱乐和风雅，但我们所喜爱的是那庄严的雄健之美，那是如同壁画和雕像一般经由建筑线条表现出来的美。在它那巨大而几乎光秃秃的立面之上，屋顶的挑檐装饰既丰富又朴素，其连续的框架结构恰如其分又很高雅，而且与建筑的整体融为一体。墙角处巨大的凸雕饰、长排窗户的多样性以及外墙的厚度，不断使人感受到力和美的融合。入口是个阴暗的门廊，墙上刻满了藤蔓花纹，门廊如城堡的暗道般牢固，由十二根粗短的红色花岗岩多立克立柱支撑。由此可以进入那奇妙的内庭，这也是整座建筑的精华所在。外部是为了防御，内部才是散步、休息和乘凉的地方。

1 小安东尼奥·达·桑加罗（Antonio da Sangallo le Jeune，1484—1546），意大利建筑师。出身于建筑世家，为与跟他同名的叔父相区别，加“小”字。

2 雅各布·巴罗齐·达·维尼奥拉（Jacopo Barozzi da Vignola，1507—1573），意大利建筑师。

每一层都有各自的室内散步场和柱廊，每一根立柱都被嵌入到一个牢固的圆拱之中，就像是整座建筑的坚实的脊柱，进一步增强了建筑的坚实感。但是那些栏杆与楼层变化多端，一层是多立克式，一层是爱奥尼亚式。尤其是那些将它们分开的花果环、百合花以及阿拉伯风格的雕刻，在这朴素之中散发出一种迷人的魅力，如同漆黑之中突现出的一束圣光。

夏拉宫和多里亚宫

目前，那不勒斯的老国王住在法尔内塞宫中，因此去观赏那些油画比较困难，其他宫殿则都有固定的开放日期。这些宫殿的业主们都有很好的品位，也愿意把他们的私家画廊变成公共博物馆。一些介绍展品的标示牌被放置在桌子上供游客取用。守门人和保管员郑重地收取了两保罗币——由于他们属于公务员，在此是为公众服务，因此也需要由公众负担费用。这就是从贵族社会向民主政体转变的结果：我们国家的那些艺术杰作、那些宫殿都已然不再属于个人，其使用权属于所有人。

夏拉宫（Palais Sciarra）有两幅珍贵的油画被保存在玻璃框下。第一幅也是最漂亮的那幅是拉斐尔的《小提琴手》（*le Joueur de violon*）。这是一位戴着黑帽、有着下垂的棕色长发、身穿裘皮领绿色大衣的青年。人们常说拉斐尔是画家中的泰斗，这是有道理的。您无法以更朴实、更简单、更自然也更轻松的方式去理解其伟大了。他的那些褪色的壁画和龟裂的穹顶画并不能展现其全部，还应该去看其他小幅面的油画。例如这一幅，其色泽保存完好，立体感犹在。这位年轻人缓慢地转动头部看向观众，其高贵而冷静的头颅、文雅而智慧的神情都无与伦比。我想象不出还有谁比他更优美、更细腻、更值得被喜爱了。他是那么严肃，甚至令人感到他怀有一丝忧伤，然而真实情况却是他在休息。他有一个高尚的灵魂。越看拉斐尔的画就越觉得他有一颗温柔而高尚的心灵，就像莫扎特那样。他是一位能随意发挥其才智的天才，总是生活在理想化的形态当中。他卓尔不群，像是一个没有遭受痛苦，也没有经历过生活中的低谷的高等生物。

另一幅油画是提香的一位情人的肖像画，她姿态高雅而宁静，如同一尊希腊雕像。她一只手放在首饰盒上，另一只手轻抚着垂到颈部的美丽长发。白色衬衣带着褶皱轻柔地飘动，一块巨大的红色披肩缠绕在肩膀之上。将这两幅画和两个画家相对比是多么愚蠢的事情！最好的做法难道不是通过它们来享受生活的方方面面吗？

这里有圭多的两幅《玛大肋纳》。在此，我不得不做出对比。我立刻离开这幅显得柔弱而惨白的画，它似乎没有表达任何思想，且是用机械的方法画出来的。

我找到了这个画廊中的杰作之一，或许是此处最杰出的作品，那就是达·芬奇的一幅《谦虚与虚荣》[1]（*La Modestie et la Vanité*）。这只是阴暗背景中的两个女子的形象。作为对照，此画的内涵令人惊叹不已。画家中，达·芬奇是最深刻也最喜欢沉思的，可以说是一位高雅的思想家。他好奇心旺盛，喜欢异想天开，敏感细腻又爱苛求，具有崇高的思想。此外，也许他还有同代人无法企及的悲伤。他知识渊博，曾是一位画家、雕刻家、建筑师、机械师、工程师。他预测了现代的各种科学，在培根之前实践并记录下其方法。他发明了各种事物，以至于在同代人看来他就是个怪人。他超越了时代，博古通今，从未将自己封闭在一门艺术或一项工作当中，也从未满足于自己已知的知识和能够做到的事情；相反地，他厌恶聪明人的那

1 根据《不列颠百科全书》的说法，这幅画很可能是出自达·芬奇的徒弟贝尔纳迪诺·卢伊尼（Bernar-dino Luini）的手笔。

种自以为是，他总是试图超越自己，超越曾经的发现，就像一名航海家，忽视其已获得的成功，忘记可能性，义无反顾地、永无止境地冲入未知的世界。代表“虚荣”的那位的面部表情令人难以置信。我们永远也不会知道，为了画出这样的头像，他所经历的所有探索、所有组合、所有感受、所有内心世界的思考与挣扎，以及他的思想所走过的整条道路。她很苗条，比蒙娜丽莎更显高雅，其茂密精致的发型非同一般，其头发上盘着的发辫反射出红石英的光泽，其余的卷曲头发垂至肩膀。她的脸上几乎没有肌肉，而用以表达情感的面部线条占据了全部。她的微笑有些奇特，带有一丝忧伤，这是达·芬奇特有的微笑表达，带着那独特的伤感和嘲弄的优越感——一位女王、一名被宠爱的妇女或一位女神，当她拥有一切却又觉得这不算什么之时就会有这种微笑。

风景画展厅是展品最丰富的一个厅，其中收藏有好几幅克洛德·洛兰和洛卡泰利[1]（Locatelli）的作品，还有一幅普桑的壮观风景画，展现了圣马太在一条大河旁写字的情景——他的画中总是意大利式的风景，如印象中的那样像是个扩大版的别墅，这与印象中的英式花园就像是个缩小版的田野道理一样。两个种族，日耳曼人和拉丁人，在此展现出他们的差别：一种喜欢自由的大自然本身；另一种只是将其作为一种装饰，致力于驯服它以适应人类的需要。这些风景画中最美的还是普桑的那一幅大画——在一条河的转弯处，左边是一片森林，近景是一个坍塌的立柱，正前方有一座塔，远方则是青色的群山。各个景象与架构由近及远，其色彩的斑点也如同其形态一样简单而强烈，朴素而又形成反差。这种庄严感、这种规整使人内心感到舒适，或至少在视觉上令人感到舒适，但观者要真正内心有所触动，还需要喜爱悲剧和古典诗歌，喜欢礼仪排场和领主或君主式的威仪。这些情感与现代情感有无限远的距离。谁能在此意识到我们所理解的大自然的活力？就像我们的诗人所描

1　安德烈亚·洛卡泰利（Andrea Locatelli，1695—1741），意大利风景画画家。

述的那样，它是变化无常的，是受偶然因素影响的，是微妙、奇特和强烈的，它自有其生动的表现力，如同人的外貌一样变化多端。

夏拉宫有多么破败不堪，多里亚宫（Palais Doria）就有多么壮观。在罗马的各个家族之中，多里亚家族是其中最富有的一家。多里亚宫中的各个房间一共收藏了八百幅画。我们首先穿过众多挂满画作的房间，进入到画廊当中。这是个绝妙的散步走廊，围绕着绿树成荫的方形庭院布局，墙壁上画着壁画，装饰着大块的玻璃。三面墙上挂满油画，而第四面墙前展示的是雕像。到处都是多里亚家族的肖像画或半身像，其中就有热那亚（Gênes）的第一公民和解放者——海军司令多里亚[1]（Doria），还有在英诺森十世时代驾驭教会的奥林匹亚夫人。在这样的展廊上举办一场灯火辉煌的招待会，当四周挤满身穿盛装的高官、主教和大使之时，那会是个多么独特的场景。我在其他宫殿中见过两三个这样盛大的晚会。桂花树、橙子树被装点在半身像和雕像之间，被装点在前厅和楼梯之上。画中人物那生动的肌肤在幽暗的底色和金色画框衬托之下熠熠生辉。长长的连廊，30法尺高的厅堂，使人群可以舒适地聚会和来往。闪亮的烛台和枝形吊灯照耀着宽敞的空间，使四壁生辉却不晃眼。半明半暗处光线柔和，与我们小沙龙中那种强烈而单调的白光的照射效果有所不同。每个群组各有其色调和氛围——在丝绸帷幔之间，在哑光大理石雕像之间，在青铜像的暗淡反射光线之下，人物似乎是在一种液体中流动，而他们的目光中透露着慵懒和深邃。

普桑和他的学生加斯帕尔·普桑（Guaspre Poussin）的风景画占据了几乎一整个展厅。我从未见过如此巨幅的画作，其中一幅足有20法尺长。仔细观看那精心安排的地形变化，观看那近景中布满树木的暗色调与远景中群山的淡色调形成的反差，观看那开阔的天空，我不禁觉得自己穿越时空，站到了画家所处的视点。假

1　即安德烈亚·多里亚（Andrea Doria，1466—1560）。

如画家感受不到自然的生命，他至少感受到了自然的伟大，感受到了它的庄严与肃穆，甚至感受到了它的忧伤。他在其生命的末期，曾经如沉思者一般孤独地生活。风景画可能是绘画的最终一刻，它标志着一个伟大时代的结束，适合疲惫的灵魂。当人的内心尚且年轻之时，他只关心自己，大自然对于他来说只是一个陪伴，至少在意大利是如此。风景画艺术在此地是最后发展起来的。在“阿卡迪亚人”[1]（Arcadiens）和各田园派协会的时代，阿尔巴尼[2]的大部分画作已然是这种风格。最后一位威尼斯画派的画家加纳莱托[3]（Canaletti）的所有画作也都是这种风格。祖卡雷利[4]（Zuccarelli）、腾佩斯塔[5]（Tempesta）、萨尔瓦多[6]（Salvator）都是风景画画家。相反地，在米开朗琪罗甚至瓦萨里的时代，画家们不屑于去画那些树木和建筑物，所有不属于人体的事物似乎都是次要的。

这里有好几幅提香的画作，其中一幅《圣家庭》（*Sainte Famille*）是其早期的风格，而他在其情人的肖像画上所展现的美妙人体形态从这里开始已显露雏形。在此有两幅肖像画展现了她们。她们都是健康又纯洁的女子，其中佩戴珍珠和小颈圈的那一位最诱人，是营养良好的女仆形象。那幅轻佻且袒胸露乳的《玛大肋纳》，画中人像是一只单纯的动物。那幅《圣阿格尼丝》（*Sainte Agnès*）只是一个有些闷闷不乐的小姑娘，可以说就是个孩子，完全不具备神秘性。在他的《亚伯拉罕的牺牲》[7]（*Sacrifice d'Abraham*）当中，可怜的以撒（Isaac）如同被割破了手指的小男孩

1 “阿卡迪亚人”这一称谓源自“阿卡迪亚”（Arcadie），指古希腊神话中的一处世外桃源。意大利文艺复兴时期，“阿卡迪亚”成为文人和诗人们理想中的国度的代名词。

2 弗朗切斯科·阿尔巴尼（Francesco Albani，1578—1660），意大利画家。

3 乔瓦尼·安东尼奥·卡纳尔（Giovanni Antonio Canal，1697—1768），绰号加纳莱托，意大利画家。

4 弗朗切斯科·祖卡雷利（Francesco Zuccarelli，1702—1788），意大利画家。

5 安东尼奥·腾佩斯塔（Antonio Tempesta，1555—1630），意大利画家、雕塑家。

6 萨尔瓦多·罗萨（Salvator Rosa，1615—1673），意大利画家、诗人。

7 现常用的名字是《以撒的牺牲》。

《人生的三个阶段》，提香

那般哭泣着。几乎跟鲁本斯一样，提香也敢于展示人的气质，展示血与肉的激情，展示不受约束且卑微的本能，展示躯体所承受的所有残酷的生活，但是他并不放纵肉体的表现，而是将丰满的肉体维持在一个和谐的轮廓当中。在他这里，肉欲从来都是与高贵相伴。他所需要的不是简单的感官满足，而是诗情画意的本能勃发；他不能局限于民间游乐会，他需要有节庆，但不是那种粗鄙之人的节庆，而是享乐主义者和大领主们的节庆。这类人的本性冲动可能也很强烈，也跟民众一样澎湃难抑，但是与这种本性相伴的还有另一种不会轻易满足的思想。他所需要的不是放在盆中的萝卜，而是盛在金盘中的橙子。我无法想象有什么能比他的画作《人生的三个阶段》（*Les Trois Âges de l'homme*）的色彩更纯净、更健康的了，也无法想象比那靓丽的金发女子更加清新和盈润的身体了。她身着红裙，白色衬衣的袖子挽至肩膀，显露出她那迷人的白嫩手臂。她的目光严肃而冷静。我们已经不知道如何描绘既能激发欲望却又不含挑逗意味的美女了。

博洛尼亚画派的几幅画都具有同样的特征。其中圭尔奇诺的一幅画色调极昏暗，展现的是艾尔米妮遇到受伤昏迷的唐克雷德。画中，侍从的头像是一个习作的头像，昏倒的人也是临摹自真人，带有戏剧般的夸张。第二幅是圭多的圣母和圣婴像，圣母是位漂亮的演员，整幅画令人感到一种乏味的虔诚。第三幅画是安尼巴莱·卡拉奇（Annibal Carrache）的《圣殇》（*Pietà*）。他画的基督是一位英俊的青年，容颜高贵而亲和，是可以取悦美丽妇人的模样。激动的小天使们同情地看着基督脚上的伤口，并试图抬起他那沉重的手。这是在17世纪新兴的虔敬主义[1]（Piétisme）当中，在神秘主义和上流社会妇女的宗教当中所追寻的那种感伤表达。

这里最令人印象深刻的画，我认为是肖像画。其中一幅是出自委罗内塞手笔的卢克雷齐娅·博尔贾（Lucrèce Borgia）的肖像。她身着黑色丝绒，胸脯半露，短上衣和袖子上都饰有花边泡绉。她的身材有些胖，已是成熟女子的体态，绾着头发，前额较低，目光奇特。当本博（Bembo）向她寄送诗篇和礼节性信件时，她就是这样的形象。海军司令安德烈·多里亚的肖像出自皮翁博之手，这是一位出色的政治家和军人，其姿态威严，目光镇定，其巨大的头颅被灰色的胡须拉长了。另一幅头像是布龙齐诺[2]（Bronzino）画的马基雅维利，他面露机警，带有一丝嘲弄，完全是一副滑稽演员的表情，就像是一个面露诙谐的狡诈之人时刻警惕着周边的情况。在马基雅维利这里，在他那张历史学家、哲学家和政治家的面孔

1　17世纪晚期至18世纪中期，由路德宗的神学家菲利普·斯彭内尔领导的宗教运动。

2　阿尼奥洛·迪·科西莫（Agnolo di Cosimo, 1503—1572），绰号布龙齐诺，意大利矫饰主义画家。

下藏有一种诙谐，这种诙谐既粗俗又放肆，还透着尖刻，而最终常常是绝望。我们知道他在遭受严刑拷打之后说的玩笑话，知道他在瘟疫流行期间那阴郁的戏谑。当我们悲伤过度时，只能用笑来掩饰哭泣。假如他在 17 世纪的法国，可能就是位莫里哀。

这里还有两幅出自拉斐尔的肖像画，一幅是巴托鲁斯（Barthole），一幅是巴尔杜斯（Baldus），都是粗鲁、健壮的形象，每个人物都抓住了要领，没有过于强烈的对比。与拉斐尔的人物画相比，其他画家都显得失去了平衡，偏离了中心。

肖像画中最棒的杰作是委拉斯开兹[1]画的英诺森十世。在一个红色的帷幔前，他端坐于一个红色靠背椅之上，头戴红色教士圆帽，身穿红色披风，再加上红色的面孔，就像是个可怜的傻瓜，一个自命不凡的迂腐之辈——以这种形象示人，令人终生难忘！我的一位从马德里回来的朋友对我说，与此处收藏的委拉斯开兹的伟大画作相比，所有其他画作，不管是最真实的还是最华丽的，都似乎显得死气沉沉或刻板僵化。

博尔盖塞宫

当您转过一片林间空地之时，可以看见一头母鹿正在探头倾听，其舒展脖颈的动作十分优雅，令人感到其屈伸的灵动之感；可一旦听到任何声音，它会立即舒展脊骨，快速冲过那片矮林。当您面前出现一匹跳跃的马，其身躯正处于收缩而蓄势待发的那一刻，您可以感受到它那小腿肌肉因站立而产生的鼓胀，因而对这姿态和

1 迭戈·委拉斯开兹（Diego Velázquez，1599—1660），西班牙画家。

表现出的力量感兴趣。您并不需要其他东西，不需要像兰西尔[1]（Landseer）所追寻的那样添上一个思想上的田园牧歌或添上一个精神上的意愿。当我们观赏意大利伟大世纪中的画作的时候，就应该持有这种心态。画的表现力是从卡拉奇一家那里才开始有的，1500 年左右的人所关注的是人的动物属性和人的附属品，而且服装是既简单又松垮的。此外，他们所关注的还有那个时代浮夸的迷信、教堂所需要的圣像以及宫殿所需要的装饰。其余的情感都是从这两种感知当中产生的，况且第二种感知只是提供了动机，而作画的所有要旨都源于第一种感知。他们自有其道理，因为痛苦、快乐、悲悯、愤怒以及所有情感上的细微差异都只能用内心去体会。如果说我使身体屈从于情感，如果说肌肉和服装都只是为了表现情感而存在，那么，我通过用简单的手段处理形态和色彩来达到这种效果。我会尽我所能利用另一种艺术做得更好——例如诗歌。当我试图利用单簧管来表现年轻的贺拉斯（Horace）那用耍花招而获得的胜利时，我是在音乐上犯了同样的错误；当我在白纸上试图利用二十五行字去描述一个鼻子或是下巴的曲线之时，我是在文学上犯了同样的错误。我缺少绚丽多彩的作画效果，在文学上也只达到了一半效果；我只能算半个画家和半个文人。

这个想法总是在我的脑海中萦绕，挥之不去。例如，在安德烈亚・德尔・萨尔托[2]（André del Sarto）所绘的那些圣母像和维纳斯像前，我感觉她们都是同族的美丽姑娘；在皮翁博所绘的那幅标题为《圣母访亲》的画前，我总觉得真正的标题应该是“一名年轻女子站在驼背的老妪旁”。当时观众的身体里曾有两个人物：一位是虔诚的人，因为他为教堂购买了这幅画，因而觉得可以为自己赢得一百年的宽恕；另一位是实干家，头脑中充满了肉体的形象，喜欢凝视两个健康活跃、身披厚实长衫的躯体。

1　埃德温・兰西尔（Edwin Landseer，1802—1873），英国画家、雕塑家，擅长画动物。

2　安德烈亚・德尔・萨尔托（1486—1530），意大利佛罗伦萨画派画家。

《神圣的爱和世俗的爱》，提香

《神圣的爱和世俗的爱》（*L'amour sacré et l'amour profane*）是提香的又一件杰作，延续了他一贯的风格。画中有两位美丽的女子，其中一位身穿衣装，一位裸体，没有其他的了，这些已经足够。她们中的一位是最高雅、最持重的，另一位那雪白的身躯上带有鲜活肉体的琥珀色，其白色线条与红色衣装形成了鲜明的对比。她的胸脯并不明显，其圣洁的面容使人无法产生一丝淫秽的想法，她是至爱的象征。她们的旁边是一个雕刻水槽，后方是一片青色的远景，棕红色的土地与深色的树林相间，而更远处则是大海。稍远处可见两名骑马之人、一座钟楼和一个市镇。画家喜爱他们日常所见到的现实风景，并将它们融入到自己的画作当中，而不必担心其真实性。这样做完全是为了视觉享受，而非出自理性考量。眼睛从幅面宽大而健康的简单肌肤色调过渡到色彩复杂而丰富的风景部分，就如同听觉从旋律部分过渡到伴奏部分一样。这两部分是协调一致的，从这一部分过渡到另一部分的时候，我们所感受到的是一种持续且同等的愉悦。在他的另一幅画作《美惠三女神》中，

《狄安娜的狩猎》，多梅尼基诺

我们可以看到第一位女神那祥和又美丽的容颜，看到她那饰有珍珠的金王冠扣在其卷发之上，看到她那如丝的金色发缕顺着脖颈垂至裙上，之后我们的目光自然而然地会移动到绝美的风景中，移动到远方的天空映照下那裸露的天蓝色岩石之上。在此，大自然的诗篇成为人体诗篇的补充。

这个画廊中有一千七百幅画，该如何描述它们呢？试算一下意大利的所有博物馆收藏的画作、阿尔卑斯山以外的所有画作以及所有已然消失的画作，此外要知道，任何稍微宽裕些的家庭都会收藏几幅老画，可以说，意大利的绘画就像古希腊的雕塑一样无处不在。罗马在古代就曾经聚集了六万座雕像。每一种艺术都对应着人类精神的一个独特时刻，那时，人们是通过颜色和形状来思考的。

其中有一幅画仍然留在脑海中，那就是多梅尼基诺的《狄安娜的狩猎》（*la Chasse de Diane*）。画面中都是全裸或半裸的女孩，略显粗俗，但她们都欢笑着。她们尽情嬉闹着，有人在戏水，有人在拉弓。其中一人仰卧着，呈现的完全是一个顽皮而幸福的孩童那最迷人的姿态；另一人正在拉弓，脸上露出乡下女孩那种质朴的笑容。一名十五岁的女孩，上身丰满而健壮，正在脱下她的另一只凉鞋。所有的姑娘都显得圆润、敏捷、乖巧且略带轻佻，反正不太像女神，然而她们的体态和举止之中蕴含了多么丰沛的青春活力和天性啊！多梅尼基诺是位真诚又别出心裁的画家，这点与圭多完全相反。在时尚的约束之下，在世人的成见和习俗之下，他自有其构想并敢于追随它。他以自己的方式回归自然本性。那个时代的人轻视了他，他因而怀才不遇，命运多舛。

巴贝里尼宫和罗斯皮廖西宫

追随多梅尼基诺的构思是一件令人愉快的事情，因此我去观赏了他的其他作品。在巴贝里尼宫（Palais Barberini）有一幅他的画，描绘了亚当和夏娃犯罪之后来到上帝面前的场景。画家在此显得既煞费苦心又笨拙：亚当的神情就像是个蠢笨的仆人，在那里可怜巴巴地指着夏娃为自己辩解；而夏娃则指着那条蛇，表情也是夸张的。“这不是我的错，是她。”“这不是我的错，是它。”从画中可以看出来，画家延续的是道德上的表达，刻意强调了一种颓废画派的审慎意愿。拉斐尔不会堕落至此。从中还可以看出时代的迹象，那是教会的风化要求——夏娃和亚当都系着树叶围腰。女子的身体和头，以及托着耶和华的小天使们都画得很美。整幅画作很庄

《亚当和夏娃》，多梅尼基诺

重。多梅尼基诺是一个鞋匠的儿子，他行动迟缓但十分勤勉，性情温和而谦逊；他长相丑陋，在爱情上比较失意；他生活贫困，遭受过众多的批评和压制，因此他完全封闭自己。在寻找出路的过程中，他并不能像在恶劣环境中生长的一株植物那样，不管经受多少场暴风雨，总能在雨过天晴之后从残存的身躯和花蕾中开放出漂亮的花朵来。

罗斯皮廖西宫（Palais Rospigliosi）中有他的另一幅夏娃正在摘苹果的画。这个夏娃很美丽，整幅画无处不显出精心的设计，但这是怎样的巴洛克式的构思啊！

他们身边环绕的动物很多，简直就像是个动物园。还有那生命之树上的红鹦鹉！树上有一块凸起，就像是个脚蹬，而亚当正踩着它向上爬。在旁边的《大卫的胜利》（*Triomphe de David*）中，他的才能和本性方得以充分展现。没有什么比那群玩乐器的女子更迷人、更活跃、更引人注目的了。其中一位，半曲着身体，伸着胳膊，手持叉铃，身穿蓝色长衣，裸着腿，正以一种无法形容的优雅姿态向前冲。她的肌肤好像被光浸透了一样。无法找到一种更适合人体架构的姿态了，这是阳光下的美丽动物舒展其肢体的姿态。所有的人物形象都很年轻、优雅，而且带有一种处女般的真诚。这些人物都是想象出来的。作者的确具有画家的心灵，他按照自己的想法去思考，去创造。他独自感受到美，并且全力以赴地将其表现出来，而不像圭多那样只是一个形象的制造者。他的传记作者写道："他从不停歇地去加入人群聚集之地，以便观察人们的各种姿态和表情所传达出的内心感受。"我们在他的画中到处都能见到这种努力，而且通常都太过明显。例如，扫罗王（Saül）的一个愤怒之举——他猛烈地拉扯他的长袍，画家想要展示出一个嫉妒者按捺不住又努力控制自己的状态，但是画面对这种复杂而微妙的情感表现得并不太好，心理学不是他的拿手好戏。

这座宫殿中有圭多所作的那个著名的穹顶画，它被称作《奥罗拉》（见前插图）。白日之神坐在马车上，时序女神们跳着舞步围绕在他的身边。最前方，第一位晨曦女神划破时空，撒下花朵。半明半暗的深蓝色大海显得尤为迷人。如同一个古典的节庆一般，健美的女神们手拉手，迈着协调的步伐前进。这展现出的是一种快乐，一种异教的波澜壮阔。的确，他曾模仿古代作品，例如《尼俄伯的孩子们》（*Niobides*），由此他形成了自己的风格，并且按照观众的喜好而不是根据自然状态来不断调整和重复这种风格。正因如此，他画的大部分形象都像是流行一时的版画。例如，旁边展厅中的那幅《安德洛墨达》（*Andromède*），安德洛墨达既没有身形，也没有要点，她不存在，她只是一个讨人喜欢的轮廓堆砌。圭多是一位幸运的艺术家，受人崇敬，混迹于上流社会，追逐时尚，讨贵妇们喜欢。他曾说："我有两百种不同的方法来描绘注视天空的美丽眼睛。"对于这个轻浮、风流、枯燥无味而且盛行"侍从骑士"[1]的社会而言，他所带来的是古代大师们所未有的对女性的细腻表达，尽管都是些上流社会的微笑和容颜。真正的活力、那率真的情感的内部力量已然在意大利消失了，人们不再喜欢真正的贞女，不再喜欢原始的精神思想，也不再喜欢拉斐尔的简朴农妇，而喜欢那些流连于沙龙或女修道院的令人爱怜的天真女孩，喜欢那些有教养的贵族小姐。旧时的粗犷被擦去了，共和国时代的亲密无间已然无迹可寻。人们依照礼仪规则交谈，人人顶着浮夸的职衔，说着阿谀奉承的话。自从被西班牙人征服以来，他们不再以兄弟或伙伴相称，人人脸上都挂着一副老爷的尊容。品位会随着精神状态的改变而改变，精致且耽于逸乐之人不会喜欢简朴和强健的形象，他们需要的是矫揉造作的圆润、甜蜜的微笑、稀奇的朦胧色调以及多愁善感的容颜，需要的是乐趣以及在所有事物上的讲究，这种讲究有时是通过反差来达到的——例如，可以通过卡拉瓦乔的粗犷画风，通过文学模仿的粗俗和露骨来得到，就像喝了二十杯大麦糖浆之后再续上一杯烧酒。我们能感受到这种反差，对比一下巴贝里尼宫中的两幅著名的肖像画即可。这两位人物前后相距一百五十年，都是爱情的表达对象和美丽的典范。拉斐尔的《弗娜芮纳》（*Fornarina*）画的是一副简单的躯体，她有着棕色的头发、冷峻的目光，脸上挂着略显粗俗的微笑。她的眼眶凸起明显，小臂很粗，肩膀过度下沉，就是一副健壮的平民女子的形象，就像拜伦勋爵供养的女面包师[2]一样——她不仅与他用"你"相称，而且还称他为"圣母之犬"（chien de la Madone）。拉斐尔肯定从弗娜芮纳身上

1 讽刺向妇女献殷勤的男人。

2 "弗娜芮纳"本义是"女面包师"。作为拉斐尔的情人和模特，弗娜芮纳的真名是玛格丽塔·卢蒂（Margherita Luti），她是面包师的女儿。拜伦勋爵追求过一位面包师之妻，即玛格丽塔·科尼（Margherita Cogni）。由此，作者在此玩了一个文字游戏，以"女面包师"分别指这两位不同时代的女子。

《弗娜芮纳》，拉斐尔

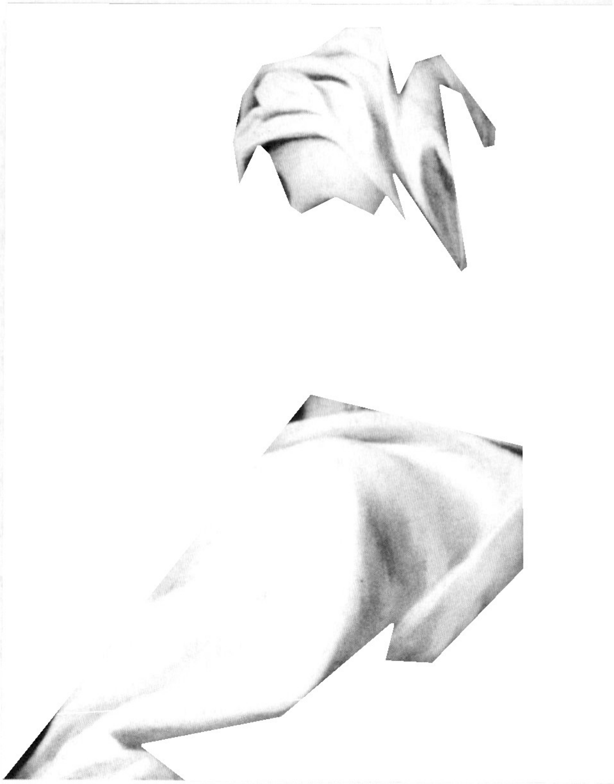

《桑西》，圭多·雷尼

找到了一个肢体发达的人体和可以为他提供线条的模特。与之相反，圭多的《桑西》（*Cenci*）画的是一位面色苍白的柔弱女子，她有娇小的下巴与嘴，整副面容曲线优雅。她身披白色长衣，头部由白色线条勾勒而成，摆着一副画室模特的坐姿。她的形象既有趣又带有病态，去掉她那悲惨状态所带来的苍白之后，她将会是一位可爱的小姐，就像卢浮宫的《圣母领报》中那天使面前的贞女侍从一样——这就足够使那些热衷十四行诗的诗人和美丽的贵妇们谈论一阵子了。

第 七 章

教 堂

1864 年 3 月 16 日

听说你的朋友们指责我出言不逊。按照他们的观点，我们来到罗马，应该是以观赏为主，而不是去注意街头巷尾那些肮脏的乞丐和菜叶、果皮。我亲爱的朋友们，随便你们怎么想，我还会给你们带来更多的冲击。有人认为我来的季节不好，认为我记录的是片面的印象，还有人认为我说的是外行话，说我只是个充满好奇的历史爱好者，说我从来没有亲手操弄过凿子、画笔和鸭嘴笔。这些都是真的，但还是让每一件乐器发出它自己的声音吧，为了传统的至上荣光，还是不要苛求一段被大家公认的、经由八音盒传播的乐曲吧。

例如，我永远无法认可罗马的教堂是基督教的，而且我会为此感到气愤，因为这会对我造成伤害。假如世界上有一个地方是为了让你产生感动、懊悔、崇敬，令你感到无比崇高以及感受到来世的无尽痛苦，那么它应该就是这里。不幸的是，你在这里只会得到相反的感觉。出于对比，我多次回想起我们的哥特式教堂，想起兰斯（Reims）、沙特尔（Chartres）、巴黎，尤其是斯特拉斯堡的大教堂！我在三个月前曾又去了一次斯特拉斯堡大教堂，并且在它那巨大而昏暗的厅堂当中待了一下午的时间。那一刻，有一道奇怪的光线，一种阴暗且移动的绯红色湮没在无尽的黑暗之中。在教堂的最深处，祭坛、半圆形后殿以及支撑那些圆形立柱的厚实台基、那坚实且原始的半罗马式教堂在黑夜中全都消失不见了。那是深插入土壤中的古典枝茎，是粗壮且无法被摧毁的枝茎，而茂盛的哥特式植物就在它的四周繁荣成长。中殿中没有椅子，只有五六个信徒，他们要么跪在那里，要么像影子一样四处游荡。琐碎的家务、清规戒律的羁绊、如昆虫般躁动的人类，在此都丝毫不会扰乱到清静而孤独的神圣性。立柱间宽敞的空间内充满了黑暗，而穹顶上却间杂反射着来路不明的光亮和几乎触手可及的幽暗。在完全黑暗的祭坛之上，唯一的一扇窗户透着亮光，那上面满是光芒四射的人物，仿佛是通往天堂的入口。

祭坛中站满了教士，但是从入口处却一个人也看不见，可见距离有多么远、内部是多么昏暗。教堂内部没有明显的装饰物，也没有小偶像。在一片昏暗而巨大的物体阴影之中，只有两个点燃的烛台位于祭台两旁，烛光照耀着四周也照耀着颤抖的灵魂。唱诗班的歌声以固定的节奏忽高忽低，就像来回摆动的香炉。远处偶尔传来唱诗班孩子们的清澈嗓音，使人不禁想起小天使们的一首旋律。不时传来一阵管风琴宽厚的变调，以它那威严的和声覆盖了所有的声音。

我继续往前走，随着一个新视角的展开，基督教思想以一种新的方式进入到我的头脑中。走到半圆形后殿，在无人且阴冷的地穴前，我忽然看见了大主教的石像。他手持一本书，像法老一般永远躺在那里，躺在他的墓穴之上。离开墓穴的拱顶处，一转身就看到了位于西方的圆花窗在黑暗的门拱上方发出光芒，带着它那黑蓝色的边框、绛红色的刺绣图案以及无数的紫水晶和绿宝石花瓣，散发出神秘主义那既痛苦又炙热的光辉，带着那血红色的灿烂与辉煌。这就是一个得到爱也遭受折磨的灵魂在梦中隐约见到的天空。在下方，巨大的立柱林立，好似一片静默的北方森林。深邃的阴影和明媚的阳光的强烈反差，就是身处悲惨世界又心怀解脱之希望的基督徒生活的一个影像。然而向两旁看去，在一眼望不到头的彩绘玻璃窗上，满是紫色和红色的队列，闪烁着基督教的神圣故事针对可怜的人性给出的启示。

可以说，这些中世纪的野蛮人感觉到了光明与黑暗的反差！而且自伦勃朗开始，共济会会员当中就有人接受了明与暗的神秘洗礼！可以说，艺术的确只是一种表达，而且首先需要具有一个灵魂，因为一座殿堂并不是一堆石头或某些形状的组合，它首先是而且只能是一个不言而喻的宗教！从第一眼见到这座大教堂，从第一次来到它的面前，这些就完全是显而易见的。一位来自孚日山区（Vosges）或是黑森林地区的可怜的伐木工，他是半个麻木且无自主意识的野蛮人，没有任何理智能够穿透其沉重的外壳，但是他在白雪皑皑之中的悲惨生活、他在小茅屋中的孤独、他在北风吹倒的冷杉树下的梦想，都充满了他的感受和本能，而每一个形状、每一种色彩都在这里被唤醒。象征符号一开始就令人感觉它可以通过眼睛直达心灵而无需经过理性的思考。一个人不需要有教养，只要他曾经在冬季的山区里、在那死气沉沉的乔木林中漫步过，就能在由整齐排列的庄严的立柱支撑的壮美穹顶之下有所感悟。这里有一个世界，一个基督教设想的世界的缩影：黑暗中，双手在潮湿的墙壁上摸索；在忽明忽暗的烛光闪动中，在人群的嘈杂和耳语中，就像是得到了安慰一般，您在光彩夺目的画像顶端看到了那天蓝色的披风，看到了圣母那神圣的眼睛和一个小孩子，看到了基督伸着他那双乐善好施的手。此时，耳畔响起清脆而响亮的合唱以及欢呼声、喝彩声，这一切裹挟着您的灵魂，直到与其融为一体。

3月15日，耶稣教堂

正是这些回忆以及其他类似的经历使我扫兴，或更确切地说，是为我阐明了罗马的教堂。总而言之，它们几乎都建于17世纪或16世纪末期，具有现代化的风格，带有特伦托会议[1]之后的天主教复兴的痕迹。从这个时期开始，宗教情感开始转变，耶稣会士的影响开始上升。就像他们有自己的宗教学说和政策一样，他们也有自己独特的审美品位。对于神圣事物和人类事物的新设想总会产生一种新的审美：人在装饰物环绕之中讲话，在柱头和穹顶之下表达思想，有时似乎比在日常活动和写作当中表达得更加清晰，而且总是显得更加真诚。

要见证这种品位所散发的光彩，就得去威尼斯广场附近看看耶稣（Gesù）教堂。那是耶稣会最重要的建筑，由维尼奥拉和贾科莫·德拉波尔塔（Jacques della Porta）于16世纪的最后二十五年建造而成。异教的伟大复兴在继续，但已有所变质。半圆形的拱券、穹顶、壁柱、三角楣以及建筑的所有重要部分都如文艺复兴本身一样以古典的方式复兴了，但是其余部分演变成了奢侈的装饰物和小玩意儿。教堂那坚实的基座和圆润的外形、其带有金色柱头的富丽堂皇的壁柱、其绘有半裸或着衣的巨幅画像的穹顶、其以金色画框装饰的油画、其托座上的浅浮雕天使，无不使这座教堂更像是一个豪华的宴会厅，也好似某个奢华的市政厅铺展开了其所有的银器、水晶器皿、绸缎台布和带花边的帷幔，用以接待某位君主并以此彰显城市的荣耀。中世纪的大教堂启发人那崇高而富有悲情的梦想，引发对人类悲惨命运的感触，暗示对理想国度的模糊的预测，且虔诚者将在那里获得慰藉和升天。天主教复兴时期的殿堂鼓励人们怀有顺从与崇敬的情感，或至少是心怀恭敬来面对这个如此强大、历史悠久、备受尊敬又装备精良的人，这个人的名字就是教会。

从这些威严而耀眼的装饰物当中，一个想法如宣言一般冒了出来。“古罗马曾将全世界统一到一个独一无二的帝国当中。我更新它，我继承它。古罗马曾经对人的肉体所做的事情，我将会把它用在思想上。通过我的传教团、我的神学院、我的

1　特伦托会议指1545—1563年在意大利的特伦托召开的宗教会议。

教阶制度，我将在全世界永久地建立教会的威严。这个教会不是你们这些新教教徒所希望的那样是警醒而独立的灵魂的聚会，每个人在他的《圣经》和良心面前都是主动的、理智的；也不像早期的基督徒想要的那般是柔弱而悲伤的灵魂的聚会，被群体的精神恍惚和对上帝之国的期待神秘地聚拢在一起。这个教会是一个拥有强大组织的团体，是一个神圣的机构，自给自足且精神独立。它不依靠教众生存，不取决于他们，它有自己的源泉。它是上帝的一个代言人，并且拥有其所有的权力。”

这种雄心有其伟大之处，也激发了强烈的感情。它无疑与内在的精神生活无关，与基督徒不断在公正的上帝面前检视自己良心的那些对白无关。它很人性化，类似于修道士对修会的那种虔诚，也类似于17世纪法兰西臣民对其君主政体的那种虔诚，但是通过它，人会感到自己被包含在一个超越个体并可持续存在的巨大机构当中，而且在这个机构里，他可以忘我地工作，并为之献身。这是罗马人对于罗马城的情感。事实上，将新罗马城与古罗马城进行对比，就如同用罗马的一座圆顶教堂去与阿格里帕万神殿相比较。我想说的是，那不过是一个走样的复制品罢了，装饰物过多，然而本质上是一样的。它们之间的唯一区别只在于新罗马城的政府是宗教的而不是世俗的，它的管理方式是从灵魂到肉体，而非从肉体到灵魂。不管是哪一座罗马城，都要根据一个事先设计好的规划，由一个绝对权威来管理人类生活的方方面面，除此以外都是无序的和野蛮的。在那里，有人使用他的力量，有人使用他的技巧，有人负责管理，有人具有耐心，还有人善于外交和政治上的谋划，但是他们的内心深处其实并没有变。从习俗的角度来看，一位罗马元老院议员与一位天主教主教实在是太相似了。

只有从这种观点出发，我们才能理解这个国家的宗教建筑。这些宗教建筑所颂扬的并不是基督教，而是教会。这个天主教的新教义具有数量众多且坚实的基础：一则是基于习惯，人有如绵羊般盲从的心智。在一百个人当中，不会超过三个人在有关宗教的主题上有意愿和思想去形成自己的观点。道路早已经铺好了，九十七个人会走这条路；至于剩下的那三个人，其中还有两个半会在自己开辟的道路上无功而返。二则是基于修会和这个机构的威严表象。自特伦托会议之后，教会的规章纪律更加严格了。在宗教革新的冲击下，他们准备了训令并考虑了教士们的体面生活。三则是基于宗教信仰和建筑物的排场和威望，基于那些丰功伟绩，基于传教和皈依的使命，基于机构的古老性，以及夏多布里昂[1]（Chateaubriand）那漂亮的文笔所描述的一切。四则是基于迷信的想象力。这种想象力因环境气候的不同而不同，在南方国家十分丰富，在死亡的时刻更加可怕。一个性情暴躁、怀有激情且富有幻想之人，他只相信看到的东西。我见过这种人，他们觉得自己如伏尔泰一般理性——在一场葬礼上，在烛光掩映和香烟弥漫之中，当他们见到闪亮的圣龛上那圣母像时，就如同失了神一般跪倒在地。在这类人的头脑中，思想无法抵抗图像。五则是基于压制这一用途。各个政府、既得利益者、业主和保守人士，他们都得到了一个额外的治安组织，就像一个道德警察局。六则是基于部分德行的滋长。某些灵魂天生高贵，或者依靠其天生的敏感性情找到了神秘主义传统中的诗篇，例如欧仁妮·德·盖兰[2]（Eugénie de Guérin）。

以上这些都是整体的脉络，还有其他一些特征是耶稣会的修士们所特有的，在这个教堂里走上二十步就能看出来。在灵巧而机敏的匠人手下，宗教场所变成了上流社会。教会为了讨人喜欢，将教堂装饰得像个沙龙一般，但是它被过度装饰了，就像是在炫耀自己的财富一般。它试图使人获得视觉上的愉悦，令人眼花缭乱，吸引麻木之人的关注，因而显得风流又俏丽。中殿两侧的小圆厅是用大理石铺就的迷人小厅，风格清新而又处于半明半暗之中，就像美丽贵妇们的闺房或浴室。珍贵的大理石立柱光滑又雄伟，柱身上布满橙色、玫瑰色和暗绿色花斑。墙上的大理石壁

1 弗朗索瓦-勒内·德·夏多布里昂（François-René de Chateaubriand，1768—1848），法国浪漫主义代表作家，外交官。

2 欧仁妮·德·盖兰（1805—1848），法国女作家和诗人。

板反射出五颜六色的光泽。在挑檐处，用白色大理石制作的檐角向外舒展着它那优美的支撑脚。无处不在的金饰在柱头上、在画作旁泛出金光，在祭坛顶上绽放光辉，在栏杆上形成闪亮的金线，在祭台间汇聚成开放的花束。这金碧辉煌的一切带有一种节日气氛，令人觉得好似身处一个准备举行舞会的奢华长廊。在泛着金光的黄褐色背景之下，在彩色大理石镶嵌的环绕之中，穿过空中依稀尚存的焚香烟雾，可以见到宣示着新思想的白色大理石群组浮雕，即正统和服从的思想——宗教击败了异端邪说，教会降服了伪圣师。左前方是本堂主保圣人的宝座和圣依纳爵[1]（Saint Ignace）的大祭坛，位于一个青铜栏杆后方，上面装饰着一群在玩耍的镀金小天使，四周还装饰有玛瑙球。这一切都美轮美奂、无与伦比，但不包括那些画像的支架、烛台、叶饰以及上面的金饰，它们被交叠混杂在一起，好似皇家壁炉的装饰物，也像个临时祭坛。上帝雕像的手中持有的是那著名的球体，用世间最大的一块青金石制成。圣依纳爵的银像有 9 法尺高。一位正在清扫过道的教士将地毯掀起以便为我展示那些大理石镶嵌拼图。他得意地抚摸着那些光亮的玛瑙，满怀遗憾地告诉我说那些金烛台在革命战争时期被盗走了。他觉得很荣幸能够为这么漂亮的祭坛服务，并且认为主祭坛与之相比显得过于简朴。他鼓励我明天再回来观看那尊 9 法尺高的银像，因为今天它被封存起来了：“全部是银制的，先生，9 法尺高，世界上绝无仅有！”17 世纪的农民和工人来到一户极其富裕的人家时会感到害怕，而高雅的绅士在精致和奢华的家具环绕之中则会觉得如鱼得水，因为那本就是他自己的世界，况且他还能遇到精心打扮的妇人并欣赏高雅的音乐。

这些奢华的装饰都是一个体系的一部分。只要去南方地区转一圈，就能深刻地感受到这一点。我曾经在比利时见过，在帕尔马（Parme）公爵那失而复得的安宁又温顺的国度见过，在安特卫普（Anvers）的耶稣会教堂中见过，在几乎所有古老

1 依纳爵·罗耀拉（Ignace de Loyola，1491—1556），西班牙人，耶稣会的创始人之一。

大教堂的内部装饰上见过，在著名的圣古都勒（Sainte-Gudule）主教座堂见过。圣古都勒主教座堂是个真正的花园，花园中有栅栏、绿荫以及孔雀、鹰等各种动物，简直是个天堂中的动物园；亚当和夏娃在那里衣着得体；天使看起来要生气了，却带着一副笑面。耶稣会的所有事物都带有一种宜人的和刻意的气氛，唤起些许舒适的感觉。例如，在布道者的头顶，有一个类似置于卧床顶上的云状床幔；位于更高处的圣母像是一位身材苗条而优雅的年轻女士，露着纤细的美丽臂膀，已然准备好参加舞会了。对于这些装饰的阐释就在《耶稣会第一印象图文集》[1]（*Imago primi sæculi*）当中。那是一部带有插图的精美图书，充分展示了耶稣会的审美品位。插图中可以见到有耶稣会士像奶妈一般在哺育圣婴，或者如渔夫一般用网捕获生灵；插图的下方是学院风格的拉丁文和法文诗歌，都是些拿腔拿调的俏皮话、附庸风雅的文字游戏、自命不凡的消遣和甜腻的恭维。总之，全都是些虔诚糖果店的糖果。

如果说耶稣会士制造了糖果，那么他们一定是采用了明智的方法，因为他们以此重新征服了半个欧洲。如果说他们是成功的，那是因为他们找到了那个时代的主要理念之一。在那个时代，天主教为了继续生存下去必须有所转变，这个转变就是通过他们来实现的。在辉煌且遍及各地的文艺复兴之后，各种产业、艺术和新科学覆盖了人类社会，美化和拓宽了人类的生活。在这种情况下，中世纪那种禁欲的宗教无法再延续下去了。人们已经无法再将世界视为一个囚牢，也不能再将人视为一条虫子了，不能再将大自然视为可悲地夹在上帝和灵魂之间的一块脆弱的和临时的面纱，使人只能通过某些缝隙隐约看到那超自然的世界，那唯一坚实、唯一存在的世界。人们开始相信自己的力量和理性，开始感觉到自然规律的稳定性。人们享受到由合法的君主体制所提供的部分保护，贪婪地品尝着各处喷涌的泉水所带来的舒

1 《耶稣会第一印象图文集》1640 年出版于安特卫普。

适。健康和活力又回来了，肌肉得到营养，大脑得到均衡发展，血管中充满火热和鲜红的生命之水。人们厌恶神秘主义的狂热、痛苦的幻象，厌恶清苦的斋戒带来的苦恼和恍惚，厌恶精神狂躁产生的慌乱。宗教必须与人类的新生活状态相匹配，它因此被迫自我克制，不得不收回或减轻它曾经扔到大地上的诅咒，允许或者容忍人的自然天性，公开或者变相地接受世俗生活的发展，不再谴责人们对于舒适生活和品位的追求。它需要与时代相匹配，从北至南，从日耳曼民族到拉丁民族，到处都可以见到天主教与现实世界日趋接近。新教教徒崇尚独立的反省、有益的工作、严肃的婚姻和家庭生活，崇尚诚实致富、适度享受天伦之乐和肉体享乐。艾迪生[1]（Addison）曾说过："我们所要做的事，就是在人间过上舒适的生活，在天堂过上幸福的生活。"耶稣会士缓和了那有关救赎的令人生畏的教条，转变了教规中生硬的规定，发明了宽容的指导、宽松的道德伦理、通融的决疑论和简单的祈祷方式，并通过巧妙地运用判别、限制、阐述、可能性和所有神学的荆棘成功地以其灵巧的手腕使人重新获得了快乐的自由。"尽情享受吧！要保持年轻，不过时不时地要来讲一讲您的事情。此外请相信我，我会为您提供帮助。"

但是，放松了这个限制就得收紧另一个限制。为了应对人类本能中的放纵和无度，新教教徒在唤醒良知之时，在呼唤理智之时，在勤勉有序的运作当中找到了一个堤坝。耶稣会士在想象力的引导方法和机制方面寻找这种堤坝，而这正是其天才般的发现。他在人类的本性当中发现了一层未知且深藏不露的意识，它为其他意识提供支撑；而且一旦有了倾向，它就会将这种倾向传导给其余的意识，使得所有意识都在这个坡度上运转。我们的这层隐秘基底既不是理智也不是推理，而是图像。事物的感性形象一旦进入我们的大脑，就会在那里排序、重复，并在无意识的情况下深入黏附其中；当我们行动之时，通过内驱力的指引，我们就会表现出意愿，这就如同一株看得见的植物，那种子内部的躁动使得萌芽在我们没有介入的情况下就

1 约瑟夫·艾迪生（Joseph Addison，1672—1719），英国政治家、作家、诗人。

已经发生了。凡掌管这个黑暗地穴的人，就是人的主人。他只需撒上种子，管理地下的嫩芽，成熟的植物就会长成他喜欢的样子。应该读一读他们的《神操》[1]（*Exercitia spiritualia*），看看在没有诗歌、没有哲学、没有使用任何宗教的高贵力量的情况下，他们如何控制人。他们有使人变得虔诚的秘诀，而且他们在隐蔽处使用它，其效果是明显的。

“首先，正如一些心理学学者所言，要建造想象力的锚点；也就是说，要想象出基督在其曾经传过道的犹太教堂、农庄和城镇显形。……应该通过一种想象出的幻象来展现一个具体的地点，例如一座寺院或一座山，在那里能够找到基督或圣母以及其他与默想有关的东西。……第二点是通过内部听觉去听取所有人物的话语。例如，听到众神在天上讨论人类的赎罪，或者圣母和天使在一个小房间中讨论道成肉身的秘密。……假如我们默想的是无实体的内容，例如思考罪孽，那么我们可以通过想象去营造一个地点，我们的灵魂被束缚在那里，就像可朽的身躯被缚上铁链，幽闭在一所监狱当中，而人的肉体本身被放逐到那尘世间与野兽为伴。”同样地，为了更好地理解基督徒的处境，可以想象出两支队伍，其一是由基督、圣人和天使们组成，他们出现在耶路撒冷城外的战场上；其二是路西法的队伍，那“亵渎者的首领，出现在巴比伦城外的另一片战场上，坐在一个冒着烟与火的座位之上，面目狰狞可怖。随后，应该身临其境地想象，路西法征召了无数魔鬼，并派遣它们去迫害全世界。没有一座城市，没有一个地方，没有哪个阶层，能够逃脱它们的进攻”。所有人的命运都被计算在内。如果是与地狱有关，那么“第一点是要通过想象去观看地狱之火，想象灵魂被关在牢狱之中遭受火刑。第二点是想象听到那些抱怨声、哭泣声和针对基督、圣徒们的叫喊声。第三点是想象吸收了烟熏之气、硫黄，以及类似仓底或者烂泥的腐败臭气。第四点是想象品尝到了最苦涩的东西，例如泪水、酸涩和悔恨。第五点是想象接触到这焚毁灵魂的地狱之火”。如此一来，

1　此书由依纳爵·罗耀拉所著，是有关修炼和默想的指导书。

齿轮上的每一个齿都接连咬紧。首先是视觉，其次是听觉，再次是嗅觉、味觉和触觉，感官冲击的持续重复进一步加深了印象。他们每天照此修行五个小时，即使在休息期间也不分心。他们不与任何外人相见，也避免与同院的修士交谈。他们避免阅读或书写与当天的默想无关的东西。他们在夜晚也会重复白天的所作所为。这种修行方法只用四个星期就能产生效果。我个人觉得，这时间太长了。我认识不少人按照这个方法修行，十五天后就会产生幻觉；而对于一个头脑狂热之人，对于一名妇女、一个孩童、一个头脑受损且心怀悲伤之人，则用不了十天就会如此。经过这番捶打和沉浸，脑中的印迹变得牢不可破。您可以任由自己激情澎湃，或去过上流社会的生活，但二三十年以后，临近死亡之时，在死亡的恐惧之中，您就能见到这深刻的印迹重现。

3 月 18 日，人民圣母教堂、胜利圣母堂、修道院和奎利那雷山

我们今天去了五六座教堂，它们的建筑风格通常是夸张的、造作的，甚至是荒诞的，但绝不平淡。

首先是建于 15 世纪的人民圣母（Santa-Maria del Popolo）教堂，这里虽然经过贝尼尼的现代化修复，但依然庄严。宽阔的连拱廊排成纵列，将大中殿与小祭堂分隔开，其粗壮的曲线产生了十分庄严的效果。教堂里有二十位红衣主教的陵墓，这大量的陵墓使人不禁生出一种悲伤的情感。主教们的雕像或躺在石块上睡觉，或半躺着沉思，或在祈祷。在每一段训言和纪念铭文之上，通常有一个半身像，有时只有一个头像。好几个墓穴就平铺于地面，而信众的脚步已然将浅浮雕图像磨损了不少。死亡无处不在，而且令人有所感触。我们能感觉到墓穴石板下有骸骨，有某个

人的可怜的残骸，而那些形态冰冷、一动不动地举着消瘦手指的大理石像则长眠于礼拜堂中的某个角落，它们是一个热血生命唯一留存下来的东西，那个生命曾经在众目睽睽之下被火焰焚烧到只剩下一小堆灰烬。我们法国的教堂没有这种浮华的殡仪。在这个大理石墓地，在那些豪华饰物之中，在死亡的威慑之下，在那些饰有“X”字形骨架并且如玛瑙般锃亮的礼拜堂前，在那些威严的圣人雕像面前，在那些嵌在石头中闪亮发光的铜制骷髅前，我们既感到眼花缭乱又感到害怕。我们的大众戏剧就是通过这种富丽堂皇的装饰和死亡这一结局来感动民众的。

在位于巴贝里尼广场的嘉布遣会（Capucins）教堂那里，这种戏剧般的手法就更加明显了。我们来到这里时刚好有一场葬礼仪式在前面举行。仪式队列的队尾是一些身着白衣的修道士，他们手举着蜡烛，黑色的眼睛中闪耀出光芒，那是在他们的蒙面风帽后面唯一显示出活力的地方。第二个队列跟在其后，那是嘉布遣会修士的队列，其中几个人满脸灰胡子，头发已然全白，他们手中转动着念珠，口中唱着我也不知其名的丧葬赞美诗。我们的巴黎歌剧院也有类似的表演，他们使人发笑。而在这里，死亡的肃穆气氛使人喘不过气来。

我们进入到他们那毫不起眼的修道院中。内部狭长的连拱廊上挂满画得不怎么样的修士肖像，还有一些有关死亡的诗歌，都很有教化作用，也就是说都很吓人。这些可怜的人啊，几乎都尚在壮年期，但他们没有亲人，没有朋友，为了安息而耗费了毕生的时间，看着就令人伤心。墙上还贴着印刷品，用以提示圣周的祈祷文和祈祷处，那是可以获得上帝大赦的操作，随后还有效果差一些的做法，可以为别人赢得十年的救赎并且可以转让。除了获得赦罪以外，一位普通修道士能在这里想些什么呢？这可是一笔可以赚到的巨额资产，假如他有朋友、侄子、教子、一个去世的老父亲，他可以将多余的赦罪作为礼物送给他们。他唯一需要操心的是如何有效地利用他的时间，选择收益最高的礼拜堂，尽可能多地跪拜和背诵祷文。假如他处理得好并且勤奋，那么他除了自己的灵魂以外，还能为五六个灵魂赢得救赎。上个世纪最受尊重的神学家、大圣人利古里[1]（Liguori）曾有如下原则：几乎可以肯定的是，一名虔诚的基督徒是不会下地狱的，但是由于没有人能毫无罪孽，也就几乎可以肯定没有人能免除炼狱之苦。因此，如果他明白事理，他就会每天为自己增加赦罪的资本。比方说，他今天赢得了一百天的赦罪——他用一次祈祷就能获得它，那么他将提前三个月零十天离开炼狱。

因为贫困和缺乏就业机会，农民为教会提供了大量的新成员，而一旦成为修道士，他们就如同乡下人积蓄钱财一般积蓄赦罪的资本。他们的日常事务与他们的自身条件相符，与他们的教育程度和才智相符。此外，他们也外出，为了五个苏去参加殡仪。由于教会部分保留了服务大众的精神，因此他们也去探访那些老妪，提供一些药方，传授一些祷文，送人一些护身符。此外，他们还会送人一撮鼻烟或传授某个沙拉食谱。罗马有将近四千名修道士。

我们参观了整座教堂，看到几幅圭多的画，其中有一幅是迷人的大天使《米迦勒》（*Saint Michel*）。他裸腿穿着靴子，和蔼可亲，一副可爱又英俊的武士侍从的模样。作为对比，在这幅画的旁边是多梅尼基诺的《圣方济各》（*Saint François*），画中的人憔悴而衰老。在另一座房子中有一间小屋，曾有位著名的修道士居住在此。如今，小屋中有一个祭台，教宗也来这里祈祷。所有这些中世纪的苦修痕迹，这种幼稚的人或粗鄙之人的虔诚，这种激发和压制人的方式都使我痛心。引导我们参观的修士几乎是个疯子，一个令人悲哀的傻瓜。他唉声叹气，总是重复同样的话；他的嗓音失常，目光迷茫。接替他的修士说他已神志不清。

这位修士引导我们来到地下礼拜堂，里面有成堆可怕而又令人惊叹的干尸。墓地中的土壤足以在五年内使得尸体干化。干尸都是专门准备好的，就陈列于此。四间屋子里装满了骨架，以装饰物的形式被分组安置。股骨、肩胛骨、肱骨、盆骨共同组成花束状和花环状，像是高雅的挂毯。这种陈列方式源于一种奇特而又精致的

1 阿方索·德·利古里（Alphonse de Liguori，1696—1787），意大利主教，救世主修会的创建人。

品位。有时，自屋顶垂下的一串脊骨尽头挂着一颗颅骨，组成一个吊灯；有时，两条臂骨以及它们的关节和多节的手骨铺展开，组成壁炉的垂饰。中间凹陷的髋骨被一个个摞起来，像是装饰冷餐台的成排的水壶。整面墙上和整个房顶上布满了由桡骨排列而成的漂亮又多变的藤蔓花饰。在各个角落，到处是由白色胸骨、锁骨和肋骨堆积而成的骨笼。地上有成排的墓穴坑，有的是填满的，有的等着被填满。时间晚近的干尸身上还穿着道袍，修士指给我们看其中的一具，那是他的朋友，死于1858年。他本来身材高大，但是墓地的环境已经将他缩小到了极点。他那黄色的皮肤紧贴在僵直的胳膊和脸颊上，其肌肉似乎已然溶解。修士补充说他有两位道友病得很重，其中一位可能今晚就会去世，墓坑已经为他准备好了。这位可怜的修士满脸灰色胡须，眼中含着泪水，在为我们讲解的时候却是一副欢快的模样。在此地此刻，他笑着，但在这种话题下，他的笑无法使人产生共鸣。想想看，每一位修士每天都到这座礼拜堂中祈祷，您可以感受到被如此操控的机器是通过怎样的肉体束缚来禁锢人和使人屈服的！

我们想要换换空气，因此我们去了不远处的天使与殉教者圣母大殿（Santa-Maria degli Angeli）。这里曾经是戴克里先（Dioclétien）浴场的图书馆，古罗马人在洗浴后到此来聊天，以此来躲避白天的暑气。米开朗琪罗将其改造成一座教堂，而在教宗本笃十四世（Benoît XIV）时期，万维泰利[1]（Vanvitelli）又做了整体翻修。对于一个阅读厅或者散步厅来说，我们当然无法想象出比这更好、更宽敞、更庄严的地方了，在此思考是令人舒服的事情。那些遗留下来的巨大而精美的立柱，依然威严地支撑着那曲线高雅的宏大圆穹顶。罗马总给我带来这种印象，即古老的异教内核被包裹上了基督教的外衣，但包裹得并不好。

一位全身灰色装束、面相和善的查尔特勒修士引导我们到达位于教堂祭坛内的

1 路易吉·万维泰利（Luigi Vanvitelli，1700—1773），意大利画家、建筑师。

多梅尼基诺壁画前。这位修士是阿尔萨斯人。这幅巨大的画作描绘的是殉教者圣塞巴斯蒂安（Saint Sébastien），画面极其美丽，但是过于追求效果，明显是要将姿态各异之人聚集在一起。我们可以看到一位骑马者，几个刽子手或倾身向前或向后，另一个正跪在地上选择箭矢；一名妇女似乎是在奔跑，其全身的重量都压在一条腿上；另一名妇女跪在地上，几乎是在马脚下。所有人物聚在一起后对比强烈。在上方，是举着一顶王冠的天使们，像在游泳一般翱翔，看上去很乐于舒展他们的肢体。人物的肌肤都是鲜活的，有些肢体部分带有威尼斯画派的风格。此外，好几位妇女的面部表情丰富，在群体的躁动之中，在姿态各异的躯体的拥挤之中，在飘逸的衣褶之中，在明艳的肌肤色彩之中，呈现出一种欢乐与喧嚣。画的整体效果如同一篇华美而伟大的乐章，精致且成功。这幅极其世俗的画是耶稣会复兴的伴奏。

米开朗琪罗曾在位于后方的查尔特勒修会隐修院作画。我相信这世上很少有如此伟大又如此简朴的事物。尤其是简朴这一点，这在罗马建筑当中十分少见，它给人留下的独特印象使我难以忘怀。一个巨大的方形内庭突现在眼前，周边环绕着由白色立柱支撑的小连拱廊。其上方反射出淡红色瓦片的光泽。此外没有多余的东西了。每一边，每隔一百三十步的距离，就能见到轻盈的柱身上方那高雅的圆弧曲线逐渐降落，而苗条的柱身不厌其烦地排列成柱廊。庭院中心，在四棵周长有 12 法尺的柏树之间，是一座喷涌着清水的喷泉，汩汩而出的永恒流水声令人着迷，口中不禁吟出忒奥克里托斯[1]（Théocrite）的诗句：

> 喋喋不休的柏树讲述着你的许墨奈俄斯[2]

潺潺的泉水是一首真正的乐曲，而在其下方，与其曲调一样甜美的是石制盛水盘中

1　忒奥克里托斯（约前 310—前 250），古希腊诗人。

2　许墨奈俄斯是希腊神话中的婚姻之神，在文学上也代指婚姻。

的流水唱出的歌谣。我们出神地看着这些浅灰色的巨大树干，其丰盛的汁浆使树皮在几个世纪当中产生了无数裂缝，自下而上布满了呈束状的枝头，但是又收紧了那些枝杈，使它们紧密地与主干团结在一起。树冠如黝黑的金字塔，带着强烈而又健康的色彩，在清澈而蔚蓝的天空映衬下摇曳生姿。庭院中还种有莴苣、洋蓟和草莓，在一片新绿之中微笑着。不远处，在连廊下，身穿白色长袍的查尔特勒修士们静静地走过。

为了使我们得到更大的满足，这位善良的修士坚持要为我们展示修道院的珍宝，也就是圣骨礼拜堂。这是一座地下墓室，我们点燃一些小蜡烛，举着它们凑近玻璃柜观看。乍一看，你会以为自己身处一间博物馆——所有圣骨都有标签，而且哪个身体部位的骨头都有。有几具骨架是完整的，可以看见软骨和裹尸带包裹下的一些皮肤。祭台之上的一个玻璃柜里有一具干尸，那是圣利拜尔（Saint Liber）。其对面是地下墓穴中找到的一个儿童和其父母的干尸。在罗马，什么都不会丢失，这就是鲜明的证据。当 11 世纪，那中世纪最黑暗的虔敬盛行之时，克努特[1]（Knut）国王来到意大利，以 100 金塔兰[2]（talents d'or）的价格购买了希波的奥古斯丁的一条胳膊。这种虔敬自蛮族入侵时代就开始了，一直持续到马丁·路德的时代。从那时起，由教宗庇护五世、保罗四世和西斯都五世所领导的一种更纯洁、更富有智慧的宗教得以建立。通过神学院的修习、纪律的约束和教规的重建，他们培养了我们今天所认知的那种教士，就如同 17 世纪法兰西那高雅而又有修养的天主教为我们所展示的那样。也就是说，其行为举止是受教规约束的，其外表端庄得体，是受监牧或道德专员监察和自我检查的。这些监察人员就是一个帮助世俗政府管理道德秩序的大型行政机构中的公务员。16 世纪初期那些好战、信奉享乐至上和异教的教宗，与 16 世纪末那些虔诚、恭顺和守教规的教宗相比，

1 指来自北欧丹麦克努特王朝的国王。

2 古希腊货币单位。

差异是巨大的。教宗利奥十世是一个乐天派，爱好打猎和粗俗的恶作剧。他被弄臣围绕，酷爱古代寓言。而西斯都五世曾是方济各会修士，他拆毁了塞普蒂米乌斯·塞维鲁[1]（Septime Sévère）修建的七星楼（Septizonium），将方尖碑转移到圣伯多禄大殿前，使它成为天主教的饰物，并且还想清洗罗马所有古代异教的痕迹。

我们重又回到胜利圣母堂（Santa-Maria della Vittoria）去看贝尼尼的作品《圣特蕾莎[2]》（*Sainte Thérèse*）。她很可爱，斜躺着，因爱而晕厥，其手和裸脚下垂，眼睛半开半合，沉迷于自己的梦幻和幸福之中。她的脸颊很消瘦，但又是那么高贵！这是一位真正伟大的女子，她在“炽情与泪水”中熬干了自己，期待着所爱的到来。其衣裙褶皱的细节、其疲惫的双手、其微开的嘴唇流露出的叹息以及她身边的一切，无不表现出其情欲上的焦虑和激情勃发带来的惊喜。如此陶醉和感人的姿态无法用语言去描述。她仰面昏厥过去了，她的存在解体了，揪心的时刻到来了，她呻吟着，这是她最后一声呻吟，这种感觉太强烈了。天使看起来像是个十四岁的侍从，披着轻便的长衣，赤裸着胸膛，面貌优雅而可爱。这是上帝的一个最英俊的侍从，他来帮助上帝的温柔的奴仆获得幸福。一丝半得意半狡黠的微笑挂在他的脸上，使其娇嫩发光的脸蛋上凹进两个酒窝。他手中所持的金箭表明他即将拨动躺在他面前的那迷人而炽热的身躯的所有心弦。从没有人书写过如此富有魅力、如此温情的故事。这位贝尼尼，我曾认为他在圣伯多禄大殿的作品滑稽可笑，然而在此，他找到了完全基于表现力的现代的雕塑方式。为了达到目的，他让光线洒落到那白皙而娇嫩的脸庞之上，使其看起来就像是体内有火焰在燃烧。如此这般，透过那悸动的大理石肌肤，我们好像见到了那充满至福和狂喜的灵魂之灯在闪亮。

1 塞普蒂米乌斯·塞维鲁（145—211），古罗马皇帝。

2 圣特蕾莎（1515—1582），又称圣德兰，西班牙修女，后被封圣。

《圣特雷莎》，贝尼尼

对于这类群雕的评述，可以在当代的神秘主义论著中见到，那本著名的《静修指南》[1]（*Guide de Molinos*）在十二年中被重印了二十次。在这个空虚的罗马，它从一个宫殿到另一个宫殿，以一种新的灵修方式指引着那些灵魂通过迷茫的小径，直达无恋人的爱，并由此走得更远。如同火焰中的蜡烛一般，当西班牙在狂热的天主教信仰中日趋衰竭并通过他们的画家、诗人来延续圣依纳爵和圣特蕾莎曾经渴望的狂热崇拜之时，耽于声色的意大利却去除了虔敬的棘刺，如开放的玫瑰一般呼吸着新鲜空气。在圭多所绘的圣女当中，在圭尔奇诺所绘的迷人的玛大肋纳当中，在最新一批画师们所绘的优雅而丰腴的身躯和明媚的肌肤当中，宗教与生活上的享乐以及他们的十四行诗已然结合起来。莫利诺斯说过："静修有六个阶段，即：热情、虔敬、升华、感悟、味道和安宁。……虔敬是一种甘美的精神甜酒，它在灵魂中流淌，引导并巩固灵魂。……味道是神灵存在的一种可口滋味。……安宁是一种甘美而神奇的宁静，那里充满了极乐与安宁，灵魂在那里似乎进入到甜美的梦中，好似任由自己安睡在那充满了爱的神圣胸脯之中。……静修还有许多其他阶段，例如恍惚、激动、精疲力竭、昏厥、凯旋、吻、拥抱、激昂、融合、转变、婚约以及婚姻。"[2] 他倡导这些并且将其付诸实践。在这堕落而腐败的世界中，精神缺少对重大利益的关注，只是充满了阴谋和炫耀，而灵魂中的激情和想象力除了多愁善感和风流的交谈以外找不到其他出口。当悔恨产生之时，人从人间之爱过渡到上天之爱；而一段时间之后，在这种教义的指引下，人们将体验到，从恋人到导师什么都没有改变。

我最近刚读了马里诺[3]的《阿多尼斯》（*L'Adone*），在这首那个世纪最为著名的

1 也称为《莫利诺斯指南》，是西班牙修士米格尔·德·莫利诺斯（Miguel de Molinos）的著作。莫利诺斯是寂静主义（一种神秘的灵修神学）的创建人之一。

2 《静修指南》，1675 年，第二卷，第 183 页。——原书注

3 詹巴蒂斯塔·马里诺（Giambattista Marino，1569—1625），意大利诗人。

长诗中，我们能更加清晰地看到情感、习俗和艺术中的巨大变化。这种变化已经在塔索的阿尔米达和阿明达[1]中有所展现。假如我们将其与米开朗琪罗的《勒达[2]》（*Léda*）相对比，那将会是多么大的反差！一切都转向优雅和柔弱了！我们很快就堕落到平淡无奇和矫揉造作了！我们犹如见到了向女士献殷勤的侍从骑士的流行！这篇二十章的长诗似乎是为一位因仰慕而拜倒在一位悠闲的夫人脚下的英俊少年而作的。那将是一个在一座大理石别墅的柱廊之下、在一个温柔夏日的夜晚、在汩汩喷泉的低语声中、在慵懒花朵的芬芳之中发生的故事。他们互诉衷肠，在一万句诗中，他们没讲别的事情。那些游乐画和寓言般的花园的完美展现，以及有趣且数不胜数的艳情小说搞乱了他们的头脑，就像无数香氛过重的玫瑰被成束成捆地堆在他们的四周。在这种包罗万象的精神满足之中，他们的身心沉溺其中。他们还能做什么？还有什么可做的呢？阳刚的活力消融了。在无所不管的专制之下，思想和行动都无法蓬勃发展。男人开始女性化，他不再懂得什么是希望，他只想享乐。跪在一位女士膝下，他就忘记了其余，一条飘动的裙子就足以牵动他的梦想。其堕落的灵魂已丢掉了所有高贵和阳刚的特征，因为他只想爱，却再也不知道如何去爱了。他既肉麻又粗鲁，他只会说下流话或表达空洞的爱慕之情。他不过是个书房中的风流种和闺阁中的奴仆。对于其情感而言，塔索的言语是糟糕的。他啰啰唆唆地陈述他的想法，喋喋不休地说着造作的话；他使用浮华造作的概念并不断地夸大其词，他制造了一套不规范的隐语并用它来交谈。更糟糕的是，他是个伪君子。在诗歌中最大胆的章节之首，他写下了一段深奥的解释，用以证明其不恰当的言行是合乎道德的，同时也是为了解除他所担心的教会审查。在17世纪，世俗的爱与神圣的爱都

1 阿尔米达和阿明达都是塔索作品中的人物。阿尔米达是其史诗《耶路撒冷的解放》中女巫的名字，阿明达是同名剧本《阿明达》中男主角的名字。

2 古希腊神话中斯巴达国王廷达瑞俄斯的妻子。宙斯觊觎她的美貌，于是化作天鹅与她亲近，使她怀孕并生下了海伦、克吕泰涅斯特拉、波吕丢刻斯和卡斯托尔。

堕落到同一水平。不管是在贝尼尼的作品中，还是在马里诺的作品中，我们都能透过那矫揉造作和被遗弃的优雅看出那失却了阳刚活力的男人的堕落，剩下的唯有对感官的崇拜了。

我们今日的参观以奎利那雷山的花园作为结束。它们是由教宗乌尔巴诺八世建立的，位于一座山丘之上，自山顶沿着斜坡逐级而下。我们就像在佩雷勒的版画中漫步一样。高大的遮阳绿篱、修剪成花瓶状的柏树、由黄杨围成的花坛与柱廊、雕像一起共同组成了一幅画卷。花园具有一种冷漠的规则感以及一种那个世纪所特有的矫枉过正，而随着君主制和理性治理趋于稳定，这种矫枉过正的风气蔓延到欧洲的所有艺术之中。如同皇室一样，那时的教会也具有不容置疑的权威。在其臣民的眼中，它是崇高的、威严的，是与其地位相契合的。

于我们而言，上述这些花园更适合意大利。遮阳绿篱是用桂树和黄杨修剪而成的，它们在冬季常绿，在夏季又能抵御烈日。从不会失去绿色的圣栎树总能形成浓厚的绿荫，茂盛的灌木墙又可挡风。从四面八方喷出的水不仅以其动态满足视觉享受，而且还能保持林荫道上的清凉。凭栏远眺，可以看到整座城市。在晚霞余晖之中，圣伯多禄大殿和贾尼科洛（Janicule）山那蜿蜒的曲线尽收眼底。对于教宗和那些庄重且身穿长袍的年长的教会长老来说，这些整齐的林荫道很适合散步，这些壮观的装饰正是为他们而准备的。春天时，在温煦的阳光下，在晴朗的天空下，在那晶莹剔透的绿廊前，在此度过一个小时将会是多么温馨的事情。人们从那长阶逐级而下，或沿着缓坡走下，直达中央池塘，那里有五十口喷泉，喷涌而出的清澈水流自池边向中心汇聚。近旁一座贴满了镶嵌画的凉亭以其圆顶为人们提供阴凉。流水之声、流水之态以及这些雕像和这座凉亭对面的开阔视野，都使得操劳于事务的头脑得到放松和休息。某一日，他们在此增加了一组群雕；另一天，他们砍掉或者栽上了一棵大树。建造成为教会长老唯一的乐趣，尤其是对于一位早已厌倦仪式的长老而言更是如此。

3月20日，圣母大殿、拉特朗圣若望大殿

我的朋友们对我说应该多放松自己，欣赏那些事物本身，而不要再去追本溯源，别再去探究历史。他们说的都很对，但是今天天气很好。

这几天，我们漫无目的地走上街头，抬头仰望那万里碧空，天上没有一片云，那是阳光的胜利。清澈无瑕的蓝色穹顶上映照出清晨的曙光，似乎为古老的城市带来了节日的气氛和盛况。墙壁和屋檐都在明朗的空间中显得线条分明。沿着两排房屋的紧凑柱廊远望，一眼看不到尽头。随意前行，在每一个转弯处，都能见到崭新的剧院布景：一座由凸雕饰支撑的巨大而厚重的宫殿；一条起伏的坡道向前延伸直达一座大教堂，在阳光的辉映之下，它像一幅画一样将人物包裹在阴影和光线的交替之中；一座拆毁的宫殿被改造成了商店，有些红龙（dragons rouges）睡在灰墙旁，绿色山岗上耸立着一棵伞松，旁边是开着白花的扁桃树；在一个建有巨大喷泉的广场上，左边是拥有奢华排场的教堂，装扮得就像出身阔绰的新娘一样，在壮丽的碧空之下微笑着，其对面是一条交叉的散步小径，路旁的树木已然开始发绿；最后是没有止境的偏僻街巷，在修道院的某段墙壁和某些看不清的别墅之间忽隐忽现。屋脊之上到处都有垂挂的花朵，时不时露出某些被紫罗兰和苔藓所包围的纹章饰。所有街巷都被明媚的阳光切割成明暗两部分。一座大门遥遥可望，那就是庇亚门（Porta-Pia）。从那里再往远处看是灰色的乡野，天边露出了群山顶上的白色雪线。

回来的路上，我们沿着那条高低不平的街道前往圣母大殿，道路两旁满是各种宫殿和年代久远的荆棘篱笆。在一块宽敞的高地之上，大殿及其圆顶以高雅的姿态耸立着，既简朴又完美。当我们进入其中时，欣悦之感就越发强烈了。它始建于5世纪，后来被修复过，但其整体的布局被保留下来了。宽敞的中殿上是横向延伸的拱顶，由两排白色的爱奥尼亚式立柱支撑着。我们惊喜地发现，如此简单的方式就

能获得那么壮丽的效果，就像是进入了一座希腊神殿。据说，这些立柱是从一座朱诺神庙中移来的。每一根立柱都光滑无比，具有一种纯洁而迷人的美，除了其柱顶的精美曲线之外，没有任何多余的装饰。在一排树干上平铺梁木形成了一个回廊，从中我们可以感觉出那真正的自然建筑的常理和情趣。自此以后，所有的建筑物都变得粗野了。首先就是西斯都五世和保罗五世的那两座礼拜堂，尽管它们拥有圭多、约瑟平、奇戈利[1]（Cigoli）的油画，贝尼尼的雕像以及丰塔纳[2]（Fontana）、弗拉米尼奥[3]（Flaminio）的建筑设计，但它们也是如此。这些都是著名人物，而且人们为礼拜堂花费了巨资，然而对比而言，古代的简朴方式产生了巨大的效果，而耗资巨大的现代方式却只产生了很小的效果。当我们被那奢华穹顶上的画作弄得眼花缭乱，被那多彩的大理石装饰、玛瑙中楣和基座、东方碧玉立柱、拴着脚挂在空中的天使、青铜制或金制浅浮雕等填满头脑之时，我们只想赶快走出这个“杂货铺”或“糖果店”。这个光彩夺目的镀金盒子，这个从广场到塔顶都精工细作的大建筑，其想象力的脆弱面纱似乎是被那些用作装饰的小玩意儿的尖角划破了，而任何一个古典立柱的纤细轮廓与那些丰富的装饰元素相比，都更令人感到激动。教堂的立面也是一样的，装饰着众多栏杆、曲线门楣和尖角门楣，以及立于石基之上的雕像。这更像是一个市政厅，只有那 14 世纪的钟楼令人赏心悦目。如今，它是这座城市的钟楼之一，在地图上有明显的标注，是旅行伙伴和修道士必来之地。这些老教堂中留有各个时代的痕迹，也能从中看出基督教的不同阶段：首先是异教的形态，随后是中世纪和文艺复兴时期，最后是那怪里怪气的现代时期。拜占庭时代在中殿和后殿留下了那些镶嵌画。那些惨白而毫无生气的基督像和圣母像，目光像幽灵一般呆滞，在金色底和红色壁板的衬托下一动不动，像是已然枯竭的艺术和已然消逝的

1 洛多维科·奇戈利（Lodovico Cigoli，1559—1613），意大利佛罗伦萨画派画家、建筑师。

2 多梅尼科·丰塔纳（Domenico Fontana，1543—1607），意大利建筑师。

3 弗拉米尼奥·蓬齐奥（Flaminio Ponzio，1560—1613），意大利建筑师。

世界之鬼魂。

拉特朗圣若望大殿就在附近，它更糟糕。其穹顶依然是横向的，但是古代的立柱消失了，代之以镶板壁柱和柱廊。贝尼尼在此竖立了十二尊巨大的使徒雕像，全部由白色大理石雕刻而成，每一尊还有一个绿色大理石基座，个个都是一副好汉的模样和模特的姿态。他们的长袍形态以及他们的姿态似乎都在对公众说："看看我们是多么引人瞩目！"这是17世纪的糟糕品位，既不是异教的，也不是基督教的，也可以说两者都是，而两者之间又相互破坏。此外，这里还有穹顶上的贴金、门前广场上的垂花饰和圆花饰，以及那些精巧的礼拜堂。其中之一是托洛尼亚（Torlonia）礼拜堂，它几乎是崭新的，简直就是一个用于乘凉的大理石闺房造型。它呈白色，以镀金点缀，拥有一个漂亮的藻井；另有几件高雅的雕像，略带伤感，然而却平淡无奇，像是流行的玩具娃娃。它的旁边是克雷芒十二世礼拜堂，更宽敞也更奢华，至少这里的女士像更有头脑、更有思想，也更细腻。她们是18世纪的贵妇，懂得时尚，能够维护自己的地位，不像那些纪念册中所展示的想要拥有灵魂的市绅女子。但是这两个礼拜堂都是沙龙，一个用于展示花里胡哨的衣装，一个用于展示克里诺林裙衬[1]。作为对比和补充，有人指引我们去看大祭台，那里有圣伯多禄和圣保禄的头像。一位年轻的修士对我们说："在这个祭台上，圣伯多禄主持过弥撒。"我刚才路过了圣普正珍大殿（Santa-Pudentiana）并进入其中，我看见了那个石井栏，圣女在那里收集了三千名以上的殉道者的血。

在拉特朗圣若望大殿旁有一座带有三段阶梯的礼拜堂，其中的一段阶梯连接着彼拉多官邸（Palais de Pilate），阶梯上被覆以木板，信众们则跪爬着上去。[2]我刚看到他们踉跄着、摇晃着向上爬，双手贴着台阶和墙壁以感受此地的神圣性。他们需要半个小时才能爬到顶。应该看看他们那严肃的面容和虔诚的眼神，尤其是其中一

1 克里诺林裙衬是19世纪流行的用马尾、棉布、亚麻布等材质做的硬质裙撑。

2 此段描写的应该是圣阶，又称彼拉多台阶，由二十八级白色大理石组成。

位农民，他身穿破旧的蓝色上衣和长裤，脚穿厚重带钉的皮鞋，像牲畜一般笨拙，没什么教养。他的膝盖撞得木板咚咚作响，而当大理石地面显露出来之后，他就不断地亲吻地面。阶梯顶部有一幅画像，位于栅栏和蜡烛的后方，人们不停地亲吻那栅栏。一块指示牌上写了差不多二十个字的祈祷文——背诵这个祈祷文之人可赢得百日的赦罪。指示牌劝告信众将祈祷文铭记于心，如此就可以多次背诵它，并赢得更多的赦罪。这简直跟佛教国家的情形一样——上流社会崇拜镀金的圣物，而普通百姓则崇拜佛骨舍利。两百年以来，意大利的信仰文化就是这样的。

在入口处，当我凝视那辉煌壮丽的中殿、凝视那穹顶的金光映照之下的一片白色之时，所有那些想法全都消失了。正在落山的太阳将其光芒穿透窗户倾泻在堂前的广场上。后殿内到处是古老的镶嵌画，其圆弧形曲线内的金色、红色与那耀眼的光芒混合在一起。我们继续前行，倏然间，列柱中庭在我们眼前展现出它那奇妙的景致。在罗马没有什么比这更好的了，你无法想象一个更简单、更庄严、更美丽的场景了。首先，这处场地呈斜坡状，它巨大无比又寂静无人，更远处有一片青草地，随后是一条长长的林荫道，道旁种着成排的无叶树木；终点处在最高点，那里是一座巨大的教堂，是耶路撒冷圣十字圣殿（Santa-Croce）和它那棕色的钟楼。我们没想到在如此紧凑的空间里、在如此寂静而高贵的环境中能有这样的布局。教堂两侧的景致使其显得越发高贵，其左侧是淡红色的柱廊遗迹，都是被拆下来的厚重砖块，那是从贝利萨留[1]古城墙上拆下的部分；其右侧是宽阔的田野，中间有一条闪亮的引水渠；远处，青山掩映，间或点缀着白色的村落。太阳的光芒笼罩了所有这些巨大的形状，蓝天呈现出圣洁的色彩，白云如天鹅一般平静地翱翔。红砖之间、雉堞之间以及农田阡陌之间，到处都冒出了被斜阳照亮了的圣栎树、柏树和松树的树丛。

我在“利奥三世餐厅”的阶梯上停留了一个小时，那是一个单独的后殿，台阶

1 贝利萨留（Flavius Belisarius，约505—565），东罗马帝国查士丁尼一世时期的将军。

上杂草丛生，并且顶开了台阶地板，蜥蜴也跑到台阶上来晒太阳。此处鸦雀无声，偶尔有一辆小车、几头驴穿过那废弃的石砖路。假如这世界上有哪个地方适合让疲惫的灵魂休息，缓解其麻木，并通过伤感而高贵的梦幻来抚慰其心灵，那么就是这里了。春天到了，温煦的阳光照耀在石基之上，散发出一种难以言表的美，也将其恩赐洒满人间。植物的嫩芽开始突破它们的外壳，而这些巨大的石砌建筑却被遗忘在罗马的某个角落，就像是些流亡者；它们在孤独之中获得了一种和谐的泰然自若，这不仅掩盖了它们的缺点，而且增添了它们的庄严之感。初见拉特朗圣若望大殿，它的立面令人震惊，它那一分为二的柱廊，如同过高的房间被从中加入了一道隔层。它那重叠的立柱，它那立满了雕像的栏杆，好似终场后登台的演员在感谢观众。这些装饰都太夸张了。一个小时过后，眼睛开始逐渐适应，开始享受各处展现出来的安逸和美。我们发现教堂既富丽堂皇又坚实可靠，我们开始想象教宗在此穹顶之下定期参加的宗教仪式，并且将其与某些专门为迎接教权的恺撒而建的凯旋门相对比，因为教宗就是古罗马的恺撒们的继承人。

街道、圣安德烈圣殿、越台伯河的圣母大殿

罗马有三百四十座教堂，你别强迫我将它们全部参观完。我觉得最好的办法是当你遇到一座教堂并想要探索一番的时候就进去。我们来到了密涅瓦圣母堂（Santa-Maria sopra Minerva）前，是为了听取那清冷的中殿中传出的唱诗声，是为了去观赏那穿透紫色玻璃窗的光彩。参观山上的天主圣三（Santa-Trinita-del-Monte）教堂，是为了观看达尼埃莱·达·沃尔泰拉[1]（Daniel da Volterra）那破败不堪的《耶

1　即达尼埃莱·里恰莱利（Daniele Ricciarelli，1509—1566），意大利画家、雕刻家。

稣降架图》，尤其是为了顺道去看看这座女修道院的内庭。在那嘈杂的西班牙广场上，它好似一个与世隔绝又寂静无声的堡垒。我有许多不成熟的想法或念头在脑子里隐隐地横冲直撞，这些念头就像是一窝蚕在吐丝。丝网不断地扩大，不用人监视，它就会自成一体；一个平凡的相遇、一个并不令人在意的细节，现在都变得更有意义了。由此，这些搭配协调的物件形成了一个整体，没有任何一个物件没有它的位置。譬如今天，在这蔚蓝的天空下，阳光如华盖般笼罩在街巷之上，街上的灰色烂泥玷污了房屋的门面，这些折断的界石、生锈的铁条上布满了年代已久的蜘蛛网。风吹过这些黑暗的过道，泛起了片片尘土。这些褪色的门环已然磨损了那屡遭击打的栓钉。在那斑驳的立柱脚下，一口黑油锅里面翻滚着油炸物。我们可以看到巴贝里尼广场上的赶驴人和他们那些驮着木柴的驴子。尤其是一些身穿蓝色羊毛衣、套着厚皮护腿的乡下人，他们安静地聚集在万神殿前，就像一群野生动物被城里的新鲜事物惊呆了一样。他们并不像我们的农民那样看起来傻傻的，而更像是掉进陷阱里的狼或獾。他们当中，许多人的身材匀称而强壮，与法兰西士兵那娇小而优美的身材相比明显不同。其中一位农民披着黑色长发，有一张高贵而苍白的脸，好似拉斐尔画笔下的乐师一般。他脚下的平底凉鞋被用皮带系在脚上，这与古代的雕像是一样的。他那凹凸不平的灰色破帽子上插了一支孔雀羽毛。他站在一处垃圾场前，姿态却好似一位帝王。从那些自窗口探头张望的妇女当中，我们可以区分出两种人：一种人，头脑灵活，有方形下巴，五官紧凑，黑色的眼睛炯炯有神，眼神专注，鼻子坚挺，前额凸出，颈短而肩宽；另一种人，头型如浮雕般匀称，娇小而多情，眼线精细，带有聪敏的特征，明显是多愁善感的容颜。

彩票售卖点里全是人，人们挤在橱窗前观看号码布告。这就是这些人最操心的事情——计算双联号码和三联号码。他们会梦到那些号码，并从年龄、日期中寻找线索，还会利用字符的形状去推断；他们对此有预感，还会为此在圣人和圣母面前念九日经。富有想象力的头脑努力工作，充满了梦想，突然间又涌现出恐惧与希望，于是，他们跪下了，这种过度的欲望或忧虑就是他们的宗教。

这种感受方式是古老的。我们刚刚进入圣安德烈圣殿（San-Andrea della Valle）去看兰弗兰科的壁画，尤其是多梅尼基诺的四幅有关福音传教士的画作。它们都很美，但都是异教的，只能说都具有别致的想象力。圣安德烈像是一个年迈的赫拉克勒斯。福音传教士的四周围绕着带有寓意的美妙女子，其中一位赤裸着胸脯、臂膀和腿，举手指向天空；另一位戴着帽子，以最高傲的姿态俯下身躯。在圣马可（Saint Marc）的旁边，调皮的孩子们在巨狮身上玩耍，更下方，在掀起的长袍之间，可见到天使们赤裸的大腿。观众来此肯定只是来观看那些大胆的姿态，观看那些强壮且足以引起竞技者好感的身躯。他们不会对此反感，恰恰相反，他们的圣人在此被表现得如此强壮、如此骄傲，这就是他们所想象的形象。假如您的君主来自外域，而且您也从未见过他，但是他对您有生杀予夺的权力，您就会将其想象成这个样子了。

至于越台伯河的圣母大殿和其他教堂，我没有什么好说的，不过是些已有印象的重复。在这里可以看到取自一座古代庙宇的双排立柱、平顶天花板上的藻井和镀金线脚；可以看到圭多的一幅《圣母升天》[1]（*Assomption*），它因位置过高而被堆砌的金色装饰掩盖了；半圆形的后殿墙壁以金色为底，镶嵌着线条僵硬的古老画像；可以看到死人的雕像躺在他们的墓穴上长眠。这就是越台伯河的圣母大殿。每一座教堂当然都各有其特点，或各有几幅好的作品。

蒙托里奥圣伯多禄堂（San-Pietro in Montorio）有皮翁博的一幅《基督受鞭笞》（*Flagellation*）。那如雕像般的姿态，那强健的身躯，那受刑人和刽子手身上紧绷的肌肉，无不提示观众米开朗琪罗曾经是皮翁博的顾问，经常如师傅一般对他进行指导。

1　作者此处有误，这幅画应是多梅尼基诺的作品。

圣克莱门特（San-Clemente）教堂曾一度被埋没，刚被发掘出不久。在绿色的古老立柱之间，在火把的照耀之下，那些壁画看起来都像罗马最古老的画作，都是僵硬而可怜的拜占庭式的人物，其中一位圣母的胸脯像哺乳的动物一般下垂。

河畔圣方济各（San-Francesco à Ripa）教堂，其内饰的镀金和大理石是迄今所见最华丽、最夸张的。它是由 18 世纪的行会组织捐资建造的，例如鞋匠行会、水果商行会、面粉业行会等，教堂的每一部分都刻有相应的捐资行会的标记。由此，几乎每一条街巷上都有一段有趣的历史故事。给人印象强烈的还有教堂与其周边环境的反差。走出河畔的圣方济各教堂的时候，您不得不堵住鼻子，鳕鱼的恶臭实在是太刺鼻了。在一栋巨大的灰白色建筑旁，在死气沉沉的街道前，黄色的台伯河水在残余的桥墩间流淌。

从蒙托里奥圣伯多禄堂返回时，我见到了一片简直无法描述的街区。那里全是肮脏而又可怕的街巷，陡坡旁就是烂泥，油腻的过道中挤满了如潮虫一般的人群。面色蜡黄或铁青的老太婆用她们那巫婆般的眼睛瞪着路人。孩子们像狗一样蹲在地上，还不知羞耻地模仿它们撒尿。无赖们披着棕红色的烂衫，抽着烟斜靠在墙上。肮脏又拥挤的人群涌向炸货店。从头至尾，街道上的污水混杂着厨余垃圾四处流淌，带着漆黑的污垢在地面画出沟槽。下游是圣西斯都（San-Sisto）桥。台伯河上没有一个码头，渗水的垃圾堆散布在河岸旁，好似无数在污水中浣洗的墩布。镀金装饰与垃圾堆、风俗与外貌、统治与信仰、现在与过去，所有这些都是有关系的，而在某些时候，我们可以感觉到其相互间的依赖。

第 八 章

社 会

3月22日，市绅阶层

我差不多已为你描述了所有我自己的观察所得，即表面所得；至于其内涵——我指的是品行和特征，你应该明白，在短短一个月的观察与思考之后，我还没有什么可说的。但是，我有许多来自不同阶层的朋友，他们持有不同的观点。他们都很随和，其中也不乏睿智之人。以下是我与他们的五六十次深入且毫无保留的交流与对话的总结。

如今，这座艺术品众多的城市只有很少的艺术家了。三十年前，他们还有卡穆奇尼[1]（Camuccini）先生以及一些大卫像的模仿者，而如今的作品都流于平淡无奇的优雅了。为了讨好阿尔卑斯山以外的暴发户，雕刻师们将大理石打磨得极其光滑——这是他们的强项，他们也不太会去更进一步发展了。大部分人成了制造复制品的工人。公众的审美同样跌至很低的水平，罗马人只是通过外国人的崇敬态度来感知他们的那些历史杰作。问题在于，真正的文化对于他们来说是被禁止的。没有

1　温琴佐·卡穆奇尼（Vincenzo Camuccini，1771—1844），意大利画家。

教宗授权的护照人们就无法旅行，而他们申请这种护照时经常遭到拒绝。他们告诉我，一位意大利艺术家没能获得前往巴黎的权利。“如果您愿意，可以去，但是别想回来了。”总有人担心出境者会带回来自由主义的信条。

据外国人说，这里的医生就是灌肠师，这里的律师只会诡辩。所有人都局限在自己的专业之内。警察几乎无所事事，毫不关心与宗教和政治无关的事务。一个爱学习和阅读的人，哪怕是闭门在家也会受到他们的监视。警察会骚扰他，会登门搜查禁书，会指控他收藏淫秽版画。他会受到告诫，即他必须在念《圣母经》的时刻回家，不得在太阳落山后出门。只要违反一次，他就会被逮捕并关押。一位外国外交官告诉我说他的一个朋友就遭遇了这种情况。罗马有一名数学家，有一两名古董收藏家，但归根结底，学者在此不受重视，甚至是被怀疑的对象。假如某人很博学，他将会隐藏自己的学识或者请求谅解，只将其所学视为一种爱好。无知很受欢迎，因为它使人驯服。

至于教授，大学的一流教授每年有三四百埃居的收入，每星期要上五次课，从中就可以看出他们尊重学问的程度了。为了生存，有人去当医生、建筑师，有人去当职员、图书馆员，还有些人成为教士，通过弥撒挣钱，但所有人都生活得很拮据。我在大学的年鉴中看到，学校有四十七个教席，五百名学生，差不多每个教席配十名学生。教宗刚刚批准一门地质课，只有四名学生听课。学校没有世俗的历史课，而神学的课程很多。这就透露出了这个机构的主旨。中世纪的学科很繁荣，而现代的学科还未登堂入室。罗马只有两所公立学校：培养修道士的由宗座代牧主教直接管理的罗马神学院和由耶稣会士管理的罗马学院。学生们在学校里只学拉丁文和希腊文，他们既不学意大利文也不学法文，既不学活语言也不学历史——君士坦丁时代以前的罗马史除外。这种课程设置是那么单一，以至于哪怕是学生中的第一名要进入教会也得从原理上重新学起。医学院里根本就没有产科临床学，所有教学都是基于生理器官的绘画，而这些绘画还被用帘子遮住了，其余课程也一样。一位阿勒曼医生告诉我，医学院的教授就是村子里的理发师，他们当中只有几个人在巴黎待过一两个星期，而且他们在医院中所使用的治疗手段落后了一个世纪。在皮肤病收容所，他们为头癣患者实施头部切口手术时会将切口排成一列，等伤口结疤之后再在上面用毛刷涂上一层药剂混合物，可这个毛刷是公用的，而且或许已经使用多年了。以上这些情况，足见自由职业的地位和重要性。

这里就没有某种道德约束吗？我的大部分朋友都回答说没有，而且是政府导致了人的堕落。这里的人都聪明又狡猾，善于算计，但也都很自私，没有人或几乎没有人愿意为意大利贡献自己的生命或金钱。他们叫喊得很凶，但是没人挺身而出，没人愿意牺牲哪怕是微小的利益。他们认为效忠和献身是做傻事。当他们看到法兰西人为了祖国和荣誉而热血沸腾、不惜粉身碎骨的样子时，他们只会露出一丝不屑的微笑。

他们不轻易信赖他人，只会在表面上顺从您，而且拥有无比的礼貌和耐心。对于一位外国人总会犯下的发音错误和用词不当，他们总会报以善意的微笑。他们是自己的主人，丝毫不愿受到什么连累，只想为自己谋利益，哪怕欺骗别人或者相互欺骗也在所不惜。他们不了解我们所讲的文雅。例如，某位著名的古董商会从委托他出售物品的商人那里收取每一笔买卖的回扣。在最富有、最高贵的人物中也不乏许多放高利贷者。

这里的每个人都有自己的保护人，否则他无法生存，而且不管是为了什么利益，都需要有保护人——要打官司，想收到佣金，要保护自己的财产，这些全靠人脉的关照。假如您有一位百依百顺的漂亮女子为您或您的家庭服务，您就别想保持清白了。我的一位朋友将意大利与他曾经旅行过的东方国家做比较，他说区别在于此地不是靠实力来操作事务，而是靠机智，机灵人和有背景的人能够获得一切。生活就是一个联盟，也是一场战斗，但它是隐没于地下的。在一个由教士执政的政府之下，人们害怕引发轰动，也无需借助粗暴的力量，而是采用巧妙的方式相互埋雷和反埋雷，甚至会利用十年前就设计好的陷阱。

既然创举和行动都是有害的，是受指责的，那么懒惰就是光荣的。许多生活在罗马的人既无职业也无收入，真不知道他们是如何生存的。还有些人每月挣十个埃居，却能花费三十个。在可见的收入以外，他们有各种各样的资源和权宜之计。首先，政府会有二十万或三十万埃居的布施，而每一位王侯或贵族也都相信，鉴于他们的地位和传统，必须为慈善而施舍——有人每年捐资六千埃居。此外，到处都有名为“吃好”的施舍点。有的人一天跑十五个施舍点，只能在一两处有所收获。请愿者可以得到免费的晚餐，这也成了一个职业。这个职业也有帮凶，我们可以在露天见到一些代笔的讼师，他们头戴帽子，身边放着雨伞，拿着一摞纸在那里写请愿书。最终，在这普遍的苦难当中，所有人都会相互帮助。乞丐并不是堕落的人，苦工亦然。他们都是老实人，跟其他人一样诚实，只是遭遇了坎坷。按此推论，应该给最穷的人几个巴夭克才是。这也是他们能一直如此懒惰的原因所在。在弗拉斯卡蒂（Frascati）附近的山区，我在每一处牧场旁都能看见一个男人或孩童在帮人打开栅栏；在每一处教堂门口，都有一个可怜虫急着帮你掀开那皮门帘。如此一来，他们每天可以得到五六个苏，并以此为生。

我认识一名门卫，他每个月挣六埃居，除此之外，他还时不时地缝补些旧衣服，可以挣三四个巴夭克；他的家人饥饿难耐，有时不得不向邻居借两个保罗币（二十个苏）来度过周末。然而，他的儿子和女儿依然在星期天外出散步时穿得十分得体。这个女孩很乖巧，因为她还没有结婚，而一旦有了丈夫这一牵挂，她就会完全变成另一种人——人们觉得她自然而然地要注重打扮并帮助她的丈夫。许多家庭依靠妻子的美丽来生存，丈夫对此睁一只眼闭一只眼，这都是为了更好地充实自己的钱包。他并不以此为耻。中产阶级当中有太多贫困的人了。一旦有了孩子，假如没有赢得一位富有的保护人的帮助，男人就会抱怨：“我妻子想要些裙子，让她自己去挣那些裙子吧！”此外，政府管理的整体效果是令人沮丧的。人不得不卑躬屈膝，他已经习惯于颤抖，习惯于亲吻教士的手，习惯于卑微的处境了；如此一来，经过一代又一代人，雄性的骄傲、力量和抵抗力已然如杂草般被清除干净，而拥有这些品质的人也遭到了践踏，最终连种子都没有留下。这种精神状态的一个典型表现就反映在老木偶戏中的人物卡桑德里诺（Cassandrino）身上。这是一位不堪重负的世俗人物，他内心消沉，生无可恋；他嘲笑一切，甚至嘲笑自己。当遭遇劫匪之时他还对他们开玩笑说："你们都是猎手啊！"苦涩的诙谐与故意为之的滑稽帮助人们忘却了生活的苦难。这种特色经常可见——一个听天由命的丈夫，享受着自己的妻子带来的幸福。分得他那份钱后，他就出去散步，去咖啡馆喝三个苏一杯的咖啡，无所事事，然后再上街展示下他的新外套。罗马男人和罗马女人将他们挣的钱或人家给他们的钱全都花在衣装上了。他们吃得不好，吃得也少，平时就吃些面条、奶酪、卷心菜和茴香菜。冬季也不生火。他们的家具都很简陋，都是为了充门面。我们在苹丘的街头见到许多身穿漂亮的天鹅绒大衣的女士，还有成群的俊俏的卷发少女戴着全新的手套，其外衣都是清新而艳丽多彩的，但她们的内衣恐怕未必如此。

就像荨麻旁边长的是蓟草那般，于懒惰的旁边盛开的就是无知。我的一位朋友曾经在内米（Némi）湖附近居住过一段时间。在那里，下午是无法写信的，因为那是医生、神父和药剂师散步的时间，而他们是村镇中唯一能读写的人。罗马的情况也差不多。有人告诉我说，有一个贵族家庭，他们自己住在两间屋子里，而将其余的五间屋子出租，那就是他们全部的收入。四个女儿当中，只有一个人会写字，她被称为"学者"。父亲会和儿子们去咖啡馆喝一杯清水，看看报纸，这就是他们的生活。青年男子没有任何前途，如果他能在教廷俸给管理处或其他地方谋得一个月薪六埃居的工作就很幸福了。这里没有商业，没有工业，没有军队，许多人去做教士和修士，依靠弥撒过活；他们不敢去国外谋生，因为对于出去的人，警察会关闭归家的大门。

他们的居室内部可说是杂乱无章的。直到下午四点，小姐们都身穿皱巴巴的起居服，打扮得怪模怪样、邋里邋遢。我见过一间居室，很久以来我都以为那其中的女子是缝补女工，因为我见到她们的时候，她们正在擦鞋子。房间里也是乱七八糟的，到处是脏衣服，桌上和地上随意放置着破碗，一群吵闹的孩子在厨房吃饭。然而，在某一个星期天，我见到她们戴着女帽，宛然一副贵妇的模样。我得知她们的兄弟是一名律师，而这位兄弟出现之时，也是一身绅士打扮。

我询问这些年轻人平时都有些什么消遣——什么也没有。这个国家最大的问题就是鼓励人们尽可能少地采取行动。我们可以将一名罗马青年比喻成一个午睡之人，他是懒惰的，讨厌努力，会为遭到打扰而生气，会为不得不做什么事情而愤怒。当他从办公室出来时，一定会穿上最好的衣服，并经过某些窗口之下，这会花掉他整个下午。时不时地，那位女子或女孩会掀开窗帘的一角，以示她知道他在那里。他们没有别的想法。这并不奇怪，小睡容易诱发爱情。他们不停地在科尔索大道上溜达，尾随妇女，打听她们的名字，包括她们的小名，打听她们的过去和现状。他们就是如此生活的，头脑中充满了流言蜚语。在这份职业中，头脑被磨炼得更加敏锐。表面上，他们彬彬有礼，相互微笑，相互恭维，但在其隐藏的内心深处总有一丝提防，随时准备排挤对方或者要个花招。

中产阶级当中也有晚会，但是不同寻常。在沙龙中，情侣们只能遥遥相望。你不能主动和一个女孩说话，她的情人不会允许这样的状况发生。大家手持一杯清水，每个人都在想着自己的心事，观察着旁人。他们偶尔会从静默无言的思考中回过神来，去欣赏一段音乐。在市绅阶层的底层中，晚会上甚至连一杯水都不提供。沙龙中有一架钢琴，通常有人在唱歌。冬季不生火，妇人们围成圈，戴着手笼。条件最好的沙龙可为她们提供暖手炉。这似乎就已足够了，这里的人要求并不高。

年轻姑娘通常会被家长关在家里，因此她们会想尽办法出去。最近听说有一位姑娘晚上从家中偷偷跑出去赴约，结果着凉后病死了。她的女伴们为了表示哀悼，成群结队地到她家去吻别她的遗体。在她们的眼中，她是一个殉道者，是为了追求理想而死的。她们的生活中离不开情人，都希望有个小伙子想着她们，追求她们，在她们的窗口打转，等等。这好似一部小说一般启发了她们的想象力，不过她们不是在读小说，她们自己就是小说中的主角。如此，她们在结婚之前通常已经历过五六场爱情了。至于贞洁，她们有特殊的策略——放弃周边，守住堡垒，灵活地、持续地、坚决地猎取丈夫。

请注意，这种风流并不太体面；相反地，它既天真又露骨。这些青年男子怀着梦想在一扇窗户底下转悠十八个月，以拉伯雷式的词语去跟街头独行的女子交谈。哪怕是针对一位他们真爱的女士，他们也总语带双关，且不乏下流的俏皮话。我的一位朋友某一天参加了一场郊游，其中有一对青年男女似乎是恋人。每时每刻，他们都忘记自己是在公众面前。我的朋友对其邻座说："这肯定是一对新婚夫妇，但是他们把这里当成他们的卧室了。"这位邻座没有回答，似乎很尴尬，因为他就是那位女子的丈夫。我的朋友声称，被司汤达所褒扬的所谓意大利的伟大情怀、那不懈的热爱、那绝对的崇拜、那可以痛苦地忍受并持续一生的爱慕之情，在这里变得同在法兰西一样稀缺了。至少精致在此是缺失的。有些妇女钟情于外表，她们喜爱的是英俊的青年——身材健壮，衣着考究，身穿白色内衣，戴着金链子。她们的性格中根本就不含有温柔和女性的特征，她们只是私通关系中的好伴侣，但是在普通场合，她们是专横的。至于幸福，她们是讲求实效的。这方面的专家曾说过，一旦成为一位罗马女人的情人，您就成了她的奴仆。她会要求您给予她无限的关心，占用您所有的时间，您必须时刻准备着，提供您的臂膀，送上鲜花，送她一些小饰品，献殷勤或者醉心于她，否则她就会认为您有了别的情人，并会要求您立刻执行您的义务——当场提供有说服力的证据。在这个国度，一个男人的时间既不被政治所占据也不被职业所占据，既不被文学所需要也不被科学所需要；它是一种没有购买者的商品，而根据供需平衡的经济理论，它的价值就会下降，甚至为零。从这一点来看，女人可以轻易获得男人的奉承和甜言蜜语。

他们已经适应了这种在我们看来卑微甚至死气沉沉的生活。缺少阅读和旅行，这使他们无法做出比较，也无法反思自己。这点一贯如此，也将继续如此。一旦接受，这种必然性就跟疟疾病一样普通，而且许多情况都促使人们接受这个现实。这里的生活很便宜，一个家庭如果有两个孩子、一个女佣，一年有2500法郎就够了，而3000法郎在这里可以等于巴黎的6000法郎。在这里，出门时可以戴鸭舌帽，穿破衣服，没有人在乎，每个人都只想着自己的快乐。越轨行为是被容忍的。只要您有了忏悔证明，只要能躲开那些自由党人，并做出顺从和无忧无虑的姿态，您就会觉得这个政府很有耐心，很通融，并且具有父亲般的宽厚。总之，这里的人对幸福的要求并不高。星期天，身穿漂亮衣装去博尔盖塞别墅散步，到乡下的廉价小饭馆吃顿晚餐，就可以满足他们对一个星期的花销的展望了。他们懂得闲逛和闲聊，满足于自己所拥有的，比如，享受一份新鲜的沙拉，或品尝一杯晶莹剔透的清水。此外，他们心底怀有一种幽默感，他们相信应该快乐地度过自己的时光，相信不必要的愤怒是愚蠢的，相信悲伤是一种疾病。他们的性情趋向于快乐，就像植物趋向于阳光一样。除了幽默以外，他们的性情中还含有淳朴。一位王侯可以与自己的奴仆像家人一般交谈，与他们一起欢笑。这附近的农民，哪怕您是一位领主，他也可以毫无困难地与您用"你"来相称。一位贵族青年可以详细地描述一位贵族小姐，好似她是他的情人一般。他们完全不拘礼节，他们不了解我们的社会所要求的那些约束、矜持和礼貌。

他们真的愿意成为意大利人吗？是也不是。我的朋友们断言说他们只要一个月的时间就会厌恶那些皮埃蒙特人。他们习惯了放肆和不受处罚，习惯了懒惰，习惯了任人唯亲的制度，而且一旦得不到这些就会感到不舒服。总之，在这里，任何有后台、有背景的人都可以为所欲为，只要他不关心政治就好。例如，在博洛尼亚的罗马涅（Romagnes）辖区新设立的法庭解散并惩罚了一些弄虚作假的公司，而这些公司在上流社会中都有靠山。一个农民杀死了他的敌人，因他的表兄是一位主教的家仆，只服了两年的苦役就偿清了。他曾被判处二十年的监禁，但是逐渐获得了减免，等到他回到自己的村庄时，还是一样受人尊重。他们都很野蛮，不会轻易屈服于法律的约束。另外，他们缺乏道德感，这点并不能完全怪他们。可以思考一下上一个世纪中阿勒曼政府的糟糕统治，那里曾与这里一样是绝对的和专制的——风俗是善良的，准则是严厉的，而国民的性情在那里弥补了宪法的缺陷，但在罗马反而是加深了其缺陷。这里的人天生没有正义的观念，他太强壮、太暴力、太富有想象力了，无法接受任何限制。当他认为自己处于争斗的处境时，他不会限制自己争斗的权利。六天以前，有一颗炸弹在教宗的主要书商那里爆炸了，激进派想以此在欧洲证明他们的活力，并且相信可以以此威慑他们的敌人。他们与奥尔西尼[1]（Orsini）一样认可目标的崇高性。我们知道他们是怎么刺杀罗西[2]（Rossi）的。在这方面，阿尔卑斯山以外的民族具有罗马人所不具备的某些观念。

3月23日，贵族阶层

至于贵族阶层，有人说他们很愚蠢。有人在我面前逐一列举那些主要家族，他们当中有不少人曾经旅行过，也有一些教养，都不是坏人，但是由于一个极为特殊的原因——血缘交织过少，他们的血缘局限在那几条血脉之中停滞不变，他们的思维几乎都比较迟钝且狭隘。我们可以在吉罗[3]（Giraud）伯爵的喜剧中见到他们的典

1　费利切·奥尔西尼（Felice Orsini，1819—1858），意大利复兴运动活动家，1858年因参与刺杀拿破仑三世而被捕并被判处死刑。

2　佩勒格里诺·罗西（Pellegrino Rossi，1787—1848），意大利经济学家、法学家，曾出任教宗庇护九世的司法部长和内政部长。

3　乔瓦尼·吉罗（Giovanni Giraud，1776—1834），意大利戏剧作家。

型形象——如《拮据的家庭教师》(*L'Ajo nel imbarrazzo*)，也可以看看埃德蒙·阿布[1](Edmond About)的《托拉》(*Tolla*)一书中的莱洛亲王，这些形象都很生动，其风趣的文字描写也完全符合现实。我回答说我认识罗马的四五位贵族或大领主，他们都极有教养，和蔼可亲，有几位还十分博学。其中有一位，如亲王一般和气，如记者一般机敏，如院士一般博学；不仅如此，在艺术和哲学方面，他言辞精准，妙趣横生，以他一个人的智识就足以在巴黎最出名、最自由的沙龙中大放光彩。朋友们反驳我说不应该基于这种个案来评价整体，而且在一群傻瓜当中，不管他们有多么傻，总能找出相对有才智的人。在群羊般的人群当中，总有三四个(不会更多)人头脑活跃、思想开放。这些人是自由派，而其余的人是教宗派，他们被封闭在自己所受的教育、偏见和惰性当中，就像被缠上了裹尸布的僵尸。他们的桌子上会有小开本的祈祷书或淫词艳曲，这就是他们从法兰西进口的东西。他们的儿子在贵族卫队中服役，梳着分头，并以理发师般的微笑注视着路过附近的妇女。

这里很少有沙龙，人们缺少社交头脑，也不怎么懂得消遣。每一位大领主都待在自己家里，晚上接待一些常客，比如与其家族有长久关系的壁毯商和家具商。他们不会像我们在巴黎那样出于雄心壮志去探索世界、建立关系、寻求支持，因为这些都是徒劳的。只有在教会的水域才能钓到有用的鱼。主教们通常都是农民的儿子或出身小市绅阶层，每个人的身边都有追随了他二十年的至交。他的医生、理发师和贴身仆人是跟他最亲近的人。一个年轻人只有与一位主教或是主教身边的人拉上关系才能有前途。这就像是一艘随风前进的大船，身边带动着一群小舟。请注意，主教对您的信任可不是从沙龙中得来的。要想得到一个关照或者一个职位，不能直接去向一位主教或是某个部门的长官索要，他将会客气地拒绝您。您应当去转动那隐秘的发条，例如向他的理发师、管家或是向其最亲近的仆人讨教。

1 埃德蒙·阿布(1828—1885)，法国作家、艺术评论家。

如此这般，在某个早上，他会向主教提及您：“啊，阁下，某人很有思想，他提及您时充满了敬意！”

另一个对社交意识产生致命打击的因素是缺乏自由放任。人们相互之间不信任，都提防着别人，从不吐露真心。一位曾经在此地主持一个重要沙龙有二十年之久的外国人对我们说，如果他离开罗马，六个月之内不会有两封信可写了，因为在这个国度里人们没有朋友。他们唯一想的事情就是爱情。女人们整日在阳台上度过，假如她很富有，就会去做弥撒，然后再去科尔索大道散步。她们的敏感不像别处的人那样有日常发泄的渠道，因此有时会产生强烈的情绪，甚至会有奇特的爆发。例如，年轻的侯爵夫人维多利亚·萨沃雷利（Vittoria Savorelli）因失恋的痛苦而死去了，因为她的未婚夫，一个多利安人，抛弃了她；某位贵妇与一名法兰西下级军官结婚了，因为曾见到他在宫内的庭院中给自己的马上鞍。还有其他或浪漫或悲伤的故事，不做赘述。

男人们的不幸在于他们无事可做，要么自寻烦恼，要么睡觉。无所事事，他们便互施阴谋诡计，互相监视，就像那些被封闭在修道院中闲得无聊的修道士一样。尤其是到了晚上，那游手好闲的无聊感越发变得沉重。您可以见到他们徘徊于宽敞的沙龙之中，驻足于成排的油画前，打着哈欠并等待着。来了两三个熟人，而且总是那几个，满口流言蜚语。从这方面看，罗马就跟一个外省城市一样。人们相互打听一下刚被解雇的家仆、添置的家具、一次过早或过晚的拜访，所有那些家长里短和私生活都被暴露了出来，没人可以享有伦敦人或巴黎人的那种私密生活。少数人对音乐或考古感兴趣，那么就聊聊最近的发掘吧，再加上想象、断言和随性发挥——这是唯一还半死不活的研究领域，其他的研究都是垂死的或已经死亡的。国外的报纸和杂志到不了这里，即使能到，一半也是过期的，现代的书籍更是没有。他们无法谈论自己的职业生涯，因为根本就没有。外交和高层次的工作都是由教士掌管的，军队则由外国人管理。此外还有农业，有些人投身于此，却只能以间接的方式。他们通过中间商将土地出租给农民，而中间商通常再将土地转租给每年到此过冬季和春季的那不勒斯牧人。这里土地肥沃，水草丰盛。中间商以每年 11 埃居的价格租一块地，再以每六个月 25 埃居的价格转租出去，他从牧草上至少还能净赚 5 埃居，如此一来，他便得到了三倍的收益，哪怕是按照平均两倍的收益来说，他也可以赚一大笔钱。有些人由于冒了过大的风险而破产——他们购买了大量的牲畜并养肥了它们，但是一场瘟疫就夺去了其所有的财富。也有人因此而大发其财，成为市绅阶层的首领。他们穿着体面，开始进行理性思考；他们都是自由派，希望来一场革命将他们推向前台——尤其是市镇管理方面的事务。某些人获得了巨额财富后就会买一块土地，再买一个爵位，有人因此成了公爵。罗马的贵族无法离开商人群体，因为他不了解那些农民，也不在他们当中生活。如果他想将土地直接租给农民，那么他将遇到来自一个商人联盟的抵抗。他与农民毫无共同点，也并不被他们所喜爱——在农民的眼中，贵族就是寄生虫。另一方面，贵族与商人的关系也不好，因为他感觉被商人剥削了。在农民的眼中，商人又是那种他们离不开的放高利贷者。这三个阶层是分隔的，没有天然的管理机制。

在已成为意大利的一部分的罗马涅辖区，情况有所不同，那里的贵族都是乡下人。除了两三个区外，罗马贵族想要依靠自己的土地生活，自己开发并从经济和道义上去管理土地，如今遭遇到比以往更大的困境。首先，缺少劳力。维托里奥·埃马努埃莱征募了许多阿布鲁佐人（Abruzzais）去参与大工程。其次，罗马的铁路工程使用了大量的罗马人，乡下几乎都没有居民了。此外，所有的事务都受到专制的影响。例如，谷物的输出不自由，必须持有一个特别的批准才能操作，而能否获得这个批准取决于您能得到什么层级的关照。政府的管理一直深入到私人生活领域。例如，一名房客或佃农不向您交租金，您给他延期了三个月，随后又是三个月，但还是收不到租金。最终，您决定将他赶走。但是，他的侄子是一名法政牧师，而镇政府也要求您为那可怜人再次延期。一年过后，您请法务执达员去请他离开，可是在门口，执达员听说有一名主教要过问这个事务后就终止了他的行动。您去拜见主教，主教引用教宗的话说，对一位从不缺席复活节的正直男人，应该以慈悲为怀，而且他的侄子已经将他的表现在教廷俸给管理处登记了。

通常的过程是这样的：被指控的房客或者农民会连续几次提出要求并得到每次半个月的付款延期批准。再与节假日相连，例如圣诞节、狂欢节、复活节、圣伯多禄节、秋节，有时可以延期两个月；而且，由于这些日期的神圣性，他要求两个月的延期，法官却批给他四个月。这个操作完成后，他再去上诉，还能赢得更多的时间。随后，他会再要求见教宗的办案官——那是以教宗的名义负责办案的官员，对于穷人和弱势群体十分宽容。于是，他又能获得一些延期。他再推说自己怀孕的妻子就要临盆了，而在这种情况下是禁止派遣执达员的，您不得不再等到产后四十天。四十天的期限行将结束时，他再把房子转租给一个资不抵债的朋友，条件是他必须留在这里当房客。您现在面临着针对那个假租客重新启动起诉的流程，而假如这位假租客是位出家的修士，那么您不得不去宗座代牧主教法庭申诉了。最简捷的方法是结清所有的账单，放弃您的房租，送给您的欠债人一小笔钱，请他跑到别人那里去捣乱吧。

我认识一位意大利贵族，他在罗马有好几套房子，其中一套与一个修道院的花园一街之隔。修道院院长发现从对面房子的三层楼上可以俯瞰花园的一角，于是业主就收到了宗座代牧主教的命令，必须自费用木板将其三层楼上的窗户封闭起来。我还能讲述更多令人恼火的事情，这些都很令业主们倒胃口……

人需要有一个使其忙碌起来的工作和能保护他的公正的司法制度。人像水一样，需要有斜坡和堤坝，否则那活跃而有益的清水将变成浑浊而泛着恶臭的沼泽。在此地，教会的压制阻挡了水流，而那任性的体制又不断地冲破堤坝，由此，沼泽形成了，这就是结果。我们之所以见到如此多的卑劣行径和悲惨命运，就是因为缺乏自由的行动以及公正的司法。我的朋友们提醒我不要以这个国家目前的状态来做出评价，因为这个国家的基底比其外表要好，应该区分它目前的状态和它能够达到的状态。他们对我说，这里并不缺乏力量和精神。为了说服我，他们明天要带我去乡下和郊区走一走。他们说，在评价整个民族之前，必须亲眼去看看。

3月21日[1]，乡下

我们从波波洛（Popolo）门出城，沿着一段尘土飞扬的郊区道路前行，路上随处可见一些古迹废墟。我们右转进入到教宗儒略二世曾经居住过的别墅，它已经处于半废弃的状态。推开一扇腐朽的门，我们见到一个雅致的庭院，它由弧形的柱廊环绕，其方形立柱的柱头是科林斯式的，老建筑的坚实基础使其整体被保存了下来。如今，这里就像是个存储家用杂物的库房。一些农民和卷着袖子的洗衣女工不时路过这里。在古老的石制水池旁，衣物在等待着洗衣槌的捶打；一只鸭子独腿而立，看着那丰沛的水流汩汩流过；灯芯草围栏、成堆的芦苇、厩肥堆、牲畜，都散布在柱廊的四周。它们都是拉斐尔、米开朗琪罗和本博的继承者，是那快乐、好战和有修养的廷臣，它们晚上到此来与教宗交谈。左侧有一个大台阶，但是没有阶梯，好像是一段走马的斜坡，向高处凸起的拱桥舒展着它那漂亮的曲线。登上坡顶，我们用力打开了一个门闩，豁然见到了一座凉廊。这是教宗用完晚餐之后来乘凉和聊天的地方，眼前面对的是广阔的乡野。立柱支撑着房屋，天花板残存的藻井上原有图画中那些生动的躯体依稀可辨。半人高的宽敞阳台向前方凸出，由此带来了更多的新鲜空气。没有哪里比这里更让人耳目一新、更适应当地气候、更适合满

1　原文如此，前一段中说是“明天”去乡下，应该是24日更合理，可见时间记述或排版并未严格按照日期顺序。

足艺术家的感官的了。应该到这里来讨论建筑计划，或者修改画中人物的布局。有人在儒略二世面前展示图纸，有人在他面前勾画草图。像他这种既粗暴又高傲的人，生来就理解这类艺术家。如今这里只剩下一个阁楼，阳台上的铁制配件被拆除了一半，藻井已然脱落，庭院中的立柱都丧失了原先的灰墁，露出了红砖石间的碎砾石，只有凉廊上的大理石立柱依然挺立着其美丽的柱身。春天时，会有两三名画家到此来小住些时日。

路上尘土飞扬，阳光很难穿透那灰色的云盖，天空就像锡一般阴沉，源自撒哈拉的热风阵阵袭来，令人烦躁不安。米尔维奥桥[1]（Ponte-Molle）在它那四座雕像之间显露出来，其后方有一间简陋的客栈，再往后看就荒无人烟了。那四座布满裂纹的雕像矗立在死气沉沉的氛围中，好似守卫着一个民族的坟墓入口，没有什么能比这显得更怪异的了。在桥的上下游，淡黄而黏稠的台伯河水盘桓流淌，像是一条病恹恹的蛇。河边没有一棵树，没有一间房，也没有任何农田。时不时地，可以看见一段砖砌的防波堤，长满了杂草的砖块摇摇欲坠。在某段斜坡上或洼地中，一群安静的长角水牛正在反刍。成片的灌木和枯萎的杂草躲在山坡洼地处生长，而茴香却高悬于陡坡上，亮出它那羽翎般的嫩绿叶片，但是在任何地方都见不到一棵真正的树，这点透露出一种凄凉。河床内灰白色的急流冲刷着那不变的绿色，一些废水蜿蜒搁浅在洼处，与腐败的杂草汇聚在一起。

四周一望无际，孤独以一种单调的怪异感沿着起伏不定的山坡飘荡。我在脑海中搜寻了很久，这种怪异景象到底与我所认识的什么景象类似？我从未见过类似的景象，大自然并不会产生它，是有什么东西加入到大自然中后给原本的杂乱无章又添了一丝混乱，使塌方更加彻底。不论是磨砾层还是坍塌的废墟，它们的轮廓都像是倒下的人类作品，随后在风雨和岁月的消磨下化为齑粉。我们可以想象倒塌的古

1　坐落于罗马城北，横跨台伯河，建于公元前206年。

代城邦在时光中被尘土掩埋，好似巨大的坟场逐渐被消除，最终深埋于青草之下。我们能感觉到曾经有众多的人生活于此，他们曾经翻耕土地，在此建造房屋和开垦耕田。如今，什么都不复存在了，曾经的辉煌也已然消失不见，青草和尘土覆盖了一切。这使我感到一种莫名的焦虑，好似身处深海之边，穿透那静止不动的深渊之水，依稀看见了一座城邦梦幻般地沉入水底。

有两三次，我们爬上山丘之顶，环顾四周全是无尽的丘陵沟壑，这更令人感到一种无望的沉重。这是个竞技场，一个昨天才举行过竞赛的竞技场，此时却鸦雀无声，仿佛一片坟墓。紫色山峦的一条崎岖线条好似一排磐石组成了它的城墙；装饰物和大理石已然消亡；剩下的只有那围墙和人类残骸所形成的土壤。在几个世纪当中，那里曾经发生过最血腥也最盛大的人类悲剧。所有民族，高卢人、西班牙人、拉丁人、非洲人、日耳曼人、亚洲人，都为此提供了他们的战士和角斗士。如今，无数的尸体都被混合在一起，被人遗忘，成为青草的肥料。

偶尔有农民路过，斜挎着猎枪，骑着马，穿着厚实的护腿。披着羊皮大衣的牧羊人正在幻想，眼睛空洞而明亮。我们到了“第一门”（Porta-Prima），那里有一群衣衫褴褛的孩子，其中还有一个穿着破布片、胸腹赤裸的小女孩，他们都纠缠着马车讨要施舍。

我们到“第一门”来观看新发掘出来的遗迹，就是莉薇娅[1]的别墅。六个月前，人们在此发现了一尊奥古斯都的雕像，那时的一切全都被土掩埋了。罗马积累了多少层土啊！最近听说人们在一座教堂的底下发现了另一座教堂，而在这座教堂的下面还有另外一座大概是3世纪的建筑。第一座是在蛮人入侵之后被损毁的，当居民们回来之后，他们以那些坚实的石块为基底，在其柱身之上又建造了第二座教堂的基底。同样的事情再一次发生，因此人们又建造了第三座教堂。蒙田曾经说过，在

1 莉薇娅·杜路莎·奥古斯塔（Livia Drusa Augusta，前58—29），罗马帝国皇后，奥古斯都（屋大维）的妻子。

罗马，被埋没的庙宇的屋顶离地面还有如日耳曼佣兵的一支长枪那么长的距离。当我们沿路前行，到处都能见到一层黑色的土壤；这是用于耕作的土壤，就是从这层土壤中长出了植物、动物和人类。活着的人翻动它以产出其他形态的生命——在惰性矿物质的岩石层上面，这个厩肥层是唯一根据生命的周期而上下翻动的。世界上肯定没有其他地方能像这里一样被如此彻底地翻动过。

我们举着火把进到地下的房间中，房间尚且由支柱支撑着，墙上渗着水。举着火把照向墙壁，墙上漂亮的装饰画一一浮现在眼前，有各种鸟儿、绿叶以及结满了红色果实的石榴树。这依旧是完美的古典风格，简单而朴素，就像庞贝古城和赫库兰尼姆古城所展示的那样。

太阳在一层苍白的薄雾中下落，阵阵沉闷的热风掀起尘土，令人睁不开眼。在这双层面纱之下，阴郁的光线如同一块烧红的铁块在无尽的忧伤之中逐渐熄灭。在一处峭壁顶端，可以见到一个摇摇欲坠的废墟，那就是费德那（Fidènes）卫城，而在另一个峰顶，可见一个封建时代的黑色方形碉楼。

3月22日

今天步行去弗拉斯卡蒂。天空阴云密布，但是阳光不时穿透那厚重的云层，照亮一块地面。

当我们逐渐登上图斯库鲁姆（Tusculum）那荒芜的高地之时，景致越发变得开阔而悲凉。罗马的乡下广阔如一片贫瘠的荒原。东方是连绵的陡峭山峰，一幅山雨欲来的景象；西方是奥斯提亚（Ostie）及其依稀可辨的海岸线，好似一条雾气腾腾的长带，泛出如锅炉蒸汽一般的淡白色。从这个距离和这个高度远望，原野上起伏的小山丘几乎显露不出身形，好似是那阴郁的大洋中的长长的涟漪。丝毫不见有农田，荒无人烟的田野上尽显一片暗淡的苍白色调。巨大的云团投下其阴影，天空中所有紫色和黑色的斑块都划破了其红色的基底，好似一件牧人的旧外套。

我那位年轻的向导胆大又率直，他精力充沛却并不快乐。他十九岁，懂五六个法语词；他没有其他工作，就靠给人做向导谋生，也就是说，偶尔能赚几块钱。他的行为举止并不讨人喜欢，不亲切也不值得别人尊重。他比较忧郁且粗鲁，讲解时声音低沉得好似野蛮人。然而作为外国人，我们对于他来说都是富有的老爷。有人告诉我说这里的人都天生自负，甚至可以说是高傲，他们随时以平等待人。当我在罗马时，在咖啡馆中的第三天，一位侍者听见一个外国人试着说出一句意大利语时，就当面高声地品头论足说："不错，他有进步。"

在我们的左侧是莫多拉格内别墅（Villa Mondragone），一片废墟上长满了各种杂草和矮小的灌木。右侧的阿尔多布兰迪尼别墅（Villa Aldobrandini）显露出它那与巨大的梧桐树和修剪得体的绿篱为伴的林荫道、阶梯式的建筑以及柱栏和露台。入口处，一条装饰着雕像的柱廊依靠着山体，与一道自山上引流的阶梯瀑布相伴。这是意大利乡间的宫殿，是为了一位具有古典审美观的大领主而建的，它与普桑和克洛德·洛兰的自然风景画风格一致。内庭之中有许多幅壁画，其中有阿尔皮诺骑士的《阿波罗与九位缪斯》（*Neuf muses autour d'Apollon*）、《独眼巨人和伏耳甘在锻炉旁》（*les Cyclopes et Vulcain à leur forge*）以及几幅穹顶画，还有多梅尼基诺的《夏娃与亚当》（*Ève et Adam*）、《歌利亚和大卫》（*Goliath et David*）以及一幅《友弟德[1]》（*Judith*），他的这些画都简朴而美丽。你不能将那个时代的人视为我们的同类。他们曾是一群出家或还俗的农民，是实干家；他们乐于助人，耽于享乐和迷信；他们的头脑中充满了图像，无聊时就会想起其情人的身体或者是一位圣人的躯

1　又译朱迪斯。

干；他们听说过一些《圣经》故事或提图斯·李维的故事，偶尔阅读阿里奥斯托的著作，既不评价也不挑剔，并无那些存在于我们的文学和在教育中被灌输的无数细腻的想法。在大卫和歌利亚的故事当中，所有细微差别都表现在其臂膀的各种动作和身体的不同姿态当中。阿尔皮诺骑士的创意在此被简化为迫使那个动作呈现为疯狂之状，因此这个姿态就很扭曲。对于一个现代人来说，一个头像的有趣之处在于其非凡的、深刻的思想表达，在于其优雅，在于其天生的精致和优越性；然而，这些却从未被他们表现出来，只有那位早熟的探索者、那位对社会感到厌倦的高雅的思想家、那位万能而又阴柔的天才达·芬奇例外。多梅尼基诺画的友弟德犹如一位美丽的农妇，健康又简朴，其色调和其四肢都很匀称。假如您想寻找那种复杂而狂热的情感，寻找一位贞女——她出于爱国主义和虔诚刚刚自扮成妓女并成为杀手，她的双手沾满了鲜血，或许她的肚腹中尚能感觉到刚被她刺杀的男人的孩子的蠕动，那么还是去别处找找吧。您可以读一读黑贝尔[1]（Hebbel）的悲剧、雪莱的《倩契》（*Cenci*），可以向德拉克罗瓦或阿里·谢弗请教一幅这个主题的画作。

今天晚上，通过阅读瓦萨里，我越发确认了我的一个想法。例如，在这么多类似的人之中，看看这两位“甜心”（Zucchero）的生活。他们是从十岁开始就被放在画坊中培养的工人。画坊四处寻找订单以便尽量制作更多的画，他们到处重复使用那些《圣经》主题或神话主题，例如赫拉克勒斯的伟业和人类的诞生。他们不像我们这样自狄德罗（Diderot）和歌德的时代之后就满脑子装满了论文和理论。当有人对他们提及赫拉克勒斯或上帝之时，他们所想象的是伟岸的身躯和饱满的肌肉，是裸体的状态抑或身披棕色、蓝色的长服。同样地，那些君王、教士以及其他人，为了装饰他们的房屋或教堂，也在寻找一种视觉呈现；他们对班戴

1　弗里德里希·黑贝尔（Christian Friedrich Hebbel，1813—1863），德国剧作家、诗人。

洛的小说和马里诺的描述读得很仔细，但总而言之，文学本是为了阐明绘画的，而如今却正相反。

我们登上了图斯库鲁姆的至高点，看到了那所谓的西塞罗（Cicéron）的城邦的遗迹。那是一片丑陋的废墟，有成堆的碎砖和半截在外的墙基，它们都毁于冬季的恶劣气候和杂草的侵蚀。当你向前走的时候，偶尔有一些古代房屋的残垣断壁出现在路边，或是出现在一处断崖旁。山顶是一个小剧场的遗址，地上躺着断柱和碎石。在这片荒芜的山坡上，除了成簇的金雀花和荆棘以外，大部分都是裸露的嶙峋的岩石，它们自贫瘠的土壤中破土而出。这山本身就像是一片废墟。人类曾经在此生存，但他们消失了，如今这里好似一片墓地。山顶一处黑色碎石堆上竖着一个十字架，风在耳边吹奏着凄凉而又单调的曲调。南方的群山上满是棕红色的树木，尚未吐绿；卡沃（Cavi）峰那阴沉的山角在望；长满了蓬乱的黄色杂草的山脊绵延扩展，而山下就是罗马那黄褐色的乡野，在破碎的云层覆盖之下，就像是一片亡灵的领地。

下山途中，我们穿越一片刚下过雨的森林，林中开满了白色和紫色的银莲花以及迷人的淡青色长春花。稍远处，格罗塔费拉塔（Grotta-Ferrata）修道院那中世纪的雉堞、古老的拱廊、高雅的立柱以及多梅尼基诺的那几幅朴素而庄重的壁画，将我们的思绪从那悲伤的梦幻中拉了出来。回弗拉斯卡蒂的途中，潺潺的流水声、山谷中盛开的扁桃花和山楂花、破土而出的嫩绿麦芽，无不使人感受到一种春天的喜悦。天空放晴了，那美妙的蔚蓝色再次显现，零星点缀着的小块浮云如鸽子般在飞翔。一路上，高架引水渠那圆弧形拱架在阳光的照耀下尤显高贵。

然而，尽管有这明媚的阳光普照大地，所有废墟依然令人感到遗憾。它们见证了多少苦难！它们看起来好似被洪水冲垮后残留的一座桥的痕迹，或是经过一场火灾之后残留的城市的余烬——有时是一座基底腐朽的巨大建筑、一个摇摇欲坠的拱门，有时是一个孤独而立的圆拱、一堵墙、几块露出地面的砖。

3月23日，民众

当我们评判罗马的农民时，首先应该将活力作为他们性格的首要特征——我指的是他们天生热衷暴力和危险行为。以下讲几桩逸事。

我们的朋友N先生是一名健壮的男子，勇敢而冷静。他居住在乡下，离此地有五六法里远。他告诉我们，在他的村子里，打架动刀的事件司空见惯。他的一个家仆有三个兄弟，其中一人在服劳役，另外两个兄弟已经被人杀了。还是在他的村子里，两个农民相互开玩笑，其中一人在衣服的纽扣孔上插了一朵花，那是他的情人送给他的，另一人将他的花抢走了。第一个人说："把它还给我。"第二个人只是笑笑而已。第一个人愤怒了，接着喊道："立刻把它还给我！"第二个人还是笑。第一个人想要将花抢回来，而第二个人却跑开了。第一个人追上了他，在其后背插了一刀——不止一刀，他接连捅了二十刀，简直是个疯狂的屠夫。愤怒和热血使他们两眼通红，使他们立刻暴露出原始的凶残本性。

和我们在一起的一名军官也向我们讲述了类似的故事。两名法兰西士兵在台伯河旁散步，遇到一个正要淹死一条狗的男子，他们立即前去制止，于是他们打了起来。男子开始呼叫救援，附近的人都跑了出来。一个学徒工在其中一个士兵背后捅了一刀，那个士兵虽然身体强壮如赫拉克勒斯，但是那把刀正好捅穿了他的心脏，他立刻就倒下了。另两名士兵去乡下的一个果园偷无花果吃，随后逃跑了。果园的主人发现后追不上他们，就朝他们开了两枪，结果一人被打死，另一人的腿被打断了。他们是真的很野蛮，他们相信任何时候都有权发起战斗并战斗到底。

我们的朋友N先生曾经试着在他的村子里废除几个残酷的习俗。他们每星期都要杀一头公牛或母牛，但是在杀牛之前，他们会将牛留给孩子们或年轻人，让他们随意捅瞎牛的眼睛，在它的肚子底下点火，割掉它的嘴唇，摧残它，虐待它，就是为了看着牛变得疯狂，并以此取乐。他们喜欢强烈的刺激。N先生试图劝阻他们，于是去见神父，去见所有人。为了说服他们，他给出了几条实际的理由——比如“遭受如此的刺激，牛肉就不好吃了”，可是他们说：“这对我们有什么影响？我们都太穷了，我们又不吃它的肉。”有一天，N先生遇到一个村民正在殴打他的一头驴，于是对他说：“放过这可怜的畜生吧。”那位村民带着罗马式的粗鲁和生硬诙谐地回答他说：“我还不知道我的驴在村子里有亲戚。”这些表现都是易怒的脾性、环境刺激导致的暴烈激情以及无处可发泄的野蛮活力所带来的后果。

侯爵夫人C告诉我们说她不住在她的领地，因为她在那里太孤单了，而且那里的农民都太凶恶。她不断地重复“凶恶”这个词，她的丈夫也支持这个说法。某个鞋匠在他的同僚背后捅了一刀并杀死了他，服了一年的苦役之后，他重又回到村庄，继续他的营生。另一个人踢死了自己怀有身孕的妻子。这些人都被判处苦役，有的甚至是终生苦役，但是教宗每年都有几次大赦，可以减缓他们的刑期。假如有保护人，他们就可以免除许多惩罚，即使犯了杀人罪，服个两三年的苦役就能出来了。苦役也并不十分可怕，还可以在服役期间学一门技艺。他重新回到村庄之后并不会受到歧视，甚至还会令人畏惧，而这总是有用的。

作为对比，我讲两个别人告诉我的发生在西班牙边境的事情。在一场斗牛表演中，一位漂亮的西班牙夫人看到她旁边有一位法兰西女士捂着眼睛，不敢看被牛破了腹的一匹马那肠血横流的场景。她不屑一顾地耸耸肩说：“心太软！”一个西班牙难民杀死了一名商人，他的身上却没有沾染一滴血。法庭庭长问他：“您在杀人方面似乎是个专家呀？”那人骄傲地回答：“那么您呢？您会被墨水弄脏衣服吗？”三四个类似的故事展现出一个我们完全未知的人性层面。这些没有教养的人具有丰富的想象力，他们的心智经过苦难生活的磨炼而变得冷酷。在他们的内心，发条的力量是非凡的，而扳机却是骤然启动的。现代的人道主义思想、适可而止的想法和公正的观念，都丝毫没有渗入他们的头脑以缓和冲动或指引其行动。他们停滞在中世纪的状态中。

政府从未引导他们成为公民，只要求他们交税和拥有一张忏悔证明，至于其余，政府不仅对他们放任自流，而且还向他们展现了任人唯亲的体制。如此一来，他们看到在那威力无比的权力的护佑之下私人权利和公共利益被无情地侵占，他们怎会有“公平”意识？对此，他们有一句粗俗的谚语，我柔和了其措辞：“一位美女的力量比一百头牛更强大。”N 先生的村庄附近有一片森林即将被砍伐，而某位主教大人于此深有利益牵绊，因而我们这位朋友的所有抗议全都徒劳无功。见到众多被赦免的罪犯，见到行政上的这些无赖作风，人们就明白了，政府是一个强者，你必须与它保持一致，而且在社会立足是一场需要自卫的斗争。此外，就宗教而言，意大利人的想象力只能理解那些仪式。神的力量与世俗的力量对于他们来说都像是可怕的人物，通过下跪和奉献祭礼可以避免惹其发怒，除此以外，别无他法。路过一个十字架，他们就做出手势并默念一段祈祷；走出二十步之后，当基督看不见他们的时候，他们就开始亵渎宗教了。以这样的素质，我怀疑他们是否具有荣誉意识。例如，当他们宣誓时，他们是否认为自己有什么责任方面的约束。美洲的印第安人以善施诡计和欺骗敌人为荣，而他们也与此类似，以欺骗法官为荣。在战争的状态下，提倡真诚就是一个骗局。为什么我要将武器送给我的敌人？N 先生曾经手持手枪救下了一头将要受虐的母牛。几天以后的一个晚上，当他走到家门口的时候，听到一块大石头带着风声飞过耳边。他立即跳过去抓住一个人，并揍了他一顿，然而石头却不是他扔的。他走到更远处，遇到两兄弟，其中那个年长的就是扔石头的人，他面无血色，用枪对着 N 先生的脸。N 先生全力抓住那人的弟弟，并将其当作盾牌挡在中间。那人的弟弟的双臂被控制住，动弹不得，却咬牙切齿地对他的哥哥喊叫：“开枪，开枪啊！”这时，N 先生的家仆也拿着枪赶来了，那两兄弟才趁机溜走了。N 先生去起诉他们，然而四名出席的证人——其中还有一位修士，全都发誓说他们没有见到那人扔石头。N 先生对此愤怒不已。为了得到尊重并继续在这个村庄生活，他不得不给了一位什么都没看到的邻居一枚银币，让他在法庭上发誓，证明那人扔了石头。同样的操作，在其他地方可能更夸张，在孟加拉[1]的一场诉讼中能见到二十名假证人做伪证。邻居之间会出于好意或是通过誓言去做伪证，正是基于同样的原因，这两个国家的人维护着他们同样的谎言。而在整个古代，只要法官不公正，人们就不会将其视为法官，而是将其视为敌人。

另一方面，这些撒谎者如野蛮人一般冷酷而暴力，也如野蛮人一般坚忍。当他们生病或是受伤之时——您可能会看到他们断了一条腿或者是身上插了一把刀，他们依然可以披着大衣坐在那里一言不发，也不抱怨什么，静默如受伤的动物，只不过他们看向您的眼神是呆滞而悲伤的。因为他们的日常生活是艰难的，所以他们已经习惯了痛苦。他们只喝玉米粥，只穿破衣烂衫。村庄是稀疏的，他们不得不步行几法里路，有时甚至是 3 法里的路程去田里工作。但是，在他们那好斗的状态和持续的生存压力以外，富饶的大自然为他们提供了平衡因素。他们在本质上是大方的，这一点也很容易显现出来。当您善待他们的时候，他们也会对您报以亲切。据 N 先生所言，当一个外国人诚心对待他们的时候，他们也会报之以衷心。G 公爵曾经在三十年间组织和领导了一支消防队，他对他的队员们十分满意。他们的耐心、力量、勇气和军人般的忠诚，可以与古罗马人相媲美。他的队员们体会到了职业的荣誉感，也获得了公平的待遇；他们从事的是英雄般的事业，因此在工作上都全力以赴。只要走上街头，或者去乡下看看那些农民和修道士的形象，就能发现其聪明和活力都是显而易见的。不可否认，他们的身心是健全的。司汤达曾担任法兰西帝国的官员，他讲述当罗马和汉堡成为法兰西的省府的时候，当地人曾经收到十分复

1 见尤金·德·瓦尔贝森（Eugène de Valbezen）的《英国人在印度》（*Les Anglais dans l'Inde*）。——原书注

杂的行政表格用于海关登记，上面带有特别详细的标注解释。汉堡人需要六个星期去理解并填充这些表格，而罗马人只需要三天时间。雕塑家们声称，罗马人脱去衣装之后拥有健美和坚实的肌肉，如同古罗马人一样；而阿尔卑斯山以外的人，他们的肌肉则是松弛的和丑陋的。实际上，人们相信他们的祖先是古罗马人中的帕皮里乌斯·库尔索尔（Papirius Cursor）一族或是罗马共和国时代的某些公民，他们都是当时的强者，是最具有创造能力和行动能力的时代先锋。如今他们破落了，成为修道士、仆役或是贫民，他们利用自己的天赋来唱诵连祷文、策划阴谋、乞讨或是干坏事。

在沼泽地的中心，还能见到活水的涌现——当他们倾诉的时候，他们的表达能力是令人赞赏的。在风流的或粗俗的习俗当中，他们那曾经为伟大画家提供了非凡表情的纯真本性绽放出了喜悦和陶醉。我们的一位朋友——一位阿勒曼医生，他有一个漂亮的女仆，她爱上了某位弗朗切斯科，他是一名每天挣四个保罗币的铁路工人。他一无所有，而她也一样。他们无法结婚，因为需要一百埃居才能成家。他是个坏小子，并不英俊，对她也并非一往情深，但是她从小就认识他，已经爱了他八年。只要有三天见不到他，她就会吃不下饭。这位医生为了保护女仆，不得不扣下她的薪资，否则她会将所有的钱都送给她的恋人。除此以外，她乖巧又正直，美丽又坚强，并且很坦诚地面对自己的爱情。我向她询问过弗朗切斯科的情况。她微笑着，不知不觉脸就红了，心情似乎已然飘荡了起来。没有什么能比她那张聪敏的意大利脸庞更迷人、更优雅的了。她那被丰富的、从容的、纯粹的和强烈的情感所滋润的脸庞焕发着光彩。她穿着一身漂亮的罗马式衣装，头上佩戴着礼拜日才戴的红色头巾。这样的人物形象具有多大的潜力啊！她是那么精致，具有强大的力量和奔放的激情！假如将她与我们的农妇们那迷茫的面孔或是女工们那伶俐的小脸蛋相对比，会是多么大的反差。

在此，我触及了一个敏感问题。我们想要触及它，因为我们不是那种事先准备好了政治论据的演说家，而是不带偏见的自然主义者。我们自由地选择关注点和介入点，试图观察人类的建筑和情感，就像我们观察蜜蜂或蚂蚁的建造本能和习性一样。他们到底是意大利人还是教皇国人？在我的朋友们看来，要给出精确的回答很困难。这些人都太无知了，离不开乡土，深陷于村庄里的仇恨和利益之中，因此无法回答这种问题。然而，我们可以假设他们是由想象力和习惯支配的，就像在其他事务上一样。在教宗最近的一次行程当中，他受到了民众的热烈欢迎，人们簇拥在他的车旁。教宗老了，他的面容慈祥而高尚，他对这些没有教养但信仰虔诚的人的影响如同圣人像一般。对于民众而言，他本人以及他的衣装似乎都蕴含着救赎；人们想要触摸他，就像他们触摸圣伯多禄的雕像一样。此外，政府并没有给他们造成过重的负担，至少表面上看是如此。所有严厉的规章都是针对知识阶层的，政府的对手是那些读书人或曾经在大学里学习过的人，其他人都无足轻重。无疑，一个农民可能会因为在守斋日里吃肉而被关押八天，但是出于迷信，他一定会去参加那些宗教仪式。毫无疑问，他必须出示他的忏悔证明，而且他对于在一个黑木柜子里充满感情地复述他所做的事情并不反感。在城里，有些人专门以忏悔和领圣体为营生——他们得到忏悔证明后再以两个保罗币的价格出售它。此外，直接税很低，领主税也已经被孔萨尔维（Consalvi）枢机主教取消了。这里没有征兵，警察也比较松懈，他们不太管微不足道的违法事件。假如有人捅了他的敌人一刀，不久他就会被赦免，因此人们丝毫不用担心断头台，那对于南方人的想象力来说过于可怕且无可挽回。最后，这里全年允许狩猎，佩带武器也不需多少费用，除了有围墙的土地以外，也没有禁猎区。只要不思考政治上的事情，只要对政治视而不见、充耳不闻，人们几乎可以为所欲为。自从皮埃蒙特人进入这里后，罗马涅辖区内的农民就有了许多不满。征兵制度对他们来说太难接受了，税负也加重了。他们对增加的许多法律条例感到不适，例如，如今禁止在街边晾晒衣服，他们必须严格遵守治安条例并且承担与阿尔卑斯山以外的地区一样的税费。现代生活要求人们勤勉工作，要求做出许多牺牲，要求他们专注地、不断地进行发明创造。他们必须有意愿，必须做出努力，增加他们的财富，不断地学习和做事。这些变化不会不带来一些纠葛和反对。一个躺了十年的人，哪怕是躺在满是寄生虫的肮脏床单上，假如您让他立刻起立，活动腿脚，您认为他会高兴吗？他肯定会抱怨，他一定会怀念懒散的时光。他四肢乏力，想要再次躺下，但假若给他一些时间，让他尝到活动的快乐，体会到穿干净衣服的舒适，他就会去修补他那漏雨的陋室，配置经由劳动所得的家具，并且使任何人，包括他的邻居和政府官员，都不敢去侵占他的财产。由此，他会重新理解个人财产的意义，理解生活的舒适和自由行动的意义，这些都是刚开始时令他感到不适的，他尚未理解其好处，也不了解帮助他获得尊严的东西。如今在罗马涅辖区，工人们都是自由派。在 1849 年的罗马，许多商贩和小市绅都拿起枪走上街头去勇敢地参加巷战。只要农民拥有财产，他们也会做出同样的事情。可以给予他们的财产是现成的——在最近发生的事件之前，罗马在修会的和不在修会的教士共拥有 5.35 亿的不动产，是上一个世纪末的两倍多[1]，也是如今法兰西教士不动产的两倍多。意大利政府仿效其他地区的方法将其出售，这将是一个巨大的杠杆。罗马的农民如同 1789 年以后的法兰西农民一样，将会耕种和改良他们的土地，不断地扩大它；他们将会积蓄资金，努力提升自己的社会地位；他想要自己的儿子成为律师，想要自己的女儿嫁给一位职员，靠年金生活；他将会去学习计算和识字；他的橱柜上将放着一本法典；他将会读报纸，购买债券，粉刷和修补他的陋室，并从城里买来一些旧家具。一旦打开一个堤坝，水自然就会流出来。人们一旦拥有购买物品的自由和获得舒适的自由，很快就会想方设法地去购买和享有。尤其不要忘了给小偷准备好苦役，给杀人犯准备好断头台；在公正无私和严格的司法之下，人首

1 1797 年的数据是 2.17 亿，见《教皇国财政》(*Finances pontificales*)，佩波利侯爵（Le Marquis Pepoli）著。——原书注

先会明白，只有依靠诚实获得的利益才是稳妥的。这就像是沿着一条笔直的大道行走，两旁是法律的护栏，只要不去害人，就会得到保护。

3月23日，政府

我不想预测更遥远的事情。政治不是我的题目，尤其是未来的政治——这是一门太过复杂的学科。事实上，要做出判断，就需要深入研究，也就意味着必须在此地居留更长的时间。还是只谈我的所见所闻吧，例如政府的政策。

这里的人就爱谈论政治。在我与之交谈的意大利人当中，没有一位不将话题引向政治的，这是他们的嗜好。他们自己也承认，近五十年来，诗歌、文学、科学、历史、哲学、宗教以及他们思想中所产生的所有关注和创作都深受政治的影响。从一个悲剧剧本或一个形而上学论著的核心思想当中去寻找作者的意图，您将看到作者只想宣扬共和制或君主制、联邦制或大一统。

他们说法国的占领使得政府的治理比以往更加糟糕。从前，政府还有些婉转的方式，不公正的现象还能适可而止；而如今，他们有一万八千名法国驻军撑腰，他们不再害怕有人心怀不满。此外，所有人都相信，一旦法国人离开此地，教宗的统治也会终结。

我竭力强调这种压迫的范围和程度，它并不像那不勒斯的历任国王那般暴力和凶狠。在南方，西班牙人曾经的暴政遗留下残酷的传统，罗马则完全不一样。政府机关不会在某一天突然抓捕一个人，将他扔到一个浅坑当中，每天早上给他浇一桶冷水，折磨他并使他变得迟钝。假如此人是个自由派，而且有不良记录，警察会到他家中搜查那些文件并将他带走。五六天之后，一位类似于预审法官的人将会审问他，其他的审讯随后将继续进行。等到写了一大堆证词之后，他将会被送到负责审判的法官们面前。这些法官将会审理很长时间，有时羁押期会长达三个月或六个月。到了开庭的那一天，尽管按说庭审是公开的，但实际上不是——公众被关在门外，只有三四名观众被允许进入旁听，他们都是名人和可靠的人，而且凭票入场。另外，警察也会利用某些事件。就在半个月之前的某日，晚上七点，在科尔索大道附近，有两个人在车中被人刺杀了，还被抢走了一万块银币。警察没有找到杀人犯，却利用这个机会将几位自由派人士临时抓了起来。所有人都听说过在最近的一场诉讼中，罗马委员会歪曲了证据。这场诉讼中的主要证人是一名妓女，她不仅揭发了那些到过她家的嫖客，还指控了一些她从未见过的人，据说有一个年轻人就因此被牵连。警察在夜里逮捕了他，随后他被秘密地审判，并被判处了五年的徒刑。他在一次私人谈话中向他的兄弟发誓他是无辜的。这里的法律条文算是不错的，但是执行时的任意性破坏了其公正性。因此，没人相信司法，没人想当证人，没人不害怕背后捅来的一刀，没人相信自己能免于被诬告，没人能确定自己明天还能睡在自己的床上和待在自己家里。

至于金钱方面，人们并不担心财产被充公，但是担心被不断骚扰。A 侯爵在奥尔维耶托（Orvieto）附近拥有一大片土地，他的祖先在那里创建了一个村庄。当地人在某位大人的批准下颁布了一项不动产税，而纳税人是 A 侯爵。还是在同一位大人的批准下，当地人还针对一块地皮起诉了 A 侯爵——如果他们赢了，侯爵得付费，假如他们输了，侯爵还得付费，因为所有土地都是属于他的，是他用自己的财产为当地政府提供费用。必须与当地政府成为朋友才有可能拿到收入，否则他的那些佃农可能对他的话充耳不闻。通过千丝万缕的私人利益的勾结，地方政府、土地业主以及贵族之间保持着利益纽带。

其后果是，那些中产阶级人士，如律师和医生，也被束缚在同样的桎梏当中。他们的职业使得他们的利益取决于教皇国中的主要派系。假如他们显得过于倾向自由派，就会失去他们最大的客户群。此外，所有公共教育机构都在神职人员的手中，罗马没有一所世俗学校。最后，还得算上所有受保护人、乞丐、小职员、渴望或者已经拥有闲差之人，这些人都很听话和虔诚，毕竟他们每日的面包取决于此。C 伯爵曾说过："我们不会残酷地削掉人们的脚，而是用裹脚带令其脚扭曲变形，使他们无法正常行走。"

这个体制不可能是其他的样子了，在此我们必须接受现实的逻辑。一个教会政府不可能是自由派，但是一个教士作为个人可以是。世界就在他的身边，他已见到了实证科学，世俗利益影响着他的思想；但是，假如将他与所有这些影响隔离，使他自我封闭起来，封闭在教士的圈子当中，令他主导其他人的行为，那么他就会像庇护七世和庇护九世一样回归到本职工作的准则上去，并且沿着那条由社会身份所确定的斜坡滑下去。作为教士，尤其是作为教宗，他掌握着绝对的和全部的真理。他不必像我们一样等待日积月累的思考结果以及未来的科学发现的出现，因为真理就在他和其前任的手里。这些原则由传统确立，在敕书中宣布，在通谕中更新，被神学概论阐明，被教规学者精确地规定，被决疑论者充分地讨论。几乎所有人的思想和行动，不管是公开的还是秘密的，都被那几本大书所定义、分类和定性，而他是那几本大书的守卫者和继承人。况且，这门学问是活的；一旦进入他的思想体系，并经由他的话语来颁布，那么所有疑问都必须消失。上帝确定了他，他代表上帝进行裁决，那么反驳他就是反叛，而反叛就是亵渎。在他的眼中，最首要的是服从——个人检视、个人评判以及个人的主动性养成的习惯都是罪恶。人必须如同孩子一般被指引，他的理性和意愿不应由自己决定，而应由比他更高级的专职人员，由一位"导师"决定。其实，"导师"才是天主教神父真正的名字，正是通过这个工作，罗马的政府追求并实现了其目标。以这个名义，神父可以是宽容的，他会提供一些日常的帮助，原谅人的弱点，允许一些名利上的牵扯，也可以容忍些许偷闲。他反对暴力，尤其是公开的暴力。他喜欢甜言蜜语和宽容的做法。他并不威胁人，只是警告和训斥。他那定期发出的热情洋溢的训言，如同为罪人们盖上了一层厚被。他如父亲般谆谆教导，讲述他的慈悲之心，但有一点他绝不妥协，就是人们在思想和心灵上对他的服从。有了这种服从，他就可以走出神学领域，进入人们的私生活领域。他可以决定人的使命，操持婚礼，管理晋职、遗嘱，以及影响人们的职业选择等。

在公共事务领域，教宗尤其要避免人们产生危险的企图。例如，在罗马，他为地方议会增补任命了一些参议员，这些参议员必须得到教宗的认可，也就是说，所有主要的官员都是他选择的亲信。其他机构也是如此运作的。有一位大人在管理医院，有一位大人在管理剧院，他下令将舞女们的裙子加长了。至于行政管理，基本上遵循的是古老的传统。政治经济对于他们而言是一门不健康的学科，它太过于现代了，而且与人的生活舒适度联系得过于紧密了。商业税是获利明显的领域，至于它是否有让国家变穷的潜在危害，他们丝毫也不考虑。每一匹马的交易都要交 5% 的税。养牲畜要交放牧税，此外在交易时每头牲畜要交二十八法郎的税，大约等于其价格的 20%—30%。渔获按照售价的 18% 交税。罗马地区收获的小麦按照价格的 22% 交税。土地税也不少，我知道一位富人为其每年三万三千埃居的财产收入要付出五六千埃居的税。此外还有借债，这些都起源于延续了两个世纪的财务政策和“Luoghi di monte”债券的发行。借债是为了生存下去，他们能拖一天是一天，尤其不愿触碰旧有的秩序。老年人最怕新发明，对现代思想尤其警惕。我的一位曾经去墨西哥旅行过的朋友对教宗说：“圣父，支持那位新皇帝吧，命令墨西哥的教士们妥协和服从皇帝吧，否则那个帝国就崩溃了。美洲的新教徒将会占领它、殖民它，而天主教信仰将会失去一个巨大的国家。”教宗似乎已然明白，那难以承受的传统重担正在被公开地压在他的身上，因为他是那唯一能够继续在北美传播宗教的机构的领袖。

总之，要维持生存，要防患未然，要懂得控制，要学会等待，要懂得平息，这就是他们的想法。假如你想寻找一些不同之处，那还是得从神职人员的思想入手。一名教士许下了独身的誓愿，因此，他比其他人更关心与贞洁有关的罪孽。在我们的世俗世界中，首要的精神动力是荣誉，也就是说，必须勇敢和正直；然而在此，所有的精神都围绕着性这一念头——要求精神处于原始的童贞状态和无知状态，或者通过禁欲和斋戒将其从肉欲之中拉出来，至少也要避免明显的丑闻。在这个问题上，警察是十分严厉的。妇女在夜晚不许上街，但事情可以在私底下进行，法国指挥官与专职负责风化的大人之间肯定交换了什么有趣的照会。为了维护政府的体面，人们不惜代价，可这是多么大的代价！最近，有一个可怜的女孩因风化问题被抓并被关押在一个教养院中，有人告诉她要关她一辈子。“难道就没有什么办法出去吗？”“你必须找到一个人娶你。”于是，她托人找到一个追求过她的老无赖并且嫁给了他。然而一个月后，那个无赖再次利用她去从事皮肉生意，但大家的面子都保住了。我的一位朋友跟我讲过一个女孩，她被一个工人引诱并生了孩子，她想尽办法要喂养她的孩子。可神父叫来了警察，将她的孩子强行带走并安置到了孤儿院。神父有权介入你的一切事务。假如你未婚，他可以阻挠你雇用一名年轻的女仆；假如他怀疑你有什么不良企图，他可以禁止你去拜访年轻女子和已婚女子；他可以将行为疑似不端的女子赶出他的堂区，可以向宗座代牧申请驱逐某位女演员或舞女；他可以调用警察，而且只向宗座代牧负责。假如一个罗马人与其神父的关系不好，那么他将很难在罗马生存下去。没有神父的证明，他得不到护照，得不到狩猎许可证。神父就像一名贴身警察，他关注着你的品德、你的观点、你的言谈以及你看的书刊。首先要避免炫耀，要为人类的生活涂上一层“纠正漆”，促使人们参与仪式，避免被反驳和招致争议，并通过想象力的升华和习惯的养成在人类的事务和思想的王国中都成为绝对主宰，在此基础上再不断地提升和缩减人们的诉求。很明显，这种愿望并非源自一个暂时的状况，而是源自那些机构本身的需要。由神职人员所控制的世俗政府不可能是另外的样子了。它可以是个温和的独裁者，关注细节，缺乏活力，但它是体面的，是修道士的风格，它也是不可战胜的，如同一株植物终将成功地开出花朵。

3月24日，宗教

每天早上，我都带着欣喜去阅读《天主教联盟报》。这是一份很有教育意义的报纸，从中可以明显看出意大利天主教的所谓宗教思想的影响。

一份自由派的报纸向意大利的贵妇们提议将她们的戒指寄给加里波第以庆祝他的节日。这对于圣约瑟（Saint Joseph）而言是多么大的冒犯，因为很不幸，圣约瑟正是这个强盗的主保圣人[1]！为了反对这个提议，《天主教联盟报》要求贵妇们将其戒指捐献给教宗，因为教宗是教会的首领，而教会又神秘地代表着妇女们所珍爱的一种品质——母性。这个论据是难以反驳的。另有一份报纸将教宗称为“大乞丐”。一个月以来，我阅读了报纸首页上登载的捐资者名单，人数众多。估计通过这种渠道，教宗每年能收到两百万银币。通常，这种捐资是为了获得一个恩赐或者期待一个宽恕，而且并不一定都是精神层面的，也可能是物质层面的。捐赠人在捐出他们的礼物的同时，也“为了一件重要的事情”[2]请求获得教宗的祝福。可以看出来，人们将他视为有巨大影响力的人物，好似天庭中的首相一般。人们在此将等级划分得很明显：祈愿者首先向耶稣基督以及圣父上帝祈求，随后向圣母或者耶稣身边的某

1　加里波第的原名为 Joseph Marie Garibaldi，后改名为 Giuseppe Garibaldi。此处大概是影射其原名中含有约瑟的名字。此外，将加里波第称为强盗，应该是从教会的立场而言的。

2　3月23日，“朱利亚侯爵夫人向教宗奉献了一个金指环和一个还愿物，以便从圣约瑟那里获得一个特殊的恩泽”。3月26日，“一个祈求自己的母亲痊愈的儿子向教宗奉献了十法郎，另有十法郎奉献给斯波莱托圣母，以便获得其恩泽”。——原书注

位圣人祈求，最后才向排在圣人、圣母和耶稣之后的教宗祈求。这是天庭中的三个等级。教宗被视为另一个世界的主人的代理人，负责管理这个世界，并拥有所有的权力。与上帝的沟通必须经由他的撮合，他还会给人们的祈求加上批语。虔诚的意大利人依然保留着三个世纪前马丁·路德思想流行时的理念。他们将宗教理念变得简明扼要，充满人道主义。在他们的眼中，上帝就是一个国王，而在所有的君主制当中，要想亲近君王，必须要经由大臣，尤其是通过其亲属、家人和家仆来接近。

由此，圣母的重要性就变得非同一般了[1]。的确，她在此是三位一体中的第三个人物，代替了没有肉体具象、难以被民众理解的圣灵。对于那些只能将对上天之力的想象落实在一副面孔上的人，还有什么能比一副女人的面孔更加吸引人、更显得仁慈、更充满怜悯的呢？而谁又能比被那么好的儿子所爱的那个女子更强大、更令人信服的呢？我刚刚翻看了《圣母集》（*La Vergine*）——一份以圣母为主题的诗歌和散文周刊。第一篇文章讲述了圣母探访以利沙伯[2]（Élisabeth）的故事以及她大概停留的时间，最后是一首歌唱天使的十四行诗，说他觉得圣母玛利亚十分迷人，以至于难以再飞回天上去。我手头没有那些文字，但是我保证是这个意思。这种刊物也会出现在上流社会人士的桌子上。有人帮我买了一本《玛利亚月报》。这本小书在罗马十分流行，这也表明了罗马人的虔敬程度。书中都是有关圣母月[3]当中的每一天需要做的事情和祷文，这些祷告被称为精神之花、精神之花环和精神之花冠。“谁会怀疑那既开明又宽宏的真福者玛利亚会在那无数的荣誉花冠当中保留一顶，

---

1 《圣利古里》（索莱姆修道院本笃会出版，1834年，第一部，第495页）记载：“你们知道事情在天上是如何发生的吗？圣母来到她那神圣的儿子面前，给他看他即将在当中度过九个月的腹部，还有将要为其哺乳无数次的神圣乳房。耶稣来到其父亲——全能的上帝面前，向他展示因我们而被打开的胸侧和神圣的疤痕。见到圣子温柔的爱的承诺，上帝不能拒绝他为我们获得一切。”圣利古里是近代最著名的决疑论者，此外，他还写了许多神学方面的论说。我请读者去阅读其《基督徒的生活准则》《灵性诗歌》《圣母颂》以及他的神学教义。——原书注

2 以利沙伯是《圣经》中圣若翰洗者的母亲，是圣母的表姐。

3 5月份。

送给一名不懈努力地向其奉上花冠之人？”随后是一些短诗和三十个用以佐证的故事。“一个名叫埃斯奎利奥的男孩还不到十二岁，但他过着卑鄙又邪恶的日子。上帝想要使他皈依，于是就让他生了重病，使他绝望，使他时刻等待着死亡的到来。由于他已经失去了知觉，所有人都以为他已经死去了，于是将他安置在一间四处有火的房间当中。他在试图逃避火苗的时候发现了一道门，于是推开门进入到一个厅当中。在那里，他看到了圣母以及陪着她的一群圣人。埃斯奎利奥立即跪倒在她的脚下，但是圣母瞪着他，让他远离，并且命人将他送回火房。于是，这个可怜人向圣人们祈求，而圣人们得到的圣母的回复是埃斯奎利奥是个恶人，他从未念过一句《圣母经》。圣人们替他再次向圣母祈求，并且说他的举止已经有所改变。出于恐惧，埃斯奎利奥发誓将献身于圣灵，而且只要活着就会服从圣灵。最终，圣母严厉地谴责了他，并告诫他要通过苦修来赎罪并信守诺言。最后，圣母收回了将他扔到火中去的命令。”

两个年轻人坐在波（Pô）河上的一条船里游玩，其中一人口中念着圣母日课经，而另一人拒绝念经，说他是在休假。小船翻了，两人都呼叫圣母的护佑。圣母到来后，抓住第一个人的手，并对第二个人说：“既然你根本就不相信需要崇拜我，那么我也没有必要救你。”他就这样淹死了。

一名放荡的年轻人偷走了一支用来登记圣母修会信徒名单的笔，并用这支笔去写了一封情书。于是，他遭受了一记耳光，却看不见打他的那只手。与此同时，他听见一个声音说：“恶棍，你竟敢玷污献给我的笔？”他跌倒在地，他的脸接连疼了好几天。

我不再引述这些怪异的故事了。就是这类故事在滋养着妇女们的思想，甚至是贵妇们的思想。妇女们被告知，当圣特蕾莎没写完信就停下笔去花园的时候，耶稣基督就来帮她完成了信。她们的丈夫们也受过类似的教育，而这种教育的深刻印记是难以擦除的。我见过一些受过高等教育的人，他们认为这些故事和小书没有什么可指责的。此外，许多人的思想是随大流的。假如您感到奇怪，他们首先会回答说："我们不得不这样。"如果与您更熟悉一些，他们会补充说："这也不是坏事，还可能带来好处。万一教士们说的是真的呢？还是小心为上。"昨天，我们的一位朋友笑着对我们说，他听说一位贵妇刚刚出发去参拜一尊眼睛会动的圣母像。一位在场的年轻军官神情严肃地对他说，他和他的八个朋友一起去参拜过，他们都看到了那尊圣母像的眼睛会动。在这条路上，人们可以走得很远。N伯爵夫人有两个孩子，她将其中的一个孩子置于斯波莱托圣母（Notre-Dame de Spolète）的保护之下，将另一个孩子置于维瓦尔卡罗圣母（Notre-Dame de Vivalcaro）的保护之下。在她的眼中，这是两位不同的人物。对于这些强烈而积极的想象力来说，雕像并非仅仅是一种代表，而是一个活的女神。最终，她觉得还是更信任维瓦尔卡罗圣母，于是将两个孩子一起都置于这位圣母的保护之下。

根据这些描述，你可以想象大众的宗教信仰处于何种状态。有一次，我的一位朋友雇的马车在苹丘山下坡时失控了。就在车夫无计可施之际，他瞥见了一尊圣母像，于是他祈求圣母的保佑。马撞到一堵墙上死了，而车夫本人则被甩到一扇窗户外的铁栅栏上，只是皮肤有些擦伤，并无大碍。为此，他请人为他画了两幅还愿画，其中的一幅展示了他向圣母祈愿的场景，另一幅展示了他被抛到铁栅栏上的场面。N伯爵夫人的一名女仆去买了彩票，并且向三位圣人祈愿。最终，她没赢钱，从此她再也不向这几位圣人祈祷了。这类自发的异想天开是如此强烈，以至于他们会发明一些官方信仰以外的迷信做法。例如，N伯爵的一个女仆确信教宗具有魔法。假如他在复活节那天身体无恙并且可以举行祝圣仪式，那么将会下雨；假如他那天生病了，那么天气将会很好。那些训言和教理也在变相鼓励这种迷信。有一天，我来到一座教堂中，看见一位教士正在给四十名七八岁的小女孩做训导。女孩们好奇地转过头看我，她们对我眨眼，相互之间窃窃私语，脸上带着调皮的微笑。她们的小身子急不可耐地想要活动，活跃的小脑袋叛逆般地动来动去。那位教士神态和蔼，带着父亲般的亲切，从这个长凳走向另一个长凳，对着这群躁动不已的孩子们不断地重复说“小心魔鬼，我亲爱的孩子们。魔鬼很可怕，魔鬼想要吞噬你们的灵魂”等。十五年后，二十年后，这句话还会回到她们的脑子里，而且还会伴有图像，如可怕的巨口、尖利的魔爪、焚烧的火焰等。一位常去天坛圣母堂（Aracœli）的人讲过，在整个四旬斋期间，所有说教都围绕着斋戒以及禁止和非禁止的食物展开。说教者在一座高台之上指手画脚地描绘着地狱的恐怖，随后又会讲述如何烹饪通心粉和鳕鱼，其方法多种多样，甚至连那些守斋的美食家也会难抵诱惑。这几天，在科尔索大道上，一名贩卖猪肉熟食的小贩将火腿摆放成坟墓的形状，上面点着灯，摆着花环，中间的一个水瓶中还有金鱼游动。总之，重要的是要有感官刺激。意大利人同阿勒曼人、英国人都不一样，他们无法理解枯燥的概念，他们会不由自主地将其转化成一种可以触知的形态；他们不喜欢模糊的、抽象的事物，他们的思维结构需要轮廓分明、鲜明而生动的概念。这种成就了其绘画的具象能力如今也进入宗教中了。

还是应该坚持从自然主义者的角度出发去看待这些事情：所有不好的心情终将转变，情绪终将平复，最后只剩下结果和原因。被阐述的事物失去了其丑陋的外衣，或至少，我们不再去想它们了。生产力同大自然的力量一样都是无辜的，不管人们利用它去做坏事还是做好事。即使是咒骂和暴力也都值得注意。我体会到一种物理学家的好奇心，他通过观察电理解了暴风雨，为了核实定律的准确性而忘记了那场将花园摧毁的冰雹，从而失去了餐后的水果。至少每三天，我都能从报纸上读到对当代两位著名作家的激烈抨击。其中一位是如此杰出、如此可爱、如此活跃、如此法兰西、如此聪敏，以至于人们都忽略了他那与其思想深度相等的见识。另一位慷慨又细腻，他的通识思想成果丰硕，其艺术感觉和在辨别细微差别方面的造诣专业又精练；他是如此幸运，既有天赋又有渊博的学识，因此那些高深的概念和严谨的文献对他来说就像是希伯来语一样。简而言之，这两人分别是《罗马问题》

（*la Question romaine*）一书的作者阿布先生和《耶稣传》（*Vie de Jésus*）一书的作者勒南先生。每三天，就有人骂他们是坏蛋。我见过一篇名为《勒南和魔鬼》的文章，试图证明勒南与魔鬼有许多共同点。这没有什么不合情理的，根据某些人的想法，事物会带有某种特别的色彩。精神折射的规律就是如此，与物理折射一样会造成歪曲。最近几天，我在卡比托利欧山博物馆见到了一个类似的效应，从中可见一个真实的事件通过大众的头脑之后是如何被阐述、被扭曲和被夸大的。两名法兰西士兵正在观看《友弟德杀死霍洛芬斯》这幅画，其中一人对另一人说："你看清这个女人了吗？我看啊，她就是夏洛特·科黛（Charlotte Corday），那个男人就是马拉[1]（Marat）。男人供养她，而她将他杀死在浴缸里；应该说所有被供养的女人都是下流坯子。"

3月28日，乡下

我们早上八点钟出发，经由圣乔瓦尼广场去阿尔巴诺（Albano）湖。这是罗马最漂亮的广场，我曾为你描述过它，但是我觉得它比上一次看到时更美了。穿过城门后往后看，可以见到拉特朗圣若望大殿的立面。初看显得十分夸张，但是在这静谧的早晨，在如此众多的废墟以及乡间景致的环绕之下，它又显得不那么夸张了。它令人感觉富丽堂皇，阳光照耀在那些高大而密集的立柱之上，照耀在那些雕像之上，照耀在它那坚实而泛着金光的高墙之上，如同披上了一身节日的盛装和凯旋的光芒。

1 让-保尔·马拉（Jean-Paul Marat，1743—1793），法国政治家、医生。

树篱开始变绿，榆树开始发芽，时不时可见一棵桃树、一棵穿着迷人的粉色舞会礼服的杏树。天穹无比明亮。西斯都五世引水渠以及克劳狄一世引水渠的废墟在道路左侧的原野上延伸着它们的柱廊，它们的曲线与清澈的天空完美地融合在一起。被温煦的阳光所照耀的绿色原野、引水渠那庄严而宁静的线条、远处被笼罩在一片金色和青色雾霭之中的群山，三者共同组成了一组风景画。丘陵之上和山谷之中散布着成群的山羊和长角牛，那些牧人的房屋有着锥形屋顶，就像是野蛮人的茅屋一样，还有几个腿上裹着母山羊皮的牧人，四周都是看不完的历史痕迹。一个古代别墅的废墟、一座底部损毁的陵墓、一段爬满了常春藤的柱石，这些遗迹聚集在一起，像是一座被大洪水冲毁的巨大城市。一些农民骑着马穿过田野，他们都目光烁烁，面色发黄。驿站是一间带有裂缝的砖石房子，橙红色的砖墙斑驳不堪，好似一座无言的坟墓，里面躺着两个盖着大衣、像是发着高烧的男人。

去往阿里恰（Ariccia）的路上要通过一座漂亮的桥，其高大的圆拱跨越山谷，它是由B教宗建造的。这位教宗曾游历了教皇国的所有领地，并说各地都不缺乏艺术品，而且大道都被维护得很好。建筑设计和建筑物是年迈君主的乐趣所在。自尊心促使教宗去建造教堂或宫殿，并将他的名字以及家族的徽章雕刻在所有修复物和装饰物件之上。他对那些伟大工程的关注与他对公共设施的忽视形成了鲜明的对比。另有一些痕迹显示出其君王般的以及大贵族般的品位。一位公爵在村外的大道旁种植了许多榆树。村庄本身属于基吉（Chigi）亲王。他的别墅位于桥的一头，整体呈灰黑色，像一座城堡。在桥的下方，他的花园占据了整个山谷，一直延伸到山坡之上。树干已被岁月侵蚀得伤痕累累的扭曲的老树、被流水滋养而显得生机盎然的圣栎树，都在此大量繁殖。灰色树冠与绿色树冠混杂在一起，灌木丛已然披上了一层嫩绿，而由于枝叶繁茂，这层嫩绿好似一件薄纱被带刺的枝丫挂住一般。这些色彩呈现在阳光和阴影的交错之下，显露出些许微妙的变化和一种迷人的和谐。春天的土地变柔软了，已在孕育着生命，我们可以感觉到无数生命正在地下深处躁动。娇嫩的新芽从树皮中冒出，视野中满是阳光普照之下的小小绿点。泉水旁，成簇的花朵已然任性地绽放。与这些自然生物相比，那些石头和文物古迹都微不足道！

我们在真扎诺（Genzano）吃晚餐，但我们不得不自己去买肉。酒馆老板拒绝妥协，但告诉了我们一家香肠店的位置。这间酒馆实在是太原始了，就是一个由拱廊所支撑的马厩。骡子和驴子沿着桌子进进出出，带着踩踏地砖的声音。蜘蛛网挂在黑色的房梁之上，室外的阳光骤然射进屋内，暴露出室内飘荡的浮尘。室内没有烟囱，女主人在炉膛上做饭，烟气则完全飘散到了厅里。此外，酒馆的前后门都敞开着，形成穿堂风。我想象着，大概三百年前，堂吉诃德在拉曼恰的荒野上也发现过类似的酒馆。至于座位，这里只有木凳；至于菜品，除了鸡蛋，还是鸡蛋。小乞丐追逐着我们直到桌边，实在是令人厌烦不堪。我没法描述他们的破衣烂衫和肮脏程度，其中一个男孩穿着一条破裤子，两条大腿有一半露在外面，破布条在其身上随处摇摆。一位老妪头上围着一块厨房抹布作为头巾。地上的擦鞋垫碎片不知来自哪里，大概得有一个团的军人在上面蹭过污泥。街边小巷内都是奇形怪状的垃圾堆，尖石和各种垃圾混杂在一起。然而，这座城市有一些看起来相当古老的大型建筑。我的朋友告诉我说山上还能找到15世纪建造的村落，它们是如此坚固，以至于三百年的风霜也没有完全磨灭那古老的作品。

我们去了内米湖，它就像是山口的一盆水静静地躺在那里。它并不大，看上去还不如台伯河宽，但是它很有名。周边的群山已然失去了森林的覆盖，只是在岸边有一些巨大的梧桐树伸展着其巨大的根系，一半抓紧岩石，一半深入到水中。扭曲且短粗的树干上凹凸不平，其灰白色的粗大枝条伸向前方，某些枝叶已经浸入到灰色的水中。树的旁边长满了灯芯草，长春花和银莲花也是遍地繁殖，都长到了树根的苔藓之上。透过繁茂的枝叶，远处的山坡显示出郁郁青色。一个名字——湖的旧名——不禁要脱口而出：Speculum Dianæ。从这个名字，我们立即就会想到那充满战斗的年代和致命的仪式。茂密的黑森林环绕着湖水，四处荒无人烟，只有公鹿的吼声和母鹿前来喝水的脚步声打破了那寂静。猎人和山民站在高处的岩石上盯着那片幽静的青绿色森林，感到毛骨悚然，似乎见到了女神那清澈的眼睛。在谷底，在常青的松树和百年橡树之下，湖面反射出纯洁又凄凉的光芒，其金属色的波浪好似钢铁一般冰冷，这就是“狄安娜之镜”。

回程中，当我们重又爬上蜿蜒的山丘之顶，看到远方的大海好像熔化的银片一般闪耀着光芒。一望无际的原野上夹杂着斑驳陆离的农田，一直延伸到海岸边，并且被闪亮的光带所环绕。随后，我们沿着两旁是老橡树的林荫道前行，橡树之间种满了黄杨和绿色的小灌木。这永不消逝的夏日不会使人厌烦，好像它永远不会被冬季所取代一样。突然，在一座圆丘之顶，阿尔巴诺湖显现在我们脚下。青绿色的湖水如同内米湖一样平静，但是它更宽广，湖岸的风景也更美丽。对面，在环湖的山丘之上，棕红色的卡沃峰耸立在眼前，充满了野性，好似大洪水之前的一只怪兽。像比利牛斯山和阿尔卑斯山一样，在好像是被建筑师勾画出来的群山当中，它孑然而立，又好似戴着一顶怪异的修士帽，在天光云影之下显得忽明忽暗。更低处，罗卡迪帕帕（Rocca di Papa）镇的房舍在附近一片山坡上分布得错落有致，像是一排白色雉堞。最底下，火山口中的湖水静止不动，泛出白锡一般的光泽；它像光滑的钢板那般耀眼，反射出交错的湖岸。微风不时地在这里或那里吹起些许难以察觉的粼粼波光，呈现出一种奇特的静谧。在轻柔的微波之下，一个深藏的神秘生命沉睡在那里，橡树那丰茂的树冠也从它那里汲取养分。抬眼望，左方可见冈多菲堡（Castel-Gandolfo）那白色的建筑，它那显眼的圆顶、那些超越山脉轮廓的尖顶好似镶嵌在鳄鱼背上的白色贝壳。最远处，越过那蜿蜒的山脉，其后方是一望无际的罗马原野以及岚光霭气之下星罗棋布的田垄。

一座查尔特勒修道院坐落于湖边。在选择位置方面，修士们总是拥有很好的品位和超凡的想象力，这也许是因为修道生活虽剥夺了市绅生活中的舒适，却也因此解放了他们那小市绅的灵魂，这点至少在过去是成功的。不幸的是，高贵之后紧接着就是恶劣和粗糙。入口是一道栅栏门，而栅栏后就是由众多查尔特勒修士的头骨和骸骨拼组而成的文字。您可以想象这场景对一个路过的想象力丰富的农民会造成多么大的影响！他的头脑和心灵同时受到冲击，其回响可持续几个小时。所有这些感受都是被预先设计好的，有如在圣伯多禄大殿中举行的祭礼。大祭台离信众是如此之远，以至于没人能听见那些话语，更不要说理解了，毕竟那是拉丁语。这无关紧要，因为进入到耳中的隆重的嘈杂声以及光彩夺目的金色的长袍、庄严而厚重的建筑已足以触动灵魂并使人下跪。

3月26日

今晚有一场关于政治主题的会谈。在甜点和咖啡之后，这是一个常规的话题。我在回家的路上将它们誊写下来。

主要对话者是一位英俊而严肃的青年，他的意大利语说得是那么与众不同、那么悦耳，简直好似一段乐曲。他对教宗的世俗权力持尖锐的批评态度。我向他列举了几条教权派的反对观点：

“你们评判教宗，你们抛弃了精神和内心上的顺从，你们转向了新教教义。”“无论如何，我们现在是，也将一直是天主教教徒。我们接受并维持一个负责管理信仰的权威。我们不可能剥夺其世俗权力，因为我们只能从拥有权力的人身上剥夺权力，而教宗实际上已经没有这个权力了。近三十年来，如果说他还在统治，那也是在奥地利人或法国人的刺刀之下进行统治。他承受的来自外国的压力从来没有像当今这么大。我们不想剥夺他的权力，而是要使他已失去的权力回归到本来应有的状态。他已经倒在地上了，让我们扶他起来。”

我重述并强调说：“天主教不仅要求信仰的唯一性，而且要求教会的唯一性。那么，假如教宗成为一个国家的公民，不管是意大利人、法国人、奥地利人还是可能性更大的西班牙人，那么经过一两个世纪之后，他肯定会被所在国的政府控制，好似一个臣民或客人一样，就像当初被法兰西国王所控制的身处阿维尼翁（Avignon）的教宗一般。由此，不管是出于嫉妒还是出于独立的需要，其他国家将会反对教宗，或者推举出不同的大主教，就像推举圣彼得堡和君士坦丁堡的大主教那样。这将导致教会分裂，你们就不再会有天主教教会了，甚至还会丧失独立的教会。王权之下，一个大主教，甚至教宗，都只是一名官员。这点在圣彼得堡，在腓力四世（Philippe le Bel）和腓力六世（Philippe Ⅵ）时代的法兰西都显而易见。当拿破仑想要将教宗安置在巴黎的时候，他其实是想让教宗在某种程度上成为一个极其光荣也极其顺服的宗教部长。请注意，如今欧洲的那些政府，尤其是法兰西政府，已经掌管了所有的事务，如果连意识形态领域也不放过，那将会是什么局面？任何自由都没有了，欧洲将变成一个俄国或一个罗马帝国。最终，教理本身也就危险了。就像将一株植物从其温室之中挪出一样，将教宗连带着他的圆顶教堂从他的国家挪出，就意味着他将遭受现代思潮的冲击。天主教是一成不变的，应该给它的领袖配一个‘死气沉沉的国家’和一群无思想的臣民，一座满是修道院、博物馆和废墟的城市，一座太平而富有诗意的大公墓。想象一下，假如这里有一个科学院，有公开课，有议会的论战，有蓬勃发展的工业，有活跃而普遍的世俗哲学和世俗伦理的宣讲，您觉得这些不会传染神学吗？答案是肯定的。人们在阐释教义方面会逐渐放松，会逐渐放弃那些严厉的部分，最后就是不再提及它。看看法兰西，在博须埃[1]（Bossuet）的时代这个国家曾被治理得服服帖帖，但仅仅通过

1 雅克-贝尼涅·博须埃（Jacques-Bénigne Bossuet，1627—1704），法国主教，神学家。

接触一个有思想的社会，天主教的影响就被削弱了，偏离了意大利的那些传统。它拒绝了特伦托会议的决议，削弱了对画像的崇拜，逐渐与哲学相结合，接受了世俗人士中文人地位的上升。在现代文明的吸引之下，在各种发明和大胆创新的包围之下，社会将会演变成什么样子！挪动或者赶走教宗，就等于是在两个世纪之后改变信仰。”

回答：“那太好了。除了那些迷信的天主教教徒，还有讲实话的人，就是我们。我们希望在现代精神的影响之下，教会可以自己慢慢地去改革和转变。至于那些分裂派，不管教宗是否受到保护，他们同样都是危险分子。在罗马有驻军的强国跟君主一样对教宗有影响，而且教宗就像是其臣民或客人一样。假如有一个权宜之计可以确保他的独立性，那就是我们的办法。我们将会把台伯河右岸、圣伯多禄大殿和奇维塔韦基亚分给他，他可以像在绿洲当中一样在那里生活，享受他的荣耀。所有天主教国家将分摊费用，他将受到欧洲所有国家的保护和尊重。至于将神权和世俗权力集中于君主一人之手，请允许我告诉您，目前新教国家已然如此，比如英国，但这些国家并不缺少自由。因此，两种权力的结合并不总是产生奴役，在某些国家，它强化了奴役；在另一些国家，情况并非如此。在此期间，请允许我们赶走加在我们身上的奴役。假如我们的计划存在什么危险，那也是我们的，不是教宗的。他处于意大利的中心，一旦被激怒，可能会发动所有下层民众针对我们，但是我们既然接受了这些危险，就让我们试试自己的运气吧。请不要强加给我们一个你们自己都拒绝接受的政体。”

“那么您预估天主教教会在晦暗的未来会发生怎样的变化呢？”对于这一点，所有的回答都是模棱两可的。我的对话者们确信意大利不少的高级教士都是自由派，甚至包括枢机主教，尤其是在罗马以外的地区。他们还提及了路易吉·托斯蒂[1]

1 路易吉·托斯蒂（1811—1897），意大利本笃会修士，历史学家。

（Luigi Tosti）大师的名字，正好我读过他的著作。他是一位卡西诺山隐修院的本笃会修士，对天主教十分虔诚，但也很具有自由派思想。他读过那些现代的哲学书籍，明白最新的《圣经》注解；他投身于历史研究，喜好高深的思辨；他思想开放，对新旧思想兼容并蓄，而且言辞高雅，富有诗意，引人入胜，就像是一位天主教的乔治·桑[1]（George Sand）。这里的神职人员并没有像在法兰西那样都被管制起来，只有在我们国家，教会才会受到行政规章的管辖[2]。意大利的某些教士拥有类似于半独立的地位。路易吉·托斯蒂在他的隐修院当中就好似一位拥有法政牧师职务的牛津教授，他可以随心所欲地去旅行、阅读、思考和出书。他的目标是将教会与科学协调在一起。他原则上认为科学只是不断地分解问题，但并非是唯一的途径，还有另一条同样可靠的道路，就是通过“综合行为”（atto sintetico——意大利语）。灵魂通过人的全部激情，通过其发自本能的热忱和信仰，在无需论证和分析的情况下就首先发现并理解了上帝，随后又发现和理解了基督。我们通过这种宽宏而炽烈的信仰去领会美、仁慈、真理的本体和来源，而这种信仰是唯一一个能够将人类集合在一个兄弟般的共同体之中并促使他们行善、效忠和做出牺牲的信仰。由于这个共同体是天主教教会的，从这个角度讲，在保证《福音》永远不变的条件下，教会应该去适应公民社会的变化。它可以做到，因为它本身就含有“无穷的形态”。它正在承受其中的一种转变，但是它的本质将始终如一。它永远都会是“道德的主人”（la maîtresse de la morale）。这一切并没有定义如何转变，而托斯蒂神父自己也说过那是由上帝来决定的秘密[3]。

就这个话题，那位思维敏捷且具有洞察力的N伯爵将我拉到一个僻静的角落

1 乔治·桑（原名Amantine Aurore Lucile Dupin，1804—1876），法国著名女作家、文学评论家。乔治·桑是其笔名。

2 “我的教士就像一个军团，他必须前进。”这是博纳绍斯（Bonnechose）主教于1865年在上议院的演说。——原书注

3 《教会的世界史序言》——原书注

并对我说:“这些年轻人沉浸在诗歌当中了，让我们试着将他们拉出来吧。暂不考虑什么同情、爱国主义、怨恨或希望，先考虑一下天主教的现状，评估一下支持它的那些力量，试看在什么方向、在什么条件下现代文明可以与之对抗或者反制其行动。”这是一个道德机制的问题，而以下是我们对于这个问题的推测。

这其中的第一股力量是仪式的影响。出于本性，野蛮人、孩童和未开化之人富有想象力也很粗俗，他需要一个吉祥物；也就是说，他需要崇拜一个符号，而不是被崇拜物本身。他将宗教与智慧相匹配。他不能理解赤裸裸的概念或者抽象的情感，他将可感知的事物和习俗神圣化了。这就是中世纪的宗教。它至今依然存在于萨宾（Sabine）的牧人当中，存在于布列塔尼（Bretagne）的农民当中，而且几乎毫无变化。圣伊夫（Saint Yves）的一根指骨、圣方济各的一件道袍、圣安妮[1]（Sainte Anne）或圣母的一尊身穿崭新刺绣衣装的雕像，这就是他们的上帝。念一次九日经、斋戒一次、勤勉地进行一次念珠祷告、反复亲吻圣牌，这些对于他们来说就是虔诚。在较高一层，当地的圣人、圣母、天使以及恐惧和希望共同激励着他们，共同组成了宗教。在次一层，神父被视为高等的存在，是神意的受托人，也是分配上天的恩赐的人。在信仰新教的国家，这些都已经被马丁·路德的改革摧毁了；在天主教国家，在那些天真和半天真的人当中，尤其是在拥有丰富的想象力且不识字的民众当中，这些也都被减弱了。这股力量随着教育的普及和文化思想的推广而逐渐减弱了。在这一点上，天主教在现代文明的挤压之下，其中世纪的狂热崇拜的外壳破裂了。例如在法兰西，自19世纪以来，这类信仰和习俗就过时了，至少在比较开明的社会阶层当中是如此。无疑还会留有一些痕迹，也总会留下什么东西，但这已经好似一个旧包袱，逐渐变薄，变得破洞百出，最后也终将消失。

其中的第二股力量是其所拥有的一套完整的、公式化的和一成不变的形而上

1 又译圣亚纳或圣安娜。

学。从这方面说，天主教与所有的实证科学，至少与其思想、方法和哲学是公开对立的。当然，它可以迂回、可以妥协，在某些论点上可以只保留其形式。例如，有人认为摩西预言了光以太（éther lumineux）理论，因为他使光在太阳之前诞生，并断言那些地质时代在《创世记》的那些天就已显示出来。天主教也可以选择占据未开发的、艰涩的领域，如自然发生论、大脑的机能、原始语言等。尽管如此，天主教厌恶那种将所有证明都置于重复实验和类似环境之中的学说，因为这种学说将所有物理和道德定律的“不变性”设定为其核心，因为它将实质简化为一些简便的符号以便记录普遍的现象。其实，它的形而上学孕育于一个狂热的和极其微妙的时代，那个时代的精神由众多叠加的“三合一体”（triades）所搭建。天主教只在天性当中看到了一个迷失在那重叠的、无穷无尽的辉煌柱廊之中的模糊的踏板，只看到了神秘的和超自然的存在。在这种明显的敌对之外，还应该注意到那些科学发现，注意到它们在日常生活中的应用、它们对未知领域的蚕食、它们对人类观点的影响、它们对教育和思维习惯的影响以及它们在高深思辨和整体观点中的支配地位。总之，它们的力量还在增长。假设对手退却，天主教也不能像古希腊哲学家普罗克洛（Proclus）和波菲利（Porphyre）所处的时代的异教那样躲避在那些注解中，脱离事物本身而只保留其名字，并说它突破了象征符号而进入到意识之中，因为批判自一个世纪之前就产生了，而我们对其过去了如指掌，不能将它与现在混为一谈。当黑格尔或任何一位调解人将 19 世纪的哲学视为 3 世纪的形而上学的继承人和阐释者之时，这会引起学生们的兴趣，却会受到历史学家的嘲笑。由此，天主教将不得不放弃亚历山大大帝时代的封建包袱，它不会将其抛弃到大海之中，因为它是保守的，但是它会将其沉到舱底。我想说的是，天主教将很少谈论这个包袱，不再展示它，并将产生出另一部分自己。这就是新教教义曾经公开做的并且如今依然在做的事情——它在马丁·路德的手中脱去了野蛮的锈层，并经由现代注解脱去了拜占庭的锈层。天主教从仪式中解放出来之后，又摆脱了术语的束缚。我们可以确定地说，即使在天主教国家，大部分民众也只是在口头上保持正统，但在本质上，他们是半阿里乌斯教派[1]（demi-ariens）半一位论教派[2]（demi-unitaires）的信徒，有些像无神论者又有些像怀疑论者，但总是对教义漫不经心，甚至对于那些水平很低的神学家来说，假如他们仔细查看，也能在他们的天主教和中世纪的习俗当中，或者在圣苏菲与塞拉皮恩（Sérapion）的实质当中找到巨大差距。

这些力量都是"被动力"（forces mortes），即它们由既得的速度所决定，靠人力的自然惯性来推动。但是还有一些力量是"主动力"（forces actives），即被新的驱动力不断更新的力量。首先，天主教拥有一个组织良好的君主制教会，这是有史以来最强大的行政机器。教会从上层招募，自我维持其存在，不受世俗之人的介入，在某种程度上好似一种道德警察。它与政府并行，维持社会秩序并保证民众的服从。此外，从本质上说，教会是倡导禁欲的，也就是说它敌视一切欲望。从这方面说，它可以被视为一个绝佳的制动器，可以扼制反抗精神和对肉欲的贪婪。这就是为什么每一个受到现代民主主义狂热威胁的社会，每一个拥有绝对权力或权力高度集中的政府都支持它并依靠它的原因。民众失去社会地位的速度越快、程度越普遍，他们的欲望和野心就越高涨；底层社会试图掀翻上层社会的潮流越是无序、越是令人不安，教会就越显得有益——此时它就像个保护者。一个民族越是如法兰西一般守纪律，越是如法兰西和奥地利那样倾向于或被迫将其行为交给一个外部权威来评判，它就越适合天主教。无疑，议会政府或共和政府的建立与个体解放、个人的主动性是对立发展的。目前还不清楚欧洲是否正在朝着这种社会形态迈进，但至少不是全欧洲都如此。从本质上说，法兰西就像一个治理良好、没有盗窃发生的军营，假如它继续保持其六十年以来的样子，那么天主教将永远

1　阿里乌斯教派是以神学家阿里乌斯（Arius）为代表的一个教派，主要认为耶稣不是神也不是人，而是介于上帝与人之间的媒介。

2　一位论教派主要是否认三位一体，强调上帝只有一位。

存在下去。

第二个“主动力”是神秘主义。通过耶稣和圣母，通过那些笃信的理论和圣事，天主教为温柔的、梦幻般的想象力，为不幸的、狂热的灵魂提供了精神食粮。正是从这些方面，通过对圣母和圣心的崇拜，天主教两个世纪以来得以发展，最近还颁布了“圣母始胎无染原罪”[1]这一教条。索莱姆（Solesmes）修道院的本笃会修士们曾经出版圣利古里的著作，在这一点上他们令人吃惊地予以承认[2]。他们说过去的神学太过严苛，而教会已有明晰的新认识。通过一个新启示，如今教会展示出神的宽容和善良。他们认为教条和笃信的情感是首要的，圣母玛利亚的无比崇高性为信众提供了祭台，而在此祭台之上，人们可以倾诉其所有的崇敬之情。这些言论是一首女性化的感伤诗篇，另外还有一首关于崇拜的诗篇，在时代的转折点，在各种教条处于解体的时代，这两首诗代表了沮丧、狂热和病态的精神。自古典文明陨落以来，人类机器产生了巨大的混乱，由体育运动所维持的健全人种的原始平衡已然消失。人变得更加敏感了，近来在安全和福利领域的巨大进步反而增加了人们的不满、苛求和自命不凡。一个人越是拥有，就越想要更多。他的欲望会超过他的能力，而且其内心模糊的憧憬将会胜过其感官上的贪念，胜过

---

1 又译“圣母无染原罪”，此教条由教宗庇护九世于 1854 年 12 月 8 日颁布。新教教派和东正教几乎都不接受这个教义。

2 《圣利古里全集》（1834 年版，第一部）：“三个世纪以来，使得大地与上天接近，而圣利古里是其中连接到我们这个时代的必要一环。……基督向他的教会托付了新的秘密，他逐渐向教会传授其心中无穷的奥义。……我们信仰的早期时代所未知的受膏圣事浸润了上帝之友的心田。……对妻子的爱变得更加温柔了，丈夫那新的殷勤揭示了这一点。……对于天主教教徒来说，圣餐礼的奥义本身就是一个宗教；尤其是近六个世纪以来，对于耶稣基督的圣体的信仰得到了新的发展。……圣母玛利亚，这位无与伦比的处女，她的特权在我们面前以新的面目呈现。……我们是爱的继承人，我们见到她像温煦的云团小心地遮挡强烈的阳光。她是曙光，我们宣告她是人类的全能的调解人。……基督教成为人们心中的象征，它能够从恩典律法当中获得结果，并且以这些结果为基础……在这仁慈的时代，主的训诫可以说只是爱的有机法则。……可恶的杨森主义（Jansénisme）与其严厉的道德准则出现了，其教条与其道德准则一样令人厌恶。”——原书注

其想象中的梦幻和精神中的好奇心。他想要的是超越一切，首都的繁华喧嚣、文学所带来的兴奋、固化而造作的生活的泛滥和过度的脑力劳动只是进一步刺激了其无法满足欲望的痛苦。八十年来，音乐和诗歌一直在展示时代的疾病，而知识的杂乱无章、工作负担的加重、现代科学与民主的不懈努力，似乎只是加剧了创伤而不是治疗它。对于如此疲倦而又贪婪的灵魂而言，迷人的寂静主义有时似乎是一个庇护所。我们在我们的女性身上已经看到了这一点，她们有我们的痛苦，却没有我们的解药。在社会的底层，在年轻的姑娘们当中，在无所事事的外省，寂静主义可以通过那些世俗的、卖弄风情的诗歌的魅力，通过其温柔而体贴入微的象征符号的展示来赢得许多灵魂。也许有一天，我们能看到一个家庭被分成两半，一半人在理想的笃信当中去寻找那私密的倾诉、温柔的梦想以及尘世间的爱所无法给予他的美妙的苦恼。

这就是天主教可能发生或正在发生的转变。减少礼仪的约束，仅保留一些简单的礼仪，在学校以外放弃形而上学，巩固行政等级制度，发展有关情感方面的教条，这就是天主教自特伦托会议以来所做的事情。今后，天主教必须面对也非常有必要面对各个政府和妇女们，成为一种抑制力量和神秘力量，创建联盟，建造圣心教堂，使自己成为政治中的一个党派，以及患病灵魂的庇护所。实证科学的进步、工业所创造的福利，这些都阻碍了创建一个新宗教所必需的狂热激情的产生，我们暂时还看不清它的终点和期限。从未有一个民族只是为了接受另一个宗教而脱离自己的宗教。我们可以预见其将来必有一场巨大的危机，那将是在一两个世纪之后——我想说的是新教教义的介入。马丁·路德和加尔文[1]（Calvin）的新教教义显得僵硬，爱咬文嚼字，这些都是拉丁人所厌恶的；而施莱尔马赫[2]（Schleiermacher）

1　让·加尔文（Jean Calvin，1509—1564），新教的加尔文派创始人。

2　弗里德里希·施莱尔马赫（Friedrich Schleiermacher，1768—1834），德国神学家和哲学家。

和本森[1]（Bunsen）的新教教义则比较温和，经由新的注解使其符合文明和科学的需要，拓展并厘清了许多歧义，它将可以成为一种开明而符合道德的哲学宗教，并且在拉丁民族当中赢得一些上层人士的支持，而这些上层人士在伏尔泰和卢梭的时代曾经接受了无神论。假如战斗是发生在一个哲学和一个宗教之间，那将值得注意，因为它们谁也无法战胜谁，这两株植物各自拥有其独立且不可摧毁的根系；假如战斗是发生在两个宗教之间，那就另当别论了。假如天主教能够抵抗这场进攻，那么我觉得它以后也将能抵御其他的攻击。管理民主政体有难度，这点总会为它提供支持者；悲伤之心和温柔之心的焦虑不安总会为它带来新的信众；其所拥有的那些源自古代的传统总会为它保留忠诚的信众。这是它的三个根系，而实证科学触及不到它们，因为它们并非由科学所构成，而是由情感和需求所构成。它们可以或多或少地分叉，或深或浅地发展，但现代精神似乎并没有战胜过它们。相反地，在许多灵魂当中，在某些国家当中，现代精神所引入的一些情感和机构反而巩固了它们。曾有一天，麦考利（Macaulay）在其想象力和口才澎湃勃发之时说，天主教将会永远存在下去，例如在南美洲；而当澳大利亚的游客来到巴黎或伦敦的废墟之上，当他们去描绘那被摧毁的伦敦桥以及坍塌的先贤祠之时，天主教依然会存在。

1　本森（Christian Karl Josias Freiherr von Bunsen，1791—1860），普鲁士学者、神学家、外交官。

第九章

圣周

棕枝主日[1]

八天以来，我们每天都在圣伯多禄大殿当中度过半天的时间。我们观看完一场仪式后就走到外面，坐在台阶之上。我们被柱廊环绕的广场上那涌动的人潮和静默的行列所吸引，这本身就是一场演出。在明媚的阳光之下，在几缕白色的羽状喷泉水之间，我们看着广场上的那些队列前行，那里有戴着紫色、红色或黑色风帽的修道士队列，有孤儿的队列，有神学院的学生队列，还有成群结队的身穿五颜六色的服装的参观者、戴着黑色面纱的妇女以及士兵，人流交织，此起彼伏。主教大人们的马车一辆接一辆地到达，带着他们那些装扮得花里胡哨的车夫和跟班。每辆车上有三名跟班，其中两人站在马车后，而第三人则抓住那两个人。这些奴仆都很爱装腔作势。在赫尔布斯[2]（Heilbuth）的画中，这些奴仆显得神气又安详，要么身穿崭新的衣装而面容显得老成，要么身穿旧衣装而面容显得年轻。他们既是差役又是跟

1 Dimanche des Rameaux，是复活节前的那个星期日，标志着圣周的开始。

2 费迪南德·赫尔布斯（Ferdinand Heilbuth，1826—1889），法国画家。

班，他们知道自己所服侍的主教或许有一天能成为教宗，因此都觉得自己比其他人更接近上天，也都确信自己的灵魂有那么一点点圣洁，至少，他们的马裤的料子还不错。至于主教们，他们的容颜都很精致，但这种精致不是那种巴黎式的作为漂亮话所说的精致，而是教士的、意大利式的那种精细，是那种惯于克制自己和提防别人且不露声色的外交官和检察官式的容颜。台阶上睡着一些农民，最好不要接近他们，其味道刺鼻，因为他们从不洗澡，跟牲畜是一个味道。在广场周围的阳台上，在门口，可以见到许多年轻的罗马姑娘。她们都有一头优美地盘卷起来的黑色波浪长发，嘴唇很薄，面部线条工整而分明，下巴强健，目光专注。偶尔会从某个肮脏不堪的窗口露出一个漂亮脑袋，无论是在早上还是在夜晚都能见到这种景象，毕竟她整天在此就是为了看和被看。

对于一个教徒来说，圣伯多禄大殿内部的表演并没什么教化作用。教宗的卫兵们排成半开的人墙，他们转着脑袋，瞟着那些从面前路过的妇女。在整个弥撒期间，在场者来回走动，相互低声地甚至半高声地交谈；大厅里既没有凳子也没有椅子，他们试着坐在柱石之上，有时靠在一只脚上，不时换上另一只脚，还有些人在打盹。我们听到各处响起簌簌声，像是市场内来回走动的声音。我们踮起脚尖，看着成排的瑞士卫兵从眼前走过。这些瑞士卫兵都穿戴着拉夫领，其衣装都花里胡哨的，手持16世纪的长槊；其后是身穿黑色紧身短上衣的传达官们，他们披着西班牙式短披风，身上挂着金链，同样也穿戴着费利佩二世时代的拉夫领。仪式行列终于开始走动了：每一位身着白色衣装的人物都代表一位使徒，手中所持的一根缠绕着黄色花环的小棒代表着一根圣枝；其余人分别身穿黑色、紫色、红色的长袍，走在最后的是身穿绣有金色花纹的华丽长袍的主教们——他们中有人在微笑，有人在四顾或交谈。在教堂的最里面，在那巨大的青铜华盖之后，可以依稀识别出跪拜者——那是从古代的象征仪式中遗留下来的姿态，与当今这个时代极不协调。在两侧的高台之上是着一身黑色的妇女们，她们头上披着黑纱，手持小双筒望远镜。人们抱怨这场仪式并不完美。教宗刚做了一个丹毒手术，流出了许多脓水，人们都在谈论着其手术的细节，无法确定他是否能主持复活节的弥撒。这些谈论里并不包含真正的利益和同情心，对这些公众而言，这只是一个主角缺席的问题，而他的缺席将令弥撒仪式带有缺憾。人们相互交谈、问候，就像在剧院中一样走来走去。这就是教宗波尼法爵八世（Boniface Ⅷ）时期所遗留下来的奢华仪式，它曾经吸引了几十万朝圣者前来，如今也就剩下一些布景、一个空洞的仪式、一个考古学家所研究的主题。对于艺术家来说这是幅画卷，对于大众来说这是场奇观，是多个世纪以来所积累起来的一堆仪式，就像这座城市本身一样。活跃的信仰和内心油然而生的激情在此再也找不到目标，但是这里会聚了大量的画家、古董商和游客。

从生动如画的角度来看，这里就呈现出不同的效果了。教堂大殿被人群塞满，变得庞大无比；蚁群一般的人潮不断涌动，使这幅画栩栩如生。自穹顶穿透而入的光线落在大理石之上，好似光雨一般，泛出耀眼的光芒。在香烟环绕之中，远处的华盖以及其褐色的立柱显得虚无缥缈。唱诗班的和声由于距离遥远而变得柔和。装饰物和大理石的华彩、隐约可见的众多雕像、众多宏大建筑的形态与壮丽的圆弧形的组合，这一切共同组成了一曲代表凯旋和喜悦的歌曲。我真想在此倾听摩西的祈祷，倾听由三百名歌手和一支乐队伴奏的罗西尼[1]（Rossini）的乐曲。

星期三，《上帝怜我》[2]，西斯廷礼拜堂

我们站了三个小时，所有人都站了三个小时。前两个小时过后，有人坚持不住

1 焦阿基诺·安东尼奥·罗西尼（Gioachino Antonio Rossini，1792—1868），意大利作曲家。

2 又译《求主垂怜》（*Miserere*）。

就走了。所有的躯体都像是被钳住一般贴在一起。人们的面孔开始发黄、发红、变形，让人不由得想起米开朗琪罗所绘的那些将要入地狱的人。人们的腿脚开始僵硬，腰酸背痛。靠着立柱的人是多么幸福啊！有些人试着拿手绢去擦额头的汗，有些人不断调整他们的帽子。在一片脑袋瓜当中，我们什么也看不见。人群在大门处挤来挤去，时不时会有一位官方人物费力地挤进来，并在其同伙的肩膀助推之下穿过人群，好似一支铁钎插入一块木头。在入口处的专席之下，女士们蹲坐在一种好似笼子的围栏当中，浑身散发出一种醋香味[1]。到处都有身穿戏装、戴着白羽饰的瑞士卫兵，他们伸着自己的大脚、拿着长槊戳在那里。低沉而单调的赞美诗还在不断重复。

这些并不妨碍米开朗琪罗的那些画像成为巨人和英雄。啊！假如我能躺在地上观看那些先知该有多好！看看亚当和夏娃，那是多么强健的身躯，多么健美的原始体魄；看看基督审判时的威严，看看复仇的阿波罗和具有雷霆万钧之势的朱庇特；看胜者以怎样的姿态羞辱落败的敌人的尸体！这里的一切都源自古代。当伯拉孟特设计圣伯多禄大殿之时，他将万神殿的设计与君士坦丁廊柱大厅的设计结合了起来，也将那两个时代结合了起来。

终于唱起了《垂怜经》[2]（*Kyrie*），随后是《上帝怜我》。我们所忍受的膝盖疼和腰疼都是值得的。极为奇特的是，有些拉长的和音似乎是错误的，听起来像是口中含了一粒酸果子一样。既没有清晰的唱声，也没有带节奏的旋律，这是各种声调的混合体。这里有持续的长音，有含糊的哀怨声，好似风弦琴那般温柔，又好似风穿越树林而发出的尖厉的哀叹，如同大自然中无数忧伤而又迷人的声音混合在一起。没有比这更神奇、更伟大的曲调了。创造出这种弥撒音乐的时代与我们的时代之间有巨大的鸿沟。这种音乐是无限屈从和感人的，比现代的所有作品都更加悲伤；它出自一个女信徒的灵魂，大概是写于某个与世隔绝的隐修院之中；它是在经历了长

1　19世纪中期至20世纪初期，醋香味香水曾经流行一时。

2　一般弥撒曲中的第一个乐章。

期的、模糊的白日梦幻之后，伴随着吹过群山峡谷的风的呻吟而诞生的。无论如何，明天要来听《上帝怜我》，其中一曲是帕莱斯特里纳[1]（Palestrina）的作品，另一曲是阿莱格里[2]（Allegri）的作品。这是一层多么陌生且深邃的情感！这就是天主教复兴时代的音乐，这就是新思想修复了中世纪的缺点之后的结果！

星期四

昨晚和今早，我通读了巴伊尼[3]（Baini）所著的有关帕莱斯特里纳的两卷传记。他是一位虔诚的教徒，是圣菲利普·内里[4]（Saint Philippe de Néri）的朋友，也是穷人的儿子。他一生贫困，就靠每月六个埃居，后来是九个埃居的生活费来过活。他没钱去印刷他的作品。他生活不幸却性情温和，他失去了三个曾给他带来最美好的期望的儿子，在长期的、刻骨铭心的悲伤当中创作出他那些哀歌。在他以及他的老师古迪默尔[5]（Goudimel）的带领下，音乐在晚于其他艺术半个世纪之后，从中世纪的泥潭当中走了出来。圣歌曾经被裹上了一层繁琐而腐朽的外壳，充满了复杂性、难点和荒谬感：当唱到牧场和草地之时，音符得是绿色的；当唱到鲜血和牺牲之时，音符得是红色的；当唱到坟墓和死亡之时，音符得是黑色的。每个声部的人都唱着不同的歌词，有时还是世俗的歌词。作曲家通常作出的是风格快乐或下流的曲

1 乔瓦尼·皮耶路易吉·达·帕莱斯特里纳（Giovanni Pierluigi da Palestrina，1525—1594），意大利文艺复兴时期的作曲家，被誉为“教会音乐之父”。

2 格雷戈里奥·阿莱格里（Gregorio Allegri，1582—1652），意大利罗马乐派音乐家，其最知名的作品为合唱曲《求主垂怜》，作品问世之后被教廷视为瑰宝。

3 朱塞佩·巴伊尼（Giuseppe Baini，1775—1844），意大利作曲家、神父。

4 菲利普·内里（Philippe Néri，1515—1595），意大利教士，1622 年被教宗封圣。

5 克洛德·古迪默尔（Claude Goudimel，1514—1572），法国作曲家和音乐理论家。

调，例如《武士歌》或《朋友波迪松，夫人》。在这些歌词中，作者进行了精心的研究和奇怪的对位，将其组成了弥撒曲。卖弄学问又在韵律上破格，中世纪的机械体制在音乐和文学当中降低了人们的思维水平、搞乱了人们的思想，这使得15世纪产生了许多平平无奇又矫揉造作的诗歌和音乐[1]。宗教情感重新出现，在新教是以马丁·路德为开端，在天主教则是以特伦托会议为开端。对于新教教徒而言，古迪默尔是圣巴托洛缪大屠杀[2]的殉难者，他赋予音乐英雄诗篇，使新教殉难者能在火刑场和战场上歌唱它们。对于天主教教徒而言，帕莱斯特里纳受到教宗的邀请，为那些模糊的和音加入了他那神秘的忧伤，为那些跪在上帝脚下幼稚且悲伤的民众加入了那些哀求。

这些《上帝怜我》弥撒曲是我从未听过的，也可能超越了我所听过的一切曲调。在认识它们之前，我无法想象出如此柔和而悦耳的旋律。这奇特而又精妙绝伦的曲调在三方面都很突出。一则，大量使用不协和音程，这有时甚至使我们听惯了舒适曲调的耳朵感觉像走调。二则，声部极多，同一段和弦中可以包含三四段协和和弦以及两三个不协和和弦，它们成段成段地不停分解又组合；每时每刻都有一个声音从一段主题曲中脱离出来，导致音束四散而开，使整个和弦好似偶然而成的结果，又似原野上那低沉而又飘荡的自然之声的合唱。三则，连续音调是一段令人心醉神迷而又哀怨的祷告，在所有对称章节和通俗节奏之外，它被不知疲倦地延续着、重复着：听，那是哀怨的心中的不懈追求，此心只能也只想托付给上帝；听，那受困的灵魂不断地雀跃着，却总是被人间的重力拖向大地；听，那无数温柔而多情的可怜人发出的长叹，他们绝不放弃对上帝的崇拜和向他的哀求。

---

1 见英国的利德盖特（Lydgate）、奥克利夫（Occlève）、霍斯（Hawes），德意志的勃兰特（Brandt），法国的奥尔良公爵查理一世（Charles d’Orléans）以及弗鲁萨尔（Froissard）的诗。——原书注

2 圣巴托洛缪大屠杀是法国历史上著名的宗教迫害暴行，1572年8月24日始于巴黎，是天主教教徒对新教教徒的屠杀，并由此在法国引发了旷日持久的宗教战争，直到1598年南特敕令颁布后才告一段落。

这场演出不仅是一种视觉享受，也是一种听觉享受。蜡烛一支接一支地熄灭，前厅逐渐变暗，壁画中的大人物们都躲到阴影当中了。我们往前走了许多步，突然间，眼前出现了波利娜礼拜堂（Chapelle Pauline），金光闪闪，好似充满荣耀、光明和芬芳的天使的天堂。祭台上排成好几层的蜡烛显得有些装饰过度。枝形吊灯垂下了它那金色的涡卷形分枝、闪亮的装饰物以及光彩夺目的圆花饰，它那镶钻的羽饰，好似但丁的神鸟。遍布的螺钿鳞片饰使殿堂中处处闪耀着白色光斑。在香烟缭绕之下，一股醉人的芬芳弥漫在空气中。立柱上盘旋的天蓝色螺纹与天使们迷人的身躯缠绕在一起。贝尼尼创造了这场盛宴、这令人目眩的幻境。我隐约感到他在胜利圣母堂中创作的那昏厥的圣特蕾莎应该放在这里。

在圣伯多禄大殿中，在两排卫兵之间，我们看见即将举行濯足礼的人群走过：首先是面色凝重的主教大人们，即手持红色教士帽的紫衣主教们；随后是他们的辅祭，即身穿鲜红色衣装的司铎；最后是身穿蓝色衣装的十二名使徒，他们头戴一种特殊的白帽子，手持一把花束。在别处，在某个府邸当中，罗马的贵妇们身穿黑色衣装，套上了修女们的白围裙，她们在举行同样的仪式。人们在此接待三四百位来参加仪式的农妇，最高贵的贵妇和公主们会为她们脱鞋，给她们洗脚，再给她们穿鞋，送给她们食物，最后送她们去休息。对于基督徒的那种间歇性的激烈情感和展现谦逊的需要而言，这是一个发泄的渠道。

星期五

第三曲《上帝怜我》比前两个的水平略低。今天波利娜礼拜堂内没有照明，这点很荒唐。我们发现那些天蓝色的立柱和大部分的金饰都是用的障眼法。米开朗琪罗的那两幅壁画——《圣伯多禄的殉教》[1]（*Saint Pierre crucifié*）和《圣保禄归信》[2]（*Saint Paul jeté par terre*），只能说是造诣很深。

在圣伯多禄大殿当中，一位主教在其红色圆帽之上又套上了一顶红色高帽，在离地有五层台阶的位置，他端坐在一把黑色木雕椅子之上，手持一根长棍并用它来触碰跪在其面前的忏悔者的头部——这个触碰可以给予忏悔者一个特别的宽恕。主教大人有六十岁了，身材很胖。他身穿紫衣，神态庄严而不可侵犯。他的脸上没有一丝肌肉在动，好似一尊正襟危坐的佛像。时不时地会有一排戴着黑色兜帽的队伍走过。我们驻足观看，在这些戴着宗教裁判所式的兜帽的人当中，有位主教有着一张黄色的长脸孔，其黑色的眼睛中冒着炽热的火焰，好似失去工作的希梅内斯[3]（Ximénès）。人群在四面八方涌动，但由于教堂十分宽敞，所有交谈声、所有脚步声都融汇成了一片窃窃私语。

今天无疑是我最后一次在此参观，赶快重看一遍这座建筑的整体吧。逐渐地，我们的眼光开始适应这里了，可以从其缔造者的角度来看待这件作品了——不是从基督徒的角度，而是从艺术家的角度来看待。它不再是一座教堂，只是一座雄伟的建筑，而从这个角度看，它无疑是人类的一件杰作。

西斯廷礼拜堂的楼梯以及它那饰有花环圆拱的穹顶和长长的下降坡度显出无与伦比的匀称和高贵。圣伯多禄大殿也是如此，它的装饰繁复却并不冗余，面积虽大却也并不显得异乎寻常，庄严却并不沉重。我们享受它的那些穹拱和拱顶的圆弧形，欣赏它的雄浑和坚固、它的丰富和力量。拱顶上的那些金色藻井、坐落在拱顶弯曲处的大理石天使雕像、那由盘旋立柱所支撑的精美青铜华盖、那些豪华的教宗

1 根据今名（*Le Martyre de saint Pierre*）翻译。

2 根据今名（*La Conversion de saint Paul*）翻译。

3 弗朗西斯科·希梅内斯·德·西斯内罗斯（Francisco Jiménez de Cisneros，1436—1517），西班牙主教、神学家。

陵墓，共同组成了一个独特的整体。从来没有人为一个基督教的上帝奉献过更美妙的异教节日了。

这座殿堂中的上帝是怎样的？在后殿深处、祭台之上，在通常安置圣母或耶稣的位置，是圣伯多禄的教座。他是此地拥有最高权力的主保圣人。官方的称呼可以作为补充说明，人们称呼教宗为“教皇陛下”[1]（Sa Sainteté、Sa Béatitude），似乎将其视为已然在天上的存在。

几乎所有教宗的陵墓都令人印象深刻，尤其是由德拉波尔塔[2]（della Porta）创作的保罗三世的陵墓。两位美德天使的雕塑半躺在他的陵墓之上，并以大胆的姿态舒展着她们那美丽的躯体；其中，年长的那位以庄严而高傲的神态在思考，年轻的那位十分美丽，有波浪式发型和威尼斯人的那种小耳朵，其头型显得聪慧又充满了肉欲。她曾经几乎裸体，后来被穿上了衣服。这种从自然雕塑向合乎礼仪的雕塑的过渡，标志着从文艺复兴到耶稣会风格的转变。[3]

我不知道为什么司汤达对卡诺瓦所创作的克雷芒三世的陵墓赞誉有加，那不过是些吉罗代[4]（Girodet）或盖兰[5]（Guérin）式的画像，或平平无奇，或故作姿态。从这方面讲，最新的陵墓还值得一看。建筑离我们的时代越近，其上的雕像就越带有一种宗教的和沉思的表情——头部攫取了所有的注意力，而身躯缩小了，被遮掩了，成为无意义的附属品。比较一下上个世纪去世的本笃十四世的陵墓和旁边的庇护七世、额我略十六世的陵墓，在第一座陵墓上还有或静或动的女体雕像，她们依

1　翻译成中文都是“教皇陛下”的意思，但是“Sainteté”字面原义是神圣，而“Béatitude”原义为真福。

2　古列尔莫·德拉波尔塔（Guglielmo della Porta，1515—1577），意大利雕刻家。

3　最近，一位著名的法国天主教教徒的控告使得人们的羞耻心再度萌发。人们花费了 35000 法郎为天使和圣徒披上了铁皮上衣。——原书注

4　安–路易·吉罗代（Anne-Louis Girodet，1767—1824），法国画家。

5　皮埃尔–纳西斯·盖兰（Pierre-Narcisse Guérin，1774—1833），法国新古典主义画家。

然健康强壮，动作敏捷；在另外两座陵墓上，美德天使像是精心打扮的骷髅，穿着衣裳，引人注目。自此，我们再也感觉不到躯体和形态了，只能感受其灵魂和表情了。

星期日，复活节

天气变糟了，急促的阵雨骤然落下，然而广场上、阶梯上和柱廊下的人群并不见减少，还有大批人伴着嘈杂声涌进那宽敞的大殿当中。

在这一片人海之中，人群缓慢地涌来涌去；在圣伯多禄的雕像前，人流时而前进时而后退。冲撞和拥挤使这移动的人流显得无序而混乱。嘈杂的脚步声，衣服之间的摩擦声，四壁之间、空中回荡的说话声交织在一起，而在这一片嘈杂之中，我们可以看见那些拱穹温和的圆弧形，明亮而又空荡荡的圆顶，不同层级的边饰、装饰以及那些用以填补穹顶空间的重叠雕像。

在这片人体和人头组成的海洋中，由卫兵、唱诗班成员和歌童所构成的双排队伍形成了盛大而庄严的游行行列：首先是贵族卫士，身穿红白衣装，头戴头盔；随后是侍从；再往后是紫衣主教们以及身穿黑色短上衣和披风的仪式主持人；他们的后面是枢机主教们，而最后则是教宗本人。他坐在红色的绣金丝的天鹅绒椅子上，由辅祭们抬着前进。他本人身穿白色绣金丝长袍，头戴金制三重冕，由鸵鸟羽毛编织而成的羽扇浮动在他的身边。他看上去神色慈祥，面露深情，但是他面色苍白，一脸病容。我们很遗憾地想到他可能现在正在生病，他的腿上还裹着绷带。他带着温和的微笑为人们送上他的祝福。

在教宗通过之前，唱诗班的成员们与卫兵们愉快地交谈着。过了一会儿，后殿中传出了一阵带有歌剧曲调的号声，两三名卫兵开始合唱了。但是大众，那些农民，都在那里傻傻地站着，好似在看圣父上帝。尤其应该到圣伯多禄雕像前去观看一下他们的面容：他们一个个地挤到雕像前去亲吻那青铜像的脚，抚摸它，将它贴紧自己的额头，以至于那青铜脚已然磨损了。他们中的许多人是步行十或十二法里到此来参加仪式的，还不知道晚上能睡在哪里。有些人被天气的变化所累，身靠立柱站着就睡着了，而他们的妻子正用胳膊肘推他们。好几个人拥有罗马雕像一般的头颅，额头低矮，面容棱角分明而冷峻；另一些人，面相匀称，胡须茂密，脸上带有漂亮的暖色调，头发自然卷曲，有如文艺复兴时期的画中人一般。你无法想象出一个更强壮却更缺少教养的种族了。他们的着装很奇特：戴着山羊皮或绵羊皮制的旧帽子，穿着皮护腿和久经雨淋的青色大衣，其脚上的皮凉鞋跟原始时代的一模一样，而且这一切都散发出令人难以忍受的气味。他们都瞪着动物一般的眼睛，目光中带有被发烧折磨得面色发黄的女性眼中所具有的那种野性。他们到这里来是出于一种与古拉丁人一样模糊的恐惧，他们不想惹那未知且危险的力量不快，因为这力量可以随意施加给他们疾病和冰雹。他们认真地亲吻雕像的脚趾，就像一名亚洲人为帕夏（pacha）献上供奉一般。

弥撒的嗡嗡声逐渐远去，被烟雾所环绕的巨大形体以其高贵和庄严显示出一种神秘的和谐。对于这些农民来说，这座教堂的主人是一位多么强大的领主、多么辉煌的偶像啊！想想看，他们面对这些壮丽的事物、金光闪闪的饰品以及这些大理石，对比自己那烟熏火燎的茅屋、荒凉的乡野、崎岖的山峦、黑黝黝的湖泊和夏日的酷热，对比牧人们在孤独之际产生的奇思怪想或是当夜幕降临之时原野所呈现的凄凉之态，他们将会产生怎样的印象！在青灰色的原野尽头，在阴沉的暮霭之中，天空和昨日一样呈现出一片红色，令人战栗。南方无情的阳光照在一片石坑或是一洼腐败的沼泽之上，令人晕眩。这里有停滞的水域、遍布的硫黄温泉、嶙峋的山峰和泛着金属光泽的湖泊。通过古罗马人，我们知道了迷信对于生活在这片地域的人的影响。与帕皮里乌斯一族的士兵们相比，这些农民并没有变得更干净、更有教养或更稳重。

所有人都走到外面等待教宗，他将会出现在圣伯多禄大殿的阳台之上并为众人送出他的祝福。雨下得更大了，一眼看不到头的人群拥挤在广场上、街道上和露台上，人头攒动，到处都是骑兵、步兵、马车、举着伞的步行者，还有羊皮帽上淌着水的农民。他们以家庭为组蹲在一起，四处张望，吃着羽扇豆。最令他们惊讶的是法兰西军队的军服和漫长的队伍。他们的孩子们身穿羊皮衣，靠在柱子旁休息，像是一群胆怯的小马驹。

阳台依旧是空的，教宗没能完成仪式，他病得不轻。人群在雨水和泥水中逐渐散开。的确，就像民众所言，教宗具有魔法，我们之所以遇到这种坏天气，就是因为他只完成了一半的仪式。

十四个世纪之后，这就是罗马盛况的结局，因为这里就是古罗马帝国在今日的存在和延续。在野蛮人的铁锤打击之下它被深埋土中，但是随着万物复兴，它又以新的形态出现了，但那是宗教的形态而非世俗的形态。意大利的整个历史都可以用一个简明的词语来概括：它依然太“拉丁化”了。赫鲁利人（Hérules）、东哥特人（Ostrogoths）、伦巴第人（Lombards）、法兰克人（Francs），都没有在这里站稳脚跟或治理得不够好。意大利也没有像欧洲其他地区那样被日耳曼化，它在大约10世纪时期与公元前300年时几乎一样，是一个非封建的城邦，与那组成了伟大国家和现代社会的诸侯的忠诚、士兵的荣誉无缘。如古代城邦一样，它任由人们相互仇恨，任由内部暴力蔓延，对共和派的叛乱、地方的暴政和武力泛滥听之任之，导致私人暴力横行、军人精神被忽视以及暗杀的流行。每当有一个具有威胁的中心形成，教宗就会动员城邦来抵抗，伦巴第人、北霍亨斯陶芬人（Hohenstaufen du nord）和南霍亨斯陶芬人（Hohenstaufen du sud）就是这样被他摧毁的。教权的君主无法容忍其身边存在一个世俗的国王。为了保持自身的独立，他还会阻碍国家的建立。这就是为什么在16世纪，当整个欧洲的社会形态开始拓展和转变，各国纷纷建立以臣民的勇气、组织严密的议会和务实的司法为基础的合法的君主制之时，意大利却被四分五裂的地方专制和弱小的共和政体瓜分。这里道德败坏，人们萎靡不振，自我封闭在古代文明的窄小躯壳当中，处在虚弱的教权恺撒的庇护之下，而这位教权恺撒既阻碍国家的统一，又无实力提供保护。意大利曾被入侵、被抢劫、被瓜分、被售卖，在这个世界上，谁弱小谁就会成为别人的猎物。一旦一个民族完成了一个高级的组织形式，它的邻居们就会效仿它。今天谁忘了制造线膛枪和铁甲舰，明天它或许还是受保护者，后天就是任人蹂躏的垫脚石，而再过一天就是任人瓜分的战利品了。意大利经历了近三个世纪的衰落和奴役，那是因为它没有振兴起其城邦和古罗马的传统。如今，这个国家正在振作起来，它已然明白，为了能站着面对那些势力庞大的军事君主制，它自己就得建立起一个实力强大的军事君主制；它已然明白正是古老的拉丁形态造成了自己的弱点，并将这些弱点一直延续下来；它已然明白，在当今世界，由不定居于一国的君主所管理和祝福的众多小国的聚合体，正是其强大的邻居们想要利用和抢夺的目标。它认识到，它引以为傲的两个特权就是其悲惨命运的源头；它认识到，城邦的独立和教会的主权在中世纪时是它的救星，而在现代却是对它有害的；它认识到，那些于13世纪抵御了入侵者的机构，正在将自己交到19世纪的入侵者手中；它认识到，如果它不想成为一个任人随意漫步之地，成为好奇者的一个剧院、歌唱家们的研究院、侍从骑士们的沙龙、寄生虫们的候见厅，那么它就必须成为一支军队、一个工业公司，成为学者们的实验室，成为一个勤奋的民族。在这场巨大的转变中，过去的痛苦记忆和欧洲文明的蔓延成为它的动力。要做的事情很多，但这足够吗？

下卷

佛罗伦萨和威尼斯

第 一 章

佩鲁贾和阿西西

1864 年 4 月 2 日，从罗马到佩鲁贾

下午 5 点，从罗马出发，我还从未见过罗马的这部分乡村，也没有个人兴趣再次重游此地。

留在我脑海中的总是同样的印象：这是一片被废弃的墓地。单调的丘陵地貌无边无际，就像是战场上填埋尸体的沟壑坟冢一样布满大地。没有一棵树，没有一丛灌木，没有一间窝棚。在两个小时的路程中，我只见到了一个像是野蛮人所使用的那种锥形屋顶的茅草屋，甚至连废墟都没有，一点水渠的影子都看不到。偶尔在远方能够见到有一辆牛车经过。每隔四分之一法里，就有一棵发育不良的圣栎树在路边撑起它那深色的枝叶。它是唯一可见的生命迹象，就像是孤独的垂死的掉队者被人遗忘在这里。人类存在的唯一痕迹是沿路边延伸的围栏，以及那连绵起伏的绿色植被间纵横交错的放牧围栏，但此时到处都空旷无物。在忧郁的田野之上，天穹显得庄严、忧伤又充满讽刺意味。太阳落山了，蔚蓝色逐渐变淡变轻，一种令人难以察觉的绿宝石色调显露出来。天空的永恒之美与大地无法弥补的荒芜之间形成对

比，没有任何词语能够描述这种对比。维吉尔第一次在古罗马的盛典中描述了诸神的仁慈的目光："诸神在朱庇特的天宫中，惊讶地谛视着人类的苦难和厮杀。"[1]

此处就像是古罗马以及它所摧毁的一切民族的坟墓，我无法摆脱这个想法。意大利人、迦太基人、高卢人、西班牙人、希腊人、亚洲人，不管是野蛮民族还是智慧的城邦，他们的所有古代遗迹都混合在一起，被埋葬在吞噬了他们而如今自己也业已消亡的可怕城邦之下。每一座绿色丘陵就像是一个民族的坟冢。

白昼一去不复返，在无月的黑夜里，被模糊的油灯所标示的可怜驿站似乎突然显得像是守墓人的居所。沉重的石墙、肮脏的拱廊、黑暗的阴影中依稀可辨的瘦马形状，还有那伴着金属器具的声音在鞍辔之间穿梭往来的奇怪的焦黄色面孔，他的目光中充满了兴奋，所有这些怪异的混乱都在黑暗中冒了出来。阴冷的氛围就像是一块裹尸布落了下来，使人的心中不免感到阴森恐怖、毛骨悚然。噩梦的终结者是一个身穿褴褛斗篷的马车夫，他从昏暗当中跳了出来。路灯那幽灵般的光线投射在他的后背之上，他总是晃着棍子敲打他的那些驽马。他的笑容僵硬，其消瘦的下颌骨机械般地收缩着。

一觉醒来，晨曦之中，一条蜿蜒的河流出现在轻雾之下，随后显现的是交错的沟壑与贫瘠的山丘。这些又被无数的裂缝所阻断，留下许多白色碎石的痕迹，散落在洼地和山坡之上。远方巍峨的群山呈现出条纹或黑黢黢的颜色。边界已过，现在进入到亚平宁（Apennin）山脉了。明媚的阳光闪耀在山脊和峰顶之上，胸中呼吸着清新的空气，我们终于离开了那恶臭的地区，来到一个贫瘠但是更适合生活的地域。这个地区的生活条件很严苛。与其他地区明显不同的是，它既可以为当地孩童的头脑灌输高贵而准确的图像，又不会让他们的身体因食物过于精细而变得过分臃肿。荒野与贫瘠的岩石间不时冒出一块丰茂而清香的牧草场，间杂一些多石的田地，而橄榄树到处都是，简直就像到了我们的普罗旺斯一样。直到那些苍白的橄榄

1 此段文字引自维吉尔的神话史诗《埃涅阿斯纪》（*Énéide*）。

树出现，当地环境的严酷性才显露出来。大部分橄榄树都从中间爆裂了，树干倒塌了，树被分成几段，其枝干被用缝合线固定在一起，好似但丁描绘的将要入地狱的人，而且所有人都受了刀剑刑，裂成了两半，还被从头到脚和从脚到头穿透。扭曲的树根像绝望的脚一样盘在碎石间，被伤口折磨的身躯垂死般挣扎着、翻转着。不管是伤口开裂，还是身体扭曲，它都坚持要存活下去，山坡、碎石和冬季的寒冰都不能战胜它的活力和努力。

靠近纳尔尼（Narni）的时候，景色变了。道路位于半山坡上，而对面的山上长满了圣栎树。它们随处可见，甚至长在人类难以触及的坑洼处和峰顶，只有几面垂直的岩壁没有被它们入侵。圆形的山峰从谷底插入云霄，好似一簇夏季的绚丽花朵完美地开放在冬季。穿过纳尔尼之后，景色变得越发美丽。这是一片肥沃的平原，绿色的小麦、榆树与葡萄园相间，一个巨大而宜人的花园环绕着那色彩暗淡的高地丘陵，更远处是青色的高山，带着它那白色的雪线。“严峻而怡人”这个词组经常被用来描绘意大利的景色。群山赋予这里高贵的气质，而且它们并不太高，并未超乎人们的想象力。这些山环绕成阶梯剧场，形成了画卷的底色。它们不过是一些自然的建筑物，在它们的下面是各种农作物和各种果树，逐级的梯田形成了一种丰富的装饰，使我们快速忘记了我们那些单调的小麦田、更加单调的草场，以及所有好似面包和肉类制造厂的北方景致。

我们可以看到许多两轮马车从眼前经过，车上总有一个小伙子和一位姑娘。年轻的姑娘衣着鲜艳，没有任何头饰，似乎是跟恋人一同出行。她们的身上散发出无数动人的、享乐的光彩以及如画的幸福感。姑娘们梳着最时兴的发型，并在头前梳出蓬松的刘海。她们都戴着一块丝质头巾和耳坠，头上插着一把金色的梳子。在罗马，从最肮脏的贫民窟中也能走出光鲜而明媚的脑袋来。就在刚才，当我们穿过一座小城、路过一条凄凉而灰暗的街巷之时，我从一处看似假窗的窗户看到了一件女式黑色天鹅绒短上衣被随意挂在那里，还有一对黑眼睛忽闪而过。在别处，她们会将披肩翻盖在头上，对于画家来说，那都是披纱的形象。我们遇到了一辆与我们交错而过的马车，车上挤了八个农民，他们像合唱团一般正在咏唱着一段典雅而庄严的乐曲。这里的任何一件小事物，不管是一种头型、一件衣服，还是乡间客栈中围着一位姑娘说着恭维话的五六个年轻人的外貌，都向我们表明这里是一个新的世界，这里的人属于一个不同的种族。我认为，他们的与众不同之处在于，对于他们来说，理想的美与可感知的幸福完全是一回事。

上坡路上，即便增加了助力的马匹，马车依然艰难而缓慢地前行。一条蜿蜒的溪流，从冬季滚落的碎石间艰难地穿过。山峰的白色骨架刺穿了光秃秃的森林的红色外衣。我从未见过有哪座山被如此翻耕过。有时，竖起的土层好似一堵墙。此山整体的矿物结构都被打碎和拆散了，每一块地层都有裂纹。山顶处，大块的积雪给落叶层增添了花纹。北风肆虐，寒冷而伤悲，然而当我们仰望天空时阳光施展出了它的力量，美妙的碧空一望无际。这反差很是奇特。翻越了亚平宁山脉，缓和的丘陵和富饶的平原开始逐渐展现，就跟山坡的另一面一样。各处山上不时冒出一座市镇，好似一个圆形的防波堤，形成了风景中的装饰，如同我们在普桑和克洛德·洛兰的风景画中所见到的那般。这就是亚平宁山脉，其狭长的山梁分支沿着狭窄的半岛延伸，决定了整个意大利风景的特征。这里既没有很长的河流，也没有广大的平原；山谷虽狭窄，形态却高雅。这里有众多的岩石和大量的阳光，有各种食物以及与之相匹配的感受。有多少个体特征与历史特征都被打上了这个烙印！

4月3日，佩鲁贾

这是一座用于防守和避难的中世纪古城，坐落于一片陡峭的高原之上并俯视着山谷。城墙的某些部分源自古代，其中好几座城门的基石还是伊特鲁里亚时代的产物。封建时代，人们又在此修建了城楼和堡垒。大部分街道都是坡道，而带有拱顶的小巷形成了阴暗的狭道。房屋常常跨越街巷，其第二层往往横跨两侧。由红砖砌成的厚墙上没有窗户，好似堡垒的一部分。

在那封建制与共和制的城邦面前，无数碎片涌现在想象之中：黑色的圣奥古斯丁[1]（San Agostino）城门犹如巨大的石砌垛堞，已然破败得好似一个天然洞穴，其顶部尚有一片露台，由漂亮的罗马式小圆柱支撑。这些脆弱的创造物，是那充满危险与仇恨的中世纪绽放出的最原始的优雅和艺术思想。市政厅显得庄严而厚重，适合抵御街头的战斗和暴乱。其优雅的大门上盘绕着石刻卷缆花饰以及朴素的人像边饰，这种哥特式形态隐约带有些拉丁文化的影响。其砖砌的重叠连拱回廊和教堂钟楼都被时光熏染成了黑色。此外，还有文艺复兴早期的雕塑，即 13 和 14 世纪的雕塑，都是最原始和最生动的作品，如阿诺尔福·迪·拉波[2]（Arnolfo di Lapo）、尼古拉·皮萨诺[3]和乔瓦尼·皮萨诺[4]的一组喷泉，再如乔瓦尼·皮萨诺设计的本笃十一世（Benoît XI）的陵墓（1304 年）。这种尝试将现代思想与哥特式传统糅合在一起的生动的创造实在令人着迷。在大理石的壁龛当中，教宗躺在一张床上，两位天使为他拉开床幔；其上方，在一个哥特式连廊中，圣母和两位圣徒站在那里接收他的灵魂。我无法用言语去表达圣母那惊讶、痛苦和孩童般的表情。雕塑家应该见过几个女孩在垂死的母亲床头满含热泪的形象，她们脸上的表情与这种表情是一样的。雕塑家既没有采用古典手法，也没有受到什么流派的限制，他只是自然而然地以他的印象复制了这种表情。正是这种自发的情感表达使艺术作品具有永恒性，让我们

1 又称伊特鲁里亚拱门。

2 又名阿诺尔福·迪·坎比奥（Arnolfo di Cambio，1245—约 1310），意大利建筑师、雕塑家。

3 尼古拉·皮萨诺（Nicola Pisano，约 1225—约 1284），意大利雕塑家。

4 乔瓦尼·皮萨诺（Giovanni Pisano，1250—1315），意大利雕塑家、画家，尼古拉·皮萨诺之子。

在五个世纪之后还能听到其最初的声音。最终，穿透封建制和修道院的压迫，作品中的人物如复活般在说话，我们听到了那个独立而完整的灵魂的呐喊。任何一件文艺复兴早期的雕塑作品都能使您身不由己地驻足观看。我们似乎能听到一种真实而令人震颤的声音。米开朗琪罗之后，范式就固化了，人们只是不断整理或提炼一种固定的或规定的形式。但在他之前，一直到15世纪中期，每个艺术家如同每个公民一样都是具有个性的，风尚和习俗并没有压制天赋和个性，每个人在大自然面前都是带着自己的情感的。由此，您可以在艺术和生活中看到众多不同的、新颖的人物。

人们在大教堂中唱弥撒，我只能在门口观看一位主教的陵墓。躺倒的主教[1]下方有四尊女像，她们手持两个花瓶、一把宝剑和一本书，规制简单但奇妙。主教面容宽厚，头发浓密，然而很真实，比取自自然状态的模型显得更高贵。“做你自己，通过自己且只通过自己竭尽全力地去努力”，除此以外，在艺术和生活中还有其他箴言吗？正是利用这句箴言和人的本能，现代人从中世纪中解放出来。正是带着这些梦幻，我在这起伏不定且凹凸不平的巴洛克式街巷上漫步，陡峭的砖石过道上刻着横向的棱道以防止脚底打滑。奇特的建筑和不规则的造型散发出古代市政和领主生活的气息，而偶然出现的现代警察局建筑又减缓了这种感觉。14世纪时期，佩鲁贾曾是一个好战的民主共和国，常与邻国征战。贵族被排挤出行政岗位，他们当中的一百四十五人密谋了对行政官员的刺杀：官员们或被绞死，或被驱赶。这片土地上有一百二十座城堡和八十个设防的村镇。雇佣兵队长们独立控制着那里并与城邦作战。在佩鲁贾，雇佣兵队长们是贵族，他们中为首的是比奥尔多·德·米凯洛蒂（Biordo de Michelotti），因为过于专横而在其家中被圣伯多禄修道院的修士刺杀身亡。当佩鲁贾被布拉乔·德·蒙托

1 1451年去世。——原书注

内[1]（Braccio de Montone）包围之时，佩鲁贾人或是从城墙上跃下或是顺着绳索滑下来与敌军作战。在这种尚武的风俗之下，他们的灵魂依然维持着生机，而这种土壤适于艺术的滋长。

绘画：安杰利科和佩鲁吉诺

这些艺术和这些习俗之间具有多么大的反差呀！他们在美术馆中集中了以佩鲁贾为中心的画派的作品。它们是神秘的，似乎阿西西和它那天使般的虔诚在此采用了富有智慧的治理措施。在那野蛮的时代，这里是唯一的思想中心。中世纪时期，这种中心并不多见，而每个中心都试图向周边拓展自己的影响。菲耶索莱的弗拉·安杰利科被赶出佛罗伦萨，来到佩鲁贾附近生活和工作了七年。他比在那异教的佛罗伦萨时画得更好，而正是他的画首先吸引了我。看着他的画似乎就如同在读《师主篇》[2]（*Imitation de Jésus-Christ*）一般，在金色底色上，纯洁而又柔和的面容透露出一种无声的祥和，好似无瑕的玫瑰绽放在天堂的花园中。我记得他的一幅《圣母领报》分割在两个画框中。圣母本身就是纯真和温柔的代表。她的外貌几乎像是一位日耳曼妇女，她那两只手是如此虔诚地交叉在一起！一头金色卷发的天使跪在她的面前，好似一个微笑的女孩刚从母亲家中离开，略显迟钝。就在旁边，在这圣诞之日，两名身穿长袍的天使为稚嫩的小耶稣送来花朵。他们是如此年

1 安德烈亚·福尔泰布拉奇（Andrea Fortebracci，1368—1424），绰号布拉乔·德·蒙托内，意大利军官。

2 这是一本著名的天主教灵修书，成书并流行于中世纪，作者匿名，但传说是隐修士托马斯·肯皮斯所作。

轻，却又如此庄重！这就是此后的画家再也没有找到的那种细腻表达。情感是一种无限的且不可表述的事物，不管你有多少学识，也不管你尽多大努力，都无法完全复制它。在真正的虔诚中有矜持、有羞耻，这些通过一系列的服饰、通过对次要事物的安排得以表现出来。然而，一个世纪之后，即使是最有学问的大师们也不再了解这些手法了。

佩鲁吉诺有一幅《圣母领报》就在附近。画作没有展现一个秘密的小祈祷室，而是展现了一个巨大的庭院。圣母站在那里，面露恐惧，但是她不是独自一人，她的身后有两名天使，还有另外两名天使在加百列（Gabriel）之后。从此以后还能找到这种贞洁吗？佩鲁吉诺的另一幅画展现了圣约瑟（Saint Joseph）和圣母一起跪在圣婴面前的场景。在他们的身后，一个细长的柱廊显露出它的立柱。画中，三名间隔很远的牧人在祈祷，巨大的空虚增加了宗教的情感，使人似乎听到了乡间的寂静。

同样，在佩鲁吉诺那里，人物的形象和姿态表达了一种前所未有的独特情感。他笔下的人物都是神秘的孩童，或者如果您愿意，也可以说是通过幽闭的教育而将成年的灵魂禁锢在童年之中。没有人看其他人，也没有人行动，每个人都封闭在冥想当中，所有人都带有一副梦想着上帝的面容。每个人都保持静止姿态，似乎害怕妨碍自己内心的梦幻。尤其是天使们，他们都低垂双眼，低着头。他们是真正的崇拜者，跪在那里，坚持不懈地一动不动。在《耶稣受洗》（*Baptême de Jésus*）这幅画中，天使们具有正在领圣体的贞洁修女般的简朴、无辜与谦逊。耶稣本人像是一名神学院的稚嫩的学生，第一次从他的叔父——本堂神父的家中走出。他从未抬眼看过一位女子，并且每天早上都会在做弥撒时领圣饼。如今，在我的想象中唯一带有这种情感的人是从小在修道院中被抚养长大的农村女子。快四十岁的人，她们的脸颊依旧红润，脸上没有一丝皱纹。那温和的眼神，显得她们似乎从未经历过生活、从未遭受过苦难一般。同样地，这些肖像也都停留在思想的门槛前静止不动，从未主动努力去迈过它。人不是被阻止的，而是自己停滞不前的；花蕾虽没有被压碎，但是它不会开放了。这里没有什么与苦修相似，与古时基督教的暴力或天主教的复兴相似。这里不存在驯服思想或抑制身体的必要，身体是优美的，是完全健康的。一位年轻的圣塞巴斯蒂安穿着镶金的绿色靴子，一位年轻的圣母好似肥胖的佛拉芒女人。佩鲁吉诺的另外二十个人物看上去都未遵守苦行，但是他们的细腿和无神的目光显示出他们依然生活在静止的森林里。这是一个特殊的时刻，佩鲁吉诺与范·艾克[1]（van Eyck）是一样的：身体属于文艺复兴，而灵魂还停留在中世纪。

在交易所（类似证券交易所或行业协会所在地）内，这种情况就更加明显了。1500年，佩鲁吉诺负责装饰这里，他在此画了一幅《耶稣显圣容》和一幅《牧羊人的崇拜》（*Adoration des Bergers*），还画了女预言师、先知、列奥尼达一世、苏格拉底以及其他英雄和异教的哲学家，此外还有一个祭坛上的圣若翰洗者，以及穹顶上的战神玛斯（Mars）和朱庇特。旁边有一座由木刻镶板装饰的礼拜堂，其镶板上镀着金色，上面还有彩绘。上帝的形象位于中央，还有各种藤蔓花纹以及骑着狮子的高雅女子的形象。没有哪里能更容易看出两个时代的交汇、思想的融合以及新的异教从年迈的基督教当中显露出头角的了。身穿长袍的商人们聚集在这狭窄的大厅当中，坐在长条木凳上。在开始他们的交易之前，他们会先前往旁边的礼拜堂，跪在那里听取一段弥撒曲。吉安·尼古拉·曼尼[2]（Gian Nicola Manni）在主祭坛的两侧画了《圣母领报》，其中身躯高大的埃罗底亚德大胆而又微妙，几位呈站姿的迷人女子优雅而苗条，令人能感觉到其躯体的奔放和活力的充沛。听着主祭的颂歌，看着他那祝圣的手势，不止一位信徒抬头仰望穹顶上画的小怪兽的粉色躯体——这是一位年轻有为的青年的作品，就像市井中传

1　与此同名的有两位佛拉芒画家，而且他们是兄弟。胡贝特·凡·艾克（Hubert van Eyck，1366—1426）与扬·凡·艾克（Jan van Eyck，1390—1441）。

2　即詹尼古拉·迪·保罗（Giannicola di Paolo，约1460—1544），意大利画家。

议事厅壁画，佩鲁吉诺

说的那样，这位青年是大师最得意的学生，他就是拉斐尔[1]。弥撒结束了，人们进入到议事厅中议事。我猜想，人们正辩论着那承诺给佩鲁吉诺的三百五十金埃居。这并不多，为这些画他干了七年。他的同胞们出于同感、出于类似的思想而去理解其作品的两面性—— 一面是新的，一面是旧的；一面是基督教的，一面是半异教的。

首先是一幅《耶稣诞生图》(*Nativité*)。画面位于一个高大的柱廊之下，周围有小树作为陪衬。他是多么喜欢这些小树啊！这是一幅通透而令人沉思的画，适合

1 拉斐尔于1500年追随过佩鲁吉诺一段时间。

观者去感受那冥想的活力。我们不得不赞叹那跪在圣婴前面的圣母所表现出的朴实与端庄，还有那无言的高贵。三位大天使站在云端举着一个乐谱在歌唱，这种朴实的表现手法反映了神秘时代的思想，但是只要我们转一下眼睛，就能见到特征完全不同的形象。大师去过佛罗伦萨，而古代的雕像、裸体像以及那些新颖的小雕像上的舒展姿态和令人自豪的曲线给他展现了另一个世界。他有限地采纳了一些，但这已然使他走出了原来的道路。六位先知、五位女预言师、五名战士和同样数量的异教哲学家都站在那里，每个人都好似一尊古典雕像，这是一件展示躯体之力量与高贵的杰作。这并不是因为他模仿了古希腊的衣装和形态，而是因为其表达的情感是古典的：复杂的头盔、奇异的发型和潜移默化的骑士风格的影响，在此都怪异地与长袍和裸体结合在一起。这是一些强壮的男子，他们享受生活之乐，但他们不是那种整天幻想天堂的人物。所有女预言师都青春靓丽，其中第一位正向前行，她的姿态、她的腰身都具有皇族的威仪和高傲。其对面的大卫王（Prophète-roi）同样高贵和伟大。这些人物的庄严和高雅是无与伦比的。在这思想破晓的时刻，他们的面容依然如古希腊雕像一般保持了简朴而宁静的原始表情。外观上的变化并不妨碍其形态，人的整体形象并没有被转瞬即逝的思想和细微的差别打乱，其特征依然通过其统一性和宁静的状态体现了出来。

左侧壁柱上有一个矮胖的形象，相当平庸，其红色无边圆帽底下有一头长发，好似一位心情不好的修士。他看起来脾气很坏，甚至有些阴险，这是佩鲁吉诺的自画像。与他几年前在佛罗伦萨画的另一幅自画像相比，他此时有了很大的转变，已经很难将他辨认出来。在他的生活中和作品中存在两种相反的情感和两个不同的时代。没有什么能更好地证明其思想中的矛盾与和谐在其身上造成的巨大改变。首先，他是一位信徒，当我们看到他长久以来在异教的佛罗伦萨的中心不断地重复和提炼他的那些宗教人物画时，无人能对此表示怀疑。这些画当中有些是免费画的，有些是为了获得他自己家对面的修会的祈祷而作的。他在自己家中还画了十四面会旗，并将其借给虔诚的翁布里亚（Ombrie）地区的修道院在举行仪式游行时使用[1]。在《圣经》题材画中，他是一位发明家，而他的发明都是发自内心的。我并不想臆测过多，但把他描绘成佛罗伦萨的萨佛纳罗拉的崇拜者并不过分。萨佛纳罗拉是他负责装饰的这家修道院的院长。萨佛纳罗拉命人将所有的异教绘画都烧毁了，他引领佛罗伦萨迅速进入到一种禁欲主义和基督教的狂热之中。萨佛纳罗拉的誓言中的前几句话就写在佩鲁吉诺自画像中的手持纸片上，而且他专门在改革家的城邦买了一块地去建自己的房子。然而突然间，情势全变了：萨佛纳罗拉被活活烧死了，对于他的门徒来说，似乎天意、神的正义和力量都随之被掩埋在其坟墓之中了。有些人至死都保留着他们的记忆，保留着殉道者那立体的、彩色的形象，那是他在柴垛上经受折磨并被曾经受其拯救的人辱骂的形象。是否是这场巨大的震动以及佛罗伦萨的享乐主义的教导，就此颠覆了佩鲁吉诺的信仰呢？总之，他回到佩鲁贾之后就变得不一样了。他的面容带有一丝嘲笑和不信任，带有专注和消沉的印记。他的宗教作品不再那么纯粹了，最后他成打地将它们发送出去。有人[2]开始指责他只想着赚钱。他开始在交易所内画异教主题画，并且采用了佛罗伦萨的金银匠和解剖学家的风格。他画了裸体寓意画[3]，画了爱神和贞节女神[4]。这些形象纤瘦而冷漠，就像是弥补不了自己早年的朴素生活的晚熟的放荡者。他似乎成为一个简单的无神论者，尖酸而冷酷，好似所有因极度失望和悲伤转而仇恨、嘲笑、否定一切的人。瓦萨里曾写道："他永远无法强迫自己相信灵魂的不朽。他的铁脑袋无法被导向善，他将所有的希望都寄托在财富当中了。"一位当代的注解者补充道："垂死之际，有人对他说他应该忏悔。他回答说：'我想看看一个没忏悔的灵魂在那边过得怎样。'他一

1　见《基督教艺术史》（*Histoire de l'Art chrétien*）。——原书注

2　瓦萨里。——原书注

3　卢浮宫博物馆。——原书注

4　《爱神和贞节女神之战》（*Le combat de l'Amour et de la Chasteté*），作于1503年，卢浮宫收藏。

《爱神和贞节女神之战》，佩鲁吉诺

直拒绝忏悔。”这样的生活、这样的结局，是否展现出了圣方济各时代向亚历山大六世时代的转变？

其他人更幸运些，例如拉斐尔。就是在这里，在这个画室当中，在这些景色的环绕之下，他在此成长。好多次，我都在此想起他那纯粹而又幸运的天资，想起他画的开阔的景致，想起他那略显干涩的整洁画卷，想起他早期作品中那非同一般的纯朴。这里的天空是完美而纯洁的，空气清新而透明，使人能看清一法里外树木的清晰轮廓。在离圣伯多禄大殿一百步远的地方，一个上面种着圣栎树的瞭望台像海岬一般向前延伸。下方就是一望无际的乡野，在零星散布着各种树木的巨大花园之中，橄榄树的枝叶在新收获季的翠绿色中排列出浅色条纹。教堂精美的蓝色圆顶在阳光的照耀下散发出光辉，光线充沛而毫无遮挡。向西远眺，金色的山脉层峦叠嶂，越靠近天际就越发显得明亮，而天边更像丝绸一般明媚。其下，丘陵连绵，明暗相间，它们逐渐展开、降低，直到与平原融为一体。眼睛被阳光、起伏的地势和布局震撼了，并享受着那无垠的空间、那美妙的组合、那完美而清晰的形态，然而，山间的冷风使人的躯体从这快感享受之中清醒过来，我们感到那寒冬和贫瘠的岩石就在附近。那边，一条长长的陡峭山脊直插天际。山顶上那好似大理石板一般的积雪反射出白光，透出钢铁一般的色调。

4月4日，阿西西

步行了四个小时去看那些农民。

这是一个精耕细作的迷人国度。清澈的溪流在沟渠中流淌，大量绿色的小麦苗已经破土而出，葡萄藤已经出芽，而且每一根枝蔓都攀上了一根榆木枝。远方是一圈连绵的山脉，山上那洁白而耀眼的积雪与云朵的华彩融为一体。

乡间有大量的两轮马车和唱着歌的农民，这明显是安居乐业的表现。这些小车显示出他们属于依靠辛勤劳动、满足于简陋需求的阶层。圣母像到处都是，念三次《圣母经》就能获得四十天的赦罪，这就是意大利的宗教信仰。至于其他方面，此地的村落与我们的村落相似，耕种的程度也差不多。今天是星期天，村民们都穿着大皮鞋和看起来还过得去的衣装而非破衣烂衫。他们都很快乐，在广场上交谈着、哄笑着。有些人在玩滚球游戏，有些人在玩铁饼，还有人在玩猜拳游戏。他们的客栈和房舍并不比法国的更脏或更简陋。粗重的小梁支撑着屋顶，室内有光洁的木制椅子、桌子和橱柜，一个酒瓶架子上还有两尊圣母像。门厅入口处立着两个巨大的酒桶，由坚实的木板箍成，永远都有酒卖。我核实了一下，酒并不贵。成块的牛肉挂在铁钩上。在一个物产丰富的国度中，安居乐业是自然而然的事情。客栈住满了人。客栈老板的女儿和她的母亲回来了，她们穿着鲜艳的服装，头戴黑色纱巾，嘴角挂着可爱的笑容。女孩的娇艳和欢快引得小伙子们围着她打转，带着殷勤，带着意大利人所特有的情欲和痴迷。

在一处陡峭的山顶上，在一排双层重叠的柱廊之上，修道院的真容显露了出来。在其脚下，一条激流冲刷着泥土和沙石蜿蜒流向远方；更远处，老村镇沿着山腰拓展着它的领地。在炙热的阳光下，我们向山上爬了很久。倏然间，穿过一个由纤细的立柱所环绕的庭院后我们进入到建筑物所形成的阴凉当中。这座建筑是无与伦比的，在见到它之前，我对中世纪的艺术和特性没有一点概念。此外还有但丁的作品和描写圣方济各的《小花》[1]（*Fioretti*），这些都是神秘基督教的杰作。

围绕着圣方济各的陵墓一共排列着三座教堂。在民众崇拜并且相信其依然活着的那具躯体之上，这座建筑拔地而起，好似一个巨大的遗骸盒，沉浸在无法接近的洞底所发出的祈祷声中。最底层是一个如陵墓一般的黑色地穴，可以拿着火把走下去参观。朝圣者们扶着潮湿的墙壁往下走，试着去触摸那铁栅栏。那里就是坟墓，在暗淡的光线下影影绰绰。几盏几乎没有什么光的铜灯在那里永久燃烧着，好似暗夜中遥远的星光。烟向房顶飘去，而蜡烛燃烧的味道与地窖中的潮腐味道融合在了一起。看守晃动着手中的火把，那可怕的黑暗中闪耀的火光就是但丁的某种幻象。这里是一位圣人的神秘墓穴，在腐败和蛆虫之间，在黏土制成的囚牢之中，他见到了救世主那超自然的光辉。

1 《小花》是一本描写圣方济各生平传闻的匿名诗集，据说作者为方济各会修士乌戈利诺·布伦福特（Ugolino Brunforte）。

但是，言语难以描述的是中间的教堂，它那又长又低的通风窗由圆形窗拱支撑着，躬身于半明半暗之中，其特意而为的挤压感使人不由得弯曲了膝盖。深蓝色墙面和带有金星的淡红色条带饰、一块精美的装饰刺绣、柔和的卷缆花饰和旋涡饰、手绘的枝叶和小人像，全都和谐地布满在穹拱和屋顶之上。我的眼睛被装满了。一个充满了形态与色彩的群体生活在这些穹顶之上。我愿意用罗马的所有教堂来交换这座墓穴。无论是在古代还是在文艺复兴时期，人们都没能理解这不可胜数的力量。古典艺术的表现形式是朴素的，哥特艺术的表现形式是华丽的。打个比方，二者一个用的是树干，而另一个用的是树的整体，包括其茂盛的枝叶。这里是一个世界，好似一片葱郁的森林，每一个物品都是复杂而完整的，如同一个生命体一样。这边有雕刻细腻的祷告席，那边有一个华丽的旋转楼梯、精工制作的栏杆、一个精美的大理石主教席以及好似最高雅的首饰盒一般的大理石墓碑，到处都可以偶遇。一组细长的立柱耸立在那里，一堆宝石被奇特地排列在一起，而在色彩斑斓的枝叶迷宫之中，大量宣扬禁欲主义的画作带着它们那褪色的金色光晕显露了出来——这一切都在深色木器所折射出的暗淡光线中隐约可见，那是一种深紫色的光线。入口处，落日余晖好似万道金光洒落而下，好似孔雀开屏。

山顶处，最上方的教堂与其下方的教堂一样杰出、通透和庄严。事实上，假如依照我的推测，建筑师似乎想在这三座殿堂中展现三个世界：最下方的教堂代表着死亡之影、地狱和坟墓的恐怖；中间的教堂代表着基督徒那狂热的焦虑，他在这苦难的大地上祈祷、奋争和等待；最上方的教堂代表着天堂的快乐和无上的荣光。这最后一座教堂高高耸立在天光云影之中，它的立柱被拉长了，它的尖拱被磨尖了，它的窗拱被拉薄了。它一直向上，再向上，被高窗上透过的阳光所照耀，被圆花窗、彩窗、金丝以及窗拱和穹顶上星辰的光芒所笼罩；它通过从下至上绘满的《圣经》故事而拥抱了那些尽享天福的人物。无疑，岁月已使这些建筑产生了裂痕，还有好几处已经剥落，深蓝色的墙面也有些褪色，但头脑中还是可以立即重组和重现眼睛所看不见的那六个世纪之前初现的天使般的辉煌。一座主教座堂丝毫没有这种荣光，应该用一座独立的礼拜堂来为人类展现基督徒生活的最后一个祷告处。如同在我们的路易九世（Louis Ⅸ）的圣礼拜堂[1]（La Sainte-Chapelle）中那样，这里也有一个圣龛，但宗教的庄严感和恐怖气息已经消失不见，我们周身只能感受到上天的辉煌和出神般的陶醉。这华盖一般的穹顶似乎与大地没有相连，其下，在透过彩窗而折射出的闪耀金光之中，在那如新娘的装饰品一般的精美刺绣的环绕之中，人已经感觉像是活着升入了天堂。我们再也找不到、再也不会描写这种欢庆了。有人已为我们写好了，我在此抄写几句但丁的诗句：

> 一片光辉突然间照亮了大森林的四面八方，好似一个闪电……一阵舒缓的旋律在明亮的空间飘荡……
>
> 当我震惊于初尝那永恒快乐之欲果，而还想要获得更多快乐之时……
>
> 在绿色的枝叶底下，我们面前的空间好似被一团大火照亮，柔和的乐曲变成了响亮的歌唱……
>
> 七盏金烛台在他们上方散发出光芒，比晴朗的月圆之夜还要明亮……
>
> 在这些烛台后方，我见到一些白衣人走来，那是一种人间从未有过的白色。

这一切都符合这里的场景。但丁的好友乔托[2]（Giotto）在第二座教堂中画出了类似的幻象。他的学生们和后继者也都被浸透了他的风格，他们分别将作品画在了教堂的其他墙壁上。没有哪座基督教建筑拥有如此众多的纯粹的中世纪思想

1 圣礼拜堂位于巴黎中心的西堤岛上，是由法国国王路易九世下令建造的皇家礼拜堂，1248 年建成。

2 乔托·迪·邦多内（Giotto di Bondone，约 1267—1337），意大利画家、建筑师。他被认为是意大利文艺复兴的开创者，又被誉为“欧洲绘画之父”。

的形态了，而且它们还分别被现代杰作阐释过。在那个被精心打造的铁与青铜栅栏保护着的祭台之上，乔托在扁圆拱顶上画满了沉静而又具有神秘寓意的伟大人物。例如，圣方济各从基督的手中接过了贫穷女神（Pauvreté），并将她作为妻子；贞节女神（Chasteté）被围困在一个雉堞堡垒之中，被天使们所襄助。《服从》（*Obéissance*）画的是在一个华盖之下，圣人们和天使们围跪在一起的场景；享有天福的圣方济各身穿金色执事长袍坐在宝座上，身边围绕着力天使和唱着歌的六翼天使。还是这位乔托，在阿尔卑斯山以外的地方被视为手法拙劣和粗俗，在此却已然是一位全能的画家。他可以画群组画，而且懂得头像该如何布局；他的手法比较僵硬，但这点正好为他的宗教人物增添了严肃性。过于强烈的浮雕效果、过于人性化的姿态，这些都会干扰我们的情感。就那些天使和象征性的力天使而言，画家不应该赋予他们过多的和过于生动的表情，因为他们都是在静坐冥想时才会出现的人物。两个世纪之后的人们所画的那些强壮而华丽的圣母像，那些肌肉发达的大天使，又使我们回归到现实之中。他们的肉体过于令人瞩目，以至于很难让人相信他们的神性。这里的人物，那些按照圣事仪式排列的高贵妇女，就像但丁笔下的马蒂尔德和露西一样，都是梦幻中虚无缥缈而又绝妙的显影。天使们的金发都端庄而均匀地卷在额头之上。他们紧密地聚在一起，观望着，白色或蓝色甚至还有淡粉色的长袍从他们的身上垂落下来。他们围绕着圣人，围绕着基督，如一群忠诚的鸟儿一般安静，而他们那略显悲伤的面容带着天堂般的幸福和忧郁。

这个时刻是独一无二的。13 世纪是活跃的基督教最繁盛的时期，也是其终结的时刻，随后就只有经院哲学、没落之势以及朝向另一个时代、另一种精神的无果的尝试了。此前刚刚酝酿出的一种情感——爱，以非同一般的力量爆发了，而圣方济各就是其先驱。他将水、火、月、日称作兄弟，他向鸟儿布道，他用身上的大衣去交换和拯救市场上出售的羔羊。据说野兔和野鸡都躲藏到他的长袍底下避难。他的爱心面向所有生灵。他的第一批弟子像他一样生活在一种陶醉之中，“以至于有些时候，在二十天甚至三十天当中，他们独自驻留在山峰之巅，只为观看天上的事物”。他们的文章充满了感情：“假如爱使我变得像一个疯子，谁也别阻拦我！不再有封闭的心灵被这种爱所遗忘……因为天与地不断地呼唤我，所有应该被我所爱的生灵都对我说：‘去爱那使我们走向他的恋人吧……’哦，基督，你经常像醉汉一样在大地上行走！爱使你成为一个被出卖的人。在所有事情上，你只展现爱，从不会顾及自己……箭雨如蝗，我快要死了。他射出的力量是如此之大，令我难以阻挡，我并不是因肉身的死亡而死去，而是因极度的快乐。”这种激昂之情不是只在修道院中才会遇到。爱不仅在世俗生活中成为统治者，在宗教生活中也一样。在佛罗伦萨，由上千名身穿白衣之人组成的团体在一位所谓的“爱情首领”的带领下，吹着喇叭在街头游行。新的语言就此诞生，被唤醒的诗歌和思想都局限于描写爱和颂扬爱。我刚刚重读了《新生》[1]（*Vita nuova*）以及《天堂篇》（*Paradis*）中的几首歌，里面的情感强烈得令人恐惧。这些人身处炽热的宗教中，理智都熔化了。但丁的叙事与他的诗歌一样，都表现出一种持续的幻觉：他晕厥了，脑中充满了幻象，身体成为病躯，其所有的精神力量都用于回忆和阐述那些令人心碎或神圣的场景，也是令他屈服的场景。[2]他向几位朋友询问对其心醉神迷之作的看法，而他们用同样神秘和强烈的诗歌来作答。显然，此时此刻，所有卓越的思想文化都聚集在病态而崇高的梦想周围。内行人都持有一种末世的言语，故意弄得晦涩难懂，言语中往往藏有双重和三重意思，而但丁给自己立下的规则是“一个主题含有四层意思”。在这种极端情况下，一切都成为象征。例如，绿色或红色的颜色、一个数字、日间

1 《新生》是但丁早期的一本诗歌散文集。

2 这是与热拉尔·德·内瓦尔（Gérard de Nerval）的《奥蕾莉娅》（*Aurélia*）和海涅的《间奏曲》（*l'Intermezzo*）对比而言。——原书注

的一个时刻或夜晚都具有了奇特的重要性——这是基督之血，这是天堂那如绿宝石一般的草坪，这是无瑕的蓝天，这是天神们的神圣字母，这一切全都反映到思想当中。头脑通过幻象和激情来运转，极度敏感的神经震颤着、动摇着，将他们带至无上的快乐或无尽的绝望之中。由此，区分思想中不同王国的自然界限消失不见了。被爱慕的情人变身为天堂上的天使。经院式的抽象变成了理想的幻象。灵魂聚集在一起成为空灵的玫瑰，“永远快乐的花朵如同一瓶香水，散发出所有的芬芳”。沉重的敏感物质与干涩的程式堆叠混合在一起，又在神秘的静修之巅烟消云散，只留下一段旋律、一股香气、一片光明、一个标记。这些尘世景象的碎片本身并没有任何价值，也没有其他用途，只是为了描绘来世的深不可测和不可言喻。

他们是如何在这种状态下承受那持续而过度的焦虑、那关于地狱与天堂的噩梦、泪水、战栗、晕厥以及轮番出现的情绪爆发的呢？怎样的神经经受了如此的考验？怎样丰富的灵魂和想象力为此做出了贡献？从那以后，一切都变了。曾经，人们更强壮，保持年轻状态的时间也更长。我这几天翻阅了彼特拉克自己写的《彼特拉克的一生》（*Vie de Pétrarque*），他爱了洛尔[1]十四年。

如今，爱情的青春期——一个心怀不满和梦想的阶段，可以持续五六年的时间，随后，我们想要一所舒适的房子和一个好的职位。我相信，从小受过战斗磨炼的身体更加强壮，而艰苦的条件和半野蛮的体制会淘汰弱者，只留下强者。但也应该想到，悲伤、危险、没有娱乐的生活所带来的单调无趣、缺乏阅读、饱受威胁的状况，这些都会增加兴奋的能力，增加各种情感的高度和强度。安全、舒适以及我们文明的高雅，则分散和削弱了我们的情感，使其从一条瀑布变成了一个水塘。我们既享受又忍受日常琐碎的情感，那么，假如不分散，情感就会不断阻塞和积累，

1　洛尔·德·萨德（Laure de Sade）是彼特拉克心目中的女神，其死讯曾令彼特拉克万分悲痛。

直到爆发。在一部俄国小说《塔拉斯·布尔巴》[1]（*Tarass-Boulba*）中，一名年轻的哥萨克首领走出了兵营，他的感官被肮脏的游牧生活、烧酒和马厩的味道所淹没，被每日所见的粗野和凶残所浸润。当他见到一位优雅而娇嫩的美少女之时，他惊呆了，跪下了，忘了自己的父亲，忘了自己的祖国，并且投入敌人的怀抱之中，与自己人作对。同样的震撼使得但丁拜倒在一位九岁女孩[2]的脚下。

让我们回想一下那个时代的风俗。那是充满残酷无情的战争和不共戴天的仇恨的年代。在佛罗伦萨，人们从一个街区到另一个街区，从一间房到另一间房，相互驱逐、相互争斗。但丁本人曾被判处火刑。罗马人发明的各种酷刑尚且鲜活地留在人们的记忆当中，而一个比我们的恐怖统治时期更糟糕的政体已然在这里建立了，所有家庭，所有阶层，所有城市，无一幸免。在这竖起的围墙之中，在众多的世纪之后，思想却第一次挣脱了束缚，走上了一条未经勘探的道路。它没有像从前那些古希腊的小共和国那样沿着天然的斜坡前行，因为一个强大的宗教从其一出生就控制了它，并使它转变了方向。体制为它所展示的最高目标，既不是平衡的情感，也不是康健的活力，而是无上崇拜的激昂之情和充满幻象与亢奋的激情。幸福的内涵不再是自我感觉强壮、充满智慧和美丽，不再是成为辉煌的城邦中受人崇敬的公民，不再是伴着动人的赞美诗跳舞和歌唱，不再是晴朗之日与朋友在树下闲谈，人们宣称这些快乐是不够的，是粗俗的，是有罪的；人们呼唤女性的情感，呼唤神经质的感触，并且向大家推荐凝神的静修、无法表述的陶醉以及感知、话语和想象力都无法触及的无上乐趣。生活越是艰苦，这些许诺就越是高尚。巨大的反差成倍地增加了许诺的至福的吸引力，而青春期的所有力量都只能从心中被人打开的这个缺口发泄。由此，我们可以见到一种好似古希腊共和国的世俗生活和一种好似波斯的苏菲行者的宗教生活的奇特的不协调：一边是自由公民、商人、

1 俄国作家果戈理的长篇小说。

2 指但丁心目中的女神和灵感来源贝亚特丽斯·波尔蒂纳。传说，但丁第一次见到她时，她只有九岁。

战士、艺人，另一边是修道院的苦行僧、半裸的牧师和接受鞭打的苦修者。这还不算，这两种极端往往集中在同一个人物身上：一个灵魂同时具有最男性化的力量和最女性化的温柔；一个男人既是行政官员又是神秘主义者；既心怀仇恨又不乏务实的政客们谜一般地处于爱情上那种疲惫不堪又充满幻觉的状态；一个党派领袖，一个一家之主，既崇拜一个死去的孩子，也对现实的景致、当代的人物、实际的利益、地方的怨恨，对国家在本世纪的科学技术萌生出非同一般的幻想或神奇的心醉神迷或梦魇。

一位教士带领我去食堂，随后穿过许多厅堂来到一处方形庭院当中。那里的双层柱廊由纤细的立柱支撑，形成了一处高雅的散步回廊。地砖、立柱、墙壁、贮水池，全都是石制的。柱廊顶上好似框饰一般，铺着淡红色的瓦片。蓝天好似一个圆顶，盖在这白色方院之上。我无法想象出一个形状和色彩都如此简单的组合所产生的效果。围绕着修道院还有第二圈散步回廊，由哥特式连拱廊和被阳光晒红的粗粝石块组成。从那里远望，可以看到漂亮的山谷和群山顶上的雪冠。《小花》中可怜的修士们，以缩短自己的生命为代价使得修道院更加高贵了。他们在一生中只感受到了两三种情感，但都是超绝的情感。他们中的任何一人，假如能从粗野的群体中走出，都能成为一名大诗人。当人没有变成下跪的机器的时候，他终究会感受到这种景致中的安宁与伟大。

> 贝尔纳多兄弟像燕子一般在高山之巅静修：因此，埃吉迪奥兄弟说他是唯一像燕子一般具有在飞行中进食能力的人……而库拉多兄弟在做过祈祷之后，面前出现了上天之母。她怀抱着她那受过祝福的婴儿，身上散发着光晕，走近库拉多兄弟，将怀中的婴儿放到他的怀抱中。库拉多兄弟接过婴儿后，就虔诚地亲吻他，紧紧地拥抱他，带着难以言表的心灵慰藉，全身心地融化在神圣之爱当中。

在山下的平原处有一座大教堂，其中包含了圣人的故居，但它是座现代建筑，带有一个华丽的异教圆顶。奥韦尔贝克的壁画都是些仿作，为了保留哥特式风格，他的手法十分笨拙。他笔下的天使的颈项都扭曲着，而上帝则像是一个晚餐没吃好的可怜人。我们很快就离开了，刚看完真正的虔敬，没有什么能比这些假虔敬更令人感到厌恶的了。

4月6日

这些天，我与社会各个阶层的人士交谈，他们都各自持有不同的观点，但是自由派占大多数。

有人说，那些外交官都不太愿意意大利实现统一，因为他们认为其基础不牢固。与我一同旅行的有两位有识之士，其中一人是军官，另一人是大使馆随员。根据他们的看法，意大利人的主要特征就是缺少个性和全面的才智。与西班牙人相反，意大利人固执而狭隘，但是他们知道讨价还价。我们争论了1859年时加里波第有多少志愿兵，有人说有两千五百人，有人说有七千人，总之，数量不大。拿破仑皇帝[1]的外籍军团几乎是空心的，只有一些军官——没有人想去参军。意大利人似乎很难离开他们的情人或妻子而去承受纪律的约束，军人精神自很久以前就在这个国家消失了。我的军官朋友参加过最近的一次战役，他说整个米兰只有八十名志愿者参军，而农民们则更倾向于奥地利人。对于中产阶层和贵族阶层来说，他们虽然会高声欢呼和发表演讲，但是他们的热忱在话语当中就蒸发了，更没有冒着生命危险的意愿。慷慨、激情和狂热的爱国主义思想只能在妇女当中有所体现。自维拉

1　指拿破仑三世。

弗朗卡停战协定[1]之后，驻扎在佩斯基耶拉（Peschiera）附近的法国人对他们的房东说："那么，你们依然是奥地利人，这很可惜啊！"房东的女儿一时没听懂他的意思，而当她明白之后，就举起了双手，眼中冒出了怒火，并问她的兄弟们是否有枪，还问他们究竟是不是男人。我的军官朋友说："我从未见过如此炽烈而超群的表情。"她的兄弟们摇了摇头，并以意大利人那种谨慎而耐心的方式回答说："干什么用？"

这种动力的缺失倒是促进了和平的到来。拿破仑皇帝对加富尔（Cavour）先生说："您向我承诺了二十万人，六万皮埃蒙特人和十四万意大利人，而您只给了我三万七千名士兵，我不得不额外派来了十万法国人。"当受保护者自己不出力，而保护人为此担忧并感到厌倦之时，战争就突然停止了。意大利人习惯了服从，丧失了全力抵抗的能力。一旦您开始发怒，他就吃惊、不安、退让，并以为您疯了。就是通过这种办法，暴躁的梅罗德（Mérode）先生在神学院中赢得了升迁。然而，当一个民族不知道该如何战斗时，其独立就只能是暂时的，而且只能靠恩典、靠意外才能存活。

这就是为什么有人说皮埃蒙特不应该屈从舆论去夺取那不勒斯，此举更加削弱了自身，破坏了自己的军队，因为在部队中加入了过多糟糕的士兵。今天，如果皮埃蒙特还是那里的主人，那是因为它与尚皮奥内[2]（Championnet）、斐迪南、缪拉以及所有的前任如出一辙——毕竟，只要拥有十万名士兵，谁都能成为那不勒斯的主人，但是一旦有任何小震动，政府就会垮台，而皮埃蒙特也会与这些前任一样承担同样的风险。皮埃蒙特刚做了一件严重的蠢事，他驱逐了那些修道士和修女，将修道院推向基层仇恨当中，此举就像当初法国旺代省的举措一样引发了很大的民愤。然而，这里的宗教不像法兰西的宗教那样是抽象的和理性的，它是

1　意法奥战争期间法国与奥地利签订的协定。

2　让-艾蒂安·尚皮奥内（Jean-Étienne Championnet，1762—1800），法兰西将军。

建立在富有生命活力的想象力之上的，终有一天，它会转身反对自由主义思想和皮埃蒙特。而且，从地理、种族、历史上来看，这个国家的统一是违反自然的。意大利被分成了三部分，它最多也就能组成一个联邦。虽说如今它是一个整体，但那是人力所为，因为法兰西在阿尔卑斯山站岗，直盯着奥地利。一旦莱茵河上发生战斗，皇帝不会轻易分散他的力量，那时，意大利就会被打碎，回到分裂的自然状态。

我回答说革命在此并不是一个种族的事务，而是利益和思想问题。它从上个世纪末就已经开始了。例如，贝卡里亚[1]（Beccaria）通过宣传法兰西的文学和哲学就开启了思想上的革命。正是那些出自中产阶层的人士以及那些开明人士在传播新思想，并引导着人民紧随其后，就像美国独立战争时期那样。这里存在着一股新生力量，比外省的对立更加强大。它在一百年前是不为人所知的。它并不存在于神经、血液和习俗之中，而是存在于头脑、阅读和思考之中；它无比强大，因为它产生了美洲革命和法国大革命；它的力量日益增长，因为人类思想上的不断发展和人类生存条件上的成倍改善日益促进它的增长。这股力量足够支撑意大利吗？这是一个道德机制问题，我们无法解决它，因为我们没有办法去衡量杠杆的力量和砝码的重量。不妨去观察我们周边发生的小事情，这是大致评估那些我们可见而无法测量的力量的唯一方法。

路上走过一群身穿灰色服装的新兵，还有一些身穿军装的士兵，偶尔可见几位身穿漂亮的蓝色军服的军官，仪态高雅，光彩照人。每一座小城都组织了国民卫队：在市政厅的入口处，可以见到那些卫队士兵坐在石凳上晒太阳。街道的名称都换成了维托里奥·埃马努埃莱、加里波第和索尔费里诺[2]（Solferino）。人们沉醉于

1 切萨雷·贝卡里亚（Cesare Beccaria，1738—1794），意大利法学家。

2 索尔费里诺战役发生于1859年6月24日，拿破仑三世率领的法国军队与维托里奥·埃马努埃莱二世率领的撒丁尼亚军队所组成的联军，最终战胜了弗兰茨·约瑟夫一世率领的奥匈帝国军队。

新的独立，以一种夸张的虚荣夸耀自己。一位准备前往瑞士的罗马人对我说："我们有四十万士兵、六十万国民卫队，两年之后，意大利就统一了，我们将有能力对付奥地利人。"夸张的爱国主义和夸大的期望都是有用的激励。

在边境线上，海关的头领是一位皮埃蒙特人，他曾是克里米亚（Crimée）的老兵。深夜里，他在自己的木板屋中针对安东内利[1]（Antonelli）和梅罗德高声咆哮："这些强盗，这些杀人犯。"他讲到国民的权利，讲到公民的义务。"这里的天气有四个月很差。这个地方很凄凉，生活很昂贵，每个人都独自过活。但是我为意大利服务，我在军队中已经为它服务过，我希望明年就不会再有边境线了。"请注意，奥什[2]（Hoche）—— 1789 年法兰西国民卫队的一名中士，他的同伴们也以同样的语调说过类似的话。

在福利尼奥（Foligno）的一个小咖啡馆，我想用巴夭克付费，但咖啡馆老板不想接受这种钱币。"不，先生，这种货币现在一文不值啦，我们不想要罗马的任何东西。但愿所有教士都滚开，但愿教宗上天堂！这将对我们大家都好。他不是已经生病了吗，那么，希望他快点完蛋！"这些粗鲁的言语引得旁边的妇女和五六名工人都笑了起来。这就像 1790 年的巴黎的一名真正的雅各宾派的心里话。

昨天在车上，我与两位邻座交谈了三个小时，其中一位是佩鲁贾的白铁皮灯具制造商，另一位是农民，也是瓦片工场的场主。第一位是富有的企业家，他曾参加一个代表团去都灵（Turin）见过维托里奥·埃马努埃莱，是意大利统一的狂热支持者。他的儿子曾经学习绘画，如今以中士的军衔在部队服役，去镇压卡拉布里亚（Calabre）地区的土匪。瓦片工场场主有十个侄子在军队中服役。他们说起话来喋喋不休，告诉了我无数细节。

他们一致认为，一切正向好的方向发展：在二十个人当中至少有十五个人支

1　贾科莫·安东内利（Giacomo Antonelli，1806—1876），意大利主教。

2　拉扎尔·奥什（Lazare Hoche，1768—1797），法国大革命时期的将军。

持政府，四人支持教宗，一人是共和派。共和派的人已经不知所措了，人们将他们视为空想者。农民们也越来越支持政府，他们已经抓捕了那些逃兵役的人，并将他们带回去。他们曾经很不习惯征兵，但如今都习惯了。在军队，年轻人吃得不错，回来时也更强壮、更活泼了，还带有军人的风貌。这对年轻姑娘产生了惊人的效果，随后又影响了其他青年，再影响到他们的父母和邻居。税负更重了，这点毋庸置疑，但是每个人的工作和收入也翻倍了。人们建造着，准备着。斯波莱托（Spolète）完全被翻新了，佩鲁贾也通了煤气，安科纳（Ancône）的铁路在延伸，到处都在繁荣发展。“所有资金都在运转！”

整个士绅阶层都很热心。在佩鲁贾的两万两千名居民当中有一千四百名是国民卫队的士兵、商人、店主和有一定社会地位的人。他们和士兵们一起巡逻和训练，虽然辛苦，但是心甘情愿。那位商人对我说：“我为我的国家做出了牺牲，我愿意做出更多的牺牲。”外省之间、市镇之间的敌对消失了，作为友好的象征，佛罗伦萨向比萨交还了他们以前从比萨港口抢走的铁链。我指着一名过路的军官问他这是不是一个皮埃蒙特人。他说：“没有皮埃蒙特人了，我们如今全都混在一起，只有意大利人。”

他们具有与1789年[1]时一样的自信心和幻想。从这一点说，意大利军队尚未证明他们的实力：“1848年，我们曾在米兰战斗过。在那座城市，我们只用了三天就赶走了奥地利人。我们也在佩鲁贾与瑞士人作战，他们屠杀妇女和儿童。我那时是骑兵。曾经有一个靠近城市的堡垒，快看，这就是剩下的部分，我们将它改造成了博物馆。不，不，我们不怕那些奥地利人。1859年时，我们曾有七万志愿军与他们战斗过。再过两年，农民们将会群起而动，我们会将奥地利人从威尼斯赶走。”（七千名志愿军变成了七万名，这个民族就是这么具有诗意：越是自傲，

1 文中的1789年或1790年多影射法国大革命。

数字就越大。）

跟我们的大革命一样，他们同样强硬地反对教会。我的两位同程旅伴说：“教士都是些混蛋，政府没收他们的财产是有道理的，应该驱逐这些公开反对政府的坏蛋。1859年以前，他们曾经十分强大，甚至还渗入到家庭事务中来。他们是由特别法庭来审判的，但从未被惩罚过。如今，他们低头了，而最近有两名教士被判了刑，所有人都为此鼓掌。他们专干坏事。那些在阿西西围着我们打转的乞丐，不管是孩子还是成人，其肉体上和精神上的堕落都是由他们导致的。他们腐化妇女，他们靠信徒的布施而维持游手好闲的状态，同时也维持信徒的无知。如今，教育开始普及，每个市镇都有自己的学校。阿西西共有十三所学校，而那里只有三千人。”一个乞丐正靠近我们的车，“滚开，混蛋，去找修士们要去，他们当中有你的神父”。那个乞丐一脸意大利式的微笑，卑躬屈膝地回答：“不，先生，我不是本地人，随便给我点东西吧。”

在无数小事情上都能看出人们对神职人员的厌恶。最近，在福利尼奥的一场假面舞会上，有人在街头扮演了教宗和枢机主教，引来人们的口哨声，也引发了众人的高声欢笑。在佩鲁贾的圣多明我（San Domenico）大教堂旁边，有一座最小兄弟会[1]的修道院被改造成了兵营。士兵们在入驻的时候，用刺刀将散步回廊墙上的壁画扎透了。如今，那些破损的图画全都成了碎片，只能勉强辨认出几个人物形象。兵营厨房的烟熏火燎最终摧毁了那些最好的群组画。一刻钟过后，在圣伯多禄教堂，一位教士面露悲伤地对我说，士兵们在进入教堂的时候还撕毁了一个礼拜堂中的画作。他面带伤感和耻辱地不断重复这些话，这里的教士与罗马教士的语调可不一样。这些暴力行为在我们的大革命中也曾发生过：神职人员和修道院在毫无过渡的情况下被替换成了世俗人员和兵营。这种对立值得思考，它几乎从未停止，可

1　最小兄弟会属于托钵修会中的一支。

以说它在法兰西就从未停止过，革命和基督教一直是对立的。新教的民族都比较幸运，例如英国人，路德使他们的教会与世俗世界和解了。让教士结婚，通过接受教育、利用习俗的力量使他从某种程度上成为更庄重的世俗之人；向世俗之人提供《圣经》及其注解，提高他们的反思能力和批判能力。去除宗教中苦修的部分，在世俗世界中引入道德意识，这些是现代最伟大的革命。两种思想在新教国家达成了一致，而在天主教国家它们依然是敌对的，而且不幸的是，这种敌对，我们依然看不见尽头。

另一位商人、一位军官、一名与我交谈的服务生，他们都对我说了类似的话。这些意大利人具有多么活跃而全面的才智啊！这名服务生给我讲了他的经历、他的婚礼、他对于生活的思考，他边说边评价，边说边分析，如同一个文化人。在阿西西的一个货摊上，一位可怜的向导看上去像半个乞丐一样。他倒是有不同看法，他对国家的状态表示怀疑并向我解释说："农民们去抓那些逃兵役者，那是出于嫉妒。他们的儿子都去参军了，他们想让其他人的儿子也去。看吧，富人总是会吃掉穷人的，而穷人从来都吃不了富人。"构思简单而表达快速，这样的人民时刻准备着做政治分析，这一点在咖啡馆就能看到。讨论的兴致和丰富程度令人惊叹，人们也是通情达理的。面对这场全面革命的崩溃和一个前途不明的政府，每座城市只能自我治理和维持。

他们一致认为自由派有进步。那位年轻军官说，每一年，逃兵役的人都在减少，而今年，在奥尔维耶托附近的镇子上，也就是他所在的驻军地点，只有一名逃兵。在他生活过的福利尼奥，有两三家教宗的氏族宗亲，他们既吝啬又思想保守，其中一家是枢机主教的亲属。城中其余人都支持维托里奥·埃马努埃莱。政府以很便宜的价格将教会的物资租给农民使用，这使得他们之间的关系得到了缓和。最终，这些东西都会卖给农民，那时，他们将会完全成为爱国者。总之，新政府的敌人是教士集团，是那些每天靠十五个苏过活的修道士，是那些规劝年轻人逃兵役并越过罗马边境的教士。此外，如同我所见过的所有意大利人那样，那位年轻军官依然是天主教的信徒，他指责《法学报》——那份雅各宾派的激进报纸，并且认为宗教与公民政府可以并存。他所反对的是神职人员对于世俗生活的介入，只要教士们局限于他们自己该做的事情——执圣事，成为道德楷模，那他们就会成为最好的人。在他生活的奥尔维耶托，人们将城里的许多孩子委托给修道士，这很不好。他欣赏我们的神职人员，觉得他们很体面，从未引发什么丑闻。他也很欣赏我们的教士所穿的特殊服装（在意大利，教士只能穿黑色）。他嘲笑那些负责监督风俗的罗马老爷们，这些人监督剧院却强行进入首席舞女的化妆室偷看。他认为，这种情况使得人们越发厌恶宗教本身了。在锡耶纳（Sienne）的一个商店的橱窗里，我们看见有翻译版的《被诅咒的人》和《耶稣传》，有施特劳斯（Strauss）最新的几本书，还有一幅展示了真理女神用霹雳惩罚顽固而虚伪的教士的版画。

从佩鲁贾到锡耶纳，我的印象是这个国家与法兰西很相似。这里的村民与我们那里的村民一样穿着得体，但他们有更多的马匹，许多人都是业主。村庄以及小城市的外貌与我们的南方极其相似。地貌也是类似的结构，都是小山谷加上平平无奇的山。土地似乎也耕种良好。年轻军官讲给我的那些军营趣闻、客栈内部以及我所见过的小市绅阶层之家，都使我不禁回忆起去年我在法兰西中部和南部所做的一次旅行。我们在路上到处都能见到正在休假或正在归队的士兵。他们都面露喜色，他们的对话跟我们那里的一样生动活泼。村镇和小城市都有外省的风貌，有些乏味，但相当干净，一如我们所熟知的那样。我们可以将其视为一个“落后的法兰西”，是一位小妹妹，她正在成长并接近她的大姐姐。假如我们再分析一下那些对立的党派，其相似性就越发明显了：一边是旧贵族和神职人员，一边是市绅、商人、所有受过教育的人和自由职业者，中间则是传统上革命想要唤起的那些农民。从他们的言论可以看出，他们是以法兰西为榜样的——这点很明显，他们重复我们以前的观点，他们只读我们的书。有点文化的人都懂法语，但他们几乎都不会英语和德语，只有我们的语言与他们的相近。此外，他们跟我们一样需要快乐，需要思想，需要认可，甚至需要放纵。在他们的手中，我们不仅能见到我们的好书，还能见到我们的二流小说、我们的小报和我们的低俗的文学作品。他们所有的大宗改革都追随我们，他们仿效了我们的货币和度量衡，他们组织了付薪的、无资产的教会，他们建立了小学、国民卫队以及所有其余。

我了解我们体制的弊端：盛大的高尚生活消失了；所有的雄心和思想都被缩减了，代之以对终身年金的追求；作为身边之人的统领、保护者和天赋的代表而被培养出的高尚情操被废除了；亨利·莫尼耶笔下那些普遍贪婪、狭隘而平庸的市绅阶层在大量增长，与之相伴的是所有的纠葛、龌龊勾当以及日益贫瘠的心灵与智慧，而这些在贵族制国家中得以幸免。然而，这种体制、这种文明形式与其他形式相比是可以接受的，是更好的，这对于拉丁民族和法兰西来说是相当自然的。如今，法兰西已然在拉丁国家中首屈一指，她将革命和《民法典》带给了她的邻国。

这个社会的构架组成如下。一、这里有一个强大的中央政府和一支强大的军队、比较重的税收以及一支拥有荣誉感而不贪污的公务员队伍。二、每个农民都拥有一块土地，此外还需要学校和其他设施，以便允许他们在有能力的情况下向社会阶层的高层流动。三、建立一套公共职务的等级制度，并以职业化的方式向所有中产阶层开放，通过建立考试和竞争制度来避免不公正。所有的野心都将被纳入规划，并受到晋升的诱惑，这点虽然缓慢，但是有保障。简而言之，所有好的事物基本都被平分了。如此这般，每个人都能得到一块，没有人能得到超大块，但几乎所有人都能得到一小块。四、在这一切之上，保证国家内部的安全，拥有足够的正义，使人拥有国家荣誉感和荣耀。这将产生一群略有教养的市绅。他们被保护得很好，被管理得很好，但没有什么活力，他们所有的心思都用在将两千法郎的年收入增长到六千法郎上了。用一句话总结，就是产生了众多略有教养、生活略舒适的人，产生了两千万或三千万生活得基本算幸福但是受管束、守纪律、受局限的人，在必要时可以将他们一起发动起来。粗略地评估一下，这大概是目前为止人们所能找到的最好的体制，但是还需要看看一个世纪之后的英国、澳大利亚和美国的情况。

第 二 章

锡耶纳和比萨

4月8日，锡耶纳

从丘西（Chiusi）到锡耶纳，地貌逐渐平缓，这就进入到托斯卡纳（Toscane）地区了。沼泽地向远方延伸着肮脏而又病态的绿色，稍远处是低矮的丘陵地带，再往后是浅灰色的山丘，其上可见漫山黑色的葡萄枝蔓——这与法兰西那贫瘠土地的风景一模一样。一座古老的、被红色城墙所环绕的城市出现在左侧的山丘之上，我们进入锡耶纳了。

这里曾是中世纪时期的一个共和国。在16世纪的地图上，我经常凝视它那陡峭的轮廓、高耸的棱堡和随处可见的堡垒，这一切都显示出曾经的公民战争和私人战争的痕迹：公民战争针对的是比萨、佛罗伦萨和佩鲁贾，私人战争是发生在市绅阶层、贵族和普通大众之间的。这里有街头争斗，有发生在市政厅的屠杀，有对宪法的颠覆，有对所有能够持枪的贵族的放逐，有对四千名手工业者的流放，有剥夺公权，有没收财产，有群体绞刑，有反对城市的流亡者的联盟，有民众的暴动，有绝望中对自由的放弃并接受外国人的统治，有突发的疯狂反叛，有类似雅各宾派的俱乐部，有类似烧炭党的团伙，有类似华沙（Varsovie）的围城之战，有类似波兰那样的持续的人口减少——没有哪个地方的生活曾经像这里那么悲惨，城市人口曾从二十万一直下降到六千。除了仇恨以外，还有什么能摧残一个如此富有生命力的民族？封建时代的意大利人是人类当中最富有主观愿望、专注力和激情的人，他自己流了很多血，他也被放了很多血；直到流尽其血管中的最后一滴血，他才被放倒，躺在了君主制的安稳之中。科西莫二世[1]（Cosme Ⅱ）为了成为主人，利用饥饿、战争和刑罚毁灭了五万农民，然而在共和国广场上展示的版画上，我们见到的是耀武扬威的马队、神话传说中的彩车以及新君主的全新制服和仪仗队。艺术家在版画的下方还奉上了无数的阿谀奉承。听天由命的习惯逐渐使人麻木，索然无味的奉承和普遍的死气沉沉成为社会风气的主流。锡耶纳成为一座外省城市、一座观光城市。我遇到的一位教士对我说，当他于1821年来到这里时，这里完全是停滞的和无知的。乘马车从锡耶纳到佛罗伦萨需要两天的时间。一位贵族在启程前忏悔并且写好了他的遗嘱。这里没有一座图书馆，没有一本书。有一天，那位教士——一位自由派学者，订阅了两份法兰西报纸，某人前来拜访他并对他说：“怎么，您有法兰西报纸！”来访者用手去触碰这份报纸，好像这是从天而降的奇迹。一刻钟过后，教士要出门散步。他在路上遇到的第一个人对他说：“这是真的吗？您有一份法兰西报纸？”第二个人还会这样问。消息传播得就是这么快，好似一束光射进了幽闭的居室之中。

如此存留下来的城市就像是中世纪的庞贝古城。我们在狭窄而高低不平的街巷中爬上爬下，地面铺着石板，四周都是宏伟的房屋，其中一些还有自己的钟楼。在田野广场附近，房屋都连成排，巨大的凸雕饰和门廊也都排列整齐，厚重而坚

1　科西莫二世·德·美第奇（Cosme Ⅱ de Médicis，1590—1621），费迪南一世的长子，托斯卡纳大公。

实的墙体上破开了几个稀少的窗口。好几座宫殿好似堡垒一般。广场被整个包围起来，没有哪个地方比这里更适合展现旧市政和暴力风俗的想象力了。这个广场的形状并不规整，地面也不平整，这奇特的现象一如所有没有经过行政纪律约束和改造的自然产物。对面就是坚实的市政厅大楼，适合抵御袭击和向广场上聚集的人群散布宣告。人们从那尖拱窗口发出过多次宣告了，也从那里抛出过在暴乱中丧生的人的尸体。一圈雉堞围护在窗外，之前那是防御措施，如今只是个装饰。在它的左侧，一座纤瘦的塔楼高耸矗立，楼顶上带有双层加固的雉堞。这是城中的最高点，那里有本城的主保圣人像和城旗，也是从周边的城镇就能看到的标志。在它的脚下就是欢乐喷泉（Fontaine Gaia），它是14世纪第一座在人群的欢笑声中将水带至公共广场的喷泉，由高雅的大理石华盖所环绕。

夜幕来临，我进入大教堂[1]待了一会儿，它给我留下了无与伦比的印象：与罗马的圣伯多禄大殿完全不同，其令人惊叹的发明既丰富多彩又真挚可靠。它是最值得赞赏的哥特艺术之花，但它是一种新的哥特艺术，它在一个更合适的环境、在才华横溢的人群中间盛开，更庄严也更壮丽。它是宗教的也是健康的，把它与我们的大教堂相比，就好似用但丁和彼特拉克的诗歌与行吟诗人的歌谣相比。这里有用黑色和白色大理石交替叠加而成的地板和立柱、众多生动的雕像，有哥特形制与罗马形制的自然融合，还有科林斯式柱头支撑着的迷宫一般的金色窗拱以及绘有蓝天与星辰的穹顶。落日余晖从大门口射入教堂，在巨大的厅堂中和如林的立柱间、在跪在中殿和礼拜堂的人群的头顶映照出光影中飘荡的浮尘。黑压压的人群在黑暗中一直延伸到祭坛脚下，突然，那些枝形烛台、青铜一般的面孔、教士们的金丝长袍和所有奢华的金银器都像一束神奇的光一般竖立了起来。

1 这里指圣母升天主教堂，始建于9世纪，但随后经过多次改造。

4月8日[1]，锡耶纳

我在这座教堂中度过了半天时光，我很愿意在此度过一整天。除了版画以外，我是第一次亲眼见到意大利的哥特式风格，这是两个复兴中的第一个，它没有另一个纯粹，但是更率真。

一个周边带有雕像边饰的大门之下是三个门和三个尖顶门楣，门楣之上还有三角山墙，在这些山墙的旁边是四个尖顶钟楼。所有这些尖角都带有雉堞形锯齿饰，但是那三个门本身是罗马圆拱式的，其正立面虽带有拉长的尖角，依然隐约含有拉丁文化的影响。门上的那些装饰物都很明显，且没有展现大量的雕像。建筑师喜爱来自山外之地的挺拔形态，但是他也喜欢古代传统遗留给他的坚固形态。他在内部集中使用了立柱，收窄并加高了窗户，还配上了中梃和三叶饰，将窗户做成了尖顶形状，同时他也提升了圆顶的空间。他在科林斯柱头上加入了老鼠簕叶饰，通过一系列好看的形状、精确设计的光线角度，通过五光十色的大理石，为建筑整体增添了一种快乐且有力的气氛。他的教堂是基督教的，却是一种与北方有所不同的基督教，没有那么壮丽，也没有那么虔诚，但同时也减少了其中的病态和暴力成分，就好似意大利人天赋中就有的快乐和世俗文化过早地得到发展，并缓和了中世纪那绝顶的疯狂，这为灵魂在大地上保留了一线希望，并为其升天留下了一个出口。规则有什么用？学派间的隔阂算不得什么事儿！有些人一只脚在文艺复兴时期，另一只脚在中世纪，他们被两股力量纠缠，以至于他们的作品必定失败和自相矛盾。这座教堂并没有失败，它的那些矛盾自相调和了。那是因为在他们的心中，那两种情感既强烈又诚挚，这足以产生好的结果：以生命创造生命。

我们走入教堂，其内部的所有细节都表现出了同样的思想融合。大门的两侧竖

1 原文如此，但日期似乎与前文不符。

立着两根壮丽的科林斯式立柱，为了适应希腊形式，建造者们又在柱身上加入了许多裸体形象、骏鹰、鸟类以及老鼠簕叶饰，这些形象沿着柱身攀缘向上直到柱顶。几步开外有两个迷人的圣水缸，还有绘着葡萄、人像和花环的两根小立柱，每根小立柱都头顶一个白色大理石盘。据说，其中一个是古代的，另一个大概是 15 世纪初的作品。人像的头部和扭曲的人体使人想起丢勒[1]（Dürer）的作品，其脚部和膝盖都比较凸出。这是一些裸体女像，双手被绑在背后，艺术家为了达到真正生动的效果，不惜略微损坏了胸部的形状。从尼古拉·皮萨诺到雅各布·德拉·奎尔恰[2]（Jacopo della Quercia），他们如此发展了一系列的雕像和形态艺术，好似一个已经健全的圣婴在天主教的躯壳下活跃了起来。

最后，就是这个由雕塑的革新者尼古拉·皮萨诺所做的著名的主教讲道台。还有什么比这些在现代思想影响下所创作的早期作品更珍贵的呢？这些是我们真正的祖先，我们想知道他们在初期是以何种方式去理解人本身的，这也是如今我们所继承的方式。当一位艺术家创作出一种类型的时候，就好似用肌肉和骨架去表达他对自然人体的想法。这个想法一旦流行开来，其余人就会去追随。对于这件主教讲道台所包含的原创性和众多的发明，我没什么好说的。它既奇特又美丽，其底座上雕刻着母狮，而每只母狮的口中都叼着一只小羊，从中可以看出中世纪那有些古怪的象征意义。这些母狮的身上长出了八根纯白色的小立柱，好似一束盛开的鲜花，其上与三叶草样式相连，共同组成了一个八面的方舟或箱体，这是一种至简的自然形状。在每根柱子的柱顶处，都有一位呈坐姿的女子，其中几位头戴后冠，各有一群孩子围在她们耳边窃窃私语。她们的表情是那么生动，令人忘记这只是石像。她们比古代的石像更引人注目。沐浴在这发明带来的快乐之中，我对突然展现在眼前的构思喜出望外，流连忘返。初次见到一个灵魂和展示这个灵魂的姿态是多么大的快

1 阿尔布雷希特·丢勒（Albrecht Dürer，1471—1528），德国版画家、画家。

2 雅各布·德拉·奎尔恰（约 1371—1438），意大利雕塑家。

乐！此刻，我没有太多的想法，我的心弦已然被所见到的东西紧紧扣住。通过一个惊人的创举，雕像的身躯、颈项、略大的头颅都带有一种多立克式的沉重感，但这点只为它们增添了力量感。脱离了那种干瘦的苦修者像和圣徒像后，艺术家模仿的是古代的浅浮雕——它已然建造了坚实的骨架、比例优美的四肢，建造了文艺复兴的躯体上那健康的肌肤。在阿尔卑斯山以外的雕像作品中，当北方艺术家们的才智于 15 世纪[1]萌发之时，其作品的面容和姿态都显得微妙而敏感，呈沉思状，而且都个性鲜明。与之相反，这里的雕像都具有古代异教头像的那种简朴、豁达和严肃，似乎那个时代的意大利人第一次开口说话了，他们似乎重新启用了十二个世纪之前他们的古希腊兄弟和古罗马祖先挂在嘴边的雄浑而低沉的话语。

在讲道台的石壁之上，拥挤的人物雕像呈八边形排列，如迷宫一般。“基督降生”“基督受难”“最后的审判”，这些主题的大理石雕像接连环绕着讲道台。圣徒像和圣母像在转角处或站或坐，连接或分隔了那些传奇故事的不同时刻。在边缘处密布着精美而茂盛的大理石雕刻而成的植物、藤蔓花纹和叶饰，到处是雕工细腻且奢华的装饰。若后退一些，我就会惊讶地发现自己正走在一些画像之上。教堂的全部地砖之上都嵌入了图案。这些人物镶嵌画好似用铅笔在地砖上勾画而出。从艺术的诞生直到艺术的完成，这里包含各个时代的画作，内容包括人物、宗教仪式、战斗场景、城堡和风景。脚步就落在那 14 世纪以及其后两个世纪的人物和场景之上。无疑，最古老的画风格比较僵硬，好似封建时代的壁毯一般：参孙[2]（Samson）拥有如驴一般的下颌，押沙龙[3]（Absalon）被自己的头发吊死了，还瞪着愚蠢的眼睛，被割喉的无辜者则使人想起祈祷书中的装饰画。继续向前走，可以看出人物逐渐变得更生动了。巨大的白色女预言师形象镶嵌在黑色地砖之上，显露出女神一般的高贵和庄严。众多头像都具有高尚且雄健有力的特征。艺术家着眼的依然是人体的一

---

1 布鲁（Brou）、斯特拉斯堡（Strasbourg）以及南特（Nantes）的布列塔尼公爵陵墓雕像。——原书注

2 参孙是《旧约·士师记》中记载的犹太士师。

3 押沙龙在《圣经》中是大卫王的第三个儿子。

般架构，他们不会像我们一样被各种细微的变化、被灵魂和外貌的无穷变化分散注意力。正因如此，他可以通过其创造的人物，以其冷静的表现超脱生活中的喧嚣。这是一个创造原始灵魂的原始灵魂。在拉斐尔的时代，这种艺术是完整的。在石雕上表现最好的是贝卡富米[1]（Beccafumi），他的画在主祭坛附近和穹顶前的地面上到处可见。他的作品有半裸的夏娃，有因为娶了玛迪阿尼人（Madianites）而被屠杀的以色列人，有祭司亚伯拉罕，都是些漂亮的人物画，完全是异教的设计，其人物的身躯和姿态经常像是米开朗琪罗式的人体画，而且更简单。从这个时代开始，人们才知道如何画人体。[2]

伟大的米开朗琪罗在这里工作过，一个可爱的小礼拜堂中就有他的作品，小型的人物像层层堆积在贝壳式的耳殿之上，其间还有精美的藤蔓花饰沿着白色大理石攀缘。他的前辈，那些最光荣的艺术复兴者陪伴着他。在祭坛之下的一个矮祭台上，摆放着多那太罗[3]（Donatello）所作的圣若翰洗者雕像，他身躯强健，颈项扭转，肌肉凸起，充分展现出旺盛的青春活力。看看这地面、这些墙面、这些装满了饰品的祭台，以及那些呈现在柱头之上、排列在檐壁之上、覆盖着视野所及之处的成排的人像和头像，显而易见，这说明绘画艺术是这个时代自发的语言，人们可以毫无困难地用它来交流，它成为人们思想的自然模具。这种思想和这种想象力第一次具有了生殖力，并且繁殖出了无穷的形态。它们好似刚懂得讲话的少年，讲得很多，因为还没有说够。

“这里有太多美丽的或有趣的事物了。”我常把这话挂在嘴边。例如，与大教堂相接的建于15世纪末期的图书馆[4]，那里有十幅平图里基奥[5]（Pinturicchio）所作的壁

---

1 多梅尼科·贝卡富米（Domenico Beccafumi，1484—1551），意大利雕塑家、画家。

2 可参照锡耶纳美术学院的壁画草图。——原书注

3 多纳托·迪·尼科洛·迪·贝托·巴尔迪（Donato di Niccolò di Betto Bardi，1386—1466），绰号多那太罗（又译多纳泰罗），意大利雕塑家，文艺复兴初期写实主义与复兴雕塑的奠基者。

4 指皮科洛米尼图书馆（Libreria Piccolomini）。

5 贝尔纳迪诺·迪·贝托（Bernardino di Betto，1454—1513），绰号平图里基奥，意大利画家。

画，描绘了教宗庇护二世的历史，此外还有好几幅贞洁而高雅的妇女形象，但是整个作品都显得拘谨和枯燥。画家保留了其时代的服装——他画的皇帝身穿中世纪奢华又夸张的金色长袍。平图里基奥曾经利用过拉斐尔的草图，这里就显现出旧画派与新画派之间的过渡了：从师傅到学生，差距是巨大的，而刚刚离开梵蒂冈的眼睛能感觉出来这种差距。

4月8日，锡耶纳

如今如此堕落的锡耶纳曾经是美丽事物的第一位创建者和老师。我们能在这里和比萨找到最古老的画派。尼古拉·皮萨诺从其父亲，是锡耶纳人。13世纪镶嵌画的复兴者是雅各布·达·托里蒂[1]（Jaccopo da Turrita），他是锡耶纳的方济各会修士。我们所知道的最古老的意大利画是收藏于阿西西教堂[2]中的一幅耶稣受难图，画中耶稣被钉在十字架上，低着头，其作者是比萨人琼塔[3]（Giunta）。在此，在圣多明我圣殿，锡耶纳的圭多[4]（Guido de Sienne）于1271年画了一幅面容柔美而纯洁的圣母像，已然远远超越了拜占庭那机械的艺术。相比于意大利封建又野蛮的其他地区，托斯卡纳的这一角可以说是率先得到了解放。早在1100年，比萨作为首屈一指的航海共和国就在地中海东岸的所有地区进行贸易和战争。他们发明了一种建筑风格，也建造了自己的大教堂。一个世纪之后，锡耶纳以强大的实力在1260年的蒙特佩蒂（Montaperto）战役中击败了佛罗伦萨。这里好似一个新的雅典。与古

1　雅各布·托里蒂（Jacopo Torriti，约13—14世纪），意大利罗马画派画家。

2　阿西西天使之后圣殿（Basilica di Santa Maria degli Angeli）。

3　1236年。他于1210年完成了艺术学业。——原书注

4　锡耶纳的圭多约生活在13世纪，是意大利画家。

代一样，这里既是商贸繁荣之地又是尚武之地。像以前一样，在经营事业和担当风险的过程中，才智以及对美的感受在他们当中诞生了。我们被困在一个巨大的行政君主体制当中，被长期以来的文学和科学传统所束缚，我们在自己身上已然找不到创新的力量和勇气了，而这些却是促使人类进步的必要条件。我们被自己的成就压迫了，束缚了自己的双手和行动范围，我们只想着在前人多少代以来所建造的巨大建筑上添上一块石头，却不知道人类的心灵和精神可以促进活跃力量的绽放，不知道人类这棵植物只要接触到土壤并遇到合适的季节就可以同时长出根茎、枝叶和花朵。当国家不是一个由官僚机构组成的巨大机器，不是一个只能通过纯粹理性才能理解的机构，而是一个凭个人的普通能力从感官上就能理解的城邦时，人们就会热爱它，但这不是像如今这种需要唤醒的爱国之情，而是每天自然存在于其思想中的爱国之情。人对公共事务的参与，将会提升他的心灵和才智，使他富有公民的而不是自由民的思想和情感。一个鞋匠为了所在城市的教堂能更漂亮而出钱；一个织匠晚上磨剑，并决定不再做臣民，而要做敌对城邦的某个领主。在某种压力下，每个人都像一根绷紧的弦，只要触碰它就能弹出美妙的声音。让我们再现这种高尚情操和遍布城邦的每个阶层的活力，再添加上蒸蒸日上的发展、自信以及那种当人感觉强大时所怀有的喜悦之情。让我们从眼前去掉那传统和继承所带来的重负，它们既是我们的财富也是我们的累赘。想想一个自由人在因颓废而形成的荒漠中如何生存，我们就能理解为什么这里如同埃斯库罗斯[1]（Eschyle）的时代一样——艺术是从商业活动中诞生的，为什么一块长满了政治荆棘的荒芜土地出产的东西比我们那整洁又精确测量过的土地出产的还要多，为什么那些不同派系的人、那些战士、那些航海家都在最危险、最担忧和最愚昧的时刻创造出并革新了美丽的形态，并且带着一种源自本能的可靠性和天才般的丰富性，而这是我们如今再也无法达到的高度。

在雕塑和建筑艺术之下，绘画缓慢地、艰难地发展起来。这是一种更加复杂

1 埃斯库罗斯（前525—前456），古希腊悲剧作家。

《圣母像》，杜乔

的艺术，人们需要一些时间才能发现透视法，也需要一个更加感性的异教去感受色彩。在那个时代，人还完全是基督徒，而锡耶纳是圣母的城邦，受圣母的护佑，如同雅典的保护神是帕拉斯一样。在不同的风俗和传说中，其情感是一样的，而地方性的圣人就等同于地方性的神。1311 年，当杜乔[1]（Duccio）完成了他的圣母像时，

1　杜乔·迪·博宁赛尼亚（Duccio di Buoninsegna，约 1255—约 1319），意大利锡耶纳画派创始人。

民众在愉悦兴奋之中来到他的工坊迎接他并抬着他游行到教堂。教堂的钟响了，许多列席者手持蜡烛等待着。画家在他的画作下方写道："上帝的圣母，赐予锡耶纳和平；赐予杜乔生命，因为他为您作画。"他的圣母像显露出尚且笨拙的手法，像是祈祷书中的插画，但是在圣母及其怀抱着的圣子身边，几位圣人的头像已然十分优美和安详。作为陪衬，在对面的偏祭台墙壁上，二十七个格子中画满了耶稣的故事。天空是金色的，金色的光环包裹着所有的人物形象。在这种光线效果下，几近黑色的人物呈现出一种远视的印象。从前，这些画被摆放在祭台之上，跪在下方的信众只能远远地隐约看到这庄严的形象；当这众多阴暗的人影暴露在永恒之光的照耀之下时，他们应该会感受到某种神秘的触动，感受到基督教信仰中那绝顶的焦虑。

美术学院（Institut des Beaux-Arts）里收藏了许多杜乔的作品以及与他同时代的画家和后续画家的作品。一连串的锡耶纳画师几乎全都出自修道院。修女们用她们的指甲和剪刀从这些画中挖走了魔鬼的眼睛，撕坏了迫害者的面容。从这些天真的破坏举动就能看出，这里的思想观念进展甚微，画作更多地被视为一件宗教物品而非艺术品。锡耶纳市政厅中的画作更能说明问题。一座博物馆从来就不仅仅是一座博物馆，同自然作品一样，艺术作品一旦脱离了自身的环境就失去了一半生命。我们应该在宽大的墙上观看它们，带着周边的装饰去欣赏它们；应该在尖拱窗之前观看它们；应该在行政大厅之中观看它们，因为官员们穿的衣服与画中人物的类似。简直可以在这座宫殿中花两个月的时间去研究那些封建习俗，包括肖像和服装、年轻的骑士和年长的警卫官、战役的布局和宗教游行仪式，就算如此也不能穷尽它所提供的思路。枯燥、庄重抑或阴郁、僵硬，这些词语都是我站在这些画作前想到的。14 世纪时，绘画艺术在此遭遇了停滞，我们可以从中感受到那持续的斗争、那身处险境中的被迫中止，感受到追求更加绽放的美和更加自由的和谐的无果。这是可怕的内战时代，是雇佣兵队长们和维斯孔蒂（Visconti）家族之间战斗

《圭多里奇》，西莫内·马丁尼

的时代，是花样百出的酷刑和残酷暴政的时代，是摇摇欲坠的信仰和坍塌的神秘主义的时代，也是文艺复兴初见曙光、经过尝试并失败的时代。薄伽丘[1]（Boccace）以他那些悲剧性的、怀疑主义的色情故事涵盖了西塞罗的时代，并描绘出了真实的社会形象。[2]

这里有那个时代的人物和追求。西莫内·马丁尼[3]是《劳拉》（*Laure*）这一肖像画的作者，也是彼特拉克的朋友。他在议会大厅的一个华盖下方画了一幅圣母像，画中圣母被圣人们所环绕，画中人物的头像庄严而高贵，符合乔托的风格。稍远处是他的那幅名为《圭多里奇》[4]（*Guido Ricci*）的壁画。圭多里奇是当时的一位雇

1 乔万尼·薄伽丘（1313—1375），意大利人文主义作家、诗人。

2 可将薄伽丘的《加波国王的未婚妻》（*Fiancée du roi de Garbe*）与拉封丹的寓言故事进行对比。——原书注

3 西莫内·马丁尼（Simone Martini，1280—1344），意大利锡耶纳画家。

4 壁画全称《圭多里奇·达·福利亚诺包围蒙特马西要塞》（*Guidoriccio da Fogliano all'assedio di Montemassi*）。

佣兵队长，他骑在披甲战马之上，形象很真实。从中我们可以看到，绘画变成世俗画了[1]。某位洛伦泽蒂[2]（Lorenzetti）在附近堆砌了许多甲胄的冲撞和全民战斗的场景，而斯皮内洛·斯皮内利[3]（Spinello Spinelli）在院长厅内展示了亚历山大二世[4]战胜“红胡子”腓特烈一世（Frédéric Barberousse）的画面，画中皇帝直直地躺在教宗面前；此外还有战船和宗教游行仪式的画面，从中可以看出艺术开始反映历史和现实。安布罗焦·洛伦泽蒂（Ambrogio Lorenzetti）在档案厅画了《好政府和坏政府》[5]（*Le bon et le mauvais gouvernement*，1340 年），该画以身穿白袍的美丽女子为中心，展现了一系列重要人物。此女子呈斜躺姿态，其金发之上戴着一枝月桂树枝，这一切都与彼特拉克所排斥的亚里士多德思想相匹配，与日益增长的自由思想者们的理念相符合，似乎艺术在遵循哲学的潮流。我不再列举其他众多的画作了，它们当中所富含的现实生活的品位、当地的历史、古代的知识以及文艺复兴中的所有观点都是显而易见的。但是，尽管他们很努力，他们依然没有成功，依然停留在门口。马泰奥·迪·乔瓦尼[6]于1478年在圣多明我教堂创作了一幅有关圣白芭蕾[7]（Sainte Barbe）的画作，画中人温柔而纯洁，但是没有凹凸感，并且以金色为衬底，依然还是一幅圣事图画。此时的达·芬奇已经二十六岁了。如何理解这么长时间的停滞不前？为什么自乔托以来，那么多的尝试、那么多的画家都没有在他们的画布

1 1316—1328 年。——原书注

2 洛伦泽蒂家族出了多位画家，位于锡耶纳市政厅中的画作应该是安布罗焦·洛伦泽蒂的作品。

3 斯皮内洛·斯皮内利（1350—1410），意大利画家。

4 原文有误，应该是教宗亚历山大三世。神圣罗马帝国皇帝腓特烈一世想统治意大利，但是于 1176 年被亚历山大三世联合意大利各城邦的军队击败。

5 全称《好政府和坏政府的寓言》（*Allegorie ed effetti del Buono e Cattivo Governo*），位于“九人议事厅”，原文说的档案厅或许是旧称。

6 马泰奥·迪·乔瓦尼（Matteo di Giovanni，又名 Matteo da Siena，约 1430—1495），意大利锡耶纳画派画家。

7 圣白芭蕾是 3 世纪的基督教殉道者。

上完成一个坚实的躯体并呈现出鲜活的肌肤呢？在如此多的努力之下，在第一次全面而幸运的冲击之下，谁在半路阻挡了他们？当我们在这座宫殿中观赏时，当我们在美术学院和圣多明我大教堂中观赏时，当我们观赏拉斐尔的同代人、本地主要的大师——全才画家索多玛[1]（Sodoma）的壁画时，这成了一个难以回避的问题。他的《受鞭笞的基督》（*Christ flagellé*）呈现的是一副身躯优美的裸体，像古代的角斗士一般鲜活、一般痛苦。包括《出神的圣凯瑟琳》（*Sainte Catherine en extase*）和在一个明亮的柱廊之下的《两位圣人之间的圣女》（*Sainte entre deux saints*）在内，他所有的画都落入一种不确定区域，那是一种未完成的、有所欠缺的和不可维持的状态。还是那个问题：为什么人们找到了绘画艺术，却在一百五十年间都对人体视而不见呢？应该去看看佛罗伦萨和比萨。

4月10日，佛罗伦萨[2]

我在乌菲兹（Uffizi）美术馆度过了第一天。你并没有要求我现在就对你讲述，但是我不应该过于分散我的印象，因为对我来说，光是整理当天的印象就已经很困难了。

第二天，我怀揣着离开锡耶纳时的问题前往比萨，只有这类事物值得在旅行中思考。我们带着自己的想法前行，不用担心其他。我觉得每个人都有两面性：一方

1　乔瓦尼·安东尼奥·巴齐（Giovanni Antonio Bazzi，1477—1549），绰号索多玛，意大利画家。据瓦萨里记载，其绰号源自他有同性恋嫌疑，但是画家毫不在意这个绰号。索多玛原是《圣经》中的一个地名，被视为罪恶之城、淫乱之城。

2　原文标题是佛罗伦萨，与章节名称和内容不符，而且内容中除了乌菲兹美术馆是佛罗伦萨的，其余部分写的都是比萨，特此说明。

面是一种低等动物，一种奴仆式的、无意识的但又是必要的生物，他为我们吃喝、行走、住店、坐车，在你没感觉的情况下承受不快、折磨、平淡的生活以及所有与身体状况有关的事务；另一方面是一种自我提升的精神，为了理解古代的伟大人物的情感而每天充满了好奇、躁动和粗略的想法，颠来倒去又重新滋生。为什么古人以这种方式去感受？他们真的是如此感受到的吗？脑中一个问题接着一个问题，如此一个星期之后，我理解了他们，我面对面地见到了他们，也忘却了人格中那笨拙奴仆的一面的所作所为。我已然顺其自然，对你也是如此。我的闲话太多了，我们到比萨了。

托斯卡纳的风景既舒适又高雅。农田中的麦苗清新悦目，其上方，沿着灌溉渠整齐排列着爬满了葡萄藤的榆木枝架子。整个乡下就像是治理有序的水系所滋养的一个果园。这些丰沛的流水源自山区，蜿蜒流淌在宽阔的碎石河床上，清澈而碧蓝。到处是一片繁荣景象。山坡上有无数星星点点的白色，那是乡下的房舍和别墅，而每一座房子都被栗子树、橄榄树和松树所环绕。路过其间就能感受到当地人的品位和安逸。农庄都在底层或二层设有一个门廊，以便晚上乘凉。所有东西都在此繁殖。耕地沿着山坡向上，一直延伸到原始森林的边缘。人类没有榨干土地的营养，未将其变成不毛之地，而是为它保留或重新覆盖上了一层绿色。当火车走远，那层层土地上各种作物的色彩纷纷呈现了出来，远处是一圈淡白色云雾笼罩的群山，好似一个花环围绕着原野。这并不是一个壮丽的景色，却产生了一种和谐有度的效果。

我在意大利第一次见到了真正流淌在平原上的一条真正的河流，那就是阿尔诺（Arno）河。河水呈黄色，很浑浊，在两排灰暗的房屋之间流淌。这是一座凄凉而被人遗忘的城市，人口稀少，缺少活力，让人回想起我们那些破败的城市或是被文明所抛弃的城市，如艾克斯（Aix）、普瓦捷（Poitiers）和雷恩（Rennes）。这就是比萨。

有两个比萨：一个是自没落之后就勉强维持生活的无聊的比萨，这几乎是整个城市的状况，除却其中一角；另一个比萨就是那其中的一角。大理石陵墓、教堂圆顶、圣洗堂、斜塔和墓园，这些都静静地躺在那里，好似死去的美丽生灵。真正的比萨就在这里，在逝去的生命的遗骸中，从中我们能见到一个世界。

这是文艺复兴前的一个复兴，是古代文明的第二枝几乎同样古典的枝芽，是对于健康和幸福之美的一个早熟且完整的感受，是六个世纪的冰雪之后的一枝报春花，这些都是从我脑子里冒出来的想法。到处是大理石，白色的大理石，其无瑕的白色在蓝天的映衬下反射出光芒。到处是坚实的形制、圆屋顶、实心厚墙、匀称的台阶以及或圆或方的台基，这些翻新的古代形制也展示出自己的发明和独创。由众多小立柱支撑起的连拱廊犹如老树上重新萌发的新叶，如此翻新出来的建筑物，其优雅与独创性实在难以言表。

艺术之中最难的就是发现一种建筑风格。古希腊人和中世纪的人们都找到了一套完整的建筑风格，而罗马帝国时期、16 世纪和 17 世纪也都各自产生了半个风格。为了见到其他风格，必须走出我们的欧洲，走出我们的历史，向埃及、波斯、印度和中国去寻找。通常，它们都呈现为一个完整的文明，反映出所有天性和习俗的深刻变化。事实上，要改变形式和风格这种影响广泛的事物，人类头脑需要发生多么大的改变啊！绘画和文学上的革命更频繁也更容易，而且其意义也相对没那么重大。一个民族的建筑风格在转变之前，其画布上的肖像和书中的文字可以变化五六次之多，因为这种转变需要发动的群体过于庞大。然而，在 11 世纪，在我们的第一代卡佩（Capétiens）王朝时期[1]，比萨就已经轻易地发动了他们的民众。

如同 6 世纪的希腊，曙光也曾经在此出现，一切好似晨曦中的第一道光喷薄而出。瓦萨里写道："比萨人的强大和发展已至顶峰，他们是撒丁岛（Sardaigne）、

1　法兰西王国的第一个王朝，上承西法兰克王国的加洛林王朝，下接瓦卢瓦王朝，于 987—1328 年统治法国。

科西嘉（Corse）和厄尔巴岛（Île d'Elbe）的主人。他们的城邦中拥有众多强大的公民，他们从最远的地方带来无数的战利品和掠夺物。"在拜占庭，在东方，在填满了古希腊高雅废墟和古罗马壮丽废墟的古老城市中，在犹太人和阿拉伯人之中，在他们的访客和商贾之中，他们接触到了外邦的思想。年轻的民族涌现并梳理出自己的思想，如同以前的古希腊城邦接触到腓尼基（Phénicie）、迦太基、吕底亚（Lydie）和埃及一样。1083年，为了庆祝他们战胜了撒丁岛的撒拉逊人（Sarrasins）并向他们的保护者——圣母致敬，他们开始建造比萨主教座堂。

这几乎可以说是一座罗马式的大教堂，我指的是一座殿堂叠加在另一座殿堂之上这点；或者如果您喜欢，也可以说成是一座以山墙为正立面的建筑，这堵山墙的顶角被切除了，以便承载一座更小的房子。正立面一共承载有五层重叠的柱廊。廊柱两两相对，共同支撑起小拱廊。所有这些漂亮的白色大理石制品都在黑色拱廊的衬托下形成了一个最优雅又最出人意料的空中群组。这里无处不令人感受到那北方中世纪的痛苦梦幻的流露。这是一个苏醒的年轻国家的庆典，它在享受新财富带来的欢乐中颂扬它的那些神。它从遥远的海岸，从那战争和贸易驱使它到达的海岸捡拾起柱头、装饰物和完整的立柱，并将其加入到自己的建筑当中，而且这些古老的残片在其建筑中并未显得不协调，因为它本能地在旧模具中加入了新奇的种子，并以此发展出更精致、更有趣的事物。所有古代的形态都重现了，但是也都经过了创新性的改造。古希腊式殿堂的外立柱的体积被缩减了，数量却得以增加，并且被立在空中，从支撑物变成了装饰物。罗马式或拜占庭式圆顶变得更尖细，那天然的沉重感在由小圆柱组成的回廊的装饰下得以减轻。在大门两旁，两根科林斯式立柱被包裹上奢华的叶饰、花萼饰以及或绽放或扭曲的老鼠簕饰；在门口，可以见到教堂上那整排交错的立柱、那黑白相间的大理石、那无数轻巧而又鲜明的形态。它们耸立在那里，好似由枝形烛台装点的祭台。一个新的灵魂在此出现，这是一种更加敏锐的感觉，它不像在北方国度那般极端和混乱，而且它并不满足于古代建筑那种庄严、朴素和不加修饰的厚重形象。这是一个异教的圣母的女儿，她健壮又开朗，可是比她的母亲更具有女性气质。

她尚未成年，不确信自己所有的尝试是否正确，也犯过愚蠢的错误。从外部看，侧面显得单调；从内部看，穹顶好似一个倒扣的漏斗，形态怪异，看起来并不舒服。十字架中间相连接的部分令人反感，众多现代化的小礼拜堂妨碍了锡耶纳式的纯粹的视觉享受。然而，若重新再看一遍并忽视这些小问题，那整体效果就显现出来了。四排挺立如林的科林斯式立柱支撑着连拱廊，将教堂分成五个中殿。第二条通道同样被众多的立柱包围且横穿过第一条通道。在这片漂亮的立柱森林之上是成排更小型的立柱，它们在空中纵横交错地支撑着四条长廊。屋顶是平的，窗户很小，大部分都没有装配彩画玻璃，而这反而使得墙壁越发显得高大、厚重和坚实。在这些简朴的长线条之间，在自然光线的照耀之下，无数的柱身反射出光泽，显露出古代庙宇的庄严气质。

它并不完全是一个古代的庙宇，这也是其奇特的迷人之处。在祭坛的尽头有一幅巨大的基督像，基督身穿金色长袍，它与更小些的圣母像和另一位圣人像一起占据了半圆形后殿处的凹陷空间。[1] 基督的面容是悲伤又温和的，在金色衬底之下，显现在微弱的日光中的他好似一个幻影。中世纪的某些绘画和建筑符合令人心醉神迷地痴狂的需要，其他的残存则透露出我们从中走出的那个颓废与无比野蛮的时代的痕迹。这里尚存有一个青铜制作的旧门，门上密布着奇形怪状且难看的浅浮雕。这就是那些雕塑家的后代从古代继承下来的东西，也是人类的思想在10世纪时受到匈牙利人入侵的冲击，受到马罗齐娅[2]（Marozzia）和狄奥多拉[3]（Théodora）

1 这是经镶嵌画的修复者雅各布·托里蒂之手。——原书注

2 马罗齐娅是罗马贵妇，教宗色尔爵三世的情妇，并为其生子，即未来的教宗若望十一世。这段时期的教廷被称作是“娼妇政治时代”。

3 狄奥多拉是罗马贵妇，也是教宗色尔爵三世的情妇，马罗齐娅的母亲。

的影响而变得一片混乱之时的产物。肖像的面容都显得悲伤、忧郁、平庸、衰老和僵硬。上帝的两旁各有三位天使，他们与上帝一起以同样的角度倾斜着身子，好似一副排列整齐的卡牌。十二位使徒排成一列，六位在前面，六位在相隔开的空白后面，好似孩子们在拼写练习本上的乱写乱画——用些圆圈代表眼睛，用些延伸的线条代表胳膊。相反地，入口的那些由詹波隆那[1]（Jean de Bologne）雕刻的大门[2]则充满了活力：其上到处是蔷薇叶、葡萄叶、欧楂树叶、橙树叶、月桂树叶，带着它们的浆果和花朵，其间夹杂着鸟儿和动物。它们相互纠缠和环绕的动感形象组成了不同的群组，形成了一个大场面。这种逼真而鲜活的形象之丰富是16世纪所独有的。这个时代发现了自然，同时也发现了人。在这两扇门之间，相隔了五个世纪的距离。

至于洗礼堂和斜塔，没什么好说的。它们都属于同一种思路、同一种品位和同一种风格。一个是独立的圆顶建筑，另一个是圆柱体，每一个建筑的外层都有小立柱作为装饰。然而，它们也都有各自不同的外形，但是用言语和文字来描述都太浪费时间了，并且还需要太多的术语方能说清它们的区别。我仅注意到了斜塔的倾斜度。人们猜想，塔在建到一半的时候就发生了倾斜，但是建筑师们决定继续建造，因为那个倾斜度并未使他们过度担心，毕竟在意大利的其他地方也有斜塔，例如博洛尼亚（Bologne）。这到底是故意为之还是半故意为之？这个怪现象、这种对悖论的探寻、这种对奇思怪想的听之任之，是中世纪的一个特征。

洗礼堂的中心有一个漂亮的八角水池，其每一边都雕刻着复杂的花卉图案，每一朵花都是盛开的，而且都不一样。周边一圈巨大的科林斯式立柱支撑着半圆形的拱廊，其上大部分都是古典式样且装饰着古典式浅浮雕。墨勒阿革洛斯[3]（Méléagre）带领着他那些狂吠的猎狗以及赤膊的同伴们在此列席基督教的神秘仪式。左侧有一

1 詹波隆那（Giambologna，1529—1608），意大利雕塑家。

2 1602年。——原书注

3 古希腊神话中的英雄之一，卡吕冬国的王子。

个与锡耶纳教堂中一样的主教讲道台，那是尼古拉·皮萨诺的第一件作品（1260年）——一个由大理石立柱支撑起来的大理石箱体，四周布满了雕刻。古代艺术中对于力量和裸体的情感表现在此得到了充分展现。雕塑家理解了人体的扭曲和呈现方式。他的那些人像都是厚重的、高大而朴素的。他经常采用古罗马式的长袍和衣褶的形态。其中的一位裸体人物如同赫拉克勒斯那般在肩头扛着一只小狮子，其胸膛宽阔而饱满，是16世纪的雕塑家们所喜爱的式样。人类文明当中发生了多么大的变化，出现了多么快的加速。这些古典美的复兴者，这些12世纪和13世纪的共和国，这些现代思想的早期发明家，他们好似古希腊人一般充满了自信。他们沿着那天然的坡道前进，好似神秘主义的传统并未阻碍他们或者使他们改道，好似世俗的才智、自由的习俗、粗犷而健康的价值在他们当中得到了发展，而且他们也没有经历过两百年后的堕落时代中的那种奴役和腐败。

这些建筑中的最后一个就是墓园，那里的土都是从巴勒斯坦运来的，是圣土。四堵光滑的白色大理石高墙环绕着它，其内部有一个方形走廊以连廊的形式面对着庭院，其上装饰着格栅式尖拱窗户。这里面装满了葬礼纪念物，有半身像、碑文、各个年代的形态各异的雕像，没有什么能比这些更高雅和更简朴的了。一个深色木制框架支撑着穹顶，那光洁的屋脊与晴朗的天空泾渭分明。角落处，四棵柏树在微风中摇曳，青草则在庭院中茂盛地生长。到处可以看到攀缘的花枝绕着立柱伸展。哪怕一枝小蔷薇、一丛灌木，在阳光底下都格外耀眼。这片区域没有一个人，四周寂静无声，远处偶尔传来散步者的说话声，好似教堂穹顶之下的回声。这真是一个自由的、属于基督教的城市的墓地。那些伟大人物的坟前很适合人们去思考死亡和公共事务。

墓园内部过道的四壁上都布满了壁画，对14世纪的绘画来说没有比这里更完美的骸骨场了。佛罗伦萨画派和锡耶纳画派都集中于此，这是一个奇特的场景，因为他们的艺术夹在两种潮流之间却没有找到确定的位置，其半途而废的尝试就好似一只僵化的蛹—— 它已然不是幼虫，却也还没有破蛹成蝶。对神圣世界的旧有感知被削弱了，而对于自然世界的新生感知尚且脆弱。在大门入口的右侧，皮耶罗·迪·普乔[1]画了一幅基督像，人物那巨大的身躯除了头和脚以外，几乎都消失在一个代表着星球运转的圆盘世界之中——这出自一种充满原始象征的思想。在旁边，在他那《创世记》的故事当中，亚当和夏娃都身材丰腴，略显笨拙，但很真实，这明显是复制裸体模特的结果。在稍远处的《亚伯和该隐》（*Abel et Caïn*）中，人物都有动物一般的皮肤，容貌粗鄙不堪，场景好似取自街头斗殴。他们的腿脚、整体的布局依然粗糙，这种现实主义的尝试并不成功。

另一边，格调同样不太协调，那是出自彼得罗·洛伦泽蒂[2]（Pietro Lorenzetti）之手的展示苦修生活的巨幅壁画。这幅画中包含了四五十个场景：一位隐士在阅读，一位隐士待在岩洞中，另一位栖身在树上；这里有一位隐士以长发遮体，正在布道；那里有一位隐士正被女子迷惑，被魔鬼折磨。几个满是灰白胡须的大脑袋画得土里土气，像是出家的乡下人。其风景、其次要部分都很怪诞：树画得像个羽毛掸子，岩石和狮子都好像是出自一个蹩脚的动物园。更远处，阿雷佐的斯皮内洛（Spinello d'Arezzo）画了神圣的以弗所[3]（Éphèse）的故事。他画的那些异教徒，一半像是罗马人一半像是骑士，其穿戴的甲胄和色调都是中世纪的风格。画中许多战斗的姿态都很真实，例如某人被面朝地打倒，某人被敌人抓住了胡子。好几个形象很现代，例如，一位身穿绿衣的侍从手持宝剑，一位身穿蓝色紧身短衣的年轻绅士脚穿尖头皮鞋，且小腿线条优美。从中可以看出，对现实的观察、画面的布局、对画意的探寻以及场景的变化都开始有了苗头，但这仅仅是个开始，他们的领地依然

1 皮耶罗·迪·普乔（Piero di Puccio，又名 Pietro di Puccio，？—1394），意大利翁布里亚画派画家和镶嵌画画家。

2 彼得罗·洛伦泽蒂（1280—1348），意大利锡耶纳画家。

3 以弗所是古希腊在小亚细亚创建的一个大城市，传说圣母玛利亚终老于此，位于今土耳其塞尔丘克（Selçuk）附近。

《死神的凯旋》，（传）奥尔卡尼亚

不坚固。立体感、灵活性、动作和坚实肌肤的活力、匀称的架构以及无数支撑自然事物的规则，都离他们尚远，因此这还只是一些隐约的图像，尚未变成绘画。

位于角落处的一幅壁画能更明确地显示出这种模棱两可的精神状态，那就是奥尔卡尼亚[1]（Orcagna）画的那幅《死神的凯旋》[2]（*Triomphe de la Mort*）。山脚下走来一支马队，马背上都是些大人物和贵妇，这些人物都属于傅华萨[3]（Froissard）的那个时代：他们都戴着风帽，有人配有鼬皮饰带和五颜六色的裙装，以猎鹰和小狗为伴，就像是瓦伦丁·维斯孔蒂[4]（Valentine Visconti）嫁给奥尔良公爵路易一世时的队伍。头像都比较真实，骑在马上的女领主纤柔而精致，面纱之下的容颜

1 原名安德烈亚·迪·乔内（Andrea di Cione，约 1308—1368），意大利画家、雕塑家和建筑师。

2 这幅壁画如今被认为是意大利画家博纳米科·布法马可（Buonamico Buffalmacco，1290—1340）的作品，而另一幅《最后的审判》才是奥尔卡尼亚的作品。

3 让·傅华萨（Jean Froissart，约 1337—约 1405），法国著名编年史家，著有《闻见录》。

4 瓦伦丁·维斯孔蒂是米兰公爵的女儿，1389 年嫁给法国国王查理六世的弟弟奥尔良公爵路易一世。

就是真正的中世纪的贵妇形象，一副忧伤而又陷入沉思的样子。这些当世的强者突然发现了三具国王的尸体，且已经出现不同程度的腐烂，而且每个棺椁都是敞开的：其中一具尸体膨胀了，一具尸体上爬满了虫子和蛇，另一具尸体已经化成了骨架。他们停下来，面对着尸体颤抖，其中一人向前观看，另一人捂住了鼻子，这是中世纪寓意剧中的死亡场景。艺术家想给观众们一个提示，为此，围绕着中心群体，他堆积了尽量多的注解。山顶上是隐修的修士，一位正在读书，一位正在挤鹿奶，而修士们之间还有一只鹤和一只鼬鼠。在观众们看来，这就是基督徒静修的生活，是被那些强权人物所蔑视的神圣生活。但是，死神在这里恢复了平衡状态：可以看到她正在走来，这位老太婆一头灰发，手持镰刀正向前走，她会将镰刀挥向幸运者，挥向纵欲者，挥向那些贵妇和在树丛后面玩耍的年轻贵族们。通过一个残酷的嘲讽，她的镰刀会砍向惧怕她的人，而放过恳求她的人。一群独臂人、瘸子、瞎子和乞丐在召唤她，但是没用，镰刀不是给他们准备的。这个可怜的世界就是这么运转的，都是过时的和凄凉的，其终点就更加凄凉了。这是整个世界的毁灭，是吞噬所有人的深坑。戴着冠冕的王后、国王、教宗、大主教，带领着他们的大臣，全都躺倒在那里，而他们的灵魂像裸体的孩子一般从他们的身体里脱离，进入可怕的来生之中。有几个灵魂被天使接走，但是其余大部分都被魔鬼抓走。魔鬼的形象可怖而恶心，他们有着山羊或毛虫的身体、蝙蝠的耳朵以及猫的嘴脸和爪子。他们都在雀跃地争抢他们的猎物，这是独特的悲剧情节，内里混杂着痛苦的哲学、准确的观察、笨拙的粗俗以及一种无能为力的感觉。

旁边的壁画——《最后的审判》也是一样的情况。好几个形象都带有绝望以及非同一般的震惊表情。例如，位于中间位置且呈蹲姿的天使惊恐地瞪大眼睛，看着永恒的正义审判；一个毛发蓬乱的隐士伸着胳膊向后跳，令人回想起了调停者基督；一位被判入地狱的女子痉挛般地抓住另一位女子。但是，所有人物都像是剪纸画，其身体都像洋葱叶片一般被机械地排列成五行，而灵魂都从一个剧院天花板的方孔飞了出去。情感越是深沉，艺术就越是难以将其传达；而当情感缺乏之时，艺术上的不足就变成平庸和粗野了。

在这幅壁画的旁边，就是安德烈亚的兄弟贝尔纳多·奥尔卡尼亚（Bernardo Orcagna）为其补画的《地狱》（*Enfer*）。画面好似一组分格的深坑，是为了让小孩子害怕而作的。画面中央绘有一个长着公羊头的铜绿色撒旦，正在用其腹内的火炉炙烤灵魂，而灵魂从裂缝中冒了出来。周围环绕着火焰和毒蛇，长毛小魔鬼正抓着裸体的婴儿剥皮，掏空他们的内脏，将他们撕碎，再穿到扦子上——这简直就是一锅杂碎。一个诗歌的世界失去了诗歌，一场悲剧变成了刽子手的炫耀和一个冷酷刑场，这位无才的但丁在墙上制造的就是这种效果。阿维尼翁教廷时期[1]的丑闻加上教会的分裂已经预示着基督教信仰的高峰时代的结束。教会已亡，这点彼特拉克已嘲笑过，最多还有几次病态般狂热的爆发而已。法国的鞭笞派教徒（Flagellants）、意大利的白衣苦修会修士（Pénitents blancs）、锡耶纳的圣凯瑟琳的异象和圣伯尔纳定（Saint Bernardin）的权威，再往后是萨佛纳罗拉在佛罗伦萨的神权专制，这些都表明了一个垂死的生命最后的苟延残喘、挣扎与回光返照。德意志和英格兰的那些离经叛道者动摇了教会，意大利的伊本·鲁施德[2]主义者动摇了宗教，而支撑宗教并使教会变得高尚的神秘主义在失去了其保护层后也轰然倒塌了。柏拉图的最后一位崇拜者——彼特拉克，将其十四行诗视为一种消遣。他试图复兴古典主义，阅读古代手抄本并用拉丁文书写诗歌和散文。而且，从他开始，前赴后继的人文主义者将给意大利带来异教的文化。在此期间，民俗文化已然改变了格调。那些商人史学家、那些创作散文式趣味故事的人们，以及维拉尼[3]（Villani）一家、

1　又译亚维农教廷时期（1309—1378），指天主教教廷迁移到法国阿维尼翁（当时阿维尼翁是教宗领地）的一段时期，其间七任教皇和大部分红衣主教为法国人。

2　伊本·鲁施德（拉丁化名字是 Averroès，1126—1198），伊斯兰哲学家和医生。

3　维拉尼一家共三位作家，包括维拉尼兄弟二人——乔瓦尼·维拉尼和马泰奥·维拉尼，以及马泰奥·维拉尼的儿子菲利波·维拉尼。

萨凯蒂[1]（Sacchetti）、《蠢货》[2]（*Le Pecorone*）的作者、薄伽丘，他们都采用了愉快而便捷的对话方式，放弃了那种梦幻式的诗歌方式。严肃性降低了，人们开始娱乐。薄伽丘的诗歌是带有色情的历险小说，描写生动，而以他为中心，在法兰西和英格兰涌现出一大批专栏作家和诗人。他们描写了无数骑士的故事、王子的奢华和关于爱情的传说。从此人们不再对什么严肃话题感兴趣了。在国家间的战争之中，在民众流离失所的生活之中，那些能够享受美酒佳肴和领主生活的人只想着控制他人。命运女神"形象可怕，面容残酷而可怖"，"她那一百只手当中，有的手将人提升到高贵的地位，有的手将人掀翻在地"；她的旁边是盲目的死神，"她使一切化为齑粉，不管是国王、骑士，还是皇帝和教宗；不管是享受生活的领主们，还是正在哭喊的可爱贵妇和骑士的情人"。[3]这些话语好像是对奥尔卡尼亚的壁画的描述。其实，类似的印象已经渗入到所有的灵魂当中。薄伽丘的作品，除了对人类的苦难和动荡生活的苦涩情感，对日常生活和上流社会的冷眼和讽刺，从神秘幻象中解放出来的世俗的判别能力，对长期受压抑的情感的放纵，还有其他什么东西吗？他将死亡与肉体的享乐并列，将鼠疫中残酷的细节与闺房中的放荡并列。这就是那个时代的精神状态，我相信我终于找到了那个长期阻碍意大利绘画艺术前进的原因。如果说在一百五十年间绘画如同文学一样停滞不前，在经历过小幅跳跃之后就静止不动了，那是因为公众的精神状态停滞不前了。神秘主义的情感逐渐降温，已经不足以去表达纯粹的神秘主义生活了。异教的情感刚开始萌芽，还不足以展示异教的丰富生活。绘画艺术离开了其最初的道路，却还没走上第二条道路。它抛弃了那些理想中的形象，抛弃了天真或快乐的面孔，抛弃了那圣光之中如影子一般的灵魂躯

1 佛朗哥·萨凯蒂（Franco Sacchetti，1335—1400），意大利诗人和小说家。

2 《蠢货》是化名作家乔瓦尼·菲奥伦蒂诺（Giovanni Fiorentino）的故事集。"pecorone"这个词本身并不存在，后人猜想取"pecora"的意思，即蠢货或畜生。

3 应出自《农夫皮尔斯》，这是英格兰诗人威廉·兰格伦（William Langland）所作的长诗。

壳。它来到地上，开始勾画人物肖像、当代的服装、有趣的场景，开始表达悲伤的或日常的情感，而且不再对修士们表达，而是面对世俗之人表达。但是，这些世俗之人尚且有一只脚留在修道院中，还需要等待多年，等待他们将那对于超自然世界的崇拜和好感逐渐转移到自然世界中来，等待地上的生活在他们的眼中逐渐成为高尚的生活，直到成为他们唯一重要的和真实的生活。为此还需要一种全面而无痛苦的转变，这将使人们对自然法则感兴趣，对事物的真实比例、人体的解剖构造、裸体的表现活力感兴趣，对天性的愉悦的绽放和雄性力量的辉煌感兴趣。到那时，他们将会理解、提议和要求使用准确的透视法、坚实的肌肉造型、鲜明的和朦胧的色彩、匀称而坚实的形态以及绘画中需要的所有部分，而这种对形体美的颂扬需要相匹配的灵魂才能达到目的并产生反响。

他们用了一个半世纪才往前跨了这一大步，而绘画艺术好似如影随形一般，跟着他们那缓慢和犹豫不决的步伐前进着。在 14 世纪中期，帕罗·斯皮内利（Parro Spinelli）和洛伦佐·比奇（Lorenzo Bicci）完全复制了乔托的风格，而弗拉·安杰利科则幽闭于修道院中，好似温室中的珍贵花朵，依然停留在那神秘主义的幻象之中，甚至他的学生戈佐利[1]（Gozzoli）也是如此。此处一片墙上的壁画就是出自戈佐利之手，从中可以看出两股时代潮流的汇聚，那是最后一股基督教潮流被异教的潮流所包围的结果。在这两百年间，无数的绘画被用来装点教堂和修道院裸露的墙壁。随着时间的流逝，人们开始忽视它们，它们也开始逐渐剥落。泥瓦匠们刮抹墙壁，使它们消失在石灰浆之下，但随后又有修复者将它们修复。能够保存下来的都是些残品，只是如今人们才开始重视和关注它们。古董商们按照地质层去挖掘它们，而我们如今所见到的不过是些不足以展示其全貌的残片。抬起眼睛，映入眼帘的依旧是老比萨城中那四座孤独的建筑。它们矗立在同一个长满绿草的广场之上，哑光

1　贝诺佐·戈佐利（Benozzo Gozzoli, 1421—1497），意大利佛罗伦萨画家。

的灰白色大理石轮廓在蓝天的映衬下显得格外清晰。这里是一片废墟，而历史又何尝不是一片坟墓呢！人类经历了那么多悸动，却只留下了石块的形状！平和的上天拥有多么冷漠的微笑，那埋葬了一代又一代人的华盖一般的敞亮穹顶之下，又具有多么冷酷的美！我们在书中读到过这些思考，并以我们绚丽的青春将其编成美丽的辞藻，但是，当一个人经历了其半生的旅程并开始自我反省的时候，他会计算自己在雄心抱负上的失落和失望，在心底埋葬所有死去的事物。大自然的壮丽与严酷对他来说是一体的，而内心无声的哭泣使他理解了更高一层的哀歌，那是关于人类悲剧的哀歌。一个又一个世纪，多少斗士都被埋葬在这同一个棺椁之中。他停下脚步，与其他人一样感觉到头顶上那命运之手的力量，也明白了自身的处境。这个人类，在佛罗伦萨的尼俄伯雕像中就有其具象。在她的身旁，她所深爱的儿女纷纷倒在隐形的弓箭手的箭下，其中一个儿子被箭从背后射穿，他的胸膛在颤抖；另一个女儿一息尚存，举起无力的手臂指向天上的凶手；最年幼的女儿将头埋在母亲的裙子当中。然而，尼俄伯冷静地瞪着眼睛，她绝望地站立着，望向天空，伸着胳膊，以崇拜又憎恶的目光凝视着那炫目而又致命的光环，凝视着那无法阻挡的箭雨和天神们无情的容颜。

第 三 章

佛罗伦萨

4月8日，佛罗伦萨城

这是一座完美的城市，它拥有自己的艺术和建筑。这里人口不多，但生机勃勃。它虽是首府但面积并不是很大，而且既美丽又充满了快乐。这就是我对佛罗伦萨的第一印象。

双脚不知不觉地走在铺满了大石砖的街道上。从斯特罗齐宫（Palais Strozzi）到圣三一广场，人流如织，从不间断。那些敞亮的咖啡馆，版画店铺，售卖石膏像、石像和镶嵌画的商店，书店，文学馆，以及十几座剧院，无不显示出一种精明的、惬意的生活场景。无疑，15世纪的老城依然存在，并且仍为新城的核心，但是它不像锡耶纳那般处于发霉的状态，也不像比萨城那般被弃置一旁，更不像罗马城那般被中世纪的蜘蛛网所裹覆或被现代生活的寄生痂壳所掩盖。在这里，过去与现在相衔接，君主制那高雅的虚荣与共和制那伟大的发明并存，德意志大公们那族长式的治理与意大利大公们的盛大排场并存。在18世纪末和19世纪初，佛罗伦萨曾是意大利的一小块绿洲，它被称为“最幸福的国度”。人们像以前一样建造，像以前一样聚会和聊天。社会的精神没有像在其他地区那样被暴君统治所压制，或被教会的严规戒律造成的惰性所磨灭。佛罗伦萨人如同恺撒时代的雅典人一样拥有批判精神和才智，他们对自己的品位充满了自信，对他们的十四行诗，对那些在意大利首屈一指的学院和他们的语言，对他们在文学和艺术领域无可争辩的地位都充满了自信。有些种族永远不会堕落，他们的思想是与生俱来的，他们可以被糟蹋，但不会被摧毁；他们可以成为文学爱好者或诡辩者，但不会成为哑巴或傻瓜。我们发现，他们的内心深处也如后罗马帝国时代[1]的希腊人一般，其智慧超越了个性，因为在个性消散之后，智慧依然存在。远在美第奇家族的早期时代，最活跃的娱乐就是思想上的娱乐，而思想的表达完全是快乐而精致的。在此严肃性被减弱了，如同德摩斯梯尼那个时代的雅典人一样，佛罗伦萨人也想要消遣，也需要开心，而他们如同德摩斯梯尼一样遭到了领袖们的斥责。萨佛纳罗拉说过："你们的生活全在床上，在闲言碎语中，在散步中，在狂欢和酒宴中虚度。"而历史学家布鲁托[2]（Bruto）则补充说："他们将礼貌融于诽谤和闲言之中，将社交置于有罪的殷勤之中。"他谴责他们"萎靡不振、软弱无序，以懒惰和懦弱为生活准则"。这都是些夸张的言语，道学家们总是如此，为了让人们听到他们而故意提高嗓门。有一点很明显，在15世纪中期，那些有智慧的人和有教养的人，那些熟知装饰、布局和情感表达的人都在佛罗伦萨具有崇高的地位。这一点在他们的艺术当中表现得很明显。他们的复兴当中丝毫没有任何古板和悲情可言。只有那些巨石建造的旧宫殿上的粗糙凸雕饰、那些栅栏窗、那些漆黑的墙角，留下了封建时代的危险标记和抵御攻击的痕迹，其余的地方则到处都显示出优雅和充满快乐的美感。从下至上，大型建筑都披上了

1　后罗马帝国时代（Bas-Empire）的说法源自法国历史学家查理·乐博（Charles Le Beau），指284—476年，而前罗马帝国时代（Haut-Empire）指公元前27—284年。前后加在一起正好是所谓的西罗马帝国时代。

2　乔瓦尼·米凯莱·布鲁托（Giovanni Michele Bruto，1517—1592），意大利修士、历史学家。

大理石装饰。承接阳光和新鲜空气的阳台坐落在科林斯式立柱之上。我们可以看出其建筑风格已然脱离了哥特式，它只是从中汲取了一点原创性，并沿着自然发展的轨迹走向异教的古代所崇尚的轻巧和朴素的形态。走着走着，我们在一个教堂的后面见到了一群表情丰富而富有智慧的雕像。一个漂亮的意大利式连廊紧贴着一堵坚固的石墙向前延伸，一排细柱以开花式的柱顶支撑着回廊的顶棚，而街道的尽头可见一片绿色的山丘或青色的山脊。我刚刚在圣母领报广场（Place de l'Annunziata）的一个台阶上坐了一个小时。对面是一座教堂，而教堂的两边各有一座修道院。这三座建筑都带有由半爱奥尼亚式半科林斯式细柱支撑的柱廊，它们共同组成了连廊。在它们的上方，棕色旧瓦覆盖的屋顶在碧蓝的天空映衬下显得格外鲜明。顺着一条长长的街巷前望，街巷的尽头隐约可见一个圆圆的山脊。在这个如此自然、如此高贵的环境中有一个市场，里面的棚铺都用成卷的白色帆布遮盖着，众多妇女身披紫色的披肩，戴着草帽，往来穿梭，讨价还价。此处几乎没有乞丐出没，也没有衣衫褴褛之人。人们的目光中没有因原始的野蛮或困苦的生活而引发的伤悲，他们看起来惬意、积极却并不忙碌。在五颜六色的人群和露天棚铺当中，一尊骑士雕像[1]矗立在那里，旁边还有一个喷泉将水倾泻在一个青铜盛水盘当中。这里有与罗马类似的反差，但是一切却又那么和谐。它的美是独特的，但是这种美给人带来的是舒适与和谐，而不是那种不成比例的宏大与威严。

我们接着往下走，一条清澈的河流沿着漂亮的河岸流淌，河中随处点缀着白色的砾石滩。岸边的房舍都好似宫殿一般巨大而新颖。远处可见初绿的树木，呈现出一种温煦而赏心悦目的风景，一幅气候温和之国的景象。稍远处是圆形的山顶和山丘，最远处是嶙峋的岩石围场。佛罗伦萨位于群山环绕的盆地之中，其周边的群山

1 指斐迪南一世·德·美第奇大公（Ferdinando I de'Medici）骑马的青铜像。

在落日余晖的照耀下反射出钢铁一般的光泽。我们沿河而下，走到乡村公园。绿色在复苏，远处的杨树浮现出一层嫩绿，在青色群山的映衬下显得格外妖娆。一排常绿的大树好似厚实的篱笆一样为散步者阻挡着北风。初春的气候温和，似乎阳光的温暖已然浸入到身体之中。碧蓝的天空在已经出芽的山毛榉枝杈间若隐若现，在淡绿色的圣栎树和深绿色的松树之上显出一片晴朗。在灰色的树干之间，到处是并未冬眠的丛丛灌木，它们将会与新芽、嫩草汇聚在一起，共同以青春的活力为林荫道填满色彩和芬芳。一些纤细的月桂树如在画中一般，在河岸边显示出它们那庄严的树冠，而静静流淌的阿尔诺河在夕阳余晖的映照下散发出紫红色的光芒。

我们走出城外，来到一处高地去俯瞰城市全境以及周围的山谷。景色是那么宜人，到处呈现出一片安康和幸福的景象。成千上万的乡间房舍像白点一般星罗棋布，遍布山丘，几乎快到了山顶。在所有山坡之上，橄榄树的树冠如有序的羊群一般密布，山坡上的土则被堆砌成了梯田的模样，可见人类的智慧之手不仅创造了财富，同时也创造了美。如此改造过的土地就形成了一种建筑格局，花园也呈阶梯形分布，其间点缀着各种栏杆、雕像和池塘。这里没有巨大的森林，也没有特别茂密的植被。在北方人眼中，只有清新而柔弱的植物才能使他们陶醉，而对于意大利人来说，排列好的石块已然足够，而且附近的山峦可以为他们提供无数最漂亮的石板——白色的或青色的，色调朴素而清新。他们按照对称的线条排列石板。房屋的大理石立面在阳光下锃光瓦亮，伴着几棵常绿的大树。如此，人们可以在冬日晒太阳，在夏日获得阴凉，并在树下悠然自得地欣赏乡间的景色。

我们隐约望见远处有一扇大门、一座钟楼和一座教堂。那是圣米尼亚托（San Miniato）大殿。它位于一座山丘之上，展现着它那色彩斑驳的大理石立面。它是佛罗伦萨最古老的教堂之一，建造于 11 世纪。走入其中，就会感到这几乎是一座拉丁式的大殿，柱头饰几乎是希腊式的，纤细而光滑的柱身支撑着圆形的柱廊。地穴也与此类似。没有任何令人感到凄凉和压抑之处，到处是挺拔的立柱与和谐曲线的组合。佛罗伦萨建筑自其开始阶段就找到或启用了古代传统中坚实和轻盈的形态。过去的历史学家将佛罗伦萨称为“高贵的城邦、罗马的女儿”，似乎中世纪的忧伤只是从其头顶掠过而已。她是一位高雅的异教女子，经过思考后，她就腼腆但公开地对外宣告，她是高雅的，也是异教的。

参观，晚上在剧院

这里有八座或十座剧院，说明当地人安于享乐。这些剧院都很舒适和通透，一条宽敞的甬道环绕在乐池与前排之间，因此观众不会像在巴黎的剧院里那样感到窒息。许多厅都装饰得很漂亮，但又很简单，可见本地人的品位似乎是天生的。至于其他方面，那完全是另一回事。坐席的票价是那么便宜，以至于剧院的经理很难从中赚到钱。对于布景装饰、群众演员以及所有机械，他们只能自己想办法应付。例如在歌剧院，女群众演员每一个演出季可挣250—300法郎，而一季大概是两个半月的时间。她们得自己准备袜子和鞋子，其他的由剧院提供。大部分群众演员都是些年轻姑娘。另外，这些群众演员不论男女都很难管理。假如他们因为迟到或其他原因被罚款，那么他们就会甩手不干了，因为他们在剧院工作只是为了挣些外快，并不以此为生。例如，某个泥瓦匠在晚上可能扮演火枪手或者祭司，他来到排演场的时候还穿着工作服，裤子的膝盖处还沾着白浆。为了使一座现代剧院运作起来，需要一笔巨大的投资与开支。有时会因资金紧张而引发混乱，这点在演出时就能看出来。与此同时，还需要一个中央集权和完整的国民生活才能为戏剧提供素材。他们在此翻译了我们的剧目。我刚刚听了一场《浮士德》，首席女高音是一位法兰西歌手。在尼科里尼（Nicolini）剧院，他们正在上演奥克塔夫·弗耶[1]（Octave Feuillet）的作品《蒙茹瓦》（*Montjoie*）。为了便于理解，他们将其命名为《蒙茹瓦或自私者》（*Montjoie o l'Egoïsta*）。另有一天上演了《嫉妒》（*la Gelosia*），那完全是用《奥赛罗》编排而成的市绅阶层的音乐戏剧。我无法忍受观看全剧，在第三幕的时候就离场了。这里出了几本小说，例如《一位意大利强人——巴斯夸·帕欧里[2]》（*Un prode d'Italia, Pasquale Paoli*）。这是一部沃尔特·斯科特[3]（Walter Scott）风格的历史巨著，它以夸张的文笔影射现实社会。我的友人中有一位学者承认说当今意大利的文学水平不高。政治吸取了整棵树的养分，其他的枝丫无法成长，在历史题材方面只有一些专著而已。作家们好似一群外省人士，与首都有着三十年的时间差距。那简洁、准确、注重事实且没有夸夸其谈的风格尚需时日方能在此地站稳脚跟。他们甚至还没有确定的语言。出生在托斯卡纳以外的意大利人不得不像阿尔菲耶里那样回到这里，以便纠正他们的方言。此外，托斯卡纳人和意大利人都刻意回避法语的陷阱。法语与他们的语言天赋不符，需要先努力忘记它才能清除记忆，因为这一百五十年以来正是法兰西为意大利提供了书籍和思想，想一想就知道这该有多难！对于这个问题，许多学者陷入了学究气和古典迷信当中，他们饱读16世纪作者的书籍，又如语言纯洁主义者一般上溯至14世纪，但是如何用傅华萨的语言或是阿米欧[4]（Amyot）的语言去表达现代的概念呢？如此一来，他们不得不在其古典风格当中隐藏大量的现代词语，而这种不协调使他们懊恼，使他们的脚下有了羁绊，被旧时代的正确词语所束缚。一位作家对我说过，这种束缚使他的精神很受折磨。这个文学上的失败是由于历史的影响，究其原因，一方面是17世纪以来的

1　奥克塔夫·弗耶（1821—1890），法国小说家、剧作家。

2　巴斯夸·帕欧里（1725—1807），科西嘉政治家。

3　沃尔特·斯科特（1771—1832），英国历史小说家、诗人，也译为司各特。

4　雅克·阿米欧（Jacques Amyot，1513—1593），法国主教，人文主义者，以翻译古希腊作家的著作而闻名。

文学传统因思想和研究的普遍堕落而停滞不前；另一方面，缺少首都和必要的中央集权来扼制方言的流通。意大利的整个历史都源自一个现实，即它没能像其他邻国那样在16世纪就被统一在一个温和的君主制或半智慧的体制当中。

相反地，政治斗争蓬勃发展，好似一块久旱逢甘霖的土地重生了一层生机盎然的绿色。在这里，到处可见维托里奥·埃马努埃莱、拿破仑皇帝以及教宗的漫画。这些漫画都画得既讽刺又粗俗：教宗是一个在走钢丝的骷髅；死神则在扔球，砸向枢机主教们。这些画既无思想也不精美，只是为了使主题更敏感并给人留下深刻的印象而已。他们的报纸也如出一辙，几乎都是一个苏一份，充满了呐喊却没什么正确的言论。我把它们比作那些经历过长久的束缚而刚刚获得解放的人，他们向空中挥舞着拳头，但只是为了舒展四肢而已。然而，其中有几份相对严肃的报纸，如《和平报》和《米兰公报》，可以使人从中感受到不同的分析角度。它们为德·迈斯特（de Maistre）或伏尔泰辩护，称颂保罗·萨尔皮[1]（Paolo Sarpi）、焦贝蒂（Gioberti）、罗斯米尼[2]（Rosmini），试图将意大利的传统传承下去。这些如此聪明又如此有天赋的人终究会找到适合自己的道路，但在此之前，他们对自己的自由报刊可以说相当自信，甚至还嘲笑我们的报刊。说实话，在这一点上，我们在国外的形象确实不佳。当我们在咖啡馆中阅读了《泰晤士报》《格里尼亚利报》《科隆报》或《普通日报》之后再去读某份法兰西报纸的时候，我们的自尊心会感到受伤。一篇粗俗的或谨慎的政治小品、一篇观点不明的或讨好统治者的文章、一些本就稀少还总经过裁剪的通信栏目，这些都缺乏精确的信息和可靠的讨论，许多句子写得很好，但是没有什么内涵。这一方面是因为政府介入其中，另一方面是因为有教养的读者和能够做出严肃分析的读者少之又少。公众并不要求报刊提供事实和证据，他们想要的是消遣，或者为其筛选好一个结论就可以了。至多有几

1　保罗·萨尔皮（1552—1623），意大利历史学家、学者。

2　安东尼奥·罗斯米尼（Antonio Rosmini，1797—1855），意大利哲学家、牧师。

个有知识的头脑、一个在外省有分支机构的巴黎小团伙，他们能够在字里行间猜出某些影射、某种讽刺或是一个玩笑，但他们也就会心一笑就满足了。如果说我们的报刊缺少政治讨论，那是因为我们国家的人缺乏政治才干和政治教育，但这里的人们声称意大利人天生就具有参与公共事务的本能和能力，至少他们拥有足够的热情。

好几位地位相当高的人一再告诉我，假如法兰西在阿尔卑斯山再守卫十年并防止奥地利人南下，那么意大利自由派的人数将会翻番。学校、报刊、军队以及其他所有方面的繁荣和才智的增长都会为自由派的增长贡献力量。来自外省的或市镇的嫉妒不会形成任何障碍。早期，在托斯卡纳地区有一些意见分歧、一些犹豫，那是因为这个地区是意大利最幸福、治理得最好的地区。人们对于臣服于都灵并承担风险感到犹豫不决，但是托斯卡纳最受人尊敬的吉诺·卡波尼[1]（Gino Capponi）侯爵亲自宣布他赞成统一，他认为除此以外没有其他办法能够在现代欧洲立足。此外，所有意大利的伟人，从马基雅维利到但丁都写下过类似的言语——必须有能力抵抗奥地利。如今，一切都在向这个方向靠拢。我们已经可以在军队中见到一种共同的语言，它是各种方言的折中。

这场革命与我们的革命有两点不同。首先，意大利人既不是平均主义者，也不是社会主义者。贵族阶层与农民阶层的关系很友善，他们像家人一般对话，而农民并不敌视贵族，反而感到挺自豪。所有的土地都以收益分成的方式出租给农民，而收益的分成使得地主和佃农之间建立起了一种伙伴关系。通常，佃农都是以租赁农庄[2]的方式为基础进行耕作，并子承父业地将此延续了两百年，但这也将他们变得保守，令他们反对创新也接受不了新理论。他们的耕作方式与美第奇时代没什么不

1 吉诺·卡波尼（1792—1876），意大利政治家、历史学家。

2 租赁农庄是意大利自中世纪以来特有的一种土地租赁方式，简而言之是地主与佃农以合同的方式，按照一定的比例共同承担土地开发的投资，并且分成收益。

同。这个制度在当时是先进的，如今却是落后的。地主于10月份到农庄来查看收成，随后就回去了。他这样做并不是因为他是一位乡绅，而是事出有因：他通常拥有七八处农庄，自己只居住在其中之一。虽然他不像英格兰贵族那样对农民有道义上的或政治上的威望，但是他与农民都相处得很好。他不像我们以前的贵族那般令人厌恶，与农民保持距离并住在城里。他喜欢节俭度日，还曾经亲自去卖自产的酒。为此，每一座大型府邸都有一个窗口，老顾客可以拿着空瓶子去，交一些钱就能换回一瓶酒。虚荣心的消除为仁慈心留下了更广阔的天地，由此主人获益也让他人获益。这里没有争执，社会网络的线圈也是松弛的，不会断裂。这就是为什么这个国家可以在1859年取得独立自治。从这方面说，他们比我们幸运。

第二点不同之处在于他们根本就不是伏尔泰思想的崇尚者。那位旅行推销员、哲学家兼贝朗热[1]的读者[2]在他们这里并不常见，也不受欢迎。他们太具想象力了，太富有诗意了，而且具有太多的常识，太沉溺于社会的束缚当中，与我们的抽象逻辑思维相距甚远，无法像我们那样在1792年就消除了宗教的干扰。他们是看着那些宗教仪式，看着那些圣像和那些华丽而威严的教堂长大的，基督教已经成为他们的眼睛和耳朵所习惯的一部分，成为他们的想象力和品位的一部分，他们需要它就如同需要他们已适应的舒适气候一般。没有一个意大利人会像法兰西人一样，舍弃这一切后用理性的大脑进行推理，他想象事物的方式是完全不同的。意大利人不绝对，但更复杂，他们不倾向于突然的破坏，更倾向于与世界潮流和平相处。这是一种坚实的基础。他们是在一个未受破坏的宗教和社会基础之上建造新的，因而不必像我们的政治家那样不得不随时防备着垮塌。

另有一些情况或性格特点则对他们不太有利。托斯卡纳比其他地区更加缺乏活力。1859年，当地提供了一万两千名士兵去抵抗奥地利人，这个数字包括上一次

1 皮埃尔-让·德·贝朗热（Pierre-Jean de Béranger，1780—1857），法国诗人和流行歌曲作家。

2 福楼拜的小说《包法利夫人》中的药剂师郝麦（Homais）。——原书注

征兵时的六千人。总之，只新增了六千名志愿兵，还有许多人回来了。我们可以从中找出几位英雄，例如不畏枪林弹雨的蒙塔内利（Montanelli）先生，但是他们当中的大部分人并不适应纪律的约束。军旅生活的严苛使他们感到震惊，他们早餐时连杯加奶的咖啡也得不到。在佛罗伦萨，三百年以来的社会习俗是享乐至上。人们不用为孩子们担心，不用为父母担心，也不用为自己担心，他们喜欢聊天和闲逛。他们既聪明又自私，只要有了一点收入，就要去咖啡馆卖弄和闲聊。从另一方面来说，习惯和想象力也妨碍了他们产生更清晰的宗教观点。关于天主教问题，他们看不太清楚。这里没有人如18世纪的法兰西人或路德时代的日耳曼人那样事先拥有个人的和不可动摇的信条，而且理性分析和思想觉悟对他们而言是陌生的。他们会笼统地说天主教应该与现代需求相匹配，但是他们说不清自己需要做出何等让步，或是需要别人做出何等让步；他们不清楚自己能够要求什么，也不清楚能够放弃什么。他们在1859年犯了一个重大错误，就是没有建立起民事婚姻制度，没有回到利奥波德的法律上来。通过强力干预，教宗从他们手中拿走了这个权力。他无法忍受身边有一个真正世俗的国家。然而，面对这样一位对手，人们必须事先决定在哪方面可以让步、在哪方面要获得什么，如此步步为营才行，因为那些不痛不痒的侵入像藤蔓一般顽强，而犹豫不决总会被执拗所战胜。况且，大部分主教都是支持教宗的，其中就有一位比萨枢机主教如中世纪的教士一般顽固，而他是有可能被选为下一任教宗的。总之，意大利人陷入了僵局。他们还想保留虔诚的天主教教徒的身份，并且在国内保留天主教世界的首都，但同时，他们也想将教宗的作用缩小到“大喇嘛”（grand lama）的角色，但他们没有意识到，一旦剥夺了教宗的某些权力，他就会永远敌视他们。这就如同“将土耳其苏丹与威尼斯共和国相结合一般”。这就显出了他们的两个弱点：缺乏军人精神和在宗教思想上犹豫不决。必须留给他们一些时间，在必要的时候，他们可能会证明其一，并明确其二。

广场、主教座堂和圣洗堂

在一个如佛罗伦萨般的城市当中，我们起初几天也不知该从何处着手。淹没在多个世纪积累下来的众多艺术品当中，你如何才能理清头绪呢？在阅读书本之前总要先翻看一下。

我们首先参观的是领主广场（Piazza della Signoria）。如同锡耶纳一样，这里是共和国生活的中心；也还是同锡耶纳一样，其市政厅旧宫[1]是一座中世纪的建筑。它好似一块巨大的方形石块，墙上凿有几个稀少的三叶草形窗户，拥有一圈向外突出悬垂的防守雉堞，一侧还高耸着一个类似的塔楼。这是一个真正用于内战的堡垒，很适合用于战斗和向外展示威慑力——近可用于防御，远可用于预警，就像一副穿戴整齐的盔甲，再配上一顶耀眼的头盔。看着它，不可能不令人想起迪诺·孔帕尼[2]（Dino Compagni）所描述的内战。那曾经是意大利如中世纪一样的严酷时代。我们曾经只有城堡之间的战争，而他们还有街头的战斗。在13世纪的三十三年当中，以布翁德尔蒙蒂（Buondelmonti）家族为首的四十二个家族，与以乌贝蒂（Uberti）家族为首的二十二个家族从未停止过战斗。他们在街头设置鹿寨，加固房屋。贵族们则从乡下招募武装起来的农民。最后，战败者的三十六座府邸被夷为平地。市政厅的外形是不规整的，那是为了报复，人们强迫建筑师空出那些被诅咒的和被摧毁的房屋的位置。假如一场如6月份那样的战斗在我们的街头爆发，而且不是持续三天而是持续三十年；假如四分之一的人口被驱逐出境，而且这些被驱逐的人与外国人联合起来在我们的边境线上虎视眈眈，等待一个阴谋的发生或者突然击破我们的城墙，并且将放逐他们的人再驱逐出去；假如新的仇恨和战斗在战胜者

1 原名领主宫，领主广场得名于此。

2 迪诺·孔帕尼（约1255—1324），意大利历史学家。

之间爆发；假如被破坏的城邦继续被破坏；假如骚乱的群众使贵族之间的内战复杂化；假如每个月都有一场暴动，迫使商铺关门停业；假如一个男子每晚出门的时候都要担心是否会中敌人的埋伏，那么我们会怎么想呢？迪诺·孔帕尼写道：“有一天，许多公民到弗雷斯柯巴帝广场参加一位女士的入葬仪式。在这种聚会场合，当地的习俗是公民坐在下方的草席之上，而骑士和学者坐在上方的凳子之上。多纳蒂（Donati）家族和切尔基（Cerchi）家族的人都在下方面对面坐着，他们当中有一人不知是为了整理大衣还是为了什么事情站了起来，对面的人立即怀疑他有什么举动，全都站了起来并且拔剑在手。其他人立即也照做，最终双方打了起来。”这种情景显示出当时人们的精神是多么紧张，磨好的刀剑随时可以从刀鞘中拔出来。离开餐桌后，他们被酒和言语所激励，他们的手开始发痒。“一群平时在一起骑马的年轻人，他们在五月一日那晚一起吃晚餐。他们觉得自己受到了冒犯，于是决定去武力进攻切尔基家族的人。当晚是春季的开始，妇女们都聚集在附近村镇的舞会上跳舞。于是，切尔基家族的年轻人遭到了手持武器的多纳蒂家族的年轻人的攻击。在这场袭击当中，里克维里诺·切尔基被一个多纳蒂家族雇用的人切掉了鼻子，据说那人是皮耶罗·斯皮尼……但是切尔基家族的人从不说出到底是谁，他们在准备一场更大的报复行动。”“复仇”这个词从我们的思想当中几乎被清除了，而它却是意大利历史的关键所在。科西嘉式的族间仇杀一直存在，它从帮派到帮派、从家族到家族、从个人到个人，世代相传。“卡瓦尔坎特·卡瓦尔坎蒂[1]（Cavalcante Cavalcanti）大人的儿子圭多是一位杰出的青年，也是一名高贵的骑士，既文雅又勇敢。他高傲，孤僻，酷爱学习。他是科西嘉大人的敌人，多次想要袭击他。科西嘉大人很怕他，因为知道他很勇猛，并且想要刺杀自己。圭多曾去圣雅各（Saint-Jacques）教堂朝圣，在那没有遇到科西嘉大人……回到佛罗伦萨之后，他又找到许

1　卡瓦尔坎特·卡瓦尔坎蒂（1220—1280），意大利哲学家，也是但丁的朋友。

多年轻人来帮助他。有一天，他与切尔基家族的几个人一起骑马外出时见到了科西嘉大人，由于他手中持有一把叉刺，于是立即催马追了上去，并且以为其他人跟在自己的后面。追上之后，他将手中的叉刺抛向科西嘉大人，但是并没有打中。科西嘉大人身旁还有他的儿子西蒙，他也是一位勇敢的青年，还有切奇奥·迪·巴尔迪以及许多带有佩剑的人。他们立即追击圭多，但是并没有追上，于是便向他抛掷石块。此外，还有人从窗口向他抛掷东西，最后他的手部受了伤。”如今，只有在旧金山的金矿区才能找到类似的习俗。在那里，在任何一间咖啡馆或一个舞会当中，一个公开的挑衅就能引来枪声。手枪替代了警察，决斗的程序也被取消了。人们滥用私刑，它成了唯一能平息这种暴力情绪的办法。佛罗伦萨偶尔也采用私刑，但是比较少，也比较温和。这就是他们惯于自己解决问题、惯于采取突袭以及惯于采用体面而受尊崇的谋杀行动这一行为模式一直延续到中世纪末期甚至更晚期的原因。然而，这种习惯使人的精神处于紧张状态并且富有强烈的悲情色彩，也使得他们对艺术更加敏感，因为艺术中的美及泰然与其形成了反差。这层被深耕已久并且被严重破坏的封建土壤，必须为文艺复兴的活跃根系提供养分和根基。

这些小故事都出自迪诺·孔帕尼的一本小书，他与但丁是同时代的人。这本书只有手掌大小，两法郎一本，可以很方便地装在兜里。在两座建筑之间的一个咖啡馆的凉廊下，我读了几段故事，讲了一个争执、一次磋商以及一场骚乱，无言的石头似乎都会说话了。

当我停止观看旧宫，将目光转向周边建筑的时候，那些彰显出快乐的特征以及对美的追求就在各处表现出来了。右侧，佣兵凉廊（Loggia Dei Lanzi）中展示着古代雕像和16世纪的那些大胆的雕像，有詹波隆那的《强掳萨宾妇女》（*Sabine enlevée*）、多那太罗的《友弟德》，以及切利尼的《珀耳修斯》。这最后一尊像是个希腊美男子，一个裸体的墨丘利，看上去比较简单。无疑，文艺复兴时期的雕塑艺术家重拾或者继承了古代的雕塑艺术，但他们复兴的不是第一个时代的，即像菲迪亚斯时代那种安详而神圣的艺术，而是第二个时代的，即利西普斯那个时代的艺术，更趋向于寻找人类的真实。这个《珀耳修斯》是《掷铁饼者》的兄弟，他有与其一样真实的解剖构造。他的膝盖略显沉重，其臂膀上的血管也过于明显；从美杜莎脖颈上流出的血形成了黏稠的束状——这完全是一种割喉的状态。雕像表现得非常生动！女人是真的死了，她的四肢和关节都变得松弛无力，其胳膊下垂，身体扭曲，腿因垂死挣扎而弯曲。在下方的基座上，点缀着花环和山羊头，在由贝壳饰所组成的高雅而朴素的壁龛之中，四尊精美的小青铜像以古典的裸体形态活灵活现。

每当我看到文艺复兴时期的雕像作品时，“生动”这个词就不禁脱口而出。当我转到宫殿的另一边，见到阿曼纳蒂[1]的喷泉的时候，这个词再次从嘴边冒了出来。那是三个裸体小海神，还有苗条的海仙女，其头部偏小而身躯高大，其斜坐的动作姿态与罗索[2]（Rosso）和普列马提乔的雕像类似。很显然，其艺术性降低了，变得矫揉造作。除了肢体表达的洒脱和卖弄以外，它为了增加躯体的高雅和挺拔，破坏了其匀称的比例。然而，这些雕像与其他雕像属于同一个家族，与它们一起存在。我想表明的是，这些雕像自由地享受躯体的生命，它们愿意舒展或者翘起自己的腿，并像美丽的动物一般展示自己。小海神都拥有一种快乐的兽性。没有谁能像他们那样坦然地裸体，并且那么放肆无礼。他们躬身而坐，紧绷着肌肉。只要这位俊美青年手持丰饶角[3]坐在那里，只要这位裸体仙女的思维能力不超过其类似美丽动物的状态，你就会感到这已足够了。此处丝毫没有哲学象征，也没有思想表达。雕

1 巴尔托洛梅奥·阿曼纳蒂（Bartolomeo Ammannati，1511—1592），意大利建筑师，也是一名雕塑家。

2 南尼·迪·巴尔托洛（Nanni Di Bartolo，约 1419—1451），绰号罗索，意大利雕塑家。

3 又名丰饶羊角，源于古希腊神话，在艺术作品中用以承载水果、花卉等象征丰饶物产或丰收的羊角形篮子。

塑家为头像赋予了原始生命所具有的简单而朴素的外形，其身体和姿态就已是它的全部。在其艺术的局限当中只剩下躯干、大腿和脖颈的布局供其发挥。他不由自主地调和了思想与能力，为他的青铜像赋予了活力，而缺少这种调和，我们是做不出这种效果的。

我们想要去看看这文艺复兴的开始，于是从旧宫前往主教座堂。旧宫和主教座堂是佛罗伦萨的两个中心，都建于中世纪，其中一个是为了政治，另一个是为了宗教，正是这两者合二为一形成了制度的整体。1294 年，有关建造国家大教堂的公告无比庄重："出于血统高贵的人民的明智决定，为了彰显其智慧和慷慨，兹命令本城的建筑大师阿诺尔福以最辉煌、最壮丽的方式，为翻修圣雷帕拉塔（Santa Maria Reparata）教堂设计模型或图纸。并且，按照最聪慧的公民们在公开会议和秘密委员会中提出的建议，务必以人类的才智和能力永远无法超越为目标。也就是说，如果设计方案无法与所有公民联合在一起的共同意愿相吻合，就不能开始着手本城的建筑项目。"从这些响亮的语句中可以看出旧共和国时代的骄傲与爱国激情。伯里克利[1]（Périclès）时代的雅典和第一位西庇阿时代的罗马也没有比这更自豪的情感了。在此迈出的每一步，不管是在文字中还是在建筑物当中，都能见到意大利文艺复兴以及古典主义精神的痕迹。

来看看这座著名的主教座堂吧，要看到它的全貌并不容易。它位于一块平地之上，要想看到它的全貌，需要铲平周边的三百座房屋。这显示出了中世纪大型建筑的缺点，哪怕在今天，哪怕经过无数次对街巷的清理和疏通，大部分大教堂依然只能在纸上才能看到其全貌。观众可以看到一个局部、一面墙或一个立面，但是见不到整体。人类的作品与人类的眼睛不相对应。古代完全不是这样，庙宇虽较小或略显普通，但几乎都是处于高地之上，人们从不同地点都能见到它的整体形状和完整轮廓。自基督教创立以来，人类的观念超越了其力量，思想上的雄

1 伯里克利（约前 495—前 429），雅典执政官。

心不再考虑身体上的局限。平衡在人体结构中消失了，分寸被忘记了，稀奇古怪的品位反而得以建立。缺乏合理性，也不讲究对称，人们将钟楼竖在那里，好似一根孤立的木桩立在大教堂的前方或者旁边。主教座堂的旁边就有一个这样的。这对协调感的破坏很强烈，因为在这么多的拉丁传统和经典作品之中，它依然能被感觉出来。

至于其余部分，除了哥特式的尖顶拱廊之外，都是拜占庭式的，或者更确切地说，是原创的：它是一种新的混合形状，如同一种新的混合文明的产物。我们可以从中感觉到带有一丝怪异和奇想的力量与创新。厚实而巨大的墙壁不断延伸，其稀少的窗口丝毫没有影响或减轻它的厚重感。这里没有一个扶垛，墙壁足以独自支撑其重量。黄色和黑色的大理石板间杂铺就，拼成了光亮的镶嵌图案，而内部弧形的拱架就像是皮肤下面的坚实骨架。缩小的拉丁十字架被立在头顶，中殿后部和耳堂都缩成环形、圆形和小教堂的圆顶形，与祭坛顶上的大圆顶交相呼应。这个大圆顶是布鲁内莱斯基[1]（Brunelleschi）的作品，比圣伯多禄大殿的圆顶更新但更粗糙，其拉长的高度、其圆顶的八个面以及尖顶都令人震撼。但是如何用语言去描述一座教堂的面貌特征呢？它的确有一个特征，那就是将所有局部聚合在一起后就产生了一种整体效果。看看它的平面图，看看它的旧版画，你将感到纳闷：那些贴着东方式杂色的罗马厚墙，那些被修改成拜占庭式穹顶的哥特式尖拱，那些环绕着希腊式藻井的意大利式立柱以及所有形状的组合——尖的、凸肚的、方的、长方的、环形的和八角形的，这一切都具有一种惊人的和谐。希腊和拉丁的古代文化，拜占庭和撒拉逊的东方文化，日耳曼和意大利的中世纪文化，一切被破坏、被混合和被改变的往昔似乎全都在人类的熔炉当中被重新熔合了，并且经由新的天才之手被熔铸成新的形状。这些天才就是乔托、阿诺尔福、布鲁内莱斯基和但丁。

此处这件作品还没有完工，它还没有取得完全的成功。教堂的正立面没有完

1　菲利波·布鲁内莱斯基（Filippo Brunelleschi，1377—1446），意大利建筑师和雕塑家。

成，我们只能见到一堵没有表皮的裸墙，像是麻风病人身上糊的一层膏药。内部没有照明，在巨大而空旷的建筑内部，只有一排圆形小窗洞和几扇窗户透进些许灰暗的光亮：教堂内光秃秃的，其黏土那苍白而单调的色调使人感到一丝悲凉。这里有米开朗琪罗的一组《圣殇》，几个雕像好似几个影子，而浅浮雕更是一片模糊和杂乱。在中世纪风格和古典风格之间犹豫不决的建筑师，在多彩的光线和明亮的光线之间只找到了一片迷失之光。

越是观赏那些建筑作品，就越是觉得它们反映出了一个时代的精神面貌。例如，位于主教座堂旁的乔托钟楼孤独而立，好似波尔多的圣米迦勒圣殿（Saint-Michel de Bordeaux）的钟楼或巴黎的圣雅各塔（Saint-Jacques de Paris）。事实上，中世纪的人喜欢向高处建造，他们瞄向天空，他们的尖顶都尖利如峰，插向天空。假如这个建筑能够完工，那么在塔顶还应该有一个 30 法尺高的钟楼，而塔本身已经有 250 法尺高了。至此，阿尔卑斯山以外的建筑师和意大利的建筑师具有了共同的直觉和一致的思路。但是，当北方人纯粹按照哥特式风格为他们的塔楼装饰上精美的肋拱，加上复杂的花饰和变化无穷的石头花边之时，南方人则通过他们那半拉丁人的模糊记忆和倾向，竖立起坚固而厚重的方形塔楼，而且其上的装饰丝毫不影响其整体构造。它不是一件雕刻而成的脆弱的珠宝，而是一座坚固耐用的建筑物。它那红色、黑色和白色的大理石墙面显露出一种庄严和奢华，它那些矫健而生动的雕像和镶嵌着圆雕饰的浅浮雕，无不使人回想起古代庙宇中的檐壁和三角楣。在这些圆雕饰当中，乔托描绘了人类文明当中的主要内容，包括古希腊的传说、犹大王国、亚当、土八该隐（Tubalcaïn）、诺亚、代达罗斯（Dédale）、赫拉克勒斯和安泰俄斯（Antée），还包括臆想的耕田、驯服的马匹以及已知的艺术和科学。他不仅具有世俗的哲学思想，同时也具有神学和宗教思想。我们是否在 14 世纪的复兴当中已然见到 16 世纪复兴的前兆了呢？从这个复兴到那个复兴，只需要第一种思想超越第二种思想。一百年之后，在建筑的墙面上，在多那太罗的雕像当中，在这生动的“秃顶像”当中，在金银匠和雕刻师所爆发出来的对于自然和现实生活的情感当中，我们会见到乔托所开启的转变已然都成为现实。

每走一步，我们都能见到这种转变持续发展的迹象，或者是拉丁思想和古典主义思想早熟的迹象。主教座堂的对面是洗礼堂，它曾经是一座教堂。它是一个八角形的庙宇，其上加了一个穹顶，肯定是按照罗马万神殿的形制建造的，而且据一位当代的主教说，它早在8世纪就已经竖立起那气派又壮丽的外观了。这就是发生在中世纪最野蛮时期的一个古罗马建筑的延续，一个翻新，或者可以说是一次模仿。我们走入其中，内部没有任何哥特式装饰，一圈珍贵大理石制成的科林斯式立柱之上是一圈由更小型的立柱所支撑的连拱廊，穹顶之上画满了圣人和天使，这些形象以一个巨大的拜占庭式的基督像为中心排列成四排。基督是一副消瘦、衰弱和悲伤的形象。在那三层重叠的装饰当中包含了古典艺术的三重变形，但不管其变形与否，都属于古典艺术。这个特征对于整个意大利的历史都很重要，因为它的存在，这个国家丝毫没有被日耳曼化。10世纪时，面对高傲的野蛮人，没落然而一息尚存的罗马人维持着自身的存在。利乌特普兰德[1]主教写道：“我们伦巴第人跟撒克逊人、法兰克人、洛林人（Lorrains）、巴伐利亚人（Bavarois）、施瓦本人（Souabes）和勃艮第人（Bourguignons）一样，都非常蔑视罗马人。当我们愤怒的时候，除了辱骂我们的对手是罗马人之外，我们不知道还有什么言语更能羞辱对方，因为对我们而言，这个名称本身已经包含了卑鄙、胆怯、吝啬、淫荡、谎言和一切罪恶。”12世纪时，腓特烈一世手下的阿勒曼人想要在伦巴第人当中找到与他们同宗的人，结果惊讶地发现伦巴第人已经拉丁化了：他们“离开了野蛮而艰苦的环境，从空气和土壤中汲取了某些罗马式的精致与温和，保留了语言的高雅和古代习俗中的文雅，并在城邦管理和政府治理的公共事务当中模仿了古罗马人

1 利乌特普兰德（Liutprand de Crémone，约920—约972），意大利主教，也是历史学家。

的才能"[1]。直到13世纪，他们还在讲拉丁语。帕多瓦的圣安多尼[2]（Saint Antoine de Padoue）用拉丁语传教。意大利语作为俗语逐渐被民众广泛使用，但是他们还都听得懂作为书面语的拉丁语。这就好比是一个贝里（Berri）或勃艮第的农民讲的是自己乡间的方言，但这并不妨碍他听懂神甫的正统传道。哥特式建筑和骑士风格的诗歌这两大封建社会的重要发明都是很晚才从外部传到这里的。但丁说直到1313年还没有任何一个意大利人写过骑士风的诗歌，因为人们都是翻译法兰西作品，或者直接用普罗旺斯语阅读。意大利唯一的哥特式建筑以及阿西西、米兰的主教座堂都是由外国人建造的。从根基上说，在表面的和短期的歪曲之下，当地的拉丁构架依然是完整的，到了16世纪，等到基督教和封建的外衣自己脱落之后，从未被摧毁的性感而高雅的异教就重新显现了出来。

人们不用等那么久，在尼古拉·皮萨诺的手下，雕塑艺术就曾经超越了绘画，它在15世纪又超越了一次，这在洗礼堂那令人惊艳的大门上就能看到。在此三个人物在一起出现了：教堂圆顶的设计师是布鲁内莱斯基，多那太罗用他的雕像装点了钟楼，吉贝尔蒂[3]（Ghiberti）则制作了两个大门。这三人既是朋友又是对手，他们都从制作金银器和观察真实人体开始了他们的事业，他们都热爱古典艺术。布鲁内莱斯基测绘了古罗马的建筑，多那太罗在罗马复制了浅浮雕和雕像，吉贝尔蒂从希腊获得了许多雕像的残躯、头像和花瓶，并对其进行修复和仿制。他曾经就一件古代雕塑作品说过："无法用语言去表达其完美……它那无穷之美，只用眼睛是无法理解的，必须通过手的触摸才行。"他痛苦地回忆起君士坦丁时代的残酷迫害："所有富有高雅气质和高贵气息的雕像和绘画都被掀翻和打碎了，任何敢于重新制

1 奥托·德·弗赖辛根（Otho de Freysingen）。——原书注

2 即里斯本的圣安多尼（1195—1231），方济各会教士，因在意大利帕多瓦传教，又被称为帕多瓦的圣安多尼。

3 洛伦佐·吉贝尔蒂（Lorenzo Ghiberti，1378—1455），意大利雕刻家。

作这类作品的人都将遭受严厉的惩罚，这导致了艺术以及艺术理论的灭亡。”当我们真切地感受到古典作品的完美之时，我们距离达到它也就不远了。1400年，在吉贝尔蒂二十多岁的时候，他在一次竞赛中赢了布鲁内莱斯基，从而获得了制作洗礼堂的两扇大门的资格。我们可以从他的手中看出那纯粹的古希腊美的重生，这并非如多那太罗所理解的那样仅仅是模仿真实人体的活力，而是对完美的形态美的追求。在他的浅浮雕作品中有二十个女子形象，其优雅的身躯和头型，其姿态的朴实，其自然的舒展，看起来都像是雅典时代的杰作。她们的身躯并没有像米开朗琪罗的继承者们所做的那样被拉长，也不像拉斐尔的《美惠三女神》那般强健。他那刚出生的夏娃倾斜着身子，睁开大眼平静地望向上帝，简直就是一个原始的仙女，贞洁而纯朴，那似醒非醒的姿态散发出所有均衡发展的天性。其不同的场景和群组像展示出了同样的神圣与和谐。仪式队伍的展开好似围绕着一个花瓶转圈；人物、人群围成圆环，好似一个古代的唱诗班；古代建筑中的对称形态在以列柱为中心排列的庄严的男性群体形象中表现了出来；下垂的衣褶、不同的姿态、恰当的故事场景都在柱廊下得以完美展现。某位年轻的战士好像是亚西比德[1]（Alcibiade）。他的前方走着一位古罗马执政官。花季少女们带有无与伦比的清新和魅力，她们半转着身躯，看着，舒展着一根手臂。其中一位像是朱诺，另一位像是亚马孙女战士，她们全都展示出了其身体自然舒展的最优雅的一刹那。当激情催动脸部的肌肤活动的时刻，其面容既没有变形也没有出现皱纹。佛罗伦萨的雕塑家如同古希腊的诗人一样，不会穷尽气力去追求完全真实，他还要服从美的表达。他不愿观众被展示出的残酷暴力惊扰，也不愿他们被一闪而过的鲜活姿态激怒。对于他来说，艺术是一种可以提炼情感和净化灵魂的和声。除了拉斐尔以外，没有人能找到那天赋发明的唯一时刻。在这珍贵的时刻，艺术作品在无意之中就成了一件精神作品。《雅典学院》

1　亚西比德（前450—前404），雅典政治家、将军。

和梵蒂冈的拉斐尔画室似乎与洗礼堂大门源自同一个流派，吉贝尔蒂操作青铜的能力如同画家操弄画笔一般。通过丰富的人物表现，通过场景展现出的意义，通过壮丽的景致，通过透视法的使用，通过景深或远或近的逐层变化，他的雕像几乎同绘画一模一样。

北方的风好似穿越群山一般从巨石间掠过，而我们在北风下用望远镜观赏了半个小时之后就离开了吉贝尔蒂，到一个糟糕的客栈去喝一杯糟糕的咖啡。

第 四 章

佛罗伦萨油画

4月12日，早期的画家

我手中拿着瓦萨里的书，在佛罗伦萨美术学院（Académie des Beaux-Arts）、乌菲兹美术馆、圣马可修道院、圣十字圣殿（Santa Croce）、新圣母大殿（Santa Maria Novella）和圣母圣衣圣殿（Église del Carmine）度过了五六天的时光。在这些地方，我们可以计数绘画发展的每一个脚步。我们也必须去计数，因为在那半野蛮的时代，绘画并不太吸引人。

绘画是从怎样的泥潭中走出来的啊！在美术学院，有一幅拜占庭人画的《玛大肋纳》。她有一双畸形的脚，还有像是木头做的手、突出的耳朵以及一副僵尸的面容和姿态。她披着直到脚下的长发，好似穿着一件皮毛裙装。第一眼看上去，我以为那是一头熊。在乌菲兹美术馆，其最古老的一幅画是里科·达·坎迪亚[1]所画的圣母像，像是一块杏仁饼。这都是些在建筑物上随意作画的画家，画得愚蠢而滑稽。

---

1 安德烈亚·里科·达·坎迪亚（Andrea Rizo da Candia，1422—1498），希腊画家。

从工人到艺术家，其距离无限遥远，就像日与夜之间的差距，但是在夜与日之间，我们能见到黎明的苍白，尽管很暗淡，但这已经是白天的开始。同样地，尽管契马布埃[1]（Cimabue）的画法很僵硬，但是他已经属于新世界了，因为他创造并表达了新的东西。他那幅收藏于美术学院的圣母像有些死气沉沉，但至少已经含有一丝仁慈，其下方的两个天使也都有了一种优雅、悲伤和善良的姿态。最底下的四位老者中，两人没有脖子，但是我们依然能从中看出某种严肃性和高贵；其中一人似乎在专心倾听，并且显得有几分惊讶。一个表情，哪怕是不明显的，不也是一个非凡的事物吗？这就像一个哑巴突然开口说话时结结巴巴的样子。如此，我们也可以理解新圣母大殿中的圣母像了，尽管其创作手法依旧生硬，画面显得忧郁，但还是"被所有人赞叹，以至于人们将安茹王（Roi d'Anjou）引至他的画室；佛罗伦萨所有的男人和女人都像过节一样跑到他那里去参观，人潮如涌。最终，他的画伴着号乐和庄严的游行被从家中隆重地一直抬到教堂"。从某些方面来看，我们觉得他已经触摸到了所有未来才有的创新。瓦萨里说他画了一幅真人一般的圣方济各，这是新鲜事，因为这与古希腊大师们的画法正相反——他们只根据传说作画。重新回到鲜活的人体才发现要模仿人类的容颜就需要先观看人类的容颜，还有比这更简单的吗？然而所有艺术对此都选择了捷径。从乌菲兹美术馆的一小幅画中就能看出端倪。画的内容是圣凯瑟琳坐在火炉旁，其身躯的肌肉可见，胸部已经勾勒了出来，另有三名身穿绿色长裙的妇女姿态高雅。这使你不由得想起卢浮宫中那幅严肃的圣母像以及围绕着她的那些天使的高尚仪容。一位但丁的注释者写道："他的高贵远超过语言所能表达的范围，而且他是如此傲慢，如此自负，假如有人指出他的错误，或者他自己发现自己的作品有什么问题，他就会立刻放弃这个作品，不管遭受多少损失。"在他的许多幅人物画中，我们都能从其人物那高傲和安详的姿态中见

1 琴尼·迪·佩波（Cenni di Pepo，1240—1302），绰号契马布埃，意大利佛罗伦萨早期画家。

到这种高贵的灵魂的痕迹。一个拥有自己生活的灵魂，其独有的个性和特质在层层迷雾之中都能显现出来，这多么新奇！这就是每一种艺术的起源，也是它的尊严和奖赏——表现一个艺术家的精华所在并使其不朽。在任何层面和任何领域，艺术家就是要对所有人说："这就是我想展示的，我就是如此。任由您去观看、品味和借鉴您觉得好的地方。"

第二步是乔托迈出的。他的这一步很大，从比例上讲，等于是拉斐尔同佩鲁吉诺之间的距离，或者是达·芬奇同委罗基奥[1]之间的距离。在他的旁边，马加里托（Margheritone）继续着传统绘画，画得很是难看，有的甚至可以说是丑陋的。然而，乔托是幸运的，而且充满了意大利式快乐，他通过其完美的天才的本能去创新，进而发现了美。虽然他出生在神秘主义盛行的世纪，但是他本人并不崇信那种奥义。他是但丁的朋友，却与他并不相像。首先，他拥有丰富多彩的思想，也是一位多产的创作者。佛罗伦萨、阿西西、帕多瓦、罗马、费拉拉、里米尼（Rimini）、阿维尼翁，到处都有完全由他创作的教堂和礼拜堂装饰画。"他创作了如此多的作品，如果一一列举，没有人能相信。"这类多产而又机敏的天才通常都倾向于追随内心的快乐并且拥有生活情趣。瓦萨里写道："他很机智，待人随和，特别会讲笑话，这座城市中还流传着他的许多趣闻。"流传下来的趣闻都是些猥琐和粗俗的故事，这与当时流行的农民的风俗相契合，甚至有几段乏味的故事涉及宗教内容。当他解释为什么画中的圣约瑟面带伤感之时，人们会认为他跟普尔奇[2]（Pulci）是同时代的人。他的身上具有世俗精神，既明智又讲求实际，充满讽刺精神，是苦修主义和虚伪的敌人。他画了《圣方济各与贫穷女神的婚礼》（*Mariage de saint François et de la Pauvreté*），他也嘲笑和大声申斥教士们的傲慢与贪婪。他在一首小诗中写

1 安德烈亚·德尔·委罗基奥（Andrea del Verrocchio，约1435—1488），意大利画家、雕塑家和金银匠，是达·芬奇的老师。

2 路易吉·普尔奇（Luigi Pulci，1432—1484），意大利诗人。

道："对那似乎命中注定的贫穷，只要看看此人囊中是否羞涩就能知道；如果的确贫穷，那并不值得夸耀，因为贫穷既带不来判断力，也带不来认知、谦恭和美德。将扼杀了善的行为称为美德当然是个巨大的耻辱，宁愿选择一个兽性的东西也不选择美德，这也很糟糕。美德拯救一切明智的知性，而你拥有的美德越多，就越能从中感到快乐。"这意味着世俗的美德、道德的尊严、更优越的精神文化胜过了僧侣的严规戒律，胜过了基督教的禁欲苦修。的确，乔托已经是思想家当中的一员，他与圭多·卡瓦尔坎蒂（Guido Cavalcanti）及其父亲类似，都被人称作是享乐主义者，对上帝的存在持有不同的意见，也与切科·达阿斯科利[1]（Cecco d'Ascoli）以及其他几位人士的观点类似。他的朋友们说："乔托不仅是绘画艺术的大师，更是七种自由艺术的大师。"只要看看他在钟楼里的那些画作，就能看出他的脑子里充满了哲学思想。他已经具有了一种"普世"的人类文明的思想，在他看来，基督教教义仅是其中的一种，而迦勒底（Chaldée）、希腊和罗马担负了文明的一半。他将实用又美丽的艺术的发明者排在首位，并以文艺复兴以及现代自由思想来理解人的生活、幸福和进步。在他看来，自然本能的全面而广泛的扩展比任何其他事情都更重要。他的行为与其思想是一致的。瓦萨里说："他很勤奋，总是思考新的事物，关心大自然，他可以被称为大自然的门徒，而不是其他人的……他画了许多满是树木和岩石的景色，这在他的那个时代是个新鲜事。"实际上，他做的更多。尽管他的主要作品都在帕多瓦和阿西西，我们还是能从这里的乌菲兹美术馆、美术学院和圣十字圣殿的一些小幅作品当中品味出他在艺术革命中的伟大之处。似乎他已经发现了一切，发现了完美的和自然的形象，发现了形象的高雅与情感的真切表达。在其藏于美术学院的作品《耶稣诞生图》之中，他真切地表现了跪在地上的牧人的姿态。牧人充满了崇敬，不敢再向前靠拢。在《耶稣与疑惑的圣多马》（*Jésus*

1 弗朗切斯科·德利·斯塔比利（Francesco degli Stabili，1269—1327），绰号切科·达阿斯科利，意大利诗人、医生，因言论被宗教裁判所判处火刑。

devant Saint Thomas incrédule）中，耶稣以最深情和最悲伤的表情举起了手臂。在《最后的晚餐》（*la Cène*）中，狼狈溜走的犹大是个可笑的猥琐的矮人，一个吝啬的犹太人。另外，在他的笔下，那些头像、姿态和衣褶都画得洁净而有序，为整幅画增添了美感，与古代艺术的宽厚和端庄相接近。《耶稣与博士们论战》（*Jésus disputant contre les docteurs*）中的耶稣像是一位古希腊青年。在《圣母访亲》中，圣母具有一种美、一种纯洁、一种虔敬。拉斐尔或许比他表现得更好，但是也不会比他更打动观众了。"东方三博士"之一的轮廓和温柔的眼神好似一名女子的容颜。我还可以再举出许多例子，这是乔托为他的同代人所揭示的一个全新的世界、一个真实的世界、一个更高级的世界，因此我们也可以理解他们的惊叹、崇拜和欣赏了。这是第一次，他们见到了真实的人和本应该如此的人。他们不像我们这样对某些不完美或相对而言的乏力感到不快。他们丝毫不会注意到解剖构造的不足、胳膊和腿的僵直、描绘不当的暴力姿态，不会注意到《耶稣显圣容》中使徒们那笨拙的姿态，不会注意到《圣殿中的博士们》（*Docteurs dans le temple*）中人物脖子的挤压感，不会注意到凹凸感的缺失以及那使人看起来不像是一个躯体而仅是一个躯体的轮廓的未完成状态。我们只有在接触到画作的时候才能感觉到图像的缺陷，而就算是拉斐尔到了乔托的时代，也会同乔托一样仅仅是一位画师而已。

我们去了圣十字圣殿和新圣母大殿，去看这个绘画的发展。圣十字圣殿是一座建于13世纪的教堂，并于16世纪得到翻新，属于半哥特式半古典主义风格。它在初期比较简朴，后来被装饰一番，但是其不协调的装饰破坏了美感。教堂内部有许多人的墓穴——伽利略、但丁、米开朗琪罗、菲利卡亚（Filicaja）、巴蒂斯塔·阿尔贝蒂[1]、马基雅维利，几乎佛罗伦萨的所有重要人物都在此有他们的纪

1　莱昂·巴蒂斯塔·阿尔贝蒂（Leon Battista Alberti，1404—1472），意大利建筑师、诗人、作家和哲学家。

念像，但是其中的大部分都是现代的，夸张而冰冷。卡诺瓦所作的阿尔菲耶里像展示出了帝国时代雕塑家的手法，带有大卫[1]（David）和吉罗代的意味。唯一值得留念的是扎莫伊斯卡（Zamoïska）伯爵夫人像，她的面容苍白、消瘦，但很温和。这是一尊肖像，雕塑家大胆地采用了简朴而真诚的表达，没有任何寓意，只有真实本身，而这已足够感人。小床上躺着的是刚刚去世的身穿病服的夫人，头戴软帽，长衬衣在她的脖颈处堆起褶皱。一张床单盖住了其余的部分，但勾勒出了脚部的形状。这里展现的是一位平静的死者的长眠，是经历了最后的焦虑后的放松。

就是在这座教堂里，人们最近从石灰浆的下层发现了乔托的一些小壁画，画的是圣若翰洗者、使徒圣约翰和圣方济各的故事。这些真的是他画的吗？修复者是否做了忠实的还原？反正我们能确定的是，这是些 14 世纪的画，而且还挺有趣。画中人物众多，姿态变化多样，有跪着的人、躺着的人，还有或站或坐或蹲的人，各种姿态都有。中世纪那淳朴的崇敬之情在这里表现得很明显，情感表达很鲜活。在刚刚逝去的圣方济各身旁，修士们手持十字架和会旗站在一边；一位修道士手持一本日课经，靠近圣方济各的脸庞；有几人用手去触摸圣方济各手脚上的伤痕，通过触摸为他祝圣；还有一人，以修士的虔敬用手去触摸圣方济各肋部的伤口；最后一位，也是最感人的一位，双手合十，面色紧张，还在对圣方济各说话。这是一个封建时代的修道院内部的真实场景，但是画的那些小肖像与祈祷书中的画没有很大的区别。这些人物像只是一些轮廓和影子，一切都逐渐展现在一种忧郁的色调之中。与其说这些人物是人，不如说是游荡的幽灵。如果我们看看乔托下一代的画家——他最有名的学生塔代奥·加迪[2]（Taddeo Gaddi）的壁画，也没有画得更好。他画的高大的老人头像没有脖子，比例也不对。当我们再

1　应指雅克-路易·大卫（Jacques-Louis David，1748—1825），法国新古典主义画派代表人物。

2　塔代奥·加迪（1300—1366），意大利画家。

往后推一代人，焦蒂诺[1]（Giottino）在贝蒂诺·代·巴尔迪（Bettino dei Bardi）的哥特式陵墓上所画的画也证明了艺术并没有进步。他画的基督身穿红色斗篷，在天使的围绕下出现在跪在他墓前的武装骑士面前。对于信徒来说，这个图像令人震惊，但这仅仅是一个图像。这么来看，似乎绘画还退步了。乔托的《圣母加冕》（*Couronnement de la Vierge*）是一幅真正的未受损坏的乔托的画。金色画底之上，在精美的尖拱之下，四位完美的天使蹲在高贵的圣母脚下。这种对丰满而美丽的形象的追求，这种对古典健康美的遥远回忆是他所特有的，犹如尼古拉·皮萨诺一样。他的继承者们继承了他的错误，继承了那些不能转动的脚、那些脱臼的前臂以及那些不似身体的身躯，却没能获得那些强有力的、幸福的和庄严的意象，那是他第一个隐约看到并抓住的意象。

总之，当我们进入到其同时代人的精神世界之中时，我们发现，他们想要表达的并不是生命的本质，而只是些概念。幽闭的神秘主义和经院哲学在他们的头脑中装满了抽象的公式和狂热的情感，因而只要为他们指出那神圣而绝对的真理就足够了。他们对肉体的形态并不十分感兴趣，并不投入自己的情感去追求那形态，他们需要的是一个象征、一个启发。对他们来说，一个断了的手腕或一个扭曲的脖子并不十分重要。他们与但丁是同时代的人，一样跪在地上凝视那圣母的加冕，凝视那叠加在神秘的光芒和金色底蕴之上的黑得像影子一般的身躯，并从中感受到一种对天界幻象的模仿以及诗人在其梦幻的天堂中所展现出的形象。他们想看的既不是一个角斗士的胸膛，也不是一个竞技者鲜活的解剖构造，而是教会及其考验、承诺和成功，是真理、科学知识以及它们的发现者，是经院学说和历史，是那由教理和证据对称支撑起来的巨大的建筑。在这个建筑之下，圣托马斯[2]（Saint Thomas）庇

1　乔托·迪·斯特凡诺（Giotto di Stefano，1324—1369），绰号焦蒂诺，佛罗伦萨画家。

2　圣托马斯·阿奎那（St. Thomas Aquinas，约 1225—1274），意大利经院派哲学家和神学家，自然神学最早的倡导者之一。

护了所有活跃的灵魂和有思想的头脑。被神学和梦幻所升华的智慧不会想要也不会产生另一类作品了。绘画和诗歌一样，都是在这种智慧当中滋生的。它们也都同样退步了，只需要到新圣母大殿的回廊去看看，就能找到他们的这种关切、这种欲望的需求与局限。塔代奥·加迪在那里展现了他的哲学思想。十四名妇女中，七名代表世俗科学，七名代表神圣科学。她们全部排成一排，每个人都坐在一个装饰精美的哥特式椅子当中，每个人的脚旁都有一个大人物作为她们的代言人。在她们的上方，圣托马斯坐在一个更精美的椅子当中，他是所有科学的国王。他的脚下有三个异端分子，阿利乌[1]（Arius）、撒伯流[2]（Sabellius）和伊本·鲁施德。陪伴在他身旁的还有各自手持其徽章符号的旧律的先知们和新律的使徒们，他们也都神情肃穆地坐成一排；在他们头顶上那圆拱形的空间当中，天使和力天使们呈对称状态，为他们带来了书籍、花朵和火焰。这幅壁画的主题、布局、构架、人物以及其整体效果，都好似一个教堂的雕刻大门。与此类似且更具象征意义的是西莫内·马丁尼的那幅展现教会的壁画。他在画中描绘了所有基督教组织，其寓意往往是双关的。在代表着教会的圣母百花圣殿（Santa Maria del Fiore）的一侧，教宗被枢机主教和权贵们所环绕，他们的脚下是信众团体，一群跪伏的山羊和守护他们的忠诚的多明我修会民兵团[3]。画中，那些“上帝之犬”[4]（Domini canes）正在屠杀异端之狼，那些传道者正在劝诫和归化民众。队列回转，目光上移，可以见到世俗世界那虚妄的快乐与轻浮的舞蹈，随后是懊悔和赎罪。稍远处，是由圣伯多禄看守的天堂之门，被救赎的灵魂从那里穿过，变成小巧而无辜的孩子。在真福者一致的圣诗咏唱声中，天使、

---

1 阿利乌（Arius，250—336），阿利乌教派创始人，反对三位一体的传统教义。

2 又译撒伯里乌（Sabellius），3 世纪的基督教祭司和神学家，反对三位一体。

3 多明我修会民兵团是由多明我会修士于 1233 年创办的一个自卫组织。

4 这个称谓来自一个文字游戏，具有双重含义。首先，将多明我修士的称谓“Dominicaines”分解成两个拉丁语词语，即“Domini canes”，就有“上帝之犬”的意思，即上帝的守护犬；其次，根据圣多明我的传说，他的母亲在怀他的时候梦见过一只口衔火把照亮世界的狗，因此也与这个称谓相应和。

《教会》，一说绘者是西莫内·马丁尼，今天认为是佛罗伦萨画家安德烈亚·迪·博纳尤托（Andrea di Bonaiuto）的作品

圣母、主的羔羊相继在空中出现。最后，在圆拱的顶端，圣父被四个象征性动物所环绕，将所有凯旋的和战斗的人群集合在自己的脚下，从大地逐级升到天空。这两幅面对面的壁画组成了多明我神学的简明概要，仅此而已。神学不是绘画，就如象征并不是主体。

4月12日，15世纪

这个画派中才华横溢的画家的数量令人惊叹。我能数出上百个名字：阿尼奥洛·加迪[1]（Angiolo Gaddi）、乔瓦尼·达·米拉诺[2]、雅各布·卡森蒂诺[3]、博纳米科·布法马可、彼得罗·洛伦泽蒂以及我在锡耶纳看到的那些画家。乌菲兹美术馆和佛罗伦萨美术学院藏有许多他们的画作。这些画作的共同特征就是没有一线投影，色彩之间没有一点层次过渡，毫无凹凸感，鲜少使用透视法和解剖结构。从1300年到1400年没有产生任何进步。根据小说家萨凯蒂的讲述，这些画家当中的佼佼者之一——塔代奥·加迪也觉得艺术水平在下降，而且是每况愈下。至少可以说，画家对理想形态的崇高追求减弱了，代之以对现实生活的模仿。从乔托到奥尔卡尼亚，就像从但丁到薄伽丘一样，人的精神从天上跌落到了地上。巧合的是，多亏了这个跌落，另一种艺术开始酝酿。萨凯蒂写道："鉴于当今的时代以及人类生活的现状——瘟疫频发，意外死亡丛生，眼见那么多的破坏、那么大规模的内战和外战相继发生，想想有多少人民和家庭陷入贫困和不幸之中，他们需要付出多少苦涩的汗水去承担生活中的苦难。再想象一下，有多少人对新鲜事物充满好奇，特别是对这类比较容易理解的读物，因为它能为他们提供一些慰藉，将一丝欢笑混合在他们的痛苦之中……我，佛罗伦萨人佛朗哥·萨凯蒂，愿意为此写出这些故事。"这就是在公众思想当中发生并完成的巨大转变。

可怕的地区性仇恨导致了恶劣的后果，以至于古代共和国的活力都松懈了。在经历了如此多的灾难之后，人们渴望休憩，他们从崇尚古典的严肃和朴素转为追

1　阿尼奥洛·加迪（1350—1396），塔代奥·加迪的儿子，佛罗伦萨画派画家。

2　乔瓦尼·达·米拉诺（Giovanni da Milano，?—1369），佛罗伦萨画派画家。

3　雅各布·德尔·卡森蒂诺（Jacopo del Casentino，1297—1358），佛罗伦萨画派画家。

求奢华和淫逸。大贵族中的好斗阶层被驱逐了，小手工业者中的活跃阶层也被碾碎了。市绅阶层即将开始统治，而且是平稳地统治。就像他们的首领美第奇家族那样，他们进行制造、从事买卖并设立银行，挣大笔的钱并将其花费在聪慧的人身上。残酷而悲惨的战争所造成的忧虑不再像以前一样紧迫了。美第奇家族通过那些雇佣兵队长来处理战争事务，而那些雇佣兵队长都是明智的商人，他们将战争规模缩小到骑马打斗。就算他们相互搏杀，那也只是些不经意间造成的死亡事件。据记载，有些战斗过后只有三个士兵死亡，甚至有时只死了一个人。外交替代了暴力，暴戾的性格弱化之后，思想也逐渐开化了。战争的缓和以及元首制或地方专制的建立似乎使得意大利与欧洲其他大君主国一样达到了一种平衡状态。和平差不多被确立了，实用的艺术到处从日趋温和的风俗当中滋生，好似在一块开垦的梯田上获得了丰收。农民不是耕地的奴隶，而是佃农，他们推选当地的执政官，拥有武器和地方储蓄银行；他们住在封闭的小镇上，其房屋是用石块和水泥建造的，宽敞而舒适，大部分还很高雅；他们在佛罗伦萨附近建造围墙，在卢卡（Lucques）附近建造梯田。伦巴第有灌溉系统和轮耕制度，但整片区域如今还是荒芜的，而里窝那（Livourne）和罗马附近依然还是土地肥沃和人口稠密的地区。在平民之上，市绅阶层和贵族也工作，因为佛罗伦萨的首领就是世袭的银行世家，从事商贸与其身份并不抵触。卡拉拉附近有不少开采大理石的工场，而沼泽区（Maremmes）则有许多金属铸造厂。城市当中有各种工场，生产丝绸、玻璃、纸、书籍、亚麻、羊毛和大麻。意大利的产出与整个欧洲差不多，并为全欧洲提供它的奢侈品。当然，商贸和产业都不是用来麻痹和降低思想水平的奴性产品。一位大商人就是一名不使用武力的将军，他的思想会延伸到接触的人和物上。他像一名军事首领一般进行远征、探索和承办企业。1421 年，来自最富裕的家族中的十二名青年前往亚历山大与苏丹谈判并在那里建立商行。大商人像国家元首一样介入谈判，介入政治，算计政府的可靠度和民众的利益。美第奇家族在欧洲有十六个银行，并通过他们的业务将莫斯科公国与西班牙联系起来，将苏格兰与叙利亚联系起来。他们在全意大利拥有矾矿，仅其中的一个矿每年就向教宗上缴十万弗罗林[1]（florin）。他们与欧洲所有强国都有往来，成为意大利的顾问和矛盾的调和人。在佛罗伦萨这个国土有限的国家当中，在意大利这个没有自己的军队的国家当中，这种影响力本身就是他们的优势。从对所有私人财富的治理过渡到对所有公共财物的治理，不需要额外的助手，也不需要暴力手段，一个人就能成为国家的统治者。

他如何使用这种强大的力量呢？正与罗斯柴尔德（Rothschild）今天所使用的方式一样。而且也正是在此，这个15世纪的文明与我们当今的文明的相似性展现了出来。可以观察一下当今欧洲的富裕阶层以及知识阶层，他们想要如何安排自己的生活呢？不会是按照古代城邦和日耳曼部族那种军事化和英雄化的方式，不会是按照早期基督徒、中世纪的信徒或文艺复兴时期的新教徒那种神秘又忧伤的方式，不会是按照粗暴、无序或半开化的野蛮人的方式，也不会是按照那些东方大国的方式。我们既不想成为英雄，也不想成为苦修者，既不想成为被压迫者，也不想成为蠢货。我们觉得自己是人，是有教养的人，既有点享乐主义的念头，又有点艺术爱好。我们认为，建立一个既无内战也无外战的国家是人类努力奋斗和不断进步的最高目标。在这个国家中，社会秩序稳定，社会财富不断增长，并且惠及所有人。在这个国家中，人类的思想不断地被用于改善生存条件和扩大知识范围。最后，在和平的环境中，在产业发展、社会矛盾完全缓和的普世太平之中，就像在合适的气候当中一样，我们将看到各个领域的繁荣生长，看到人类伟大的好奇心的日益扩展，看到宽容的思想滋生出的各种发明，看到人类和自然世界的高等智慧的绽放，看到哲学、工程学、文学、科学和艺术评论的蓬勃发展。这也是那些佛

1 佛罗伦萨货币单位，始于13世纪，分金币和银币两种。

罗伦萨人的想法，他们跟我们一样在和平中成长，接触到世界各国的技艺，开始跟我们一样向往人类的幸福和文明。他们不是简单的享乐主义者和粗俗的异教徒，他们是自我发展的人，是观念和思想同时进步的人，是思想超越了观念的人。科西莫[1]（Cosme）创建了一所哲学学院，洛伦佐恢复了柏拉图学派式的宴会。他的朋友兰迪诺[2]（Landino）撰写了哲学对话[3]，书中的主人公前往卡马尔杜拉（Camaldules）隐修院静修，其间用了几天时间去讨论到底是活跃的现实生活更高级还是静修的生活更高级。洛伦佐的儿子皮耶罗在圣母百花圣殿举办了一场有关真正的友谊的辩论，并且为获胜者提供了一个银冠作为奖励。通过波利齐亚诺[4]（Politien）和皮科·德拉·米兰多拉[5]的著述，我们可以看到那些商业领袖和国家君主喜好精深的思辨，喜欢高尚又开放的思想，喜欢在自由和快乐当中去追求更高和更深远的思想激辩。在一个装饰有珍贵雕像的厅中，在饱含古代智慧的手抄本面前，不必考虑等级差别和礼仪要求，带着随和而宽宏的好奇心用精妙的语言去讨论吧，还有什么能比这更使人愉快的呢？这是智慧的盛宴。这在洛伦佐的宫殿中是完美的，对于社会改革的担忧或者激烈的宗教论战在此尚无一席之地，它们不会影响那充满诗情画意的和谐讨论，这一点与18世纪的情况并不相同。他们并不攻击基督教教义，而是去阐述它。他们的宽容与歌德那个时代的人一样，而马尔西利奥·菲奇诺[6]就像是施莱尔马赫[7]（Schleiermacher）式的人物。他深受科西莫的

1　科西莫·德·美第奇，又被称为老科西莫（Cosimo de' Medici，1389—1464），被佛罗伦萨人称为国父。

2　克里斯托弗罗·兰迪诺（Cristoforo Landino，1425—1498），意大利人文主义者。

3《卡马尔杜拉隐修院的对话》（*Disputationes Camaldulenses*），1468年。——原书注

4　安杰洛·波利齐亚诺（Angelo Poliziano，1454—1494），意大利诗人、人文主义者。

5　乔瓦尼·皮科·德拉·米兰多拉（Giovanni Pico della Mirandola，1463—1494），意大利人文主义哲学家和神学家。

6　马尔西利奥·菲奇诺（Marsilio Ficino，1433—1499），意大利哲学家、人文主义者。

7　弗里德里希·施莱尔马赫（Friedrich Schleiermacher，1768—1834），德国神学家、哲学家。

栽培，曾向洛伦佐阐述道："哲学与宗教有极近的同源关系，而根据柏拉图的话语，内心与知性是人通向天国的两个翅膀，修道士经由内心达到目标，而哲学家是经由知性达成的。一切宗教本身都包含了善，只有那些真正崇敬上帝并且通过他们的行动、善良、诚实、慈善和努力而不断向上帝表示敬意的人，才能获得智慧的启示。"他像柏拉图一样提出："天体是由永远旋转并且相互纠缠的灵魂驱动的。"由此，他们在基督教的天空之下发展出了一套异教的天文学。最终，他将圣言（Verbe）的产生划归到"普世"的教义当中，而通过这个教义，"每一个生命都在对外展示之前，在自己的身上孕育着自己的种子"。他将哲学、信仰和科学连接在一起，组成一座和谐的建筑，那些世俗的智慧与富有启示性的信条相互补充、相互提炼，不仅为底层大众提供了一个精神围场和一些图像，而且还为精英阶层展开了一个空中楼阁和无限的远景。

主要脉络确定之后，还有其他的细节。他们所追求的不是简单的快乐，而是幸福之中的美。我想表达的是，那是其高贵本能和自然本能共同绽放的结果。这些银行家兼执政官不仅是自由派，而且都很灵活。在三十七年里，洛伦佐的先辈们在慈善事业或公共利益上花费了六十六万弗罗林。洛伦佐自己是一个古典式公民，几乎像是一位伯里克利一样。他敢于将自己交到一个敌人手中，即那不勒斯国王，此举是希望通过自己的个人魅力和雄辩的口才避免一场威胁到自己国家的战争。他的财富就好像是一个国库，他的宫殿就好像是第二个市政厅。他接待学者，资助他们，与他们成为朋友，与他们书信往来，支付他们的书的出版费用，购买手抄本、雕像和纪念章，资助有前景的年轻艺术家，为他们开放自己的花园、收藏、自己的家和自己的餐桌，以家庭式的关怀和真诚又朴实的关心使受保护者站在保护人身旁时能感受到被平等以待，而非是卑微的小人物站在大人物面前的模样。对于这位统治者，当代所有人都认为他是那个世纪的完人。他不像旧佛罗伦萨时代那好战、头脑僵硬而又狂热的法里纳塔[1]（Farinata）或阿利吉耶里[2]（Alighieri）那样，而是才智均衡、性情温和且有教养的人，他以崇高的智慧在其身边汇集了所有美丽的作品和所有的人才。看着这些人在自己身边得以各展其才，这是一件愉快的事情。作家们一方面在修复，另一方面又在建设。自彼特拉克开始，人们就在寻找古希腊文和拉丁文手抄本，如今人们已经在意大利、瑞士、德意志和法兰西的修道院中挖掘出它们。人们解读它们，并且在君士坦丁堡的学者的帮助下修复它们。提图斯·李维的一部十卷本著作、西塞罗的一部论著，都是君主们想要得到的珍贵礼物。某位文人用十年时间周游世界，到各个遥远的图书馆去寻找一本塔西佗的佚书；波焦[3]（Le Pogge）因挖掘出被世人遗忘的十六名作家的不朽著作而被人们所称颂。那不勒斯国王、米兰公爵都聘请人文主义学者作为他们的首席顾问。接触到那些重获新生的古典主义思想之后，经院学说的腐朽就从各处开始剥落了。美丽的拉丁风格焕发出与奥古斯丁时代几乎一样的青春活力。当人们从彼特拉克所使用的繁琐的六音步诗（hexamètre）和浮夸的书简诗（épître）过渡到波利齐亚诺那高雅的二行诗（distique）或者瓦拉[4]（Valla）那动人的散文的时候，会感到一种几乎是肉体上的愉悦。中世纪那些早产而腐败的果实在如冬的封建时代变酸了，或者因隐修院幽闭的空气而变馊了，然而突然间，它们就变得成熟和美味可口了。手指和耳朵不自觉地追随诗歌那“扬抑抑格”（dactyle）韵律以及祈祷的和谐节奏。风格在变得明晰的同时又重拾高雅。健康、快乐和宁静在古典生活中无处不在，如今它们以和谐的语言和优雅的措辞回归到人类的智慧之中。学者的语言也过渡到了通

1　法里纳塔·德利·乌贝蒂（Farinata degli Uberti，约 1212—1264），佛罗伦萨吉伯林派贵族和军事首领。

2　即诗人但丁。

3　波焦·布拉乔利尼（Poggio Bracciolini，1380—1459），意大利学者、哲学家、人文主义者和政治家，曾任佛罗伦萨执政官。

4　洛伦佐·瓦拉（Lorenzo Valla，约 1407—1457），意大利修辞学家、人文主义学者。

俗的语言，而意大利语就在拉丁语之旁重生了。在这个新春里，洛伦佐·德·美第奇是第一位诗人。在他的家中不仅诞生了新的风格，而且还诞生了新的思想。如果说他的十四行诗是模仿彼特拉克，并且继续那骑士风格的悲歌，那么他在他的牧歌、他的讽刺诗和沙龙诗中则描绘了哲学生活和精致生活，描绘了优美的乡间、目之所见和智慧带来的快乐，描绘了他所喜爱的一切以及他身边的所有美好。他的诗无拘无束，内容丰富又简洁，显示出了其稳健的文笔、一个成熟的世纪以及一种完美的艺术。

在这绚丽的谐音之上还有一个快乐的音符，那就是节拍，它为我们指明了那必经的命运斜坡：洛伦佐本人为民众提供了快乐，他为他们设计并组织了狂欢游行。歌手们在他的《巴克斯和阿里阿德涅的狂欢》（*Triomphe de Bacchus et d'Ariane*）中唱道："青春多么美好！然而她会流逝。想要快乐的人现在就快乐起来吧！明日谁也无法保证。"此处，重新建立的异教思想透露出那享乐主义带来的喜悦和及时行乐的意愿，而这本能的欲望是至今一直被严肃的哲学和政治试图克制和限制的。从普尔奇、贝尔尼、毕比印纳[1]、阿里奥斯托、班戴洛、阿雷蒂诺以及众多作家的身上，我们很快就会看到骄奢淫逸的来临，看到公开质疑教条和带有玩世不恭的放荡的来临。这些幸运而又脆弱的文明建立在精神崇拜和享乐崇拜的基础之上，建立在 4 世纪的希腊、12 世纪的普罗旺斯和 16 世纪的意大利之上，它们是无法持续的。人类在此缺少制动器，经历了一段发明创造的活跃期之后，就滑向了放纵和自私。退化的艺术家和思想家只得给业余爱好者和诡辩者让位。但是，在这些文明的短暂的光芒当中，它们的美依旧是迷人的。随后的时代，尽管从表面上看缺乏闪光点，但是其基础反而更牢固。后人也无法不心怀向往地去欣赏那和谐的组织结构和那再

1　即前文提到的贝尔纳多·多比奇·达·毕比印纳（Bernardo Dovizi da Bibbiena，1470—1520），意大利主教、剧作家。

也无法复制的注定脆弱的高雅与精致。

就在这重新被异教占领的世界中，绘画重生了，而它所需要满足的新品位也预示了它将来的走向。绘画需要装点那些腰缠万贯的大商人的房舍，而他们喜欢的是古典艺术风格，想要的是快乐的生活。有了方向之后出发点是现成的，首先就是金银器制品。这些作品的尺寸较小，金银匠自然而然成为私人定制的奢侈品的供应商。他制造徽章和餐具、床的柱脚、壁炉的饰面、橱柜的镶嵌装饰。所有首饰都出自他之手。除了青铜、银子以外，他也使用木料、大理石、灰墁和宝石。为了使家庭生活更加美好，无处不需要他发挥艺术才能。由于这种艺术的早熟性，它比其他艺术发展得更快。早在13世纪中期，尼古拉·皮萨诺就已经开始雕塑小雕像了。这些小雕像的美丽和雅致，它们的表现力以及坚实的构架，无不使人想起古代的英雄气息，也宣告了雄浑气魄的复兴。通过一个独特的优先权，雕塑从一开始就在古希腊或古罗马的遗物中找到了完美的模型，同时也从熔铸师和泥瓦匠那里获得了全套的工具。然而，绘画并没有获得好的指引和装备，它尚需等待长达几个世纪的缓慢进步才能从中世纪那混乱的幻象中走出，才能看清人体的完美形态；它尚需等待几何学的复兴才能获得透视法；它尚需等待眼睛经受训练以及尝试新手法以便获知油彩的使用和色调的渐变。这就是为什么在新时代来临之际，姐姐超越并引导着妹妹。1400年左右，吉贝尔蒂、多那太罗、雅各布·德拉·奎尔恰都已成年，他们在随后的二十年当中所创造的作品既生动又纯粹，极富表现力，甚至可以说都很伟大，他们都达到了艺术的顶峰。他们都是金银匠，都出自一个金银工坊，而且他们的老师布鲁内莱斯基也是从金银匠开始做起的。正是从这间工坊，走出了新一代的画家。保罗·乌切洛[1]（Paolo Uccello）曾经在此师从吉

1 保罗·迪·多诺（Paolo di Dono，1397—1475），绰号保罗·乌切洛，“乌切洛”有飞鸟之意。意大利画家，精于透视法。

贝尔蒂，曾以精湛的抛光技艺而闻名的马佐利诺[1]（Mazzolino）则擅长创作衣褶效果。波拉约洛[2]起先是吉贝尔蒂岳父的学生，后来又师从吉贝尔蒂，他在洗礼堂的大门上创作的那只鹌鹑“就差能起飞了”。德洛[3]（Dello）、委罗基奥、基尔兰达约[4]（Ghirlandaio）、波提切利[5]（Botticelli）、弗兰恰[6]（Francia）以及稍后的安德烈亚·德尔·萨尔托，所有这些雕塑家都是从金银匠开始做起的。此外还有卢卡·德拉·罗比亚[7]（Luca della Robbia）、切利尼、班迪内利等，我还能列出多少名字？那些从未亲手打磨过青铜器的人，也都至少受到了青铜器制作者的影响。多那太罗的朋友马萨乔[8]（Masaccio）曾师从布鲁内莱斯基，而达·芬奇曾经在委罗基奥的工坊中用黏土制作模型，在雕像上创作出布料被浸湿的效果，并随后在绘画中模仿雕像的凹凸感。通过这些操作和训练，他们亲手触摸了那些形态，以此建立了对实物形态的感受，并将其引入到绘画当中。从那时起，画家觉得平面的图像不再是一具真正的身体。人物像必须拥有一种内涵和一个外貌，在其外表和色彩之下，需要让观众感受到一种深度和一种饱满，感受到肌肤和骨骼，感受到中景和远景，感受到画面的平稳和真实的距离以及事物的准确比例。画家拉长线条，计算透视投影的位置，为身体脱去衣装去测量肌肉，触摸肌肉的附着点，举起它们，解剖它们，为使图像的表面色彩足以为眼睛提供一种生动的感受而穷尽其能。他将艺术建立在其确定的基础之上，即准确而完美地模仿自然，那是实物的本来面目。

---

1 卢多维科·马佐利诺（Ludovico Mazzolino，1480—1528），意大利画家。

2 安东尼奥·波拉约洛（Antonio Pollaiuolo，1431—1498），意大利画家、雕塑家。

3 德洛·迪·尼科洛·德利（Dello di Niccolò Delli，1403—1466），意大利画家、雕塑家。

4 多梅尼科·基尔兰达约（Domenico Ghirlandaio，1449—1494），意大利佛罗伦萨画派画家。

5 桑德罗·波提切利（Sandro Botticelli，1445—1510），意大利佛罗伦萨画派画家。

6 弗朗切斯科·弗兰恰（Francesco Francia，1450—1517），意大利画家、雕塑家。

7 卢卡·德拉·罗比亚（？—1482），意大利雕塑家。

8 托马索·迪·乔瓦尼·迪·西莫内·卡萨伊（Tommaso di Giovanni di Simone Cassai，1401—1428），绰号马萨乔，意大利佛罗伦萨画家。

从此以后，人们开始对实物感兴趣了。脱离了天国世界而降落到现实世界当中后，他们不想再凝视那些理念和象征，而想要凝视那些鲜活的生命和个体的人。对于他们而言，现实事物不再是一个支撑神秘思想的简单符号，而是具有自己的价值和美，而凝视它们的目光也不再需要脱离和超越它们。实物的地位因此获得了提升，它们值得被完美地表现出来。它们的比例和形状、它们的任何细节和状态都变得重要起来，而艺术家在创作风景画时的任何不实之处都如从前的基督徒在宗教上的不忠诚一般令人震惊。在对实物外观的模仿当中，首要的一点就是对尺寸的了解。它们的大小因距离的不同而在眼中有不同的体现，而整体的真实性是细节的真实性的不可或缺的基础。保罗·乌切洛得到数学家马内蒂[1]（Manetti）的指教后制定了透视法的规则，并且终生狂热地施展他的发明。通过他，人们第一次惊喜地看到了事物的真实面貌，可以见到一条深沟、一条林荫道以及田垄的逐渐消失，知道了如何测量画中两个人物间的距离，感受到了一个躺在地上、双脚向前的人物的缩影，认识到了无数由距离的变化而产生的形态和尺寸的变化。但是他走得更远，他为无数的事物制定了比例关系。他爱上了所有生灵，包括狗、猫、公牛、蛇、狮子在内的“这些高傲的、能伤人的动物”，“代表着敏捷和胆小”的雄鹿和牝鹿，以及鸟儿、鱼儿。所有从前被人忽视的或轻视的形象，如今重新被找回和复苏了。它们都在新圣母大殿中被擦除的壁画上隐约可见，而公众的趣味也沿着他开辟的这条道路前进着。他为美第奇家族画动物，为佩鲁齐（Peruzzi）家族画了四元素，并且每个元素以一种动物作为代表，有鼹鼠、鱼、蝾螈和变色龙。从此以后，每个人都想在家中看到人类世界和自然世界的鲜活形象。不管是内墙的壁带、床饰还是衣柜，都会被画上“奥维德[2]（Ovide）和其他诗人的寓言故事，或者是古希腊、古罗

1 安东尼奥·马内蒂（Antonio Manetti，1423—1497），意大利数学家。

2 普布留斯·奥维第乌斯·纳索（Publius Ovidius Naso，前43—18），通称奥维德，古罗马诗人，代表作有《变形记》《爱的艺术》和《爱情诗》。

马历史学家讲述的故事。根据个人的喜好，其题材有骑士比武、狩猎、新欢……节庆、演出等”。不仅在洛伦佐·德·美第奇的家中有这类画，“在佛罗伦萨所有的显赫家族中都有这类画”。德洛为乔瓦尼·德·美第奇的一整间房画了壁画，而多那太罗为其制作了金色灰墁的画框。解剖学家逐渐散布于各个家族之中，在安详的古典裸体像的旁边，新艺术中的鲜活肌肉开始展现出来。所有这些性感的或大胆的肖像都将受到萨佛纳罗拉所制定的严规戒律的骚扰。这些风俗与但丁时代的风俗差距巨大！就像我们所见到的，世俗的异教在生活中开始普及，同时，生动别致的异教也在艺术中开始推广。

在这个时期，他们是如何看待人的呢？怎样的躯体类型被到处重复并挂满了墙壁呢？有一种类型流行了半个多世纪，它将各种才能集中在一起，直到达·芬奇、拉斐尔和米开朗琪罗出现才不再流行。这就是真实的人物画、佛罗伦萨当代的人物画、鲜活的模特所提供的裸体画。人被一丝不苟地复制在画上，而不是通过想象力来加以转化。当人们第一次发现了真实的生命并且进入到它的结构当中并理解了各个部位的奇妙构造之后，凝视并欣赏它已然足够，不再需要超越它。一个身躯和一个头像中已经包含了太多的东西！每一处不规则，例如过长的脖子、过于窄小的鼻子或奇特的唇纹，都是属于某个人的一部分；假如改造它，那就等于是损害了他的身体，那就不再是他，而是另一个人了。这种不规则是整体不可或缺的一部分，少了它就摧毁了整体。人是一个完整的整体，只有肖像画能展现出来。这就是为什么肖像画在那个时代布满了教堂的墙壁，不仅有头像，还有全身像。金银匠加解剖学者波拉约洛或委罗基奥在桌子上解剖尸体，并记录下骨骼和肌肉的凸起特征、肌腱的连接，随后再用黑色和浅色在画布上复制出模型，就像他在青铜器上复制出凸起和凹陷效果一样。假如您对他说这一个锁骨过于突出了，这一处带着肌肉条纹的肌肤好像是一束绳索，某个角斗士或百夫长的面具过于丑陋了，那么他不会理会您所说的。他会指着一名工人、一位路人，尤其是首先指着他解剖的尸体向您证明一番，并且告诉您将生命展现得更完美就是篡改了生命。正是这些脸上的皱纹、这些肌肉交错和凸起的不同角度令人感兴趣。他会把那模型师和雕塑家的手指插入到被解剖的尸体中摸索，并与自己的想象力相冲撞。躯体的各个部分都包含着一种活跃的力量，虽然不太好展示，但在他的眼中，那都是人的一部分。卢卡·西尼奥雷利失去了一个可爱的儿子，他将孩子遗体上的衣服剥光，用画笔纤毫毕现地将其画下来以作留念。南尼·迪·巴尔托洛在医院快死的时候，拒绝了人们给他的一个十字架，而是让人给他拿来一件多那太罗的作品，并且说："否则我会在绝望中死去，因为我对不好的艺术作品极其厌恶。"人体的解剖形态对他们的影响是如此之大，以至于对他们来说，一个感受不到解剖之美的躯体是空洞而乏味的。一块肩胛骨、一块肌肉都足以令他们进入兴奋状态。切利尼后来说过："要知道，当上身前倾或后仰的时候，以肚脐为中心的五条肋骨将会变得凹凸不平，这是人体美重要的一部分……你会很愉快地勾画脊柱，因为它太精美了……你将勾画两胯之间的骨骼，那是髋骨或骶骨……绘画艺术中重要的一点就是画好裸体的男女。"这点从他们的作品中就能看出来。在波拉约洛的《圣塞巴斯蒂安》(*Saint Sébastien*)当中，关注点不是集中在殉道者身上，而是集中在刽子手身上。艺术家如同画中的刽子手一样，将注意力汇集到射击受难者身上。六名刽子手或正对或背向殉道者，都离他们的目标只有两步远，正在准备射箭或上弩。他们出于专注而半张着嘴巴，皱着眉头瞄准，双脚岔开以保持手上的稳定性。画家只想展示这些人的躯体和他们的态度。他的弟弟皮耶罗·波拉约洛也一样，他在圣吉米尼亚诺(San Giminiano)城的那幅《圣母加冕》中画上了四位又黑又瘦的圣徒，他的关注点集中在人物的血管、肌腱和肌肉的表现上。委罗基奥也一样，在其收藏于美术学院的《基督受洗》(*Baptême du Christ*)中，他画了一个年老、干瘦且带皱纹的基督，一个有棱有角的圣若翰洗

《基督受洗》，委罗基奥

者，一个悲伤且闷闷不乐的天使。这与他年轻的学生达·芬奇在左下角画的优雅的天使形成了鲜明的对比。优雅的天使的形象也像预示着完美绘画到来的曙光，预示了达·芬奇的未来。在所有的这些人物形象当中，我们不仅看到了解剖学者、真实事物的爱好者、裸体石膏像的雕塑者的手法，也看到了金银匠以及青铜像、大理石像雕塑者的手法。想象一下，将其浇铸成金属像，那一定是美的。衣服的各种褶皱形态都会在小雕像上展示出来。那些过于僵硬的动作和过于夸张的姿态更适合在雕像中使用。在乌菲兹美术馆中，由波拉约洛创作的一小幅赫拉克勒斯，其全身的肌肉从头至脚都因紧张而鼓胀，因为他正在用力勒死巨人安泰俄斯。假如这是一件青铜雕像，那么它将会是一件杰作。人们不会注意到那过尖的肘和膝，不会注意到那过于干涩的轮廓以及那过暗的颜色，人们只会感受到那身躯的活力和那狂暴的力量。在此，绘画艺术与它的情人——雕塑艺术相比，依然步履蹒跚，只有一次它让我们见到了飞跃。

这次飞跃是经由那个世纪的一位年轻人的手实现的，他只活了二十六岁，但是他往前跨越了一大步，人们至今还会到布兰卡契礼拜堂（Chapelle Brancacci）去观赏这位早熟、孤独且无人追随的发明家的作品。他就是马萨乔。他不仅过早地夭折了，而且他在生前也不太被人看好。就此，瓦萨里写道：“他的墓穴上甚至没有任何铭文。”要想成为一派宗师并且引领大众的品位，他本身不仅得是一位艺术大师，还需要精于上流社会的交际，而马萨乔不善此道，他没有收到过任何来自美第奇家族的订单。瓦萨里接着写道：“他在生活中总是十分专注于自己的艺术而忘记其余。他是一个将自己的灵魂和意愿完全投入到艺术当中去的人，他对自己都不关心，更别提关心别人了。……他从来不会去想如何与上流社会打交道，也不会去想该穿什么样的衣装……他只在需求紧迫的时候才会想起来向债务人要钱。”以这样的习性，他可以才华横溢，但不会有什么威望。他创作了一些杰作，但并未获得推

《青年受洗》，马萨乔

崇。他是最早研究裸体和缩影的画家之一，他严谨地遵守了透视法，精通难点的处理，完全被真实的情感所感染，“他明白绘画就是利用色彩和轮廓去复制自然事物，他不懈地努力并创作出了源于真实的最鲜活的形象”。除了这些与其同代人共有的天赋以外，他还独具一份天赋使其走得更远。在乌菲兹美术馆中，我们见到了他的一幅画，画的是一位身穿灰色长袍、头戴灰色软帽的老者，满脸皱纹，脸上还带有一丝嘲笑。这是一幅肖像画，但不是一幅普通的肖像画，它源自真实的人物，完全是一种复制。这就是他遍布在布兰卡契礼拜堂中的壁画带给我们的想法，或者说是初步的印象。这些壁画并不完全出自他之手，马索利诺[1]（Masolino）最先开始进行

1　托马索·迪·克里斯托福罗·菲尼（Tommaso di Cristoforo Fini，1383—1440 或 1447），绰号马索利诺，意大利画家。

创作，而菲利皮诺[1]（Filippino）完成了最后的工作。但是，由马萨乔所画的部分依然能够很容易被识别出来。而且，在不同时期创作出来的那些壁画都显示出了同一种精神的不同阶段，这要么是因为这三位画家曾经秘密地达成了一致，要么就是最后那位是按照其中第二位的草图继续创作的。

我们首先注意到，他们都是按照现实去描绘的，我的意思是说他们是按照我们眼中所见到的真实人物去描绘的。马萨乔在画中展示了一位接受洗礼的裸体青年，他刚从水中走出，身体还哆嗦着。他双臂交叉，完全是在天气略微寒冷的时日刚从阿尔诺河洗澡出来的一位当代青年的形象。

同样，在他的那幅《亚当和夏娃被逐出天堂》（*Adam et Ève chassés du Paradis*）中，亚当和夏娃就像是脱了衣裳的佛罗伦萨人，男子的腿较细，其肩膀像是个铁匠的肩膀；女子的脖颈短，身材臃肿。两人的腿都比较丑，手工业者或市绅阶层之人从未像古希腊人那般裸体操练过，体育活动也没有使他们的身躯更加匀称。另一个

《亚当和夏娃被逐出天堂》，马萨乔

1 菲利皮诺·利皮（Filippino Lippi，1457—1504），意大利佛罗伦萨画派画家。

类似之处是菲利皮诺·利皮所绘的那跪在使徒面前复活的少年，他骨瘦如柴，四肢纤细，像个现代少年。最后，几乎所有的那些头像都是肖像画，而位于圣伯多禄左侧的两位头戴风帽的男子是刚从修道院走出的修士。我们知道画中的那些人物都借用了哪些人的面孔：巴托洛·迪·安焦利诺·安焦利（Bartolo di Angiolino Angioli）、格拉纳奇（Granacci）、索德里尼（Soderini）、普尔奇、波拉约洛、波提切利以及菲利皮诺·利皮自己。这幅画好似复制的是画家身边的所有人，也好似用石膏从这些人的面孔上取下的模型。

这些人物是从哪里被提炼出来的？如何做到复制真实人物时不是简单地照葫芦画瓢？马萨乔又是如何以普通人为基础塑造高贵的人物形象的呢？在众多可观察的事物当中，他必然从中提取了某些重要特征而忽略了那些次要特征。他必然从身体和头部的细节上辨别出了不同的价值所在，并且突出了重要部分，缩减了次要部分。当他创作亚当、夏娃、受洗青年以及其余的人物的时候，他必然有裸体的男女模特在其面前，而他并不在意那无数的色调和形态差异。某个松弛的肚腹、某个被鞋磨损的脚丫或某块骨头的凸起，这些对他而言似乎并不属于人的重要特征。重要的地方在别处，在骨骼结构的牢固性当中，在肌肉和肌腱的连接当中，在均衡的四肢运动当中，在肌肤的收缩当中，在动物般的跳跃和休息姿态当中。裸体模特或解剖的人体对于他来说只是一个指引，他将细节留在记忆中，但并不是用来做指导手册，而是用来理解人体各部位之间的关联，以便从中提炼出布局和活力。面部和身体对他而言也是如此。对于那些头像之间的区别、一位商人与另一位商人的区别、一位修士与另一位修士的区别，对于每个人身上的偶然因素、畸形或因熬夜、吃得过饱而做出的怪相，我该给予怎样的关注呢？对我来说，重要的是其主要的情感，是其主旨的倾向和精神的主要特征，尤其是他身上最具活力、最鲜明、最适合行动或思考、最适合测算或对抗的东西。我想要看到的是身体构造和精神构架，其余事物在绘画中以及在生活中都是次要的，这就是为什么这幅画虽基于现实但也达到了理想化的效果。画中复制了那些人物个体，但只是提取了他们的共性。那些头像以及身体上的缺点都被原样保留了下来，他们的头像展现出了每个人的个性，他们的身体也显露出了各自的生命力。这幅画从谨小慎微且平淡的细节当中走了出来，展现出更浑厚、更简朴的风格。通过画中的动感表达，它甚至完全进入到了这种风格当中。其中的好几个人物，其朴实的外表、庄严的面孔以及下巴的姿态都好似古代的执政官。以自己的影子救助病人的圣伯多禄，其步伐带有一种庄严的气势，好似一名善于指引人民的古罗马人。《纳税的耶稣基督》具有拉斐尔那高雅而安详的头像特征。这组壁画中最美的一幅就是那包含了四十位人物的画，所有人都身穿长袍，面色凝重而姿态各异，他们都以裸体青年和正在示意他起身的圣保禄为中心排列。人群被夹在两座坚实的建筑物之间，集中在一堵装饰墙之前，两侧各有一组不同的人群，一组人是不速之客，另一组人正跪在地上交谈，其微妙的组合使得整幅画面显得更加丰富和协调。

然而不幸的是，他们并没有保持住曾经达到的这个高度。艺术家们仍然过于沉溺于新发现和对现实的仔细观察中，难以把眼光放得更高。他们的手没有自由。在所有的艺术领域，你都需要在真实上花很长时间才能达到美。起初，眼睛只盯着目标打转，以过于精确和丰富的细节来加以描述；稍后，当细节清单完成之后，这些素材的主人——思想，将会跃出于细节之上，画家将根据意愿去决定采用什么或者忽略什么。这个时代最重要的大师是弗拉·菲利普·利皮[1]（Fra Filippo Lippi），他是现实生活的最精准的模仿者。他的画很逼真，惟妙惟肖，以至于一位当代人评论说一位普通画家就是连续五年日夜工作也达不到他的水平。他选择将人物的头型画得圆而短，而且他们的身材都有些矮胖。他画的圣母都像是未成年的女孩，一点也不崇高；他画的天使都像是小学生或身材结实、吃得好、有些固执且粗俗的唱诗班少年。但是同时，他继续采用立体画法，强调轮廓，突出衣

1　弗拉·菲利普·利皮（约1406—1469），是意大利佛罗伦萨画家。

装、一堵墙或一个光晕的细节，使眼睛能获得一种真实而完美的物体的感觉。此外，他的才能与德行都被其同时代的人所欣赏和赞美。他性情豪放，是美第奇家族的座上宾，甚至他的某些不端行为也得到了他们的庇护。他曾经拐走了一位修女，还曾从人家的窗口跳进去找他的情妇。“他在爱情方面花钱大手大脚，这至死都是他的追求。他的保护人虽取笑他，但也说要原谅稀有的天才，因为他们是上天赋予人类的精华，而非驮重物的牲口。”

总之，尽管佛罗伦萨的画家们热衷于精确地模仿自然，他们的画依然具有一种特殊的优雅。只要去新圣母大殿看看，就能感受到其魅力。在那里，米开朗琪罗的老师基尔兰达约在教堂祭坛上画满了壁画。那里的光线不好，壁画又相互堆叠，但是中午的时候还能看清楚。那是圣若翰洗者与圣母的故事，画像都有半人高。通过学习，也基于其本性，画家与其他同代人一样成了一位现实的模仿者。早在金银器工坊里他就开始临摹路人，人们都赞赏其临摹的逼真程度。用他的话来说，“一切画都在素描当中”。对于这个时代的艺术家而言，人还仅仅是一个形体，但是，他对于这个形体以及所有形体的感受力非比寻常。他在罗马临摹了凯旋门和斗兽场，对于他来说，即使不用圆规也能画出一样的效果。具有如此的才能，我们就能理解他的壁画中为何有这么多逼真的肖像了。我们知道其中二十一幅男性肖像画的画中人的名字：克里斯托弗罗·兰迪诺、费辛、波利齐亚诺、阿雷佐（Arezzo）主教等；此外还有一些女性肖像画，如美丽的吉内芙拉·德·本奇（Ginevra de’Benci）的肖像。这些肖像画都属于为礼拜堂的修建提供过赞助的家族。肖像画有些市侩气，其中有几幅显得消瘦，尖鼻子，都过于逼真了，反而缺少一种大气。画家仍停留在地面或是贴着地面飞行，这与马萨乔的展翅飞翔是无法相比的。然而无论如何，他创作了群组像和架构，他将人物置于圆形的殿堂之中，他为他的人物穿上了半佛罗伦萨半希腊式服装，其优雅而协调的反差将古典与现代紧密地结合在了一起。最重要的是，他是真诚而简单的。这是个迷人的时刻，灵魂的朝气就像那柔和

《圣若翰洗者诞生图》，基尔兰达约

的光晕，而人第一次从现实事物中发现了诗意。在这一时刻，画家所画的任何一根线条无不带有个人的情感，无不带有他所要讲述的和他所经历的体验；同时，也没有任何典范能将其内心的憧憬封闭在约定俗成之美中。他越是腼腆就越是真实，他所使用的那些略显干涩的形态都是一个个新的灵魂的悄悄话，他既不愿完全吐露，又不想闭口不谈。我可以长时间地驻留在这里，观赏那些女子肖像。她们是15世纪佛罗伦萨的花朵，每个人都带着各自的生活轨迹，每个人都有独特的表情和迷人之处。所有人都带有佛罗伦萨人那种聪明而活跃、半现代半封建时代的特征。在《圣母诞生图》（*Nativité de la Vierge*）当中，身穿丝绸长裙前来拜访的女子是一位出身高贵的小姐，文静而单纯。在《圣若翰洗者诞生图》（*Nativité de Saint Jean*）当中，站立的女子是中世纪的公爵夫人的形象，而在她的身旁，送来水果的女仆却身穿雕像一般的裙装，透露出古代仙女的气势、喜悦和力量。由此，两个时代和两种美在纯真情感的质朴之中结合在一起了。一丝青春的微笑从她们的唇边掠过，在不完整的绘画所遗留的那种半僵硬和呆滞神态下，我们可以猜测出一个完美的灵魂潜藏的激情和健全的身躯。后来的好奇心和文雅都没有达到这个高度，人们的思想沉睡了。她们径直前行，目光直视，带着一种冷漠感和圣洁的庄重感。尽管教育可以改变人，但是那种躁动的高雅永远也无法与庄严所产生的神圣般的笨拙相媲美。

这就是为什么我如此喜爱这个时代的画作，却并未因此在佛罗伦萨观看更多的原因。这些画通常都手法笨拙而平淡，缺少动感和色彩。这是复兴的黎明时期，而且是个灰暗的黎明，有些冷，好似早春的天空中那云朵上生出的一丝粉红，也像是初升的太阳射向山峰的一支光箭。光明开始扩散，尽管在天际线上已经隐约可见伟大天才的崛起，但是原野的中央依然还是旧风格的那种僵硬的形态。罗塞利[1]、皮耶罗·迪·科西莫（Piero di Cosimo）、克雷迪[2]（Credi）、波提切利都不想从中走出来。他们一直使用生硬的线条、暗淡的色调，以及不规整或不雅的形象，这完全是对现实的模仿。他们朝另一个方向发展了，尤其是波提切利，他通过对深厚而亲密的情感的表达，通过他那些静思圣母像所透露出的温柔、谦逊和强烈而病态的梦幻感，通过那些瘦弱的躯体，通过他的那些裸体维纳斯所表现出的令人颤抖的精美，通过那些早熟而又躁动的人物所展现出的扭曲的和痛苦的美，揭示出了任何有望永恒的灵魂和精神都不能确保自己的存在。这个时代中的所有大师，如曼泰尼亚[3]（Mantegna）、平图里基奥、弗兰恰、西尼奥雷利和佩鲁吉诺，都有值得称赞的优点。他们各自发明创造，各走各的路，并在自己的路上快速前进。尽管他们的路程有限，有时还会摔倒，但是这些都不重要，因为所有步伐都是他们自己迈出的，所有前进的动力也都是源自自身，而不是别人。稍后的画家们做得更好，但是他们

1 科西莫·罗塞利（Cosimo Rosselli，1439—1507），意大利画家，主要活跃于佛罗伦萨。

2 洛伦佐·迪·克雷迪（Lorenzo di Credi，约 1459—1537），意大利画家、雕塑家。

3 安德烈亚·曼泰尼亚（Andrea Mantegna，1431—1506），意大利帕多瓦派画家。

缺少了一些原创性。虽然他们前进得很快，但他们仍然是一个团队；他们将走得更远，但仍处于大师的指引之下。在我看来，守纪律的思想比不上自由的思想。与任何一件作品一样，我通过一件艺术品所观察的是作者的思想状态。设想一个自己的目标，哪怕达不到，也比没有设想过它要好，因为它能带给人更高尚、更雄浑的生命体验。今后，有才之人将会被天才扼杀，而随着艺术变得更伟大，可以被称为艺术家的人将变得更稀少。

4月13日，圣马可修道院

15世纪是一个多么躁动的世纪啊！在这异教的、嘈杂的工坊之中，隐藏着一所宁静的修道院。这里有一位神秘人物，其作品如梦幻般存在，这位神秘人物就是弗拉·安杰利科。

修道院几乎完好无损，两个方形庭院都有环绕柱廊支撑的连拱廊，以及铺满旧瓦片的小屋顶。一个厅中有一份备忘录或谱系图，其上记载了死后留下了圣洁声誉的修道士的名单。这其中就有萨佛纳罗拉的名字，并且他被备注为遭受了不公正的指控。这里有两间屋子是他曾经居住过的。在他之前，弗拉·安杰利科也在修道院生活过，而且他的画装饰了会议厅、走廊以及房间中的灰色墙壁。

对于外界来说，他一直是个怪人。在各种新奇事物和欲望的包围之中，他继续过着《小花》所描述的那种纯朴而又与上帝心神相通的生活。他的生活是遵循教规的，十分简朴。据说，“有一天早上，教宗尼古拉五世邀请他一起进餐，而他对于没有获得修道院院长的批准就吃肉感到良心不安，却没有想到教宗具有更高的权威”。他拒绝接受修会给予他的职位，从不缺席祈祷和忏悔。“当有人向他讨要作

《受难的耶稣与圣徒》，弗拉·安杰利科

品的时候，他总是以一种特别善良的口吻回答说应该去问问院长的意见，只要院长同意，那就一定能得到。”他从来都只想画那些圣人，据说，“他从不在未祈祷的情况下动笔，而每次画到十字架上的基督时，眼中都是满含泪水。他有一个习惯，就是从不修改或重画他的作品，保留初次下笔时的状态，认为那就是上帝的旨意”。这样的人从未做过解剖研究，也不懂现代的立体画法。他的艺术跟他的生活一样都是原始的。他从画祈祷书开始，一直画到墙上。金色、朱红色、鲜红色、鲜绿色以及中世纪泥金书的色彩充斥于他的画布之上，就像那些羊皮纸书卷一般。孩童般的虔诚使他想要将他的圣人和偶像装饰到各处，有时甚至画到房顶之上。当他不画小画像而是画一个有二十个人物[1]的全身像的大场面时，他退步了——他画的那些不

1　圣马可修道院中的基督和17位圣徒的画像。——原书注

《最后的审判》，弗拉·安杰利科

是人的躯体，感人而虔敬的表达并不能使人物生动，他们都显得呆板和僵硬。他只理解了他们的灵魂。他到处重复画的也是他擅长画的都是他的幻象，一个无辜而又幸福的灵魂的幻象。“仁慈和慈爱的耶稣，给予我，使我超越一切生灵去信赖你，给予我拯救，给予我高尚的思想和荣光……在一切你所能给予我的馈赠之上，超越灵魂所能感受到的一切喜悦……这就是我的上帝，我的一切。我还想、我还能期待更多的幸福吗？我的上帝，我的一切，谁人理解你就已知足，谁人热爱你就重复祈祷……你在，一切都令人欢欣；你不在，一切都令人厌恶。你使我安心，你使我得到安宁和快乐。”[1] 如此崇敬的表达离不开内心的幻象。闭上双眼，我们很容易就能追随他们的梦幻。就好像一位母亲在孤独的时刻看到心爱的儿子的脸

1 《师主篇》第三卷第 26 页。——原书注

浮现在她的眼前，也像一位纯洁的诗人在寂静的夜晚想象并看到了情人低垂的眼睛，因此，他的心灵不由自主地呼唤着神灵。在这平和的静修之中，任何事情都不会干扰到他。在他的周围，行动是有序的，事物是平淡的。每一天，他都要面对同样的白墙、同样的棕色家具、同样的风帽和长袍的褶皱，聆听从食堂到礼拜堂的同样的脚步声。微妙而恍惚的感受在这种单调的生活中逐渐诞生，而善感的梦幻好似一枝避开了乱世的玫瑰花，在远离大道和人类践踏的地方绽放。于是，画家的眼前散发出了永恒之光，从此，他坚持不懈地努力去表现它。在荧光闪烁的地板之上，碧玉和紫晶制成的阶梯连接着王座，其上坐着天上的人物。金色的光晕在他们的头顶闪耀着，他们身上的那些红色、天蓝色和绿色长袍，带有金色流苏、圆环和条纹，像荣光一般闪闪发光。金丝华盖、金丝披风和长袍、花一样的冠冕，还有那用黄晶、红宝石和钻石点缀的金王冠[1]，一切都充满了光，这是神秘启示的倾诉。通过大量使用金色和天蓝色，太阳和天空的支配色调被突显了出来。这不是普通的光，它太过耀眼，它盖过了其他鲜明的颜色，它将全部的身躯包裹起来，它使得人物形象变成了影子般的存在。的确，那里有灵魂，而沉重的物质变形了，它的立体感不再明显，它的实体气化了，只剩下一副空灵的形象飘荡在那片辉煌和蔚蓝之中。有时候，在红花绿草相映的繁茂树林间，那些真福者接近了天堂[2]；天使们带领着他们，像兄弟一般手拉着手围成一圈；肉体的重量已经不再是负担，他们的头顶散发着光芒，飘向那射出金光的大门。最上方，以基督为中心，天使们如三层花瓣一般围绕着他，他在光环中向他们微笑。这就是但丁所描绘的乐园。

---

1 《圣母加冕》，卢浮宫藏；《十二天使和圣婴耶稣》（*Douze anges autour de l'Enfant Jésus*），乌菲兹美术馆藏。——原书注

2 《最后的审判》。——原书注

人物与地点是匹配的。尽管画作很美也很理想化，尽管基督的形象充满了天堂的荣光，但还是略显苍白，也有些消瘦，似乎在思考什么。这是位永恒的朋友，是《师主篇》中那位有些悲伤的慰藉者，是痛苦而又柔弱的心灵所梦想的仁慈的主。这不是文艺复兴时期的画家所描绘的健壮身躯。他那长长的卷发和金色的胡须柔和地环绕着脸庞，他偶尔才会露出一丝微笑，但他的庄严永远与仁慈相伴。审判之日，他不会发出任何诅咒；只有朝向被判入地狱之人的方向的手是下垂的，而他的目光朝向右方，朝向他所爱的真福者们。在他的旁边，圣母低垂眼帘跪在一旁[1]，好似一个正在领圣体的小姑娘。他的头部通常被画得过大，就像那些幻象中的形象；他的肩膀过窄，而手则过小。内在的精神生活过于强大之后就减弱了其他方面，那裹覆圣母全身的镶金边蓝色大氅不禁使人怀疑内里是否真有一副身躯。在见到这幅画之前，我无法想象出如此纯洁的朴素和如此贞洁的天真。与她相比，拉斐尔的圣母像都是些朴实而健壮的美丽农妇了。其他人物也一样。所有人物的表情都包含两种情感，在隐修当中保存下来的那种祥和的灵魂的无辜，以及见到上帝后幸福的灵魂的陶醉。圣人们都是经过提炼和美化的肖像。身体和灵魂被尘世间的粗糙生活损伤了，而上天的显圣对身体和灵魂进行了修复。即使是最年迈的人，脸上也没有一丝皱纹，他们在那永恒的青春的感召下得以重生。他们的身上没有一丝苦修的痕迹，他们已经进入到了极乐至福之中。至福之人的线条是安详的，使人能感受到他们在那里静止不动，已然进入心醉神迷的状态。他们不敢动，害怕把衣服上的褶皱弄乱，害怕会因此失去他们的幻象。他们的瞳仁转向上天，而身体却丝毫不动。他们默想着去品味他们的至福，他们像《福音书》的信徒们那样默念：“主啊，我们在这里，我们竖起了三座帐篷，一座为您，一座为摩西，另一座为以利亚。”其中

1 《圣母加冕》，圣马可。——原书注

有些信徒像是唱诗班的孩子或修道院的初学修士，他们的姿态充满了崇敬和腼腆。当他们见到圣婴耶稣之时，他们散发出一种孩童般的喜悦，随后又因为担心自己做得不好而犹豫和克制自己。这个世界中没有剧烈的或疯狂的激情，所有情感都是半遮半掩的，是被静修生活的祥和和顺服所制约的。但是，最迷人的形象是那些天使。他们或安静地跪倒在王座旁，或在蓝天中围成一圈。最年轻的那个像天真的孩童。他们从未怀疑过恶的存在，但他们很少思考这些；每个天使都在金色光环中幸福地微笑着。他们总是微笑，这就是他们的全部。另有一些天使带着闪亮的翅膀，好像天堂的鸟，他们正在演奏乐器或正在歌唱，脸上散发出光芒。其中一位天使举着小号刚到嘴边就停了下来，好似被一个辉煌的异象所震惊。那里还有一位天使，肩头上放着提琴，似乎在幻想着这件乐器的美妙声音。另有两位，双手交叉，正在凝视和崇拜。一位带有姑娘般圆脸的年轻天使倾着身子，似乎在敲打自己的钹之前想要听听声音。除了和谐的声音，还有和谐的色彩。整幅画的色调比较均衡，不像普通画作那般忽强忽弱。每件衣服都有唯一的色调，或红或蓝，或鲜绿或淡紫，或金丝绣加上苋红色，就像简单的音调配上了天使般的旋律。画家乐在其中，对于他的圣人们，他从未找到如此纯粹的色彩和珍贵的装饰来加以表现。他忘记了自己所画的形象只是一些图像，他以信徒和崇拜者的心态去精心地描绘他们。他为他们的衣装绣上金边，就像真的衣服一样；他像金银匠那样为他们的大氅刻上精细的纹饰；他为他们的道袍画上完整的图案；他小心翼翼地描绘他们淡色的头发，排列他们的发卷，有规律地安排他们长袍上的褶皱，完美地勾勒出他们那受剃度的头顶。他跟随他们进入天堂，他将去爱他们，服务他们。其实，画家本身就是神秘主义开出的最后一枝花朵。然而他并不知道，他身边的世界最终走向了相反的道路，并在短暂的狂热之后焚烧了他的后继者。这位后继者跟他一样也是多明我会修士——就是那最后一位基督徒，萨佛纳罗拉。

4月14日，乌菲兹美术馆

对于一个藏有一千三百幅画作的美术馆，我还能说什么呢？我放弃了。去看看画册，去看看版画展览，或者最好亲自来这里观看吧。从这些大展厅中获得的印象过于纷繁，难以用文字将其全部表述出来。要知道，乌菲兹就像是个无所不包的大仓库，类似于卢浮宫，那里有各个时代、各个流派的画作，青铜器，雕塑，古代和现代的陶器，宝石馆，伊特鲁里亚博物馆，画家的自画像，两万八千幅原版素描，四千个彩宝和象牙浮雕，八万个徽章。进入其中就好像到了图书馆，这里拥有一切样本和概要。此外，我还参观了市政厅旧宫、科西尼宫和彼提宫（Palais Pitti）。大量的笔记堆积在一起，可是我却从中提取不出什么。我似乎随后又补充、修改和调整了一些想法，但是我无法将这些全都写出来。

最简单的办法就是将那些研究放置一旁，放任自己的兴趣去徜徉。走上大理石台阶，路过那著名的古代野猪雕像，就进入到摆满了半身像和油画的马蹄铁形的长廊之中。早上10点左右，游客还不多，守卫们安静地站在角落，真是令人感觉像在自己家里一样自在。这一切都是您的，这是多么令人舒畅的感受！保管员们和管家在此负责维持秩序，为展品除尘，确保它们保存完好。不需要给他们下命令，一切都井然有序，不用人操心。这就是我们所应该拥有的理想世界的样子。天气很好，光亮的玻璃窗反射出的光芒照亮了远处的几件白色雕像，照在位于半明半暗处的一尊粉色女体像上。大理石皇帝像和神像的行列一眼望不到头，一直排列到窗口，而从那里看出去，可见阿尔诺河的清波和涡流泛着银光。我们进入到一种超脱的状态，进入到了抽象生命的甜美之中；意志开始放松，内心的躁动开始平复，我们自我感觉变成了修道士，而且是一个现代的修道士。就像在以前的隐修院中一样，我们成为一个隐秘之人、一个敏感之人、一个行动受到束缚之人，我们逐渐摆脱一切去与那些获得了生命解放的画像对话。肉身不存在是多么甜美、多么自然！人类的形态可以从人类的相互争斗中解脱出来，这是一个多么祥和的国度！那跟随形态的纯洁思想意识到了形态的幻象是短暂的：纯洁的思想助长出精神上的从容，而萦绕在他们的欲望与暴躁之上的梦想带来了令人惬意的满足。

在长廊的左侧，几个珍品陈列馆逐一展现在眼前。尼俄伯厅、肖像画馆、现代青铜雕像馆，每个馆中都各有不同的珍品。您会感觉自己像主人一样，那些伟大的人物在等待着您的到访。我选择重看论坛厅。在那里，五个古代雕像围成一圈；一个正在磨刀的奴隶、两个正在摔跤的斗士，其全身的肌肉都紧绷和鼓胀着；一个十六岁左右的迷人的阿波罗，整个身躯都具有那种少年的柔软和清新；一尊精美的牧神像，既令人感到其兽性，又令人感到其内心散发出的一种纯粹的快乐。最后是那件《美第奇的维纳斯》（*Vénus de Médicis*）。这是一位纤瘦的年轻姑娘，头部精美且偏小，她一点也不像她的姐妹《米洛的维纳斯》，也不像是一位女神，而更像是一个完美的凡人。这座雕像是某位喜欢娼妓的普拉克西特列斯的作品，他尚且懂得如何表达裸体。除去那乏味的娇媚、那腼腆地卖弄风情的神态以及那被修复的胳膊以外，贝尼尼所做的纤细的手指似乎是必要的。这座雕像可能是《克尼多斯的维纳斯》的复制品，而琉善[1]（Lucien）针对后者讲述过一个奇特的故事。年轻人站在它的面前会用嘴唇去亲吻大理石像，卡里克勒斯（Charicles）见到雕像时则高喊玛尔斯是最幸运的神。在这些雕像的周边，八边形展厅的墙上挂满了早期画家们的杰作，其中就有拉斐尔的那幅《金翅雀圣母》（*La Vierge au chardonneret*，见前插图）。画中圣母那纯洁又天真的样子好像一位天使，而她的

1 琉善（约 125—180），又译路吉阿诺斯，罗马帝国时期的讽刺作家。

灵魂尚且含苞待放。拉斐尔那幅《圣若翰洗者》像一个十四岁的少年，全身赤裸，身躯康健而清新，其身上复活了最纯粹的异教精神。尤其是他那幅头戴王冠的女子，像夏日正午一般光芒四射。她的目光坚定，眼睛直视，身上具有南方人特有的肤色，热血和激情只是增加了少许偏热的色调。她好像一个罗马的缪斯，其意愿胜过其才智，不管是静止的或是动态的，其活跃的生命力都能散发出来[1]。一个角落挂着范戴克[2]的一幅巨大的骑士画像，他身着带有宽大流苏的黑装，显得既庄严又充满荣耀，其坚定的气质源自他的肢体和他的地位：首先，他一定吃得很好；其次，他具有无可争议的指挥权。再往前走几步，就来到柯勒乔的《在埃及的圣母》[3]（*La Vierge en Égypte*）面前。这是一个鲜活而自信的迷人容颜，内心的光明由内而外地浸润了整个身躯。她的身上集中了纯洁、细腻、温柔以及年轻女孩的野性，同时散发出一种感人的优雅和动人的吸引力。就在旁边，还有一幅圭尔奇诺的《女预言师》，在学者般的发型和整洁的长袍之下，就是那最机智、最高雅的感伤女诗人。

我略过其他画作，将注意力集中在提香的两幅维纳斯身上。其中一幅面对着大门，维纳斯躺在一件红色的天鹅绒披风之上，身躯肥大而壮硕，好似鲁本斯画的一个巴克坎忒斯（bacchante），但是更结实。这副活跃而庸俗的形象好似一个见识有限的交际花。她躺在那里，手中抚摸着一个裸体小爱神，而那小爱神如休憩中的动物一般静止不动。另一幅是所谓的《维纳斯和小狗》（*Vénus au petit chien*）。维纳斯像是一个贵族的情妇躺在床上，准备好了一切。画面上可以认出一座宫殿和整齐的闺房，其色彩的对比极为优雅，令人赏心悦目。在背景处，女仆们正在整理衣

1　这幅画被称为《弗娜芮纳》，但它肯定不是《弗娜芮纳》，也不确定是否出自拉斐尔之手。——原书注

2　安东尼·范戴克（Antoine van Dyck，1599—1641），比利时画家、雕刻家。

3　此画的全名为《逃亡埃及途中休息》（*Le Repos pendant la fuite en Égypte*）。

《维纳斯和小狗》(《乌尔比诺的维纳斯》)，提香

装，一个窗口透露出一片乡野的青绿色：主人即将来临。如今，我们好似偷食糖果一般躲在暗处品尝这种享乐，而他们将其装在金盘当中直接摆在桌上。因为对他们而言，这种享乐既不下贱也不野蛮。在这立柱大厅当中，这位女子手中拿着一束花。她的微笑不是乏味的，而是狡黠和大胆的，好似一个轻佻女子一般想要做出什么举动。静谧的霞光从高雅的窗户透射进来，在褪色的绿色窗帘之下，在白色床单之上，微微泛红的躯体舒展出柔和的波浪线条。头型是小的、安详的，灵魂也丝毫没有脱离开肉体的本能。正因如此，她才不会羞愧难堪。艺术、奢华和安逸的诗意从其全身各处涌现出来，使其更加美丽。这是一位交际花，但也是一位贵妇。在那个时代，这两种身份并不矛盾，它们都是一个称谓而已，而且出于客套，从情感和理智的角度来说，贵妇与交际花很可能是等值的。著名的茵佩里

亚的坟墓就设在罗马的圣大额我略堂当中，其铭文是："茵佩里亚，罗马交际花，她配得上这高贵的名字，为男人们展现出了十全十美的榜样。她活了二十六年零十二天，死于1511年8月25日。"两个世纪之后，庭长德布罗斯[1]在威尼斯的时候经人指点找到了一位夫人。这位夫人举止高雅，仪态威严，言语高尚，令他震惊得连说话都结巴了。他狼狈地道歉，转身就想逃走，幸好这位夫人微笑着让他坐了下来。

当我们从意大利展厅转到佛拉芒展厅的时候，我们全都不知所措了。这都是些为商人所作的画，而这些商人都是耽于享乐和数钱之人。此外，在多雨又泥泞的国度，人们都得穿不少衣服，女人比男人穿得更多。这种小市绅的生活使人的思想都比较狭隘：这就是科里纳（Corinne）从自由的意大利前往凛冽又凄凉的苏格兰时所留下的印象。然而，还是有一幅画，一幅伦勃朗的巨幅风景画超越了其他的画。画中，浓云密布的天空中乌鸦在鸣叫，一望无际的原野好似一片墓地；右侧是一堆荒凉的石头，色调凄凉，伤悲到了极致。这就好像是在听了意大利歌剧之后，再听一段贝多芬的行板乐曲。

4月14日，乌菲兹美术馆

参观古代艺术品和文艺复兴时期的雕塑时，我们一下子就能认出这两个时代之间的关联。它们全都是异教的，也就是说，只关注肉体的、现实的生命，但它们之间至少还有两个巨大的不同之处。一则，古代艺术更加祥和，当我们见到巅峰时期

1　即前文提到的法国作家、历史学家查尔斯·德布罗斯，绰号庭长德布罗斯，他曾担任过法官。

的古希腊雕塑作品时，这种祥和感尤其突出。这是一种动物般的生命，几乎可说是植物的，因为人类是自然而然地生存，没有任何奢望。第一眼就能看出那冷漠的神态，至少是平淡和几乎伤悲的神态，这与现代雕像中那种张扬和精致形成了明显反差。二则，文艺复兴时期的雕像更专注于模仿现实，并且更加追求表现力。看看委罗基奥、弗朗克维尔[1]（Francavilla）、班迪内利、切利尼的作品，尤其要看看多那太罗的作品：他的《圣若翰洗者》被斋戒耗干了肌肤，好似一副骨架；他的《大卫》高雅而持重，其肘关节尖而凸出，手臂极瘦。个人的特征、激情、特殊的姿势、强烈的愿望和独创性，都从他们的作品当中涌现出来，如同在肖像画中一样。他们对生命的感受超越了对和谐的感受。

这就是为什么只有古希腊人才是表现至美情感的大师，至少在雕塑艺术中是如此。在他们之后就出现了歧途，其他艺术都不知道该如何将观赏者的灵魂安置到这样的和谐之中，我们在展廊中逛了一个小时之后就有了上述感受。精神突然间得到了放松，好似重归正轨，我们快速地从那些皇后头像前走过，但所有头像都被过于庞大的发型破坏了形象。我们看了一眼那些皇帝的半身像，这些对于历史学家来说是有趣的，因为每一个雕像都概括了这位君主的特征和他的统治。我们在那些竞技者雕像前停了下来，在《掷铁饼者》面前停了下来，在小巴克坎忒斯像前停了下来，尤其是在那些神像前停了下来，如墨丘利像、维纳斯像和两尊阿波罗像。他们的肌肉都不明显，修长的身躯及四肢之上毫无凹凸点，一副毫不用力的样子。对于我们这个到处需要努力奋争的世界而言，这多么奇特！自古希腊人之后，人类的发展走向了扭曲，这是因脑力生活占主导地位而产生的扭曲。如今，人想要的太多，他的目标太高，他有太多的事情要做。从前，如果一名少年进行过体育训练，学会了几首赞美诗，并且会读荷马的史诗，在集会广场听过演说，在柱廊下听过哲学家的宣

1　皮埃尔·弗朗克维尔（Pierre Franqueville，1548—1615），法国雕塑家。

讲，那么他就完成了教育，就成为生活中完美的人和完整的人了。如今，一个富有的英格兰青年，他出身高贵，性格沉稳，接受过许多划船、拳击和骑马的训练，思想正直而健康，愿意在乡下生活，这已然是对雅典青年最好的模仿；甚至，他还可以有与雅典青年一样祥和的目光和镇定的面容，但这难以持久。他必须吞下大量的知识，都是些太过于实用的知识：语言学、地理学、政治经济学。他必须在伊顿公学学习希腊语，在剑桥学习数学，在报刊上搜集数字和资料，此外还得学习《圣经》和伦理学。我们的文明使我们不堪重负，人在这种不断增加的压力下逐渐扭曲了。刚开始，他还能轻易地承担发明创造和思想所带来的重担，但是这重担逐渐与其力量不成正比。他不得不蛰居在外省的一个小地方，变成特别的人。这是一种排他的发展：他必须成为工人或职员、政治家或学者、企业家或一家之主，他只能选择一个角色而放弃其余。尽管他不是残疾人，但也不是完整的人。这就是为什么他失去了平静，而艺术也失去了和谐。此外，雕塑家面对的不再是一个宗教的城邦，而是一群孤独的好奇者；他本身也不再是一名公民和祭司，而仅仅是一个个体和艺术家。他在解剖细节上令内行人士震惊，在突出的表现力上令无知之人也能够理解。从某种程度上说，他好似一名想要吸引别人注意的高级金银匠。他制作的是一件简单的艺术品，而不是国宝一般的艺术品。观众给他赞美之词，他给观众提供快乐。可以比较一下詹波隆那的《墨丘利》和旁边的那尊古希腊竞技者像。墨丘利踮着脚尖，这是艺术家的一个壮举，也是吸引观众眼球的场景；相反地，那个小雅典人，不言不语，什么也不做，仅仅满足于活着。这个雅典人是一个城邦的肖像，是一座奥林匹克竞赛的纪念碑，是体育馆中的少年们的榜样。它被用于教育，就像一尊为宗教而制作的上帝雕像。上帝像和竞技者像都不需要有趣，它们保持完美和镇定就够了。它们都不是一种奢侈品，而是公共生活的一个工具；它们是一种纪念物，而不是一件家具。人们尊敬它们，并且从中获益；它们既不是娱乐的主题，也不是批评的题材。多那太罗的那尊《大卫》大理石像，其姿态高傲，神色庄严，披风形态新颖。他不是一位传说中的英雄或圣人，而纯粹是一个想象出来的物体。艺术家根据不同的订单赋予其异教的或基督教的气质，他只关心如何满足那些风雅之士的品位。最后，再思考一下米开朗琪罗本身，他的《死去的阿多尼斯》(*Adonis mort*)，头斜靠在收拢的手臂之上；他的《巴克斯》，举着酒杯，半张着嘴，好像在说祝你健康。这两个奇妙的身躯都很自然，几乎与古代的一样。然而，与同时代的人一样，在米开朗琪罗这里，动感和趣味占主导地位；他与他们一样，都不满足于仅仅展现那简单的生命本身。脱节的人类生命被分隔在不同的器官当中，而通过这种巨大的改变，那理想中的模型、公众的那些情感以及艺术家的思想都发生了彻底的转变。从今往后，新艺术所要表现的是作为个体的人，是鲜明的特征，是自然的激情，是动态的变化，而不再是抽象的类型，不再是普遍的、和谐的、静止的形态。

顺着这个思路，我们离开了乌菲兹美术馆，去观赏其他雕像。我们进入到市政厅旧宫。庭院中的立柱上布满了装饰和小雕像，这是文艺复兴时期杰出而绚丽的发明。庭院中心竖立着一座完美[1]又高雅的喷泉，而在其顶部，委罗基奥竖起了一个迷人又鲜活的孩童的青铜像。我们走进大议会厅，厅中那乏味的巨幅壁画出自瓦萨里之手。周边是整排的大理石雕像，有班迪内利的《亚当和夏娃》，两人的身躯既瘦削又真实；有詹波隆那的《善战胜恶》(*la Vertu triomphant du Vice*)，那是一副矫健而肉感的全裸身躯，略显蛮横，一条大腿尤其显得扭曲；有米开朗琪罗的一个年轻的胜利者像，一名俘虏匍匐在其脚下，青年的身躯很长，头型很小——这是其流派的两个特征，被后人所模仿，并且最终被夸大。同样的特征不断地出现，美被置于准确的模仿或生动的扭曲当中，但是这里有了一块新土地，而在此之上可以建造出一个世界。

1 “完美”这个词在佛罗伦萨时总常来到我嘴边。——原书注为了理解这一点，应该到圣老楞佐（San Lorenzo）圣殿去看一看，那里装满了多那太罗、委罗基奥和米开朗琪罗的作品。教堂是布鲁内莱斯基的作品，而礼拜堂则是米开朗琪罗的作品，它们一个是由科林斯式立柱支撑的平顶庙宇，一个是带有穹顶的方形建筑。第一个太过古典，而第二个太过冰冷。在写下这几个词之前，我有些犹豫，然而我还是要说出来，尽管是面对着那么伟大的名字。多那太罗的那两个主教座席太精美了，青铜浅浮雕裹覆在大理石之上，密布着大量自然而生动的小雕像，尤其是框缘上那些正在玩耍的裸体小天使更是如此。还有风琴之下那迷人的楼台，好似用象牙雕琢的一般，其上点缀着壁龛、贝壳饰、小立柱饰、动物饰和叶饰，多么优雅，多么有品位！那些文艺复兴时期的雕塑家是多么杰出的装饰艺术大师啊！

我们走入美第奇小圣堂之中，开始观看米开朗琪罗为美第奇家族的陵墓所创作的巨大雕像。在现代雕塑艺术当中，没有什么能与之相比，哪怕是古代最高贵的雕像也没能超越它。我们只能说，它们是另外一种雕像。菲迪亚斯创作的是幸福的神，米开朗琪罗创作的则是受难的英雄，但是，受难的英雄与幸福的神是平等的，他们都同样崇高。这里展示的是世界的苦难，那里展示的是苦难的解放，大海在暴风雨中和处于平静状态中是一样宽广和宏大的。

所有人都见过这些雕像的图画或者石膏像，但是，除非来过这里，否则没人能见到其灵魂。必须亲身感受那些超乎常人的巨大身躯的整体，而且是通过触觉。它们的肌肉会说话，从它们的裸体上我们只能看到骄傲、痛苦和气派，但不会产生忧虑和同情。它们与我们不是同一个血统。当一个失败的狄安娜被陶里德[1]（Tauride）的野蛮人俘获时，就会有这种身躯和面容。

其中的一位半躺着，一副刚睡醒的样子，似乎是做了噩梦。她低着头，皱着眉，眼睛凹陷，面颊消瘦。一定有什么苦难使这副躯体感受到了生活的摧残！她那坚不可摧的美丝毫不受影响，然而其内心的痛苦已然留下痕迹。她拥有动物般充沛

1　古希腊人对克里米亚半岛的旧称。

的活力，其肢体和身躯的力量是完整的，但是灵魂却在崩溃。她艰难地用一只胳膊撑起自己，怀着遗憾见到了光明，但重新睁开眼睛后又要承担一天人类生活的重担，这将多么令人伤悲！

在她的旁边，一位坐着的男子半转着身躯，神情肃穆，好似一个被激怒的战败者。当他身躯上的肌肉鼓起、绷紧，想要缚紧一个敌人时，那将爆发出怎样的力量啊！在另一个陵墓之上，有一个尚未完工的战俘，其粗糙的头部尚未完全从石块中雕刻出来，但他胳膊僵直，身体扭曲，以一种非凡的姿态挺起了肩膀。我从中看到了但丁所描绘的人物——乌格里诺[1]正在啃食敌人的头颅，被判入地狱之人从烈火焚烧的坟墓中即将爬出，但是他们并不是被诅咒之人，而是一些受伤的伟大灵魂，他们正对所遭受的奴役表示愤怒。

一位高大的女子躺在那里睡觉，一只猫头鹰停留在她的脚边。这是疲惫造成的困倦，是过度劳累所产生的沮丧和麻木。这座雕像被称为《夜》[2]（*La Nuit*）。米开朗琪罗在基座上写道："只要世间还有苦难和羞耻，那么睡眠就是我的温柔乡，而成为石头更是如此。不见不闻，无知无觉，就是我的快乐。请别唤醒我！啊！请轻言轻语。"他不需要这些诗句来表达他手上的感觉，他的雕像就足以说明一切。他的佛罗伦萨刚刚战败。尽管人们增强了防御和抵抗，在经过一年的包围之后，教宗克雷芒七世占领了它。最后一个自由的政府被摧毁了。雇佣兵将最好的公民都杀光了。四百六十名流亡海外者在缺席的情况下被判处死刑，他们的人头在全意大利被公开悬赏。有人到米开朗琪罗的家中去抓他，假如不是一位朋友藏匿了他，他可能就遇难了。他躲藏了很长一段时间，时刻面临死亡的威胁。后来教宗赦免了他，但那是为了满足一个家族的要求——完成美第奇小圣堂。他将自己封闭在那里疯狂地

1　乌格里诺伯爵是13世纪时比萨的残酷独裁者，被但丁写入了《神曲》。

2　此处有两组雕像，分别是《夜与昼》和《暮与晨》。

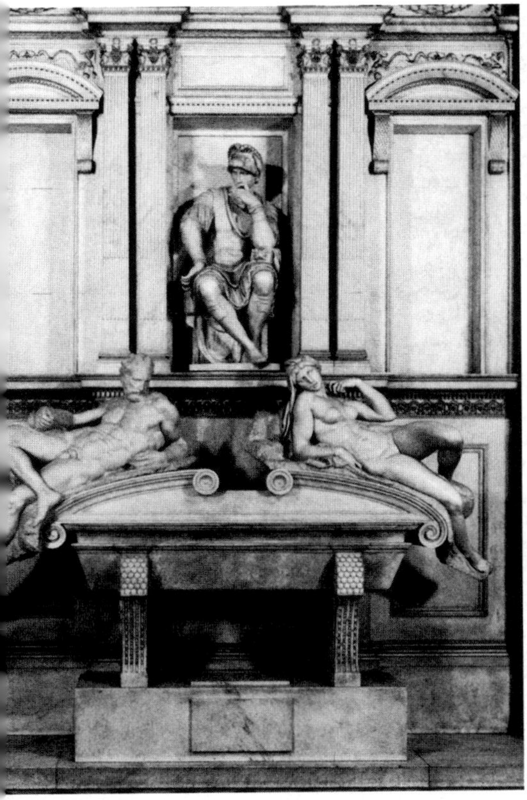

《暮与晨》，米开朗琪罗

《夜与昼》，米开朗琪罗

工作，试图在精神的专注和双手的疲乏中忘却那被征服的自由，忘却那被蹂躏的祖国，忘却正义的失败，忘却自己被压抑的愤恨，忘却自己的失望和噬心般的耻辱。他将其灵魂中针对镇压和奴役的不驯与反抗都刻画在他的英雄和贞女身上了。在他们的上方，安静的洛伦佐戴着战士的头盔坐在那里，悲壮而无语。他把一只手放在嘴唇上，好似要站立起来。当一个国王坐在他的军队当中做出一个重要判决或决定摧毁一座城市之时，他就会有这种姿态。当腓特烈一世的战车经过米兰的时候，他大概就是这个样子。

《圣殇》，米开朗琪罗

在大门附近，有一尊精美但未完工的圣母像。圣母将儿子抱在腿上，其披着长袍的身躯具有一种令人惊叹的高贵之感。她倾着身子，其身侧凹陷处的衣褶显示出了一种奇特的曲线，其清瘦的面颊透露出一种悲伤的仁慈。如同她那些躺倒的姐妹一样，她属于一种比人类更高级也承受更多苦难的种族。这都是些与现实不成比例的生物，她们在生活中经受过暴风雨的袭击，受过伤害，而每隔一段时间，她们就会在绝美的或平静的梦幻中休息片刻。

用这尊壮丽、忧伤而细腻的圣母像去对比他那尊在罗马圣伯多禄大殿中的《圣殇》，差距是多么巨大啊！再看看他的《摩西》和西斯廷礼拜堂的穹顶，这个人到底经历了怎样的成长，又经受了怎样的痛苦啊！他又是怎样创造出对生命的独特理解的啊！这是现代艺术，所有人都是个性化的，展现的是艺术家本人，而不像古典艺术，那是完全无个性的，是展现一个城邦的作品。同样的区别也存在于荷马与但丁之间，存在于索福克勒斯与莎士比亚之间。艺术越来越多地变成了一种知心话，一个个体灵魂的知心话，并且面向无数其他灵魂被完全吐露出来。这就是最现代、最伟大的音乐家贝多芬所做的事情。因此，对于一位艺术家而言，首要条件就是他得是一个人，否则他没什么可说的。在锡耶纳时，一个意大利人对我说："从前，他们用自己的激情去作画，而如今，他们用自认为拥有的激情去作画。这就是为什么他们画完人之后就画了鬼。"

4月15日，彼提宫

我怀疑欧洲是否还有一座比这更加壮观的宫殿了，而且我也没见过哪座宫殿能给我留下既宏大又简朴的印象。

它位于一块高地之上，因此就显露出了其整体身躯。在蓝天的衬托之下，其三层楼的轮廓区分明显，好似三大块有规则的形体，按照大小逐层摞在一起。在其两侧还各有一块凸出的露台，更增加了其整体的体量。但是真正令其独一无二且为建筑带来庄严而宏伟的感受的是其巨大的建筑材料。这不是一些石块，而是整块的岩石，像是从山上切割下来的山墙一般。有几块巨石，尤其是支撑露台的基石，足有五人的长度。它们粗糙不平，黑黢黢的，保留着其原始的状态。这就好像是一座山被巨人从底部拔起，经过切削之后又在另一个地方重新叠放起来。

立面上没有任何装饰，只有一排长长的矮栏杆在楼顶勾勒出静谧的蓝天。巨大的圆拱连廊支撑着窗户，而每根廊柱上都有一些脊椎骨般的凸起，好似远古巨人的骨架一般。

与法尔内塞宫类似，彼提宫的内部是一个方形庭院，四面被同样厚重的建筑所环绕。此处缺少装饰，也缺少构思。目之所及可以称为装饰的东西有多立克式立柱的覆面、中间的爱奥尼亚柱式以及最上方的科林斯柱式。这些圆柱形的巨石叠加在一起，或者间杂着方形的石块，其巨大的体量和生硬的棱角所产生的效果与其余部分的粗糙感和力量感是相平衡的。在此，只有石头是主宰者，我们眼中只有石头的各种凹凸变化和其厚重的座基。它似乎独立存在，艺术和人类的意志似乎都没有介入其中，奇思妙想在此似乎没有位置。在底层，矮壮的多立克式立柱坚固地支撑着连拱回廊，其每一个拱形曲线都好像史前生物的脊柱与肋骨的连接。一种棕色调笼罩着其巨大的身躯，一直延续到庭院中那粗糙的地砖之上，显得整个建筑的年代非常久远。

15 世纪时，一位佛罗伦萨商人建造了这座宫殿并且因此破产。布鲁内莱斯基为它设计了图纸，幸运的是，其继承者们完成了这座建筑，而且丝毫没有软化其特征。如果说有什么东西能体现出中世纪遗留给文艺复兴时期的自由公民的宏大精神、庄严而大胆的观念，那么就是这种由个人建造的建筑，以及这种内部的壮丽与外部的简朴的强烈对比。美第奇家族成为专制的君主之后，他们在 16 世纪购买了这座宫殿，并将其装饰成君主的宫殿。宫殿中装满了五百幅画，全都是精挑细选的佳作。这些作品并非像在现代展览馆中那样按照流派或者按照时代划分开来，以利于研习或用于历史研究，并且为一个以科学为指南、视教育为基础的民主政体提供资料，而是作为皇家宫廷的装饰存在，成为君主招待宠臣和举行庆典时的奢华炫耀。发明者的时代已然被行家的时代所替代，那些奢华的金色衣装、西班牙宫廷的严格的礼仪、新潮的风雅、正式场合的外交辞令和君主制时尚中的雅致，全都在画中那高雅的形态和鲜活的肌肤面前展现出来，在墙壁上那些金色藤蔓花饰前展现出来，在那些显示了君主地位的珍贵家具前展现出来。彼得罗·达·科尔托纳[1]、费迪（Fedi）和马里尼[2]（Marini）这几位颓废时代的最后的画家的寓意画点缀在天花板上，用以向执政的家族致敬。此处，密涅瓦将科西莫一世带给维纳斯，并将他引到赫拉克勒斯那里，他是巨大工程和英雄事迹的典范。事实上，是科西莫一世将佛罗伦萨最伟大的公民判处了死刑或处以流放，是他对一座不驯服的城邦说："我宁愿减少人口也不愿失去它。"在另一处，美德女神和光荣女神带领他走向阿波罗——那文学和艺术的守护神。事实上，他资助了许多诗人并为他们提供了美丽的住处。稍远处，朱庇特和整个奥林匹斯山都在迎接他的到来。事实上，他毒死了自己的女儿，将女儿的情人杀死，还杀了自己的儿子——这个儿子事前杀了自己的兄弟；他的二女儿被其丈夫用匕首刺杀，其母亲也因此而亡。其下一代重又开始这类操作。这个家族中的人相互刺杀、相互毒杀，成了传统。但是，那些孔雀石的桌子真是漂亮！那些象牙橱柜、镶嵌画家具和龙形柄酒杯都是精挑细选的。还有哪个宫廷能对艺术有如此高的品位且更善于组织节庆的吗？还有什么比弗朗切斯科·德·美第奇（François de Médicis）与著名的比安卡·卡佩罗（Bianca Cappello）的婚礼、科西莫·德·美第奇与奥地利的玛丽-玛德莱娜（Marie-Madeleine d'Autriche）的婚礼[3]那神话般的展示更精彩、更美妙的吗？对于那些纯化语言、编写题词的文学院院士来说，对于那些修饰颂词、斟酌奇思妙想的语句的诗人来说，这里是多么好的避风港！阿谀奉承的客气话和浮夸风到处流行，一丝不苟的文学纯洁主义到处漫延，附庸风雅又自以为是的业余爱好者无处不在，耽于肉欲又冷漠无情已成为一种时尚，而这位"极其卓越、极其老练、极其完美的"绅士成了欧洲的向导，他沾沾自喜地向来自北方[4]的野蛮人讲解他的那

1 彼得罗·达·科尔托纳（Pietro da Cortona，1596—1669），意大利雕塑家、建筑师和画家。

2 安东尼奥·马里尼（Antonio Marini，1788—1861），意大利画家。

3 版画《佛罗伦萨的婚礼》。——原书注

4 弥尔顿的《意大利游记》。——原书注

《圣母像》，拉斐尔

《座椅上的圣母》，拉斐尔

些画家的“美德”和那些雕塑家的“勇气”。

这里的东西太多了，像在乌菲兹美术馆时一样，我要对你说“来这里看看吧”。五六幅拉斐尔的画作十分出众，其中一幅是大公出行时都携带在身边的《圣母像》。圣母呈站姿，身穿红色的长袍，披着绿色的纱巾。简单的色彩与简单的姿态融合在了一起。一小块半透明的丝巾遮盖在她那细密的金发之上，一直覆盖到额头。她低垂着眼帘，面色苍白，只有一丝淡淡的玫瑰色浮在脸颊之上。她的小嘴紧闭，完全是一副阿勒曼处女般宁静而又纯朴的容颜。此时的拉斐尔还是佩鲁吉诺一派的画风。另一幅《座椅上的圣母》（*la Madone à la chaise*）与上一幅画形成了鲜明的对比。她就像一位美丽的苏丹娜（sultane），一位切尔克斯人或希腊人。她头戴一种带有东方特征和明艳色彩的条纹头巾，还有金穗边饰垂挂在其身旁。她抱着她的儿子，身体以一种野生动物般的优美姿态弯曲着。她的目光明亮，没有任何企图地注视着前方。此时的拉斐尔变成了异教之人，只考虑肉体生命的美丽和人类形态的美化。在他的《以西结的幻象》（*Vision d'Ézéchiel*）中也能见到这种追求。那是一幅只有1法尺高的小画，但是极有特色。耶和华在一团旋风中出现，就像是一个裸露着胸膛的朱庇特，其肌肉发达，姿态威严，而环绕在他身边的小天使们还都有孩童般的身躯。什么都无法替代犹太教先知们的狂热与妄想。天使们是欢笑的，群体是协调的，色彩是和谐而美丽的。令先知激动和颤抖的耶和华显圣，在画家这里只是被用来强化画的灵魂。他的所有画作都能找到拿捏精准的完美之处。他画的所有人物，不管是基督教人物还是异教人物都很均衡，与他们自己，与世界都和睦相处。他们好像都生活在碧空之中，就像他本人一样。接触过他的人都欣赏他，他被所有人热爱，从未经受很大的挫折。他爱过但不疯狂，他工作但不狂热，在这种泰然自若之中，他画出了一条圆润的胳膊、一条孩童的大腿、一位女子的小耳朵或是一撮卷发。他探索着，提炼着，发现着，同时也微笑着，好似一个听从自己内心的音乐的男人。正因如此，对于那些缺乏冷静的人而言，他的画难以使他们激动。

这就是为什么我更喜欢那些细腻的或醉心于绘画的画家。他们在运用艺术的时候有自己的态度，而且带有特殊的和明显的天赋。因此，那些肖像画比其他画作更令我激动，因为它们都带有强烈的个人特征。其中一幅是达·芬奇的《修女》（*la Religieuse*）。一块白色的头巾盖在她的头上，她身穿一件黑色天鹅绒长袍，裸露着鼓胀的胸脯。除了那强烈而奇特的红唇以外，她的脸颊上没有任何色彩，其整体的外形是静止的，但是表达出一种令人不安的情绪。这不是从画家脑子里蹦出来的抽象的人，而是一位曾经真实存在的妇女，是与蒙娜丽莎一样复杂的一个姐妹，带有同样多的内在反差，同样令人难以捉摸。她到底是一位修女、一位公主还是一个交际花？也可能三者都是，就像那位不久前被从历史中发掘出来的维尔日妮·德莱瓦[1]。她带有隐修院特有的苍白色，其躯体的裸露部分极其美丽，其冷静的苍白面容中的肉色红唇好似自墓穴中开出的一枝猩红色的花朵。这里有一个灵魂，一个未知的、危险的灵魂沉睡或守卫在这个大理石般的胸脯当中。

在这个领域，最伟大的大师是那些威尼斯画师，提香位于前列。对我来说，拉斐尔的肖像画（此处有五幅）表现出的东西不多，他只是简单地、冷静地、宽泛地画出了主要特征，不像提香的画那样表达出了深刻的情感、动感的外貌以及无穷的个人独创性。这里有 8—10 幅提香所绘的肖像画，有解剖学家安德雷亚斯·维萨里[2]，有阿雷蒂诺、路易吉·科纳罗[3]（Luigi Cornaro），还有身穿匈牙利贵族服装的主教伊波利特·德·美第奇（Hippolyte de Médicis）。尽管都静止不动，他们都很鲜活而且目光奇特——或忧郁，或不安。西班牙的费利佩二世呈站姿，他身穿盛装，下身着灯笼短裤，紧身裤袜一直延伸到大腿中间的位置。他的脸色苍白，没有血色，下颌突出，好像天生是个标志性的失败作品，也像是不成比例的和未完成的作品。尤其值得一提的是一幅威尼斯贵族的肖像，这是我所见过的肖像画中最为杰出的，但是我不知道画中人物的名字。这是一位三十五岁左右的男子，全身穿黑色服装，面色苍白，目光直视。他的脸颊略瘦，眼睛呈淡蓝色，上唇的胡须很细，下巴的胡须稀少。他出身高贵，但是在生活上他享受得还没有一个工人多。那些诬告、焦虑以及身处危险的感觉对他造成了侵蚀，这些都在他的脸上留下了痕迹。他的头

1 故事可参见前文提及的《约婚夫妇》。

2 安德雷亚斯·维萨里（拉丁名 Andreas van Wesel，法文是 André Vésale，1514—1564），比利时医生，是近代解剖学的奠基人。

3 路易吉·科尔纳罗（1467—1566），威尼斯贵族，亦是一名作家。

脑活跃，身体疲惫但充满幻想。他知道生命当中不期而遇的巨变，他在四周黑暗的色调当中闪亮着，好像一盏灯在悲伤的空气中摇曳。

肖像画中呈现的真实性是如此生动，以至有时在画家没有想到的情况下达到了一种出众的喜剧效果，例如委罗内塞为妻子所作的肖像画。她四十八岁了，已有双下巴，梳着卷发，面容像是一位宫廷中的贵妇。她身穿黑色天鹅绒长裙，胸前以方形蕾丝花边装饰着袒露的胸脯，显得容妆华贵而精致。这是一位保养良好的丰腴女子，面色庄严而又心情愉快，其发红的肌肤、圆润的身材无不令人想起那准备上铁扦烧烤的漂亮火鸡。

我实在不想离开这些威尼斯画家，不想离开他们那青绿色的景致，不想离开那暖色调中裸露的鲜明的肌肤，不想离开那些风情万种的圆润肩膀，不想离开那些如温室花卉一般的鲜嫩肉体，不想离开那些银光闪闪的衣裙褶皱，不想离开那些身穿华丽长袍的老人的骄傲姿态，不想离开那些女子的优雅容颜，不想离开那些或扭曲或站立的身躯所生发出来的力量，也不想离开那些摄人心魄的目光。乔尔乔内[1]（Giorgione）的一幅画展现了被林神追逐的仙女。用什么样的词语才能描绘出那种赏心悦目以及那种色调的冲击力呢？一切都湮没在阴影之中，但是那静止不动却炽热的形象、那美丽的肩膀和胸脯却像幻象一般凸现出来。必须来看看那从深沉的黑暗当中涌现出来的鲜活的肌肤，看看那从黑夜当中生出的鲜艳的紫红色调逐渐演变为炽热的火焰。在它的对面，是圭多的一幅《克莱奥帕特拉》（*Cléopâtre*），那银灰色的身躯衬以青灰底色，好似一个褪了色的鬼魂，或是一位多愁善感的少女的模糊身影。还有一幅跟乔尔乔内的仙女一样鲜活的女子肖像，她被称为“提香的情人”（参前插图《梳妆的女人》）。她身穿金丝绣蓝色长裙，上有紫色天鹅绒袖衩，其浅金色的发辫在微卷的头发中泛着光泽，那可爱而精致的双手肤色细腻。她已然

1　乔尔乔内（原名 Giorgio O Zorzi da Castelfranco，1477—1510）是绰号，他是意大利威尼斯派画家。

梳洗完毕，她那小姑娘一般的面容充满了快乐和对装扮的满意表情，甚至还透露出一丝顽皮的微笑。她与那幅《维纳斯和小狗》中的维纳斯很像，可以说就是同一个人，她在这幅画中穿着衣服，而在那幅画中是裸体。我们可以想见，这位画家、贵族和作家曾将自己完全沉浸在一种极乐之中，将心灵和感官合一融会到这个女子的身上，那么根据其姿态和妆容的变化，就足以演化出众多女子的形象了。其实，她丝毫不需要具有灵魂，只要具有快乐、美丽和华丽的服饰就够了。这点看看阿雷蒂诺的信件，看看他的家庭以及其他威尼斯人的内室就知道了。

我不再评论了，我不该由着自己的趣味去谈天说地，我本来只应该谈论佛罗伦萨的画家。安德烈亚·德尔·萨尔托和弗拉·巴尔托洛梅奥，这两位画家在我们那里几乎无人知晓，然而，通过其寓意所达到的高度，通过其美妙的布局、简约的手法、协调的衣装搭配以及其作品所表现出来的宁静，他们的画都达到了艺术的顶峰。或许从这些才华平庸却全能的画家当中，我们能对佛罗伦萨的艺术思想和风格产生更公正也更纯粹的看法。彼提宫中有十六幅安德烈亚·德尔·萨尔托的画，另有一些在科西尼宫和乌菲兹美术馆，此外还有一些更漂亮的壁画在圣母忠仆会柱廊（Portique des Servites）。彼提宫中有五幅弗拉·巴尔托洛梅奥的画作，尤其值得一提的是那幅巨大的《圣马可》，其人物没有显得那么高傲和暴躁，与米开朗琪罗的《女先知们》（*les Prophètes*）一样庄严和伟大。乌菲兹美术馆也有他的一些画作。最后，在美术学院还有他的一幅杰作《圣文森》（*Saint Vincent*）。这位修士像是由最虔诚的画家所作，而这位画家又是掌握了形态的大师，没有谁能将基督教的纯洁与异教的美结合得更好了。这位画家在画圣母之前先用画笔将其勾勒出来，以便随后画出一副真实而完美的躯体以及动感的衣装。他为了获得灵魂的拯救，在萨佛纳罗拉死去之后也成为多明我会修士。这些奇特行为的组合似乎是自相矛盾的，但也为我们指出了历史当中的一个独特时刻，即新的异教思想与旧的基督教思想交汇在一起却并未相互敌对或相互诋毁，这使得艺术得以用崇尚感性的美来复兴肉体的生命，但条件是只能崇尚高雅、展现庄严。佛罗伦萨的画家们以他们那适度又朴素的色调，以他们那纯洁的构思，以他们对自己的天赋和本能的精准把握，证明了他们比其他画家更适合这项任务。意大利艺术以佛罗伦萨为中心，一如从前的古希腊艺术以雅典为中心一样。如同古希腊时期一样，与之相比，其他城市要么实力不够，要么位置过于偏僻，其他城市的发展都是地方性的和暂时的，因此，佛罗伦萨引导并吸引了其他城市，哪怕是在衰落中也一直保持着它的优势。通过布龙齐诺、蓬托莫、阿洛里父子[1]、奇戈利、多尔奇[2]（Dolci）和彼得罗·达·科尔托纳，通过它的语言和它的那些学院，通过伽利略和菲利卡亚，通过它的那些学者和诗人，最后，通过它的那些大师的宽容以及觉醒的活力，佛罗伦萨成为意大利的精神首都。

1 阿洛里父子包括亚历山德罗·阿洛里（Alessandro Allori）和其子克里斯托法诺·阿洛里（Cristofano Allori），均为意大利画家。

2 卡洛·多尔奇（Carlo Dolci，1616—1686），意大利画家。

第 五 章

从佛罗伦萨到威尼斯

4月17日，从佛罗伦萨到博洛尼亚

我们想象不出比这更美丽、更肥沃的国度了。我们从皮斯托亚（Pistoie）开始就进入了山区，山丘连着山丘，峭壁连着峭壁，车在两个小时的路程当中以“之”字形缓慢地向上爬行。从山底至山顶，到处都是耕种的土地和民居。在道路的每个转折点附近都能见到房屋、花园、橄榄园、梯田，以及坑洼处的果树、小片的绿草地和随处可见的泉水、溪流。在水池边或者木制引水槽旁，一些妇女跪在那里浣洗衣裳。顺着山谷远望，山丘上到处是一片人类生活的富足景象。一切都被利用起来。栗子树覆盖在山顶和峭壁之上。山就像是一个巨大的阶梯一般被塑造成适合种植不同植物的梯田。甚至在山顶，在接近雪线的位置，还有仅6法尺宽的小片土地被种上了牧草。这种精耕细作的技艺和生活安逸的迹象无不在居民身上和土地上显现出来。这里的农民都穿着皮鞋，妇女们在看管她们的牲畜或走路时都在做草编。房舍的状态良好，村落众多，而且各有其市镇小学。这里还有一家名为“亚平宁之巅”的咖啡馆。这里的确是意大利的心脏。佛罗伦萨拥有才华、创造的力量、繁荣、美丽和健康，它凭借这些超越了罗马，而这一系列山脉又可防御外国的入侵。

山脉的另一面形成了第二道防线。亚平宁山脉重峦叠嶂，其宽度几乎与高度一样。我们开始下山，道路在满是树木和溪流的山谷间盘桓，到处是绿色，而棕红色间杂其间，这一切又都被裸露的岩石所包围。夜幕降临，火车沿着铁道进入另一座山中。山上的景致荒芜、神奇而又可怕，好似但丁所描绘的那样。山是裂开的，岩石是破碎的，隧道众多，火车旋风般轰鸣着钻入其中，嶙峋的山谷好似残存的骨架。激流几乎就在车轮下奔腾，而铺满鹅卵石的河滩在月光下泛着白色光晕。在这一片荒凉之中，在冬季遗留下的碎石河床之上，在某处阴沉的山涧当中，偶尔可见一棵多刺的树木，好似从地穴中爬出的幽灵。假如火车停下，我们将能听到冰冷的河水在石头间潺潺流淌的声音。

4月17日，博洛尼亚

博洛尼亚是一座由连廊组成的城市，所有主要街道的两旁都有连廊。在这里漫步十分舒适，夏季有阴凉，冬季可避雨。意大利的所有城市几乎都有自己的特殊发明或建筑，它们为生活增添了便利，并为所有人提供服务。只有意大利人真正而普遍地理解了消遣的本质，也许是因为所有人都需要它、渴望它吧。

无论是在佛罗伦萨还是在其他地方，年轻人的脸上总是洋溢着充满爱意的表情。不管是在剧院，还是在街头散步，他们总是面带优雅的微笑，情感外露而感人，不像法国人那样充满嘲弄，满脸冰冷。他们以一种独特的口音说出的词，如“bella”“vezzosa”“vaga”“leggiadra”，好似莫扎特歌剧当中的唐·奥塔维奥或意大利歌剧中的青年男主角的语调。在佛罗伦萨剧院，男高音违背常理地跪在玛格丽特面前，但他完美地表现了这种状态。基于同样的理由，他们身穿华丽的衣装，戴着戒指和大金链子，头发锃亮发光，整个人身上都散发出某种光鲜亮丽和精神焕发的感觉。

女子们都拥有黑亮且豪放的眼神，浓密的黑发或卷在头上或被编成光亮的辫子。她们的颧骨和下巴突出，额头通常是方形的，下巴宽而稳固，其头型的坚实骨骼轮廓使她们失去了温柔和精致的外表，甚至使她们失去了高贵和纯洁的气质。相反地，她们的线条特征表现出了一种活力、一种鲜亮、一种快乐、一种大胆、一种精明，以及享受生活的才能和意愿。当我们在书店的橱柜中观看那些政治漫画家为意大利和外省所作的漫画时，我们能见到类似的特征。尽管他们画的是美女，是寓意女神，但她们的头型都短而圆，带着粗俗和性感的微笑。没有什么能比这些大众形象和被普遍接受的典型形象更重要的了。作为对比，看看《笨拙》[1]（*Punch*）上所描绘的温柔的英格兰姑娘，她们披着波浪长发，穿着崭新的衣裳；或者看看马塞兰[2]（Marcelin）所描绘的法兰西姑娘，她们妖艳、活泼又夸张；再或者，看看《喧声》[3]（*Kladderadatsch*）以及柏林小报当中那些天真、诚实、朴素且有点幼稚的日耳曼姑娘。我刚刚在博洛尼亚的街头转了一圈，现在是上午 9 点。在街头所见到的女子当中，我发现四个人里面有三个是卷发，几乎都打扮过。她们都以镇定的目光直视路人；她们都不戴帽子，仅有几位在肩头披着一块黑丝巾；她们那蓬松的头发分向两侧，似乎都准备好去征服男人了。很难想象能在街头见到比这更自然、更爱炫耀的外表了，连她们的步态都是女主角式的。凭借这种特质、这种精神以及男人们的想象力，她们应该是这里的女主人。

1 《笨拙》是 1841 年创刊于伦敦的漫画杂志。

2 马塞兰（原名 Émile-Marcelin-Isidore Planat，1825—1887）是绰号，法国漫画家。著名的《巴黎生活》的创始人。

3 《喧声》是 1848 年创刊于柏林的讽刺周刊。

坐在旅馆的餐桌旁，除了观察以外还能做什么呢？在安静的氛围中，在这种不得不聚在一起的群体当中，眼睛和理智都在工作。坐在我对面的夫人是一位驻扎在阿布鲁佐（Abruzzes）的少校的太太，她很漂亮，成熟、快乐、果断又自信，尤其是真能聊！在言语的机敏、决断的大胆和行动的快速上，在欧洲的南北之间、在拉丁人和日耳曼人之间有着天壤之别。她评论一切，分析一切，从阿布鲁佐农民的懒惰、他们的族间仇杀到政府的困难、她的狗、她的丈夫、军营中的军官、"我们优秀的第 27 团"，无所不包。她不仅对我说，也与她的邻座交谈。那是一位教士，带有所有意大利人式的神情——我的意思是，带着一种殷勤和阿谀奉承般的礼貌。她的话语就像是一条滔滔不绝的激流一般欢畅和响亮。前一天晚上是另一位四十八岁的妇女独占了谈话时间。她身穿绣丝带的黑色斯宾塞式短上衣，面色红润，她那喋喋不休的话语和警句在整个饭厅中回响。另有一次，一位娇小漂亮的市绅阶层的女士在驿车中感觉不适，她的丈夫让她到顶层坐在我们旁边。她问了我们许多问题，还给我纠正发音错误。当我连续两三次犯了某个发音错误或我的语调不够标准的时候，她就有些不耐烦地教导我。她告诉我们，她刚结婚不久，可是他们没有足够的钱来组建家庭，等等。她的身边共有三位男士，但是，是她在掌握骰子并主导谈话的内容。我的脑子里有众多的形象，她们可以被归类成三种类型。最主要的特征是思路的清晰和活跃，它一旦产生就可引起爆发。她们的见解都是有棱有角的，比法兰西女子更强烈、更直率。她们都有自己的主意，她们会成为谈话的中心——在谈话的导向上她们不等待别人，而是自己去主导。她们丝毫没有日耳曼女子那种温柔、腼腆、羞涩、矜持，也不具备将自己封闭在家庭、孩子和丈夫身边的品性。我不由自主地去观察此地的英格兰女子，她们具有某些奇特的特征，那是一种以清教徒为基底的特质，因受道德约束而显得僵化和机械化。尤其是其中一位头戴圆锥形草帽的女子，一位尚未成熟的老姑娘，她既无妆容，也不够雅致，没有微笑，也缺乏性感。她要么不言不语，要么出口就犀利得像是一把刀。她一定是属于那种从小就独自与母亲在白尼罗（Nil-Blanc）河上游生活的种族，或者是属于那种从早晨四点就开始爬勃朗峰（Mont Blanc）的人——身上拴着绳子与两个向导相连，裙装塞进裤子里，在雪坡上攀登。在这个国度里，人工育种塑造了羊肉的品质，而自然选择塑造了女人的品质。但是，同一股力量却经常在另一个方向上施加影响：男人专横的力量以及由于每日辛苦工作而产生的对一个温暖家庭的需要，促使妇女们发展出了那种日耳曼人的品质，即服从和尊敬的能力，包括有敬畏之心、忠于家庭生活以及有担当精神。她在婚前一直保持姑娘的状态，每当有人与她说话，她就会脸红。假如某人采用各种办法来使她发声，她只会极为谦逊地表露自己的看法，随后就立即跑开。她绝不渴望主导交谈和主动交流，也不会渴望独立。在我所见过的所有英格兰夫妻当中，男人都是一家之主，而在所有意大利夫妻当中，女人则是一家之主。

这里的人似乎自然而然地就会相爱，这点毫不奇怪。车夫们和司机们从不谈别的事情。面对一位女子，他们就好像面对着一件精美的物品，首先的反应就是给予赞美和热忱。“哦，您太美啦！”这几天，我至少听到二十次这样诚挚而又夸张的赞美之词。他们好似演员，好似表情丰富的哑剧演员。“漂亮，漂亮，这美丽的宫殿！教堂精美无比，到处是大理石，到处是镶嵌画！”视觉引导着他们，而感性使他们难以自抑。越是观察不同种族，就越能发现他们的享乐能力是多么不均衡。有些种族几乎不为享乐所动，而另一些种族却耽于享乐并被享乐所颠覆。对于某些种族而言，享乐就像是一个淡而无味的苹果，而对于另一些种族而言，享乐却好似一串美味多汁的金色葡萄。在某些种族当中，外在事物只会引起一种乏味的感受，而在另一些种族当中却能产生汹涌澎湃和荡人心魄的激情。日常生活的轨迹也由此而转变。对于所有人而言，吸引力与享乐是呈一定的比例关系的。关于这一点，我可以讲出两三个故事，其中一个故事甚至可与班戴洛的小说以及《蠢货》相比较：在一座小城当中，我是知情人，甚至可以说是证人，但是人们只讲故事，从不写出来。法语不接受那些简单的、赤裸裸的本能的释放，它将美称为粗俗。这里的人更宽容。其实，与我们的外省城市一样，这里的人相互窥探，但是社会整体上仅限于嘲笑他们，而不会排斥那些恋人，这个社会并不假惺惺。

4月17日，博洛尼亚

教堂都是普通的、未完工的或经过现代化改造的，但是那些雕塑都令人印象深刻。

那些最珍贵的雕塑收藏在圣多明我圣殿当中，位于圣多明我的陵墓之上，是由艺术的复兴者尼古拉·皮萨诺于1231年[1]制作的。这是意大利文艺复兴展现出的第一座丰碑。想象一下那个时代，多明我会和方济各会的修士们的苦修思想重又被激发出来；哥特艺术在欧洲处于统治地位，它不仅穿越了阿尔卑斯山脉，也成就了阿西西。正是在那神秘主义的狂热中，在宗教裁判所的第一位法官[2]的大理石陵墓之上，一位雕塑家在此重新找到了异教形态中的雄浑之美。没有任何一个形象是病态的、狂热的或干瘦的，所有人物都是强壮的、健康的，还有些人物是快乐的。如果说有一个瑕疵，那就是对力量的表现有些过度。通常，他们的脸颊太饱满，头型过于宽厚，身躯略显沉重。位于中央的圣母具有一副幸福的家庭主母的安详容颜，她怀中的孩子显得壮硕且容光焕发。最坦诚、最鲜活的快乐表情出现在一位母亲的脸上，她那被马撞死的儿子刚刚被复活了。好几个年轻姑娘的形象，尤其是位于正面

1　原文的时间有误。尼古拉·皮萨诺约生于1225年，其雕塑作品是1267年完工的。

2　传说圣多明我是宗教裁判所的第一任法官，然而实际上不是。圣多明我死于1221年，而宗教裁判所成立于1231年。

最左侧的那位，丰姿绰约，好似古希腊的女像柱。在艺术家的手下，那些最尊崇苦修和禁欲的人完成了转变。许多戴着风帽的修士的脸上都挂着真实的笑容，这就是这些人物最突出的特征。这是沉着、稳重和心情愉悦的表现。漂亮的大理石雕像围绕在陵墓四周，位于顶部的雕像是尼科洛·德尔·阿尔卡（Niccolo dell'Arca）在两个世纪之后创作的，不过，他只是以更高超的技巧遵从了原始的设计风格。尤其是其中的两位青年形象，一位身穿锁子甲，另一位穿着佩鲁吉诺所绘的大天使所穿的那种靴子，都带有一种令人钦佩的骄傲姿态。这个几立方法尺的遗骸盒上的雕塑实在很丰富。左边是一个呈跪姿的天使，庄严而高贵。曾经掌控这座城市的圣白托略（Saint Pétrone）的雕像既崇高又严厉，它出自米开朗琪罗之手。从第一位到最后一位大师，所有作品都属于同一个流派，那就是充满活力的、四肢匀称的异教的流派。假如我们现在到教堂走一圈，就会看到在这三个世纪当中原始的思想依然存在。塔代奥·佩波利（Taddeo Pepoli）的陵墓建造于 1337 年，坚固又漂亮，与哥特式的廉价装饰完全不同。两位圣人身穿大氅站立于两侧，正在看着眼前一位跪在地上的人，这个人向他们捐赠了一个小礼拜堂。稍远处是亚历山德罗·塔尔塔格尼（Alexandre Tartegno）的纪念雕像，建造于 1477 年。在一个刻满了花果、兽头、科林斯柱式的拱券之下，在躺倒的逝者上方，三位身穿精致衣裳的美德女神面露微笑，姿态雅致又富有表现力。这是一种复杂的尝试，而文艺复兴正是从各种思想混杂的 15 世纪开始的。在雕塑家的思想深处，他保留了历史记忆当中的躯体形象，那人体的框架、坚实的肌肉、自然的生命与裸体指引着他。

这座大城市管理不善且令人忧伤。好几处街区似乎是荒废了，一群淘气的孩子在空旷的广场上相互叫骂。许多雄伟的建筑看起来就像我们外省的住宅那样凄凉。的确，它就是一座由教宗特使管辖的外省城市。它从一个动荡的共和国变成了一座死气沉沉的城市。在别人的指点下我们找到了这里最好的咖啡馆，但我们很快就从那里出来了，因为这只是一个破旧的小咖啡馆。我们看了一下那两座建于 12 世纪的斜塔，它们是方形的，有些奇特，但毫无比萨斜塔的那种高雅之感。我们来到圣白托略大殿。这是一座带有圆顶的哥特式大教堂，是低级一些的意大利的哥特式。与比萨、锡耶纳和佛罗伦萨的那些优美建筑相比，共和政府和自由的创作意志没有在此持续足够的时间以完成他们的建设，这点令人遗憾。建筑物被一分为二，还没有完工。内部经过了粉刷，四分之三的窗户是被堵住的，立面也是不完整的。在从稀少的孔洞穿透而入的暗淡光线之下，我们见到了几尊美丽的雕塑：阿方索·隆巴尔迪[1]（Alfonso Lombardi）的《夏娃和亚当》以及《圣母领报》。但是，我们没有勇气去欣赏这些，因为眼睛太难受了。我们从教堂走出，在下台阶的时候见到了一块肮脏的场地，一些乞丐和流氓在那里游荡。为了问心无愧，我们又折返，而突然间，我们就被感动了。在中央的大门之上有一圈精美的雕饰，全是健壮的裸体身躯以及异教的姿态，还有一个奇妙的、正在出生的夏娃。另一个场景是夏娃在纺织，亚当在耕地。还有一个场景是亚当转身摘苹果，其动作充满了活力。这些雕饰都是雅各布·德拉·奎尔恰于1425年创作的，而此时正是吉贝尔蒂为圣洗堂雕刻大门的时代。吉贝尔蒂预示了拉斐尔的出现，而奎尔恰似乎预示了米开朗琪罗的出现。

这使我们重新振奋起来。我们走向左手边发现的一处喷泉，在这里，文艺复兴和异教的表现达到了它们的顶点。喷泉的顶部是詹波隆那于1568年制作的一个精美的海神尼普顿的青铜像，他不像是一个安详和令人崇敬的古典的神，而是一个用来装饰的神话中的神。他那裸露的身躯向人们展示着其强健的肌肉。在水池的四个角落分别有四个快乐的儿童，每人手中都抓着一只翻动的海豚。在他们的脚下，还有四个长着鱼尾一样的腿的女子挺胸跪坐在那里，其漂亮的裸体以大胆的姿态展现出了一种无拘无束的性感。她们托举着自己丰满的乳房，而水就从那里喷射而出。

1 阿方索·隆巴尔迪（1497—1537），意大利雕塑家。

国立博洛尼亚美术馆

我们在美术馆中先走了一圈，很快我们就被一幅重要的画作吸引住了，那就是拉斐尔的这幅《圣则济利亚》(*Sainte Cécile*)。

她呈立姿，身边围绕着四个人物。天空中，天使们捧着一本书在歌唱，仅此而已。我们可以从中看出，画家并不追求过多的姿态或悲剧效果，也没有对色彩效果的追求。画面色调偏红，一种力量感和一种令人赞叹的朴素包裹住了整幅画作。全部的要点都存在于人物当中，而颜色、衣装、姿态以及其余部分都只是作为一种朴素的附属品，用来维护身躯的稳定性和形态的高雅。

如何定义这种类型？圣女既不像天使，也不像是在冥思的样子，她就是一位强健的年轻女子，四肢匀称而健康，体内流淌着充满激情的鲜血，而肌肤在意大利的阳光照耀下透露出一种鲜活而美丽的金黄色。她的左边是一位比她年轻也更显单纯但不如她健壮的姑娘，然而她的纯洁仅源于其安静的姿态。我认为，尽管她们既贞洁又善良，但这主要是因为她们年轻，而不是因为她们的气质。她们那沉静的头颅还尚未思考过，她们内心的平静则源自无知。要寻找可与拉斐尔的画作相比较的作品必须到最理想的作品当中去搜寻，而我认为只有两种类型超越了他：一种是古希腊的女神，另一种是北方的某些年轻姑娘。她们除了具有同样完美的身躯构架和同样安详的灵魂以外，还具有某些特质：古希腊女神具有一种贵族般的庄严和骄傲，北方的姑娘则在精神气质上具有一种至高无上的纯洁。

从这幅画中我们能很清晰地看到它所展现出来的艺术时代。这五位站立的人物不再是佩鲁吉诺笔下那种面对面的人物，画面也不是被同一个行动所牵连在一起的画面。画中的每一位人物都是独立存在的。画面的布局是最简单的，几乎可以说是原始的。这是一幅教堂画，而不是居室装饰画。这幅画是由一位虔诚的夫人定制

《圣则济利亚》，拉斐尔

的，更多是为了表现她的虔诚，而不是为了娱乐。从另一方面看，这幅画中的人物也不再像佩鲁吉诺所绘的人物那般僵硬，他们虽处于静态但形象很生动。人物都很强壮，肌肉发达，衣着宽松。他们的身躯美丽而自在，好似古代的雕像。画家正好处于基督教思想衰落、异教思想逐渐占据上风的时代，处于佩鲁吉诺和朱利奥·罗马诺之间，这可以说是一份独一无二的幸运。在任何发展当中都有一个最佳时刻，也是一个唯一的时刻。拉斐尔获得了其中之一，就像菲迪亚斯、柏拉图和索福克勒斯一样。

拉斐尔这幅《圣则济利亚》与他的老师佩鲁吉诺以及他的朋友弗兰恰的画差距颇大，他还曾拜托弗兰恰来帮他修改过画作。旁边就有六幅弗兰恰的画作，都是些取自真人模特的仁慈的圣母像。与佩鲁吉诺的画相比，这几幅画清晰度略差，但也少了一些生硬，可是你总能从中感觉到一些拘谨和一种金银匠的僵硬手法。在年轻画家的笔下，一切都被美化了，被解放了，也变得更伟大了！由此，我们理解了为什么整个意大利都为他喝彩。

他伤害了他的后继者，伤害了那些在美术馆中有展品的博洛尼亚画家。我们看过拉斐尔的画再去看他们的画的时候，就好像从一位朴实的作家过渡到浮夸的演说家一样。他们追求效果，他们组织语句，但他们已经不知道如何正确地使用他们的语言了。他们强行改变或歪曲词语的本义，过分讲究辞藻，过分夸张。他们在风格上的雄心与柔弱的思想、措辞上的疏忽形成了反差。然而，他们依旧是勤奋的工作者，是语言的修复者。与瓦萨里、萨巴蒂尼（Sabbatini）、帕塞罗蒂（Passerotti）、普罗卡奇尼（Procaccini）相比，与他们的前辈们相比，与他们的对手们相比，与那些大师的退步的学生们相比，他们已足够专注和谦逊。他们不想再像他们的同代人那般从实用出发，按照某些秘诀去画画，也不想再像那些手法敏捷的艺术家一样以能够画 50 法尺高的人物画或一天就能画好一幅 3 法尺高的画为荣了。他们是用双手去画，忘却自然，完全凭自己的想象力去画，将夸张的肌肉、过度的省略和异常的姿态堆积在一起。他们不想再像江湖骗子那般去画画了，而是顺应潮流去研究古代的大师，长时间甘于贫穷和无人关注，最终开宗立派。他们工作，并且不断地从所有艺术当中汲取养分。他们临摹活人的头部，依照裸体模特去画素描，而且古代的石膏像、纪念章和大师们的素描原稿为他们提供了样本。他们从尸体上学习解剖知识，从书中学习神话故事。他们学习建筑设计和透视法，讨论并对比古代大师和当代大师的方法，观察线条在男性和女性身上的不同变化、人体在生死状态的区别、喜剧性态度和悲剧性态度的不同表现。他们成了学者，甚至是博学者，兼收并蓄且有条不紊。他们建立了原则，并为画家建立起规则，就像亚历山大人曾经为演说家和诗人建立规则一样。他们推崇“罗马画派的布局、威尼斯画派的情节和阴影、伦巴第画派的美丽色彩、米开朗琪罗的非凡风格、提香的真实和自然、柯勒乔的纯粹和高尚的品位、佩莱格里尼（Pellegrini）的风度和稳重、博学的普列马提乔的想象力以及帕尔米贾尼诺的一点优雅”[1]。他们丰富自己并不断地练习。我们看看这种耐心耕耘将会产生什么样的结果吧。

这里有洛多维科·卡拉奇[2]的十三幅大画，其中有《圣若翰洗者诞生图》和《耶稣在塔博尔山显圣容》(*Transfiguration sur le mont Thabor*)。我无法想象出比那三位使徒更夸张的人物形象了。他们的身躯呈半跌倒状，其中裸露出肩膀的那一位更是如此。这都是些快速完成的巨人像，内容乏善可陈，风格也不够稳重。他的侄子[3]阿戈斯蒂诺·卡拉奇是位更出色的画家，他那幅《耶柔米领圣体》(*Communion*

1　阿戈斯蒂诺·卡拉奇的十四行诗。——原书注

2　洛多维科·卡拉奇（Lodovico Carracci，法文名 Louis Carrache），意大利博洛尼亚画家。卡拉奇三兄弟中，安尼巴莱·卡拉奇（Annibale Carracci，法文名 Annibal Carrache）最有名，其次是阿戈斯蒂诺·卡拉奇（Agostino Carracci，法文名 Augustin Carrache），再次是洛多维科·卡拉奇。他们三人都崇尚古典主义。

3　原文如此，但根据当今的说法，他们被称为“卡拉奇三兄弟”。

de Saint Jérôme）为多梅尼基诺的类似画作提供了主要参照。但是，同他的叔叔一样，阿戈斯蒂诺·卡拉奇将画的背景置于次要地位，使真实性从属于效果，使身躯和动感的色调从属于表现力。洛多维科的第二个侄子安尼巴莱·卡拉奇是他们当中最机灵的。他的两幅圣母像展现了圣母的荣光，符合那个世纪的虔敬情结。其明暗的搭配、众多相互混合的色彩，抚平了那柔弱的虔敬所产生的模棱两可的情感。他那幅手指圣母的《使徒约翰》好似一篇温情的乐章。在约翰的身旁，一位满脸黑胡子的男子跪在那里，带着讨好的姿态向圣母倾诉，但是依然略显呆板。圣母坐在宝座之上，陪伴她的圣徒和圣女以慵懒的优雅姿态俯身向前。这位美丽的圣女身穿淡紫色长裙，胖乎乎的手指张开着。这位圣母完全是一副处于美梦中的姿态。她们都是有些充满柔情又有些狂热的贵妇。假如我们要从卡拉奇一家的作品当中去寻找他们所复兴的艺术之中的情感，那就是在这里。在16世纪末期的意大利，人们的性格转变了。外国入侵带来的无数劫掠和巨大冲击、自由共和国的灭亡、不信任所有人的暴君制度的建立、西班牙日益严酷的统治、天主教和耶稣会的复兴、倾向于宗教审判的虔诚的教宗的影响、对自由思想者的迫害和教会监视制度的设立，无不扼制了人的意愿的活力。人们无所事事，甘于消沉；人们成了享乐主义者和伪君子；人们忏悔和做爱。阿里奥斯托那愉悦的心情、无拘无束的想象力、自然而健康的肉欲，与五十年之后的塔索那伪装的幻想、病态的欲望、戏剧般的骑士风和虔敬相比，差距是多么巨大！这位可怜的塔索被视为大逆不道之人，人们强迫他重写十字军的故事，删除其中的爱情故事，升华笔下的人物，并改编成寓意故事。人变得软弱和腐败了，他不再喜欢强烈的、率直的思想，而是喜欢精致的东西和媚态，喜欢混杂着快感和禁欲主义的复杂情感，喜欢那种介于剧院和教堂之间、介于祷告台和闺房之间的朦胧的情感。于是，同样的微笑既出现在女神嘴角，也出现在圣女唇边，玛大肋纳的裸体形象同异教的维纳斯一样舒展。不管是在礼拜堂的贴金画中还是在宫殿的贴金画中，骑士重又得到了他那面含微笑、身穿盛装的情人。爱情本身

改变了，它不再是直率的和粗糙的了，因此拉斐尔的《弗娜芮纳》对他们而言不过是一个健康的身躯，他们想要更动人、更复杂的魅力，更精致、更迷人的吸引力以及那种忧伤又神秘的温情，想要温柔的优雅和梦幻般的朦胧，想要泪汪汪的眼睛或者凝视时空的明亮眼睛，想要那种隐没在阴影中的柔软形态，想要那种在半明半暗的魔幻中展现出来的衣服褶皱。他们需要情感，需要讲究，就像他们的前辈们想要力量和简朴一样。在各个流派当中，不管是巴罗奇[1]、奇戈利、多尔奇，还是卡拉奇一家、多梅尼基诺、圭多、圭尔奇诺、阿尔巴尼，到处都可以看到绘画与流行一时的柔情诗歌相匹配，与风流、殷勤以及即将创立的歌剧相辅相成。

当灵魂变得脆弱之时，人就需要强烈的激情了。精致通向的是暴力，神经也失去了稳固的平衡，在轻微的瘙痒之后，它需要强烈的喧嚣。这就是为什么这种伤感画变得夸张起来。为了振奋信众，画家时而要画那死人般苍白的脸庞，时而要画一场对殉道者的屠杀，时而要将粗陋的形象与天堂般美妙的形象对比，但总是采用夸张的形式、引人注目的姿态、众多的人物和戏剧般的反差。在这种背景之下，博洛尼亚画家展现了他们的才能和艺术。在多梅尼基诺的一件巨幅画作《玫瑰经圣母》（*Notre-Dame du Rosaire*）中，为了表现圣母的能力，他将四五个悲剧场景组合在一起：两个妇女拥抱在一起，而一名骑马的武士正准备用长矛刺穿她们；一名士兵正在用匕首刺杀一位叫喊的妇女；一位修士死在稻草堆上；一位身穿斗篷的主教正在向圣母祈求。这些场景都被集中在一个框架之中。受惊或哭泣的面容、夸张的刽子手、怜悯、恐惧都持续不断地吸引着观者的好奇心。在所有画面之上，一阵花雨和念珠从天上落下。调皮的或流泪的天使们拿着荆冠和十字架，拿着圣维罗妮卡（Sainte Véronique）的头巾以及那被盲目崇拜的其他标志物，共同簇拥着圣母。而在画的最上方，小耶稣如一束玫瑰花一般升至天上。这就是那个时代所表现的

1 费德里科·巴罗奇（Federico Barocci，1528—1612），意大利画家、版画家。

虔敬，就像我在罗马的耶稣会教堂中所见到的一样。这是一种编排好的虔敬，它需要通过趣味性和刺激性来赢得公众。他的那幅《圣阿格尼丝的殉道》(*Martyre de Sainte Agnès*)也是同样的格调。画面的前景是一堆尸体，其中一个临死前还张着嘴叫喊。一名被吓坏的妇女以戏剧般的姿态向后倒去，而她的孩子则躲藏在她的裙子底下。在柴堆之上，圣女一袭白衣，伸长她的脖颈，眼望天空，象征她的温柔的一只羔羊正尝试去舔她的脚。在她的身后，有一个戴着面具的秃头刽子手，他一身棕红色站在阴影中，其色彩展现的活力与面容的凶残更加衬托出受难者的苍白与柔弱。这冷酷无情的优秀屠夫正专心地想着如何下刀。画面的最上方是一群喧嚣的天使，而耶稣正在倾身从一位像家仆一般的天使手中拿取王冠和棕榈叶。这整幅作品内容丰富，既有真实性，也有表现力。多梅尼基诺是一位真正的画家，他感受到了，他探索过了，他敢于突破并且找到了绘画的真谛。尽管在他所生活的时代，人物类型是众所周知的并且被归类好的，但他依然独具特色。他重新回归到观察当中，并发现了不为人所知的一部分人类本性。在他那幅《维罗纳的圣伯铎》(*Pierre de Vérone*)中，圣人脸上的恐惧、他那因紧张而皱着的眉头、他那因阻挡袭击而痉挛的手臂以及另一位修士因恐惧和绝望而逃之夭夭的表情，所有这些姿态和外貌特征都是新的发明。绘画第一次出现了如此完整的表现力，并抛弃了宗教中的激情。画中的恐惧感是如此真实，以至于两个人物都显得有些怪诞。多梅尼基诺从不害怕庸俗，因为他是从真实出发，从眼中见到的事物出发的。在他所接受的传统教育和他天生的真诚之间，在他所知道的和他所感受到的事物之间，具有一种奇特的反差。

这个流派几乎所有的画家都有作品在这里展出，其中有阿尔巴尼的三幅主要作品，都是宗教主题画，但是跟他的异教作品一样，都很矫揉造作。例如，在他的《耶稣受洗》中，那些天使都是些贵族家庭中的风流侍从。也许他是同时代画家中最能表现时代情趣的人，但他画的都是些温柔而乏味的人物。这些画家都喜欢浪漫的裸体和迷人的神话故事。圭尔奇诺的五六幅画都是死尸般的色调，强烈的阴影效果令人印象深刻，但是都比我在罗马见到的他的作品的水平要低。与之相反，圭多的展品水平很高。我所知道的他的画作都是些二流作品，几乎总是灰色的或暗淡的色调，没有主体和要点。它们都是些快速完成的作品，只有简单而舒适的轮廓，再加上些上流社会的雅致，缺乏坚实的、鲜活的基础。然而，他有一种天赋，假如他的个性能够与之相匹配，那么他将是艺术领域的一流大师。在此，在他的早期创作所展现的青涩和活力当中，他是悲剧性的也是伟大的。他还没有跌落到那种褪色的色调当中，还能感受到色调的戏剧性力量和强烈的反差，还能感受到模糊而暗淡的色调所产生的忧伤对人的心灵的影响。在他画的十字架上的耶稣旁边，圣徒们在哭泣，天空中乌云密布，几乎是一片黑色，暴风雨即将来临。那些身穿宽大衣裳的人物站在一旁，圣若翰洗者身穿红色大氅，双手绝望地交叉在一起。在十字架下，身穿长裙的玛大肋纳披散着长发，眼中满含泪水，圣母则身穿蓝色长裙和灰色的风帽大氅。这些悲伤人物的色彩和聚集共同营造出了一种直达天境的壮丽感。更加壮丽的是他的那幅《圣殇圣母》(*Notre-Dame de la Pitié*)，占据了一整面墙。画中有五个巨大的人物，那是保护博洛尼亚的圣人们。他们或身穿绣金丝的长袍，或穿灰暗的法衣，或穿武士的衣装，全都站在一起。在他们身后的远景处，可见堡垒的形状和城市中的塔楼；在他们的上方，好似登上了一层楼一般，那是天堂的世界。死去的耶稣躺在两位哭泣的天使中间，突显着他那毫无血色的身躯。在更高处，高大的圣母身穿蓝色长袍，处于极度悲伤和对人类苦难的同情之中。这是一处祭台的背景画。在早期的和笃信的虔敬时期，人们画最单纯的、对基督教最虔诚的画，但是在后来的时代当中，虔敬的程度起伏不定。对于一座天主教的城市、一座享乐主义的城市，对于一座突然被瘟疫击倒而屈服于极端焦虑的城市，就没有什么画能比这一幅更加感人了。

《圣殇圣母》，圭多·雷尼

4月18日，从博洛尼亚到拉文纳

这片原野似乎是专为取悦北方人而存在的，对于已经厌倦了清晰的形态和过于明亮的光线的人来说，他心甘情愿地在这朦胧又模糊、充满湿气的景致当中休息片刻。下过雨了，天空中依然有大块的乌云。在视野的尽头，乌云一直坠到地面。偶尔，一块白云在一片苍茫之中显得格外耀眼。未现真容的太阳加热了空中的水汽，而阳光好似星星点点的钻石穿透了那层灰色的、湿润的面纱。向东是一望无际的平原，平得毫无遮挡。无数的树木组成了蜘蛛网一般的纤细网络，直达天际。那些棕色的树顶，与春天的嫩绿，与发芽的柳树和杨树，与青绿的麦苗绝妙地融合在了一起。土壤已喝够了水，雨水在沟渠中、在潟湖中流淌。在遍布的耕地上，总能见到数不胜数的葡萄架，以及它们那扭曲攀缘的枝蔓。

我与当地一位曾任学校校长的教士交谈。从原则上说，这里的教士都是支持教宗的，但是整个市绅阶层、所有受过教育的人以及大部分贵族都是支持新生国家的，尽管拉文纳（Ravenne）的贵族们都很傲慢。

与我交流的这位教士是个自由派人士，他赞成设立学校和军队。这是两个最新设立的重要机构。据他说，本地人的个性中都充满了暴力，他们在纠纷中会立刻动刀（拜伦勋爵曾在回忆录中将他们称为“两条腿的老虎”）。假如他们受到冒犯，那么他们就会在晚上设埋伏，将冒犯者刺杀。对于这些好斗之人来说，还有什么能比学校更有用的呢？教育、思考和理性是唯一能平衡人的本能和脾气的砝码。至于军队，那不仅是一个教授如何服从和何为荣誉的学校，而且还是一条出路——最适用于此的谚语就是“闲生恶”。过于充盈的残暴应该被光明正大地使用到敌人身上，而不应该被罪恶地加在邻居身上。许多原本可能变成坏蛋的精力旺盛的男子，如今成了公共利益的守护者。此外，逃兵的数量很少，而且一年比一年减少。

起初，未知的命运以及军队的调动使他们害怕，随后，伙伴们的讲述使他们放下心来，而崭新的军装也开始吸引他们。法庭的严厉也带来了另一个好的效果：自从取消了“死刑犯可以在六个月后获得赦免”的可能之后，杀人的案件就减少了。在这个国度，重要的是给过于野蛮的激情加上一个制动器，而新的政体正在朝这个方向努力。于我而言，我已经明白，整个意大利的革命是由那些有识之士，由那些中产阶层和士绅阶层所倡导和支持的，而他们的困难在于赢得人民的支持，使全体人民更加开化和意大利化。拜伦勋爵于1820年在拉文纳说过，只有受过教育的人才是自由派，而且在计划的起义中，农民是不会起来响应的。

在离城市约四分之一法里的地方，火车停了下来。在杨树林的绿色掩映之中我们看到了一个低矮的圆顶建筑，那是狄奥多里克（Théodoric）大帝的陵墓。陵墓的柱基陷在泥潭之中，因潮湿而腐朽的门已然掉落，圆形的石块破败不堪，似乎是被锤子敲打过一般。巨大的圆顶足有34法尺宽，是用一整块石头打造而成的，如今早已被雷电劈裂。其内部除了一个祭台和游客用笔写下的名字以及那潮湿的墙上残留的玩笑话以外，什么都没有了。承装遗体的棺椁早已被移除了，老国王从他的墓穴当中被赶走了，就像当时的哥特人被赶走了一样，而在空穴内的腐败积水中，青蛙正在呱呱叫着。

我们重又向拉文纳进发，而景致却越发显得凄凉。我无法想象一座更荒芜的城市了，没有哪座外省的城市比它更凄惨、更破落了。街巷中几无人烟。路面以尖利的小碎石铺就，路中央是一条污水沟，没有宫殿，也没有商铺。两个行政机构——一座学院和一座剧院的正立面以它们那整洁和平庸的外观在这一片杂乱当中显得格外出众。我们眼中所见的是带有裂纹的红色旧塔楼、被赋予了新用途的残破的旧建筑、镶嵌有白色小立柱的狄奥多里克时代的墙壁以及大量的市绅或村民的偏僻居所。可怜的拜伦勋爵，哪怕是有圭乔利（Guiccioli）夫人的陪伴，除了黑色戏剧、谋反计划、拜伦主义，他在这里又能干些什么呢？这座城市已经死去不知多少个世纪了，大海已经离它远去。这里曾是罗马帝国的最后一站，好似拜占庭撤退之后留下的一艘船，已然被海滩上的沙子掩埋。在这片有害健康且人烟稀少的沙滩上，这个城邦没能像托斯卡纳的城邦那样在中世纪再次获得发展。直到今天，它依然是拜占庭式的，比一片废墟还要荒芜，因为其发霉和腐败的程度比坍塌更糟糕。一条运河通向大海，静静的河面上漂荡着几条小船以及四五艘小艇。这个城市唯一的亮点就是这片位于城市和海水之间的松林，其远处的黑色树冠在天边连成了一条横线。

拉文纳

那些曾经到东方旅行过的人说拉文纳比君士坦丁堡更加拜占庭化。这样的城市是独一无二的，还有什么能比这个拜占庭的世界更加奇特的呢？我们对它的了解不够，我们只有一些编年史作家的平庸记载和吉本[1]（Gibbon）的著作，它们的确能带给我们一些观点，但是在纯粹的观点和完整而彩色的图像之间，其距离是无限遥远的。一个延续了上千年古代文明的世界，被基督教思想损害了，并且引入了众多的东方文化，这是多么壮观的景象啊！历史当中没有过类似的情况，这是人类文化和灵魂中独一无二的时刻。我们了解意大利和西班牙的开端，了解它们的发展、繁荣兴盛甚至部分衰落时期，但是对于一个如此长久而复杂的退化，对于一个发生在封闭花瓶中的持续上千年的霉变以及那由多种酵母引发的酸腐，我们没有任何案例可寻。这里有两个文明，都像是人体本身的畸形、肿胀和脓包。

1　爱德华·吉本（Edward Gibbon，1737—1794），英国历史学家，著有《罗马帝国衰亡史》。

我想要了解它们的故事，但不是由古玩家所书写的故事，而是由画家所展现的故事——亚历山大和拜占庭的故事。当学者们挖掘了考古场地之后，还可加上印度和中国的故事。

我们所见到的第一座教堂是圣阿波里内尔（San-Apollinaire）大教堂，其正立面就像是一面宽大的人字形山墙，外带有一个柱廊。拉丁式大教堂的形状在平顶天花板的中殿，在二十根从君士坦丁堡运来的带有纹理的大理石立柱上还能看出来。这些立柱一直延伸到圆形后殿，但立柱上的科林斯式柱头已然损坏。这座建筑是6世纪的产物，但是那些布满中殿两侧檐壁的镶嵌画依然完好无损。它为我们明确地展现了古希腊艺术在那些好争论的神学家兼修士的手下，以及在后罗马帝国时代那些涂脂抹粉的恺撒手下都变成了什么样子。

这依然是古希腊艺术。在他们灭亡了十个世纪之后，帕特农神庙的雕刻师们依然影响着人类的思想。如今，那些胡言乱语的傻瓜眨着他们的眼睛，好似从迷雾之中去分辨那些伟大的形态和高雅的衣装，分辨那些曾经是异教庙宇的三角楣上的装饰。柱头之上有两排队列，一排是二十二位圣女，一直排列到圣母那里；另一排是二十二位圣人，一直排列到基督那里。这两排人物全都没有中世纪常见的那种丑陋表情，也没有那种对现实人物的粗俗的模仿。相反地，女子们的面容很匀称，只是脸形略微有些长，虽然悲伤却很安详，都具有一种几乎古典的崇高感。她们的头发都编成辫子盘在头顶，好似仙女的发型。她们的长披肩都以庄严的形态折叠下垂。男子们的队列同样庄严，而在基督和圣母的身边，身穿白色长衣、额头上系着一条白丝带的天使们在祈祷。但是那些潜移默化的传统的影响就到此为止了。艺术家们知道应该如何按照传统给某个人物穿上长袍，如何处理发型、脸型，但是他们已经不知道在这些外表之下该有怎样的雄健体魄，该有怎样年轻和健美的灵魂活跃在其中了。他们不再观察活生生的人体，因为神父们禁止他们这么做，而是复制被世人所接受的人物类型。从一件复制品到另一件复制品，他们的手机械地重复那些他们的思想已经无法理解的轮廓，而这种复制必然会出现差错。他们从艺术家变成了工人，在这种日益堕落之中，他们已经忘记了很多。他们可以重复二十次同样的姿势和同样的衣装，但他们看不见人的多样性了。他们画的圣母只会戴个王冠以僵硬的姿态前行，她们都系着一条白色长襟带，都披着一件金丝条纹大氅或者像中国式长裙般带有鳞片饰的大氅，都戴着一块白色头纱，都穿着橙色的鞋子。总之，这些“古希腊服装”不过是在修道院服装式样的基础上做了加长处理，再点缀上东方式的金箔而已。画中人物没有真正的外观，通常，人物脸部的线条就跟一个刚开始画画的儿童所画的一样粗糙。人物的脖颈是僵硬的，手像是木制的，衣褶是机械式的。人物都不像是人，而像是人的草图。当我们从这种草图中看出一点人形的时候，只会发现一个令人悲哀的场景——我想要表明的是，模型的退化导致了镶嵌画画工的粗糙以及人的堕落，而这又导致了艺术的堕落。

事实上，他们画的人物当中，没有一个不像是迷茫的傻瓜，没有一个不是扁平的和病态的。我感觉自己缺少能够描绘那些人物外形的词语，那些世代优良的强健身躯如今已经被摧毁了一半，好像是被长期的斋戒和祈祷解体了一样。他们的脸色暗淡，带着一种消沉和逆来顺受。鲜活的生命已经无法发出声音，他们不再有行动，不再有意愿，不再有思想，不再有灵魂。他们依然站着，却不知道该如何站着。我甚至相信他们有什么隐疾，因为他们实在是面无血色，缺少人类本应该具有的活力。天使们都像是些大傻瓜，瞪着眼睛，脸颊凹陷。这种拘谨和僵硬显得他们好似一些刚从田地里被拉出来的农民，他们被迫到神学院中去学习，因而露出那种脸色苍白、目瞪口呆的表情。在天使们的上方，有好几位圣人好似刚从发烧和呕吐的状态当中走出来。在看到他们之前，我无法相信一个活人还能显得如此无力和软弱，几乎失去了身体上和精神上的实质。然而，给我印象最深的是基督和圣母。基督身穿棕色长袍，留着古代神祇才有的漂亮头发和胡须。作为智慧的中心，其前额几乎缩小到看不见；其嘴唇被画得很薄，面容被拉长，眼睛凹陷。除了旁边的圣母以外，没有比这更糟糕的画像了。圣母被缩小到了一种极端的程度，只剩下眼睛，人们几乎看不到她的鼻子和嘴。她的手长而纤细，面无血肉，好似一个患了痨病即将死去的人。她做着一个木偶般的姿态，好似一副骨架，但肌腱尚且相连。她那紫色的披风完全遮挡住了她那骨瘦如柴的身躯。

是什么样的机器将人类这种植物搅入到其齿轮当中，并压榨出所有汁液，只留下空洞的身躯和毫无生气的碎渣的呢？首先是蛮横的罗马共和国，其次是罗马的恺撒们的沉重税赋，再次是拜占庭的恺撒们那更加沉重的税赋以及独裁体制中那些所有使人消沉的力量。皇帝就是一个帕夏。他可以不经审判就处决任何人，哪怕是名主教；他可以没收私人的物品，或者宣称继承某一笔他想要的财富；所有爵位、所有财产以及这个世界上的所有生命，全都取决于他的意愿。皇帝是一个审判官。在查士丁尼（Justinien）的时代，两万名犹太人被屠杀，另两万人被售卖。孟他努斯派[1]与他们的教堂一起被焚毁殆尽。罗马贵族佛提乌（Photius）被迫公开放弃古希腊文化，并用匕首刺穿了自己。在其他的朝代，到处都能见到被流放、被剥夺财产、被伤害或被活活烧死的异端分子。皇帝是一个教派或宗派的首领，他时而是正统教派的，时而是异端教派的，时而迫害贵族，时而迫害平民。他任由自己所支持的派系去偷盗、杀人和强奸。皇帝是道德的长官。在查士丁尼的时代，淫欲被视为同杀人罪或弑君罪一样处理，而酒色之徒会在君士坦丁堡被打得浑身是血并游街示众。皇帝也是一位官僚，他的行政机构从顶层向下控制着所有的外省，消灭了所有的个人主动性，只允许行政职员和纳税人存在。皇帝还是礼仪之长。一个复杂的仪式需要从上至下安排一系列官员参与，他们像机器一般活动，做着那些通常他们也不知道代表什么意思的空泛姿势。所有磨灭人的意志和积极力量的机制都在同时

1 孟他努斯派是由孟他努斯（Montanus）于2世纪创立的一个异端基督教派。

运作并且持续了几个世纪，暴躁的人被消灭了，消沉的人更消沉了。恐怖的统治如同那些古老的君主制国家一样，而相互告密也如罗马帝国时代一样；正教对异教的迫害如同西班牙一样，而严规戒律如同日内瓦一样；黑帮的流行如同那不勒斯一样，而官僚化的秉公办事如同东方古国一样。好似一柄砍伐的斧头，好似一把锋利的锉刀，好似一种能溶解事物的酸液，也好似使金属变质的锈，独裁制的各种成分轮番地进行破坏和腐蚀，并且使一块坚实的钢铁退火。我们可以从作家们的言辞当中看出来，他们已经不知道该如何辱骂或者夸奖了。查士丁尼一世手下的特雷博尼乌斯（Trebonius），对查士丁尼说他害怕看见天使们将皇帝抢走，因为他太卓越了。普罗科匹厄斯[1]（Procope）认为查士丁尼和狄奥多拉皇后根本就不是真正的人，而是魔鬼，是来破坏这个世界的吸血鬼。在八篇奉承文字之后，普罗科匹厄斯终于发泄出了他的愤恨。他笨拙地堆砌了众多疯狂的诽谤之词，好似一名刚刚逃离酷刑的绝望之人结结巴巴地重复一些不明不白的话语。其他作家要么是奉承者，要么是吹毛求疵之人，要么就只是誊写人，而整个国家也跟他们这些作家的情况类似。这种体制首先催生出了宫廷中的众多奴仆、衣着光鲜的侍从、华丽的雇佣兵、宦官、阴谋家和贪官污吏，随后会产生文牍主义者、决疑论者、过分虔诚的人、充满学究气的浮夸的演说家，而在世界舞台上，与他们为伍的还有车夫、弄臣、女演员、妓女和花花公子。

事实上，他们都是历史舞台上的重要角色。古老的罗马舱底在基督教修道院的门面之下得以保存。人们依然将死刑犯扔到露天竞技场的狮群当中。整座城市都参与到马车赛的赌博当中。“绿派”和“蓝派”一样，身穿代表各自派系色彩的服装，果篮当中暗藏着匕首，随时准备刺杀对方。跟以前的花神节一样，妇女们裸体出现在舞台之上。虽然新的规定要求她们必须系一条腰带，但那位驯熊师的

1　普罗科匹厄斯（Procopius，约 500—约 565），杰出的历史学家。

女儿——未来的皇后狄奥多拉却利用这条规定在观众的眼皮底下发明了淫荡的表演。同样还是这批男人，他们疯狂地投入到对神学的激情之中。圣额我略·纳齐安（Grégoire de Nazianze）说过："请一个男人为你换一枚银币，他将会让你知道圣子与圣父的不同之处。若向另一个男人请教面包的价格，他将会回答你说圣子低于圣父。要知道，当面包烤好了之后，他将会对你说，圣子是从虚无之中创造出来的。"他们为这类文章相互搏杀。唯一能够在君士坦丁堡引发一场暴乱的话题就是无酵圣体饼的问题，或者是耶稣基督的双重本质的问题。简本或全本的《三圣颂》（*Trisagion*）在教堂中被两个敌对的唱诗班共同唱诵，随后双方可能就以石头和木棍相对了。查士丁尼有时整夜查阅神学著作，而半岛上的修士们装备有一支海军用来护卫圣像和抵御伊苏里亚的利奥三世的进攻。这些马戏的爱好者，这些为了时尚而身穿匈人（Huns）服装的英俊男子，这些放荡的交际花，这些在博斯普鲁斯海峡的夏宫中的骄奢淫逸之人，他们全都参与斋戒，参与游行仪式，背诵信条，并且向新登基的皇帝们要求虐待敌人。"皇帝万岁！皇后万岁！将摩尼教徒（manichéen）的尸骨挖出来！谁不诅咒塞维鲁[1]（Sévère）谁就是摩尼教徒！将塞维鲁扔出去！将新的犹大扔出去！将三位一体的敌人扔出去！将恩狄派教徒的尸骨挖出来！将摩尼教徒从教堂中赶出去！将两个斯德望（Étienne）从教堂赶出去！"他们不能战斗，不能统治，不能工作和思考，但是他们还知道争吵和享受。在已然分解的人类残渣之上，诡辩者和享乐主义者仍然存在。空洞的头脑中的公式化游戏和堕落的躯体中的贪婪是最后两个能动的发条，而这个文明所产生的两件作品也都带有同样的痕迹。它们都很做作，巨大而空洞，都是按照逻辑常规或者行业常规制造的，毫无品位和道理可言：它们中的一件是复杂的拼凑物，很精致，带有神学的信条，显得很高雅；另一件是华丽的拼凑物，混合了丰富的元素

1　马库斯·奥勒里乌斯·塞维鲁斯·亚历山大（Marcus Aurelius Severus Alexander，208—235），罗马帝国皇帝，又名亚历山大·塞维鲁。

和过度夸张的排场。

那些曾在君士坦丁堡被十字军抢劫之前参观过那里的人应该见过一个奇特的景象，穿过那像中世纪堡垒一般的高墙、雉堞和塔楼之后，他应该能见到一幅旧的罗马帝国的景象：四通八达的双层柱廊贯通整座城市，建筑圆顶上的黄铜在阳光下泛着金光，巨大的立柱上竖着骑士巨像；那里有十一座广场、二十四处温泉，还有数不清的纪念碑、宫殿、立柱和雕像，似乎是那被从其余的世界中驱赶出来的古代文明在这最后一块避难地收集到的所有珍宝和杰作了。那些从奥林匹斯山带来的获得胜利的竞技者的雕像，那些从神庙中拆下来的古代神祇的雕像，那些残缺的皇帝塑像，全都遍布在各个广场、浴场和露天竞技场之中。一个查士丁尼的青铜像立在一个 70 肘长[1]（coudée）的立柱之上，而立柱的底部向外喷着水。一根雕刻立柱带有螺旋式楼梯，其柱顶上是一尊骑马的狄奥多西（Théodose）一世的镀金银像。竖于立柱之上的雕像还有乌龟、鳄鱼、狮身人面像，它们象征着那些被征服的国家。巨像上暗淡的黄铜色、雕像上的哑光白色，都在斑岩柱身之间，在斑驳的大理石柱廊之下，在光亮的圆顶之间，在丝绸长裙之间，在华丽的长袍之间，在无数五颜六色的衣装之间忽隐忽现。在一个大理石竞技场中，马车围绕着一座埃及方尖碑奔跑。在其外廓，一根铜柱上盘绕着巨大的群蛇雕像，稍远处有神话人物卡律布狄斯[2]（Charybde）和斯库拉[3]（Scylla）的雕像、卡吕冬野猪（Sanglier de Calydon）的古典雕像，以及用大理石和青铜制作的群魔乱舞的雕像，其中有狮子、熊、豹子和野驴，它们全都被放到斗兽场之中，以它们的混战和嘶鸣来取悦民众。圣诞节那天，皇帝稳坐在一个由二十四根立柱支撑的王座之上发出指令。人们眼中见到的是来自各个国家，身穿各种颜色、各种款式服装的人士。稍远处，有一个竞技场提供罪犯

1　法国旧长度单位，1 肘长约等于今 0.5 米。

2　卡律布狄斯是希腊神话中波塞冬和该亚的女儿，后变成一个大漩涡怪。

3　斯库拉是希腊神话中具有六头十二足的海妖。

与野兽搏斗的演出。在东面，圣索菲亚（Sainte-Sophie）大教堂展露出它那发亮的圆顶。它那一百根由斑岩和碧玉雕成的立柱，它那带有粉色纹理、绿色线条和猩红斑点的珍贵大理石，它那如藏红花、白雪和钢铁所组成的混杂色调，好似出现在金光闪闪的青铜栏杆和柱头之间的亚洲之花，开放在一个银殿之前，开放在一个纯金的圣龛对面，开放在一个镶嵌着宝石的金花瓶旁边，开放在数不胜数和珠光闪耀的镶嵌壁画之下。教堂之中的主要格调就像是整座城市的主要格调一样，是无序的堆砌和愚蠢的华丽。他们将华丽和宏伟当成艺术，他们所追求的并不是美，而是眼花缭乱。他们堆积了众多的珍贵材料，制造出粗俗的柱头。他们脱离了古希腊模式，他们也不理解那种朴实，他们追寻的是挥霍和炫耀。狄奥斐卢斯（Théophile）皇帝命人复制了哈里发位于巴格达的宫殿，他那新宫殿虽然奢华，但那些夸张且奇怪的组合展现出一种幼稚之感，展示出一个糊涂的老年人重新玩儿童玩具的那种错乱感。在王座大厅，有一棵黄金树，金树的枝叶遮挡住了许多金鸟，其发出的鸣叫声与真鸟一样。在王座的台阶之下，两只如真狮子一般大小的金狮守卫在那里，当外国大使进来参见的时候，它们就会发出吼叫声。宫中的大臣们身着官服排列成行。包括坐席排位、仪容在内的所有细节的规定都收录在皇帝制定的书册之中。大使们需要以头触地叩首三次，而在他们跪拜的时候，一个布景机器会将皇帝的宝座抬升到一个更加辉煌的位置。他的靴子是猩红色的，他的长袍上点缀着宝石，他的头上戴着高高的、闪耀着钻石光芒的波斯锥形冠——两根珍珠饰带将这王冠固定在他的头上，王冠的顶上是一个金球和十字架。最杰出的发型师在他的头上装饰了多层假发。他的脸上也是浓妆艳抹。如此装点完毕，他就保持不动了，静默不语，眼睛直视前方，好似神面对人类一样。人们对他像对偶像一般崇拜，而他就像是一个木偶。[1]

1　这些程序和这种姿态在君士坦丁（Constantin）和君士坦提乌斯（Constance）时代已经流行。——原书注在拉文纳的圣维塔莱（San-Vitale）大教堂中，我们就能见识到这类奢华、崇拜和风俗了。这座教堂建于查士丁尼时期，如今，尽管其外部已经损坏，但内部已被简单地重新粉刷过了。尽管其局部有坍塌问题，或者与不谐调的建筑贴靠在一起，但是它依然是西方世界最拜占庭化的教堂。这是一座特殊的建筑，其新式的建筑风格不仅脱离了希腊式的构思，也脱离了哥特式的构思。教堂的圆顶加在可透日光的穹顶之上，周边是一圈双层连廊，由七个体形略小的半圆顶组成，而那第八个开放的半圆顶，就位于后殿的祭台之上，如此就形成了中央的大圆形被其外廓的小圆形包围的状态，使得球形在教堂中成了主要的形状，就像尖形是中世纪教堂的主要形状而方形是古代庙宇的主要形状一样。

为了支撑穹顶，八根粗大的多边形立柱与环形的连廊组合在一起，而立柱之间再由更小的穹顶和小立柱相互连接拱卫。这个效果是奇特的。习惯于观看成排立柱的眼睛，对于这种交错的布局，对于这奇特而多变的轮廓，对于这直线切割与圆形交错的拱顶以及那种不谐调的形状所造成的景致变化会感到惊奇不已。这座教堂是另一个世界的产物，按照未知的对称结构布局。它是为了另一种生活状态而建造的，好似一个贝壳类的生物被置于节肢动物或脊椎动物之中，显得浮华，也可以说是显得特殊，但它是一种不够简洁、结构也不够合理的类型。目前，其立柱和柱头上的破败是明显的，其上覆盖了厚厚的霉层和一层粗糙的网；另有一些损坏得更严重，上面写着数字。高雅的科林斯式柱头在这些泥瓦匠和绣花匠的手中变形了，变成了一种粗糙图画的混乱组合。当我观看那些镶嵌壁画的时候，这种印象就越发深刻。我看到了狄奥多拉皇后，那个轻佻的女人，那个马戏团的妓女，正带领着她的女随从们献祭。她的形象很苍白，一副将死之人的样子，好似一个患了痨病的妓女。她只剩下巨大的眼睛、连接在一起的眉毛和一张嘴了，其面容的其余部分都被缩小和拉长了，而且额头和下巴很小。她的头和身体都被装饰物遮挡。她的身上只剩下炙热的目光，那是瘦弱的交际花在吃饱喝足后所散发出的狂热活力，现在却被包裹在皇后的奢华衣装之下了。一个镶满红宝石和绿宝石的冠冕在她的头顶闪耀着光芒。她的长裙上绣满珍珠和钻石，紫红色披风上绣着金花边，鞋也是金色的。她身旁的女子们穿得同她一样耀眼，全都戴着玉饰和珍珠饰。同样大的眼睛占据了她们面孔的大部分，同样小的额头还被头发遮挡着，她们同样拥有像石膏一般的惨白面孔。这镶嵌画的画师也许是一个按照既有模板复制或者按照一位画家的肖像画复制的普通工人。这点无关紧要。无论如何，我们可以从中看出他们对于这个女子的看法，或者是他们所塑造的形象——那就是一个披着金衣而年老色衰的妓女。

另一侧是查士丁尼的画像，好似一个庄严的傻瓜。武士们站在他的右边，教士们站在他的左边。他身披棕色大氅，脚蹬紫色靴子，全身都显得装饰过度。这是一个毫无活力的木偶形象。其右侧的两位大臣像要跌倒一样，位于东方式大盾牌之后的那些武士也都像是木偶。艺术家的水平与他的模型一样低劣。

在后殿的最里面，礼拜堂的两侧展现出一系列神圣人物。基督手持一本书，位于两位圣徒和两名天使之间。周边是《圣经》中的各种场景的展示：献祭的亚伯、亚伯拉罕接受上天的启示。穹拱之上有孔雀、水罐和各种动物。将人物分组的艺术手段尚未被遗忘，至少，他们还知道按照对称关系排列。有时，在圣伯多禄或圣保禄的头像中甚至还能依稀见到古代人物像的遗风。但是，他们的画像整体都比较僵直，没有关节，几乎与封建时代的壁毯画一样。他们总有凹陷的大眼睛、白色的角膜、死人一般无血色的面容或棕色的面容。基督总像是一个从墓穴中被挖出来的死人，或是一个病人的幻象。

我还参观了另外两三座教堂，圣阿加莎（Santa-Agata）教堂和洗礼堂。洗礼堂是一座 5 世纪的建筑，与佛罗伦萨的洗礼堂很像，都是由双层连廊构成的，其立柱和柱头不协调，似乎是借用了异教的殿堂。早在君士坦丁大帝时代，那些无能的建筑师就从异教的建筑上拆下大理石和雕像来恣意利用。繁复的藤蔓花饰布满了墙壁，拱穹之上可见耶稣基督的洗礼画。他的身边环绕着十二位使徒，他们的巨大身躯上都穿着白色长袍，披着金色大氅。他们的头型都很小却惊人地长，他们的肩都很窄，眼睛全都凹陷着，但至少，苦修生活尚未使他们瘦弱得好似下个世纪的后人们在圣维塔莱大教堂中所展现的那般——圣多马尚且保有一定的活力，但半裸的圣若翰洗者已显得半死不活，虽然他的大腿、肩膀和头颅依然是健康的。透过水流，我们可以看到裸体的耶稣，除了胳膊，他的身上尚且还有肌肉。或许这位基督教画家参考了某些异教的画作，但是他的眼睛被神秘主义的专横蒙蔽了，他以颤抖的、迟钝的手去勾勒人物轮廓，不能或者只敢描绘出其中的一部分。

另外三四座建筑同样展现出这种堕落。那位皇家公主——普拉西提阿（Placidie），她的丈夫西哥特国王阿陶尔夫（Ataulf）在婚礼时送给她五十名奴隶作为礼物，每个奴隶都带来两个秤盘，一个秤盘中装满黄金，另一个秤盘中装满宝石。她的陵墓就在圣维塔莱大教堂附近。这是一座低矮的庙宇，呈十字形，有几级台阶通往地下。地下是红砖色的阴暗建筑，布满了镶嵌画，其内容有各种圆花饰、叶饰、奇异的飞鸟、十字架下的牝鹿、福音传教士、畸形的耶稣形象和他的羊群。整座建筑显得很原始，夸张又粗俗。好几处陵墓位于阴暗潮湿之中，其中一只代表神圣的羔羊，它的身上没有羊毛却长着鳞片。在普拉西提阿墓穴的十字架下，可以见到一群家畜：它们到底是羊是马还是驴？另一个地下室中是主教以撒的陵墓，他死于 7 世纪中期。在那儿还能见到一些浅浮雕，那是连一位现代泥瓦匠都不会认可的作品。东方三王穿着类似日耳曼牧人的长裤、外套，戴着圆帽，像是野蛮人。但以理（Daniel）的画像、拉撒路（Lazare）的画像，人物的头部都有身躯的四分之一那么大。孔雀也很难被识别出来。艺术在整体上衰落和分解了，就像一个坍塌和瓦解的建筑。在那个时代，拉文纳又落到伦巴第人手中，那不过是从一种野蛮堕落到另一种野蛮当中，因为拜占庭式与哥特式这两种艺术是相辅相成的。与人的堕落同时发生的是大地的败坏：热病杀死了许多居民，沼泽的面积扩大了，城市被埋葬了。人们必须加高圣维塔莱大教堂的地面才能使其避免被淹。当我们去参观离城市有半法里远的克拉塞的圣亚博那（San-Apollinare）大教堂时，在途中见到了一根大理石立柱，那是被摧毁的一座大教堂的残余，是整个一片市郊的遗迹。整座教堂似乎都被遗弃了。它孤零零地矗立在一片荒凉之中，那里是拉文纳曾经拥有的三个街区之一。其地穴常被水淹，附近是一片静默的松树林，而蛮荒之地从大海的一侧开始接管了人类的耕地和居所。

4月19日，从博洛尼亚到帕多瓦

似乎这里的整片地区都是冲积平原，这就像是意大利的一个佛兰德。铁路两旁都是一望无际的绿色田野，到处是牲畜，马在自由地驰骋。春天的阳光照耀在田野上，显得明媚而快乐。除了天边那一条好似轻柔的丝绸流苏的林带以外，四处都没有任何阻挡，无尽的天穹中透露出柔和的碧蓝色。

不一会儿，在湿润的土地上，大量的水渠开始显现。从费拉拉（Ferrare）开始，就有了为防止被水淹而抬高了路基的道路，到处都是沟渠和长满灯芯草的水坑。右侧是波河那银色的水面，水流缓慢，如同静止一般。在光滑的砂石与绿树繁茂的小岛之间，它静静地流淌着，为世界带来一片清凉。我们上了一条笔直而平坦的道路。就像在佛兰德一样，这里的道路也裹挟在成排的杨树的嫩绿色之中。所有的树都发芽了，这是春天，到处都是绽放的花朵。

在如白色缎带一般的道路尽头，经常冒出一座钟楼，随后是一片位于平地之上的房屋。这是一个村落。天空与抹了灰泥的房屋和由棕色砖石建造的钟楼之间泾渭分明。除了阳光之外，这里简直就是一片荷兰的风景。四处都有静默且泛光的水流，而在晚上，还能听见青蛙的歌唱。

在左侧，有一道高大的青色屏障逐渐显现，那是一条山顶尚有积雪的山脉。天空明亮且苍白，而嫩绿色以其细腻的色调在田野中蔓延。

4月20日，帕多瓦

我如今到了奥地利人的国土[1]。当我在书店见到书橱上展示的书和版画时，这种感受并不明显。排在第一列的书中就有勒南[2]的《被诅咒的人》和施特劳斯的《耶稣传》。《耶稣传》已经有了利特雷[3]（Littré）翻译的法文版。此外还有维克多·雨果和黑格尔等的书。一幅版画展现了安睡的加里波第和凝视着他的大仲马。加里波第躺在一块地板之上，他的旁边有一罐水和一块面包；边上有大仲马的题词，将其比作是辛辛纳图斯（Cincinnatus）。书商微笑着对我说，《被诅咒的人》这本书的意大利文版是禁书，但是法文版还不是。加里波第的肖像画是被禁止的，但是他与其他人物一起出现的石版画并没有被禁止。在这个讲规矩的政府的治理之下，法律被严格执行，如果想创新，那就需要等待维也纳的命令。

我们继续前行，映入眼帘的是一座治理良好的外省城市的风貌，它拥有自己的连廊和一块绿草坪。我们感受着它的宁静，看着它那体面的市容和身穿灰色军大衣的卫兵。观光者很容易联想到，如同任何一个治理良好的城市一样，人们在这里吃

1 帕多瓦于1866年才被奥地利割让给意大利。

2 前文已提及《被诅咒的人》一书的作者是法国的让-伊利波特·米雄，他是为了回应勒南的观点而写的。

3 埃米尔·利特雷（Émile Littré，1801—1881），法国辞书学家、哲学家。

得好、睡得好，人们会在咖啡馆吃些冰激凌，生活充满娱乐但并不喧嚣，还可以在一所大学里安静地听听课。对于本地居民来说，最重大的事务是按时纳税。在这方面，我会想到中世纪时它的状况，想到其最高行政官埃泽利诺（Ezzelin）——杀害儿童的刽子手，想到他治下那些日夜遭受酷刑的贵族的尖叫，想到那些被判刑的年轻贵族——他们从牢狱中逃出去刺杀法官或直接用牙撕咬迫害他们的人，想到卡拉拉家族的浪漫奇遇和激烈搏斗。如同在博洛尼亚、佛罗伦萨、锡耶纳、佩鲁贾和比萨一样，我不禁将城邦或封建公国中那可怕、危险和躁动的生活与现代君主政体中那充满智慧的法令和平淡而稳定的生活相对比。

在这里，所有如画般的伟大景致都受到这伟大时代的间接影响。每一个国家，其在斗争领域的未被驯服的活力是艺术领域产生丰富的创新的前提条件。父辈战斗，建功立业，英雄般地承担悲剧的代价；子辈从老人的口中得知那英雄般的传说，得到前辈人的保护，坐在父辈的成果之上不再遭遇危险，他想象、表达、讲述、雕塑或描绘那些他内心依稀尚能感受到的激烈斗争。[1] 正因如此，意大利的艺术品极其丰富，每一座城市都有自己的艺术品，其数量之多使游客都难以承受，因为总是需要重新开始描述。对于无法前往摩德纳（Modène）、布雷西亚（Brescia）和曼托瓦（Mantoue），我几乎是高兴的，但不能去帕尔马我表示遗憾。我将带着对柯勒乔的不完整的印象离开，但是威尼斯的画家们将会弥补我的损失。

哪怕是在帕多瓦这类二级城市中，你也必须做出选择。我们决定前往史格罗维尼礼拜堂。它位于城市边缘的一处安静地段，是一座私人礼拜堂。在一个被围墙保护的巨大花园之中，它好似被遗忘一般静静地矗立在那里，其内部的绿色草坪上有些葡萄藤蔓攀附在果树之上。一位女仆为我们推开闩门，我们就进入到画满了乔托

1 大革命和帝国时期的战争之后的那些19世纪20—30年代的人，荷兰与西班牙战争之后的荷兰绘画，封建社会建立之后的哥特式建筑和武功诗歌，正统君主制建立之后的17世纪的法兰西文学，波斯人战败之后的希腊悲剧、建筑和雕塑，等等。——原书注

乔托所创作的壁画

壁画的中殿了。乔托当时二十八岁[1]，他在此画了三十七幅描绘圣母和基督故事的巨幅壁画。没有任何古迹能比它更好地展现意大利文艺复兴的曙光了。画中尚有一些粗俗的痕迹，例如，他还不知道如何表现所有的姿态。在他的《基督入葬》（*Christ au tombeau*）中，那些人物原本应该表现出悲伤之情，却都张着嘴巴好像在做鬼脸；而他那幅《地狱》，好似贝尔纳多·奥尔卡尼亚的画，里面都是些滑稽的人物。巨大的长毛撒旦好似古代秘密仪式中的丑八怪，其手下的魔鬼们正在吞噬或用锯子锯裸体的小人，而那些小人都肢体瘦弱，好似在腌缸中一般被堆叠在一起。就在一旁，那些获得重生之人同样具有孱弱和扭曲的肢体，正从墓穴中爬出。最令人震惊的则是那些面孔巨大、不成比例的大头孩子。巴洛克风格与中世纪那虚弱的想

1 原文有误，乔托出生于约1267年，壁画创作于1303—1306年，共有53幅。

象力在此同时展露出来，就像那些大教堂的大门之上所展露的一样。与其同一时代的方济各会修士维罗纳的贾科米诺（Jacomino de Vérone），在描写入地狱的磨难之时使用了更加平庸的陈词滥调。他写道：“撒旦下令，将罪人像猪一样插在大铁桩上烧烤。”随后，当其手下将烤焦的人拿给他时，他回答说：“滚，告诉那个蹩脚的厨子，这块肉没烤熟，给我接着烤。”只有但丁知道如何摆脱这些低级的诙谐之语，并赋予他的那些下地狱之人一个与他同样骄傲的灵魂。据说，他与乔托在帕多瓦时曾经是朋友。但是，绘画与诗歌所属的领域不同，一个以词语为工具，另一个则以色彩为工具。人们尚未完全掌握人体肌肉和人体构架之活力的表达，无法像米开朗琪罗那般用几幅扭曲的巨像去表现但丁所描绘的众多幻象和凄凉场景。此外，画家的才能、性情也与诗人完全不同：乔托充满了幸福感，而但丁则充满了忧伤。画家以卓越的天赋、天马行空的创造、高雅又悲怆的风格创造出了理想的人物和感人的表达，而这正是他所独有的特征。乔托以丰富且非同寻常的作品，在历史上首次做出了复兴与创新。

壁画中第一次出现了几乎是古代式样的头型，这与尼古拉·皮萨诺在雕塑上的天才发明异曲同工。五十年之后，绘画与雕塑融合了，匀称而健康的美重新在教堂的墙壁上出现，就像讲道台和圣人墓穴上的雕塑那样。在《十字架上的基督》（*Christ en croix*）以及《最后的审判》中，圣人们都具有高雅的头颅和坚实的身躯，具有古希腊雕像般的强壮下巴。没有什么能比那些长袍显得更庄严和更朴素的了，也没有什么能比那十位带着荣光的六翼天使显得更优美的了。沿着中殿的墙角是一排灰色的单色画，展现了理想中的女性，她们各自代表一种美德。她们身穿宽松带褶的长裙，全都显得健壮和平静。尤其是其中分别代表着慈善和希望的两位，好似古罗马皇后一般，代表正义的那位则具有最温柔和最纯洁的脸庞。我们可以感觉到画家以其热爱追寻并且找到了完美的造型。他的那些基督像并不是肖像画，他们的面容都太过于工整，也太安详了。在《迦拿的婚礼》（*Noces de Cana*）中，他身穿一件酒红色长袍，令人不由得想起拉斐尔在其《耶稣显圣容》中所画的耶稣。显然，艺术家并不是根据一个模特去临摹，而是同拉斐尔一样，“根据自己的某些想法去画”。这种创造发明在画的各个部分都能显现出来。它们在风景中，在构架中，在群组的布局中，尤其是在表现力上展现出来。有些是发自内心的呼喊，而且完全是油然而生的真挚情感，我们再也找不到如此真实的情感流露了。在十字架下，圣母身穿蓝色风帽斗篷，皱着眉头，面色苍白，好像就要晕厥了，然而她依然顽强地站立着[1]。玛大肋纳面对复活的基督张开双臂，带着一脸的震惊和温情，好似想要往前走却迈不开腿。拉撒路全身裹着布条，好似干尸一般在束缚中一动不动，然而他是站立着的，睁着活人的眼睛，这是一个令人惊骇的幻象。画家拥有天赋、内心的情感和思想，除了那需要多个世纪才能积累而成的成就——科学以及手法上的完美之外，他可以说应有尽有。他只是粗略地勾勒了轮廓和衣服的褶皱，手法尚不成熟。在附近的一座教堂——隐修士教堂中有曼泰尼亚的壁画，它们已经十分完美，具有美丽的立体感，也被巧妙修正过。这就是乔托在一个半世纪之后所能学到的技巧，假如他当初就能掌握这些手法，可能世界上就会出现第二个拉斐尔了！

我们朝绿草如茵的草坪走去。一条运河从中穿过，众多雕像在树木之间整齐地排列着。周围是红砖高墙，蓝色的圆顶在明朗的天空衬托下显得雄伟和壮观。在教堂的挑檐之上，鸟儿们在孤独和寂静之中唱着它们的歌谣。

圣朱斯蒂娜（Sainte-Justine）大教堂以及它的八个圆顶就在我们眼前。尽管建于16世纪，它的外观却充分展现了拜占庭的圆形风格。以那些圆顶为中心，圆球形屋顶环绕着它们。在其内部的环形连廊之间，可看到屋顶像巨大的凹形盾牌一般扣在上方，而宽大的拱穹好似一块可操控光线的室内天空一般壮丽辉煌。我们立刻

1　这令人想起高乃依（Corneille）的诗句，想起那位像雕像一般轰然跌倒的罗马女子：“不，我不哭，夫人，我要死了。”——原书注

就感受到了那些线条的表现力。不同的流行式样带来的总体感受也不同：锐角和尖拱的倾斜角激发出神秘主义的情怀，直角和古希腊式坚实的方形框架表达了一种安详和从容，而拜占庭式的曲线——不管其是帝国时代的还是现代的圆顶风格，赋予了它装饰性外观。这就是这座教堂给我留下的印象。它那白色、黑色和红色相间的大理石堂前广场，那些方形壁柱，那些凸出的柱顶饰和罗马式柱头，那巨大的身量和漂亮的采光，这一切都展示出些许奇特和夸张的地方。在祭坛的最里面，有一幅出自委罗内塞之手的壁画。在强烈的明暗对比之间，大批的小天使冲向圣女的刑场；圣女身穿华丽的黄色丝裙，正等着被刽子手割喉。其余的场景充满了颇具戏剧张力的雕塑，殉道者们的姿态、精致的衣袍、扭曲的肌肉，都像是贝尼尼的手法，只是更加做作。这是 16 世纪的伟大之处，但它最终导致了 18 世纪的矫揉造作。

无论从神圣性来讲，还是从艺术藏品的丰富性来看，此地最著名的教堂是圣安东尼（Saint-Antoine）圣殿。在与教堂相邻的广场上，首先映入眼帘的是雇佣兵队长加塔梅拉塔（Gattamelata）的青铜骑马像。它出自多那太罗之手，也是第一次在意大利浇铸完成的青铜像[1]。加塔梅拉塔身穿盔甲，无头盔，手持指挥权杖，安稳地坐在一匹健壮的战马之上。这匹战马雄健有力，它不是一匹用来阅兵的马，而是一匹用来战斗的马。他的半身像胸廓厚实、棱角分明，他那长剑的长度超过了马的臀部。当他需要跨越一条壕沟或者翻越一个栅栏时，他那带有大星轮的长马刺将嵌入马的肌肤中翻滚。这是一位粗鲁的军人，他配备了所有的马具。他与他的对手斯福尔扎一样，是生活在马鞍上的战士。同在佛罗伦萨一样，多那太罗在这里也敢于采用所有真实的表现和逼真的细节，哪怕它们本身并不高雅甚或显得粗俗。这是对于真人及其个人特征和职业特色的完美复制。如同在佛罗伦萨一样，我们在这里也可以看到一块鲜活的人类碎片。这块碎片从它的那个世纪当中被活生生地摘取下来，

1 1453 年。——原书注

并以它的独创性与活力延续着自己的生命，直到传递给我们。

教堂本身相当奇特：它是一座意大利的哥特式建筑，却又混杂着拜占庭式圆顶。它的那些圆顶、尖尖的钟楼、那些小立柱之上的哥特式连廊、罗马大教堂式的立面、威尼斯宫殿式的露台，混杂着三四个世纪和三四个国家的风格。这里埋葬着本城的大圣人圣安东尼，他是12世纪的著名人物，是神秘的布道者。他向鱼儿布道，就像圣方济各向鸟儿布道一样。鱼儿成群地游来，并且做出听懂了教义的示意。圣殿内存放了他的舌头和下巴。1690年时，在耶稣会狂热的巅峰时期，教堂曾经被帕罗迪[1]（Parodi）以最令人难以置信的放浪不羁和矫揉造作的风格重新装饰一新。窗户上刻有银饰浮雕，而大量的白色大理石雕刻的迷人形象、漂亮的脸蛋、柔情似水的眼睛，无不带着一种优雅的伤感布满在墙壁之上。在礼拜堂的最深处，成群的天使——大概有六十位——共同在荣光之中簇拥着圣人。他们拥挤在一起，好似闺房天花板上那成群的小爱神。他们有娇小的身躯、细腻的双腿、孩童般伶俐的脸庞、带着酒窝的圆脸蛋。尤其是俯身在十字架上的那几位，其脸上挂着快乐的微笑，好似做着美梦的小姑娘。整座礼拜堂好似一块巨大的大理石装饰基座，而在教堂的其他地方，风情万种的圣母们优雅地松开她们的头发，正与她们那胖乎乎的孩子们在玩耍。显而易见的是，没落而乏味的虔诚在圣殿那古老而朴素的虔敬之上、在大众的信仰之上又涂上了一层釉彩。

其他礼拜堂展示出了不同时代的同一种情感：左侧那个礼拜堂是敬奉圣人的，由16世纪的十位雕刻师分别完成，包括里乔（Riccio）、桑索维诺（Sansovino）、法尔考内托（Falconetto）、阿斯佩蒂（Aspetti）、乔瓦尼·达·米拉诺、图利奥·伦巴多（Tullio Lombardo），等等。其想象力之丰富，对异教和自然生活的深刻感受，无不鲜明地透露出文艺复兴的精神。其白色大理石立面、彩色大理石藻井

1 菲利波·帕罗迪（Filippo Parodi，1630—1702），意大利雕塑家。

都配有黑色大理石框饰，好似一座古代的凯旋门。布满浮雕的大理石立柱支撑着圆形连廊并且形成一个雄伟的入口。那贝壳式的壁龛，那带有叶饰、盾牌、骏马、裸体男子、天鹅、鱼儿和小爱神雕塑的中楣，提供了一种丰富多彩又鲜活的自然背景。墙壁上和立柱上到处都有小雕像：这边是一组被葡萄和鲜花所环绕的裸体帕耳开（Parques）女神像，形态有些拘谨和纤弱，带有初识人体构架的那种刻意模仿的痕迹；那边是一组耶稣复活像，其对生动形象的追求与诗情画意完美地结合在一起。似乎是为了证明在艺术变革中那经久不衰的信仰，我们在这些杰出而感性的装饰映衬之下还能见到上百幅还愿画、拐杖、不值钱的小画和众多的捐款箱。

仅在此处就聚集了所有人类情感的续篇。这座在异教复兴基础上建造的杰作对面是一座建造于 14 世纪的礼拜堂，即圣菲利克斯（Saint Félix）礼拜堂。它呈尖拱形，布满了绘画和金彩，其壁龛的造型好似三叶草或主教帽，在哥特式风格的基底上增加了一层经由威尼斯反射而出的源自东方的光彩。它泛着暗红色的光，其蓝色的拱顶上满是藤蔓花饰。雕刻的金顶祷告席呈花叶形。阿蒂基耶罗[1]和雅各布·阿万齐[2]（Jacopo Avanzi）的老画以及不少身着中世纪军装的形象全都线条僵硬，手法笨拙，画中的哥特式城堡也都带有撒拉逊人的装饰风格。威尼斯曾经有一只脚踏在东方，踏在塞浦路斯（Chypre），踏在群岛之上，它独自继续着它的基督教东征。

这座教堂之所以成为历史长河中独特的、真正的纪念馆，是因为里面的那些陵墓。刚才在隐修士教堂中，我见到了卡拉拉家族的陵墓。没有什么作品比陵墓上的纪念雕塑更能展现某个时代的思想和品位了，因为建筑师以及雕塑家在各种不同的纪念物上都展现出了同一种理念，那是一种简单且重要的理念，是有关死亡的理念。由此，观众在那些以不同方式实现的各种作品中去理解生命中那最令人生畏的

1 阿蒂基耶罗·达·泽维奥（Altichiero da Zevio，1330—1390），意大利画家。

2 雅各布·阿万齐（1350—1416），意大利画家。

时刻，同时也体会到那最揪心、最普遍和最容易理解的最终归宿。此处具有一个完整的系列。一位于1427年去世的夫人躺在一个壁龛当中，在她的下方，三个小人物雕像在一个贝壳形壁龛中以严肃的目光注视着。他们的头部沉重，其姿态和衣装与去世的女士的衣装一样简朴。这附近还有16世纪的陵墓，其中就有本博主教之墓。他的雕像头顶略秃，一脸大胡子，并且带有提香的肖像画所展现的那种高傲。另一个形象雄伟而夸张，好似一位凯旋者，那是威尼斯将军孔塔里尼（Contarini）之墓。一组战舰、盔甲、武器和盾牌组成的雕塑图案环绕着陵墓的大理石基石。报时的海神崔顿、被锁链绑缚的俘虏所构成的女像柱，都是炫耀海战胜利的象征。裸体形象、外貌普通的头型，全都显露出一种充满活力且蓬勃向上的健康艺术的特征。旁边有两位妇女的形象，一位年轻而骄傲，身穿贴身长裙，胸脯挺拔；另一位年迈且哭丧着脸，但是其身躯依然健壮且有肌肉。在金字塔的顶端，一位美丽的美德女神闭着眼睛，其腿和胸脯是裸露的，就好似一位出自委罗内塞笔下的年轻而充满光辉的女神。我们继续前行，突然间，在17世纪末期，品位的堕落显现了出来。艺术变成伪善的和世俗的，做作又平平无奇。一座1684年的陵墓之上集中了半裸或身着异教盔甲的形象，但是他们都俯着身子，姿态做作。在华丽的帷幔之后，还显露出花环和死人的头颅。在另一座1690年的陵墓之上，是成堆的人物、天使、半身像和旗帜，其下端从一个干瘪的骷髅和一条臂骨开始，其顶端以一个长着翅膀、嘴里叼着一具小号的人骨架结束。在展示了纪念真实死亡的简朴方式之后，就是将死亡视为英雄战歌般的异教的纪念了，而伪善的纪念将死亡的恐怖与人世间的雅致混杂在了一起。

回归到文艺复兴时期的作品是令人多么舒心！在哥特式的贫乏与现代社会的矫揉造作之间，文艺复兴时期的人显得多么高雅、强壮和伟大！下午的剩余时间，我都是在教堂的祭坛前度过的。在青铜栏杆之上，在青铜门附近，立着一些青铜人像。青铜遍布整个空间，覆盖了祭台，覆盖了立柱的浮雕像，装饰着枝形烛台。到处都是生动和立体的形象，它们反射出暗淡的金属色泽。阿斯佩蒂创作的使徒们（1593 年）因其高傲的神态和衣装的褶皱看起来像是米开朗琪罗的子孙。里乔创作的一个枝形烛台（1488 年）足有两人高，底座有 3 法尺宽，其上堆叠着众多人像。我无法想象如此丰富的发明，如此变化多端的场景，如此奢华的装饰，如此完整的世界——既有基督教又有异教，它们被如此完美地整合在一起，而且每一层之间相互衬托，各个群组最终又统一成一个整体。其侧面展现了《福音书》中的故事，耶稣在悲伤而绝望的人群中被埋葬，基督在炼狱中与肢体健壮而优美的被解脱的罪人们在一起。在挑檐之上，在各处的边角之上，围绕着基督教的悲惨故事的是异教的形象。文艺复兴的奇思妙想在此自由地表现出来，产生了大量的海神崔顿、马匹、缠绕在一起的蛇，以及儿童和妇女的躯体形象。半人马驮着手持火炬的裸体爱神，其他爱神正在玩弄一副面具或拿着乐器，野兽和森林之神在丛林中跳跃。那才华横溢的创造，那处处洋溢着的自然情趣，那人类自由想象出的富有诗情画意的雅典娜女神节，尽数展现在那插着复活节蜡烛的枝形烛台之上。

青铜铸造师的工作无与伦比，金银器行业超越了绘画一个世纪之久，当它臻于完美之际，绘画才刚刚起步。金银器行业流程完备并且远远超越其对手，它已经拥有对范型的了解、对裸体的认知和对衣装褶皱的掌握，以及对表情、布局和透视法的研究。从塑形师手中出来的就是一幅完整的图画，不同层次的景致中所包含的三四十个人物、躁动不安和激情澎湃的人群以及所有人类悲剧都展现在公共广场之上，展现在柱廊和庙宇之间[1]。祭台内壁上有两件多那太罗的作品[2]，祭坛的墙壁上有维拉诺（Velano）和里乔的十二件作品，其丰富的想象力、创作上的大胆创新、对群组形象的把握能力，都超越了我所见过的所有作品。这里有友弟德与被屠杀或溃逃的霍洛芬斯的大军，有参孙掀翻庙宇的立柱并使其倒塌，有所罗门王在一个三层

1　见班迪内利著名的版画作品《圣老楞佐的殉难》（*Le Martyre de saint Laurent*）。——原书注

2　1446—1449 年。——原书注

建筑之下被民众环绕，有摩西的铜蛇杖面前的犹太十部族，以及被蛇咬伤而身躯浮肿躺在地上的人、举着孩子请求医治的妇女、受伤而瘫软的男子。这一切都以岩石、棕榈树和羊群为背景，使自然之伟大与人类之苦难形成了对比。所有这些身躯和灵魂都是鲜活的，这种活力直接传导给了观众。当我们见到它们之后就会感到振作，这就是这门艺术的高贵之处。当我们观看那个时代的人物肖像和人物故事之时，我们将会见到他们是如何为生命努力奋斗的，这也是他们跻身杰出艺术家行列的原因。一个人不管是去参加战斗还是去领受苦难，不管是受了伤还是正在搏斗，这些都无关紧要，他的身份要求他必须如此，他就是为了经受磨难和奋斗而被创造出来的。重要的是，他必须勇敢地去面对，必须保持警惕，并不断地工作和创造。重要的是，他本身所具有的行动的源泉不会丧失在一个呆滞的泥潭之中或者迷失在官僚主义的沟渠当中。重要的是，这股源泉永不枯竭，但不是像任性的小溪一般流淌，而是像宽广的河流一般灌溉大地。重要的是，这股永不干涸的水流虽浑浊不清但营养丰富，并且在天光云影之下闪闪发亮。到达它的尽头之后，它将汇入大海，它的使命也就完成了。在每一个时代的转折点，死亡都会吞噬和驱散活着的那一代人，但是它对于其过去却没有影响。逝者可以长眠了，他们完成了自己的作品，轮到他们的后代去开辟道路了。假如他们也创造了与前辈类似的作品，那么他们就可以感到知足并且可以像前人们一样长眠了。

当我们观赏遍布意大利的伟大作品之时，当我们遐想它那些堕落的时代之时，当我们注意到那一代引领者在积极的活力与自主创新方面远远超过我们之时，当我们回忆起所有已然凋零和归于尘土的那些文明之时，我们就会扪心自问，我们自己的文明是否也将拥有同样的命运，那保护着我们的伟大建筑是否将来也能为新的人类提供更好的庇护基础。在这一点上，我们不能追随自己的情感，而是要依靠历史经验，通过分析去获得答案。如下所列是我们的建筑基础，它们似乎已经为我们保证了一定的可靠度。

现代国家都不是简单占有一块领地的城邦，就像锡耶纳、佛罗伦萨、迦太基、克罗托内（Crotone）或雅典那样，它们不会被一次屠戮或占领摧毁。它们拥有两千万、三千万或四千万人口，其中包含不同的种族，可以抵御入侵。拿破仑没能征服那么衰弱的西班牙，也没能驯服如此分裂的德意志。当威廉·冯·洪堡[1]于1815年提议分割法兰西之时，其过于强烈的意愿令盟国退却了。他们都认为在四分之一个世纪之后，那些被分裂的部分还将统一在一起。看看如今俄国的困境，为了占据波兰三分之一的领土，他们需要五十万驻军，用本民族一半的人口去控制另一个民族，其收益远小于其花费。

另一方面，欧洲国家都是由不同种族构成的，这就是为什么当一个邻国没落之时，另一个国家可以接替它或扶持它再站起来。当葡萄牙、西班牙和意大利在17世纪陨落之时，英格兰、法兰西和荷兰为了各自的利益以各自的方式重拾他们的旗帜继续前进。假如百年之后，法兰西变成了一个简单的行政营房，那些信奉新教的国家，如英格兰、德意志、美国和澳大利亚，将会独立发展，并且在两三个世纪之后将其文明回馈给法兰西，就像如今的法兰西在两三个世纪之后正在将其文明回馈给意大利和西班牙一样。与之相反，一个像印度那样的神权统治国家，像古希腊那样的城邦制国家，一个如罗马帝国一般巨大而统一的体制，将会与他们的发明创造一起没落，因为它们没有与之平等且独立的邻国可以在它们没落之后继续存在并且接替它们。

如今人类四分之三的工作依靠机器完成，而机器的数量如同工序的优化一般也在不断地增长。体力劳动减少了，而脑力工作在增加。其后果就是我们避免了那种使古希腊和古罗马走向灭亡的灾难，我想说的是十分之九的人口被从动物般的奴役中解放了出来。不管是古希腊、古意大利还是现代的希腊和意大利，几乎所有的共

1 威廉·冯·洪堡（Wilhelm von Humboldt，1767—1835），德国哲学家、语言学家和外交官，也是洪堡大学创始人。

和国都由于缺乏公民而没落了。如今，机器替代了人或者奴隶，这就为我们准备了更多的聪明人。

再者，实证科学和进步主义如今已经被公认为人类思想的唯一合法的主导者，是人类行动的唯一指南。这在世界上是独一无二的。在托勒密王朝，在16世纪的意大利，科学只掌握在一小部分人手中，是可以通过禁令来摧毁的。如今，科学占据了统治地位，明显改善了日常生活，既保障了私人利益，又获得了公众认可。鉴于科学方法是明确的，而科学的发现还在不断地增长，我们可以断定，科学将会无限地满足和扩充人类的才智。精神上的其他发展，如艺术、诗歌和宗教，可能会流产，可能会偏离方向或萎靡不振，但是这点也不会持久和漫延，并且会不断提醒人们以整体的眼光去看待，去解决他们的信仰问题并指导他们的行动。

最终，这些囊括了政治和道德领域的学问日益深入到教育领域当中，改变了人类对于社会和生命的看法。人曾经像一个好斗的动物，将他人视为猎物，将他人的成功视为危险的信号；科学使人转变成爱好和平的物种，将他人视为帮手，将他人的成功视为好处。英格兰产出的每一斗小麦的价格和他们制造的每一法尺织品的价格都会随着产量的增加而降低。因此，我的利益不是杀死生产小麦和织品的英格兰人，而是希望他们的产量成倍地增长。

人类文明从未达到过如今这种状态。我们具有比其他文明更坚实的基础，这也是为什么我们希望这个文明不会像其他文明那样走向破裂和坍塌。至少我们可以相信，尽管波兰和土耳其发生过动摇或局部失败，我们的文明依然会存在下去，并且在重要的地方成功实现其建设。

另一方面，国家的崇高地位、工业上的发明和科学机构都会加固这座建筑，同时也会损害居民的个人利益，每一个单独的人都会在这巨大建筑的扩张当中变得更加弱小。

首先，有些社会为了巩固自己而变成过于庞大的社会。为了抵御外国的入侵，它们中的大部分都过于服从它们的政府。在这些社会当中，十分之九甚至百分之九十九的人都是外省人，是被管理者；除非极特殊的情况，他们通常不参与公共生活，在社群当中毫不起眼，或者默默无闻，与人疏远，充满惰性，好似屋顶上的寄生苔藓。我们可以将他们的生活比作5世纪的雅典人的生活或14世纪的佛罗伦萨人的生活。

此外，为了提高效率，行业被过于细分，人也从工人变成一个机器零件。傅里叶[1]（Fourier）曾经说过，在一个理想的社会共同体中，如果人们认为自己做的肉酱不符合文明的高度，那么两列各承载十万名被挑选出来的烹调艺术家的列车会集中到一处合适的地方——例如顺着幼发拉底河沿岸排列，他们将会以自己的才智去比拼。获胜者将按照每个人头一分钱获得奖励，他将因此变得富有。这是我们工业体系的怪诞现象。想象一个世界博览会，人们在改进清洗盆、长筒靴、弹性靠垫上付出了巨大的努力，而奖励也是成比例的。看着十万人在劳作，而只有三十名高级人士在用他们的智慧为棉布增添花色，这是令人悲伤的事情。

最后，科学为了其实证性和可靠性而被划分成越来越小的区块，而真正的思想家和发明家必须把自己局限于一个特别的区块当中，自我封闭在一个文献学或化学的角落，就像一位厨师待在他的厨房当中一样。同时，事实的积累越发丰富，而人的头脑也日益被塞满。不会再有亚里士多德出现了。那些想要获得某种整体观念的人被迫放弃身体上的快乐，并令大脑过度劳累；同理，在整个社会当中，过度的脑力开发将会伤及身体和思想的健康。对照一下德意志的学者、文人，甚至我们那些精致的贵族人士、所有业余爱好者和专业人士，对照一下古希腊公民中的哲学家、艺术家、战士和竞技者，对照一下16世纪的意大利人，他们每人在接受军事教育以外，还掌握五六种才能或技艺，某些人还拥有一套完整的百科全书。

1　夏尔·傅里叶（Charles Fourier，1772—1837），法国哲学家、空想社会主义者。

总而言之，人的成就之所以变得稳固是因为它的基础扩大了，但是这个基础之所以得以扩大又是因为人变成了专业人士，而专业也变得日益狭窄。正因如此，我们如今能见到的伟大作品越发稀少了，因为那需要天然的理解力和对整体的敏锐感知力，即对艺术、宗教和诗歌的整体理解能力。古希腊人的生活方式与文艺复兴时期意大利人的生活方式好坏参半：它产生了一个不够长久的文明，不够便利也不够人道，但是它也孕育了更多完整的灵魂和更多的天才。

针对这些问题，目前只有一些权宜之计，但不是补救的办法，因为它们都是由我们生活于其中的社会结构、行业结构和科学结构本身所产生和维持的。同一股汁液既产生果实，也产生毒液，任谁想品尝其中之一，必然也要吞下另一部分。在这种情况下，如同其他体质性疾病一样，医生包扎溃疡，开出镇静剂，通过一种症状去治疗另一种症状，警告病人避免滥用药物，尤其劝导他要有耐心。没有其他可做的了，这是不治之症，因为要治愈这个顽疾必须将人重铸才行。当我写下这些文字的时候，我所展示的难道不是我们的病症的一个样本吗？边旅行边评论，眼睛注视着历史，去分析，去推理，去分辨，将生活的快乐与创作的兴致弃置不顾，这难道不是文人的一个癖好和解剖学者的习惯吗？

第 六 章

威尼斯

1864年4月20日

铁路一进入潟湖区，景致立刻就转变出一种奇异的色彩。四处草木皆无，只有海水和沙子。一望无际的沙洲坑坑洼洼，有些还被海浪不断地冲刷。轻风沿着浮光掠影的水面吹拂而过，小小的浪花接连消失在色泽单调的沙滩上。落日红霞笼罩在大海之上，使得海浪时而闪耀时而暗淡。在这永不停歇的运动当中，所有色调都在不断地变换，又融合在一起。随着天空的变化，海水时而呈现出蓝色，时而是绿色，这一切又与霞光云影混合在一起，忽而金光点点，忽而银光闪烁。目之所及都在不断变化，从视觉上感到恰如到了另一个世界。这里不再是基于坚固土地之上的那种浓烈、清晰和干涩的色彩，而是一种反光，是一个各种鲜明的色彩融合在一起的柔化结果，它变幻莫测，更丰富也更强烈，其各种色调的融合达成了一种和谐。我们可以驻足良久去观赏其色彩的渐变，观赏其浓淡的转化，观赏这华丽的美景。难道这每日可以观赏到的景致，这并非出自人类愿望的自然主宰，还有这被这种光彩所激发出来的想象力，就是威尼斯画派的色彩源泉吗？

4月21日

今日乘坐贡多拉小船游览。我必须先去转一转，见识一下其整体面貌。

威尼斯是意大利的珍珠。我从未见过这样的城市，只知道有一座城市与其略有相似，但也仅仅是在建筑上有些相似，那就是牛津。在整个意大利半岛上，没有任何一座城市能够与之相比。当我回想起罗马和那不勒斯的肮脏街道，回想起佛罗伦萨和锡耶纳那干燥而狭窄的街巷，然后再看着这些大理石宫殿、大理石桥梁、大理石教堂，看着这些精美的立柱、阳台、窗户以及哥特式、摩尔式和拜占庭式挑檐，看着波光粼粼又无处不在的流水，我就会问自己为什么没有立即到这里来，为什么我在其他城市耗费了两个月，为什么我没有将所有时间都用在威尼斯。我们做了到此居住的计划，我们发誓还要回来。这是第一次，我们不仅从理智上喜欢它，而且从心里、从感官上全身心地喜欢它。我们觉得就要过上幸福的生活了，我们相互诉说这生活真是美好。贡多拉平静地向前滑行，我们只需要睁眼看，不需要走动。我们躺着，身体和精神都任由船儿漂荡。一股温暖又湿润的空气吹着脸庞。沐浴在清凉而静谧的晨曦之下的宫殿将其白色或粉色的身影反射在波动的河水之上。我们忘记了一切，忘记了自己的职业和计划，也忘记了自己。我们观看着，采撷着，品味着，好似倏然间脱离了躯体的束缚而飘到空中，飘到一切事物之上，飘到蓝天与阳光的怀抱之中。

蜿蜒曲折的大运河两岸是成排的宫殿与府邸，它们都是被独立建造完成的，事先并没有将城市整体的美化纳入考量。这里大部分都是中世纪的建筑，带有哥特式窗户和三叶草装饰，带有花饰和圆花饰的阳台。丰富的哥特式奇思妙想在大理石花边饰上充分展现了出来，它们从未显得破败，也从未显得凄凉。另一些文艺复兴时期的宫殿，排列出它们那三层叠加的古典式立柱。大门上方镶嵌着珍贵的斑岩和蛇纹石。好几个宫殿的正立面呈粉色或是沐浴在柔和的色调中，其上的藤蔓花纹好似波浪在细沙滩上勾勒出的网纹。天空将其灰蒙蒙的面纱铺在这些古老的建筑之上，而清晨的阳光在宽广的水面上逐渐展露出笑容。

运河蜿蜒曲折。安康圣母（Santa-Maria della Salute）教堂，它的圆顶、雕刻装饰以及其三角楣上的那些雕像映入眼帘，好似从海水中冒出的植物一般，也好似壮丽而奇特的白色珊瑚礁。更远处，在另一座岛上，圣乔治马焦雷（San-Giorgio Maggiore）教堂带着它那圆顶和高高的塔楼耸立在那里，好似一块华丽的珍珠贝。我们将视线转向左侧，那里有圣马可圣殿、钟楼、圣马可广场和总督宫。或许世界上没有可与其媲美的珍宝了。

这无法用言语描述，你必须去看看版画，可那些没有色彩的版画又能展现出什么呢？这里有太多的形式、太多的杰作、太丰富的发明创造了。我只能梳理出一些枯燥的整体印象，好似用一根木棍来还原一棵花果繁茂的树。最主要的印象是丰富而姿态各异的奇思妙想，这一切又都混杂在一起，其多样性与反差形成了一种和谐。想象一下，一位女士的脖颈和手臂上戴着十件八件的首饰，那么她留给人的第一印象要么是其首饰的华丽，要么是其本人的美貌。

迷人的广场周边围绕着柱廊和宫殿，展示着那如林的立柱、科林斯式柱头、雕像、高雅的布局以及各式各样的古典形式。广场的尽头就是那座半哥特式半拜占庭式的圣马可圣殿。它的球形圆顶和尖顶小钟楼耸立在那里，还有那些带有小人像的连廊、装饰有小立柱的大门、贴满了镶嵌画的穹拱、铺着彩色大理石的地面和闪耀着金光的穹顶。这是一座奇特而神秘的殿堂，其内部的光线在红色的阴影中摇曳，好似精灵的翅膀在其猩红的洞穴中扇动。这一切又都沉浸在飘浮的尘影之中，且到处都有人头攒动。往前走几步就是那光滑而笔直如桅杆的巨大钟楼，它直插天际，为海上的航行者提示着古老的威尼斯王国的存在。紧贴在它脚下的是精美的桑索维诺敞廊，好似花朵一般展示着它那数不胜数的雕像、浅浮雕、青铜像和大理石雕塑，高雅而鲜活的艺术创造布满其表面。大量古代文明的残骸组成了一个露天博物馆和纪念馆。这里有来自阿卡（Saint-Jean d’Acre）的四边形立柱、取自君士坦丁堡的青铜驷马双轮战车、挂着城旗的青铜柱，还有两根花岗岩柱身，其中一根顶着一条鳄鱼雕像，另一根顶着威尼斯共和国的象征——翼狮。它们的前方是一个宽敞的大理石码头及其台阶，那里黑压压一片，停泊着贡多拉船队。当我们将目光转向大海时，就完全被吸引住了。我以前只在加纳莱托的画作中见过这种风景，但那是通过油布见到的，画出来的光线与现实的完全不同。水顺着建筑物蜿蜒流淌，在建筑物的外围，水面又像湖面一样宽广，其色调时而绿时而蓝，灵动而透亮。无穷无尽的波浪在微风下翻滚，闪烁着晶莹的浪花。向东方远望，可以看到奴隶码头尽头处的船舶桅杆和教堂的尖顶以及一个醒目的大花园的青翠色彩。一切都好像是从水中钻出来的，水流从四面八方的水渠汇聚而来，沿着码头摇曳，沉入地平线，在房屋之间蜿蜒，在教堂周围流动。泛着光亮的海水无处不在，裹挟着一切，并且像荣光一般紧紧地拥抱着威尼斯。

总督宫就像一颗镶嵌在首饰上的唯一的钻石，它的光芒使周围的一切相形见绌，但我今天不想去描述它，只想享受这份快乐。我从未见过类似的建筑，它完全是新的，我感觉被从约定俗成当中拽了出来。我意识到，在那些不断被重复、被强化的传统形态或哥特式形态之外，还有另外的世界；我意识到，人类的发明创造是没有止境的；我意识到，如同大自然一般，人类的发明可以违反任何教条、突破任何既成的范式而产生出一个完美的作品。眼中所有习惯见到的东西都被颠覆了，在惊喜之中我见到了那将“满”（plein）置于“空”（vide）之上，而不是将“空”置于“满”之上的来自东方的奇趣。一排粗糙的列柱支撑着另一排更小型的列柱，其边缘点缀着尖拱和三叶草饰。在那略显脆弱的支撑之上，是红白色相间的厚实大理石墙壁，其交错排列的图案反射着阳光。再往上看，是空心金字塔式的挑檐、塔尖、小尖塔和垂花饰，它们共同将天空裁剪出花边。这红白相间的大理石立面与各式尖耸的装饰组合在一起，使人不由得想起那些生于非洲和亚洲的仙人掌，其针刺与紫红色的花朵交织在一起的样子。

我们走入其中，眼中突然就充满了各种形状。在两个以青铜雕塑覆盖的储水池四周，四堵墙壁表面都展示出文艺复兴早期的建筑风格和雕塑。到处都是浅浮雕人像，没有一丝光秃秃和冷冰冰的感觉。学者和评论家在卖弄之时并没有以严肃性和修复为借口来限制发明创造的冲动和视觉享受的需要。威尼斯人丝毫不古板，他们不会被书中的规定所限制，不会来到一堵被维特鲁威[1]（Vitruve）的规则所允许的立面墙前假装欣赏，他们只想让一个建筑作品赏心悦目。建筑物被点缀上众多的装饰物、小立柱和雕像，既丰富又活泼。人们为它装点上异教的巨像——如玛尔斯和尼普顿，装点上《圣经》中的人物像——如亚当和夏娃。15 世纪的雕塑师们将雕像的躯体都刻画得真实而略显纤细，16 世纪的雕塑师们则将雕像的躯体刻画得灵动且肌肉发达。里佐[2]（Rizzo）和桑索维诺采用了珍贵的大理石来建造台阶，又以精细的灰墁描绘了变化无常的藤蔓花饰。甲胄与枝条、狮鹫（griffons）与女农牧神（faunesses）、奇花异草、机智的山羊以及各种繁茂的植物和跃动的动物，无不透露出一种诗情画意。我们带着些许羞愧和尊敬，小心翼翼地登上这些华贵的台阶，脑海中浮现出那些曾经在此展露过的各式的华丽长袍、那些拜占庭式的王冠和靴子以及领主们的庄严仪容，真让我们为自己身上穿的黑色衣装而感到惭愧。台阶顶上迎

1 马尔库斯·维特鲁威·波利奥（拉丁文名 Marcus Vitruvius Pollio，生卒年不详），古罗马建筑师和工程师，著有《建筑十书》。

2 安东尼奥·里佐（Antonio Rizzo，约 1440—1499），意大利建筑设计师和雕塑家。

接我们的是一幅丁托列托所绘的圣马可巨像。圣马可投身在天空中，好似一个年老的萨图尔努斯（Saturne）。两位庄严的女神站在一旁，分别代表正义与力量，而一位总督正从她们手中接过代表指挥权和战斗的宝剑。向前直走就是总督大厅和仪式大厅，墙上全都挂满了画作。丁托列托、委罗内塞、波尔代诺内[1]（Le Pordenone）、小帕尔马[2]（Palma le Jeune）、提香、博尼法乔[3]（Bonifazio）以及至少还有二十多位画家的作品被挂在这里。此外，还有出自帕拉第奥[4]（Palladio）、阿斯佩蒂、斯卡莫齐[5]（Scamozzi）和桑索维诺之手的素描和装饰物。整个城邦在其巅峰时代的所有传奇都被集中在这里，展示着它那些曾经的胜利、荣耀与辉煌。世界上根本没有类似的战绩展示：从海战的场景到像天鹅颈一般的船首、帆桨战船、射箭孔、桅杆上的旗帜，应有尽有；缠斗在一起的伊利里亚人、撒拉逊人和希腊人，他们裸露的身躯在阳光下被晒成古铜色，又因为搏斗而肌肉血脉偾张；此外还有各种金光闪闪的衣装、金银丝嵌花的盔甲和珠光宝气的丝绸。这一切都混杂在一起，囊括了威尼斯人从扎达尔（Zara）到杜姆亚特（Damiette），从帕多瓦到达达尼尔（Dardanelles）海峡的英雄般的辉煌战绩。到处都有裸体塑像和寓意女神像。在三角形区域，波尔代诺内画的美德女神像好似巨人一般长着悍妇的身躯，易怒且暴躁。到处都呈现出一种雄浑的力量、旺盛的活力和肉欲的快乐，而在这令人眼花缭乱的展品当中，最引人关注的就是丁托列托的那幅巨大的壁画《天堂》。壁画足有 80 法尺宽，24 法尺高，其上有六百个人物被裹挟在一种棕红色的旋涡之中，好似烈火形成的一股云烟。

我的头脑似乎是被塞满了，凌乱了，感官都在衰退。我停下脚步，闭上眼睛，

1 波尔代诺内（原名 Giovanni Antonio de'Sacchis，1483—1539）是绰号，意大利画家。

2 小帕尔马（原名 Jacopo di Antonio Negretti，约 1548—1628）是绰号，意大利矫饰主义画家。

3 博尼法乔·委罗内塞（Bonifazio Veronese，1487—1553），意大利画家。

4 安德烈亚·帕拉第奥（Andrea Palladio，1508—1580），意大利建筑师。

5 温琴佐·斯卡莫齐（Vincenzo Scamozzi，1548—1616），意大利建筑师。

《天堂》，丁托列托

并在一刻钟后做出了决定。我今天只仔细看了一幅画，那就是委罗内塞的《威尼斯的胜利》(*Triomphe de Venise*)。这不仅是一场庆典，而且是一场视觉盛宴。在一组有巨大的阳台和扭曲的立柱的建筑当中，金发的威尼斯女神身穿丝绸长裙和披风坐在王位之上。她的美光彩夺目，其肤色透出生活在湿润地区的姑娘所特有的鲜嫩粉色。围绕在她身边的是一圈年轻女子，她们都面含饱满的情欲和高傲的笑容，具有一种奇特的威尼斯女子的吸引力——那种血管中流淌着交际花血液的女神的魅力。她以她的裸体去征服男人，而不是屈服于男人。在她们淡紫色的衣袍之上，在她们那天蓝色和金色的披风的旁边，她们那鲜活的肌肤、她们的后背和肩膀在半明半暗

《威尼斯的胜利》，委罗内塞

中显得格外醒目。她们那圆润的裸躯、欢乐的姿态与其容颜相辅相成。在她们当中，仪态华贵而温柔的威尼斯女神好似女王一般，她的身边只可能存在着幸福，所有看着她的人都将获得幸福。在她那庄严的头颅之上，两位倾倒身躯的天使正在为威尼斯女王戴上王冠。

语言是多么可悲的工具！丝缎般的肌肤色调、裸露的肩膀上的柔和光线、飘逸的丝绸折射出的闪耀光芒，这一切都将人的目光吸引并攫住了。在看了一刻钟之后，嘴里却只能说出一句模糊的表达。利用什么去展示蓝色衣袍与黄色衣袍的和谐搭配，或是一半处于阴影中一半处于阳光下的一只胳膊的协调色调呢？然而，几乎可以说绘画的所有力量就在这当中，就在色调的转变效果中，就如同音乐当中音调的转变效果一样。与听觉一样，视觉使人获得肉体上的享受。文字虽能直达思想，却不能触及神经。

在这想象的天空之下，一群威尼斯妇女身穿当时流行的方口袒胸紧身裙装站在一排栏杆之后。这是一个真实的世界，而它与另一个世界一样迷人。她们看着、欢笑着，而光线时明时暗地投射在她们的衣装和脸庞上，其优雅的色调变化与对比令人感到一种难以抑制的快乐。有时是一个额头，有时是一只美丽的耳朵、一条项链或一颗珍珠，从暖色的阴影中显露出来。其中的一位女子正当青春年华，长着最惹人爱的小脸蛋；另一位身材丰腴，四十岁左右，眼睛看向上方，嘴角露出舒心的微笑。这里有一位身穿金丝红袖的美人站在那里，其丰满的胸脯使衣裙都膨胀了起来；那里有一个金色卷发的小姑娘身处一位老妇的怀抱中，她顽皮地举着小手，其鲜嫩的小脸蛋好似一朵玫瑰花。没有一个人不是快乐地活着，没有一个人不是欣喜的。这些褶皱的丝绸闪着亮光，这些白色和半透明的珠子与透明的色调是那么协调，它们就像花瓣一般精美！

画面的最下方是嘈杂的男性群体，有战士、腾跃的战马，还有飘逸的长袍。一名士兵正吹着挂有旗帜的军号，一名裸背的男子坐在盔甲旁，其余的空间中则挤满了鲜活又强健的人，角落中还有一名妇女抱着她的孩子。这些丰富多样的人物都被天才般地整合在一起，好似夏日中的大海被慷慨的阳光照亮了。这应该就是威尼斯给我留下的印象……

我请人指引我来到公园。在看了那样一幅画之后，我只想看看自然的景物。这是一段位于威尼斯的一端——丽都（Lido）岛对面的土堤。绿色的灌木排成篱笆，花坛上盛开着红色和黄色的花朵，光滑的梧桐树和粗糙的橡树已然发芽，并且向大海倾斜着它们的树冠。东面有一块露台，从那里远眺可以看到远方的岛屿和水天一线。站在露台上，我看着脚下的大海，细浪在浅红色的沙滩上翻卷。那精致、丝滑而朦胧的粉红色纹理和淡紫色色调多么像委罗内塞所画的裙装；那金黄色与红色的混合异常浓烈，多么像提香所画的华丽长袍。淡绿色浸没在蓝黑色之中，海蓝色镶嵌着银色的波纹或闪烁的金片，它们涌动着，翻腾着，又在如火般的艳阳照耀下不断地融合在一起。天上那蔚蓝的穹顶向四面扩展，其一端落在了丽都岛之上，三四块静止的云朵好似白色的沙洲飘浮在那里。

我往前走得更远，并在大海上结束了当天的行程。最终，夜幕来临，起风了。一些苍白色、黄灰色和紫绿色的色调降临到水面上。无穷无尽的海浪拍打着，其黑色的涌浪令人感到忧虑。狂风大作，呜咽着，撕扯着天上的云朵，照亮西方天际的红光消失不见了。时不时地，月亮从被撕碎的云朵间露出头来。它在云缝间忽隐忽现，忽明忽暗，也将月光洒落在波涛汹涌的水面上。我们依然能识别出天上那广袤无垠的穹顶，而天际线逐渐变成了一条黑色的条带。大海战栗着，朦胧的水雾与翻滚的云朵连成一体，充斥着所有空间。

没有哪个夜晚更能展现出海水的色调了——那是褐色与深绿色的结合，有时又是灰白色，而且总是伴着无尽的海浪声。我们尚未见到它那广袤且涌动的形态时，就能听到它的声音了。逐渐地，眼睛适应了海面反射出的光线。它好似幽闭的房屋中的一面镜子，好似传说中那种看不到底的魔镜，折射出模糊而又神秘的光线，且总是闪烁不停。它有时反射的是一股水花的涌现，有时反射的是一道巨浪的峰脊，有时是一堵水墙的光滑表面，有时又是闪电下一个漩涡的挣扎，还有时是远方的一场茫茫骤雨。所有这些若隐若现的微光都交织在一起，从漆黑的夜晚当中涌现出一种朦胧的光亮，好似阴暗中见到的一块金属。那惨淡的光亮、那涌动的水面反射出的浮光掠影，最终都被死气沉沉的天空所覆盖。

月亮有两三次从云雾中显露出来，其摇曳的光线好似葬礼上的灯光在飘动的衣装之间和灵台上的黑色盖布前晃动不止。向远望，那是威尼斯的建筑，好似整排的火炬和墓穴一般排列着。各处都有聚合的光点显现，好似聚集在棺材旁的烛光。

小船靠近了。左侧，在一片静谧之中，奥尔法诺水道显得平静而凄凉，然而这黝黑的水体充斥着所有快乐和恐惧的要素。思想不由自主地深入到这冰冷的深水之中。这寂静夜晚中的流水具有多么奇特的活力！与此同时，海面上浮荡着教堂和宫殿那幽灵般的身影。圣马可圣殿显现了，它的那些尖塔和圆顶在黑暗中刻画出自己的原形。在两条光带之间，我看到了圣马可广场以及教堂的立柱和钟楼，它们好似魔术师用奇幻手法变出的空中楼阁一般浮在那里。小船进入更昏暗的小水道当中，远处时而有个路灯将其飘摇的光线投射到水面上。除了船夫在拐角处的叫喊以外，四周寂静无声，也不见一个人影。不时地，贡多拉从阴暗的桥底钻出，又像虫子一般缓慢地沿着某座宫殿的基石舒展着身躯。在如地窖一般的昏暗之中，宫殿几不可见。突然间，水面又变得宽阔了，可以见到一个孤独的路灯在黑夜里凄凉地摇曳，其反射出的光芒短暂地照亮了铅色的水面。有时候，波浪会冲毁房屋的台阶，侵蚀地基。我们见到一扇被栅栏封闭的窗户、一段破败的墙壁。四周水道如织，错综复杂，一直延伸到那些未知的领域。

广场和街巷

一切都很美。我相信人都有性情上的偏好，我在此也找到了一个。给我一片傍水的森林或威尼斯吧。

不管是小巷还是其他地点，无处不是令人愉悦的。我们从罗莱丹府（Palais Lorédan）开始向圣马可广场前进，沿途经过了一些奇形怪状而又迷人的街巷。街巷两旁全是商铺和服饰用品店，还有堆满货架的甜瓜、橙子和蔬菜。街上满是衣着光鲜的人群，有着一副讥讽的面孔或性感的脸庞。人流如织，声音嘈杂。这些街巷是那么窄小、那么不规则，以至于当我抬头看时，只能见到一片犬牙交错的天空。我来到一些人迹罕至的小广场，它们在阳光照耀下显得无比敞亮。地砖、围墙全都是石砌的，周边都是关闭的房屋，它们或呈三角形，或呈方形，这取决于地基的形状。一座精美的蓄水池位于庭院中央，石栏杆上雕刻着狮子和裸体人像。圣梅瑟（San-Mose）教堂位于一个角落，它整体是巴洛克式的，其立面是耶稣会式的。圣徒（San-Apostoli）教堂或圣路加（San-Luca）教堂都有一个刻满了雕像的大门，但是在咸湿的海风和炽烈的阳光侵蚀下变成了棕色。一片斜阳照在建筑物上，将其分割成亮暗分明的两部分，好像有一半人物在三角楣和壁龛中活跃了起来，而另一半人物则在幽暗的阴影中休憩。我们继续前行。一座小桥跨越一条羊肠水道，些许贡多拉在彩色大理石映衬的银色水面上滑行，而在鱼贯而行的船队尽头，又见波光粼粼的海水在阳光的照耀下金光闪闪，反射着明暗交错的岸边倒影。桥拱上，一位戴着黑色头巾的姑娘微微提起了自己的裙子，露出了其白色的长筒袜、纤细的脚踝和平底皮鞋。她看起来不像罗马女人那样高傲而冷酷，她的步履随着头巾的起伏摇曳生姿，她的脖颈在红色发缕的映衬下显得洁白如雪。她身材丰腴，面带笑容，看上去柔柔弱弱，就像一只孔雀一样，或更准确地说，是像一只正在阳光下整理亮丽羽毛的鸽子。我们迷路了，但这样更好。没有一位讲解员，我们最终通过太阳的位置和阳光的斜度找到了该走的路。所有教堂以及任何能够停靠贡多拉的地方都有一些奇特的怪人、一些真正的游民，他们能做的事就是拉住停靠在台阶旁的小船，当游客回来时去召唤船夫，或在太阳底下闲逛、睡觉和乞讨。他们在那里伸着手，身上穿着脏兮兮的破衣烂衫，破洞中露出红色的肌肤。我们来到了圣马可广场。太阳消失了，但是圣乔治马焦雷教堂的塔楼和砖石依然如桃花一般呈现出粉红色，而落日的一侧浮现出一种鲜红的蒸腾之气，好似烈火的气浪裹挟了天际。东方，所有圆顶和尖塔都从海中冒出来了，好似玛瑙或斑岩制成的酒杯和枝形烛台。它们的棱角在天穹下切割出清晰的轮廓，而在最下方，一种绿宝石般的色调一直延伸到远方。

在行政官连廊，彩带一般的灯光开始亮起来了。我们走进弗洛里安咖啡馆，坐到带有玻璃壁板和欢快寓意画的小隔间当中。眼睛半闭着，我开始在脑海中回想今日见到的景象，任它们如梦幻般一一飘过。清甜的果味冰激凌已在口中融化，再来一杯美味的咖啡使自己振作起来，这般享受在欧洲的其他地方难寻。抽上一支东方烟草，看着身穿丝裙、妆容优雅的女店主一言不发地将水仙花或紫罗兰摆放到桌上。广场上到处是人，黑压压的人群在光影下蠕动。一些游唱音乐家在歌唱或在表演小提琴和竖琴的合奏。我们离开了此地，身后的广场上依然人影绰绰，而在两排明亮的店铺尽头，可以看见圣马可圣殿那东方风格的奇特屋顶造型，其葱头形圆顶、尖塔、花丝镶嵌的雕像、门廊中的阴影，都在两三盏孤零零的路灯的暧昧微光下忽隐忽现。

4 月 25 日，老威尼斯，圣马可广场

威尼斯的独特之处在于，在罗马帝国衰亡之后，整个欧洲只有它持续保持着

自由城邦的地位，而且其体制、习俗与古代共和国的精神是一脉相承的，没有中断过。想象一下，昔兰尼[1]（Cyrene）、尤蒂卡[2]（Utique）、克基拉[3]（Corcyre）岛，以及几处古希腊人或布匿人的领地，它们奇迹般地躲过了野蛮人的入侵和世界的变迁，并且仍保持着其古老的生存形态直到法国大革命时代。威尼斯的历史与其本身一样令人惊叹。

实际上，威尼斯是帕多瓦的一个领地，它成功地躲开了亚拉里克[4]（Alaric）和阿提拉[5]（Attila）的侵犯，就像从前的弗凯亚城[6]（Phocée）为了躲避居鲁士（Cyrus）或大流士（Darius）的入侵而转移到马赛（Marseille）一样。如同所有古希腊的领地一样，它首先保持了与首府的联系。421 年，帕多瓦下令在里亚尔托（Rialto）建造一座城市，并且向那里派遣行政官员，同时还要建造一座教堂。女儿在母亲的庇护下长大，并最终离开了她。自这个时代开始，在十三个世纪的历史长河中，她从未受到过任何野蛮人、日耳曼国王或撒拉逊国王的控制，也从未被裹挟到封建体制当中。查理曼的儿子搁浅于她周围的潟湖之中，法兰克人或阿勒曼人的国王都承认威尼斯不归他们管辖，而是受制于君士坦丁堡，然而这种名义上的隶属关系很快就消失了。在拜占庭的那些披金戴银的恺撒和亚琛[7]（Aix-la-Chapelle）的那些身披铁甲的恺撒之间，面对着那些退化的希腊人的巨舰和日耳曼人的大批骑兵，她的那些沼泽地、她的机智和勇敢都使她得以维持自己的自由和拉丁文化。威尼斯的历史学家们在编年史中吹嘘自己是罗马人，而且比罗马的罗马人更像罗

1 古希腊城市，位于今利比亚境内。

2 腓尼基古城，位于今突尼斯境内。

3 古希腊城市，又名科孚岛。

4 西哥特国王。

5 著名的“上帝之鞭”，匈人帝国首领。

6 古希腊城市，位于今土耳其境内。

7 亚琛位于今德国北莱茵-威斯特法伦州，曾是法兰克王国的首都。

马人，因为罗马曾经经历了那么多次的外族入侵，早已被外族的血液玷污了。的确，她及时地从罗马帝国的腐败堕落中抽身而出，以古代城邦的那种军事化的艰苦方式生存于世，并成功地避世于封建王朝难以入侵的一角。威尼斯人丝毫没有被拜占庭那五颜六色的丝绸长袍腐化而变得懒惰，也丝毫没有被日耳曼人的锁子甲束缚而变得僵硬。他们没有成为一位宫廷宦官手下的书吏，或者是一个城堡领主手下的士兵。他们工作、航行、建造、决策和投票，如同以前的雅典人或科林斯人一样。他们就是自己的主人，与自己的同胞和公民享有同样的地位。在最初的两个半世纪当中，威尼斯的每一座岛屿都会推举出一位行政官（tribun），类似于可以每年连任的市长，并对由所有岛屿组成的议会负责。早期的编年史作家记述说各岛上的食物和居住条件基本上都没有什么差别。6 世纪时期，卡西奥多罗斯[1]（Cassiodore）曾记述说，在威尼斯人当中，“穷人与富人是平等的，他们的房屋是一样的，人与人之间没有任何区别，也不存在嫉妒”。可以想见，那里重现了古希腊式的有节制且活跃的民主。697 年，当他们有了总督（doge）之后，他们的自由变得动荡起来。家族之间有了争执，议会上也出现了拳脚相加的现象。假如总督变成暴君并想要使自己的家族永远把持权力，那么他将会被赶走，被迫成为修士或被挖下眼睛，但是，根据古代城邦的习俗，他通常会被处死。1172 年，在五十名总督中，十九位被杀、被流放、被打残或被废黜。城邦有自己的神，如同卡比托利欧山有朱庇特或雅典有雅典娜一样，而且是先有圣狄奥多（Saint Théodore）和他脚下的鳄鱼，后有圣马可和他的翼狮，再有从亚历山大城偷运到威尼斯的圣马可遗骸。他们都护佑着这片土地，就像从前的俄狄浦斯被埋葬在科洛诺斯（Colone），护佑着雅典的土地一样。民众的精神与小米太亚德[2]（Miltiade）和客蒙

1　卡西奥多罗斯（490—585），罗马城政治家和作家。

2　小米太亚德（Miltiade le Jeune，约前 540—前 489）曾领导希腊人赢得马拉松战役。客蒙是他的儿子。

（Cimon）时代的人一样坚强不屈。奥尔塞奥洛一世（Urseolo Ier）曾经自己出钱建造了一座医院，并且翻新了总督宫和圣马可圣殿。他的儿子奥尔塞奥洛二世将自己三分之二的财产捐给了国家，其余部分才留给自己的家族。这就像是一棵重新焕发青春的古代橄榄树，它在那严冬般的封建体制包围之下显得青翠而茁壮。通过其国家的形态和宗教的界限，通过他们的习俗和情感，通过外部的刺激和他们自己的设想，历经苦难与辉煌，威尼斯人重新开启了那被其他人类社会永远抛弃的事业。

我们不再能理解这片封闭的领域所展现出的力量了，我们再也看不到那些有限的联合体所发展出的活力了，我们在一个过于庞大的政体当中迷失了自己，已无法想象一个城邦社会激发出的不懈努力和勇敢、顽强这些品质。当个人采取与其能力相匹配的行动时，我们就不再怀疑他所能施展出来的创造力、他的爱国热情和聪明才智了，不再怀疑由奉献精神所带来的奇迹以及人性力量的蓬勃发展了。当今最缺乏的，就是一个公民可以感受到自己属于一个祖国！只有当祖国处于危难之时，才能获得这种感受，而这种危难，每个世纪都发生一次。平时，我们见不到祖国，她对于我们而言只是一个抽象的概念，只有靠理性推理才能接触她。我们只觉得她像是一套复杂的机械结构，既约束我们也为我们服务。总之，她不停地运作，从不会停摆。假如有一个齿轮坏了或出了严重的故障，那也不过就是降低一些效率而已。我们以及亲人们的生命不会受到威胁，街头总有警察保护我们。我们的事务不会遭受损失，我们的快乐也不会减少。自从私人生活与公共生活被分开以来，国家被转交到政府手中，似乎不再是私人的事务了。在这个时代，危及社团的事情会严重伤害到个人，而国家的事务就是自己的事务。当匈牙利人来到威尼斯城下时，不用发动民众，他们就会跑到马拉莫考水道去，因为那里有他们的家、他们的孩子和妻子。他们会亲自划船，就像如今我们会操作消防水泵去救援邻家的火灾一样。与达尔马提亚（Dalmatie）海盗进行的一百六十年的战争并不是出于国家利益，不是出自内室的谋算，也不是出自一个由十二名盛装的政治家策划的机制——就像我们的非洲远征军那般。那些被劫掠的航船、被从教堂抢走的新娘、被俘获并被迫去划船的公民，所有这些个人付出的代价逐渐将个人转变成了公民。后来，当威尼斯开始向地中海扩张其殖民地的时候，同样的情况导致了爱国主义的形成。纳瓦吉里（Navagieri）家族，利姆诺斯（Lemnos）岛的公爵们，萨努多（Sanudo）家族，纳克索斯（Naxos）岛、帕罗斯（Paros）岛的领主们，以及在克里特岛三分之一的土地上获得封地的五百三十七个骑士和步兵家族，他们都知道国家的危亡取决于他们的奉献。威尼斯的失败将会带来入侵、火灾、残肢断臂和尖桩刑。当希腊人、埃及人、热那亚人启动了他们的战船，当阿勒曼人、土耳其人或达尔马提亚人发动了他们的军队，任何一个威尼斯人，不管是商人、水手还是捻缝工，都知道他们的买卖、薪资以及亲人的生命受到了威胁。通过那牢固的社团联系，他已经习惯集体行动，觉得自己是祖国的一员。他会为祖国承受羞辱和伤痛，也会通过祖国去蔑视他人和赞美自己。他就像一支高贵军队中的一名士兵，聪明而具有征服欲，并在圣马可的旗帜下前进。如此成长起来的人是强大的，而且当他觉得自己强大了，就会做出伟大的事业。宽宏大量使得关涉私人利益的那根已然紧张的发条增加了一倍的弹性。让我们看一下现代城市的生活，例如鲁昂或图卢兹（Toulouse），它们是一个简单的人类会聚地，每个人都在一种普通的治理之下过着默默无闻的生活。人们只考虑自己，疲惫地忙于致富或吃喝玩乐，但大部分时间都比较压抑自己。然而在一座自由城邦之中，如古代的雅典或罗马，如中世纪的热那亚和比萨，再如威尼斯，人们的生活是积极的。威尼斯早期就是一个鱼贩们的小镇，建于污泥之上，没有土地，没有淡水，没有石头，也没有木料，然而他们征服了他们的海湾、君士坦丁堡、群岛、伯罗奔尼撒半岛和塞浦路斯，他们镇压了七次扎达尔的反叛和十六次克里特岛的反叛，他们击败了达尔马提亚人、拜占庭人、开罗的苏丹和匈牙利国王。他们曾在博斯普鲁斯海峡配备了五百艘帆船，每艘船配有两百名划船手，并且同时启动了三千艘战舰。他们曾每年派遣四支武装商船往返于特拉布宗（Trébizonde）、亚历山大、突尼斯、丹吉尔（Tanger）、里斯本和伦敦之间。他们曾创造出自己的产业、自己的建筑风格、自己的绘画艺术和风俗，将自己转变为一个艺术中心。与此同时，他们的战舰和士兵在克里特岛、在摩里亚[1]（Morée）为整个欧洲抵御着野蛮人的进攻。经过这些对比，我们就能够理解他们的积极性和我们的惰性了，理解一个社会能够从个人身上获得什么，理解当个人成了国家的主人和爱国者之后所具有的创造性和勇气了，也理解了在威尼斯得以复兴的古代城邦自治体制是如何激发个人的勇气和才智的，而那也是我们所遗弃的，因为我们将个人的才能埋没在过于强大的国家政体之中了。

当一个社会以这种方式发展时，它就会产生自己的品位和艺术。积极的生命产生独特的创造，而创造力不仅促进行动，也激发了才智的进一步发展。只有一件事情对于人类来说是必需的，那就是尊重他内在的生命之源。每个人都要保护自己的生命，让它免遭伤害，不致沉沦，其余的，不管是作品、荣耀还是权势，都是锦上添花。这些威尼斯人去了君士坦丁堡，为他们的教堂带回了圆顶形状和那些拱廊，带回了拜占庭建筑中常见的葱头形穹顶，但是他们在自己的土地上实践时做出了些许改变。圣马可圣殿与圣索菲亚大教堂的不同之处就像是一个纯朴的、有创造力和征服欲的年轻国家与一个古老宏伟又刻板的帝国之间的区别。建筑师们见到这些区别时会低声抱怨，每向前走一步，都能见到规则被打破、风格被混淆。或许，他们不敢在地基不牢靠的土地上完全复制圣索菲亚大教堂的巨大圆顶，但他们喜欢那个形状，于是就建造了五个小型圆顶，并且从外部将其加高，使其如葱头一般鼓起，再加上箭头，就形成了奇特的曲线。到处都有随心所欲的奇思妙想，这在列柱中庭就能明显地感觉出来。门廊上方的拱腹带有哥特式的尖顶，外廓上又被装点了一圈

1 伯罗奔尼撒半岛的旧称。

小雕像。尖细的小尖塔立于扶壁之上。五百根斑岩、绿纹岩和蛇纹岩小立柱被紧密地装饰在并不连贯的多层立面之上。闸门的栅栏上闪耀着马蹄铁的印记，而奇特的柱头上又装饰着鸟儿、狮子、叶饰、葡萄、荆棘、十字架以及相互纠缠的奇异图案。在拱顶之上，不胜枚举的镶嵌画展示着各种真实而僵硬的形象：纤弱的夏娃胸部下垂，干瘦的亚当好似裸体的工人，无数的《圣经》故事场景被展现得既幼稚又粗劣，好似老祈祷书中的泥金彩画插图。从中我们可以看到一个中世纪的人，他在外来的古典基底之上添枝加叶，增添了一种独特的哥特式装饰，同时他又被基督教所升华、所困扰。他不再喜欢简单和统一，而是喜欢复杂与多变。他需要在其视野当中加入立体感，加入纠缠繁杂的形态，加入新鲜事物，加入奢华和变幻莫测。他更具想象力，同时也更加敏感。只有稠密且变化无穷的表面装饰和奇异的造型才能满足他的眼光。他被自己注定航海的命运所指引，游走于拜占庭的大教堂和穆斯林的清真寺之间。他汇集了大理石、青铜雕像、鲜红的色彩和闪烁的金光，就为了在他所理解的基督教中展现出那东方奇观所蕴藏的华丽又混杂的诗篇。

今天是圣马可节，妇女和姑娘们头戴黑色头巾，披着紫色披肩，身穿长裙。一大群五颜六色的人拥挤在教堂中，川流在柱廊下。他们跪在石板上，用手触摸一尊青铜基督像的脚并做出祈祷的手势。另一些人口中念着祷文，向一位口中念着“为了可怜的逝者”并拿着捐款箱来回走动的人捐几个钱。一列主教队伍走过，沿着立柱可以看到那些白色或金色的主教帽和熠熠生辉的绣金丝披风。响起了一段由高音和低音组合而成的歌声，奇特而美妙，好似一种源自拜占庭的单调悲歌。我们看不到演奏者，所以不知道这段悲歌是从哪里飘出来的。歌曲在暗淡的红色氛围中飘荡，好似一个仙女或精灵的华彩洞穴中的一曲灵音。

就其奇特性和庄严性而言，这个场景无与伦比。我们刚看过那美丽的圣马可广场、那些高雅的柱廊，蔚蓝的天空下，阳光洒满了整个空间。我们走下一级台阶，目光突然深入到一个小殿堂的暗红色当中。它那陌生的形状，它那光影绰绰，好似一个以色列人或是一位帕夏用来收藏财宝的小屋。从广场到圆顶，两个最强烈的色彩格外突出：一则是红色花纹大理石的柱身、墙壁和地砖，一则是金色的穹顶、镶嵌画和无数的闪光点。红色与金色共同沉浸在阴影之中，实在难以想象。时光使这种色调显得更加暗淡和模糊了。在大理石地砖之上有下沉造成的裂纹，带有网纹的穹顶闪烁着黄褐色的光芒。除了镶嵌着圆形彩画玻璃的小拱孔以外，没有其他光线进入这里。无数的形状显现出来——刻有雕塑的立柱、青铜像、枝形烛台以及成百的镶嵌画，一种亚洲式的奢华的装饰风格与粗俗的形象混杂在一起，在香烟环绕中影影绰绰、忽隐忽现。我无法描述这种被幽闭、被分散在阴暗中的光的力量。右侧某个小祭台如洞穴一般黑暗，而窗拱的曲线上则闪烁着一丝光亮。在这阴暗的空间内只亮着三盏铜灯，其若隐若现的光辉好似一枝神秘之花的花冠。视线先落在那圆润的灯光处，继而随着它们的轮廓起伏，之后逐渐消失在无尽的幽暗深处。无论10世纪、12世纪的建筑师们模仿的是拜占庭人还是阿拉伯人都无关紧要，他们心中蕴含了一种独特的情感。他们从亚历山大带回来的圣马可——一位叙利亚使徒，以一种他们从未感受过的诗情画意满足了北方的野蛮人的想象。他们所表达的完全不是悲伤，也并非是他们所追求的宏大效果。他们的想象力当中具有一种南方人才有的快乐的基底，而这个基底也存在于其教堂的暖色调之中，存在于那无处不在的闪亮的镶嵌画之中，存在于大理石镶嵌之中，存在于雕梁画栋的长廊之中，存在于讲道台和露台之中，存在于那装饰丰富且绘有一排使徒的阿拉伯式或哥特式大门之上。在这如幻象一般的聚会当中，某些不协调之处变得协调起来，某些笨拙的手法也可以忽略不计了。在主祭坛周围，四根支撑华盖的立柱完全被各种雕塑从上到下覆盖到底。假如将每一根立柱单独拿出来看，它们都显得很粗俗，其展现出来的无力感令人震惊。人像的手部都不成比例，头部有时占据了身躯的三分之一或四分之一。几乎所有的人像都很庸俗，甚至可以说粗鄙和愚蠢，雕塑他们的人一定是个笨拙的修士，而且他是以大众中的笨家伙为样本进行复制的。他的手偏离了正轨，在不知不觉中造成了夸张的效果。某个圣女具有滑稽的肿胀脸颊，就像是个骨瘦如柴的脑水肿病人，其他人则都像是作为特例被保存在解剖展馆中的不能成活的残疾怪胎。然而，再往前走几步，其整体效果却又是令人赞叹的。那些难以辨识的棕褐色形象在金叶饰柱头下排成一排，在颤巍巍的灯影中浮动。中世纪的艺术家不懂得如何表达个体，却能传达出整体的效果。他无法像古希腊人那样去理解个体的人、神和完美的英雄。走出那漂亮的围墙，他见到的是草民，是在最高统治者面前如同蝼蚁一般卑微的草民。他保留下他们的丑陋、他们的残躯、他们的卑贱，他也经常夸大其印象，但是他能感受到那崇高而热烈的梦幻，感受到那忧伤与快乐，感受到那心灵的悸动和憧憬并且将其表达出来。虽然我们在其作品中看不到伟岸而健美的身躯和独立而完整的人，但我们能感受到群像表达出的内在激情和其内心的宗教信仰。

那些在墙上、穹顶上以及任何角落都能见到的刻板的镶嵌画被赋予了生命。很明显，威尼斯人从君士坦丁堡找来了工匠。从那些随处可见的人像上可以看到陈腐艺术之中的愚蠢和幼稚艺术之中的不足。人像的釉质眼睛都显得目光呆滞。大门上方的一个圣母像没有身躯可言，简直就是大氅下的一具骨架。在领洗池礼拜堂的祭台上方有一幅基督像，他就不是人类的形象，看上去像是被人挖走了脏腑后又在苍白的躯壳内填充了柔软的材料。一位身穿绣金星红裙的埃罗底亚德在其貂皮袖子外露出了肺痨病人才有的干瘪手指。应该看看天使们那非同寻常的脚丫，看看圣人们那大而凹陷的眼睛，他们都是一副专注的、消沉的、呆滞的表情。然而，尽管这些形象都很可怜，年轻的民族依然使这个群像在整体上表现出了和谐与美感。乏味而又呆板的作品就像一块碎片嵌入到真诚而又富有灵感的整体当中。在这个距离，在这大量的形象面前，我们注意不到那些干瘪的、机械的身躯了，而只是将他们看作一个群体。眼睛只感觉到被一群圣人包围，被无数的故事与传说包围。他们忽略了细节，他们的眼中只有一个王国而不会想着去清点或评论其居民。古老的、英勇的、虔诚的威尼斯就是这样的。这就是为什么在多个世纪当中她慷慨地贡献出其财富和丰功伟业。这是由威尼斯的信仰所透露出来的理想世界的样子，与现实世界一样鲜活，一样充满了生机。正是在这片红色光晕和穹顶的金光的映衬之下，他们通过这些复活的形象去瞻仰他们的主保圣人、他们的族长、他们的天使和圣母。

4 月 26 日，圣若望及圣保禄圣殿、弗拉利荣耀圣母大教堂

贡多拉朝北钻入无人的小水道当中。水面的微波映射出那些桥拱，好似一件绣着粉色、白色和绿色花枝图案的丝织物。我们出城了。现在是正午，天空一片苍白色。水边有一些搁浅的木排反射着波光，对面是一座被墙围起来的小岛，那里是墓地。更远处，几艘帆船在航道中滑行。远方是雾蒙蒙的山脉，山顶的积雪与天空融为一体。锯齿状的船首破水而出，好似一条奇怪的鱼在用尾巴倒游，其黑色的形体在静谧之中不断前进，激起无数金色的浪花。

一个空荡荡的广场上矗立着一座科莱奥尼[1]（Colleoni）的骑马像，那是在意大利熔铸的第二件作品[2]，跟帕多瓦的加塔梅拉塔骑马像一样真实，如实地展现了一位雇佣兵队长骑在战马上的形象。他身穿盔甲，两腿分开，上身有些过短，完全是一副粗野的军官形象。雕像并没有美化他，而是按照实际形象展现其活力。对面就是

1　巴尔托洛梅奥·科莱奥尼（Bartolomeo Colleoni，1400—1475），威尼斯军事将领。

2　出自委罗基奥之手，1475 年。——原书注

圣若望及圣保禄（San-Giovanni-e-Paolo）圣殿。这是一座哥特式教堂[1]，而且是一种意大利式的哥特式，令人赏心悦目。那些圆柱、那些宽大的喇叭口式拱门、那些几乎全白的玻璃窗与北方的大教堂中的那种神秘而又引发忧郁感的风格相去甚远。就像比萨的墓园和佛罗伦萨的圣十字圣殿一样，教堂中有许多陵墓，再加上弗拉利荣耀圣母大教堂中的陵墓，这就成了共和国的陵墓群。大部分陵墓是 15 世纪和 16 世纪早期的，那是威尼斯最辉煌的时代，人们对那些伟大人物和他们的光辉业绩尚且记忆犹新，因此，新的艺术尚能真实地表现他们。另一些陵墓展现出文艺复兴早期的光辉，还有一些陵墓则展现出其衰落。由此，我们沿着一排墓穴就能看到人类精神的发展历程，看到其萌芽，看到其壮大，一直看到其没落。

在 1382 年去世的总督莫罗西尼（Morosini）的纪念塑像中，纯粹的哥特式风格以其优雅而得以绽放。一个带有齿形花饰的连拱廊位于逝者像之上，两侧各有一个迷人的小塔楼，由装饰着三叶草的小立柱支撑，其上点缀着小雕像和小钟楼，好似大理石制成的一簇繁茂而多刺的植物在那里绽放。总督双手交叉躺在那里长眠。这些都是真正的丧葬纪念物：一处凹室，有时还带有华盖和帷幔，大理石床的饰面上雕有逝者生前使用的木床凳；而在墓穴内，逝者身穿他的日常服装安详地长眠了，因为他已经完成了他的使命。这个形象既无夸张之处，也无不安的表现，为幸存者留下了庄严而祥和画面。

这就是中世纪的严肃性，然而在这种宗教的严肃性之下，鲜活的人体形态依然萌发出来，并且直接影响了下一个世纪的探索。在总督马可·科尔内（Marco Corner）的陵墓之上，在五个带有齿形纹饰、三叶草饰以及小钟楼饰的尖拱廊之间，竖立着美德女神的雕像，而身穿长裙的天使们以快乐的表情注视着她们。在探索的初期，艺术家天真地在人体形态上甘冒风险，而这些形态终将被后来的大师们抛弃，不管是出于自尊还是出于遵守规则的考虑。就此而言，文艺复兴在将艺术还

1　1236—1430 年。——原书注

原到高雅的古典风格的同时也缩减了其内涵，这与那些17世纪的纯洁主义者将16世纪丰富的语言简化到贫乏是同样的道理。

随着脚步不断向前，新艺术的特征逐渐显现出来。在1400年去世的总督安东尼奥·韦尼耶（Antonio Venier）的陵墓上，文艺复兴的异教风格已在装饰细节上崭露头角，那就是贝壳饰壁龛。其余的部分依然棱角生硬，是带有小花饰的哥特式风格。雕塑与建筑设计是相通的，雕塑人物的头部都略显沉重、笨拙，甚至过扁，有时其脖颈还是扭曲的。艺术家们以现实为依据去复制，在比例关系上还没有定型，他们不知道古希腊庙宇中的人体比例的标准，依然仅仅是模仿现实世界的人体，但是，他们的笨拙表现是令人愉快的。圣母的头部倾斜过度，但是她怀抱圣子的温柔神态是多么鲜活！这些过于圆润的姑娘又具有多么善良和纯朴的容颜！那五个贝壳饰壁龛中的圣母像所表现出的纯真和青春感又是多么摄人心魄！没有什么能比这些中世纪末的雕像更使我感动的了[1]。所有这些作品都是被发明创造出来的，是民族的，有时也可以说是市绅阶层的，但是它们都充满了无与伦比的生命力。那时，古典美的辉煌和它那压倒一切的支配地位尚未建立，没能约束这些原发的创意，尚且还有某些地方的艺术与当地的地理、人文环境相匹配，不受那些艺术学院和首府的束缚。世界上没有什么比作品的原创性、艺术家内心情感的完全表达以及其完整灵魂的展现更宝贵的了。作品本身是个人的展现，是一个丰富的灵魂的展现。我相信，大理石在某种程度上成了一本日记，它记录了一个人类生命的所有知心话。

假如我们按照那些陵墓的时间顺序观赏[2]，我们将会从中看出艺术的天真和纯朴

1　这是与位于南特的前布列塔尼公爵陵墓雕像相比，与位于佛兰德、第戎和布鲁的前几位勃艮第公爵陵墓雕像相比，与位于图尔的查理八世的子女陵墓雕像相比。——原书注

2　莫西尼哥墓（死于1476年）、马尔切洛墓（死于1474年）、邦齐奥墓（死于1508年）、洛雷当墓（死于1509年）、位于弗拉利荣耀圣母大教堂的尼古拉墓（死于1473年）、佩萨罗墓（死于1503年）。——原书注

在逐渐减弱。陵墓逐渐转变成颂扬逝者的华丽物件。圆形的拱廊在逝者之上延展着它那高雅的曲线。藤蔓花饰为光滑的边框带来些许快乐的表达。成排的立柱装饰着老鼠簕柱头，有时是四种不同的柱式相叠加，这完全是为了视觉享受。墓穴由此变成凯旋门，有的墓穴上立有二十个几乎和真人一般大小的雕像。死亡的概念消失了，逝者只是躺在那里等待重生。就像一个墓志铭当中所说的，他在大理石当中“复活了”。这些雕像的风格也是随着时间的进程而逐渐转变的。在 15 世纪中期，大部分雕像还是僵硬的和拘束的。青年战士的腿都有些纤细，就像佩鲁吉诺所画的大天使。他们穿着护膝和狮头靴，那是种封建时代的盔甲与古代服装的模糊的混合体。他们的头与身躯都与真人相仿，其形象之优秀表现在那出于本能的严肃之中，表现在那强烈而朴实的表情之中，表现在那姿态的力量之中，也表现在那深沉的目光之中。接近 16 世纪时，轻松的、动态的表现开始出现，衣袍的褶皱和飘逸之感在健壮的身躯上得以展现。人们可以看到肌肉的形状变化了。中世纪的年轻骑士现在很像是竞技者或英俊青年了。那些头戴风帽、身穿长袍的严肃面孔上开始显露出笑容了。身穿希腊式垂坠长裙的女子们开始裸露出她们的胸脯和纤细的美足，她们或弯腰，或半仰，或向一侧歪着身子，又或骄傲地站立着，呈沉思状。看着她们那裙褶遮掩下的各种鲜活形态，看着她们在各种或动或静的姿态中所展露出的优美曲线，这就是一种幸福而完美的享受。

总督文德拉明（Vendramini）[1] 的陵墓上的雕像之美更是无与伦比。那时艺术尚且处于纯朴的萌芽时期，传统的庄严性犹存，但是诗情画意的风格已经绽放出丰富的色彩。在金色花饰的拱廊之下，在科林斯式立柱之间，身穿古典衣装的战士和女子或在观望，或在哭泣。他们没有剧烈的动作，也不寻求别人的关注，而且他们的表情已经足够丰富。他们的整个身躯，他们的身体架构，他们那强壮的脖颈、茂密的头发以及那并不特别细腻的面容都在表达着什么。一名女子悲伤地望向天空，另

1 原书注卒于 1470 年，今多认为其生卒年为 1393—1478。

一名女子半后仰着在叫喊，她们都好似乔瓦尼·贝利尼[1]所作的画像，她们都来自那影响深远却又进步有限的时代。艺术家们以浓缩的五六种活跃情感去表达他们全部的感知与才干，而这些情感散布于各个细节之中，并逐渐被享乐冲淡。

伴随着 16 世纪，所有强烈的宗教情感都消失了，陵墓成了一种戏剧布景。1669 年去世的总督佩萨罗（Pesaro）的陵墓位于弗拉利荣耀圣母大教堂之中，那极奢华的层层雕像就好似一组巨大的宫廷装饰物：四个身穿白衣的黑人弯腰顶着一个垫子并支撑着第二层结构，他们那黑色面孔上显露出搬运工那种吃力的表情；在他们之间，一副骷髅被以一种粗劣的反差形式竖立在那里。至于总督雕像，他以一种领主的威严坐在那里，似乎在说："呸！你们这些没教养的人！"他的上方有个华盖，两只狮头羊身的怪兽趴在他的脚下，而位于其两侧的群组雕像都展示出一种夸张或多愁善感的表情。此外，在总督瓦列尔[2]（Valier）的纪念建筑物上，我们可以看出艺术已从浮夸走向矫揉造作。陵墓的凹室被一个巨大的黄色大理石幕布掩盖，幕布之上绣着花，还有许多裸体小天使像调皮的小爱神一般举着它。总督具有执政官的那种威仪，而他的夫人面露皱纹，披着卷发，身穿长裙，挽着袖子，完全是一副贵妇的姿容。在下方的门像柱上，一位胜利女神在为一位老者戴冠，他好像是贝利萨留的亲戚。周边的浅浮雕上刻满了既优雅又多愁善感的女子形象，而她们的姿态与沙龙中的妇女一模一样。

这都是些变质的艺术，但它们依然算是艺术。我想要表明的是，雕塑家与其同代人都具有一种个人的、真实的品位，他们喜爱他们的世界和他们生活中的某些东西，于是他们模仿并美化它们。他们的喜好不是学院化的，而且与教育、书籍和循例无关。至于我们的 18 世纪，没有什么新鲜的东西。依照卡诺瓦自己的设计而

---

1 乔瓦尼·贝利尼（Giovanni Bellini，约 1425—1516），意大利威尼斯画派画家。

2 卒于 1656 年，但陵墓建于 18 世纪，位于圣若望及圣保禄圣殿。——原书注（今多认为其生卒年为 1596—1658。——译者注）

建造的陵墓纪念物很荒唐，不光平淡、乏味，还带着矫饰。一块巨大的金字塔形白色大理石占据了全部视野，墓穴之门是打开的，就像法老的墓穴一般，那是艺术家想要去长眠的地方。朝着门的方向走来一队多愁善感的人物，包括阿达拉[1]和仙女们。一个裸体神灵正在睡觉前熄灭他的火炬，另一个神灵在唉声叹气，好似比陶贝[2]（Bitaubé）描述的年轻的约瑟。一头翼狮在绝望地哭泣，鼻子枕在爪子上，而爪子又按在一本书上。一位人类学教授需要二十分钟来阐述这个带有寓意的悲剧。离此不远就是可怜的提香的柱廊式陵墓，它好似一个帝国的座钟光滑而闪亮。四位具有灵智的美丽女子站在一旁沉思着什么，两位表情丰富、肌肉线条明显的可怜老者坐在一旁，两个年轻且有翅膀的美发师则头戴王冠。似乎这些艺术家完全没有自己的感受，他们没有什么想要表达的，人类的躯体对于他们来说没什么意义，他们只满足于在已知的轮廓中挑选，他们的才能就是根据最新的符号和美学手册来拼凑出一套字谜。然而，死亡似乎是某种不需要书籍就能表达的东西，但是我开始相信我们对此已经没有什么想法了，更没有任何极端的想法了。我们将死亡从我们的头脑中驱赶了出去，就像它是一个不受欢迎的客人一般。我们参加一场葬礼，那只是出于维护体面，并且我们会与商务伙伴或者文学同僚聊天。我们已经从悲伤的状态中走出来了。假如我们预计将有不幸的事件发生，那也不过是将要破费多少的问题。我们的想象力已经被无数的小乐趣或小烦恼所填充，被拜访、写作、交谈以及各种期限等填满。如今，我们的情感既分散又平淡，那么我们能用哪部分灵魂和经验去理解前人那如山一般沉重的烦恼、恐惧以及精神与肉体上的喜悦呢？艺术依靠巨大的偏见而存在，就像评论依靠小的争论而存在一样，这就是为什么我们不再是艺术家而是评论家。

当我们观赏画作时，同样的想法再次出现。玫瑰经礼拜堂（Saint Rosaire）中

---

1 阿达拉是法国作家夏多布里昂的作品《阿达拉》中的女主角。

2 保罗·热雷米·比陶贝（Paul Jérémie Bitaubé，1732—1808），法裔普鲁士作家。

有几幅很优秀的画作，其中一幅是提香的《维罗纳的圣伯铎之殉道》(*Martyre de Saint Pierre de Vérone*)。多梅尼基诺曾经在博洛尼亚画过同一题材的画，但一个难看的恐惧表情毁了他的人物，而提香画的人物却如战士一般伟大。画中令人惊叹之处并不在于那因痛苦而抽搐的脸庞，而在于杀人现场的剧烈的动作，在于暴徒那挥击的臂膀，在于那逃跑者飘动的衣裳，在于那片遮挡了阳光和血案现场的树木枝丫。更令人激动的是丁托列托的一幅耶稣受难像，画面中的一切都在动，都在倾倒，其画中的光影变化就像空中的明暗对比那般充满诗意。一束淡黄色的光照在耶稣裸露的躯体之上，使他看起来好似一具享有天福的尸体。在他的上方，一些圣女的形象在光芒四射的晴空中游荡。暴徒的躯体上突显出红棕色的强健肌肉，这使他显得既野蛮又扭曲。在这场强烈且动荡不安的风暴中，似乎十字架都晃动了，似乎受难人即刻就要死去了。最终，我们从画的背景看到一股灿烂的云烟，一群重获新生的人正在冉冉升起，这既摄人心魄又令人感到波澜壮阔。墙上挂满了出自同一手笔的同类画作。基督升天，一群裸体的大天使环绕着他，并吹着号角。圣母被一群体态扭曲的躁动的小天使簇拥着升天，而在她的下方，使徒们正在仰头呼喊。所有这些画作无处不使人感受到光的震颤。勃勃的生气无处不在，它们从石头、树木、土地、云雾中，从所有的色彩和形态中，从静物所产生的狂热中涌现出来。

4月27日，菜园圣母院、圣约伯教堂、朱代卡岛、玫瑰圣母堂

虽然我每天都能见到提香、丁托列托和委罗内塞的画作，但是我还不应该在此讲述它们，因为这是一个完整的且太过丰富的世界。尤其是这位非凡的丁托列托，我们只有来到威尼斯才能对他有所了解。

《金牛犊崇拜》，丁托列托

今天要去菜园圣母院（Santa-Maria dell’Orto）观赏他的那些伟大画作，即《金牛犊崇拜》（*Adoration du veau d’or*）和《最后的审判》。然而教堂已被封闭，画作也都被取走了，不知放在何处。建筑看上去似乎是被遗弃的样子，其侧面有一个被打开的开口直通内院，而如今变成了储存木板的仓库。沿着回廊前行，野草浓绿而茂密。这是我到威尼斯以来最大的遗憾之一。

贡多拉沿着城市北部环行，在充沛的阳光下，所有的不快和遗憾都被抛诸脑后。而对于大海，对于无尽的天际，对于远方小块土地上冒出的绿色，对于那些奇特而又几乎无人行走的街巷、那些被流水所侵蚀的砖石、那些长满贝壳且因变细而令人担忧的桩基，我从不会感到厌倦。圣约伯（San-Giobbe）教堂出现了。这是文艺复兴时期的一座小教堂，除了那扇装饰精美又高雅的大门以外，其外部的裸墙呈现出一片白色，而内部则充满丰富多彩的装饰：一座出自克洛德·佩罗（Claude Perrault）之手的纪念雕像，夸张但不庸俗；在一个黑色大理石水罐之上躺着一个熟睡的小天使，身材肥硕而强壮，好似佛拉芒小天使；更低处，头戴王冠的狮子蹲在那里，带有一种纹章上的神兽一般的庄严与怪诞之感。意大利的教堂总有过多的装饰，也总是收藏几件美妙而神奇的作品。例如，这里就有一幅帕里斯·博尔多内（Pâris Bordone）的美丽画作：一位满脸大胡子的圣人在两位同伴的陪伴下背负着十字架。旁边有一个漂亮的连廊内庭，庭院中的蓄水池被老鼠簕的枝叶所覆盖，好似广场上一朵盛开的花。这就是闲逛的舒心之处，谁也不知道会遇见什么。我们的脑子里只有两三个名字。在宁静的水面滑行，不会颠簸，没有噪声，也没人与您交谈。我们路过一座金色的教堂，内里充满了人物形象，又路过一处颓败的街区，那里孤独又冷清。我们似乎脱离了自己的躯体，某位善良的神灵正在我们的灵魂前展示各种场景和幻象。

贡多拉沿着圣嘉勒（Santa-Chiara）运河和战神广场（Champ de Mars）的外沿前行。水域变得更加宽广，水面也在微风的吹拂下显示出光怪陆离的色调。这不是普通的水，它被封闭在运河之中，受到人类生活用水的污染，因此夹杂着土红色、灰色、墨绿色等含混不清的色泽，好似调色板上由多种颜色调和而成的混合体。假使在北方的天空之下，这将是一种晦暗的颜色，然而在这里，在阳光照耀之下，在碧蓝天穹的衬托之下，它的色泽却使人感到愉快。我们如同在光影之中漂浮。四处天水相连，水为光影着色，折射更增强了其效果。水面不仅折射出了白色和粉色的房屋，还将形状的赞歌与光线的赞歌融为一体。即便在这荒僻的街区，也能见到一些府邸以及装点着立柱的建筑立面。普通人家或穷苦人家的房子都有带栏杆的宽敞阳台，窗户或呈尖拱形或带有三叶草边饰，有的还带有浅浮雕叶饰和荆棘饰。我们进入了梦幻之中且无法从中脱离。朱代卡（Giudecca）运河到了，但这里几乎空无一船，它似乎在等待着船队来填满那高贵的港埠，而我却只想着色彩和线条。三条线和三个颜色组成了眼前的所有场景：宽大而波动的水晶体，呈深暗的青绿色且泛着光泽；在其上方是建筑物排列而出的曲线，好似脱离而出的浅浮雕；最高处是那几乎苍白的明亮天空。

船夫将船靠岸并且建议我们一定去看看玫瑰圣母堂。首先映入眼帘的是那华丽的、带有巨大的混合式立柱的正立面。进入中殿后，可以看见带有科林斯式柱头的粗大柱身。在侧殿的小礼拜堂中，希腊式三角楣上带有弧形的托座，杂色大理石装饰着墙面和地面，无数的雕像和浅浮雕虽略显乏味但又很整洁。穹顶上有一幅漂亮的闺房画，画中人裸露着粉色而纤细的小腿。总之，这里令人感觉奢华又冷淡，充满矫揉造作的展示。意大利的 18 世纪比我们的还糟糕，我们的作品尚且保留着些许尺度，因为这其中蕴含着某些精美之处，然而意大利人却完全投身于荒诞之中。我昨天刚参观了一座类似的教堂，即圣母升天教堂。在其墙壁和堂前广场上，白色和绿色的大理石交错镶嵌，组成了花朵和花枝图案。在穹顶上，弯弯曲曲的金色线条组成了花瓶、绒球和花押图案，整体来看就像是一个金碧辉煌的沙龙中的壁纸画，其价格大概能吸引某些暴发户。圆顶上的罐子、里拉琴、火焰、叶饰和白色花环的浮雕图案数不胜数。白绿色斑点相间的大理石立柱支撑着主祭坛的华盖，其上装饰着瘦小且令人伤感的雕像——基督和他的十字架，还有坐在一个巨大的白色地球之上的上帝。他们都被天使们簇拥着，在一个鳞片状大理石屋檐下休憩。这个古怪的式样令人不禁发笑。怪诞的夸张还展现在建筑的主要轮廓之上。他们不满足于普通的形状，所以加宽了中殿的穹顶，使其曲度好似一座拱桥，并且为圆顶增加了好似凹陷的盾牌的侧翼。我们可以感觉到他们的想象力在空转，并且在修辞上达到了奇思妙想的最高境界。他们以浮夸而礼貌的言辞形成了上流社会以及贵妇们的沙龙崇拜。

所有这些堕落时代的荒谬都在下面这两幅伟大画作面前消失了。第一幅是丁托列托的《圣母升天》。在圣母的坟墓旁，一群老者以悲剧性的姿态惊讶地看着。他

《圣母升天》，丁托列托

《圣老楞佐》，提香

们的头像都具有当地领主的那种神气。画作体现出了威尼斯画家所擅长的衣装褶皱的变化以及阴影、光线、色彩的搭配。在高处，圣母正在盘旋上升，其淡雅的紫色长裙上的色泽变化使得其棕色的面容、窄小的额头、低垂的头发以及强健的身躯都格外突出。眼中所见就是一位充满活力的村妇，而同时又如女王一般光彩夺目。没有哪位画家比他更喜爱如此展示壮丽与力量的真实性了，这点显而易见。丁托列托若在街头见到一个女贩或者船妇，他会将其完整的印象取走，并为其包裹上一层贵族的、东方的光泽，再撒上一堆带翅膀的小头颅，一直撒到使徒们手持的长巾之上。他并不担心所画的这些天使好似一堆被砍下的头颅。他将脑中的想象转移到画布之上，一气呵成，随后就离开，他的作品也就此完成。

另一幅画是提香的《圣老楞佐》(*Saint Laurent*)，看上去像是某位意大利的伦勃朗的臆想之作，也像一个阴影中的幻象。画中呈现的是夜晚，我们首先只能看到漆黑一片，只有两三处火光闪现。这是一条宽敞的街道。在类似于火把在地窖中即将熄灭的那种光线下，我们可以从黑暗中依稀分辨出建筑物、一个雕像以及远处的一群人。画中有一个奇特的灯笼，好似用铁箅子夹住的一根火把被竖在木棍的一端。炭火在地板的反射下散发着红色的恐怖光晕。旁边，一名强壮的刽子手好像搬运工般向后倾着身子，其胸膛上的肌肉鼓胀，显露出浓重的色调，其强壮的身躯好似赫拉克勒斯一般。在他的身边，盔甲和钢矛上闪烁出黑色和蓝色的光泽。从天而降的一束光刺破了黑暗，落到殉道者那白色的躯体之上，并且散射出黄色的光晕，照亮了阴暗中那神秘尘土的悸动。

4月27日，习俗与塑像

今晚在圣本笃(San Benedetto)歌剧院度过。午夜时分，在回来的路上，弯弯曲曲的街巷几乎没有路灯，狭窄的小道被夹在高大的院墙之中，好似危险的处所。

可怜的剧院几乎空荡荡的，在众多的包间当中，只有二十几个是半满的。许多小市绅和大众阶层的人士都坐在正厅当中。大厅很漂亮。

今晚的剧目是从席勒[1]（Schiller）的《玛利亚·斯图亚特》（*Marie Stuart*）翻译过来的剧本。明晚的剧目是大仲马先生的喜剧《贝尔·伊尔小姐》（*Mademoiselle de Belle-Ile*）。我曾经在佛罗伦萨看过他的其他剧作。我们为全欧洲提供滑稽剧、喜剧、浪漫小说和化妆品等。我曾经在国外的高官显贵的桌子上见到过一些艳曲集，在华丽的图书馆中见到过保罗·德·科克[2]（Paul de Kock）的小说，装帧精美，被放置在首位。外国人就是通过这些东西来评价我们的：在他们的眼里，我们是舞蹈家、发型师、滑稽剧作者、风流女子和女帽制作大师，可能除了战士的称号以外，他们不会再给我们什么其他头衔了。

剧院的工作人员同样很可悲。音乐师们的形象真值得画下来，他们好似一群疲惫不堪又浑身脏污的裁缝。提词人的嗓音是如此响亮，甚至形成了一种通奏低音。玛利亚·斯图亚特身穿黑色天鹅绒长裙，却有着一双看门人的手，她一定是自己做饭并且打扫房间的。除此之外，她充满了活力，一种疯狂而又暴躁的活力。伊丽莎白涂着厚厚的红粉，身穿不值钱的衣服，戴着玻璃饰品，以一种哽咽的摩擦音回话。她们就像是在菜市场上争吵的两个女人。为了让莫蒂默去刺杀她的对手，伊丽莎白表现得就像是一个被魔鬼附身之人。所有的角色都过于夸张，或许这点对于一个意大利的剧院正厅来说是必需的。在玛利亚·斯图亚特辱骂伊丽莎白的场景演过之后，观众将饰演玛利亚·斯图亚特的演员唤回来三次。

这只是一个二流剧院。凤凰（La Fenice）剧院以及其他主要的剧院都关闭了。这个国家是如此敌视奥地利，以至于任何一位贵族——不管他是对歌剧无动于衷

1 弗里德里希·冯·席勒（Friedrich von Schiller，1759—1805），德国诗人、剧作家和哲学家。

2 保罗·德·科克（1793—1871），法国小说家。

还是出于政治因素——都不敢前往剧院，因为那将会是一种快乐的表现，会被喝倒彩。在这种情况下，剧院是无法营业的。其他的行业也都没有营生。朱代卡岛本身是一个巨大的港口，可是那里几乎没有船只，商贸与海运都去了的里雅斯特（Trieste）。这个城市与米兰的联络被海关阻隔了。没有人在工作，萧条使所有努力和快乐都消沉了。贵族们生活在自己封闭的院墙之内。许多府邸年久失修，有些似乎是被遗弃了。在十二万居民当中，有四万穷人，而且其中有三万人被登记在救助名单中，靠施舍过活。我看过最高行政官皮耶罗·路易吉（Piero Luigi）伯爵有关最近四年的情况的报告。在78万弗罗林的支出当中，1万被用于教育，12.9万用于社会救济，还有9.4万用于公共赈济。我去了一趟精神病院，获得了一些统计数据。大部分精神错乱者主要是由于糙皮病、营养不良和极度贫穷造成的。不得不说，税收负担过重。有人告诉我说，一个年收入1000弗罗林的家庭需要交纳400弗罗林的税。一个租赁农庄——一块土地加上一套屋舍，收入1130镑，交税500镑。另有一套房子在威尼斯的，租金收入是238弗罗林，交税64弗罗林。通常，一块地产需要上交其三分之一的收入作为税收。这一大块被吞掉之后，税务部门还会盯着其他可被征税的东西。除了遗产税、过户税、消费税、居住税、营业税等以外，还有一种类似于英格兰的收入税的税费。根据一位批发商告诉我的细节，这个税的税率是5%。一个商人要交纳其预估利润的5%，一名职员要交纳其薪资的5%。假如到了年底，他的利润少于预估值，那么只能算他倒霉。假如利润是零，甚至是负数，那也只能算他倒霉。他事先不得不在申报收入时立下誓言，假如事后证明他隐匿了一部分收入，那么他将面临巨额罚金，而且可能会受到刑事处罚。税务部门会委派专门的密探对他进行调查，计算他每一天的花费、他的房租、他支付给工人或用人的费用、他在食物上的花费，随后，他们会根据其花费推测其收入，并核对其申报数据。这种调查使所有从业者都谨小慎微。在这种苦难与惰性当中，只有外国人有钱，所以人们对外国人趋之若鹜。对于一个旅行者来说，没有哪个国家的生活比意大利更便宜的了。租一条小船一天的费用只有五法郎。随便一个手势，就会围上来一群贡多拉船夫，他们相互竞争，请求您包租一个星期，并且给您打折。对于一位只有一点小钱的业余艺术爱好者来说，没有哪座城市能比威尼斯更让他感到富有、更能追随自己的梦想的了，只要忘记政治就好。的确，威尼斯人忘不了政治。我向一位农妇询问这里的人是否喜欢奥地利人，她回答说："我们喜欢他们，但是是喜欢他们离开。"我那可怜的老船夫对我讲述了他的悲惨遭遇，最后以安慰的口吻说："加里波第会干些事的。"我听说此地的所有人，包括市长和行政官，全都是爱国者。我们知道，在1848年，这里的民众曾以碎砖石驱逐了奥地利军队。皮埃蒙特人在诺瓦拉（Novare）战败以后，又以顽强的勇气进行了自卫。在最近一次的战争中，出现在城里的法兰西军队曾经使得这里的人狂怒，更重要的是，这种狂怒被压制了。随着军舰上的第一声炮响，暴动开始了。包括普通民众、船夫在内，所有人都准备好了。听说停战协定之后，有些人甚至变得更加疯狂了。许多人移民到伦巴第，他们无法接受威尼斯的现状，这座意大利唯一在多个世纪中躲过了外国入侵的城市，如今却是意大利唯一被外国人统治的城市。想象一下，一个家庭中有五六个姐妹，她们中有的成了夫人，而最小也最漂亮的那一位，那迷人的灰姑娘，却依然是女仆。

但不管是女仆还是夫人，威尼斯在游客的眼中永远是最优雅、最具诗情画意的。当我们看着她时，如果脑中需要思考重要的利益、思考奥地利或意大利的政治事务，那是需要做出些努力的，因为她是一位仙女。我们想要住在这里，六个月的时间可以实现怎样的梦想啊！徜徉于艺术和历史之中将会得到多么大的乐趣！圣马可图书馆中有一本日课经，布鲁日（Bruges）的伟大画家梅姆林[1]（Memling）在其上绘满了精美的图画。还有萨努多[2]（Sanudo）的五十八卷的大事记，日复一日地记载了16世纪初期那绘画的最美好时代的风俗细节。历史和绘画爱好者在此观赏、

1 汉斯·梅姆林（Hans Memling，1430—1494），佛拉芒画家。

2 马里诺·萨努多（Marino Sanudo，1466—1536），威尼斯历史学家。

《三王朝圣》，委罗内塞

做梦与写作，将会度过多么幸福的时光！在书页之间，我们能在图书馆的天花板上看到委罗内塞的那幅《三王朝圣》（*Adoration des Mages*）。画中，人物都被框在两个巨大的建筑物之间，第一位国王身穿带有花枝图案的长袍，他那高贵的头颅上满是白发；他的扈从以及其他展开的人物、那被仆从牵引的白马、最上方的两个天使、他们那裸腿上的美丽肤色以及他们的粉色衣装所显示出的奇特之美，都好似被一种魔法之光照耀着。我们将会感受到这壮丽的场景所表现出来的意境，那是一种快乐的力量、一种从容绽放的力量，而且它总是高贵的，沉浸在繁荣与幸福之中。我们将会走下那些大理石台阶，随意享受那种奢华，那是欧洲任何一位君王都不曾拥有的奢华。我们将会在堤岸旁观望，在波光云影之中，那些曾经为伟大画家们提供了形象素材的人物从面前一一走过：一头金红色头发的小姑娘，其卷曲的头发在额头上随意飘散；一位船夫头戴一顶旧草帽，其面孔和脖颈的颜色不仅深暗而且发红；一位长着鹰钩鼻的老者双眼明亮，满脸灰色的胡须，他曾经是提香所绘的族长们的原型；一位提着裙子走过的姑娘脖颈白皙而丰腴，脸颊呈粉色，双眼明媚，满头卷发。我们将会感受到天才那丰富的想象力和那份无拘无束，他们用那些不完整且分散的影像谱写出了多姿多彩而又壮丽的交响曲。我们将会去奴隶码头旁，走到我很熟悉的那个长凳处，在凉爽的树荫下观赏卓绝的阳光。大海比天空还要明亮，澎湃的海浪不断地反射出祥和之光，而浪花和漩涡闪耀着金色的粼光。更远处，教堂与红色的房屋好似从光滑的玻璃中冒出来了，这永恒的辉煌又好似一个美丽的微笑。我们将会一直走到公园去眺望远方的岛屿、沙滩与大海。那里海天一线，一望无际，闪耀着光芒，又夹杂着深蓝与墨绿色。在这种感觉中眼睛永远是纯洁的，永远不会对蔚蓝海面上露头的黑色基桩感到厌倦。那些扁平的岛屿在海天相连的地方形成条纹，远处的一座钟楼和白色房子从这里看就像手掌一般大小。海面上星星点点，渔船上那淡红色的船帆在飘荡。最后，我们将会去圣马可广场度过余下的时光，在紫罗兰花束旁吃个果味冰激凌，听一段街头音乐家们演奏的贝利尼或威尔第的乐曲。这时候，我们可以顺着广场上的灯光仰望天空，那如黑色天鹅绒般的穹顶上镶满了银钉。圣马可圣殿看上去好似一块白色大理石珍宝，其成群的立柱和雕像嵌入到那一片幽暗之中。我们将会如同鸦片吸食者那般度过一年的时光，这将多么美妙！承受生命之重的唯一有效方法就是忘却。

最近几个世纪

这个地区的人大概就是以这种方式来接受他们的颓废的。由于人们漠不关心和耽于享乐，这座美丽的城市如同其姐妹——希腊共和国一样成了异教的城市。偶尔能碰到一位像总督莫罗西尼一样的人物，如同亚拉图[1]（Aratus）和菲洛皮门[2]（Philopœmen）一般重现往昔的荣光，但是到了17世纪，伟大的历程就结束了。与雅典和科林斯一样，城邦在其邻国强大的军事力量面前日渐衰落，她的存在只因被忽视或被容忍而已。法兰西人和阿勒曼人时常侵犯她的中立性而又能逍遥法外，她只能苟且偷生，争取不到更多的利益。贵族们只想享乐，战争和政治已处于次要地位，她成了热衷交际的风流社会。以小帕尔马和帕多瓦尼诺[3]（Padovinano）为代表，伟大的绘画堕落了。轮廓变得柔弱和圆滑了，灵感与情感衰竭了，平淡与成规流行开来，人们不再会画那简朴而充满活力的躯体了。最后一位穹顶画画家提埃坡罗[4]（Tiepolo）是位矫饰主义画家，他在其宗教画中试图创作戏剧性场面，又在其寓意画中表达动感的效果。他以自己的成见打乱了立柱的排列，推翻了金字塔，撕碎了云朵，分散其人物的布局，使得他的画面就像是火山爆发的场景。以他为代表，再加上加纳莱托、瓜尔迪[5]（Guardi）和隆吉[6]（Longhi），他们开启了另一种绘画，即以风景和风俗为主题的绘画。随着想象力的降低，画家们开始复制现实生活中的小场景和周边建筑的美丽外观。他们复现了假面舞会长袍、漂亮的脸蛋和风流的姿态，撩拨当代的贵妇们，展现她们的梳妆情景、音乐课和起床时刻。他们画迷人的女孩，画她们的慵懒和微笑，画她们的机灵和嘲弄。他们画闺房中的女王，她们身姿妖娆，小脚上穿着丝缎鞋，娇嫩的臂膀上套着蕾丝花边，正在忙于吸引男人们的目

1 亚拉图（前271—前213），古希腊将领。

2 菲洛皮门（约前253—约前183），古希腊政治家、军事家。

3 亚历山德罗·瓦罗塔里（Alessandro Varotari，1588—1649），又名帕多瓦尼诺，意大利画家。

4 乔瓦尼·巴蒂斯塔·提埃坡罗（Giovanni Battista Tiepolo，1696—1770），意大利画家。

5 弗朗切斯科·瓜尔迪（Francesco Guardi，1712—1793），威尼斯画派画家，以风景画著名。

6 彼得罗·隆吉（Pietro Longhi，1701—1785），意大利画家。

光，等待着他们的恭维。品位变得越发精致，充满诱惑，同时也越发乏味与偏狭。但是，这没落城邦的黄昏与威尼斯的晚霞一样柔和，一样辉煌。无忧无虑的快乐无处不在。在作家们的回忆录和画家们的画作当中，我们见到的都是公共的节庆和私人的聚会。有时是在一个金碧辉煌的大厅中举办的豪华盛宴。那里有高大而明亮的窗户、淡红色的窗帘，身穿华丽长袍的总督与身穿红色长袍的行政官们在举行晚宴，戴着面具的来宾们在地板上跳舞。优雅的贵妇们的小脚、柔弱的脖子、三角帽以及黄色的丝绸裙或珍珠色的褶皱裙，没有什么比这些更高雅的了。有时是一场贡多拉船赛。在圣马可与圣乔治马焦雷岛之间，巨大的龙形金船浮在海面上，好似一身金鳞的利维坦（Léviathan）。在它的周边，钢首小船的纵队破浪前进。一群身穿妖艳的假面舞会长袍的男女们在广场上翩翩起舞。在蔚蓝的天空下，海面好似一块光亮的石板，些许云朵点缀其上。周围的一切好似一个珍贵的画框，雕刻着精美绝伦的花边。那些行政官连廊，那些圆顶、宫殿以及挤满了欢乐人群的码头，共同组成了大海的画框。为了回到威尼斯，一些帕维亚（Pavie）的贵族与哥尔多尼一起准备了一条大游船。船上安置了帐篷，装点着油画和雕像，装满了书籍和乐器。他们一行十人，每日只在白天缓慢前行，选择好的住处停靠，如果没有好的住处，就找那些富有的本笃会修道院休憩。他们每人都会玩乐器，其中一人会拉大提琴，三人会拉小提琴，两人会吹双簧管，一人会吹猎号，还有一人会弹吉他。只有哥尔多尼不是音乐家，他在旅途中作诗，并在餐后为大家朗诵。每个晚上，他们都走上一座桥并在那里开一场音乐会。岸边的人们成群结队地跑来观看，人们舞动手绢，并为他们鼓掌。到达克雷莫纳（Crémone）时，他们受到了当地的热情款待，人们为他们安排了盛宴。音乐会又一次开始了，当地的音乐家们与他们共同演奏，整个晚上人们都在唱歌跳舞。每个晚上人们都是这样欢乐[1]。我无法想象比这更即兴、更具

1　哥尔多尼《回忆录》第一卷第 12 章。——原书注

感染力的和谐与快乐了。新教传教会的人来此考察本地人的生活，但他们无法理解这里的人，只会报道耸人听闻的丑事。这里的人对待事物的态度与波利比乌斯[1]（Polybe）时代的人一样，都是异教的，而且道德约束与日耳曼人的那种责任观从未在此成为主流。在宗教改革的时代，一位作家曾经宣称："没见到一个威尼斯人是马丁·路德、加尔文或其他人的支持者，所有人都追随伊壁鸠鲁及其阐释者——帕多瓦首位哲学家克雷莫尼尼[2]（Cremonini）的学说。克雷莫尼尼断言我们的灵魂与动物的一样是由种子的德行所孕育的，因此它是会死的……在支持这种学说的人当中，就包括这个城邦的精英阶层，尤其是控制政府的那部分人士。"[3]其实，他们从来都不太关心宗教，除非是为了抑制教宗。不管是在理论与实践方面，还是在思想与本能领域，他们都继承了古代的习俗与精神，基督教对于他们来说只是一个名称而已。与古人一样，他们曾经首先是英雄和艺术家，之后才耽于享受和玩乐；与古人一样，他们将生命聚焦于眼前的生活。在18世纪，我们可以将他们比作堕落时代的底比斯人（Thébains），他们相聚在一起吃饭，临死前将自己的财产赠与参加宴席之人。狂欢节会持续六个月之久，包括教士、嘉布遣会修道院院长、教廷大使和小孩在内的所有人去集市时都会戴着面具。我们见到成队的化装的人群走过，有人身穿法兰西服装，有人身穿律师服，还有人穿船夫装、卡拉布里亚服装、西班牙士兵装。有人跳舞，有人玩乐器，百姓跟在后面，为他们鼓掌或吹口哨。这里完全是自由的，不管是王侯还是手工艺人，所有人都是平等的，谁都可以呵斥一个戴面具的人。男人们在广场上表演叠罗汉，滑稽演员们在玩杂耍。七座剧院向公众开放。即兴表演者在朗诵诗篇，而喜剧演员则在做即兴演出。"没有哪座城市比威尼

1 波利比乌斯（Polybius）是公元前2世纪的历史学家。

2 切萨雷·克雷莫尼尼（Cesare Cremonini，1550—1631），意大利哲学家。

3 由达鲁（Daru）引述《贵族论》第四卷，第171页。——原书注

斯更放纵了。”[1]庭长德布罗斯说这里交际花的数量是巴黎的两倍，她们既甜美又优雅，甚至有几位还谈吐不凡。“在狂欢节期间，在行政官连廊下，站着的女子与躺下的一样多。最近，他们抓捕了五百个皮条客。”要评价这种非法交易很难，因为公共舆论对其毫不在意。一位贵族让他的情妇坐贡多拉来找他，而他就在圣马可圣殿门口迎接她；一名行政官穿着睡衣，在窗口公开与住在其对面的某位著名妓女打情骂俏。“一位丈夫在家可以毫不掩饰地告诉妻子说自己晚上去情人家吃饭，而他的妻子则会为他准备所有需要的东西。”另一方面，女人们也会得到补偿，无论她们做什么，也都是被容忍的。“已婚妇女”这个词足以成为一切行为的借口。“对于一位妇女而言，假如她没有公开拥有一位丈夫，那么这将是极不体面的。”丈夫从不会陪同妻子，否则他会被嘲笑的，但他会接受一位献殷勤者陪伴其妻子。有时，这位替补还是签合同的。他将在早上、在那位夫人起床时来到她家，陪她一起喝巧克力，帮助她梳洗，陪她到处走，并为她服务。通常，假如这位夫人的身份很高贵，那么她会有五六位随身侍从。在教堂中，您将见到奇特的场景：她会让一人挽着她的胳膊，一人拿着她的手绢，另有一人拿着她的手套或大衣。这种风尚甚至都传到了修道院中，“所有有身份的年轻修女都有自己的侍从”。她们中的大部分是被迫关在修道院中的，她们想要像贵族女子一般生活。“她们那波浪般卷曲的头发、她们那额头上的白色纱罗、她们那白羽纱衣装以及裸胸上点缀的花朵，无不令人痴迷。”她们可以去见任何人，可以为她的朋友送去糖果和花束。在狂欢节期间，她们会化装成贵妇，甚或女扮男装在会客厅中召见戴面具的交际花。她们自己也可以出行。我们可以从传奇的卡萨诺瓦身上看到一些故事。德布罗斯讲述了他刚到威尼斯时的情形，在所有修道院都流传着风言风语，她们都想知道“哪座修道院将会荣

1　见提埃坡罗的版画，戈齐、哥尔多尼、卡萨诺瓦的回忆录，庭长德布罗斯的旅行记，尤其是马耶尔（Maier）的四卷德语著作（1795 年）。另外还有 17 世纪的乌赛（Amelot de La Houssaye）、圣迪迪埃（Saint-Didier）等。——原书注

幸地为新任教廷大使提供一位情妇”。应该说，家庭已经不复存在了。自 17 世纪开始，男人们就说“婚姻只是一个纯粹的民事仪式，它束缚的只是舆论，而不是良知”。在一个家庭的几个兄弟当中，通常只有一人结婚，而且是最傻的那个，他将承担延续家族的麻烦事。通常，其他几个兄弟与他生活在同一个屋檐下，他们自然就成了其妻子的随身侍从。他们三四个人一起承担供养一个情妇的费用。穷人会卖掉自己的幼女。圣迪迪埃曾经说过：“在十个被抛弃的女孩当中，有九个是被她们的母亲或姑母出卖的。”按照其描述的细节，这种事令人感觉那是东方的大巴扎才会有的。家庭的解体直接导致家庭被抛弃了。不需要登门拜访，大家都在公共或私人的娱乐场见面。当时各有专门为女士和男士准备的娱乐场所。没有任何家庭幸福可言，府邸就像是一座博物馆、一个家族的纪念建筑，只是晚上在此睡觉而已。“在福斯卡里尼（Foscarini）家族的府邸中有两百个房间装满了贵重物品，却放不下一个柜子或扶手椅，因为雕像都太珍贵了。”家庭内的威信不复存在。“孩子刚刚会走，家长们就给他们穿上了华丽的衣装。”可以见到五六岁的孩子身穿黑色外套和大氅，其上绣着花边和金银丝。他们都被过度溺爱，他们的父亲也不敢责骂他们。到了十七八岁的时候，他们的父亲会为他们提供情人。有一位行政官，其儿子整日泡在一个妓女家中，他因见不到儿子而感到苦恼，于是亲自跑到那个妓女家，请求他的儿子将妓女带回家中。风俗上的懈怠与放荡直接影响到着装，有些人在参加弥撒时脚穿拖鞋，或者在黑色大氅里面穿着睡衣。众多的没落贵族像寄生虫一般在咖啡馆过活，他们是令人讨厌的。还有那些半破产的贵族，每天有一半时间是在床上度过的，他们的床单破旧不堪，但这并不妨碍家族的神父给他们讲下流的故事。在那军人般的斗志丧失殆尽之后，腐败和堕落横行，只剩下一点鲜活的东西，那就是对美的品位。富含思想的精致的风景画和风俗画得以蓬勃发展。音乐诞生了，并且逐渐从教堂过渡到剧院。四所女婴收容所成了无与伦比的女音乐家和女歌唱家的研修院。在大运河旁，几乎每天晚上都有音乐练习，民众以一种“无法想象的狂热”挤在贡多拉上或在岸边聆听。在剧院中，戈齐（Gozzi）的作品独具一格而又变幻莫测。它以其金色的梦幻感和滑稽可笑为这个悲惨的世界披上了一层半透明的纱巾。贵族人士即使破败了也是美的。曾照亮他们的青春年华的诗意想象将陪伴他们直到死亡，为他们生命的最后时刻添加几分色彩，这个特长掩盖了他们的衰败，掩盖了他们成年以后的那两个不可原谅的瑕疵：尖刻与粗俗。

丽都岛

除了做梦，我们在此什么都不能干。“做梦”这个词也有些用词不当，因为它指的是脑子中的臆想、模糊的念头，但我们在威尼斯做梦靠的不是臆想，而是感觉。今天的落日时分，我再一次注意到沙洲附近的海面泛起了奇特的色彩。那是一种铜褐色，其上闪烁着蜿蜒曲折的微光，夕阳的红色又为其镀上一层橙绿色的光泽。有时，它又呈现出一种金黄色，好似一块丝绸在海风中鼓荡飘扬。听，海浪声此起彼伏，永不停歇。它们汇聚在一起，在水天之间交织成一张白色的网，而小船就在那光芒中游荡，只有在小船旁才能看到那变幻不停、蓝绿相间的色调。

一个小时之后，我们就到了丽都岛。这是一块长长的沙洲，它保护着威尼斯，抵御着来自外海的侵蚀。岛中心有一座教堂和一个村落，周边是用草席围起来的果园，其中种满了幼小的果树。花儿无处不在。左侧，一条林荫道通向远处，道旁的树木更老一些，但也焕发着春天的新颜，圆形的树冠已然呈白色，好似新娘手中的花束。我们继续前行，走了三百步之后，就见到了真正的大海。这已经不是在威尼斯所见的那种静谧如湖水的海水了，而是汹涌澎湃、泡沫飞扬的大海，是浪声狂暴而激荡的大海。长长的沙滩上不见一个人影，偶尔，在远处堤坝的拐角处可见某个身穿灰色军大衣的哨兵。四周没有一丝人类的声音。我们在这片宁静中默默前行，逐渐感到被裹挟在那单调的自然之声中。湿润的沙滩上留下了我们的足迹，贝壳在脚下发出被压碎的声音。成百的小螃蟹斜行着逃跑，不一会就隐藏到海浪和沙子中了。夜幕开始降临，我们所面对的东方变得黑暗。在逐渐加深的黑暗之中，尚能依稀辨出两三艘船上的白帆。它们逐渐消失了，而海水的墨绿色染黑了周边的一切。浪花不时拍打在沙滩上，激起一片簌簌声。四处响起了远方兽群般的低吼以及嘶哑的轰鸣声。当听觉灵敏而其余感觉失灵的时刻，灵魂似乎感受到了威胁。我立刻找到了曾在威尼斯丢失的念头，那就是大海的险恶和它那不可驯服的力量。

回程之时，日落的方向呈现出火炭色的余晖，房屋、塔楼与教堂的高墙之上泛着一片火红与浓黑色。这真的像是一场可怕的火灾，好像火山喷发出的熔岩吞噬了一切植被。它也像是一片烈焰火场，在目之不及之处燃烧，但是目之所及之处也是火星飞溅。猩红的树桩仍在燃烧，火焰熄灭处的焦炭东倒西歪，呈现出一片废墟。它们那暗淡的颜色与泛着红光的水色融合在一起，逐渐消失在夜幕之中，而深海处早已是一片茫茫黑暗了。

4月29日，圣马可钟楼

我曾承诺为你描述威尼斯的绘画，但我每一天都在把这件事往后推迟。这里有太多伟大的作品了，而且这项任务太独特了。我有太多的感触了，而且我在这里的生活很充实，觉得时间过得太快了。我好像生活在一片茂密的森林之中，坐在这里观察比去寻找一条小径或了解其整体更加舒适。我率性而为，也变得更加懒惰。我总是想着该看看这里或再看看那里，最终，肉体与灵魂都疲倦了，我就会对自己说“等明天吧”。第二天，我又会有一个新的想法。例如今天，一大早起来，我就登上了圣马可钟楼。

从钟楼顶上可以看到威尼斯与整片潟湖的全景。在这个高度，人类的作品看起来就像是河狸的作品。大自然以其本来面目出现了，它庞大无边，几乎没有被我们卑微的生命所侵犯。到处都是沙子和海水，我只见到一片巨大而平坦的场地，其北部被覆盖着积雪的山脉阻拦，好似区分潮湿与干燥地区的中间地带。那是一片贫瘠的荒原，夹杂着灰暗的沙土色与闪亮的水光。一些红色的小岛被退潮的海水冲刷过，泛着石板的模糊光泽。四周，蜿蜒曲折的河道与静谧的水洼以变化无穷的方式交织在一起，反射出铁青的色泽。这是一片荒漠，一片奇特的、死亡的荒漠。除了一小队扬着橙色风帆入港的小船以外，这里没有一丝生命的痕迹。在丽都岛的外海上，一束阳光不时划破云朵，在海面上映照出一条光带，好似一柄闪电之剑割开了那深色的大氅。我能在此停留更多的时间，在包容一切的天穹与大地的永恒对话之中去忘却人类的利益纠葛。两堆金色的云朵之间吹过来一缕海风。这些云朵轮番涌向那明亮的月牙，而月牙的利刃又插入云朵之中，好似一柄镰刀正在收割丰收的麦田。

第 七 章

威尼斯油画

1864 年 4 月 30 日

对我来说，我很难像描述其他画家那样为你描述威尼斯的画家。在他们的画作面前，我没有意愿去分析和推理，如果非要那么做，那真有些勉强。威尼斯绘画是用来欣赏的，就像 16 世纪的威尼斯人那样去享受它才对。威尼斯根本不像佛罗伦萨那样是一座文学或评论盛行的城邦，绘画在此只是享乐型社会中的一个补充，是宴会厅中的装饰，或是一个闺房中的设计。为了阐释它们，我必须离开一段距离，闭上眼睛，等着各种感觉逐渐迟钝，此时思维才能开始工作。我在此可以罗列三四个不完善的想法。对于这个主题，我们可以猜测和酝酿，但是我们不会把它们写出来。

威尼斯是一个独特的城市，与意大利的其他城市相比，它一开始就是个自由港，并且一直延续了十三个世纪之久。同时，它也是一个非同一般的世界，其土地、天空、气候和环境都与众不同。与意大利的另一座中心城市佛罗伦萨相比，威尼斯是一个海滨世界，而佛罗伦萨则是一个内陆世界。在不同的世界中，人们的眼界是不同的。在这里，人们不追求清晰的轮廓、暗淡的色调和静止的场景，眼中常见的首先是动感和明艳的外表，是光芒四射的各种色彩，是带有纹理的混合色调的交织与朦胧之感。此外，威尼斯总是被一层如纱似雾的水汽所笼罩，这使远方呈现出一片青蓝色。水汽蒸腾于空中便形成云朵。它浓郁的湖光水色与暗淡的石块建筑物形成强烈的反差色调。在一个干燥的国度，其视觉上的鲜明特征是线条，而在一个湿润的国度，其视觉上的特征是斑块。我们在佛兰德和荷兰已经见过这种特征：湿润的空气使目中所及的物体的轮廓都变得朦胧，景致由清新和谐的色彩与变幻莫测的浓雾轻烟决定。与阿姆斯特丹和安特卫普那灰白的泥浆、灰黑的天空相比，这里有蔚蓝的大海和紫红的沙子。我们眼中的威尼斯是绚丽多彩的，证据就存在于早期的威尼斯建筑当中，存在于宫殿与府邸那五颜六色的斑岩、蛇纹岩和珍贵的大理石之中，存在于圣马可圣殿内那紫红色间杂的金星装饰之中，存在于他们对鲜明色彩的独特品位之中，存在于镶嵌画那绚丽的图案当中，存在于最古老的绘画所展现的鲜艳与光辉之中。维瓦里尼[1]（Vivarini）一家、卡尔帕乔[2]（Carpaccio）、克里韦利[3]（Crivelli）以及乔瓦尼·贝利尼，已然预示了大师们的辉煌。他们几乎都采用了油性颜料，都觉得壁画过于灰暗。作为真正的佛罗伦萨人，瓦萨里指责提香“不准备图样，依照自然实物立刻画出作品。他相信还原真实图像的最佳和最可靠的办法就是当场以原物的色彩画出来，不必事先研究并用铅笔在纸上画出轮廓”。

第二个更强劲的理由是人类周遭的气候环境改变了人的气质和本性。生理学家只是泛泛地触及这个真相，但是对于一位旅行者来说，这点是显而易见的。[4]生命体

1 维瓦里尼一家包括安东尼奥·维瓦里尼（Antonio Vivarini），其弟巴尔托洛梅奥·维瓦里尼（Bartolomeo Vivarini），其子阿尔维斯·维瓦里尼（Alvise Vivarini）。他们都是意大利画家。

2 维托雷·卡尔帕乔（Vittore Carpaccio，约 1460—1526）是绰号，威尼斯画派画家，因善于使用红白色而得名“Carpaccio”，超薄生牛肉片之意。

3 卡洛·克里韦利（Carlo Crivelli，1430—1495），意大利画家。

4 有人对肉食制度进行过实验。与食肉的英国工人相比，某些法国工人的产出比英国工人少了一半。实行一年的肉食制度后，这些法国工人的生产力，也就是专注力和肌肉的力量都增加了一倍。——原书注

就是一种浓厚而有机的气体，它融入到空气中，随时在损耗和消散。也就是说，人是环境的一部分，并且不断地被环境更新。根据有机体或快或慢地吸收和扩散的程度，它的应力和行为是不同的。与其他活动一样，脑力活动是一种流体运动，取决于气流的速度与通畅程度。例如，一个北方人的新陈代谢的速度是一个南方人的两倍或三倍，而他的敏感程度，即他的情绪的激烈性和爆发的频率只是南方人的二分之一或三分之一。将来自荷兰弗里斯兰（Frise）的农民或马匹与来自法兰西贝里（Berri）的农民或马匹相对比，将一位伦巴第人与一位卡拉布里亚人相对比，将一位俄国人与一位阿拉伯人相对比[1]，结果将一目了然。我们尚不清楚那些与气候的冷暖湿润、食物、呼吸、肌肉力量、情感能力和各种思想的产生相关的具体规律，但是很明显，这种规律是存在的。无论在何处，气候、身体的体质和精神的构架是三个相互关联的环，扰动了第一个环，必然会影响第二个环，继而再影响到第三个环。威尼斯与波河河谷就像是意大利的荷兰，这就是为什么威尼斯人的体质和气质与荷兰人相近的原因。如同在佛兰德一样，我们可以在此见到粉白的肤色、金色和红色的头发、有些臃肿和肥胖的肉体，这与意大利南方人的那种黑色头发、清瘦而灵活的躯体、轮廓清晰而高雅的面容以及坚实的肌肉形成了强烈的反差。如同在佛兰德一样，这里爱好享乐和精致的生活，这里的文学精神或思辨精神都略显缺失。这与佛罗伦萨人[2]那种善于推理、敏锐而精明、趋向纯粹主义的精神特质反差甚大。从一开始，威尼斯的建筑风格就很活泼，并不太古典。从15世纪开始，享乐而放纵的风俗[3]就已形成，随后有了娱乐广告、持续六个月的狂欢节以及无数的注册妓女。音乐成了国家制度的一部分。华丽的服装与盛大的节庆、镶着金丝和钻石的五颜六色

---

1 威灵顿（Wellington）说：“一支法国军队所必需的军粮对于一支西班牙军队来说已足够富余，但对于一支英国军队来说则会饿得要死。”——原书注

2 佛罗伦萨人称威尼斯人为“粗人”。——原书注

3 瓦萨里曾说：“安东内洛（Antonello）到威尼斯定居并且带去了油画。他选择了这座城市，他被城中的贵族所爱戴和敬仰，沉湎于能染上性病的娱乐之中。”——原书注

的长袍，还有对东方的奢华与奇思妙想的不断吸收，再加上宗教上的宽容、政治上的冷漠、经济上的繁荣、享乐的流行以及无忧无虑的生活态度，这一切都展现出他们的原始天赋，也就是将诗歌融于声色的能力以及将所有享乐融于美的才能。画家们在他们的画作中展现的正是这种国民的天赋。他们以色彩去迎合这种天赋，在丝绸、天鹅绒、珍珠、栏杆、立柱和镀金饰物上去展现它。这种天赋在他们身上更容易被看出来。是他们将这种天赋释放，将其精细化，并且融入到有形的物体当中。无论在何处，伟大的艺术家都是人民的先锋和解说员。例如佛兰德的约尔当斯（Jordaens）、克莱尔（Crayer）和鲁本斯，再如威尼斯的提香、丁托列托和委罗内塞。他们的天赋与直觉使他们成了博物学家、心理学家、历史学家和哲学家。他们反思那构建其种族和时代的思想，反思那不取决于人类意志的"世界理性"[1]（Sympathie universelle）。这个"世界理性"支配万物，赋予他们天赋，在他们的头脑中以一定的比例汇集，并组织世间相互关联的无穷的元素。他们的触觉比学识拓展得更远，他们所创造出来的理想人物就是最浓缩的鲜活形象，这源自他们对自己所了解的真实人物的提炼。他们重新按照实物取模，将粗糙而残缺的熔铸模具清空，重新倒入属于自己的一种更软的金属，将之熔化并重新浇铸。从黏土中取出的塑像，第一次再现了其应有的真正轮廓，而这个轮廓是前一个粗糙模具所无法表现出来的。

现在让我们考察一下艺术家出现的时刻。在所有的时代和所有的国度当中，激发艺术品产生的动力都源自心灵中某种复杂而混合的状态，那是心灵介于两个时代之间并被两种情趣所撕扯时的状态——心灵正在脱离那偏好崇高的品位而转向偏好惬意的趣味，但是在这种过渡中，这两种情感是融为一体的。心中必须保留崇高的品位，就是说保留那高雅的形态和充沛的激情，否则其艺术品就徒具漂亮的外表而已。此外，心中还必须存有快乐的情趣，即对娱乐的需要和对装饰的重视，否则就只会专注于其作用而疏忽了对艺术品本身的欣赏。这就是为什么那珍贵的花朵只绽

1 源自古希腊斯多葛学派的学说，主张宇宙是一个统一的整体，存在着一种支配万物的普遍法则。

放在两个时代的交汇之处，绽放在英雄主义和享乐主义这两种品行之间。这就是为什么只有当人们完成了一场伟大又漫长的战争、一个基础建设或一个巨大发现之后开始休息，环顾四周并且想要根据自己的意愿来装饰自己亲自奠基的建筑物之时，它才会绽放。比这个时刻更早的时代，人穷尽身心以求生存，从不享受；比这个时刻更晚些，人只想着享受而不再尽心竭力。在这之间可以说是唯一的时刻。根据心灵的转变程度，这个时刻或长或短、或急或缓。这时的人尚且强壮，仍旧狂热，尚能全身心地投入到大胆的创举之中，还能为了他的精神和情感率性而为。

这就是 15—16 世纪在威尼斯以及意大利的其余地区所发生的变化。基奥贾战争[1]（Guerre de Chioggia）是古老的英雄悲剧的最后一幕。与古代的共和国一样，被围困的人民团结起来奋力抵抗。手工业者提供战船。皮萨尼[2]（Pisani）先是入狱，后又赢得了战争。卡洛·泽诺[3]（Carlo Zeno）在战斗中身负四十处伤。总督孔塔里尼时年七十岁，他发誓只要还没战胜敌人的舰队就不下战船。三十个家族，包括药剂师、香料商、酒商、皮货商，全都加入到贵族的队伍当中。公众的勇气、献身精神与特米斯托克力[4]（Thémistocle）时代的雅典和“拖延者”费边[5]（Fabius Cunctator）时代的罗马一般无二。尽管从这个时代开始家庭内部逐渐趋于冷淡，但是威尼斯依然还能在很长的时间内令人感到温暖，至少保持得比意大利的其他地区更久，有时还会突然变得炽热。当佛罗伦萨、罗马和博洛尼亚沦为游手好闲之辈的博物馆时，威尼斯却始终是一个独立的城邦、一个被热爱的故国。成了臣民的民众有时还保留着公民的习俗，当路易十二世和马克西米利安（Maximilien）占领威尼斯共

1　基奥贾战争发生于 1378—1381 年，是热那亚与威尼斯因商战引发的战争，最终威尼斯取得了胜利。

2　韦托尔·皮萨尼（Vettor Pisani，1324—1380），威尼斯海军统帅。

3　死于 1418 年，一位普鲁塔克式的人物。——原书注

4　特米斯托克力（前 524—前 459），古希腊政治家、军事家。

5　昆图斯·费边·马克西姆斯·维尔鲁科苏斯（Quintus Fabius Maximus Verrucosus，前 280—前 203），古罗马政治家、军事家。因在第二次布匿战争中以拖延战术对抗汉尼拔，挽救罗马于危难之中而获得了绰号“拖延者”（Cunctator）。

和国的大陆领地之时[1]，农民们以圣马可之名起义反抗，他们不顾总督的意见夺回了帕多瓦。当教宗保罗五世想要将其意志强加给威尼斯的时候，威尼斯的教士们忠于自己的祖国，民众则赶走了教宗委派的人。[2]当宗教裁判所的权力在整个意大利漫延之时，威尼斯的元老院令保罗·萨比写下反对特伦托会议的文字，容许新教教徒、亚美尼亚人、伊斯兰教教徒、犹太人和希腊人保留他们的庙堂，允许异教徒在教堂入葬。威尼斯的贵族群体一直都在战斗。在整个16世纪直到17世纪，他们的身影出现在达尔马提亚、摩里亚，出现在整个地中海，抵御着异教徒的攻击。法马古斯塔（Famagouste）的守卫部队是因为饥饿才落败的，其司令布拉加丁（Bragadino）被活剥人皮，成了传世英雄。在勒班陀战役（Bataille de Lépante）中，仅威尼斯就为整个基督教联军提供了一半的海军舰队。因此，尽管爱国情怀、危险与活力都在逐渐衰落，但从各方面看，所有创造和支撑伟大灵魂的东西依然存在。相比之下，意大利半岛上的其他地区在外国人的入侵之下、在教权的压制之下，享乐主义或学院派的惰性使人的精神和意志局限于会客厅，沉溺于玩乐和诗词歌赋之中。

然而，即便人的发条在威尼斯没有被折断，也还是逐渐松弛了。政府转向独裁制且疑心重重，任命了某位莫西尼哥（Mocenigo）为总督。他是个可耻的机会主义者，利用公共危机将拯救了国家的卡洛·泽诺抓捕入狱两年，将大陆地区的军队交由雇佣兵队长指挥，与宗教裁判所的三位裁判官相勾结，挑起告密之风，进行秘密处决，并且让民众沉溺于酒色和享乐之中。此外，奢华之风开始流行。1400年左右，住宅的规模“尚且很小”，但是威尼斯已经有上千个贵族拥有4000—70000杜卡托的年金收入，那时3000杜卡托就足以购买一座府邸了。从此以后，巨大的

1 指由教宗儒略二世、法国国王路易十二世、神圣罗马帝国皇帝马克西米利安一世和西班牙国王费尔南多二世所组成的康布雷同盟对威尼斯发起的战争。威尼斯战败后失去了大陆地区的部分领地。

2 “我们是威尼斯人，然后才是基督徒。”——原书注

财富不再被用于经营买卖或者用于奉献，而是被用在奢华和排场上。1495 年，科米纳[1]（Commines）曾经感叹：“大运河，我相信那里有世界上最漂亮的街巷，拥有最美的住宅。房屋都很高大，用高级的石块建造而成，都有百年以上的历史。所有房屋的白色大理石立面都是由距此百里之遥的伊斯特拉（Istrie）半岛提供的，此外还有许多巨大的斑岩和蛇纹岩被用于装饰立面。房舍内至少有两间居室配有金色天花板，配有华丽的大理石壁炉台、金色的床架、金色壁纸以及各种家具。”当他到达这里的时候，二十五名身穿猩红色丝绸服装的绅士前来迎接他。他被邀请进入一艘装点着绯红色绸幔的美丽游船之中，他说这是“我见过的最成功的城邦”。最终，随着享乐的需求逐渐增长，创业的精神逐渐萎缩。16 世纪初，开普敦的通航使得通往亚洲的航海贸易落入葡萄牙人手中。在地中海和大西洋，查理五世的税收政策以及土耳其人的骚扰，使威尼斯的海运受到极大的影响，自亚历山大港至布鲁日的航运急剧衰落。从产业角度看，手工艺人受到了限制和监督，他们被封闭在各自的国度，失去了改善技艺的机会，只能任由其外国的竞争者获得技术优势并成为世界的供应者。因此，各方面的行动能力都下降了，而享乐的欲望在上升，但是二者之间并不能被完全替代，而是相互交织，由此产生了一种模棱两可的精神状态。这就如同一种混合的性格——既不太粗鲁，也不过于柔弱，他们的艺术就是在这种状态中诞生的。1454—1572 年，在宗教裁判所的建立与勒班陀战役之间，在内部独裁制度的建立和外部的最后辉煌之间，涌现出了众多威尼斯绘画的优秀作品。乔瓦尼·贝利尼出生于 1426 年，乔尔乔内死于 1511 年，提香死于 1576 年，委罗内塞死于 1572 年，丁托列托死于 1594 年[2]。在这一百五十年中，那好战的城邦、地中海的霸主、商贸和产业的女王，逐渐转变成充满假面舞会和交际花的娱乐场。

1　菲利普·德·科米纳（Philippe de Commines，1447—1511），法国历史学家。

2　这部分的生卒年与今天所认为的有所不同。——编注

原始画作

威尼斯美术学院内收藏有一系列最古老的画作。一幅作于1380年的毫无规范可言的分格画透露出其源头。如同其他地方一样，这种新艺术是从拜占庭的传统当中走出来的。这似乎比较晚，比早熟且富有智慧的托斯卡纳要晚。其实在14世纪，已经出现了某些画家，如赛米特克罗[1]（Semitecolo）、瓜里恩托（Guariento），他们都是从乔托在帕多瓦建立的学校中走出来的普通学生。如果想要找到国家级的画家，需要等到15世纪中期。曾经有一个艺术家家族生活在穆拉诺（Murano）岛，即维瓦里尼一家。其中，年龄最大的是安东尼奥·维瓦里尼。在他的画作中，我们已经能够见到威尼斯画派的早期风格特征——某些大胡子头像和秃头的老人形象、混杂的玫瑰色或暗绿色色调、几乎可以被称为肥胖的小天使以及脸颊饱满的圣母像。在他之后，他的弟弟巴尔托洛梅奥无疑受过帕多瓦学派的训练，曾经有一个时期他将画风导向了干涩的浮雕感和骨感的人像画[2]。尽管如此，与其他画家一样，他也很善于使用丰富的色彩。从这间艺术展厅中走出时，眼中依然留有强烈而丰富的感觉，这是在锡耶纳和佛罗伦萨等地都没有的。假如我们按照时间脉络继续前行，我们将会获得更加丰富的感受。在这个粗糙的时代，大师中的代表人物就是乔瓦尼·贝利尼和卡尔帕乔。

我刚在弗拉利荣耀圣母大教堂看过一幅乔瓦尼·贝利尼的画作，我觉得它如同佩鲁吉诺的画作一样，是宗教艺术画中的杰作。在一个礼拜堂尽头的祭坛上，在一个金色的框架之中，圣母身披蓝色大氅坐在宝座上，显得简朴又善良，好似一名和蔼的农妇。在她的脚旁，两个身穿短衣的小天使好像唱诗班的孩童，他们那肉墩

1 尼科洛·赛米特克罗（Niccolò Semitecolo，1353—1370），意大利画家。

2 圣母福莫萨教堂中的圣母像，1473年。——原书注

墩、带着婴儿肥的大腿呈现出健康的肤色。在两旁的隔间当中各有一对圣人，他们身穿主教和修士的服装，站在那里既庄严又呆板，其写实的面容令人不由得想起亚得里亚海渔民那晒黑的肤色。所有这些形象都真实存在过。信徒跪在他们的面前，从这些形象中，他能看到自己在船上或是在街头巷尾见过的人物，看到那被海风吹过的红褐色脸庞，看到那在湿润气候中长大的姑娘们的亮丽肤色，看到引领游行队伍的主教们的绣金丝长袍，看到那些晚间去海边捉螃蟹的孩童们的小腿。他不能不相信他们。一个与当地情况如此相符的真实展现可以引发幻觉，但这是一个更高等的世界，是一个更庄严的世界的显现。这些人物并不令人感动，他们面容平静，目光凝滞，好似在梦境中凝神发呆。一个点缀着金色和红色的壁龛位于圣母的身后，好像是幻象王国的延续。以这样的方式，用图像表示的建筑代替了真实的建筑，而在大理石之上，金色的圣体头顶散发着圣光，他的身后就是那超自然世界的入口。

在这个美术学院中，不管是继续观赏乔瓦尼·贝利尼的画作，还是观赏与其同时代的画家们的作品，我们都能看出，威尼斯绘画虽然走上了一条独特的路径，但也经历了意大利其他地区所经历的阶段——这些画也来自祈祷书和镶嵌画。首先，她依旧与基督教的情感相对应；其次，她逐渐从周围的现实生活中将优美的身体的现实感引入到祭坛装饰上那强健的身躯之中，注入到借用现实人物的圣人像之中。我们可以从那庄严的宗教表情中看到流淌着鲜活血液的脸庞以及未遭破坏的气质。这是两个时代的两种精神的汇聚：其一是基督教的，它正在消退；其二是异教的，它正在增长。但是，在这些整体的相似性之外，威尼斯还有与众不同的特征。他们画的人物更加贴近写实，较少受到古典情感或神秘情感的改造，没有佩鲁贾画派那么纯粹，也不像佛罗伦萨画派那般高雅。他们的画较少触及人的智慧与心灵，更多是直达人的感官。他们画的人物很容易被当作人来看待，而且看上去赏心悦目。画中，人物的肌肉和脸庞上展露出鲜明而强烈的色调，孩童们的肩膀和大腿上的肌肤已经呈现出鲜嫩和柔软，相对明亮的风景烘托出了人物的深色调；圣母身旁的圣人们姿态各异，与其他原始画派作品中的宗教游行队伍完全不同。在威尼斯的宗教虔诚与信仰达至巅峰的时刻，其热衷多样化和情趣的民族性依然透露出一丝微笑。对于这一点，没有哪些画能比卡尔帕乔那以圣乌苏拉（Sainte Ursule）为主题的八幅画[1]更显而易见了。首先，这位封建时代的画师笔法依旧笨拙，他对于风景和裸体的处理只是一知半解。他画的岩石与树木好似出自圣诗集，许多树木像是上了漆的铁皮切割而成。他画的上万名被钉在山上的十字架上的殉道者，好似古老的神秘剧中的滑稽人物。我们可以看出，他从未在佛罗伦萨生活过，从未跟保罗·乌切洛研习过自然物体的画法，也从未跟波拉约洛研习过人体和肌肉的画法。此外，在他的画中，我们可以找到中世纪最贞洁的形象，而这种完美、这种虔敬、这种基督教信仰的精华被随后那更耽于声色、更粗俗的时代抛弃了。圣女及其未婚夫都有一头金色的长发，他们就像传说中的人物那般庄严而动人。她要么是在睡梦中收到天使带给她的殉道启示，要么是与其丈夫一起跪在教宗面前接受教宗的祝福，要么是在众人的关注下升天去接受上帝的荣光。在另一幅画中，她与圣安妮一起出现，还有两位老圣徒拥抱着她。我想不出还有比这更虔诚、更祥和的画面了：她苍白而柔弱，头部微微倾斜，迷人的小手中拿着一面旗子和一片绿色的棕榈叶；她那丝绸一般的长发披散在纯洁的蓝色长裙之上，一件华丽的金色大氅裹覆在她的身上。这的确是一位圣女，中世纪的天真、谦卑和敏感全都表现在她的姿态和目光之中。这代表了那个世纪，也代表了这个国家。他的画展现了有趣的习俗、场景以及丰富的装饰元素。艺术家以及他的那些伟大的后继者展现了各种建筑、各种布局、各种拱廊，展现了布满挂毯的房间与厅堂，展现了宗教游行队伍以及花花绿绿的各式长袍。这一切都以较小的比例得到再现，但是其光彩与多变的式样预示了未来作品的风格，就像泥金书彩画预示了一幅画作的风格一样。在他所完成的转变中，曾经有一幅完美之作。他从那干涩的表现当中走了出来，进入到新的风格当中。在大厅的中央有一

1 画于1490—1515年。——原书注

《奉献耶稣于圣殿》，卡尔帕乔

幅《奉献耶稣于圣殿》(*Présentation de l'enfant Jésus*)，倘若不是签有他的名字，我们完全无法相信这是他的作品。[1] 在嵌有金色镶嵌画的大理石门廊之下，人物以几乎真人般的尺寸出现在画中，立体感突出，线条精美，布局合理，光线的明暗渐变表现出色。圣母由两位年轻女子簇拥着，将她的孩子带给老者西面（Siméon）。在下方，三个长发天使在弹奏提琴和鲁特琴。整幅画中，除了男人们的头像和某些衣褶略显僵硬以外，古老的风格已然消失不见，但是其寓意之甘美依然饱含无穷的魅力。小孩子那半裸的身体被光明所浸润，第一次展现出了肉体的美丽光泽。这幅画成为伟大画作的开端。在卡尔帕乔的同代人当中，更年轻的乔尔乔内和提香走得更远。

显　贵

当我们想要深入了解绘画得以繁荣发展的土壤时，可以先根据文献去想象一位威尼斯显贵[2]（patricien）在16世纪上半叶的生活状况。首先，我们会在他身上看到一种安全感和一种高度的荣誉感。他自认为是古罗马人的继承者，并且认为除了征服领地以外，他已经超越了古人，而且还将超越更多。[3]“在神圣罗马帝国的所有行省之中，意大利是女王。”在被恺撒们征服的意大利当中，在被蛮族蹂躏的意大利当中，威尼斯是唯一保持了独立地位的城邦。在外部，她刚从路易十二世手中夺

1　1510年。——原书注

2　“patricien”一词源自古罗马时代，原义是元老，一定是贵族；在威尼斯共和国时代，特指公民中拥有特殊地位的显贵，不一定是贵族，许多是大商人。

3　多纳托·詹诺蒂（Donato Giannotti），《威尼斯共和国（对话录）》（*la Repubblica di Venezia [dialogue]*）。——原书注

回那些曾被抢走的大陆省区。她的潟湖区和她的联盟帮助她抵御了神圣罗马帝国皇帝。土耳其人无法侵入她的领地，而在坎迪（Candie[1]）岛、塞浦路斯、基克拉泽斯（Cyclades）群岛、克基拉（Corfou）岛以及亚得里亚海沿岸，威尼斯都有驻军，并以此将其主权顺着海岸线延伸。在内部，“她从未更完美过”。在世界上任何其他国家中我们都见不到“更好的法律，更祥和、更融洽的社会”了。在这独一无二的井然有序中，“她丝毫不缺少勇敢而崇高的灵魂”。马可·特里福内·加布里埃洛[2]（Marco Trifone Gabriello）以一种领主般的高傲与冷静的口吻评价说，这个光荣的城邦的繁荣发展得益于贵族政府的有效治理，“议会的关闭使城邦达到了从未有过的高度”。依照他的看法，那些被排斥在决议之外的公民都是些草民，是些船夫和仆佣；假如某些人随后变得富有和重要，那也是因为国家的宽容，将他们保护在国家的羽翼之下。如今，他们依然是被保护人，没有其他权利。委托人和平民，他们在国家的庇护下是多么幸福！唯一合法的支配者“是那三千位绅士，是拥有城邦、国家、土地与海洋的那些领主”。国家属于他们。就像古罗马的元老们一样，他们是公共事务的主人，其领导智慧使他们的权力更加牢固。就这一点来说，这位“显贵”怀着一种爱国主义的骄傲之情描述了城邦的组织、资源管理之术、权力的种类、行政官员的选举、十五万埃居的财政收入、大陆地区新堡垒的建设以及武器库的装备。他的庄重、高傲以及那高雅的谈吐使他看起来像是一位古代的公民。的确，他的朋友们把他比作阿提库斯[3]（Atticus），但是他礼貌地谢绝了这个比喻，并且宣称，如果说他与阿提库斯一样离开了公共事务，那也是出于不同的原因，他是为了城邦的荣耀。阿提库斯隐退的理由是罗马的堕落及其公民的无能，而他之所以隐退，是因为威尼斯的兴盛和人才辈出。对话以贵族般的礼貌形式、漂亮的说辞和

---

1 Candie 为克里特岛的旧称。

2 马可·特里福内·加布里埃洛（1470—1549），意大利哲学家，人文主义者。

3 阿提库斯（前 110—前 32），古罗马贵族，西塞罗的朋友。

坚实的推理进行着，地点在帕多瓦，在本博的家中。读者可以想象一下，那文艺复兴时期的高大客厅中装饰着半身塑像、手抄本和花瓶，异教的高尚风格与古典的爱国主义混杂在一起，华丽的辞藻、西塞罗式的纯粹主义与文雅混杂在一起。

这些显贵如何消遣呢？有些人很庄重，我也愿意相信这一点，但是威尼斯的流行基调可不是朴素。在这个时期，最受人关注的人物是阿雷蒂诺。他是一个妓女的儿子，出生于收容所，是一个职业食客，精通敲诈勒索。他依靠恶意中伤和阿谀奉承，以那些十四行艳诗和淫秽的对白成为名人们的评判员。他从欧洲的大人物们手中勒索了七万埃居，被人称为“君王们的灾难”。他那夸张而萎靡的风格成为人类思想的奇观之一。他一无所有，却依靠别人送给他的钱和礼物过着领主一般的生活。一大早，在他那位于大运河旁的府邸中，请求者和吹捧者就挤满了他的客厅。他在信中写道：“如此多的大人物[1]，他们接连不断地来访，这让我头晕脑涨。我的楼梯都快被他们踏破了，就像卡比托利欧山的铺石路被凯旋战车的车轮磨损了一样。我觉得罗马没有什么地方能像我家这样接待四方来客、听到那么多不同的语言了。来我家的人中有土耳其人、犹太人、印度人、法兰西人、西班牙人、阿勒曼人。至于意大利人，那就更数不过来了。我就不提那些底层小民了，他们根本见不到我，因为我的身边总是被修道士和教士环绕……我是上流社会的秘书。”大人物、主教和艺术家追捧他，人们为他带来古代的纪念章、金项链、天鹅绒大氅、画作、装满五百埃居的钱包和学院的证书。他那白色大理石半身像，他那出自提香画笔的肖像画，他那些金、银、铜制的纪念章都展现在来访者的面前，显露出他那厚颜无耻且粗鲁的面目。他好似被加冕一般，身穿皇家的长袍，高坐在王座之上，接受民众的致敬和献礼。他深受大众喜爱，而且引领时尚。他写道：“我见到我的头像出现在宫殿的立面之上、在梳子盒上、在梳妆镜的装饰上、在马约里卡陶盘上，就像亚历山大、恺撒和西庇阿的头像那样。我还向您保证，在穆拉诺岛上有一种水

1 《书信集》（*Lettere*）第一卷，第 206 页。他于 1527 年来到威尼斯。——原书注

《阿雷蒂诺像》，提香

晶花瓶被命名为‘阿雷蒂诺’。为了纪念教宗克雷芒七世送给我的一匹马，这种马被命名为‘阿雷蒂诺’，而我随后又将这匹马转送给了腓特烈公爵。从我位于大运河畔的府邸旁流过的一条支流被命名为‘阿雷蒂诺’。人们谈论着阿雷蒂诺风格，这可把那些书呆子气死了！有三个女佣从我这里离开后，都成了夫人，她们被人称为‘阿雷蒂娜’。”如此这般，他被众人保护和供养着。他并不是自己偷偷摸摸地享受，而是公开地、明目张胆地享乐。“花钱、生活、喝酒……就像自由人一样。”

他常说“我是一个自由人”，这意味着他可以做一切他想做的事情，而且这些都成了人们茶余饭后的话题。在他那个时代，人们的神经尚且比较粗糙，肌肉尚且强健，到了17世纪末期风俗才变得平淡而矫揉造作。在那个时代，人们的贪欲更多地表现在贪食上，而不是在讲究上。被伟大的画家们脱去衣衫的维纳斯，其身躯尚且像个男人，其目光尚且坚毅。贪婪而率直的快感没有给矫揉造作和过分考究留下任何空间。阿雷蒂诺曾经当过流浪汉和士兵，这也直接影响了他的品位。他在家中大吃大喝。“他的家中有二十二名妇女，有时她们还抱着口含奶头的孩子。”他的家中，宴席常开和混乱无序是常态。他像个盗贼一般大方，如果说他骗钱，他也会受骗上当。“请将我五百埃居的年金翻番[1]，哪怕我有千倍于此的收入，我还是会生活拮据。所有人都跑来找我，好像我是皇家金库的总管一样。如果有一位可怜的姑娘生了孩子，我会为她支付费用；如果某人被捕入狱，我要为他打点一切。没有装备的士兵、遭遇不幸的外国人、迷途的骑兵，他们全都找我帮忙。不到两个月前，有一位青年在我邻家附近被人刺伤，随后他被人送到了我家的一个房间之中。”他的仆人们也偷他的钱。在这座开放式的府邸当中，一切物件都被乱七八糟地堆放在一起，包括别人送来的花瓶、半身像、素描、无檐帽和大衣、塞浦路斯的葡萄酒、莺雀、狍子、野兔，还有他自己购买的用于晚宴的甜瓜和葡萄。他暴饮暴食，大理石客厅中总是回荡着他的欢笑。有人送来了鹧鸪，“一拿到手我就送去烤熟了。我离开了我的野兔赞歌，转而吟唱禽类的颂词。我的好朋友提香看了一眼这些美味，便随我一同唱起了《尊主颂》（*Magnificat*）”。除了这饕餮盛宴上的乐章，还有其他节目。著名女歌手弗朗切斯奇娜（Franceschina）是他的客人之一，他“亲吻她那美丽的双手，那双手就像两个迷人的女贼，不仅能偷钱，还能偷走人心”。他接着说道：“我希望当我的佳肴缺少美味的时刻，能够听到您那美妙的歌喉。”交际花

1 《书信集》第二卷，第258页。——原书注

们在这里就跟在自己家里一样。他为她们写书，还教她们改进自己的专业。[1]他接待她们，疼爱她们，给她们写信，还雇用她们。早上，当他打发了那些来访者之后，如果他不去桑索维诺和提香的工坊消遣，就会去姑娘们的房间，给她们“几个钱”，让她们缝些“手绢、床单、衬衣”，“使她们能自食其力”。以这个工作为名，他在家中收留了六个姑娘，被人统称为“阿雷蒂娜”。这里好似一个开放的后宫，这其中的吵闹、纠葛都成了人们热议的话题。他以这种方式生活了三十年。偶尔也有缺钱的时候，但他总有年金收入，而且他与显贵们相交甚好，一直与提香、丁托列托和桑索维诺是好朋友。更厉害的是，阿雷蒂诺自成一派，有许多寄生虫和下流坯模仿他，例如多尼（Doni）、多尔切（Dolce）以及他的秘书和敌人尼科洛·佛朗哥[2]——他是《普里阿普斯》（*Priapea*）的作者，最后被判处绞刑。由此，在威尼斯，某种诙谐文学和艳情文学盛行一时，包括帕拉博斯科[3]（Parabosco）笔下的风雅故事，以及巴福[4]（Baffo）那些近乎淫秽的色情诗。通过书籍来判断其读者，与通过住所来判断其主人是同样的道理。从这个空隙，我们隐约能看到人们内心世界的特点，也就是画家们为我们留下的感性形象，而我们得以从中识别出那个时代的艺术的主要特征：那是这个共和国中声威赫赫的权贵们的高傲，是一种雄健的粗犷力量，也是一种美妙且不知羞耻的肉欲，它被财富的积累和生活的安逸所激发，在光天化日之下展现出来。

还剩下一点，即艺术所承载的情感本身。在威尼斯的那个时代，在私人的家中，在国家机构当中，在贵族和普通民众当中，甚至在那些如阿雷蒂诺一般性情粗鲁、讲求实际之人当中，似乎到处都有生来就吃喝玩乐和利用他人之辈。其内心残

---

1 这使她们更理性。——原书注

2 尼科洛·佛朗哥（Niccolò Franco，1515—1570），意大利诗人。

3 吉罗拉莫·帕拉博斯科（Girolamo Parabosco，1524—1557），意大利作家、诗人，也是管风琴演奏家。

4 乔治·巴福（Giorgio Baffo，1694—1768），威尼斯诗人。

存的高雅正是从这方面绽放出来。他们如此放荡与放肆，自然而然地就会对不拘一格和表现力量的美丽图像产生好感。他们在那些发达的肌肉、美妙的裸体、奢华的建筑和华丽的绘画当中找到了与他们那蓬勃而又放荡不羁的本性相符合的一种养料。粗俗的精神不仅丝毫不排斥肉欲的细腻表达，还为其留下了自由发挥的空间。而且，将精神完全投入到享乐之中的人，更能厘清其乐趣中的细微差别。阿雷蒂诺十分崇敬米开朗琪罗，他向其讨要一幅速写图，这是“为了随时能欣赏它，并在死后将其带到墓中”。他与提香是好朋友，他对提香的钦佩与赏识是真诚的。他对色彩的见解、对鲜明色调的理解几乎同提香本人一样。有一天，他对提香说：“大人，我亲爱的老朋友，今天与以往不同，我独自一人吃晚饭，或者说在间歇发烧的状态下面对佳肴意兴阑珊。我离开了餐桌，心头烦躁而绝望。我将胳膊支在窗沿上，上半身探出窗外，望向水道中那无数的小船。船上坐满了外国人和威尼斯人，不仅令在场者感到欣慰，也令大运河充满了生机。……突然间，我看到两艘装载了同样数量船夫的贡多拉正在进行划船比赛，这为大众提供了消遣。我乐于观赏那拥挤的人群，他们为了观看船赛停留在里亚尔托桥之上，挤在财政大厦、鱼贩市场、圣索菲亚轮渡码头和莫斯托府邸旁的河岸上。然而，就在两岸人群那欢快的鼓掌声中，我抬眼望向天空，作为一个身感不适之人，不知该如何料理自己的心情和头脑。自从上帝创造了这片天空，它从未像今天这般被迷人的光影装点得如此美丽！这种氛围一定会令提香羡慕不已，因为那只能是提香的领域……首先是那些建筑物，那些用真实的石块建造而成的建筑似乎被什么把戏改变了模样。光在某些地方显得纯粹而鲜明，在另一些地方却显得模糊而柔和。端详另一个奇观，厚重而潮湿的云朵位于主背景之中，一直压迫到建筑物的屋顶之上，并在远方与其融为一体。整个右侧都呈现出一种以灰、棕与黑色为主的渐褪色系。我欣赏这些云朵在我面前所展现出来的多彩色调，最近处鲜艳如熔炉之火，最远处是略微暗淡的朱红。哦！神奇的画笔装点了这一切，又使它们衬托在那些宫殿的背后，就像提香在他的风景画中所做的那样！某些部分呈现出天青色，还有些部分呈现出天蓝色，这些随意的混合搭配，完全取决于画师们的主宰——大自然。它以或明或暗的色调，随意浸染或塑造各种形态。而我知道画笔就是您的灵魂，我不禁连续三四次大声地喊叫：提香，您在哪里？”我们在此认出了威尼斯画家的作品的基底：这里有委罗内塞画的柱廊上方的大片白云，还有提香画中那远方的青色、那令人心悸的模糊的光亮以及那淡红和橙红的暖色暗影。

总督宫

有些科的植物种类繁多，其相近之处远远多于不同之处，这就像威尼斯的画家们一样，不仅有那四位最著名的——乔尔乔内、提香、丁托列托和委罗内塞，还包括那些名气差一些的，老帕尔马、博尼法乔、帕里斯·博尔多内、波尔代诺内，以及里多尔菲[1]（Ridolfi）的传记作品中所列举的那些画家：安德烈亚·维琴蒂诺[2]（Andrea Vicentino）、小帕尔马、泽洛提（Zelotti）、布拉扎科[3]（Bazzaco）、帕多瓦尼诺、巴萨诺、斯基亚沃内[4]（Schiavone）、莫雷托[5]（Moretto）等，不胜枚举。从他们的画中首先跃然而出的是他们的共性，其个人特征尚且隐藏在影子当中。他们都在一起工作过，都轮流去总督宫画过画。他们的才华产生了一种并非刻意为之的和

1 卡洛·里多尔菲（Carlo Ridolfi，1594—1658），意大利画家、作家。

2 安德烈亚·维琴蒂诺（1542—1618），意大利画家。

3 乔瓦尼·巴蒂斯塔·蓬吉诺（Giovanni Battista Ponchino，约1500—1570），绰号布拉扎科，意大利画家。

4 安德烈亚·斯基亚沃内（Andrea Schiavone，1510—1563），意大利画家。

5 亚历山德罗·邦维奇诺（Alessandro Bonvicino，1498—1554），绰号莫雷托，意大利画家。

谐，使他们的画作形成了一个整体。

首先令人感到惊愕的是除了三四个厅以外，其余的房间都不大，而且有些低矮。十人议会厅以及周边的厅中都是缩小版的金色绘画[1]，不足以承载其中的那些人物形象。但是，过了一会，我们就忘记这些不足而只关注那些形象了。力量和欲望被展现得淋漓尽致。在角落处，裸体男子和女像柱形象被画得栩栩如生，其立体感令人第一眼看上去以为是雕像。他们的胸膛中充满了气息，大腿和肩膀都在扭动。天花板上，一个裸体的墨丘利的腹部朝向下方，这几乎就像是鲁本斯所绘的形象，但是有更强烈的肉欲感。还有一个巨大的尼普顿形象，其头发在海浪中随风飘荡。他的脚踩在战车边缘，其伟岸的身躯闪耀着淡红色光泽。他举起号角，面带野兽之神的那种快乐。咸湿的海风吹着他的肩带、头发和胡须，簌簌作响。在见到这幅画之前，我无法想象出这种激烈的奔放、这种喷涌而出的野性活力、这种异教的肉体的快乐、这种在光天化日之下的放纵和率性而为。将威尼斯画家简化为制造幸福和创作赏心悦目的作品的艺术家是多么不公正！他们也画出了伟大与英雄气概，画出了充满活力和动感的身躯。如同佛拉芒画家一样，他们也有他们的巨像。他们的素描，即使没有上色，也足以表现人体架构的坚固与活力。看看厅中那四幅委罗内塞的灰色单色画，看看那五六名披着纱巾或半裸的女子，她们全都身躯强健，面带微笑。虽然她们都有一副朴实而骄傲的外貌，但其臂膀和大腿的绞合力量足以令一名战士窒息。她们都同拉斐尔所绘的维纳斯和普赛克一样，是纯洁的处女。

越是端详威尼斯艺术当中的理想形象，就越能感受到英雄时代的气息。身披长袍、额头光亮的长老们是群岛的国王，身穿华丽丝绸长袍的是柏柏尔人的苏丹，他们正在接受贡品和发布命令。雍容华贵的女子们是皇后，是共和国的女儿，就像这位凯瑟琳·科尔纳罗（Catherine Cornaro）。共和国通过她得到了塞浦路斯。海军官兵们的胸膛肌肉鼓胀而黝黑，他们那被阳光和海风磨练得发红的身躯与土耳其近卫

1　委罗内塞的画作，以及在他的指导下由泽洛提和布拉扎科完成的画作。——原书注

军官兵们那雄健的身体碰撞在一起。他们的头巾、皮袄和皮大衣，他们那镶嵌宝石的弯刀，所有亚洲的华丽饰物、古典式的飘逸长袍以及异教传统的裸体全都混杂在了一起。他们那直视的目光依然镇定并充满了野性，他们的面容上所表露出的骄傲和悲剧性的崇高，显示出了他们的生存状态。在那种状态之中，人只能专注于某些朴素的情感，只想成为自己的主人而不想成为奴隶，只想杀戮以避免被杀。委罗内塞在十人议会厅中的一幅画就表现了这种思想。这是一幅寓意画，但我们并不关心其主题。画中是一位老战士与一名年轻女子，男人坐着并且以一种气馁的姿态歪着身子，手支撑着下巴。他的肩膀宽厚，披风凌乱。他那赤裸的臂膀和腿上都戴着狮头装饰的护臂和护胫，他的头巾、他的白胡须和他那焦虑的额头，透露出一头疲惫的狮子的特征，也好似一位疲倦的帕夏。女子垂下眼帘，双手放在她那柔软的胸脯之上。她那美丽的头发由珍珠发饰卷起。她就像是一名女俘，正在等着主人发落。她的脖颈和面颊都在阴影中显露出鲜艳的红色。

其他的厅几乎都是空的，其中的画作都被转移到一个内部画室之中了。我们找到博物馆馆长，用我们蹩脚的意大利语对他说我们既没有介绍信也没有任何一个类似于参观许可证的东西。他客气地将我们引导到收藏厅中，为我们一一掀开了盖布，并且陪伴了我们两个小时的时间。

我在意大利从来没有如此兴奋过，那些画作就在我们的眼前，随便我们想要多近观看都可以，而且只为我们展示。这里有丁托列托画的巨像，呈棕色，其肌肤上的皱纹清晰可辨。圣安德肋和圣马可被画得如真人一般大小，如同鲁本斯笔下的巨像。有一幅提香画的圣克里斯多福（Saint Christophe），好似被晒黑的阿特拉斯（Atlas）一般弯着身子，四肢发力并承受着重担。他的脖子上坐着一个与其反差强烈的欢笑的孩童，他通体圆润，其婴儿般的肌肤好似花朵一般高雅而娇嫩。特别是出自丁托列托或委罗内塞之手的十二幅神话和寓意主题画作，实在令人陶醉。它们色彩鲜明，使人眼前一亮。我们似乎发现了一个未知的世界，一个超越了想象与梦

《阿里阿德涅、巴克斯与维纳斯》，丁托列托

幻的美妙天堂。当“山中老人”（Vieux de la Montagne）带领那些青年到他的后宫中享乐以激励他们成为忠勇无比的刺客时，他们面前无疑就是这些景象。

在一处海岸旁，面色凝重的阿里阿德涅正在接受巴克斯的指环，而维纳斯送来一个金冠，并在空中祝贺他们的结合。那出水芙蓉般的裸露肌肤之美，被光影衬托得生动无比。女神漂浮在液体一般的光晕之中，她那扭转的脊背、圆润的躯体都被包裹在一个半透明的白纱巾之中。用什么样的词语才能描绘出这姿态、这色调与这轮廓之美呢？谁会在透明的琥珀色薄纱之下展露健美的肌肤？如何才能展示出一个鲜活躯体的柔软以及扭动肢体的柔滑曲线？她如湖中之鱼一般游荡，而空中的浮光掠影如水一般拥抱着她、抚摸着她。

旁边的画中是两名女子，和平女神（Paix）与丰饶女神（Abondance）。和平女神关切地转向她的妹妹，她的头像半隐在阴影之中，但是她充满了不朽之神才有的年轻活力。她们那如麦穗般卷起的金发之上闪耀着美丽的光芒，她们的腿和身体都弯曲着，其中一条腿的柔滑曲线令人爱慕不已。没有一个画家能如此敏锐地感受到这种层次的圆润曲线，或是捕捉到那种灵动之妙。她们的目光中透出的精气神预示了即将采取的行动。她们存在的这一刻，包含了过去与未来。这是艺术家设定的一个转瞬即逝的时刻，也是他周围的一个重要时刻。除了鲁本斯以外，没有人以这种形式表达过生命的流逝。帕拉斯正推开玛尔斯，她身上那副男性盔甲反射着黑色的光泽，同时也反衬出其洁白的肩膀和膝盖的迷人色泽。

更鲜活、更充满肉欲和风情的场景出现在那组美惠三女神与墨丘利的画作当中。三位女神都歪着身子。对于丁托列托来说，如果一个身躯的基底稳如泰山，那就不是活泼的，而身体的弯曲与舒展可以增加一种灵动之美。她们其中的一位坐在那里展开臂膀，阳光从侧面照向她，照亮了她的部分容颜和胸脯，照亮了部分泛红的阴影。她的妹妹跪在一旁，眼睛低垂，扶着她的一只手，一条长长的薄纱好似清晨原野上的银光幕布缠绕在她的腰上，紧贴在她那坚挺的胸脯之上。她另一只手中拿着一枝花，雪白的花朵与丰腴的白嫩手臂相映成趣。最后一位扭转并伸展着身躯，从脖颈直到脚跟，其全身的肌肤与骨骼架构完美地组合在一起。她们有卷曲的头发、小巧的下巴、圆润的眼睑、微翘的鼻子、如贻贝一般精致的耳朵，她们的脸上无不透露出一种调皮与快乐，好似大胆的交际花。

这就是丁托列托画作的特点，画风粗犷，色彩强烈，其人物具有从容的动感，而裸体偏向阳刚的风格。委罗内塞在色调上偏向银色和粉色，其人物更柔和，对阴影的处理没有那么暗，其装饰更华丽也更具神采。在一个半圆立柱旁，一位象征

《墨丘利与美惠三女神》，丁托列托

“技艺”（Industrie）的身材壮硕的女子坐在象征“纯真”（Innocence）的女子旁，正在织一块天空之布。她那明媚的目光望向蓝天，其金色卷发光彩夺目，半张的嘴唇好似石榴般丰满，嘴角挂着一丝微笑，露出了螺钿般的白牙。她整个人都沐浴在一种晨曦的粉红色调当中。“纯真”坐在一只羔羊旁，一副慵懒的模样。她身上的丝绸长裙反射出银光。她的头部处于阴影之中，黎明的曙光掠过她的嘴唇、耳朵和脸颊。

我们从前无法想象在一身衣装和一件首饰中还能有诗意。在委罗内塞的另一幅画作中，威尼斯女王坐在王位之上，和平女神和公正女神陪伴着她。她那绣着金百合花的白色丝裙覆盖在红色鼬皮大衣之上。她那精致的手臂和带有丰腴浅窝的手

《劫掠欧罗巴》，委罗内塞

指如绸缎般白皙和柔软，其柔嫩的曲线与光彩照人的织物相得益彰。她的脸颊处于阴影之中，一种半明半暗的蓝粉色调使其嘴唇上的胭脂红更显明艳。她的嘴唇如樱桃一般，而阴影被金发所折射的光映照，与项上和耳畔的珍珠光彩以及王冠上闪耀的宝石相呼应。她微笑着，带着一种君主般的气质和善良的气息，好似一枝绽放的花朵。和平女神弯着身子，她看上去几乎要跌倒了。她那黄色丝裙上绣着红色的花朵，其淡紫色的披风华丽无双。她那珍珠卷缆花饰在白色头巾下缠绕在淡色发辫上。她的耳朵多么小巧！

他还有一幅更有名气的画作——《劫掠欧罗巴》。在这幅辉煌巨作中，其想象力、其细腻程度和色彩上的非凡创造都无与伦比。高大的枝叶为整幅画染上了一种水绿色调，欧罗巴的衬衣就被染上了这种色调。她面容精致且面带惆怅，几乎像是一位 18 世纪的女子。通过这件作品，画家在色调的组合变化中超越了自己。他忘却了观众，一直深入到其艺术的未知领域。他脱离了已知规则的束缚，突破了平庸世界的表象，找到了奇特的组合、对比和成功之道，并且超越了所有的可能性。伦勃朗曾经在其创作的《夜巡》(*Ronde de nuit*) 当中达到了同样的效果。我们应该去看而不该在此谈论。

美术学院和提香

里多尔菲的那些传记都比较枯燥，而瓦萨里也没有增补多少东西。当我们试着去了解提香这个人的时候，我们见到的是一个幸福的人，“在他的同仁当中，他是最幸福、最顺利的，他得到了上天的眷顾和幸福”。他在所有竞争者当中是首屈一指的。法兰西国王和波兰国王登门拜访他，他也是皇帝、费利佩二世、总督们、教宗保罗三世以及所有意大利君主的红人。他被封为帝国的骑士和伯爵，他收到无数的订单，而且报酬优厚。他享受年金，也享受生活。他拥有舒适的宅邸，穿戴考究，在家中接待主教、领主、最伟大的艺术家和文学家等社会名流。“尽管他的文学修养有限”，但他依然跻身上流社会，因为他具有“天赋，而且与各个宫廷的交往使他学到了上流社会和骑士风格的言辞”，大家都觉得他“彬彬有礼，拥有绅士般的文雅和风度”。他的性格中不存在任何极端之处，也并不叛逆。他给君王和大臣们所写的信中谈及他的画作与年金的问题，其谦逊的语调如同一位恭顺的臣民。他善于待人处世，不卑不亢。他不是那种严苛之人，他与阿雷蒂诺的交往为我们展现出一位喜欢美酒佳肴的快乐伙伴，而且他也同样爱好音乐、奢华以及交际花的陪伴。他丝毫不粗暴，也没有经受过极端的痛苦折磨。他的画总是健康向上的，从无那种病态的讲究和晦涩的复杂。他在一生当中不停地画，头脑既不僵化，也不狂躁。他从孩童时代就开始学画，而他的手自然服从于他的思想。他曾说过，自己的“才能来自上天的恩泽”，想要成为好的画家就得具有这种天赋，否则“只能画出难看的作品”。他还说，在这种艺术中“天才不应受到干扰”。在他的周围，美、品位、所受的教育、才能，一切都如镜子一般折射出他的光彩。他的兄长、他的儿子奥拉齐奥（Orazio）、他的两位堂兄弟——切萨雷（Cesare）和法布里齐奥（Fabrizio）、他的侄子马可·提香（Marco di Titiano），都是出色的画家。他的女儿拉维尼娅（Lavinia）身穿花衣裳，举着果篮为他做模特，这为他提供了鲜嫩的肤色和丰腴的身材的样本。他的思想好似宽阔的河水流过一条平坦的河床，它静静地流淌，没有什么能阻碍它前进。他不需要像达·芬奇或米开朗琪罗那样去超越他的艺术。“他每天都会用粉笔或炭笔画些东西”，再与桑索维诺或者阿雷蒂诺共进晚餐，为完美的一天画上了句号。他从不着急。他经常将画作保存在手中很长时间，以便于重新观看并修改得更好。他的画不会剥落。他像他的老师乔尔乔内一样善于使用简单的色彩，“尤其是红色和蓝色，它们从不会使形象走样”。他如此坚持画了八十多年，走过了将近一个世纪的生命旅程，如果不是那场瘟疫将他带走，他应该更长寿。国家破例为他举办了国葬。需要上溯至异教古典时代的辉煌时期才能找到像他这样均衡发展的天才、一个天性如此完美而和谐的人的绽放，才能见到人与自己以及与大自然的和睦共处。

《圣殇》，提香

我们在美术学院可以看到提香艺术发展的两极。他最后一幅作品《圣殇》最终由小帕尔马补充完成。他早期的一幅作品《圣母访亲》，无疑是刚离开乔瓦尼·贝利尼画坊时期的作品。这幅画作中的轮廓都很明显，圣约瑟的形象几乎是生硬的，而色彩的表达只在深色的强度、色调的反差以及那浅紫色长裙和深蓝色披风的结合上有所体现。这还是一幅祭坛画，表达了对一个受人崇敬的传说的朴素纪念。在其职业生涯的后期，他将传说塑造成壮丽辉煌的装饰。他在《圣殇》中首先展露出一个灰白色的宽幅框架，使得衣装和肌肤的颜色被反衬得更加鲜活。这是一个装饰着巨大塑像和狮头柱基的柱廊，鲜艳的花朵蜿蜒攀缘在哑光大理石之上。这是阳光照耀在拱门上所造成的美妙光影效果。在下方，玛大肋纳身穿绿色长裙，尼哥底母（Nicodème）身披红色斗篷，与暗淡的混合色调搭配在一起，突显出尸体的苍白。年迈的弟子跪在地上，紧握主人的手，而玛大肋纳张开手臂发出绝望的悲号。这好似一场异教的悲剧。此刻的艺术家脱离了基督教，他只是作为艺术家而存在。这代表了整个16世纪的历史，不仅代表了威尼斯，也代表了其他地方。提香转变得比较早，其年轻时画的巨幅《圣母参拜圣殿》（*Présentation de la Vierge*）展现了他自画家生涯初期就崭露头角的天才般的大胆独创和自如表达。当佛罗伦萨画派的画师们接受金银匠们的教导而聚精会神地模仿人体的时候，威尼斯画派的画师们已开始自由发挥，直到拥抱整个大自然。他们眼中见到的不是一个人或一群人，而是一个场景，包括五六群人，包括建筑物、远景、天空、风景。总之，是生活的一个完整片段。这幅画中有众多人物，有三座殿堂、一个殿堂的正立面、一个柱廊、一座方尖碑，还有远山、树木和浮云。修士们和大祭司站在一个高大的浅灰色阶梯顶端。在阶梯的中间，一位身穿蓝衣的小姑娘在金色光晕的包裹之下，提着自己的裙子向上走去。她的小脸蛋还是圆润的，丝毫没有崇高之感，而是真人的写照。她举手伸向大祭司，好似有些提防，并且问他想要她做什么。她就是一个孩子，她还没有自己的思想。提香对待教理书也是这种态度。我们能看出他喜爱大自然，生活对于他而言已足够丰富。他不想寻求超越，因为现实事物的诗情画意已然足够伟大。近景处，位于阶梯下方直接面对观众的地方，他画了一位身穿蓝裙、头戴白巾、正在低声埋怨的老妪。她是一位真实的进城卖货的村妇，她将鸡蛋篮子和母鸡放在脚边。佛拉芒画家不会冒这种风险。紧挨着阶梯之下，有一座古代的半身像。一群身穿长衣的男女都在阶梯下排列着。圆形的连廊、科林斯式立柱、塑像、挑檐，将殿堂的立面装饰得华丽无比。我们感受到这是一个真实的城市，其中住满了市绅和农民。画里展示了各种手工业，人们也虔诚地进行祈祷。城市的装饰是古典的，这里拥有宏伟的建筑结构，被艺术所点缀，被阳光所照耀，坐落于优美的风景之中。佛罗伦萨画家创造出了一个理想的和抽象的世界，更脱离现实，也更具思想性，而提香的画作则更多是出于本性。他更快乐，他热爱我们的现实世界，也理解它，他将自己关闭于其中，并且美化和复制它，既不将其重新熔铸，也不会删除什么。

当我们寻找提香与同一画派的画家之间的主要区别时，我们发现他很简单，他在色彩、动感和形式上并不讲究，却达到了强烈的效果。他那幅著名的《圣母升天》就充分展现了这个特征。一种淡红色和紫红色色调笼罩在整幅画作之上，这是一种最强烈的色彩，透过这种色彩，一种活跃的力量从画面中发散出来。下方是仰头观望的使徒们，他们或坐或立，肤色如同亚得里亚海的水手们一般黝黑。他们的头发与胡须都是黑色的，浓厚的阴影染黑了他们的脸庞，其肌肤呈现出一种黄褐色与锈红色。位于中央的那人，身穿棕色长袍，在周围明亮的光线的对比下，几乎消失于拥挤的人群的阴影之中。两件血红色长袍在两件绿色长袍的陪衬下尤显生动鲜明。这是一群躁动的人，他们伸展着肌肉坚实的臂膀，仰起狂热的头颅，其衣衫的褶皱动感十足。在他们上方的空中，圣母在如烈焰蒸腾一般的荣光之中冉冉升起。她与使徒们是同一种人，一样健壮，她的脸上既无狂喜之色也无神秘的微笑表情，她的身躯在红色长裙和蓝色斗篷的映衬下显出一种豪迈。因其身体做出的动作，衣裳形成了无数的褶皱。她的姿态是健美的，她的表情是庄严的，其脸上的哑光色调在火焰般的光晕照耀下突显出一种立体效果。在她脚下横贯整幅画作的位置，一群艳丽的小天使如花环般簇拥着她。他们那紫色和粉色的鲜嫩肌肤吹弹可破，为整幅画卷带来了最快乐的生命之花的绽放。他们当中有两位离开了群体，在阳光之下玩耍。他们那孩童般的四肢在空中惬意地舒展着。

《圣母升天》，提香

画中没有一丝柔弱或衰弱的表现，其优雅中依然带有刚强。这是最美的异教节日，是严肃的力量与辉煌的青春的展现。它成了威尼斯艺术的集中体现，也可能是其巅峰之作。

欧洲到处都对提香的画趋之若鹜，所以他的画留在威尼斯的并不算多，但也足以展示他的全部了。他具有一种独特的天赋，可以将维纳斯画成真实的女人，将巨人画成真实的男人。我想表达的是，他那模仿现实的能力足以使我们产生幻象，而经他深刻改变之后的事物又在我们的头脑中唤醒了梦幻。他以同样的裸体之美展现了一名交际花、一位贵族的情妇、一个渔民的懒散的或性感的女儿，同时还展现了一个理想中的形象、一个充满力量的海中女神、一个九霄之女王的曼妙身姿。他以同样的着装形态展现了一位十字军统帅、一位海战中的老英雄、一位身躯矫健且肌肉发达的角斗士、一位行政官或苏丹的凶狠嘴脸、一个帝国或执政府的固执头脑，同时还展现了一个血脉偾张的粗野兵痞、一位戴眼镜的法官的粗俗表情、一个长着大胡子的粗鲁的斯拉夫人、一个划桨奴隶那晒红的脊背和野性的目光、一个刻薄的犹太人的扁头和他那秃鹫一般的眼睛以及一个开朗的胖刽子手，所有这些都是人类与动物本性相结合的自然结果。有了这种对现实事物的理解，艺术的实践领域得以倍增。画家不再像古代的大师们那样不知不觉地将自己局限在十五或二十个造型变化之中，大自然中的无穷变化已然向他敞开。最强烈的反差就在他的手中，他的每一幅画都是丰富的和新颖的，就像鲁本斯的画那样。观众从他的画中可以见到一个世界的完整图像，见到生理学、历史和心理学的缩影。那壮丽的奥林匹斯山上坐着几位古希腊老者，他们永远被山下跪着的正统教徒们仰望。艺术家获得了物产丰盛的广袤领土。意料之外和不规则于他而言都是好的，它们都是人类活力的一部分。怪异、畸形、偏激、喜悦与光辉一样有意义，他唯一需要做的就是感受到内心强烈的冲动，并以鲜活的形态在阳光下将其表现出来。当我们到圣洛可（Saint-Roch）教堂、安康圣母教堂和圣若望教堂重看其画作的时候，当我们回想起在罗马、那不勒斯、佛罗伦萨以及布伦海姆（Blenheim）和伦敦见过的他的画作的时候，脑海中就会产生这种想法。我们站在安康圣母教堂中，我们在卢卡·焦尔达诺所绘的那粉红而圆润的漂亮的领圣体女子们面前微笑。我们将17世纪的艺术家们在穹顶之下展示的那些浮夸的装饰和矫揉造作的雕像留在这里。我们知道那朴素而有力的天赋的价值所在，但它只满足于模仿和强化自然属性。我们去看祭坛上的天花板，去看圣器室，去看如古罗马人一般雄健的先知哈巴谷（Habacuc）的形象，去看悲剧性的以利亚那几乎漆黑的脸庞和白色的高帽，去看秃顶的圣马可后倾着身体，去看面容俊秀、神采飞扬又充满活力的一幅画像，尤其要回看那些天花板上的画作：歌利亚被大卫所杀，亚伯拉罕牺牲了他的儿子，该隐杀死了亚伯。我们从这些大胆而奔放的巨幅画作中能看出那只粗糙的手，而这只手曾画出了著名的《六圣徒》（*Six Saints*）和《穿越红海》（*Passage de la Mer Rouge*）。除了米开朗琪罗以外，没有人曾如此塑造人体架构。画中，亚伯拉罕是一个巨人，是一位灭绝者。当看到他的头颅和花白的胡须，看到他那从黄色衣装中裸露而出的臂膀和大腿时，我们感觉就是站在一位真正的族长、一位斗士和人类的征服者面前。我们可以感觉到他举起胳膊时所有的肌肉都在发力，感觉小以撒的脖子已经被他拧断了。这幅画动感强烈，以一股冲击力贯穿了三个人物：从冲来阻挡砍刀的天使的脚部开始，穿过扭转身躯的亚伯拉罕，直到跪在地上弯着脖子的儿童。兄弟相残的姿态更是激烈，但提香并没有使其变得丑恶，相反地，他用激烈的动感抓住了观众。这不是一名杀人犯，这是赫拉克勒斯正在杀他的敌人。亚伯张开四肢向一侧摔倒，而身体强健如竞技者的该隐一脚踩在亚伯的胸口，全身蓄力准备给出致命一击。一种浓厚的色调包裹着他身上的肌肉线条，其肌腱鼓胀，浑身凹凸不平的肌肤突显出力量之感，而杀人者那野兽般的脸庞只有一处鬓角被照亮，其余部分则都被阴暗遮挡了。

《亚伯拉罕牺牲以撒》，提香

美术学院、教堂、丁托列托

我既无勇气也无意愿为你讲述其他画作。美术学院有七百幅画，再加上教堂的画，数量实在太多了，这需要一整本书的篇幅。此外，通常其大部分都是一种鲜亮肤色与暗淡肤色的组合，再搭配上日益褪色的红、绿衣装。我们可以利用词语粗略地描述它们，但是对于它们之间的细微差别，语言就难以表达了。唯一理性的办法就是亲自到这里来感受它们。我们去而复返，再一次回到美术学院。我们走过了悬索铁桥，这是威尼斯唯一的现代作品，丑陋不堪。我们随意走入那二十个展厅中的一个，选择几位大师的作品去度过下午的时光。例如，老帕尔马和博尼法乔，他们作品的色彩跟提香的一样浓烈和丰富。他们如同同一科的植物，但是观众的眼睛总是只盯着花束的最高处。博尼法乔的那幅《坏富豪的盛宴》（*Festin du mauvais riche*）令人赞叹。在一个开放式柱廊之下，几位衣装华丽的贵妇坐在脉纹大理石石柱之间。她们都身穿方口袒胸装，或配黑色天鹅绒长裙，加上红棕色金丝袖，或配蓝黄多色长裙和杂色花边，其长长的裙摆一直垂到脚下。她们的腰身壮硕，身材丰腴。在几位乐师面前，一个小黑人举着乐谱。空中回荡着音乐声。在花园以外，领主生活中必不可少的马匹和猎鹰也各有展现。位于座位中央的是身穿红色天鹅绒宽袖长外套的领主，其暗红色的面孔好似亨利八世，他的脸上露出一种忧郁和不满的神态。这种消遣会令我们扫兴，我们已经过于精致，过于萎靡，无法理解他们的生活了。这类交际花会令我们害怕，她们智力有限又太充满肉感。她们的臂膀会令我们窒息，而她们的目光也过于冷酷。在 16 世纪，人们曾经喜欢过厚重和粗暴的肉欲，于是人们开始复制欲望的残酷和感官的贪婪，但是从另一方面讲，也恰恰是从 16 世纪开始，人们才知道如何画出完整的美。我们重新走过那座丑陋而僵直的铁桥，进入迷宫般的小巷中，准备到圣母福莫萨教堂去观赏老帕尔马的那幅《圣白芭蕾》。这不是一位圣女，而是一位花样年华的姑娘，是在所有的想象中都最迷人和最值得爱的姑娘。她头戴王冠

《坏富豪的盛宴》，博尼法乔

骄傲地站着，其随意系在腰间的橙红色长裙与明艳的猩红色大氅形成波浪般的褶皱。两缕美丽的棕色头发从她的两鬓垂下。她有如同女神一般的纤细双手。她的面容一半处于阴影之中，半明半暗的光线照射在她那举起的手上。她的眼睛是明媚的，她那鲜嫩的嘴唇也露出些许笑意。她具有威尼斯女子所特有的那种典雅和欢快。她的身材丰腴但不肥胖，她显得机智又心怀仁慈，她似乎就是幸福的使者。

别的暂且不提，美术学院中那五六幅委罗内塞的画作是多么令人难舍难分，例如他的《利未家的宴会》(*Repas chez Lévi*)、《云霄上的使徒》(*Apôtres sur les nues*)和《圣母升天》。离开美术学院中的那些圣母画、那些光滑的彩色大理石立柱、那些点缀着黑色藤蔓花纹的金色壁龛，离开那些长阶、蓝天映衬下的栏杆、带有金色条纹的红棕色丝绸、披着猩红色鞍褥的飞腾的白马、那些身穿红绿相间服装的卫兵和黑奴、那些带有花枝图案的华丽长袍，尤其是离开那些令人惊叹的形形色色的人物和那如音乐一般祥和的银白色调、那些安详的画像和丰富的装饰，又是多么令人遗憾！如果说提香是威尼斯画派的君主和统治者，那么委罗内塞就是摄政王和总督，前者具有奠基人的那种力量和崇高地位，后者无可争议地具有君主的那种从容和微笑。他所追求的并不是卓越或英雄气概，不是激烈或圣洁，不是纯粹或柔弱——这些状态都仅仅展现了事物的一个方面，显示了一种提纯、一种努力、一种弱化或一种僵化，他喜爱的是绽放之美，是完美盛开的花朵。盛开的花朵依旧完好无损，那粉红色的花瓣在那一刻已然完全舒展，却尚未枯萎。他好像在对他的同代人说："我们是高贵的人，我们是血统独特而优秀的威尼斯人和领主。不要退却也不要压抑自己，我们的身体和精神都值得拥有幸福。让我们的天性与身体，让我们的思想与灵魂都获得幸福，让我们将生活变成节日，让极乐与美融合在一起。"你在卢浮宫可以看到几件他的伟大作品，你可以通过一幅画而非我的评论来更好地感受他。与之相反，天才画家丁托列托的作品几乎全都在威尼斯。没来过这里就无法理解他那些画作的价值。既然我还有一天的时间，我将与他一起度过。

我们在世界上找不到像他这样个性如此强烈且如此多产的艺术家了。从许多方面来看，他都很像米开朗琪罗，二者在原生的创造力和意愿的表现力上都很相似。他的老师提香见到他画的草图后，出于嫉妒，在几天之后就急忙把他赶走了。当他还是个孩子时就立志自学成才。他想办法获得了古代雕像和米开朗琪罗作品的石膏复制品。他临摹提香的画作，给裸体模特画素描，解剖尸体，用蜡和白垩粉制作模型，给模型套上衣装，将其挂在空中，研究缩影画法，并且废寝忘食地练习。"他会到现场观摩一切正在被绘制的作品"，他想看看别人是如何操作的。他情绪激昂，心中澎湃的构思急需发泄，不得不跟泥瓦匠们一起去建造城堡，并为钟楼上的时钟绘制装饰画像。后来，他与斯基亚沃内一起工作，并觉得自己可以出师了。"他的头脑在沸腾"，他向菜园圣母院的修士们提供了四幅巨画——包括《金牛犊崇拜》和《最后的审判》，以及几百幅装饰画和上千个人物像，这些都洋溢着其天才般的想象力。他做这些都是免费的，只收取他为作画而花费的成本，这使得他的画十分流行。有一次，圣洛可教堂的修士们为一幅教堂壁画向五位著名的画家发出了邀请，请他们提供草图以便挑选。丁托列托找人悄悄地测量了壁画所需的真实尺寸并用几天时间完成了一幅画，将其带至教堂且声明免费送给他们。对于他这种疯狂的想象力和创作速度，他的竞争者们都感到震惊，而他还是一如既往地工作。他的思想似乎是一座不停躁动、不停喷发的火山。他的作品有 20 法尺、40 法尺和 70 法尺的幅面，填满了真人一般大小的人物像。这些形象或前倾后仰，或聚集在一起，或悬浮于半空，其强烈的缩影与美妙的光影效果相结合，传达出画家那沸腾头脑中喷涌而出的想象。许多教堂都装满了他的画作，他与米开朗琪罗一样终生为教堂工作。他具有孤僻天才的那些特征——暴躁、不合群，其内心的情感冲动异常强烈，以至于厌恶娱乐，而艺术成为其缓解这种情绪的避难所。不管是为了自我满足还是获得平静，他都有自己的办法。“他离群索居，与快乐绝缘”，全身心地投入到他的研究和工作当中。每当停止绘画的时候，他就躲在家中最偏僻的屋子当中，将自己封闭起来。屋中漆黑一片，在白天都得点灯才有光亮。为了消遣，他在此制作模型。除了他的密友以外，他从不让别人进入他的房间，他也从不在其他人面前作画。“他所有的抱负就是获得荣誉”，尤其是要超越自己，达到至臻。他的话语总是简短而犀利，他那严肃而又生硬的外貌完全就是其灵魂的写照。[1] 当他画出精妙的一笔时，他的面容纹丝不动，没有一丝笑容。他勇敢又骄傲，自己闯出一条路，在其他画家公开的嫉妒与敌视当中踽踽独行。面对公众和舆论，他总是挺然而立。他曾经手里持枪，嘴角带着冷酷的嘲笑，让玩世不恭的阿雷蒂诺闭嘴。每当他的朋友们向公众展示一幅画时，他总是嘱咐他们留在自己家中：“让所有的箭都射出来，人们必须习惯于你们的思想。”越是看他的生活经历和他的作品，就越觉得他像是一位善于使用色彩的米开朗琪罗，但他不像米开朗琪罗那般专注、那般能自控，也不像他那样能在自己的想法中做出选择，而是任由激情发挥，更像是一位即兴创作者。当他正巧选择了正确的想法时，他的画往往能达到非同一般的高

1 见他的自画像。——原书注

《圣马可的奇迹》，丁托列托

度。在我看来，没有任何画作能够达到美术学院中他那幅《圣马可的奇迹》（*Saint Marc*）的高度，更别提超越了。至少，没有任何画作给我留下过这样的印象。这是一幅长宽都有 20 法尺的巨幅画作，其中有众多真人大小的人物形象。在光的照耀下，圣马可处于阴影之中，而在众多暗色人物的围绕下，一个奴隶的身体被光照得格外突出。圣人头朝下急速从天而降，悬浮在半空中解救即将受刑的奴隶。他的头处于阴影中，而脚却处在光明之中。他的身躯通过缩影透视法收拢在一起，又像鹰一般猛烈前冲。除了鲁本斯，没有谁曾捕获到这动感的一瞬、这迅猛的飞行。在这种激情和真实性面前，传统的形象显得一成不变，像是根据美术学院的人偶临摹而成的，而且人偶的臂膀还是用线连接起来的。我们的目光被那躯体的动感所指引，一直到他即将降临的大地之上。裸体的奴隶躺在地上，他的身躯通过缩影直接展现在观众面前，如柯勒乔画的人物那般惨白。他那雄健且肌肉发达的身躯是令人心悸的，他那粉色的脸颊和卷曲的黑胡须染上了生命中最美丽的色彩。斧头已碎裂成好几块，却无法伤及他的肉身，所有人都惊讶地看着这个奇迹。裹着头巾的刽子手举起双手，向法官展示那破碎的斧子，其姿态也表现得很震惊。法官身穿威尼斯红色短上衣，从大理石台阶和座位上半立起身子。周围的助手们都挤在一起探身观看，其中有人身穿 16 世纪的铠甲；有人身穿罗马式皮甲；有人身穿长袍，还缠着柏柏尔人式的头巾；有人身穿威尼斯式长袍，头戴无檐帽；有些人的胳膊和腿裸露着，其中一人全裸，只有一件披风放在腿上，而头上却裹着头巾。画面出色的明暗分界，既有真实性又充分展现出了光芒。那光滑的铠甲反射出的黑色光泽显露出一种难以表达的魅力，映照在丝绸的花枝图案上，禁锢在暖色阴影中，又被肤色、绿色以及肥大衣衫上的黄色条纹激活。没有一个人不表现得全神贯注，没有一件衣衫的褶皱、没有一个人的举止不是动感的。一位妇女紧靠着柱基，向后仰身观看。她是如此逼真，甚至令人觉得她的躯体在颤动。她的眼睛会说话，她的嘴巴都要张开了。远景处有些建筑物，有人站在露台上或爬到柱子上，这为丰富的场景增添了空间的广度。我深吸几口气，这里的空气比别处更炙热。这幅画是一个天才头脑中闪烁的生命之火，在光与美的快乐结合中跳动着。这种奢华的享受、这种想象力达成的成就，前无古人。我们需要用眼睛去看的是其天资与气质的自然发展，是其创作上的大胆与流畅，是其持久的随性创造，是其快速将所思所想转化成画面而不考虑成规的那种快乐，是其天性的突然腾飞，一如鸟儿飞翔、马儿奔跑。人物的姿态、类型以及各式各样的衣装都搭配得完美无瑕。一位妇女那弯曲的后背，一副闪光的铠甲，淡影中的一副慵懒的裸躯，隐隐流动着暗红血液的粉色肌肤，一件紫红色的扭曲的披风，交错的头颅、胳膊和腿脚，以及光在各种物体上的相互折射，这一切都聚集在一起，好似从过满的水渠中喷涌而出。那种突如其来的全神贯注就是这幅画的灵感所在，可能在世界上找不到比它更生动、更充分的表现了。

我相信在见到这幅画之前我们也想不到人类的想象力能够达到这种地步。美术学院中还有他另外的十幅画，我就不详述了，其中有《圣阿格尼丝》、《基督复活》(*Christ ressuscité*)、《亚伯之死》(*Mort d'Abel*) 和《夏娃》。夏娃具有一副结实而带有肉欲的身躯，其轮廓凹凸有致，腰粗而腿部丰腴，面部带有野性且没有表情，但是她整个人是健壮的，带有一种宁静的快乐感。她躯体上丰富的明暗效果使人不由得想起鲁本斯创作的裸体画中那些富含诗意的肌肤。应该到教堂和公共建筑当中去了解他的作品，他的巨幅画作几乎无处不在。圣母升天教堂中有他的一幅《圣母升天》，圣若望及圣保禄圣殿中有他的一幅《耶稣受难像》(*Crucifiement*) 以及其他画作。我也不清楚究竟有多少幅，安康圣母教堂中有他的《迦拿的婚礼》，菜园圣母院中有他的四幅巨作，圣乔治马焦雷教堂中有《四十名殉道者》(*Quarante Martyrs*)、《吗哪》(*La Manne*)、《耶稣复活像》(*La Résurrection*)、《最后的晚餐》和《圣艾蒂安的殉道》(*Martyre de Saint-Étienne*)，总督宫中有他的二十幅穹顶画，还有那 23 法尺高、77 法尺宽的《天堂》。最后是圣洛可教堂和圣洛可大会堂，那就像是专门为他准备的博物馆，那里有他四十幅画作，其中包括几幅巨画，足以覆盖卢浮宫中的两个方形展厅。大部分欧洲人对他不够了解，阿尔卑斯山以外的展廊中几乎没有他的作品，偶尔收藏的几件也都是小幅或不太重要的作品。除了总督宫中的三四个雕刻效果不佳的场景以及阿戈斯蒂诺·卡拉奇雕刻的《耶稣受难像》以外，他的那些伟大作品很少被雕刻出来。从各方面来讲，不管是在作品的尺幅上还是在构思上，他都异于常人。16 世纪末的学院派学者们诋毁他，说他走极端，说他漫不经心。他天赋中的惊人之处与超凡脱俗之处冒犯了世人的审美。但事实是我们再也没见过与他一样的人，他像米开朗琪罗、鲁本斯和提香一样，都是独一无二的。人们可以认为他怪诞、暴躁，认为他是即兴发挥者；人们可以抱怨他使用的忧郁色彩，批评他那些东倒西歪的人物和无序的群体，指责他过快的笔法以及有时以旧充新的手法。对于所有这些责备，我都同意，但是，一个如此炙热的炉灶，其火苗是如此旺盛，带着柴火的爆裂声，其火星喷发得是如此高远，其光华是如此夺目，其持久的光芒与飞烟又是如此出人意料，这着实是世所罕见的。

我其实不知道该如何讲述他。我不能描述他的画作，因为它们的数量太多了，而且内容广博。我应该描述他内心的激情。在我看来，他有一种独特的状态，那就是犹如雷击一般的灵感。这是一个夸张的字眼，但是与某些明确的事实有关，我可以举几个例子。在某些极端的时刻，在一个巨大的危险面前或一场突如其来的打击之中，人可以在刹那间通过激烈的情感看到自己走过的人生旅途，看到某些完整的场景，有时甚至是一部分想象的世界——那些窒息之人的回忆、那些险些溺亡之人的讲述、那些自杀者和吸食鸦片者[1]的真情吐露。那些印度的往世书可以证明这一点。大脑的活跃度突然间增长了十倍或百倍，使得思想在一瞬间产生了生命中的飞跃。其实，伴着这种超然幻觉结束的往往是消沉和疾病，但是，当人的性情足够强大，足以抵抗头脑中的紊乱之时，那么他就会像马丁·路德、圣依纳爵、圣保禄以及所有伟大和有远见之人那样完成常人所无法想象的事业。这就是伟大的艺术家那创造性的想象力的入口。丁托列托与最伟大的艺术家们是一样的，只不过他可以平衡性情的砝码略少。如果我们设想这种非正常状态发生在丁托列托那带有悲剧性气质的头脑之中，想象画家运用色彩的含义，我们就能看出他的画会导向什么样的结果。

他并不做选择，他的幻象已为他做出选择。一个想象的场景对他而言就像现实一样。一瞬间的激情过后，他就复制出那些稀奇古怪、出人意料、异乎寻常又令人发麻的事物了。他勾画大自然的一小部分，将其转移到画布之上，其出人意料的表现力没有章法可循。他画的不是两三个人，而是一个场景、一个生活片段，包括风景和建筑群。他的《迦拿的婚礼》展现了一个巨大的餐厅，包含天花板、窗户、门、地板、仆役以及配餐室出口。画中，所有宾客都分坐于桌子两侧，一边是男士，一边是女士，好似道路旁由近及远的两排树一般。耶稣位于桌子的尽头，由于

1　见坎塞（Quincey）的《一个鸦片吸食者的忏悔录》（*Confessions of an opium-eater*）。——原书注

《荒漠中的犹太人》，丁托列托

人物众多且距离遥远而几乎难以识别。圣洛可大会堂中的那幅《净水池》（*Piscine probatique*）画的是个收容所。画中，半裸的女子躺在床单上被人抬来，另有些女子裸露着大腿和乳房，一位全裸的女子躺在木桶中，而基督就在这群发烧和溃疡的人群中。他的《荒漠中的吗哪》[1]（*Manne dans le désert*）画的就是一片难民营地，包含了各种景象和一种无穷的深远。这里有一头骆驼和它的主人，那里是一个男人拿

1　根据作者的描述推测此画作应该是《荒漠中的犹太人》（*Les Juifs dans le désert*）。

着研杵站在桌旁。两位妇女在清洗，另一位妇女弯着腰，正专心地修补篮子。有些人坐在树下，还有些人准备用衣服承接吗哪。画中还有一位身穿长袍的老者正在向摩西请教。丁托列托以非同常人的天赋超越了他的那个世纪并来到了我们的世纪。他的画作都像是些幻象，不过那是在人物尺寸与真人无异的40法尺长的画面上完成的幻象，而我们通常只画1法尺长的画，人物如手指头一般大小。他关注事物的普遍状态甚于躯体的特殊状态，他抛弃了绚丽的景致和造型，将人物置于整体之下，将局部置于效果之下。他想要表现的不是某个站立或躺倒的人，而是现实或历史中的一个时刻。他的身心被一个图像纠缠和萦绕，他相信它并努力实现它。

这就是为什么他的独创性是前所未有的。与他相比，所有画家都在相互模仿。他的画总是令人震惊的，我们想知道他从哪里、从哪个未知而奇妙的世界获得了如此具有真实感的画面。在那幅《最后的晚餐》中，中心人物是一位跪在地上的丰满女仆，其头部处于阴影中，而肩膀处于光亮之中。她端着盛满蚕豆的盘子，为人们送上餐食。一只猫正试着爬到她的篮子上。她的身边有餐台、水壶和仆人，而耶稣的门徒们在长桌旁坐成一排。这是一场真正的晚餐，这就是他的主要构思。桌子的上方有一盏灯在闪耀，如青色的月光笼罩在人物的头顶上。超自然现象随处可见：灯光处环绕着一群闪光天使，右侧另有一群透明的天使在阴影中飞旋。画家以非凡的想象力和创造力将人类世界和神灵世界融合到了一起。当他在《福音书》中读到“技艺”这个词时，他在脑海中一定见到了具体的有形事物，他也一定会将其表现出来。圣约瑟曾是一个木匠，为此他在画《圣母领报》（见前插图）时展现了一座真正的木匠屋子。房前披檐下就是其做木工的场地，那里有堆满了器物的工作台，到处是加工的木料、锯子、刨子和线绳，还有正在工作的工匠。屋内有一张挂有红色床幔的大床、一把残破的椅子、一个婴儿摇篮，还有一位身穿红裙、身材健壮的平民女子，一脸惊恐的模样。佛拉芒画家不会如此仔细地复制普通生活中的杂乱无章和粗俗。他的激情总是与突然而至的强烈幻象相伴。加百列带着一群飞旋的天使穿越门窗，未完工的房屋似乎因他的闯入而被损坏了。这是一种猛烈的闯入，鸽子就是如此归巢的。他们都冲向圣母。通过这个疯狂而又鲁莽的冲动，我们可以感受到画家头脑中那种无法抑制的、喷涌而出的构思。没有任何画家喜欢、感受到并且表现出来过这种冲动。他画的所有人物都是前俯后仰的。他有一幅《耶稣复活》，里面没有一个人物是处于平衡状态的：天使们头朝下从天上而来，基督和圣人们悬浮在空中。对于他来说，空气如同液体一样具有质感，并且能够承受躯体的各种姿态，就像鱼儿在水中一般。当他画那些暴力场面时，如《摩西的铜蛇杖》或《诸圣婴孩殉道》，那就是一种妄想。妇女们徒手抓住刽子手们的刀剑，从一块露台上滚下，紧紧怀抱着自己的婴孩，并用自己的身体为他们遮挡。五六具躯体摞在一起，有女人也有孩子，那些受伤的或垂死的都堆在一起。画面中布满了人头、躯体和四肢。有人逃跑，有人遭受击打后步履踉跄，好似醉酒之人。这是一场疯狂而绝望的酒神节。在一片陡坡之上，成群的狗头蛇正在吞噬跌倒的人群。其中有的人躯体已经变黑，身中毒液而变得肿大，躺在地上垂死尖叫。他们的肌肉抽搐，胸膛僵挺，头扭向身后。垂死者都在流血，在挣扎，有人侧卧，有人垂头僵立，有人胳膊和腿脚扭曲，这一切都处于一种死亡的青色暗影之中。人类的躯体好似雪崩一般从山坡滚下。艺术家完全活在自己的世界当中，他在不可能当中漂泊。他同时见到了太多的人物，四十人、六十人或八十人，他也见到了太多的纠缠、拥挤和混杂，一切都处于悲剧般的黑暗色调中。在他那位于圣洛可教堂中的第二幅《净水池》中，既无天空，也无背景，只能看到一个天花板和四根爱奥尼亚式立柱。到处都是肢体和躯体、裸露的后背和胸脯、胡子、人头、披风和衣裳。丑陋而姿态各异的男女躯体相互纠缠在一起，全都朝拯救者基督伸手求救。一位躺在地上的女子眼睛望着基督寻求帮助。一个巨大的垂死身躯在一堆衣料上挣扎，正在竭力痊愈。光影处还夹杂着妇人的美丽容颜、老兵的光头、发达的胸肌，还有河神一般的大胡须。近景处，一个身躯伟岸的仆役像是个脚夫或竞技者，正在紧绷腰腿带走一堆衣裳。另一人像是个老巨人，几乎裸体，靠坐在立柱旁。他荡着双腿，像是收容所中的老客一般顺从。他那发红的皮肤上满是皱纹。他已经等待了许多年，他还能再等待下去。他抬头梦

《狱中的圣洛可》，丁托列托

想着，感受着阳光温暖了他年迈的血液。通过这种对真实和沉重的爱好，通过强烈的明暗反差，通过这种狂热的激情，通过对自己构思的大胆展示，他成为最具戏剧色彩的画家。德拉克罗瓦应该来这里，他将能找到他的一位前辈，跟他一样对残酷的真相、疯狂的激情、整体效果以及色彩的精神力量都极度敏感。但是，他比这位前辈思想更成熟，对自己的手更自信，而且他受过一个更别致的世纪的滋养，对于形体有更加宽泛的感受。德拉克罗瓦没有一幅画如同《狱中的圣洛可》（*Saint Roch parmi les prisonniers*）那样给人留下令人心碎的印象。画中是一间宽敞而阴暗的牢房，是一种古代的地牢。铁杆、枷锁和铁链长时间地摧残着犯人们的躯体。圣人出现了，一个脖颈被固定的犯人抬头望向圣人；另一个犯人身在地坑中，脸部贴着铁栅栏正朝上看。肌肉发达的棕红色脊梁、锈红色胸膛、好似狮头一般的头颅、光亮的白胡须，都出现在阴森的空间中。在最高处，在那如墨一般的漆黑之中浮荡着美妙的形象、泛着银光的丝袍、淡紫色的长衫和闪亮的金发，这是天使来访。

参观完圣洛可教堂和圣洛可大会堂的两层楼后还有一个大厅要参观，那就是阿尔伯格厅，其墙壁和天花板上全是丁托列托的画作。尽管我们已经感到了一丝疲倦，抱怨画家画得太多，并且也觉得这四十幅巨画都是快速画出的作品，制作得并不完美，超出了观众欣赏的能力以及画作本身的表现力，但是，当您走入这展厅的时候，依然能感受到它们所蕴含的力量。各种姿态的贞女像在藻井上飘浮，她们那丰腴之美以及肌肤之圆润隐没于暗淡的阴影之中，产生了一种难以言表的丰富色调。一幅《耶稣背负十字架》(*Portement de croix*)展现了山路之上的耶稣，脖颈上套着绳索，被人拉着前行。背负十字架的队伍艰难地在山石路上爬行，其蕴含的悲苦之情与鲁本斯的同题材画作类似。在另一幅画中，耶稣身披长长的白色裹尸布站在彼拉多(Pilate)面前，这死亡的颜色与黑暗的建筑物以及周围身穿血红色衣裳的目击者们形成了强烈的反差。在大门的上方，画着一个淡红色的僵硬尸体，躺倒在士兵与身穿红袍的法官之间，但这都是些配画。展厅的一整面墙，长度有40法尺，上面画着巨幅的《耶稣受难像》。这一幅画中就包含了十个场景、八十个各自组合的人物、山脚下一块岩石铺就的平台，还有树木、塔楼、一座桥、骑兵、山脊以及呈现出一片浅棕色的远景。没有谁的眼睛能够一览无遗地看清这样的整体，也没有人能组合出这样的效果。画面中央，耶稣被钉在十字架上，他的头部下垂，被浅黄色光晕包裹着。一部梯子竖在木桩之后，刽子手们正往上爬，还在传递毛巾。十字架下，门徒和妇女或张开手臂站在那里，或跪在那里嚎叫和哭泣。圣母晕了过去，而所有女子的身体都是扭曲的。她们步履蹒跚，踉踉跄跄，身上的浅红色、粉色、棕红色和淡蓝色衣衫与她们的脸颊或下巴上的阳光色组合在一起，使这个时刻成为一场最辉煌的葬礼的时刻。就像是一曲壮丽的和弦搭配着饱满的高音那样，周边的场景围绕着主场景的悲情而展开。左侧，两个窃贼中的一个被绑在十字架上，正被竖立起来；他的上半身处于阳光下，其余的处于阴影中。五六名刽子手身上的肌肉紧绷着，正在使出浑身解数将十字架竖立起来。阳光照在他们那带

《耶稣受难像》，丁托列托

条纹的粉色头巾上，也照出他们脖颈上那褐色的肌腱以及额头上鼓胀的血脉。他们的工具都被放在一旁，有斧子、镐、楔子、梯子。而在十字架顶端的方向，一位好奇者正俯身于他的马背上，无动于衷地观望着。在另一侧，同样复杂的场景中展现了第三位受刑者，好像是一曲合唱引发了另一曲合唱。这个十字架被平放在地上，受刑人正在遭受捆绑。一个刽子手拿来绳子，另一个身材更加健壮，正扭动着臂膀在十字架上钻孔。在平台脚下，一位等着观看行刑的老者坐在那里，他身穿红袍，半弯着身子。在他的身旁，一个戴着圆帽、身穿棕红色衣衫的恶棍骑在一匹青灰色的马上，正弯腰指点他人操作，一副内行的样子。在这三处主要的场景之外，还有五六个画面以各种造型和各种色调渐次铺开，有衣着华贵的队伍，有各个阶层的人群，有正在挖坑的掘墓人，有躲在坑洞中的弓弩手，有身穿长袍的修士，有身披盔甲的军人，有放肆的骑兵，有身穿五颜六色衣装的犹太人，有穿着铠甲的绅士，有配置金黄色鞍辔的良马，还有女子那橙色和绿色的衣裙。浅色调与深色调反差强烈，大众的面孔与骑士的面孔反差强烈，受折磨的姿态与无动于衷的姿态反差强烈。这一切全都呈现在一片阳光之下，令人震撼。这真是一个天才的构思！当我们从展厅出来的时候，就像是刚离开一场音乐会，过于强烈和丰富的音乐使我们有些头晕，从而丧失了评价的能力，不知道是否应该相信自己的感受。

5月1日

我刚买了一套阿戈斯蒂诺·卡拉奇的版画，但它只刻画出了此画作的框架，甚至是错误的框架。我今天又回去看了一遍这幅画。第二遍的印象不如第一遍。在丁托列托的眼中，整体印象和第一眼太重要了，其余的对于他来说都是次要的。他的手太迅捷了，而且他过于执着于最初的想法。从这方面来说，他不如他的师父们。他只完成了两幅完整的作品，就是总督宫中的神话故事和《圣马可的奇迹》。

5月2日

离开这个画派的时候，我试着在脑海中保留一个整体的印象，但我只找到了一种感动，好似享受了一场完美乐曲之后余音绕梁的那种感觉。从金丝绣裙下露出的一只裸足、洁白如雪的脖颈下的一颗闪亮的珍珠、若隐若现的暗影中那火热的生命、那随着凹凸有致的肌肉结构展现出的色调变化、那通过光的折射产生的色调对比与融合、照射在黑暗水面上的那一束微光、使绿色调变得更鲜亮的那一块红斑，组成了一种丰富的和谐，呈现出不同的、对立的、复合的色彩，好似一场音乐会中各种乐器的协奏，填满了观众的眼睛和耳朵——这就是其独特的贡献。通过这种发明创造，形态变得更加生动。与它们相比，其他画作似乎显得抽象了。在其他地方，画家们将人体与环境剥离开来，将人体简化和缩小了。他们忘了，轮廓只是一种颜色的边界，但对于眼睛而言，颜色就是物体本身。只要眼睛是敏感的，它就能从物体上感受到颜色，不仅包括根据视景远近而逐渐变化的亮度，还有层出不穷的各种色调的混合、距离拉伸造成的色调变化、物体间各种折射造成的亮度叠加、色彩强度的变化、一阵湿润空气的震荡而形成的微弱彩虹、浮动的波纹、悬浮的微粒以及一闪而过的无穷变幻。物质的内与外是动态变化的，而这复杂的动态就是生命。从这方面讲，威尼斯画家将无数的色调调和在一起，使其成为一种鲜明的色彩。他们使物体间的相互映照关系更容易被感知，他们强化了物体在各种光线下折射、变色以及与周围融为一体的表现力。这就好像某人拉紧了松软的琴弦，提高了音调，使我们那粗俗的耳朵听到了从未听过的声音。由此，他们发展并完善了可感知的事物，他们从现实出发将其变成理想化的事物，一首诗歌就此诞生。此外，还有形态的诗意和天赋。以这种天赋，他们创造了一种介于佛罗伦萨画派和佛拉芒画派之间的完整的、独创的类型，既能将柔弱和肉欲表现得极其精致，又能将力量和激情表现得十分崇高。他们可以表现巨人、竞技者、国王、王后、脚夫、交际花以及各种最真实和最理想化的容颜，由此，他可以将所有的极致集中于一人之身，展现出最吸引人的特征和最崇高的威严，表现出几乎与柯勒乔的作品一样迷人的优雅，但是他们的人物更加健康和健壮。他们表现的生命几乎与鲁本斯所展现的一样饱满与浑厚，但是他们展现的形态更美丽、更匀称。他们所富含的能量几乎与米开朗琪罗的一样巨大，但是他们没有经历过那种苦涩，也没有遭遇过绝望。人们将会评价威尼斯画家的地位，但不知是否出于个人爱好，我喜欢他们胜过其他画家。

第 八 章

伦巴第

1864年5月2日，维罗纳的竞技场和教堂

离开威尼斯之时，列车如同在水面上行走一般。四周的海水泛着亮光，离车轮只有两步之遥。闪亮的水坑间沙丘逐渐增多，而潟湖离我们越来越远，土地逐渐干燥起来。广袤的绿色平原上长满了各种植物，预示着不错的收成；葡萄藤蔓开始吐芽；山坡上，漂亮的乡间房舍沐浴在正午阳光下，呈现出一片祥和。在北方，在绿色平原和无垠的蓝天之间，阿尔卑斯山脉耸立起它那黑魆魆的岩石长城，而它的那些高塔和带有缺口的堡垒好似被炮火摧残过一般，其凹凸不平处显露出某些淡淡的飞烟以及那披着积雪的山巅。

一个小时的路程后，我们就到了维罗纳。这忧伤的外省城市好似被人忘却了一般。城里的路面铺满了小石子，而许多街巷都不见人烟。桥旁，成堆的垃圾堆积在河岸边。在各种建筑的立面上，不时可见到些古老雕塑的残留和凸起的藤蔓花纹，给人感觉这里曾经是个繁荣的城市，如今完全没落了。

在一片棚铺和废铁铺子的掩盖之下就是古罗马竞技场。它是排在罗马城和尼

姆（Nîmes）之后的最大和最完整的竞技场。它曾经能容纳五万名观众，而当它配有那些木制连廊的时候，我估计能够容纳七万名观众。也就是说，城中所有人都能有位子。竞技场的结构和用途完全是古罗马人才智的标志。那些巨大的石块足有6法尺长，3法尺宽，那些雄伟的圆拱、相互交叠的柱廊，足以长久留存于世。如此建造的建筑物，其坚固程度可以媲美大自然的产物。从上往下看，它好似一个死火山的山口。我想，当我们要建造什么时，以这种形式就能达到永恒。但是从另一方面讲，这座宏伟建筑本身也是一个持续杀人的机构。我们都知道，这里为公民们不断上演关于死亡和伤残的演出。不管是为了庆祝双头执政官[1]的选举还是市政官的选举，这种血腥游戏都是城邦居民最热衷的事务。竞争者和行政官们为了赢得选民的好感而争相下注，城邦的大施主也会遗赠给元老院大笔财富以延续这个传统。哪怕是在庞贝这种小城，受人尊敬的双头执政官也会在一场演出中安排三十五对角斗士进行拼杀。一个有文化修养之人观看这种屠杀就像我们如今去观看一场喜剧表演一样正常。这种娱乐是正式的、官方认可的，也是在各处流行的，人们去竞技场娱乐就像我们去剧院、俱乐部或咖啡馆一样普通。我们见到了一种我们已然不再了解的灵魂，这是一种在战争和竞技体育中孕育成长的异教的灵魂。也就是说，在锻炼身体的过程中、在驯服人的习俗中将身体和战斗的机制推进到最佳状态，并且通过角力场的活动和对城邦英雄主义的宣扬最终演变成了浴场中的消遣和竞技场中的凶残。整个文明堕落了，活力丧失了。对于我们这些基督徒和唯灵论者而言，我们崇尚和平，崇尚提升我们的智慧；我们有精神生活和市绅生活的烦恼，也有退化的肌肉和兴奋的头脑；我们有五层楼上的小套间，有深居简出和矫揉造作的习惯，还有沙龙和剧院。

这座竞技场仅是一个残存。古罗马的印迹在意大利北部比较少见，这座城市的

1 源自古罗马的双头执政体制是两名执政官共同执政，以相互平衡权力。

独特性和趣味性主要存在于其中世纪的建筑当中。它给人留下的印象是奇特的，因为意大利的中世纪是混杂的、含糊不清的。大部分教堂，如圣亚纳大西亚（Santa-Anastasia）大教堂、圣费尔莫马焦雷（San-Fermo-Maggiore）教堂、维罗纳主教座堂、圣柴诺（San-Zenone）圣殿，都属于一种独特的风格，即伦巴第风格——介于意大利风格与哥特式风格之间，就好像拉丁艺术家与日耳曼艺术家在一座建筑中汇聚和碰撞他们的思想。他们的作品是可靠的。在一个原始时代的所有建筑中，我们都能感觉到一种开放思想的活跃和发明创造的涌现。在这些教堂中，我们可以选取维罗纳主教座堂作为典型。像那些古老的大教堂一样，它也像是一个小型房子叠加到一个大型房子之上。这点从人字山墙上看十分明显，我们可以识别出那古典的殿堂，其上又承载了另一个殿堂。为了装饰边角部位，垂直线条都是成对地平行排列，如同那些拉丁建筑一样，但这些线条更加细长，边角也更加尖锐。五个小钟楼以不同的高度竖立在顶部。很明显，新的理念更看重大胆的飞升，而非坚固的基底。那些过去遗留的式样受到打压，并且被改变了用途。立面上成排的小立柱和边框上嵌入的两组圆拱廊都只是小装饰物，成了被抛弃的艺术的遗迹，就像鲸鱼或海豚的骸骨一般陈列于此。这里随处可见12世纪那种模糊的理念，既有古罗马传统的遗留与初露头角的新发明，也有高雅的传统建筑与新雕塑风格的尝试。一个前凸的门廊采用了简洁的线条和布局，其立柱或由狮鹫承载，或如绳索般被重叠排放在一起。这个门廊既独特又迷人，但是其上的那些蹲姿形象，还有圣母旁的那些形象，都像是患了脑水肿的猴子。

教堂内部以哥特式风格为主，但不完全是，已经含有了基督教风格。我无法摆脱心中的一个想法，即那些尖拱、拱券和花饰是唯一能够使教堂产生神秘感的元素，假如缺少它们，那就不是基督教的教堂了，但只要有它们，就一定是基督教的教堂。这座教堂带有一种悲伤的庄严感，就像一部悲剧的第一幕那般。成束的小柱体组合成了淡红色的大立柱。柱顶由三圈花饰环绕，卷缆花饰沿着拱券边缘延伸，一直延伸到侧墙上并与一种人字饰相连。在侧面，礼拜堂的尖拱被一种复杂的花叶饰所覆盖，其顶部是一个带有塑像的钟楼。大部分塑像都是一种严肃而朴实的形象，带有15世纪的那种虔诚表情。最里面是由圣米凯利（San-Micheli）建造的祭坛，一圈爱奥尼亚式立柱一直扩展到中殿。由此，教堂的不同时代在各种装饰上显露出来，但是其主要构架和整体形态还是纯朴的风格，也保留了其原始创造的独特之处。观赏这完好如初又与众不同且在别处见不到的建筑物，真是件令人愉快的事情。

当我在其他教堂中寻找与其相似的类型之时，我想到了比萨和锡耶纳的那些叠合的山墙，但是它们都没有这里的尖顶钟楼。这种组合是独一无二的，在坚实的厚墙和高雅的线条之上，这些钟楼几乎都呈黑色，其上覆盖了层层铁锈，其铁尖直插碧空，好似化石残骸。有时，一组小钟楼会围绕着中心钟楼，又或各自矗立在屋脊之上。墙砖的淡红色调也为其奇特的形态增添了一分野性和粗涩感。这是一种独特的植被，好似一个细长的松果，其上镶嵌着乌黑的赭石。它是本地所特有的。在即将消失的罗马柱廊和初露峥嵘的哥特式尖拱之间，它在两三个世纪中收获了人们的好感。这里的人在走出野蛮生活之后首先发现了这种植被以及令他们感触良多的轮廓。在圣亚纳大西亚大教堂的大门之上，有些形象的头部几乎占到身体的一半，还有些人物的脖子是脱臼的；绝大部分人物都很怪诞，十字架上的基督好似长着青蛙一般的腿脚，而且还是折断的。然而随着时间的推移，他们走出了艺术的萌芽状态，在随后建造的祭台上，雕塑已然成熟了。圣亚纳大西亚大教堂充满了15世纪的形象，有些比较笨拙和僵硬，有些又太过真实，但是都很有表现力。在主祭坛上，一丛荆棘和一丛绽放的花朵足有25法尺高，它们包覆着墓穴和竖立其上的武士像。在米尼斯卡尔基[1]（Miniscalco）祭台上，可以从纠缠的藤蔓花饰间看到成对

1　实名Miniscalchi，据此翻译。

的红色小立柱支撑的柱顶，还有四尊立像——一个青年男子、一个有些瘦弱的天真姑娘和两位剃了光头的圣师，他们全都像是佩鲁吉诺画的人物。佩莱格里尼礼拜堂中贴满了陶土壁板，它们共同组成了一幅巨大的分格雕刻画，刻画了《福音书》中的场景，其丰富的想象力令人钦佩。两排单独的人物各自排列在一座小尖塔下，分隔了不同的故事，而每个故事都由带有老鼠簕柱头的变形立柱作为画框。在这些丰富而别致的装饰之中，在那些半哥特半希腊式的奇思妙想之间，我们既能看到新艺术的美丽布局，也能看到最虔诚、最淳朴的表情，还能看到如儿童般纯洁的圣母像绽放出美丽的笑颜。我们能看到情感真切的圣女正在哭泣，看到年轻挺拔的身躯，其雄壮的气魄与诚挚的情感融为一体，看到一个身穿铠甲的米迦勒，高傲如一位古典美男子。我个人认为，15 世纪的雕塑从未如此丰富多彩，从未如此美丽，也从未如此自发地绽放过。

我们叫了一辆马车，送我们去城市的另一头去看圣柴诺圣殿。它是本地最奇特的教堂，最初由查理曼的一个儿子建造，后被神圣罗马帝国皇帝奥托一世（Othon Ier）重建，但它几乎全都是 12 世纪的产物。[1] 个别部分更加古老，如一扇大门上的雕塑。除了比萨以外，我还没有在哪里见过如此粗俗的雕塑：立柱上的基督像是一头正在爬树的熊；审判官、刽子手以及其他故事中的人物都像是漫画人物，都具有那种身穿军大衣的阿勒曼人的笨拙形象。此外，坐在宝座上的基督没有颅骨，整副脸颊都由下巴支撑，他那凸起而惊讶的眼睛好似青蛙的眼睛，他身边飞动的天使都好似蝙蝠的身体上长了个人头。他们的头部都十分巨大，不成比例，显得可怜兮兮的。他们的肢体都好似没有关节，挂在摇晃的胸腹之上。从不同的层面看，这些形象都以最荒谬的姿态浮在空中，似乎雕塑家或熔铸师想要让人发笑一般。就是在这种低谷，在加洛林王朝的衰败和匈牙利人的入侵期间，

1　钟楼建于 1045 年。——原书注

艺术没落了。在教堂里面，我们追寻着那探索精神所创造出的奇特的或巴洛克式的发明，它们在黑夜中显露出一丝曙光。那个9世纪的地穴低矮又黑暗，如林的立柱上刻满了丑陋的形象，此外还有些更加丑陋的形象覆盖在祭台之上。人们来到这潮湿的地穴中，在圣墓之前祈祷，祈求圣人保护他们不受那些骑兵的劫掠。教堂当中有一座特殊的祭台，由几只好似狮子的蹲伏着的野兽承载着。它们那淡红色的大理石躯体上生有四根同样材质的小立柱，小立柱有半段如同蛇身一般扭转盘绕，直到其科林斯式柱头为止又变成直线形态。稍远处是彩色大理石雕刻的基督及其使徒们。这里还有14世纪的壁画，有持着纹章盾的圣乔治，有披头散发的玛大肋纳，他们全都沿墙排列。有些形象瘦弱而滑稽，好似木偶；另有一些身披长袍，庄严而呆板。可见艺术的发展是多么缓慢，人类需要几个世纪的时间才能理解人类的形象！

教堂的建筑设计很简单，风格也是早熟的。它只有一些曲线与直线的组合以及一些鲜明的对称平面，不像雕塑那样需要考虑圆形的透视变化，也不需要研究最复杂的椭圆形。那些尚未开化的灵魂只依靠强烈的情感就能够表达自己，这可能就是他们的表现力所在。因为在半野蛮时代，在腓力二世和希罗多德的时代可以找到它的原型，而完整的文明并没有像支持其他艺术那样支持它的发展，反而使它越发贫瘠或衰败。圣柴诺圣殿的内部和外部都具有一个共同的特点，就是简朴。它令人感觉似乎是从一个古罗马式大厅转变成一座基督教大教堂的。教堂中殿内的圆形立柱组成了环形柱廊，其柱头粗俗不堪，其上裹覆着叶饰和狮、狗、蛇的造型。这些柱廊的上方是支撑穹顶的宽大裸墙。至目前为止，其结构还都是拉丁式的，但是其中殿的异乎寻常的高度显示出了灵魂中的宗教情感。它那奇特的天花板是用暗色木材制造的三重网状檐槽，其上镶嵌着小方块，并点缀着白色和金色斑块，其重叠的凹面造型奇特又粗俗。下方，主祭坛与大门之间是一组带有栏杆的高大台阶，其水平高度的变化使结构的线条变得复杂。中世纪那心血来潮的想象力开始影响古典建筑中的有序布局，使平面变得复杂，增加了多变的形态并改变了装饰效果。

斯卡利杰尔家族、广场和博物馆

在老圣母（Santa Maria Antica）教堂附近的一处栅栏围墙内，坐落着维罗纳最奇特的建筑，它展示出了同样的想象力，但是更极端也更全面。这里是本城曾经的领主斯卡利杰尔（Scaliger）家族的墓园。他们曾经轮流或同时是暴君和战士，是政治家和文人，是杀人犯和被放逐者，是伟人和骨肉相残者。他们当中曾经产生了费拉拉、米兰和帕多瓦的君主。他们树立了意大利那强大而不朽的天性的典范，是马基雅维利在《君主论》中所描绘的典型，或者是他在《卡斯特鲁乔传》（*La vie de Castruccio*）中所写的人物[1]。前五座墓穴[2]具有英雄主义时代的那种简朴和厚重。看来，人经过战斗、被杀或建功立业之后所需的只是在墓地中找到一块可以长眠的场地，而承装其骸骨的石棺与其曾经披挂在身的铁甲一样坚固。这是一个巨大而厚实的石槽，由一块淡红色的裸石制成，并由三个大理石短梁支撑，一块厚实且毫无装饰的石板是其盖板，就像哈姆雷特所言，它是墓穴的“沉重的下颌”。这是一件真正的葬礼纪念物，是一个天然的、永恒的巨型石棺。

从这尚未开化的世界中，一种艺术得以萌芽。但丁和彼特拉克曾经来过这里，哥特式风格也穿越阿尔卑斯山脉来到了米兰。遍地开花的意大利建筑风格在最后

1　这是与色诺芬的《居鲁士的教育》相对比。——原书注

2　分别是 1277、1301、1304、1311、1359 年。——原书注

几位领主的纪念建筑上完美地表现出来。其中的两个墓穴，尤其是康西纽利欧[1]的墓穴[2]，其造型与米兰大教堂和阿西西大教堂当中的墓穴造型一样珍贵。丰富多样而又错综复杂的交织形态、镂空和锐角的使用，将厚重的材料转变为式样繁复的花边饰，这正是新风格所追求的。在纪念碑的下方，带有奇特柱头的小立柱群组被绘有纹章的带饰连接在一起，共同支撑着长眠的逝者的雕像和墓碑。在这个基础之上还有一圈柱廊，其上点缀着三叶草饰和带有顶塔、花式小钟楼的圆顶，整体好似一束带刺的植物。最顶端，康西纽利欧骑在他的马上，好似一件珠宝首饰上的雕像。排成队列的人物被雕刻在墓穴之上。六个身披护甲但头部裸露的雕像被安置在平台的边缘，而第二层的每个壁龛中都有一尊天使雕像。所有这些人物和花饰都跟花瓶中的花束一般呈锥形排列，光线则从它们那无数的间隙中穿透而过。单独观赏每一座墓穴或是从整个墓园来看，它们都被精致而独特的栅栏所环绕，这与中世纪的艺术风格相符，好似一种带着四叶草边饰、生刺的叶饰以及铁戟尖头的藤蔓线网，这是我的最终印象。他们的想象力正是朝着繁盛和纵横交错的形态、朝着随意而又细长的形态转变的。然而，那些人物虽都符合比例，但并不理想。康西纽利欧只是一名经验丰富的军人。身披铠甲的小雕像都是一副忧郁的圣器室管理人的面孔——这是中世纪雕像中常见的表情。墓穴上的圣母浮雕好似一个肥胖而又蠢笨的农妇，而头部巨大、四肢纤细、肚子鼓胀的小耶稣则好似只会吃奶、睡觉和哭叫的小孩。艺术家只会盲目地复制人体，他的创造力被用到别处去了。作为对比，我想起了刚刚在圣费尔莫马焦雷教堂的圣器室中看到的文艺复兴时期的热罗姆·图里亚诺（Jérôme Turriano）的墓穴，它简朴而高雅，其展现出的想象力清新而健康。那大理石的白色被青铜的褐色衬托得更加明亮，作为浅浮雕出现的斯芬克斯、野兽、仙女与各种花卉交织在一起。我们不得不承

1 康西纽利欧·德拉·斯卡拉（Cansignorio della Scala，1340—1375），维罗纳领主。

2 1375 年。——原书注

认，中世纪的艺术尽管具有创造力和表现力，但还是有生硬和扭曲的东西。实话说，那是一种病态的艺术。一个快乐而健康的头脑不会接受这种畸形和脆弱的装饰，它们好似无法独自持久存在，它们需要一个保护罩。人们需要纪念建筑具有一个坚实而可靠的基础。想象力已厌倦了那种总是悬浮于空中、扭曲着飞行和挂在塔尖的感觉了。我们重又去此处的领主广场，那里有一座文艺复兴时期的小宫殿，它有一个带有科林斯式柱头的柱廊。我们欣赏着它那些精致的立柱和优雅圆润的栏杆，任由视线漫游在房角和窗沿的雕像间，徘徊于繁茂的枝叶、尖底瓮中的花束、古罗马式甲胄、丰饶角、圆雕饰、徽章以及艺术家想要将其生活装点得如同过节一般而所需的所有物件之间。我欣赏着那两尊位于壳式壁龛中的圣母像，其中之一好似《最后的审判》中的圣母，其扭转的臂膀具有一种佛罗伦萨人的优美姿态。我猜想这就是旅行的快乐，我们不断地揣摩自己的想法，获得证实后又加以拓展和纠正，而新的城市又会不断地为我们带来新的想法。

但是我感到厌倦了，我在威尼斯看了太多的画作，不想再谈论此地的画作了。然而，在蓬佩伊宫（Palais Pompéi）中有一个画廊，里面装满了维罗纳的大师们的杰作。大量的文艺复兴早期的画家被按照时间顺序排列，例如法尔考内托、图罗迪（Turodi）和克里韦利。其中死于1522年的保罗·莫兰多（Paolo Morando）的画作占据了一整间展室。他的画很真实，极其细腻，但略显僵硬。在其人物画中，有些戴着桂冠的美丽天使已经接近完美形态，而其鲜艳的色彩和色调的巧妙渐变已显示出威尼斯风格。我们应该看看所有这些画家，他们是当地艺术风格的开拓者。但有时候，所有的关注点都惹人不快，我们也从中得不到快乐。我放弃了这些先驱者而去观赏两三幅大师的画作。有一幅博尼法乔的画展示了维罗纳向威尼斯总督投降的场面，既辉煌又具有装饰性，色彩丰富，活灵活现。领主们身穿弗朗索瓦一世（François Ier）时代的服装，闪亮的白丝绸上带有花饰。他们位于总督的一侧，另一侧坐的是身穿红色长袍的议员。那个时代的衣装是那么美丽，仅此一点就为绘画提供了足够的素材。在任何时代，衣装都是艺术作品当中最自然和最有意义的物件，因为它表明了那个时代的人是如何理解美以及想要如何装点自己的生活的。假如它不是绚丽多彩的，那就说明那时缺少这种品位。当人们真正开始喜欢绘画时，他们就开始画人物肖像了。这就是为什么短大衣和黑外套的时代不适合绘画艺术。将我们的殡仪馆人员的制服或工程师制服与委罗内塞画的帕西奥·瓜里恩托（Pasio Guariento）那精美的肖像[1]对比看看。他呈站姿，身披钢甲，其上饰有黑色条纹和金边。他的头盔、护手甲和长枪置于身旁。尽管年迈，但他是一位实干家，勇敢且快乐。他有灰白的胡须，但是其脸颊上透露出壮士才有的那种酒红色。他的军人气质与朴素的表情相符，其内在与外在是协调一致的。其内心的需要决定了他对服装、家具、建筑以及所有外部装饰的选择。我相信这套盔甲可以使一个人成为一头英雄般的水牛。他所想要的就是勇敢地战斗、吃好喝好以及骑在马上炫耀。骑士的生活与绚丽多彩的感受占据了他的全部。他不像我们这类在办公室工作的人那样需要懂得微妙的心理分析，否则他会打哈欠的，而且他那并不复杂的生活也用不到我们的心理分析。正因如此，这个世纪的中心艺术不是文学，而是绘画。在这门艺术当中，委罗内塞跟范戴克一样都是在最后的时期才出现的。那时，原始的激情与活力开始减弱，而舒适享乐和世俗的尊严已开始流行。人们偶尔仍会佩带大剑，但是通常只使用长剑。人们在需要时还得穿戴坚实的盔甲，但是更喜欢穿戴装饰华丽的紧身短上衣，更喜欢宫廷的花边。绅士的高雅为战士的活力增添了光彩。威尼斯人和佛拉芒人画出了这介于封建时代与现代之间的富有诗意的世界，他们保留了那领主般的骄傲，抛弃了哥特式的粗糙，达到了宫廷式的文雅；他们尚未习得沙龙式的客套，并未变得那般无趣。与提香、乔尔乔内和丁托列托相比，委罗内塞似乎是健壮平民中的优雅骑士。在一幅代表音乐之神的壁画上，女子的头像都带有一种

1　1556年。——原书注

迷人的温柔，那种性感是贵族式的，很讲究。节日的娱乐、极具魅力的美，比身躯的力量和竞技活动更能满足画家的精神需求。他曾经毕恭毕敬地向提香致意，将其视为“艺术之父”；提香也在圣马可广场上热情地拥抱了他，承认他是新一代的领军人物。

从维罗纳到米兰

在德森扎诺（Desenzano）附近，我们开始看到加尔达湖（Lac de Garde）。它完全是蓝色的，而这种蓝源自冰川之水。凹凸不平且顶着耀眼积雪的蜿蜒群山围绕着湖水，其山岬一直延伸到湖中。尽管它们崎岖不平，却仍然令人感到欢欣。空中飘荡着一层淡蓝色的薄雾，好似女子的面纱包裹了裸露的山体，使它们看起来不那么粗糙了。从维罗纳开始，我们就只能透过这层薄雾看它们了。这种淡蓝色占据了一半的空间，而另一半是可爱的淡绿色草原，春季新生命中孕育的那难以感知的淡黄色使其显得越发娇嫩。

到了德森扎诺，火车就在湖边停了下来。水面波光粼粼，两岸是长长的岩石山坡，好似被砸碎的一只神奇水壶的错落边缘。事实上，这个大理石水壶承载了阿尔卑斯山的泉水。湖岸的凸起处可见一些村落、教堂和老城堡，一直与湖水相连。最远处，顶着银色积雪的群山直插云霄，好似一堵高墙横亘眼前。没有什么比这更令人感到赏心悦目的了，从湖面到天空，由距离所产生的各种蓝色调逐渐变换，令人不由得想起达·芬奇在其画作中曾使用的淡蓝色岩石背景。

由此直到米兰，乡间的景致就是一片巨大的果园，到处是农作物、人造草场和果树，已然变绿的桑树树冠间杂于葡萄园之间，小小的水渠为各种作物送去了清凉。如此繁荣的景象令人感受到此地的舒适与安逸。在这略显单调的色彩中，位于左侧的阿尔卑斯山脉在阳光的照耀下好似一排岿然不动的云团。

5月4日，米兰主教座堂

我们感觉来到了一个富足而快乐的国度。城市很大，甚至可以称得上奢华。它拥有巨大的拱门，宽敞的大道旁随处有宫殿。街上车水马龙，往来繁忙，但又不像巴黎或伦敦那般躁动和疯狂。城市位于一块平原之上，周边的湖泊、河流与运河很容易为它带来肥沃乡野的各种物产。各种建筑物与周围的环境都明媚喜人。您进入火车候车室中就能看到淡蓝色天花板上的装饰线脚以及飘浮在顶上的云朵。各个咖啡馆都是满的。冰激凌和咖啡只要四五个苏，坐一趟慢车需要两个苏。两座大剧院的入场券也就是一两个法郎，其正厅中坐满了普通民众和妇女。许多女子都很美丽，而且看上去很快乐，心情也很舒畅。她们步履闲适，摇曳多姿。她们那明艳的容颜、精致的头型和发型，她们那热情的嗓音，使她们在各处都成为被关注的焦点。没有什么能比她们头上的黑纱更漂亮的了，其发绺上呈环形排列的银发卡好似一个后冠。曾经在此长期生活的司汤达说这座城市是和善和快乐之乡，人们将工作和重要事务视为必须尽量缩减的苦役，消遣、欢笑、郊游和谈恋爱才是他们的生活。关于这一点，我曾经与旅途中的同伴进行过两三次有趣的交谈，最后都将原因归结为他们那公开的信仰主张。一位小市绅和一位律师都对我说过："我的确是因为爱情才娶了我的太太，她漂亮又乖巧，但是我没有自由了。"

像我这样的路人不能去评判他们的风俗，只能聊聊建筑。米兰有三座著名的建筑，即主教座堂和两座画廊。

乍一看，主教座堂显得灿烂夺目。中世纪末期，哥特式风格被整体引入到意大利[1]，在此达到了顶峰并被过度发挥。我从未见过如此锐利的塔尖、如此繁复的装饰以及好似一件珠宝艺术品的教堂。他们没有采用灰暗的粗石，而是采用了意大利特有的光亮大理石，因此它成了一件雕刻而出的珍宝。教堂整体上好似一件华贵且巨大的结晶体，它那如林的尖塔、交错的肋拱、塑像群和镂空雕刻的大理石数不胜数，在蓝天的映衬下显得洁白无瑕。它就是幻象和传说中的那神秘的枝形烛台，其无数的枝条上长满了尖刺和令人着迷的玫瑰，其花卉和尖刺上到处是天使、圣母和殉道者，伴随着无数嗓音汇聚而成的祈祷词“和散那”[2]（hosannah），其无数的塔尖直插天际。在这种情感的驱使下，我们很快就明白为什么其建筑设计违背了对材料和持久性的一般需求。它的目标已经不在于其本身，所以它是坚固的还是脆弱的并不重要。它不是用来躲避的，而是用来表达的。人们不在乎现在的它的脆弱，也不介意将来还需要修复它。它诞生于一种非同凡响的痴狂，也成就了一种与众不同的疯狂。假如哪天这些石块瓦解了，人们不得不去修补它，那也只能算他们倒霉。这里想要表达的是一种强烈的梦幻和一种独一无二的激情，生命中的这种时刻值得用一生去追求。早期的神秘主义哲学家们愿意牺牲一切也要获得一两次超越人类极限的机会，那心醉神迷的一分钟就能够通往宇宙的本源。

我们走入其中后，这种印象越发深刻。这座教堂所展现的宗教力量与罗马的圣伯多禄大殿是多么不同！我低声叫喊：这才是真正的基督教殿堂。四排巨大的八角立柱，好似一片排列紧密的橡树林。那些奇特的柱头上立满了小尖塔、华盖、花叶壁龛和雕像，就像老树干上挂满了苔藓植物一般。柱顶如枝条般向上方绽放，并与穹顶相连，而所有穹拱之间都被一种错综复杂的网状叶饰、带刺的藤蔓以及纠缠的枝丫所填满，使得穹顶看起来就像是一片空中的树林。如同在森林中一样，侧过

1　开始于1386年，由日耳曼和法兰西建筑师引入。——原书注

2　源自希伯来语，音译“和散那”或“贺三纳”，意为“请主拯救”。

道的高度几乎与中央的主道相等。环顾四周，身边到处是古老的柱廊。这里真像是一片日耳曼老树林，带着一丝宗教之树“伊尔明苏尔”（Irminsul）的模糊印记。日光穿透那绿色、黄色和朱红色的彩窗，落在地上，好似秋季林叶间的红黄色调。无疑，这是一套完整的建筑风格，就像古希腊风格那样，它们都从植物形态中汲取灵感：古希腊风格采用的是一段树干，而日耳曼风格采用的是一整棵树，包括枝叶。或许真正的建筑结构总是借鉴植物界的，每个地区都有形似植物的建筑。由此，我们也可以理解那些东方建筑了，理解阿拉伯人那轻盈的棕榈树和成簇的树叶形态了，理解印度人那枝叶繁茂、树干粗壮的植物形态了。总之，我从未见过哪座教堂拥有北方森林般的立柱群，身在其中令人不由得想起那笔直的林间道尽头的亮光。交错的树枝搭成尖角，不整齐的枝叶形成圆顶，阳光透过那色彩斑斓的树叶零星地点缀在林荫之中。有时，一束光线穿透四方形黄色彩窗、突破周围的暗影投射进来，照得中殿的一片区域好似林间空地一般明亮。主祭坛后方的一块圆形彩窗，入口大门上方的一块叶旋涡饰彩窗，都散发出紫晶、黄晶、红宝石和绿宝石色调。纵横交错的彩叶间光影绰绰，飘忽不定。在圣器室旁，一小块门头饰贴在墙上，其叶脉纠缠交错，好似杂乱无章的攀缘植物。就像身处森林一样，在这与大自然一样庄严的伟大景象面前，在这绝美的单调与无穷变化的混合面前，在这意想不到的光影变幻面前，我们可以度过一天的时光，头脑沉静而满足。一个神秘的梦幻，再加上源自北方的一种情愫，就是哥特式建筑的本源。

再仔细观看，我们可以感受到它那些夸张和不协调之处。这是一种晚期的哥特式风格，比阿西西的建筑略差，尤其是它的外观，大的线条在繁复的装饰下消失了。我们只能看到尖塔和雕像，许多雕像是 17 世纪的，富含感情和姿态，属于贝尼尼风格。立面上的主要窗户带有文艺复兴时期的风格，与整体并不协调。在其内部，圣嘉禄·鲍荣茂与其后继者们曾经拆除了许多颓废的装饰。这种建筑非人力所能完成，人们已经为它工作了五百年，至今仍然没有完工。当一件作品需要如此长的时间来完成之时，它不可避免地要受到历代思想革新的影响，这些会在它身上留下不协调的痕迹。这里有专属于中世纪的特征，欲望与力量并不成比例，这点显而易见。但是在这种作品面前，任何批评都显得无力。我将批评从头脑中驱赶出去，不再让它回来。我们去观赏几座著名的陵墓，例如卡拉乔洛（Carraciulo）主教的陵墓[1]，尤其是出自班巴亚[2]（Bambaja）之手的圣母献堂礼拜堂（Chapelle de la Présentation）。班巴亚是米开朗琪罗时代的人物，并不出名。娇小的圣母被身躯挺拔的男女簇拥着走在台阶之上。一位精瘦老者看着她，其消瘦的脸上满是卷须，也透露出一种孤僻的傲慢。左侧立柱间有一位年轻女子，明艳靓丽。稍远处，另一尊圣母像被夹在两位圣女之间，这是一件简朴但透着力量的杰作。我们不了解也无法衡量文艺复兴的全部精神，意大利并没有出口它们，或只是任由某些成果的碎片流传出去。书籍普及了一些人名，但是为了简明扼要，他们忽略了另一些人。在那些伟大人物的旁边或之下，还有一大群不知名的人物。

教堂和博物馆

这里还有一座著名的教堂，即圣安波罗修（San-Ambrogio）圣殿。它在4世纪由圣安波罗修兴建，后来人们按照古罗马风格又翻修重建，并于1300年左右完工。它拥有哥特式穹顶，其大门、主教座席及祭坛装饰都是各个时期的产物。一个长方形的内庭包含双重柱廊。一座厚重的四方形钟楼披着淡红色衣装。墙上嵌入了一些

1　1538年。——原书注

2　阿戈斯蒂诺·布斯蒂（Agostino Busti，1483—1548），绰号班巴亚，意大利文艺复兴时期的雕塑家。

雕塑的碎块，使得柱廊像是一个被人遗忘且不合时宜的纪念建筑。已然裂缝的老山墙竖在双层连拱廊之上。大门很奇特，带有五颜六色的石块和条纹装饰；这里有绳网饰、圆花饰，还有许多小方块中画着叶饰。立柱上有十字架，各种动物的头、身躯以及一种未知的装饰。黑暗中世纪的这些作品总是在令人反感之后还给人留下一种深刻的印象。[1] 就像 7—10 世纪流传的那些圣徒故事一样，我们能够从中感受到那不知所措的才智的衰落，感受到那手法的笨拙，感受到才能衰败带来的破坏与不协调，感受到那既幼稚又陈腐的头脑中的探索——这个头脑已然忘记了过去的一切且尚未学到新东西，感受到他们在隐约的形态面前那既痛苦又有些愚蠢的焦虑，感受到他们在结结巴巴地表达一种含混的想法时的无力感，感受到他们在光线昏暗的地窖中的步履蹒跚。在其内部，粗大的立柱带着粗俗的柱头组成圆形连拱廊，支撑着低矮的穹顶，其后殿的墙壁上闪耀着金光，那是拜占庭式的干瘪人像。主教席下据说是斯提里科[2]（Stilicon）的墓穴，雕刻着粗糙的狩猎场面，上面的某些动物似狗非狗，似鳄鱼非鳄鱼，在相互撕咬缠斗。其艺术上的堕落与拉文纳的普拉西提阿的墓穴相比也相差无几。抬眼看向主教席上的雕塑时才能见到文艺复兴的第一线曙光。这是一件 12 世纪的作品，好似一个由立柱支撑的长盒子，就像尼古拉·皮萨诺制作的主教席一样。雕像展现了“最后的晚餐”的场景。正面十一个人物都以同样的姿态亮相，他们的头像都很真实，甚至可以说很讲究，但都是些粗俗的市绅形象。在这生命的第一缕曙光与地穴中的那些残疾形体之间可能有六个世纪的距离。这就是文艺复兴的孕育期。没有什么资料能比艺术品更好地展现人类文明的形成和变化了。

在我的记忆中还有一座教堂，即恩宠圣母堂（Sainte-Marie des Grâces）。在一个方形底楼之上，宽阔的圆形塔楼由两圈柱廊环绕。我们要看的并不是教堂，而是

1 这是与阿尔勒（Arles）的圣特罗菲姆回廊（Cloître de Saint-Trophime）相比，那是中世纪最奇特、最完整的建筑之一。——原书注

2 斯提里科（约 359—408），古罗马帝国军事家和政治家。

《最后的晚餐》，达·芬奇

达·芬奇的《最后的晚餐》。这幅画是画在食堂的墙壁之上的，但说实话，我们是见不到它的。此画完成五十年之后就塌毁了。上一个世纪，除了顶部以外，它曾被修复过，后来又被刮除重新修复。由于它持续剥落，十年前又被修复一次。这幅画中还有多少是达·芬奇的手笔？恐怕比一幅由大师绘制草图并由平庸的学生完成绘制的画中的含量还要少。有的形象，例如使徒圣安德肋[1]，其扭曲的嘴形明显是败笔。人们只能把握大师的整体思路，但是其细节却消失了。然而，抛开其他特色不谈，我们很容易从莫尔根[2]（Morghen）那幅著名的版画中看出他所刻画的基督更显

1 从左数第三个。——原书注

2 拉斐尔·莫尔根（Raffaello Morghen，1758—1833），佛罗伦萨雕刻师。他曾经以雕版画复制达·芬奇的《最后的晚餐》。

忧伤，也更符合唯灵论的思想[1]。而达·芬奇所画的基督是一个温和的形象，更宽容也更神圣。他想画的并不是一个性情温和而忧郁的沉思者，而是一个可作为典范的人。同样地，使徒们的面部特征都十分明显，是典型的意大利人那种表情丰富的形象。达·芬奇的画大概与拉斐尔在梵蒂冈的画作一样，表现的都是文艺复兴时期的人们所理解的美丽躯体。但是，他加入了自己的独特理解，那就是他经过长期研究之后对于不同人物的性情以及突发的激情的表现。无疑，正因如此，他每天都花两个小时的时间去观察博尔戈的小流氓，以便为他画的犹大头像增添一种既无耻又调皮的表情。

达·芬奇在米兰工作和思考的时间最长，其最主要的作品应该也在这里，但是许多画作都被搬走或是毁坏了。他那尊斯福尔扎公爵的骑马青铜像被加斯科弓弩手们拆毁了。他的遗物只剩下了一些手稿、草图和习作。尽管其作品存世不多，却没有一件不令人震撼。从那些天才的手笔可以看出，他一直是现代的。布雷拉（Brera）美术馆收藏了他一幅用红铅笔画的女子头像，其表情的细腻与深邃超越了那些最完美的油画。他所谋求的并不是最纯粹的美，而更多的是个人的独创性。他画的人物都具有一种精神，都具有一个敏感的灵魂，其内心生活的波动由内而外地表现在脸颊上、眼睛上。安波罗修图书馆（Bibliothèque Ambroisienne）收藏有他的两幅习作，其中一幅描绘了一位眼帘低垂的年轻女子，可谓无与伦比的杰作。她的鼻子和嘴唇并非完美地匀称，但是画家所关注的不仅仅是外形，他更关注的是内心的表现。在外表之下，内里生活着一个鲜活的灵魂。这个灵魂更高尚，具有蛰伏的情感和才智，其内部蕴藏的巨大力量从其目光中、从头部的形态中、从饱满的头骨和茂盛的头发中跃然而出。当我们翻阅他的图册[2]时，当我们回想起最喜欢的他的

1 这点是与当代的复制品相比较而言的，如布雷拉美术馆收藏的马可·达·奥焦诺的作品或卢浮宫的藏品。——原书注

2 在卢浮宫。——原书注

作品时，当我们阅读他的传记细节时，我们都会见到这种内心的功力。可能这世界上除他以外再没有一个如此全能、如此富于创造力、如此不自满、如此情感细腻、如此超越其时代及随后几个世纪的天才了。他画的人物都表达了一种令人难以置信的精神和感受，富含难以表达的情感和思想。与之相比，米开朗琪罗画的人物只是些英雄般的竞技者，而拉斐尔画的圣母像则只是些温柔的孩子，其蛰伏的灵魂没有经历过坎坷。达·芬奇画的人物，其表情显得既有感情又有思想，与他们对话需要一些时间，这并非因为他们的情感不够外露——恰恰相反，其情感往往突破表象喷涌而出，而是因为它们太敏锐、太复杂、太非同凡响、太难以捉摸、太难以解释了。哪怕这些人物处于静态，也能令人猜想出两三种叠加的想法，而且其背后还隐藏有更深远的想法。人们隐约看见了这个隐秘的世界，一如瞥见了深水下生长的一片肥美水草。他们那神秘的微笑带着怀疑和享乐主义色彩，还有淫荡、温柔、热情或伤悲，这多么令人迷惑、令人好奇，人们还能从中获得多少启迪或感到多少失望！有时候，在如希腊神一般高傲的青年竞技者当中，我们能见到一个英俊又暧昧的少年，他长着女人般的躯体，纤柔、风流而性感，就像帝国时代的那些雌雄同体人一样，这似乎在宣扬一种超前的、不太健康的、几乎可说是病态的艺术。他如此追求完美，贪得无厌，以致已不满足于将力量赋予男人、将柔弱赋予女人，而是将两性的美混为一谈，并由此迷失在梦幻之中，迷失于堕落和伤风败俗之中。当人们追寻这种微妙而精深的感受时可以走得很远。这个时代的许多人，尤其是他，在经历了那么多的科学、艺术发展以及享受到如许快乐之后，都携带着某种难以名状的东西，像是厌倦、屈从和忧伤的混合体。从这些不同的角度，我们觉得他们似乎并不想完全表达出这种意绪。他们停在我们面前，带着讥讽又和蔼的微笑，但是披着一层面纱。尽管绘画具有出色的表现力，但它只是显露出了那自鸣得意的优雅和高人一等的天赋。只有历经岁月以后，经过思考之后，人们才从那些深陷的眼窝、疲惫的眼皮和面颊上难以察觉的皱纹中识别出那永无止境的苛求与无言的痛苦。

没有哪位艺术家像达·芬奇那样对其周边的艺术家产生了如此长时期和如此广泛的影响。梅尔齐[1]（Melzi）、沙莱诺[2]（Salaino）、索拉里奥[3]、马可·达·奥焦诺[4]、切萨雷·达·塞斯托[5]、高登齐奥·法拉利[6]（Gaudenzio Ferrari）、博塔费奥[7]、卢伊尼（Luini）[8]，所有这些画家都以各自的才智或多或少地忠实于他们敬爱的导师的教诲。他们中的有些人得到了导师的亲身指教，有些人则获得了间接的传授，而我们从他们的作品当中能够见到其导师尚未来得及在作品中完全发扬出来的思想。他们会重绘老师画过的形象。在安波罗修图书馆中有几幅卢伊尼画的人物——一幅是女子头像，另一幅画的是圣若翰洗者跪在怀抱小耶稣的圣母脚旁，还有一幅是《圣家庭》，最后这幅尤其值得一提，似乎是被其导师指点过。这些更加精致的灵魂比《雅典学院》[9]中的那些理想形象更具情感表现力。我们无法与拉斐尔画的人物交谈，他的那些人物至多以低沉而悦耳的嗓音对您说两三句。我们欣赏他们，但不会爱上他们。我们从中感受不到达·芬奇及其弟子的作品中的那种摄人心魄的吸引力。人物裸露的肉体很少，因为肉体表达的是动物本性以及食物的富余。整个面部由线条勾勒，尽管很细腻，但轮廓依然很明显，令人感到其不仅鲜活，而且处于思考的状

1 弗朗切斯科·梅尔齐（Francesco Melzi，1491—1570），师从达·芬奇。

2 吉安·贾科莫·卡普罗蒂·达奥雷诺（Gian Giacomo Caprotti da Oreno，1480—1524），亦称沙莱诺，师从达·芬奇。

3 安德烈亚·索拉里（Andrea Solari，1460—1524），也称索拉里奥，是达·芬奇最重要的追随者之一。

4 马可·达·奥焦诺（Marco d'Oggiono，约 1465—约 1530），师从达·芬奇。

5 切萨雷·达·塞斯托（Cesare da Sesto，1477—1523），师从达·芬奇。

6 高登齐奥·法拉利（1471—1546），意大利画家、雕塑家。

7 乔瓦尼·安东尼奥·博塔费奥（Giovanni Antonio Boltraffio，约 1467—1516），意大利画家。

8 里奥（Rio）的《基督教艺术史》（*Histoire de l'Art chrétien*）第三卷，第 16 章。并不确定卢伊尼曾经直接师从达·芬奇。——原书注

9 草图在对面。——原书注

态。人物的下巴凹陷，通常是细长的，那凹凸不平的面颊打破了雕塑的均匀性，也将那种完美的健康表现抛诸脑后。蒙娜丽莎（见前插图）那奇特而又无法定义的微笑滑过静止不动的嘴唇。半明半暗的微光中，一种浓厚的淡黄色调包裹着人物，显得既神秘又令人心悸。有时，模糊的轮廓的那种优雅、儿童肌肤的那种光鲜与细嫩，似乎像是柯勒乔的手笔。[1] 明亮的日光在此会过于强烈，必须使用那种朦胧而渐淡的色调，使光影变得柔和，使环境变得赏心悦目，由此才不会对那精致的躯体和敏感的灵魂造成冲击。从这方面看，卢伊尼甚至比达·芬奇走得更远。如果说他简化了达·芬奇的画法，他的画却更使人感动。即使他无法像达·芬奇那样达到"另一个赫尔墨斯或另一个普罗米修斯"[2] 的高度，他的画也达到了一种更女性化、更感人的精致。这还不够，他试图在其第一位导师的思想中加入其他老师的风格。当我们观赏他的那些壁画的时候，会觉得他在佛罗伦萨学习过[3]。在安波罗修图书馆的一个下层展厅中，他画的头戴荆冠的耶稣正在遭受刽子手的鞭打。一块巨大的帘布和四根立柱环绕着刑场。每一边都呈对称布局，分别有两个天使和三个刽子手。远景处有耶稣的一位弟子和圣母。画面的两侧是排列整齐的虔诚的受赠人队伍，他们都跪在地上，身穿黑袍，他们那逼真的面容令人更容易感受到《福音书》所描述的虚构场景。同样地，在布雷拉美术馆的入口附近，二十幅展现圣母故事的壁画都具有梵蒂冈壁画中那种柔和的色彩以及简朴而高贵的容颜。有一幅画画的是一位身穿绿袍的老者和一位身穿金黄色长裙的年轻女子陪伴着圣母。在他们脚下的台阶上，一位小天使叉着腿，弹奏着他的齐特琴，其人物的姿态与和谐的线条好似《帕纳苏斯山》或《圣礼的争辩》（*La Dispute du Saint-Sacrement*）的画法。在一幅《圣

---

1 N°105，无签名。卢伊尼与柯勒乔是同时代的人，也几乎是同乡。——原书注

2 洛马佐（Lomazzo）之语。——原书注

3 "卢伊尼模仿高登齐奥·法拉利在宗教事物上的表现力，也模仿拉斐尔的风格。"（洛马佐）——原书注

母诞生图》中，两名机敏的姑娘送来了清水，两位老妇优雅而庄严，当你看到她们时就会联想到安德烈亚·德尔·萨尔托在佛罗伦萨圣母领报大殿柱廊上的画作。卢伊尼似乎接受了拉斐尔所代表的纯粹而又造诣精深的画派的规则，而弗拉特（Frate）和安德烈亚·德尔·萨尔托则最能代表精确。这个画派由金银匠们建立，他们重视图画的表现力和色彩，将美置于线条的布局之中，并凭借其朴素、高雅和精准的判断力使自身成为意大利的雅典。但是，某些头型，某些纤细的下巴，某些被眉弓拉长、拉大的眼睛，一个孩童的躯体，某些内在的魅力，都透露出达·芬奇的影响。

成熟于佛罗伦萨的三位伟大的意大利画家全都为异教和佛罗伦萨式的文雅贡献了某些东西：拉斐尔贡献了信奉宗教的翁布里亚地区的那种虔敬和纯真，米开朗琪罗贡献了其斗士般的灵魂中的悲情力量，达·芬奇则贡献了卓绝的凝思，并为其伦巴第的弟子们留下了典范。

这里还有两座画廊，共藏有六七百幅画作。对于它们，缄口不言才是明智之举。我只记录了其中的五六幅画，首先是拉斐尔的《圣母的婚礼》（*Mariage de la Vierge*）。画这幅画时拉斐尔才二十一岁，以很少的变化临摹了佩鲁吉诺的一幅作品。佩鲁吉诺的原画如今收藏于卡昂（Caen）博物馆。这是一个晨曦，是其创造的开端。画中的颜色几乎是生硬的，有明显的斑块和干涩的轮廓区分。那时雄性形象的精神范型尚未确立，两位少年和几位姑娘都有同样的圆头、同样的小眼睛，以及唱诗班或领圣体的孩童那种盲从的表情。他还不太敢突破，他的思想尚且在萌芽状态中酝酿。但是，他那纯洁的诗意表达是完整的。人物的后方有一片巨大的自由空间，最远处，一座带有柱廊的圆形殿堂耸立在那里，其匀称的线条在纯净的天空下显得格外鲜明；广阔的蓝天如同阿西西和佩鲁贾乡间的景致；远处的风景依次呈现出绿色和淡蓝色，将一片祥和笼罩在画面之上。画中人物都排成一线处于画面前方，好似圣事安排般庄严而肃穆；左右两组人员分别排在新郎与新娘的身后，大祭司则位于中央。在这一片祥和与宁静之中，人物姿态各异。圣母谦逊地前倾身躯，低垂眼帘，犹犹豫豫地伸出自己的手，以备大祭司将戒指套在她的手指上。她不知道将另一只手放在哪里才好，带着一丝可爱的笨拙将手紧贴在大氅之上。一件半透明的精致纱巾轻轻地披在她那非凡的金发之上。她很高大，健康而美丽，好似一位山区的姑娘。她的身边有一位身着鲜红衣裙和绿色大氅的姑娘，完全是女神一般的骄傲容颜。这已经是异教之美了，文艺复兴的精神与品位、灵活身躯的生动表现已经突破了修道院式的平静与虔诚。

当我们将其与文艺复兴时期最后一位伟大画家的作品——柯勒乔的《圣母休憩》(*Repos de la Vierge*) 对比时，二者的反差十分明显。这幅画署名“Antonius Lætus”[1]，尽管人们怀疑这并非出自他之手，但我反正觉得这幅画很可爱。两位姑娘、圣母和圣婴聚在一棵几乎是黑色的树下，这种暗色调更加反衬出人物那光鲜的头像。直线和对称线都转变成波浪形曲线。安详熟睡的人物形象不再有雕塑的那种匀称性和朴素的高雅。她们那局促、令人迷惑又具有穿透力的目光，她们的活力、自豪和无辜，令人不禁想起鸟类的那种敏锐和警惕。比圣母还要迷人和雅致的是身穿黄色长裙跪在其身旁、手拿一个小瓶的年轻女子。在半明半暗的光线中，她显得尤为恬静与美丽，其嘴唇形态似乎透露出一丝不易察觉的愠怒。在通过雄性形象来表达那激情澎湃的活力之后，艺术经由夸张而走向堕落，灵魂在越发精致之中走向萎靡。女性的形象时而顽皮可爱，时而温柔动人，其复杂的诱惑力变化无穷，这是唯一能够填充被禁止行动的心灵的形象。这种对女性优雅的崇拜在柯勒乔手中表现为开放过快而即将走向枯萎的花朵，也似熟透了的桃子沐浴

1 Lætus 是 Allegri 的拉丁语形式。——原书注

在晚霞之中。

在他之后，卡拉奇三兄弟对古典主义的复兴并未能阻止艺术的衰落。这些博学、机智又勤奋的艺术家都是时尚画家或学院派画家。如果说他们还有些创造力，那也是在绘画之外，是在思想表达上的创造。他们会制造悲剧或感人的戏剧性表现。这个画派的二十幅作品当中包括圭尔奇诺的一幅著名画作《被亚伯拉罕赶走的夏甲》（*Agar chassée par Abraham*）。夏甲绝望而又愤怒地哭泣着，但她又是节制的，女性的骄傲使她不愿让自己的痛苦成为其对手撒拉（Sarah）的笑料。至于撒拉，她摆出了一副正妻赶走丈夫情人的高傲姿态。她虽假装出一副庄重的样子，眼角处却以一种得意的凶狠瞥着夏甲。亚伯拉罕是一副慈祥父亲的形象，在这方面他是一个杰出的代表；然而，他头脑空虚，除了慈父的角色，他很难扮演其他角色。整幅画面是风趣的，值得狄德罗花几页纸来点评，但是在此，心理分析胜过了对绘画本身的分析。

只有威尼斯人完全保留了自己的见解。安波罗修图书馆还有五六幅提香的画作，而布雷拉美术馆也有五六幅委罗内塞的作品。这些作品都画有飘逸的衣料、身躯的曲线、蓝天背景和淡红色的枝叶，足以满足视觉享受。在提香的一幅《耶稣诞生图》中，圣母身处一个由黑木搭建的乡村棚屋之下，东方三博士前来朝拜。他们中的一位几乎可说是埃塞俄比亚黑人，身穿绿色丝绸礼服，头戴一种蛮族圆帽，上插一支巨大的红色羽毛。您可以想象一下三处小亮点在炭黑色调中的反衬效果，那三处小亮点分别是眼睛、牙齿和珍珠耳坠。第二位博士像是一位肥胖的君主，光头，身穿带有金色花枝图案的黄色宽大长袍。第三位一身红装，是一位满脸花白胡须的老军人，他侧挎宝剑站在那里，似乎不敢走近圣婴。显而易见，这些画家都乐于复制自己亲身感受过的节日气氛和亲历的浮华场景，并不怕卖弄。他们的画都是出于本能的创作，并不受学院派规则的制约与考量。从这方面讲，

《水中被救的摩西》，博尼法乔

博尼法乔那幅《水中被救的摩西》（*Moïse sauvé des eaux*）虽算不上富丽堂皇，也十分有趣。在这幅画前，没人会想到摩西，画面展现的场景就是帕多瓦或维罗纳的领主与贵妇们的一次郊游。画中，我们可以看到那山间乡野的大树下身穿华丽衣装的人群。公主带着所有扈从和物品出行：狗、马匹、猴子、乐师、骑士扈从和宫中女官。远处是随行车马队伍的一部分。已经下马的人们在树荫下休息，人们在开露天音乐会。领主们躺在贵妇们的脚旁歌唱，他们的头上还戴着高帽，佩剑被放置一旁。贵妇们一边听他们唱歌，一边打趣聊天。她们都身穿丝绸或天鹅绒长裙，有的是棕红色带金条纹，有的是青绿色或深蓝色。她们的灯笼袖衩在树荫下形成了一组美丽的色调。她们正在享受生活。几个人正在观看那喂猴子的侏儒，或是那身穿蓝色礼服、手牵猎狗的小黑人。在人群当中，衣装最奢华的公主坐在那里，好似一件首饰上最珍贵的珠宝。她身披一件昂贵的蓝色天鹅绒开衩大氅，大氅由钻石纽扣固定，显露出其下的枯叶色长裙。其布满金点的衬衣被她脖颈和下巴的洁白肌肤，以及盘在其红色头发上的珍珠发饰映衬得更加鲜艳了。

在一件委拉斯开兹的草稿中，不成形的色块充斥着画面，它预示着一切都逐渐凋零。这是一位死去修士的半身像，与真人一般大小，极其逼真。他刚死去不久，面色尚未变得灰暗，但是其嘴唇是惨白的，眼睛紧闭，脖子僵硬。画面没有任何虚构成分，现实的悲剧已足以展现一切。一缕阳光照在被深色斗篷包裹着的逝者那张粗俗的、剃光了胡须且只有一种颜色的面容之上。在明亮的外表下，逝去的内在生命更显悲情。人已经是个空壳，是个苍白的残骸，只剩下一个不动的形态了。其紧绷的前额留下了临终前汗水的痕迹。死亡已经来临，我们能够感受到那死亡之手是多么沉重。在这只手下，躯体骤然成为一块肮脏的黏土，而成堆的污泥混在一起，只在瞬间彰显了逝去之人的印迹。

5月8日[1]，科莫、湖泊

在那些油画和雕像面前度过三个月的时光就好像是连续三个月天天在城里吃晚饭一样。给我面包，我不要菠萝了。

我们心情舒畅地登上火车，知道在终点将看到真正的水泊、林木和群山，那将不再是些由金框包围的3法尺宽的风景了。我们轻松地观赏着那波浪般起伏不定的富饶国度，白色的道路好似丝带一般缠绕在绿色的田野之上。我们到了蒙扎。这是一座在中世纪十分出名的小城。我们放弃去观看那著名的铁王冠以及伦巴第王后狄奥德兰德（Théodeline）的珍宝，我们将那些古董和旧货留在一旁，更愿意去那些漂亮的街头逛逛。从大教堂的正立面看去，它那意大利哥特式的外观几乎是简朴

1 原书中为4月8日，似属于排版错误，应该是5月。

的，其高雅的主教席呈半哥特半古典式，装饰有贝壳壁龛和扭曲的小立柱，布满了三叶草花纹以及使徒和圣人画像。这些优雅而美丽的形象在我的脑海中留下了诗歌一般的旋律，不断地回响和荡漾，而我的腿脚也随着那旋律在街头漫步。这座小城就像我们的都兰（Touraine）那样令人感到惬意，但又不像都兰那么具有市绅阶层的生活情趣。我们重又登车，眼睛随意看向窗外，道路两旁的山坡上满是树木，一直通向科莫（Côme）。旅馆就在科莫湖的岸边，从窗口望去，一片蓝色的湖水映照出晚霞的金光。一圈围栅保护着港口内的小船，暮霭沉沉，笼罩在波光之上。夜幕降临，一片漆黑之中，湖岸四周的群山更显黑暗，一盏风灯、远处的几点亮光如残存的星星一般忽明忽暗。一阵微风带来湖水的清凉，港口和广场上空无一人，我们好似独存于这片静谧之中。

一早，我们就乘坐蒸汽船沿湖绕了一圈。我们一整天都沉浸在无忧无虑之中，沐浴在阳光之下。岸边到处点缀着白色的村落，与湖水紧密相连。群山与湖水间的坡度很和缓，直到半山腰都有人家。山丘上满是淡绿色的橄榄树和桑树的圆冠。树荫遮盖下的乡间别墅将露台一直延伸到水边。靠近贝拉焦（Bellagio）附近，在蓝色湖水的两个汊子之间，香桃木、柠檬树和花坛像白色或猩红色的花束一般点缀其间。但是，继续向北走，景致变得越发险峻起来：群山变得尖耸，植被逐渐消失；嶙峋的岩石、崎岖的山脊、白色的雪峰、蜿蜒的山沟纵横交错。几座高峰好似环形堡垒一般排列。科莫湖曾经是个冰川，其长期对岩壁的摩擦与侵蚀逐渐扩大了山峰的坡度。某些荒凉的峡谷中毫无绿色和生命的迹象，这好像不是人类的居住之地，而是矿石的世界，是一个比人类更早的荒芜星球，只有空气、石头和水存在。这辽阔的水域是永恒积雪的女儿，环绕着它的崇山峻岭将山脚浸泡在它那碧蓝的水中。它们的后方另有一圈白色的山峰，更加荒凉也更加原始，好似一群巨人，虽然它们全都岿然不动，却又各不相同，像人类的外貌一般富有表现力和多样性；同时，它们又都披着一层暖色的雾霭，在那壮丽的永恒之中尤显祥和。风停了，远方的天空越发显得明亮，湖水之蓝变得更加深沉。船旁，水波荡漾，反射出不断变幻的阳光，好似黄色丝绸上闪亮的光芒。

科莫主教座堂

尽管我曾说过不再去观看艺术品了，但是意大利到处都是艺术品，而且这座小城还拥有一座异常美丽的教堂。

除了科莫主教座堂之外，我没找到一座将意大利式与哥特式融合得更好的教堂了。[1]它具有一种简朴之美，却富含妙想与情趣。其立面就是简单的人字墙，像两个房屋上下叠在一起，并由四条带有雕像的垂直束带加以突出。我们可以从中看出这一民族建筑的架构特征，它与比萨、锡耶纳和维罗纳在重建大教堂时曾做出的那些创造一样。它是基督教的，然而也是明快的。尽管整体上给人的感觉是厚重和庄严，但是其中的变化和精致之处并不鲜见。我们可以感受到其墙基之厚重，然而它是经过美化的；它不仅被美化了，而且是有节制的美化。安置雕像的壁龛都是贝壳式壁龛，而且每一列壁龛最后都有一个雅致的小尖塔。那大圆花窗以及四扇高窗和四列雕像壁龛使裸露的立面呈现出多种变化。为了打破单调的格局，艺术家在两侧还装点了两个凸出的大型壁龛，一个壁龛内是天使像，另一个壁龛内是圣母像，它们都站在盘旋的小立柱之间，头顶上是小尖塔。在大圆花窗之上还有两个壁龛，其中之一比较窄，呈哥特式，内置基督像；另一个宽一些，呈尖拱形并混有文艺复兴时期的形态，内置一尊夹在天使和圣母之间的基督像，似乎在为整座建筑祝圣。再往上，在教堂的中央尖顶之上，可见那好似枝形烛台顶饰一般竖立的镂空小塔，带

1 始建于1396年，立面完成于1526年。——原书注

有四层壁柱和希腊式立柱，头顶有花饰和哥特式齿饰。我在其他地方都没有见过这种拉丁式立面。文艺复兴产生的丰富创造与哥特式品位带来的精致雕琢在此被审慎地融合起来，并且带着强烈的激情。

但是，文艺复兴的精神还是占主要地位的。对于这一点，我们可以从众多精美的雕像上看出来。乐于欣赏和美化人体形态是这个时代的典型标志。人从古代的迷信和苦难当中解放出来，开始感受到自己的力量，欣赏人类的才智，赋予自身那曾经是神才拥有的地位。不仅教堂外廓和圆花窗之上有四条雕像组成的束带饰，而且所有窗户都带有边饰，中央大门还带有侧翼和顶饰，三个门廊上也都布满了装饰。这些都是文艺复兴初期的杰出作品[1]，它们那种简洁、庄重、富有独创性和充满活力的表现力展现出了一种健康而又年轻的艺术。几位身穿紧身短上衣和紧身短裤的年轻人是骑士风格的侍从，他们的腿脚比较细，就像佩鲁吉诺画的那样。毫无疑问，它们既幼稚又笨拙，过于拘泥于对现实形态的模仿，这些都证明那时的思想尚未完全发展；那夸张的肢体弯曲、那如同达·芬奇一般的茂密头发也预示了想象力的偏激和不稳定。但是，雕塑家对生命的感触极深！我们可以看出，他发现了生命，他热爱生命，他的灵魂是圆满的。一位高傲的青年的画像，一位圣洁又平静的圣母的画像，足以令他全神贯注。人类头型和姿态的变化、肌肉和衣装的动感、身躯的大小和姿态，全都通过直接接触而刻在他的脑子里了，而且这是一种独特的见解，不受学院派传统的制约。从吉贝尔蒂到米开朗琪罗，意大利的雕塑杰作成倍地涌现。他们的小雕像、浅浮雕和金银器都自成一体。如果说在单独的大雕像上他们尚且低于古希腊雕塑的水平，但至少，他们在体量次一级的雕像和普通装饰雕像上已经赶上了古希腊。立面三扇大门上的门头饰是如同吉贝尔蒂的浅浮雕作品一般的画作：《耶稣诞生图》、《耶稣的割礼》（*La Circoncision*）、《三王朝圣》和北立面上的《圣母访亲》展现了一个完整的场景，其上有各类人群的组合，还有大量明媚的藤蔓花

1　大门两侧的两尊雕像是 1498 年的作品。——原书注

饰。北门是一座由两根立柱和两根壁柱支撑的拱门，好似书籍的扉页一般装饰着大量的花饰。一些裸体的孩童攀爬于边缘，他们或与海豚戏要，或骑在山羊之上，又或在吹奏风笛。在争相跳跃的青蛙之间，海中的小爱神摇摆着他们的蛇尾。展翅飞翔的小鸟前来啄食丰饶角。附近的窗户上绘有宽大的框缘饰，花饰、孩童和圆雕饰充斥其间。所有自然王国、所有幻象世界以及现实世界当中的珍稀与古怪，全都在石头中呈现出来，好似在阿里奥斯托心血来潮而创造出的阿尔辛娜（Alcine）的花园中举行的一个异教狂欢节。建筑本身与这节庆协调一致，并且成为其装饰物。圣洗堂是一座迷人的大理石亭子，其小立柱呈环形支撑着圆顶，中间是雕花净水池。入口两侧的壁龛上装点着轻巧的小柱廊，其上蜿蜒盘桓着藤蔓花饰。或许文艺复兴时期艺术的中心就是装饰艺术。古希腊的订单主要来自城邦，他们需要的是关于英雄和神的纪念碑；佛罗伦萨的订单主要来自富人，他们需要的是水壶、象牙橱或乌木橱、金银珠宝、彩绘的墙壁与穹顶以及雕刻而成的灰墁，以便用来装饰他们的房间。[1] 在那里，艺术更像是一种公共事务，它简单而严肃，更适合被用来表达崇高和威严；在这里，艺术则更像是一种私人事务，因此它在此更灵活，不那么严肃，更倾向于寻找乐趣、追求快乐，并且与奢华相辅相成。

从科莫到马焦雷湖

这是一个漂亮的国度，绿意盎然又肥沃丰饶，村落与乡间别墅星罗棋布；杨树组成的林荫道与公路相连，一直通到绿荫掩映下的一处由石块围起来的河滩。成排

1 见瓦萨里所描述的保罗·乌切洛、德洛、委罗基奥、波拉约洛、多那太罗的生平。15 世纪的绘画与雕塑均出自金银器工坊。——原书注

的桑树果实累累，葡萄藤的枝蔓攀爬于其间，并在阳光下舒展着其嫩叶。小麦、葡萄酒和蚕丝，是同一块土地上产出的三种收获。

今天是假日，人们都穿着礼拜日的服装来到外面。他们看起来并不贫穷，他们的房屋也状态良好。妇女们的披巾间杂着紫色与红色，黑色的裙子呈筒状；她们都戴着耳坠，头上戴着一圈用来固定头发和纱巾的银发卡。大致来看，此地的生活就像都兰的一样，不过，这里大部分的孩子都光着脚。驿站的马匹都是些精瘦的驽马，跟普罗旺斯的一样。许多人都不修边幅，贪图享乐，显得无知又迷信，就像我们南方地区的人一样。我们能见到许多圣母像，而且到处都有提醒路人念《圣母经》的提示。有时可以看见墙上画着入地狱之人被大火焚烧的场景，旁边还写着一条警示。在米兰大教堂中，十字架上的耶稣被三四百颗银心所环绕，在主祭坛前忏悔的信徒念过《天主经》和《圣母经》之后可以获得百年的宽赦。假如他们过于年迈或有肢体伤残，也可以委托他人替他们做这个事情，他们将同样获得宽赦。我的一位威尼斯朋友说，在他们那里的乡下，人们的精神状态也是如此。农民们笃信圣父，不管多么贫穷，他们都会捐钱做弥撒，他们那丰富的想象力为仪式化的宗教提供了牢固的支撑。

这就是为什么他们是非常平庸的爱国者。在上一次战争中，我们的军官觉得，相对于皮埃蒙特人，他们更愿意为奥地利人效力。阿勒曼人的治理对于农民来说曾经是有序而温和的，甚至可以说是仁慈的。农民不识字也不关注政治，他们对奥地利人并无敌意。如果人们缺乏对国家的归属感和自豪感，那么哪怕主人是外国人也无所谓，只要他允许人们唱歌跳舞、吃喝玩乐和做爱，并且为服务支付合适的报酬就行。像所有人那样，一位明智的船夫曾对我说过："奥地利人是好人，他们让许多人有活干。在他们治理的时代，商业发展得更好。他们只是对那些'先生们'不好，因为'先生们'总是反对他们。如今，'先生们'都很高兴，他们什么都有，他们的孩子也都当了军官。穷人们最可怜，没一个农民有资产，所有土地都是富人的。一个短工一天只挣30苏[1]，而1公斤肉要85分，1公斤面包要40分，而且我们交的税跟以前一样多。”这个聪明又耽于声色的民族只关注生活中的一件事情，那就是快乐和悠闲。当地的一位市绅曾对我说：“他们只想享乐，什么也不想干。”他们评价一个政府的标准，就是在它的治下他们能够享受到多少快乐。

相反地，市绅与贵族，以及所有穿呢绒衣装和看报纸之人都对意大利充满热情。1848年，米兰人靠自己的武装独立战斗了三天，赶走了奥地利人。当法兰西军队取得马真塔战役（Bataille de Magenta）的胜利后入城之时，人们的欢欣、感激与狂喜都达到了顶点。当第一名士兵独自出现的时候，蜂拥而至的群众将他包围了起来，拥抱他，亲吻他；他甚至都无法站立，被人群簇拥着也无法前行。稍后，当第一批营队入城时，年轻的姑娘与她们的母亲一同上街亲吻那些士兵，甚至亲吻那些阿尔及利亚步兵。这些营队在城里驻扎了十五天，咖啡馆、餐馆全都为他们敞开大门，他们不用花一分钱。没有一个米兰人能够买到冰激凌，全都是给法兰西人预备的；没有一个米兰病人能找到医生，他们全都去照料法兰西伤员了。在索尔费里诺战役之后，贵妇们都去医院慰问伤员了。所有的私家宅院都住满了伤兵，人们踊跃地照料伤员，几位痊愈的上尉还娶了富有的女继承人。奥地利人并不是粗鲁蛮横之人，正相反，他们温和、有教养、优雅，也极有耐心。由于他们的长官的命令，军官们避免发生冲突。当在剧院中遇到他们时，假如您踩到了他们的脚，他们也不会吼叫，若非如此，每天都将发生斗殴事件。对于米兰人来说，民族情感是无法妥协的，并且一直如此。最近，有一名曾经向教宗捐过钱的米兰贵妇在剧院包厢中被人认出来了，立刻，口哨声、喝倒彩声此起彼伏，她不得不从一个后门逃走。我每天看两三份报纸，除了《团结报》以外，没有一份报纸不宣扬爱国主义。针对教宗的漫画无不辛辣。我见过这样的漫画，一个死神手拿圆球，击中了位于拿破仑三世皇帝腿下的教宗。死神是个球员，他玩了一个把戏，解放了

1 1苏=5分。

意大利。在任何一个村庄中，加里波第都受人爱戴和崇拜。马车夫带我路过瓦雷泽（Varèse），并向我指出加里波第娶他第二任妻子——那个“坏女人”时的房子，以及他制造路障时的墙。我无法表述他在意大利受欢迎的程度，大概圣女贞德在法兰西也不曾如此众望所归。在莱瓦诺（Levano），我在一间咖啡馆的墙上看到一段铭文，上面写着店主的儿子与民族英雄们一起在西西里为国家战斗并牺牲了。整个下午和晚上，在咖啡馆中，在广场上，所有的小市绅、店主和职员都在读报并讨论政府部长们的计划。他们看似侃侃而谈，其实更多是在说笑。这些拉丁族裔和南方人士似乎都是由业余爱好者组成的，他们头脑灵活，能言善辩，但是光说不练。他们喜欢推理争辩，讲话为他们的演说天赋提供了发泄的出口。关于政治话题的对话成了一种严肃的正歌剧，其后续发展毫无活力，因为这种正歌剧只是为了自我满足而已。他们并不深入讨论，他们的政治报刊的水平低于我们的报刊，而我们的报刊水平又低于英国人的报刊。我们能见到的基本都是些冲动的观点，见不到真正的深思熟虑和可靠的论证。这些都分化了他们的思想，且无助于获得答案。现在的意大利更需要行动，而不是空话。财政困难是首要的，为了成为一个独立的民族国家并拥有武装，国家需要支付更多。一位创建工场的市绅、一位整理土地的地主、一位加班的手工业者，他们如今都是最好的公民，并不需要他们去欢呼、去读报，而是需要他们去翻土、制造、计算、学习和发明，去干所有无聊但有实效的工作，去干繁重且人们更愿意留给笨拙的北方人的工作。从享乐和投机主义到工业的、积极的生活是一个艰难的过渡，人们似乎是从艺术爱好者和显贵变成了奴隶和机器，但是这是必须做出的选择。当人们想要建立一个伟大的国家时，为了在其他国家面前存活下去，就必须接受其他国家设定的必要条件，我指的是努力工作、自我约束、以恰当的方法引导智力转向确定的目标、组织人们参与竞争，需要抛弃那些无忧无虑，减少那种欢快之情，集中自己的才智并坚持不懈地努力。总之，就是消除三个世纪以来所有意大利人与英国人或与美国人之间的不同。

5月10日，马焦雷湖、阿尔卑斯山

如果我可以选择一处乡下的居所，我将会选择这里。当我们从瓦雷泽的高处开始往下走的时候，可以看到脚下那广袤的平原和低矮的山丘。到处都覆盖着植被和树木，农田与草场上点缀着白色和黄色的花朵，好似一件威尼斯呢绒长裙。桑树和葡萄藤、栎树林和杨树林不时涌现。在山丘之间，静谧的湖水星罗棋布，平淡而美好，好似镜面反射出光辉。这是一种英格兰风景式的清新，间以克洛德·洛兰画作中的那种高雅线条。群山与天空形成一种庄严感，众多的水面造就了湿润与优雅。温润的草场与雄伟的山岩集合在一起，北方与南方的自然形态在此形成了一种和谐的统一。马焦雷湖本身比科莫湖的形态更丰富，它并不是被裸露而陡峭的岩壁夹在中间，而是被峭壁、和缓的山坡、茂密的森林以及一望无际的田野所围绕。从莱瓦诺我们就能看见它那辽阔而又静止不动的湖面，在穿透云层的阳光下不时反射出金银色的波纹，好似鱼鳞甲上的鳞片反光。水面的微风也时而带动一丝波纹荡向岸边的沙砾。湖岸东部，一条小道绕着湖水从半山腰的绿篱间穿过，四周充斥着无花果树、野花以及各种春天的气息。广阔的湖面在我们眼前展现开来，平和而洁净，湖面上一艘小船正扬着帆。从这个距离看去，两座白色的小镇像是河狸的作品。远处群山上绿树掩映，并且沿着斜坡一直到达湖畔，而那些树冠在浮云间忽隐忽现。

太阳升起后，我们乘坐一条小船穿越那晨曦雾霭中的湖面。湖面宽如海湾，深蓝色的波浪泛着微弱的光。雾使天空变得一片朦胧，使湖水的色调更显暗淡。逐渐地，雾变淡了，飞散了，美丽的阳光突破了阻碍，带着热量冲向水面。我们在温润而又单调的氛围中度过了两个小时，享受着如羽扇一般的微风。天空终于彻底晴朗，四周只有蓝色和阳光，水面好似铺上了一块巨大的天鹅绒，而头顶上的天空好似一个蓝宝石贝壳。然而，一个白点突显于远方并逐渐变大，那就是被平台所环绕的母亲岛（Isola-Madre）。蓝色的波浪拍向岸边，溅起的水花打湿了旁边的枝叶。我们下船登岛。岸边长满了粗壮的芦荟和梨果仙人掌，在阳光的照耀下呈现出一种热带风光。柠檬树组成的林荫道依墙而建，其黄色和绿色的果实紧贴在岩石之上。四层台基带着它们那珍贵的植物装饰层层叠加。岛的顶部就像是从水中涌现而出的一簇茂盛的植物，长满了月桂树、圣栎树、梧桐树、石榴树、热带树木，以及盛开的紫藤和绽放的杜鹃花。我们走在一片清新与花香之中。除了一名看管员以外，此处并无他人，这个无人的小岛似乎在等待着一位年轻的王子和一位仙女到此来订婚一样。小岛上到处是精致的草坪和开花的树木，它就像一簇清晨的花束，粉色、白色和紫色间杂其间，成群的蜜蜂也围着它飞舞。纯净的草地上点缀着报春花和银莲花，孔雀和锦鸡披着它们那星光斑斓或闪耀着紫红色光泽的翎羽在从容地散步。在鸣叫蹦跳的小鸟儿之间，它们是无可争议的君主。

我无法欣赏那些经过精确设计的建筑作品了，尤其是最近几个世纪当中的那种别扭的轮廓和人工装饰。美丽岛（Isola-Bella）上那十座带有拱顶的平台、它的那些假山岩洞和镶嵌画、那些壁板上装饰着油画和珍奇玩物的房间、那些池塘和喷泉，全都使我感觉不自然和冷漠。我望向对岸，那是湖岸的西部，陡峭的山坡一片绿色，那里才真正令人赏心悦目。巍峨的高山傲然耸立在那里，令人急切地想要坐到它的草坪之上。斜坡上的草地清新无比，水仙花、大戟和各种红紫色的小花遍布洼地，成簇的勿忘我睁开了它们那蓝色的小眼睛，在潺潺的泉水旁微颤。无数的丝线从山顶坠落，小瀑布将其珠光四溢的水滴洒向草地，汩汩作响的清澈溪流汇聚一处注入湖中。在清爽的山风和鸟语虫鸣之中，橡树舒展着其新叶层层向上生长，使得山顶被森林那无尽的林木柱廊所覆盖。山脚下，马焦雷湖在白色的沙滩环绕中铺开了它那均匀的蓝色水面。

凌晨两点，我们登上路过的车。这是此次旅行的最后一天，意大利没有比这更美的地方了。临近四点钟，美妙而模糊的晨曦从黑夜中显露出来，好似一尊羞怯的雕像折射出的苍白之色。珠光似的反射映照在远处山顶之上，而初生的光明带着一种珠灰色调从深蓝的夜色中逐渐升起。星星还在闪烁，但是天空已然呈现出一片褐色，地面上的云影好似波纹在荡漾。车停下了，后通过轮渡穿越了一条河。在晨曦的静谧之中，河水是唯一活跃的事物，它静静地流淌，水纹和漩涡在漆黑的两岸之间纠缠回荡。树木在薄雾中醒来，其枝叶上的露珠似乎在等待着白天的开始。天空变亮了，曙光来临，星光暗淡。四周的植物和青草全都清晰起来。晨雾逐渐散去，色彩逐渐回归，在阳光下重新焕发出活力。我们可以惊喜地感受到众生昨夜暂停的生命重又在原地复苏了。峡谷中生机盎然，两侧散布着各种迷人的植物。嶙峋的山崖威严挺立，好似巨人守护者一般，其头顶上已然显露出白色的光芒。终于，一束火红的光芒穿越一处山脊迸发而出，骤然而至，耀眼夺目。它冲破那山间的薄雾，照亮了一片山坡。溪流壮丽又辉煌。古老粗壮的葡萄藤、树木的圆冠、各种攀缘植物，这些繁茂多姿的植物被那永不停歇的清水滋养，被那散发着阳光余温的岩石护卫，好似金纱覆盖之下的仙女盛装。

不，这不是一个仙女，而是一位女神。幻象只是人类头脑中产生的一种异想天开和一种病态，而大自然是完好和稳定的，我们的梦幻与臆想无权与它媲美。大自然自由发展，是独立而完美的，是活跃和从容的。假如我们敢于将其与人类作品相比较，那么也是与古希腊神像、帕拉斯神像和雅典的朱庇特神像来相比——它们足以令人满意。我们无法爱慕它，我们的言辞无法触及它；它在我们之上，对我们无动于衷。我们只能将其视为庙宇中那静默无言的人像，只能来到它面前静修，在我们的头脑中刻画下它的形态，并以它的永恒来巩固我们脆弱的存在。但是这种静修本身就是一种释放，我们以此远离喧嚣，放下我们短暂而繁杂的思想。历史是什么，难道不是不懈努力与失败之间的较量？我在这个意大利都看到了什么，难道不是观点不同的天才们数百年以来的探索、衰败的宗教信仰以及未竟的事业？博物馆是什么，难道不是一座坟墓？绘画、雕塑艺术、建筑设计又是什么，难道不是前辈于焦虑中为自己竖立的纪念物，想通过一个老朽的陵墓来延续他们那同样老朽的思想？相反地，在湖泊、天空和群山面前，我们感觉它们是完美而永远年轻的存在。意外之事对它们没有影响，它们始终如一，同样的春天每年都会带来勃勃生机。在它们的力量面前，脆弱的我们重新振作；在它们的寂静之中，我们的忧虑得以缓解。通过它们，那永恒的力量经由各种变化表现出来。那伟大而又多产的母亲不受任何干扰，因为没有她，就没有一切。于是，一种未知而又深层的感觉从灵魂中涌现出来，那就是人的本质。生活给人抹上的无数灰泥，他的那些破碎的情感和希望、他体表所积累的所有的污垢，全都消失不见了。他重新成为一个简单的人，重又找到其原始的本能，找到那曾经用来与神沟通的单调而模糊的话语。他感到，所有曾经听到和说出的话语都是些闲聊，是一种精神上的骚动、一种街头的喧嚣。假设他的生命中有一分钟是健康的和令人向往的，那就是他脱离那繁杂生活中的烦恼，如古代智者所说的那样去感知星宿间的和谐、感受那永恒宇宙的悸动的时刻。

道路沿着陡峭的山坡蜿蜒盘桓，接近伊塞拉（Isella）的时候，群山变得光秃秃的并且越发压抑起来。1500法尺高的岩壁将道路夹于其中，它们那淡黄色的岩基被渗出的地下水染黑了，它们那巍峨且奇形怪状的身躯上布满了纵横交错的裂缝，好似千百座坍塌的教堂累积在一起。我在自己的脑海或梦境中找不到这种形态，它们使我联想到那被瞎眼巨人用巨斧劈开的躯干，巨人的孩子们紧随其后，在父亲劈开的缺口上用100法尺长的砍刀继续疯狂地劈砍。只有这种疯狂与激烈才能解释山峰上的那些巨大缺口、那些沟壑与山脊、那些垂悬的尖峰与嶙峋的乱岩。坑洼处尚有残余的冰霜，而每一处都在融化和流淌。各处的细流逐渐汇聚，时而顺着褐色的岩壁滑过，时而变成瀑布飞散到空中化作一缕云烟。远眺，云雾升腾，激流怒吼着在岩石间奔腾。

我们继续上行，山顶的白雪星星点点地闪烁。有时，它们会铺满一整面山坡，每当阳光照洒其上，那耀眼的光芒使人睁不开眼睛。狭道逐渐变宽，斜坡在白雪覆盖下延展开来。然而，这里并非毫无生机：成片的落叶松无序地生长着，似乎在陡坡间听天由命，新叶为它们穿上了奇特的淡黄色衣装；几棵忧郁的冷杉戴着它们那黑色的锥帽点缀其间，它们成排地生长，在被雪崩残害的死树旁坚守着，就像战场上的幸存者，它们知道还要继续战斗，也知道将会面临怎样的苦难。在山顶的辛普朗（Simplon）村养老院附近，一片凄凉的岩石坑蒙上了一层正在融化的雪，好似荒芜的墓地。这里是两个地区之间的分界线，也像是两个世界之间的边界。耀眼的峰顶与皑皑白雪混成一片，令人分不清哪里是天，哪里是地。

图书在版编目(CIP)数据

意大利游记/(法)伊波利特·丹纳著;张丹彤译.—
北京:商务印书馆,2023(2023.6 重印)
(人文艺术经典译丛)
ISBN 978-7-100-21940-2

Ⅰ.①意… Ⅱ.①伊… ②张… Ⅲ.①游记—作品
集—法国—近代 Ⅳ.①I565.64

中国版本图书馆 CIP 数据核字(2022)第 255667 号

H. TAINE
VOYAGE EN ITALIE
LIBRAIRIE DE L. HACHETTE ET C[ie],1866
(本书据阿歇特出版社 1866 年版翻译)

人文艺术经典译丛
意大利游记
〔法〕伊波利特·丹纳 著
张丹彤 译
张放 审校

商 务 印 书 馆 出 版
(北京王府井大街36号 邮政编码100710)
商 务 印 书 馆 发 行
北京中科印刷有限公司印刷
ISBN 978-7-100-21940-2

2023 年 4 月第 1 版 开本 710×1000 1/16
2023 年 6 月北京第 2 次印刷 印张 40 插页 8
定价:198.00 元